Zu vorgerückter Stunde

MARTIN EGIDIUS

Zu vorgerückter Stunde

Roman

Bibliografische Information der Deutschen Nationalbibliothek:
Die Deutsche Nationalbibliothek verzeichnet diese Publikation in der
Deutschen Nationalbibliografie; detaillierte bibliografische Daten
sind im Internet über
http//dnb.d-nb.de abrufbar.

© 2017 Martin Egidius
Grafik: lassedesignen/shutterstock.com
Satz, Umschlaggestaltung, Herstellung und Verlag:
BoD – Books on Demand, Norderstedt
ISBN: 978-3-7412-0905-5

1

Da legte man sich noch in die Sonne. An warmen Sommertagen. Halbnackt – wenigstens als junge oder noch junge Frau. Kurz nur, über Mittag. Einige Naschsachen neben sich, Zigaretten vielleicht, ein Schinkenbrot. Zeitschriften, die man sich schnell noch vom Kiosk geholt hat. Walkman, Kopfhörer. Heiße Musik in Stereo. Der See, er klatschte wohl an die Ufermauer, man sah die Wellen. Rundum grüner, kurz geschnittener Rasen, eingelassene Platten davor und darin. Badetücher, Plastiktaschen. Verschmierte Kartons, zerfetzte Verpackungen. Wirklich Badende ab und zu. Wasser, das bis über die Pflasterung hinwegspritzte. Sonnencremefläschchen, eine leichte Brise vom See. Stadtlärm, den man nicht wahrnahm (man hatte ja die Kopfhörer auf), trotzdem wegwischte mit eingelernt eleganter Bewegung. Angenehme Kulisse hatte er zu sein und zu bleiben.

Flugzeuge am Himmel; weiße Kondensstreifen. Myriaden von Booten auf dem See. Schnelle Boote, Wasserskifahrer. Gischtschwaden, die sie hinter sich herzogen. Behäbig die Dampfer dazwischen. Segelboote, Surfbretter, ein schneller Motorflitzer kippte hin und wieder das eine oder andere der Bretter. Wütende Surfer, die um ihr nasses Tuch paddelten. Bläulicher Dunst in und über der Stadt. Eilende Leute auf den Wegen durch den Rasen.

Oben ohne. Die Bräunung sollte durchgehend gleichmäßig werden. Sonst immer die lästige Höhensonne nachher. Nach der Massage. Obwohl es schon lange erlaubt war, beschwerten sich ein paar Unentwegte immer noch wegen dem Oben-ohne. Gerade die geilsten Männer, die einem noch das Höschen mit den Augen auszogen, wenn sie meinten, niemand beachte sie. Oder Frauen, Feministinnen, die den Ausverkauf des weiblichen Körpers anprangerten. Sollten die sich doch fein züchtig im Trainingsanzug in die Sonne legen!

Ein paar Segler seien unlängst im See ertrunken. Die Zeitung brachte große Bilder von dem »tragischen Unfall«. Trotz Sturmwarnung hinausgefahren. Tollkühn. Ja, so zahlt man halt für jugendlichen Leichtsinn. Die Zeitung schwamm in Empörung über diesen jugendlichen Leichtsinn.

Da hatte man sich und die Welt also noch in der Hand. Tat mindestens so, trotz Reagan in den USA, alten Herren im Kreml, die Afghanistan, wie es hieß, mit hohem Blutzoll besetzt hielten, ihr Vietnam sozusagen, trotz Kriegsrecht nach Streiks der Gewerkschaft Solidarność in Polen und Maggie Thatchers ach so patriotischem Falkland-Krieg; das alles gehörte nicht zu *dieser* Welt. Man war und blieb gelassen, ruhig; schließlich war man ja ihre freie Bürgerin. Rannte wann und wohin man wollte, feierte die Feste, wo und wie sie fielen, da man ja arbeitete, was und bei wem einem beliebte. Freiwillig hatte man sich emporgekämpft; man wusste, wer man war, und weshalb. Eigenes Büro, große Schreibmaschine, Kopierer, sogar Telex. Aussicht auf den See, auf jene grünen Parkanlagen am Ufer. Vom Diktafon deutlich die Stimme des Chefs, eines der leitenden Direktoren der Firma. Einer Firma von Weltruf. Von dem man sich für diese Stelle ein paarmal hatte ausführen lassen, sicher, dem man auch einige Zärtlichkeiten gewährte. Man darf ja nicht gar zu zimperlich sein, vor allem nicht in diesen Dingen ...

Essen, Theater, Kino – die Stadt bot viel. Stars zum Beispiel, die ganze Fußballstadien füllten, wenn Pop- oder Rockgrößen kamen, oder das Opernhaus mit berühmten Dirigenten und Operndiven, Wochen zuvor schon ausverkauft. Oder sie bot den Schauspieler der Woche oder des Jahres fürs Boulevardblatt, das ihn auf Seite zwei, hinter den verunfallten Seglern und neben dem Girl des Tages, bildreich brachte. Geschieden sei er, auf dem Foto posierte er aber trotzdem mit Kindern und einer Frau. Lächelnd. Zweite, dritte Freundin, auch lächelnd. Die Metropole bot Filme für alle Geschmäcker. Liebesfilme für Liebesfilmfans, Psychothriller für Psychothrillerfans, Krieg, Gewalt und Action für Kriegs-, Gewalt- und Actionfans. Die richtigen Leute hatten trotzdem immer Karten für die Premieren am Theater, an der Oper oder im Konzertsaal – und Schmuck, die entsprechende Garderobe und bei Bedarf selbstverständlich Musikgehör. Letzteres notfalls aus den Kulturseiten der seriösen Tageszeitungen. Ein Wunderkind?

Heimliche Hoffnung zahlloser Mütter beim Morgenkaffee. Allerdings: Fleiß wäre dafür vonnöten, üben und nochmals üben. Aber dazu konnte man die Kinder ja notfalls anhalten. Doch die Kinder, die waren widerspenstig. Sie gingen in jene Stadien, in die ihre Väter nur mitkamen, wenn dort wirklich Fußball oder Eishockey gespielt wurde. Ließen die Haare wachsen oder scherten sie ratzekahl weg oder färbten sie in alle Regenbogenfarben gleichzeitig um. Dröhnten sich mit Musik voll, Sound, lauter als ausgewachsene Panzergarnisonen, aus ganzen Schlachtordnungen von Lautsprechern. Unanständige Flegel auf der Bühne, die ihre Instrumente mehr für anrüchige Gesten missbrauchten als für Klang und Melodie. Laserstrahlen, alles einhüllender künstlicher Dampf und Nebel, kunterbunt wie Zuckerwatte – ungesund bis dort hinaus! Und die Kids zahlten noch dafür, und nicht wenig. Da sollte einer noch mitkommen! Wieso verbietet man eigentlich nicht, dass unsere Jungen so zuschanden geritten werden von ein paar cleveren Gaunern, die nichts Gescheiteres wissen, als ihnen das Geld aus der Tasche zu ziehen ... Das Wettern der Väter wurde gedämpft durch die Fürbitte der Mütter, die ihren Lieben zu guter Letzt doch zum nötigen Kleingeld verhalfen.

Da gab es also noch Politiker, mit denen man nicht zufrieden sein konnte. Die dafür umso offenere Ohren hatten für jedwedes Anliegen und sein Gegenteil – vor den Wahlen. Wenn sie von den Plakaten riesengroß hinunterprangten. In Grüppchen, allein. Ihre lachenden, sympathischen Köpfe. Von Telefonhäuschen, Litfaßsäulen, Mauern herunter. Zwischen ebenso lachenden und sympathischen Köpfen, etwas jüngeren meist allerdings, die Zartmilchschokolade Nuss aßen und fast nicht mehr konnten vor lauter Seligkeit oder bei einer Marlboro light einmal abschalteten. Lauschige Landschaften und daneben der freundlich mahnende Politikerkopf. Lächelnd im Dienste der Allgemeinheit. Wenn sie doch einmal hinunterstiegen, diese Wohlgesinnten, dann priesen sie sich an Wahlveranstaltungen oder stritten sich auf Podien und bei Streitgesprächen im Radio oder Fernsehen so gewaltig wie möglich, jonglierten mit Gut und Böse, mit Recht und Unrecht wie andere mit Tennisbällen.

Natürlich gab es wie überall auch hier Gewinner und Verlierer. Und auch hier wurden zwar die Gewinner auf Händen getragen und die Verlierer zum Teufel gewünscht, nicht anders als beim Sport – aber wen interessierten sie schon wirklich? Ein paar Junge vielleicht, die allerorts und wegen jeder Bagatelle auf die Straße gingen. Sonst schlug man sich um diese übergroßen Köpfe und ihr Lächeln niemals so, wie um Fußballresultate oder Schiedsrichterentscheidungen. Gewinner- wie Verliererköpfe verschwanden nach den Wahltagen schnell von den Plakatwänden und machten wieder vollumfänglich den lauschigen Landschaften, den fröhlichen jungen Frauen und Männern Platz, die Schokolade aßen, Liköre tranken, rauchten oder ein tolles Auto fuhren.

Tagesordnung, Arbeit, business as usual. Unzufriedene Arbeitnehmer trotzdem. Forderungen nach mehr Lohn. Demonstrationen, Streiks, Straßenszenen, Fäuste, jetzt gegen die Gewählten und deren »Scharfmacher«, die »Unternehmerlobby«. Schlachtrufe durch Megafone. Transparente, Fahnen. Gaffer, die sich den Walkman nicht von den Ohren streiften. Mikrofone, Fernsehkameras, geraffte Fassung in der »Tagesschau«, eben business as usual. Verhandlungen, langwierige, dann noch einmal business as usual.

Nur die paar Jungen, die paar Revoluzzer waren permanent unzufrieden, demonstrierten gleichwohl weiter. Der Rest ging wieder an seinen Arbeitsplatz. Vielleicht sogar wirklich mit etwas mehr Lohn.

Wetzten also in aller Herrgottsfrühe oder beim Dunkelwerden aus ihren Betten, warfen sich in die Kleider, schlürften noch schnell den Instantkaffee und würgten eine Kleinigkeit hinunter. Dann in die U-Bahn, die bereitgestellten Busse, die sie von ihren Schlafstätten schnurstracks dorthin brachten, wo die grauen Kästen standen. Die man ja kennt: rußige, hohe Kamine, Stahl, Beton, trüber Himmel. Riesige Hallen, riesige Tore, die alle schlucken. Verschlafene Gestalten, die an den nachlässig übergeworfenen Kleidern zerren – die sie ohnehin gleich wieder austauschen werden gegen die Arbeitskleidung. Frauen mit zerzaustem Haar, bärtige Männer mit Krumen in den Augen. Innen drin ein planlos scheinender Wirrwarr, in dem sich aber alle zumindest scheinbar mühelos auskennen, ein paar Neulinge regelmäßig ausgenommen. Man hat diese Hallen gescheut und dafür gesorgt, dass man nie allein war, wenn man doch einmal hinuntermusste ... Ebenso regelmäßig, wie es sie einsaugt, stößt das Tor auch wieder Menschenmassen aus, die sich in die pausenlos bereitstehenden Busse ergießen. Jene fädeln sie wieder in die Allgemeinheit der Stadt ein, bringen sie vielleicht in einen der Schlafsatelliten zurück, Kurzstation im Supermarkt, Fast Food, vielleicht in der Bar.

Irgendwo erscheint, fast nebenbei, das Produkt.

Man ist froh, dass man an diesen Toren vorbeifahren konnte, als man noch dort draußen im Büro arbeitete. Im eigenen Auto, nicht im überfüllten Bus oder in der Metro.

Man gehörte zu dem Grüppchen, das, sorgfältig gekleidet und gepflegt, sich auf einen zierlichen, blumengeschmückten Seiteneingang zubewegte. Von lautlosen, schnellen Aufzügen in die Höhe gehievt wurde. Parkplatz gerade vor dem Haus, überdacht, zwei, drei dicke Limousinen direkt neben dem Eingang.

Das Produkt wird weggebracht, weggebracht in großen Lastern. Fort in alle Welt, in die eleganten Geschäfte der Stadt, ins Zentrum – in die City, in deren Nähe man jetzt arbeitet. Hin zu den blankgeputzten Fassaden künstlich klimatisierter Bürohäuser, in die Altstadt.

Natürlich war man nicht unglücklich, dass man nicht mehr dort raus musste, zu den Schloten. Obwohl die Arbeit ja ungefähr dieselbe blieb (immerhin nicht der Ferienanspruch – eine Woche mehr – und der Zahltag – ein Viertel mehr plus variable Zulagen). Dann der See, das gediegene eigene Büro. Die Geschäftsreisen, die die Frau Schuler – bald Marianne –, weil fremdsprachenkundig, begleiten durfte. Zumindest offiziell, weil fremdsprachenkundig ... Man war nun in der Nähe desjenigen Teils der Stadt, in dem sie sich von ihrer verlockendsten Seite zeigte. Man, persönliche Schreibkraft des Chefs und eben mit ihm längst per du, räkelte sich an der Mittagssonne braun oder promenierte in eben jener besseren Hälfte der Stadt, der City. Repräsentationsverwaltungsbauten wie diejenige, in der man arbeitete, Banken, die Börse, Kaufhäuser, Geschäfte, Boutiquen entlang eleganter, ausladender Geschäftsstraßen und

Boulevards. Weit weg die grauen Hallen. Ihr verheißungsvolles oder leckeres oder zumindest lecker angerichtetes Produkt hinter immer peinlich sauberen Schaufensterscheiben oder sauber ausgelegt davor oder verführerisch duftend aus gepflegten Restaurants und auf Tischen im Garten oder auf dem Bürgersteig. Dies die diskrete Gegenwart der Hallen hier ebenso wie Schutz davor. Vom giftig-blaugrauen Dunst konnten auch damals dicke Scheiben diese Gegend allerdings nicht ganz aussparen.

Die meisten dieser Straßen hatte die Stadtverwaltung nach einigem politischen Hin und Her doch noch als Fußgängerzonen festlegen können und sogleich entsprechend hergerichtet.

Nur die Flugzeuge über dem Kopf, der pausenlose Verkehr auf den Adern, die die Fußgängerzonen durchstachen, die langen Autoschlangen, gegen die in den Stoßzeiten nicht einmal die Ampeln mehr viel ausrichten konnten, erinnerten noch an den hektischen Puls der Großstadt. An Schweiß und Dreck, an hastig verqualmte und nur halb heruntergerauchte Zigaretten.

Sonst war hier alles reinlich und einladend, einladend natürlich aus klingendem Grund. Hier wurde Geld ausgegeben, all die satten Gehälter. Hier wurde viel Geld ausgegeben und man konnte ja nicht bezweifeln, dass Geld auch seine schönen Seiten hat. Man schlenderte durch die Straßen, man hatte Zeit. Und wenn man sie nicht hatte, so nahm man sie sich. Nur in äußerster Not rannte man. Wenn möglich, erst auf der Brücke, die zum nahen Sitz der Firma führte. Sonst flanierte man, und wer nicht flanieren konnte, flanierte trotzdem. Man blieb oft stehen, spiegelte sich in den blitzblanken Scheiben. Besonders als Frau. Die Männer wollten sich sachlich und geschäftsbeflissen geben. Und schauten auf die, die da schauten.

Man schaute die schönen neuen Dinger an, die verführerisch zurechtgemacht waren in den Auslagen. Die Kleider, die Mode, immer die neueste Mode hier. Zwei Frauen, ohnehin wie aus dem Schaufenster ausgeschnitten, stritten, womöglich über den Schnitt eines Kleides, das hinter dem Glas an einer Puppe hing. Man regte sich mitunter über solch lauthals tratschende Frauen auf und merkte dann alsbald, dass man selbst eine Frau ist, die ebenso lauthals über Schnitte streiten könnte, musste lachen oder wurde wütend, je nach gerade aktueller sonstiger Laune, ging aber meist weiter. Entschlossen. Ertappte die dezidiert kritischen Frauen nicht selten, wie sie in ein kaum anderes Geschäft gingen als das, das ihnen eben nicht behagt hatte – während man selbst bereits wieder in die nächste – ebenfalls ähnliche – Auslage starrte. Nur zu schnell war die Liste der Dinge, die man eigentlich hatte erledigen oder beschaffen wollen, in neblige Erinnerung entschlüpft. Aber man hatte ja Zeit ... Baumalleen zogen sich beidseits die breiten Straßen entlang. Geschäft an Geschäft in den Häuserfluchten dahinter, eines nobler als das andere. Juweliere, Uhrenläden, Antiquare, dezent dazwischen etwa eine Zweigstelle einer Bank Selten eine Bar, ein Lebensmittelgeschäft, ein Wurststand, ein McDonald's. Ganz durften diese Einsprengsel allerdings hier nicht fehlen, doch waren selbst sie zumindest vordergründig etwas nobler aufgemacht als sonst. Für die Touristen stand sogar der eine oder andere Marktstand unter den Bäumen, auf den Andeutungen von Plätzen, die es hier gab, und an Kreuzungen. Hingegen hatten alle großen Warenhäuser Lebensmittelabteilungen, in denen es zuging wie in der Vorstadt. Nur waren sie halt unter der Erde. Unter die Erde geschickt hatte man vor dem Bahnhof auch einen Teil der Schnellgeschäfte; Schnellimbisse, aber auch Schnellbuchläden und Schnellschuhgeschäfte. Um der Flut von Autos und der Straßenbahn oben Platz zu machen. Dies war das Erste, was der Reisende sah, wenn er mit dem Zug ankam, und die letzte Mahnung für den, der, selbst in Eile, noch immer nichts vom Tempo dieser Stadt mitbekommen haben sollte.

Und es kamen Fremde in diese Straßen. Nicht nur mit dem Zug. Riesenvogelladungen voll, computergesteuert sozusagen. Ein weltweites, engmaschiges Netz von Gehirnen, menschlichen und elektronischen, war besorgt um die Sicherheit dieser Farbenpracht, die da durcheinanderwimmelte. Die Welt hielt Einstand hier – auch hier. Der junge Tramper ebenso wie die distinguierte Dame. Der Ölmagnat, der, andernorts wegen seiner schamlosen Ausbeutung beinahe zu Tode geschrien, hier nach allen Regeln der Höflichkeit, wenn möglich in seiner Muttersprache, bedient wurde, der selbstvergessene und selbstverliebte Pascha, der Hochstapler.

Endlich hält man den etwas schnelleren Schritt ein wenig

durch, geht also direkt auf das Warenhaus zu, in das zu gehen man von Anfang an im Sinn gehabt hat, um Absicht endlich in Tat umzusetzen. Mechanisch zieht man die Liste hervor. Noch ist man also standhaft geblieben, wenngleich man ja immer genug Geld dabeihat. Man geht ohne Weiteres in die Konsumherrlichkeit hinein. Vorbei an den laut kläffenden Anpreiserinnen und Anpreisern mit den umgehängten Mikrofonen. Findet das Hin und Her der Straße nun schön beisammen unter einem Dach – dafür sonst nichts von dem, was man sucht. Natürlich haben sie alles wieder umgestellt. Waren über Waren. Sonderangebote über Sonderangebote. Allgegenwärtige Säuselmusik (die Ohrhörer sind hier überflüssig), viel Geigen, eine Frauenstimme, die von oben herabhaucht, was man sonst im Bett oder in einem lauschigen Winkel, wo man zumindest glaubt, zu zweit alleine zu sein, so selbstvergessen wie möglich hinzuhauchen pflegt. Aushängeschilder, Bänder in allen Farben und Formen, viel Geschriebenes, sogar den Sandwichman hat man den Umstürzlern, den Revoluzzern abgeguckt, gegen die man des Nachts seine Auslagen mit fein säuberlich eingepassten Brettern schützt. Singende elektronische Registrierkassen, ein Gedränge in den Korridoren, Leute, die in den Waren wühlen, Verkäuferinnen, oft ebenfalls Stöße von Waren auf dem Arm, die sich einen Weg durch das Gedränge zu bahnen versuchen. Wo ist eigentlich die Rolltreppe und in welches Stockwerk hat man geglaubt zu müssen?

Man lässt sich also in die oberen Geschosse des Kastens schleusen und da sind im ersten Stockwerk die Kleider zu nah. Keine Scheibe mehr dazwischen. Man wird doch wohl noch schnell ein Auge voll neuester Sommermode nehmen dürfen, wenn man nun schon da ist und schon einmal Zeit hat ... Man schwenkt also ein, beginnt zu betasten, hin und her zu schieben und alles durcheinanderzuwühlen wie diejenigen, die einem in der unteren Etage so auf die Nerven gegangen sind, weil sie einem den Weg versperrten. Natürlich denkt man nicht mehr an den vollen Schrank, findet ein tolles Ding, ist auch schon in der Kabine. Der Spiegel bestätigt, was man schon wusste: der leichte, weiße, kurze, schmale Sommerrock passt, als ob er nicht zuvor an der Stange für irgendwen gehangen hätte, und das lichtblaue, luftige

Top ebenso. Man wird sich diese Gelegenheit nicht entgehen lassen. Man werde die Sachen gleich anbehalten, sagt man an der Kasse. Auch die Verkäuferin ist ganz enthusiastisch, und soo teuer sei's ja auch wieder nicht; sie verpackt die »alten« Klamotten in die Plastiktüte. Freudig lässt man sich wieder ins Erdgeschoss hinunterrollen, erwacht im hellen Sonnenlicht, mit der Liste – ach Marianne! Wütend zerreißt man das zerknitterte Blatt Papier, fährt zum See. Mit der U-Bahn. Dieser Verkehr wieder auf der See-Avenue! Gut, dass man das Auto zu Hause gelassen hat. Und beinahe wäre der alte Mann auf die Fahrbahn gefallen! Er muss über den Randstein gestolpert sein. Gerade hat man ihn noch zurückhalten können. Reifenquietschen, Gehupe. Mörderisches. Sehen die denn nicht, dass der arme Kerl gestolpert ist?! Hätten ihn wohl lieber überfahren, was? Nur weil sie Grün hatten! Der Mann ist erstaunt. Offensichtlich hat er keine junge Frau vermutet, bei seinem Gewicht. Doch seine Augen lächeln. Er hebt den Hut, ein forsches Sommerkäppi. Man wird ihm über die Straße helfen. Er dankt, will Geld hervorholen, man winkt ab und nun wird die Fußgängerampel grün. Und bereits wieder orange, ja rot, bevor man das rettende gegenüberliegende Ufer erreicht hat. Diesmal erwartetes Gehupe, Reifenkreischen, Motorengeheul. Noch mal dankt der Mann, noch mal will er Geld hervorholen noch einmal winkt man ab. Etwas wehmütig geht er von dannen. Schaut noch einmal zurück, lange. Hat etwas Schafartiges, sein Blick. Aber auch etwas Lüsternes. Geht dann weiter in Richtung Brücke, beugt sich über die Brüstung, bleibt eine Weile so. Ist er erschöpft? Nein, er schaut nur den Schwänen nach und den Enten. Oder in sein eigenes, immer wieder anders verzogenes Spiegelbild. Kann sein Sommerkäppi gerade noch halten, das ihm vom Kopf fallen will. Wird dadurch aus seinen Träumereien geschreckt und geht nun endgültig weg.

Geht er zurück in sein Altersheim? Vielleicht eines der funkelnagelneuen, hochmodernen – in dem es wie in jedem Altersheim früh Essen gibt, damit das Personal heimkann. In sein Zimmer mit schöner Aussicht, einigen Erinnerungsstücken, Fotos, wohl von seiner Frau, den Kindern – oder ist er Junggeselle? Sein Blick hat etwas so schafartig Geängstigtes gehabt. Dann die unwill-

kürlich zwar beschämt, aber deutlich aufblitzende Lüsternheit.
Die doch hätte verborgen bleiben sollen. Für immer. Verstohlen
geht man seiner Wege, beugt sich auch über die Brüstung, an
seiner Stelle, sieht die Schwäne, Enten. Sieht die kleinen, flinken Entchen tauchen, die Möwen elegant sich über alles hinwegschwingen. Sieht das eigene aufgelöste, nicht ganz blitzblanke
Spiegelbild, die Träger des neuen Tops. Man geht über die Brücke
und weiter. In eine andere Richtung.

Noch vergnügte man sich. Noch ging man aus. Aus Vergnügen.
Besonders an lauen Frühlings- oder Sommerabenden. Noch gab
es Vergnügungsviertel. Gepflegtere, herausgeputzte, teurere.
Weniger schmucke, derbere fürs kleinere Budget, die anders als
die Ersteren ohne Umschweife alles zeigten, was sie anboten.
Beidseits des breiten Geleisestrangs, wenig weit vom mittlerweile recht üppigen Hauptbahnhof, einem Sackbahnhof. Die
wie in anderen Städten auch schon in Schaufenstern Haut zeigten (wenn diese Haut nicht gerade arbeitete), andere warteten
alles andere als diskret in eindeutig-zweideutig beschilderten
Schlünden hinter abblätterndem Verputz oder auf knarrenden
alten Böden, zwischen Wänden mit zuweilen mehrschichtiger,
häufig sich abschälender Tapete. Vieles Verborgene war hier nur
der Form nach verborgen, sozusagen als Anklang an die öffentliche Moral und den einen oder andern Paragrafen. Nur das Schild
der lumpigen Pinte war sauber, drinnen lärmten Besoffene, die
sich nachher auf der Straße übergaben. Musik dröhnte vielleicht
irgendwo heraus, eine knatternde Band, raue Sprache. Oder
dann war das Nachtlokal wiederum so protzig, dass man darüber eigentlich nur lachen konnte: Striptease, Go-go-Girls, riesige,
hell erleuchtete Schaukästen voller greller Bilder. Aber die Männer gingen trotzdem oder gerade deswegen dort hinein. Ließen
Hunderter um Hunderter liegen. Daneben vielleicht Läden für
Reizwäsche, Tanzkneipen, ausländische Restaurants, versteckte
Spielkasinos, Sexkinos, dreidimensional mit Brille das Popogewackel. Callgirls, Freudenhäuser (Eros-Center genannt die neueren), käufliche Liebe auch auf der Straße. Alle Hautfarben und
beiderlei Geschlechts. Die Polizei war milder hier als anderswo.
Außer bei schweren Verbrechen; Tötung, Handel mit harten

Drogen oder so. Sonst führte sie nur Pflichtrazzien durch, nahm regelmäßig einige Hühnchen oder Stricher fest, ließ sie kurz nachher wieder laufen, schlüpfte selber mitunter in ihre Absteigen, besuchte Bordelle in nichtdienstlicher Funktion. Dass der Drogenhandel dennoch gerade hier blühte, versteht sich von selbst. Deshalb mehr noch als wegen der leichten Mädchen und Jungs hatte, wer etwas auf sich und seine Ehre gab, hier keine Geschäftsstandorte, wenigstens nicht unter demselben Namen wie anderswo. Niemand brauchte so genau zu wissen, wer alles als Inhaber eines einträglichen Etablissements nicht aufgeführt war. Schließlich war der mit Drogen nicht der einzige Handel, der hier gedieh; man bot ja auch Legales feil.

Viele Junge wohnten in diesen Vierteln, weil sie glaubten, in diesem Ambiente mehr zu dürfen als irgendwo sonst. Weil die Wohnungen billiger waren – wenn sie nicht für den dreifachen Zins an Prostituierte vermietet wurden. Weil das Leben hier einen Hauch Boheme zumindest verhieß, weil die Ladenbesitzer ihre durchaus nicht immer piekfeinen Auslagen auf die Bürgersteige hinausstellten (Sexshops natürlich ausgenommen) und die Kneipen ihre ebenso wenig piekfeinen Tische und Stühle bei schönem Wetter. Weil sonst verpönte fliegende Händler mit allerhand Tand und mehr oder weniger geglückten Fälschungen oder Eigenkreationen und Marktstände, durchaus auch nicht immer mit allerfeinster Ware vollbepackt hier möglich, ja alltäglich waren; mit der Bewilligung nahm man es nicht so genau – von beiden Seiten. Weil auf der Straße häufiger als in der Innenstadt oder in den Vorstädten etwas los war. Weil man hier glaubte, die Feste feiern zu können, wie sie fielen. Gleichzeitig gab es hier die schlimmsten Morde und die meisten Drogentoten. Zurückgezogen in irgendwelchen abgelegenen Ecken fand man sie jeweils, diese Opfer des überdosierten schlechten Gifts. Zuhälter schlugen sich die Köpfe wund, Freier winselten, in führender Stellung vielleicht sonst, vor Türklinken oder wollten unbedingt an den Galgen. Pausenlos füllten sich Gummis hier, Präservative aller Marken und Duftnoten, und wer der andern das Geschäft abgraben wollte, machte es ohne. Im Gegensatz zur »anständigen« Presse hatten Boulevardzeitungen hier ständige Büros – und belieferten die Skandalseiten der anständigen, die womöglich ohnehin zum Portfolio desselben Verlagsmultis gehörten.

Die Altstadt hingegen war das sauberere Vergnügungsviertel. Zum Vorzeigen, mit den historischen Denkmälern, den berühmten Kirchen, den Wahrzeichen der Stadt – dafür aber teurer. Die historisch hergerichteten Fassaden, die touristische Attraktivität wollten bezahlt sein. Natürlich war das Angebot der Altstadt nur scheinbar gesitteter, in Tat und Wahrheit aber einfach breiter – also *auch* gesittet. Denn sie zeigte man allen Fremden, privaten wie offiziellen Gästen. Hierhin ging eben nicht nur Mann, hierhin ging man eben auch mit Frau und Kind, mit Freunden oder mit hochpolierten Gesellschaften gut und teuer essen. Und tatsächlich war das eine oder andere Zimmer hinter den frisch herausgeputzten Fassaden, in denen sich Frauen verdingten, etwas gediegener. Überdies beherbergte manche historische Verkleidung   stinknormale – neue – Appartementkistchen. Doch die waren ja nicht auf den Fotos, die die Fremden frei nach Fotoknigge knipsten, nicht auf den Ansichtskarten, die die halbe Welt zugeschickt bekam.

Erst recht war die Altstadt ein Bijou für naschsüchtige Frauen. Denn hier fand man die ausgefallensten, verspieltesten Boutiquen. Schmuck aus fernen Ländern, das Geschäft, das durch die Bank nur Kleider von vor fünfzig Jahren verkaufte, Krämerläden, Gebrauchtwarenhändler.

Hierhin, nicht in jene anderen Viertel, führten einen Verehrer aus. In diese sauberen Mauern, die ja eben nicht selten mindestens so viel verbargen wie die bei den Geleisen. Man wurde vielleicht ganz unverbindlich auf einen Kaffee oder Drink eingeladen. Später oder beim zweiten Rendezvous zum guten Essen, vielleicht auch zum Tanzen. Irgendwie brachten es die Herren der Schöpfung fast immer fertig, einem die Adresse abzuluchsen oder sie sonst wie ausfindig zu machen. Dann riefen sie, womöglich ohnehin Geschäftspartner, an, wie zufällig, mal gerade eben, man habe etwas Zeit und von wegen, was soll's. Man wechselte mit ihnen ein paar unverbindliche Worte, entschied dann. Man kannte ja die Männer. Hatte solche Einladungen auch schon eines Zweckes wegen angenommen, für den der Mann, der einlud, nur ein ganz klein wenig mehr als Mittel war. Man hatte mit ihnen also auch schon gespielt, ja, das muss man zugeben. Aber die Herren der Schöpfung sind ja manchmal so einfältig, wenn sie etwas von einer Frau wollen! Sie lassen sich ein X für ein U auch dann vormachen, wenn bereits das Pünktchen auf dem i ein wenig kleiner ist als sonst. Der Mann kommt dich also abholen. Mit seinem Wagen. Natürlich. Einem guten, schnellen Wagen. Ein wenig zurechtgemacht hast du dich doch. Weniger für ihn als der Figur wegen, die du selbst zerzaust, womöglich noch mit ungewaschenem Haar und ungeschminkt machen würdest; schließlich hat nicht nur er Augen im Kopf. Er öffnet dir also den Verschlag schon mit einem Kompliment, bittet dich mit einem Lächeln, auf dem üppigen Leder Platz zu nehmen, fragt, kaum ist er eingestiegen und hat sich in seine Kommandozentrale eingepasst, was du lieber mögest, Klassik oder Unterhaltung. Er ist gewohnt zu fragen. Oder vielleicht einen heißen Rock'n'Roll? Du staunst über seinen großen Kassettenstapel. So leicht bringe ihn niemand in Verlegenheit, lächelt er. »Pergolesi«, sagst du. »Ach Marianne, damit sind Sie – bist du – die Erste, tut mir leid, da muss ich passen. Aber das nächste Mal bestimmt, für dich tue ich alles, meine Liebe.« Er hat nur darauf gewartet, es mit Schmeicheleien und Kosewörten zu versuchen. Lässt sich nicht aus der Ruhe bringen. Natürlich hättest du von Pergolesi um Himmels willen nicht viel mehr als den Namen gewusst; irgendein Komponist aus dem siebzehnten oder achtzehnten Jahrhundert, Spätbarock, Rokoko, etwa so. Auf irgendeiner Konzertankündigung gelesen, im Plattengeschäft gesehen vielleicht. Er hat bereits irgendein Gesäusel eingestellt, ähnlich dem in Warenhäusern, und man gleitet dahin. Steht mehr, eigentlich. Dem Zentrum entgegen. Im Auto mit dahinplätschernder Musik in Stereo, obwohl man es eigentlich viel bequemer mit der Metro oder mit dem Bus hätte erreichen können. (Als ob du selbst nicht auch immer wieder den Wagen für solche Unsinnstouren nimmst). Auf dem Weg siehst du: Auch er hat sich Mühe gegeben, Kleidung und Rasierwasser offensichtlich sorgfältig ausgewählt und aufeinander abgestimmt. Ist offensichtlich kurz bevor er zu dir kam aus dem Bad gestiegen. Du schaust auf seine Hände, wie sie das Steuerrad halten, wie die Rechte ab und zu wegwischt, um zu schalten, und dir gefallen seine großen starken, ruhigen Pranken. Wie sie auf dem gepolsterten Steuerradkranz liegen, ganz leicht und doch sicher, dunkle Haare fließen bis auf die Handrücken. Trotz des Anzuges scheint er nicht zu schwitzen. Jetzt erst fallen dir die geschlossenen Scheiben auf und die Klimaanlage. »Da in der Gegend arbeite ich, aber ich wohne seit Kurzem außerhalb der Stadt.« Lässig deutet er in eine Richtung, nur durch leichtes Anheben seines Armes und durch seine Augen, seine braunen Augen. In einem sehr zentral gelegenen Parkhaus parkt man, nah genug, um das Restaurant schnell zu erreichen, fern genug, um etwas mehr als nur ein paar Schritte zu Fuß tun zu müssen.

Er nimmt dich in den Arm. Kurz nur, um dir etwas zu zeigen; ihm gefällt die rotgoldene Sonne, wie sie sich am Kirchturm bricht. Natürlich ist sie so stark, dass sie dich blendet, aber gerade deshalb hängst du dich bei ihm ein. Er führt dich in die Altstadt, man ist ja eh unweit davon, er weiß dort ein gutes Restaurant. Ein erlesenes Restaurant, ein Geheimtipp. Er führt dich durch ein paar Gassen, über denen der Sommerhimmel gerade anfängt, zum Dach zu werden. Das Restaurant kennst du, sagst aber nichts. Er glaubt dir deine freudig-überraschte Erwartung und führt dich schnurstracks hinein.

Du weißt auch, sie kochen gut hier. Ein teures Lokal. Eines derjenigen, in denen man Missliebige untertänigst mit einem Wisch zu entfernen pflegt, überreicht mit Glacéhandschuh, des Inhalts, man möge doch bitte so freundlich sein, die Dienste des Lokals nicht in Anspruch zu nehmen. Die Bedienung hat diese schmierige, diese schmierig-sensible freundliche Aufmerksamkeit, die Geld herzaubert. Er beginnt nun mit den ersten Vertraulichkeiten. Jetzt erst recht du, Sie – Sie, du – du. Er heißt Emil, ist Prokurist irgendwo, seine Firma hat jedenfalls mit der deinigen zu tun. Er beginnt das Bild seiner Eltern, seiner Jugend zu malen oder zumindest zu skizzieren. Er hat eine schöne Stimme mittlerer Lage, gerade nicht mehr Tenor. Er, der etwas naive, verträumte, arglose Junge, dem die anderen immer ach so bös wollten, er, der ihnen auch prompt auf den Leim kroch – Marianne, auf diesen, auf seinen Leim hättest du niemals kriechen dürfen!, du bist ja weiß Gott schon mit ein paar Wässerchen gewaschen ...

Aber da kriecht sie. Er hat leichtes Spiel. Dass er derart leichtes

Spiel haben würde, hätte er sich wohl nicht gedacht. Der Wein, guter, süffiger Weißwein, tut das Übrige. Er gießt eifrig nach, bestellt unauffällig dazu. Dezent, geschliffen seine Manieren. Du lässt dich gehen. Man geht hinaus in die warme Abenddämmerung, bummelt, natürlich hat er dich jetzt ständig im Arm. Alles wirkt so anders durch die Lichtregie, die Scheinwerfer, die sie aufstellen zu Ehren früherer Baukunst, durch die Lichtblitze aus den Restaurants, Bars, Nachtlokalen, die noch beleuchteten Schaufenster – er hat viel Geduld mit dir, wenn du hineinschaust –, durch die Musikschwalle aus Kneipen, Tanzlokalen. Deine Überlegungen stehen still, die Altstadt, die verwinkelten Häuserfluchten verkümmern zu Kulisse, zu nichts als einladender Kulisse. Weg die Dirnen, in deren Scheiden sich laufend Kondome füllen, die Antiquitätenmakler mit ihren überrissenen Preisen, die Night-thru-Strips. Weg die desolaten Zustände hinter Riesenhumpen oder die Spritzen im Arm, die Schwindel erregenden Mietpreise hinter den sauberen Fassaden, die sich nur noch Superreiche, Gauner und eben Dirnen leisten können. Lust, Liebe, Entgegenkommen alles. Nur für ihn. Für ihn und dich. Sogar die Menschen, ohne die die Gasse nicht Gasse wäre, erst recht die Straßenmusikanten. Du willst bei einer der Portraitzeichnerinnen ein Portrait von ihm, erinnerst dich an deine wirkliche Mutter, die du so, gleichsam auf der Straße, aufgelesen hast. Er setzt sich auf den wackligen Klappstuhl, lächelt zu dir hinüber, um dich und ihn eine Traube Schaulustiger. Wiederum beeindruckt dich der vollkommene Gleichmut der Zeichnerin gegenüber den Lachsalven, die sie laufend hin und her umspielen. Das Portrait wird beklatscht, du küsst ihn, fällst ihm um den Hals und nun sind die Sinne nur noch Gehilfen. Ein dir wohlbekannter Platz folgt überraschend auf eine mit Kreuzbögen überdeckte Gasse. Sie spielen Theater darauf und die Stadt scheint jahrelang auf diesen Moment gewartet zu haben, die bewegten Fassaden nur aufgestellt für ihn, für dich; von zierlichen Balkonen, wie auf sie aufgesteckt, schauen einige herunter, Lichter auch hier an den Brüstungen.

Natürlich hast du ihn zu dir hinaufgebeten, als er dich absetzen wollte zu Hause. Das Wochenende über blieb er bei dir. Dann ging er. Und die Telefonnummer, die er dir angab, war falsch, die

Adresse wohl auch, du warst wütend, weil du einmal mehr von einem Mann übers Ohr gehauen wurdest. Wütend und, Hand aufs Herz, auch niedergeschlagener, als dir lieb war. Hast in der Wohnung herumgelungert. In sein Portrait hineingestiert, es zum Schluss zerrissen. Dann raus, nichts wie raus. In den Wald, du stellst dir Ruhe und Erholung vor. Findest behäbige Spaziergänger, vom Hund bis zum Hündchen; Gesundheits- und Ehrgeizrenner, schlägst dich seitwärts in die Büsche, tief in die Büsche, stößt wieder auf sie, sogar welche, die ...

Ja, damals konnte man noch glauben, ein Leben ohne Freuden und Enttäuschungen, ohne Leidenschaft und Wut, ohne Glück und Trauer sei kein Leben – damals noch. Dabei ist dieses Damals nach einer nur einigermaßen genauen Uhr noch gar nicht so lange her. Ein paar Jahre vielleicht nur. Und jetzt dieses Durcheinander, wo man sich nur noch knapp auf die eigenen vier Wände verlassen kann. Und nun am Schreibtisch sitzt und einzufangen versucht, erstaunlich, ja überraschend geläufig einzufangen versucht, was war. Damals.

Wie hätten sie es auch wahrnehmen sollen? Wer bemerkt schon das Älterwerden eines Menschen, den er dauernd um sich hat, oder das Wachsen der Bäume und Sträucher? Veränderungen der Umwelt gibt es immer, gar Unregelmäßigkeiten. Der Untergrund verschiebt sich, ein Hang rutscht, längst übermürbes, ausgewaschenes Gestein fällt ab. Auch handfestere Katastrophen, ein Hausdach stürzt ein, ein Stück Berg schliddert in die Tiefe, der glühende Erdball rebelliert, ein Erdbeben, Überschwemmungen Lawinenverschüttungen; sie füllten damit ihre Zeitungen. Nicht so es. Es äußerte sich nicht in Bildern des Entsetzens, mit denen ihre Zeitungen ja nie sparten. Manchmal schien es, als hätten all die Blätter, Radiostationen und Fernsehsender den Schrecken, die breitgewalzte Katastrophe schon haargenau vorausgewusst, hätten, auf sicherem Boden, schon dagestanden mit dem motorisierten Fotoapparat, bereit, ihn gleichsam an einer Strippe hineinzuhalten mitten ins geschehende Ungemach. Erschütterte Wohnstuben, Leichenhäuser, Bahren, umgeben von Angehörigen, weinenden möglichst, die erstarren für Momente und ein paar Augenblicke länger im Bannstrahl des öffentlichen Interesses bleiben. Dann – irgendwann später – erscheint in irgendeiner verlorenen inneren Spalte eines renommierten Blattes ein Gutachten. Niemand liest es. Verbindlich war schon kurz nach den dramatischen Ereignissen die Besserwisserei derer, die mit dem Fotoapparat, der Fernsehkamera dabeigestanden hatten. Derjenigen, die die Geschichte ins Reine knipsten.

Anders bei ihm. Ihm konnten sie keine Fotoapparate in den Schlund strecken. Kein Geräusch wäre ihm nachzuweisen gewesen, kein Mucks hätte zu Riesenlettern Anlass gegeben. Es stürzte keine Häuser um, warf keine zu Schutt. Geheimnisvolle, schreckliche Todesopfer waren nur deshalb geheimnisvoll, weil noch nicht alle Fakten am Licht waren, nicht weil Geheimnis trotz aller Fakten hartnäckig Geheimnis blieb; den Strahl des Lichts müsste man nur genug stark strahlen lassen und richtig richten, dann würde er sich schon durch die dunkelsten Ränke winden und das Böse entlarven. Entsetzensschreie seinetwegen hingegen wären als unwirklich, der Schreiende als verrückt abgetan worden.

Es war aber da, ja geradezu allgegenwärtig: die Böschung, die gestützt werden musste, obwohl sie die ganzen Jahre hindurch ohne Stützmauer gehalten hatte; der Riss im Asphalt der Straße, der dem

Winterfrost zugeschrieben wurde, obwohl der Winter immer tauwarm gewesen war; der Leitungsbruch, den die seismischen Untersuchungen jener renommierten Zeitungen umständlich verbrämten, die mancher noch der Form halber abonniert hatte, da dazuzugehören damals schon wichtiger war, als zu wissen, wozu. Irgendwo lag es in der Luft, drückend. Ein Alb? Sie hätten sich seine Unzuschreibbarkeit nicht einzugestehen gewagt. Sie lebten an ihm vorbei und das entsprach ihm, entsprach seiner Zurückhaltung. Wie durch traumhaften Zufall, denn es hätte ihm ferngelegen, Alb ebenso wie zerstörerisch oder erfreulich zu sein. Deshalb kam ihm wie ihnen entgegen, dass sie das dumpfe, mulmige Gefühl, das nicht wegzudiskutieren war, dem Krimi anlasteten, über dem sie nun schon wieder vor dem Fernseher eingeschlafen waren, gerade an der spannendsten Stelle, oder dem launischen Wetter.

Selbst wenn ihnen ein Erlöser oder ein Teufel erschienen wäre, sie hätten ihn mit dem gleichen dumpfen Gefühl empfangen. Vom Sofa in ihrem sicheren Heim herunter – sofern sie ihn denn überhaupt empfangen hätten. Vielleicht, wenn er lauthals geschrien hätte: »Ich bin der Erlöser, seht her – nicht irgendein Erlöser, nein, derjenige, der euch schon lange verheißen wurde, der euer aller Seelen befreien wird von Leid und Not. Für immer!« Oder als Teufel: »Jetzt seid ihr alle mein, ob ihr, ob andere nun wollen oder nicht. Egal, ob mit mir im Bund oder nicht!« Vielleicht wenn er, mit genügend göttlicher oder höllischer Finanzkraft gesegnet, eine Kampagne gestartet hätte mit allem Drum und Dran, mit PR-Managern und ihrem ganzen Gefolge, in allen nur erdenklichen Massenmedien. Womöglich wäre er dann zum Star avanciert für einige Zeit. So lange, wie das Publikum einem andächtigen, verklärten Gesicht oder Grimm und Hörnern Zeitweil gegönnt hätte. Wäre ihm dann sein Auftritt gelungen, die Arbeit und die Intuition seiner Mannschaft also gut gewesen, so hätte er eigentlich gar nicht mehr zu kommen brauchen; sein Gesicht wäre nun ja allen in medialer Blaupause erschienen – ja, man hätte ihm vom Kommen sogar abraten müssen. Dringend.

Kommt er nämlich, Fleisch und Blut, verlässt sich nur auf sich, auf sein Erlöser- oder Teufelsein, seine Kraft dadurch, so wird er enttäuscht gerade durch deren so nüchterne Grenzen. Ohne jeden kollektiven Mucks geht er unter in der Masse der Erdenbürger. Irgendwo, der Erlöser- oder Teufelsarbeiter, der Erlöser- oder Teufelsstenotypist.

Irgendwo. Bestenfalls als schräger Typ oder Original, falls sich noch irgendwo eine Ader für schräge Typen oder Originale findet. Er wird übertönt, restlos, von der Welt – von ebenjenen Katastrophen, jenen Sensationen, für die sie den Motor unter den Fotoapparat schnallen. Gleichzeitig zucken Millionen, Milliarden von Herzen, verziehen sich weltweit Lippen, durch alle Zeitzonen, Nationen und Denkarten hindurch. Alle in fast demselben Moment, wenige Sekunden Unterschied nur – und vielleicht sitzt der Erlöser, Teufel, ebenfalls vor dem Fernseher in seinem Fleisch und Blut, traurig ob seiner Schuld, entsetzt vor seiner Pflicht. Sogar das dumpfe Gefühl in Kopf und Magen entsteht höchstens in ihm, nicht aber seinetwegen.

»Es« hatte jedoch nicht die geringsten Erlöser- oder Teufelsallüren. Frei von Botschaft und Sendung war es; einfach da, ohne Kampagne, Erfolg oder Enttäuschung. Bedrückte es sie, so per Zufall; hätte es Freude bereitet, so wäre das ebenfalls Zufall gewesen. Nicht einmal ein Star war es, niemals erschien es im Fernsehen oder auf Fotos, wäre ohnehin nicht aufs Bild zu bannen gewesen. Es war einfach publizitätslos fortschreitend gegenwärtig. Diese fortschreitende Gegenwart machte es wichtig – gewichtig.

Es wuchs. Wie das Kind, das man dauernd um sich hat, dessen Wachstum aber erst der Besuch anderer, die ihren Augen nicht trauen, oder die zu kleinen Kleider anzeigen. Es veränderte sich wie der Mensch, dessen Älterwerden sein Nächster nicht beachtet. Nur wurden ihm keine Kleider zu klein, keine Besucher kamen mit aufgerissenen Augen, keine Haare wurden grau.

Sein Wandel blieb also unberührt – als ob ihn zu erkennen ein Sinn nötig gewesen wäre, den es entweder nie gegeben hatte oder schon lange nicht mehr gab. Oder ein Wort, ein Klang, ein Bild. Ein ganz, ganz neues, ein ganz, ganz altes Wort oder Bild – lag »es« am Ende doch an ihnen – in ihnen?

2

Ja, ja, er hatte geweint. Niemandem hat Ernst je davon erzählt, nicht einmal seiner Frau. Erst recht nicht Marianne, seiner ältesten Tochter, obwohl die ja längst wusste, dass er in jener Stadt Christine kennengelernt hatte, ihre Mutter. Ihre Mutter, die nicht seine Frau war. Ja, durch Marianne hatte er sie, die Straßenportraitzeichnerin und Arbeitsschullehrerin, gleichsam wieder kennengelernt. Marianne wusste auch sonst über seinen Aufenthalt in der Stadt ziemlich gut Bescheid, ebenso darüber, dass er weder den Absichten seines Vaters noch dem Bild entsprochen hatte, das er den Eltern in seinen Briefen vorgegaukelt hatte. Der gemimte aufmerksame Bankvolontär, der den wirklichen Barpianisten und Nachtarbeiter gleichzeitig kaschierte und rechtfertigte. Seiner Mutter hat er immerhin sein Doppelleben »in der Fremde« nach ihrer Scheidung und ihrem Umzug in die Wohnung gebeichtet, als sie mal länger zu zweit alleine waren, und die hat nur geschmunzelt, als wäre sie überrascht gewesen, wenn die Briefe damals die ganze Wahrheit erzählt hätten. Sogar Christine hat er jenen Ausflug verheimlicht, auch bei ihrem unerwarteten Wiedersehen – obwohl sie Ernst am Abend desselben Tages das erste Mal unter den Gästen aufgefallen war.

Es war, als ob er eine zerbrechliche Erinnerung, ihm lieb irgendwie und furchtbar, sorgsam vor jedem Molekül Außenwelt bewahren musste, da sonst an deren Stelle leicht ein Schlund sich hätte öffnen können, der nicht nur sie verschlungen hätte.

Ernst hatte ja eigentlich nichts Großes vorgehabt. Nichts in sich als einen gewissen Überdruss, eine keimende Langeweile, die er verscheuchen wollte. Er war deshalb hinausgegangen, ziellos, in einen der ersten wirklich warmen Frühlingstage. Die ganze Stadt, auch die historischen Bauten im Zentrum, hatte noch etwas ungeheuer Geschlecktes, da auch jene, weitgehend zerstört im Krieg, erst vor Kurzem – immerhin in ursprünglicher Form – wieder aus den Trümmern gehoben worden waren. Umso mehr also jenes neu hingebaute Luxuswohnungs- und Villenviertel, in das er unversehens geriet.

Dass er vor einem derartigen Haus inmitten dieser Luxuspracht sofort stehen blieb, ist demnach kein Wunder. Mit einem Schlag hatte ihn das Wrack aus seinen Tagträumereien gerissen. Das Eckhaus, ein großes Mietshaus, musste am Rande eines großen Zerstörungsherdes gelegen haben. Gegen die Straßenkreuzung hin fielen die Außenmauern bis zum Erdboden ab. Die beiden entfernteren Wände waren unversehrt geblieben, ja ein Stückchen Dachstuhl klebte noch wie ein Kleidersaum obenauf. Rund um die Ruine war einiger Grund unkrautbewachsen freigelassen. Gebührender Abstand, den die neuen, sauberen Häuser nahmen. Durch ihn wurde sie fast zum Monument. Dass dieser Abstand kaum einem solchen Effekt diente, sah man an der dichten hohen Hecke, die den freien Grund beidseits gegen die anderen Häuser hin abschloss.

Wen sollte diese Ruine über zehn Jahre nach dem großen Krieg noch wirklich mahnen können in diesem – nicht zuletzt zwar dank den Amerikanern, dem ehemaligen Feind – bereits wieder solide satten Viertel?

Die Riesenkluft, die die Bombe aufgerissen hatte, öffnete den Blick auf den ebenfalls freigesprengten Innenraum. Jenseits, an den noch heilen Wänden, fand sich ein wildes Gewirr gleichsam angebrochener Räumlichkeiten. Zimmer wie Guckkästen, freilich mit alles anderem als regelmäßigem Rand, oft die Möbel, verwittert, noch drin, Ansätze von Treppen, die nicht weiterführten, ausgebleichte Tapeten, die dadurch als solche erkennbar wurden, dass sie sich wegwölbten von der mürben Wand. Ehemalige Türrahmen führten zu unerwartet klaren Konturen in diesem Mosaik, das einer in Schrecken erstarrten Bienenwabe glich. Auch Fensterrahmen waren noch da, mitunter steckten gar noch zerschlissene Scheiben oder zumindest Splitter in ihren Nuten. Eine Fratze eines Riesenpuppenhauses, einige Zimmer wie bereit zur Fortsetzung des Spiels, hätte sie nicht die Verwitterung gelähmt. Geschirr in den Buffets? Wäsche in den Kommoden? – Wieso nicht?

Wie alltäglich, wie unbedeutend hätten sich wohl die Geschichten in jenen Räumen weiterbewegt, hätten sie nicht ein paar Sekunden mörderischer Geschichte endgültig in flagranti ertappt? Verdichtet in einen Moment durch alle Jahreszeiten hindurch, deren Anzahl zu bestimmen nun ganz und gar nicht mehr ihre Sache war. Verdichtet in eine schwebende, unheimliche Bedeutsamkeit hinein, die, wenn überhaupt jemandem, so nicht mehr ihnen diente. Wie viele waren da – vielleicht gerade von der Mittagssuppe weg – zu Tode gestürzt?

Und wieso war der erstaunlicherweise plane Grund des einstigen Innenraums – darunter lagen ja wohl noch Keller – mit sauberem, grünem Rasen geradezu ausgelegt? Nur dem Ansatz der Mauern entlang, ihm genau folgend, war ein wie ehrfurchtvolles breites Band brach gelassen. Aus dem Rasen war ein Kiesplatz ausgespart, eine Wäschehänge darauf, ein randvoller Sandkasten, Spielzeug, ein Metalltisch mit jetzt offenen Klappstühlen darum herum. An einem der aus dem Mauerwerk herausragenden Rohre hing eine Schaukel. Es war, im Gegensatz zu den andern, die vor sich hin rosteten, extra glänzend poliert, womöglich sogar mit einem Anstrich vor Korrosion geschützt und mit einer Stütze gesichert. Aus dem Kamin des danebenstehenden Hauses stieg Rauch. Ja, ein Haus, ein einstöckiges längliches Holzhaus stand da, geradezu erschreckend präzise parallel ausgerichtet zur zerklüfteten Rückwand! Auf solidem Fundament, drei nicht minder solide Stufen führten zum Eingang, vom Vorplatz weg ein Weg, aus schweren Granitplatten in den Rasen verlegt, schräg zum Gartentor, das hart an der Ecke gegenüber dem Haus in die alten Mauerreste eingepasst war. War da nicht auch noch ein Schloss dran?

Neben dem Haus sauber angelegte Beete mit Gemüse drin und Salat. Eine regelrechte Familie schien hier zu wohnen, mit kleinen Kindern. Eine, wie sie vielleicht im Krieg zu Tode gestürzt war aus dem großen Wohnblock. Eine ordentliche Familie, deren Ordnung in nichts derjenigen jenseits der Hecken nachstand. Eine völlig unbekümmerte Ordnung, die nicht einmal Hohn zu sein schien oder originell. Einzig der Sandkasten war lebendig; man sah, dass der Sand modelliert war, wohl in eine bewegte Landschaft. Das Spielzeug – etwas wie ein Traktor, ein Laster war auszumachen – lag wild zerstreut um die rechteckige, sauber gezimmerte Kiste aus offensichtlich gutem, massivem Holz herum. Diese Alltäglichkeit umgeben von dem Brocken, der vergebens gewaltig war und seine unruhigen Schatten über diesen Frieden warf – Ernst musste lachen.

Das Lachen, als erlösendes Lachen gemeint, blieb ihm aber im Halse stecken. Krampfte sich dort fest, kapselte sich ein. Gerne hätte er die Erscheinung als groteske, bizarre Posse abgetan, aber irgendwie stellte sie ihm ein Bein. Sie hatte etwas Garstiges, legte ihm einen Hinterhalt, dem zu entziehen ihm nicht gelingen wollte. Vom Krieg hatte er natürlich gehört – die schrecklichen Berichte, die grauenhaften Szenen; Panzer, Kanonen, Flugzeuge auf den ersten Seiten der Zeitungen; die gerunzelte Stirn des Vaters. Natürlich hatte man den Kindern erklärt, was Krieg sei, dass Menschen, Völker gegeneinander kämpften. Aber der Krieg war ja nicht »hier«, er war »draußen« gewesen, bei den andern. »Hier« hatte man weitergelebt wie zuvor und der Esstisch war wenn auch nicht mehr so üppig wie auch schon, so doch noch reichlich genug gedeckt gewesen. Das große Elternhaus war dasselbe geblieben, die Böden, die Möbel blank poliert wie eh und je, das Silber glänzte wie eh und je, die Putzfrau und die Magd hatten dieselben Sorgen wie eh und je, die Mutter regierte nicht anders als zuvor. Die Stadt war fast schöner als sonst, da kaum mehr Autos fuhren. Sie gehörte fast ganz den Fußgängern – und damit umso mehr den Kindern.

Und er hatte ja auch die Nachrichten mitgehört, war also stets auf dem Laufenden gewesen. Gemetzel, Tod durch Gas, Krankheiten, Hunger, Flüchtende; angehängt manchmal noch elterliche Beisätze wie: »Könnt froh sein, dass ihr hier sein und es so schön haben dürft!«, »Ihr wisst gar nicht, *wie* glücklich ihr seid!«. Ein wenig beklommen war ihm dann jeweils schon zumute gewesen, aber nicht des Krieges, sondern des mahnenden Gestus der Eltern wegen – angesichts der Planmäßigkeit und Ordnung überall, die sie zu widerlegen schienen. Ein Gestus, der denn auch sogleich verschwand, sobald wieder Friede war.

Und nun dieser Riss in den eiligst wieder zurechtgezwirnten Nähten der friedlichen Normalität. Als ob ein niederträchtiges Gewissen ihm dieses Monstrum vor die Augen gestellt hätte. Als ob der Krieg mit einem Schlage ihm klarmachen wollte, dass seine Züge nicht anders würden, nur weil man sie mit leckerer

Farbe übertünchte und Gesichter, die nicht lachten, einfach nicht sah.

Wäre es nur um diese Botschaft gegangen, Ernst hätte sie annehmen können. Ergriffen davorgestanden hätte er, vor vergangenem Unheil und Grauen. Aber inmitten dieser Lektion stand dieses einstöckige Haus, gedeihendes, gewöhnliches Leben. Leben, das das Unkraut zwischen den Stufen hervorjätete, den Salat von Ungeziefer reinigte, den Rasen immer schön gleichmäßig grün-, immer schön gleichmäßig kurzhielt, das saubermachte, aufräumte, einkaufte, arbeitete. Keine Boheme oder gelebtes Gewissen, nein, ganz gewöhnliches, gutbürgerliches Leben. Hatten sie den einzelnen Zacken des Gemäuers Namen von Berggipfeln gegeben, den Abgründen Namen von Schluchten? Ernst verstand das alles nicht, Tränen schossen ihm in die Augen.

Er wollte eben weggehen, wegrennen, da raunzte ihn ein Mann an.
»Was wollen Sie hier?«
»Nnnnichts!«
»Und ausgerechnet an dem Krüppel wollen Sie also den Narren gefressen haben, Sie schönes Früchtchen, Sie!«
»Ja!«
»Aha! Und nun sagst du mir, was du hier wirklich willst. Noch vertrauter werden mit dem Terrain, wie?! Wärst wirklich nicht der Erste, der's versucht! Das Unkraut vor den Hecken – längst schon hätte der Schulze abfahren müssen mit der Bruchbude! Ein öffentliches Ärgernis – eine Gefahr obendrein! Vor Gericht bekommt er immer Recht, weiß der Teufel, wieso. Nur weil die Abstände stimmen und ihm das halbe Viertel gehört – und jetzt machst du, dass du hier wegkommst, aber dalli!«

Ernst blieb stehen, da versetzte der andere ihm einen Stoß in die Rippen.
»Wer sind Sie?!«, fauchte er ihm ins Gesicht. »Wer sind Sie, ich hab ja nichts ...!«
»Das werd ich dir gleich handfester zeigen, wennst nicht abhaust, und zwar sofort!«

Erst an den letzten Silben hatte Ernst bemerkt, dass sich der

Mann bereits einige Schritte entfernt hatte. Schräg über die Schulter schielte er ihm nach. Plötzlich war er weg, nicht mehr zu sehen. Ein kurzer Blick noch, dann fing Ernst zu rennen an. Er rannte davon – vor dem Haus aber, nicht vor dem Mann. Er rannte davon vor der fugenlosen Neuheit des Viertels ebenso wie vor der Angst, irgendwo in nächster Nähe könnte das zarte Zuckerbackwerk wieder nachlassen, aufbrechen, wieder eine dieser heimtückischen Fugen platzen. Das Auto, das ihn verfolgte, hatte er weder gesehen noch gehört. Er begriff erst, als ihn harte Griffe packten. Er passte nicht auf, wohin man fuhr. Dass man nicht allzu lange fuhr, registrierte er. Unter beiden Schultern von kräftigen Händen gehalten, wurde er in ein Gebäude geführt. Eingeschlossen in eine Zelle. Seine Dokumente, zum Glück hatte er alles Nötige dabei, musste er abgeben. Man durchsuchte ihn auf Waffen, seinen Mantel nach Werkzeug. Sein Schlüsselbund wurde ihm abgenommen. Dann ließ man ihn für Stunden allein.

Mehrmals blickte er, zusammengekauert, hoch, hielt sich die Hände wie zum Schutz vors Gesicht. Zwei Mal erbrach er sich. Sein Würgen und Stöhnen mussten sie von außen wohl gehört haben. Trotz allem.

Nach viel zu langer Zeit holten sie den zerknitterten Bleichschnabel aus der stinkenden Zelle –»Verdammt, auch gekotzt hat sie noch, die Sau!« –, gaben ihm die Dokumente zurück. Noch einmal sei er mit einem blauen Auge davongekommen. Das nächste Mal solle er sich aber besser in Acht nehmen, die Leute hier seien halt, na ja ... – gleich da vorne sei die nächste Bushaltestelle, der Bus fahre direkt ins Zentrum.

Eigentlich kam Ernst erst in seinem Zimmer wieder so richtig zu sich. Der Kopf dröhnte zwar noch ein wenig, aber ihm wurde doch klar, dass er an und für sich am selben Abend noch zu spielen hatte. Die Zeit müsste eigentlich noch reichen. Er wusch sich geradezu pedantisch.

Ein wenig zu spät kam er trotzdem. Dafür hatten die Stammtische umso mehr Applaus für ihn übrig. Der Wirt, etwas aufgebracht zuerst, beruhigte sich schnell wieder. Wirklich erstaunlich leicht gingen ihm die Stücke von der Hand und in die Tasten an jenem Abend. Manchmal war ihm, als ob ein anderer spielte für ihn, und er war diesem dankbar, der so feine Arbeit leistete. Er nahm aber doch wahr, dass er etliche Male mit demselben Tee in seinem Schnapsglas derselben Person zuprostete, auch, dass diese Person eine junge Dame in einem recht freizügigen dunklen Abendkleid war.

Viel später hatte ihm Christine einmal gesagt, er habe sie angeschaut wie ein kleiner, unschuldiger Junge, der noch nicht weiß, ob er sich an der Welt eigentlich freuen oder an ihr furchtbar leiden oder gar zerbrechen soll. Unheimlich gewinnend aber. Und gespielt habe er himmlisch, einfach nur himmlisch ...

3

Warum erscheint mir meine Kindheit, meine Jugend jetzt wie ein Traum? Immerhin ein schöner Traum. Fast vergesse ich den ganzen Rest, wenigstens für Minuten oder Stunden, einfach weil ich ihn brauche, diesen Traum. Hat am Ende doch er recht – nicht mein besseres Wissen? Einige Vorteile hat er immerhin: Er äußert sich nicht in Fakten wie dieses wohl zum Teil nur vermeintlich *bessere* Wissen, verlangt kein Urteil und damit mich auch nicht als Richterin. Aber ist es damit getan? Gibt es jene andere Wirklichkeit weniger nur deshalb, weil ich so unerbittlich träume? Und erst noch gewaltsam meinen Bedürfnissen gemäß. Marianne, wie weit ist es mit dir gekommen! Vertrauen, Geborgenheit, vergangene Geborgenheit – kann man sich dahin zurückflüchten? Auf Zeit wenigstens? Etwa so wie derjenige, der sich mit aller Kraft am Ast festhält, der, abgebrochen, in die Tiefe stürzt? Immerhin, ist doch noch Ast, woran er hängt. Möge die Zeit bis zum Aufprall noch etwas dauern!

Ich weiß ja: Mir ist nicht immer als Gold erschienen, was ich heute dazu mache. Vielleicht bin ich ja bereits aufgeprallt. Auf harten, erbarmungslosen Beton. Aber noch habe ich die Kraft, mir vorzustellen, es seien weiche, mollige Luftkissen gewesen, die mich aufgefangen haben ...

Das große Haus, mein Elternhaus (wo und vor allem wie steht es wohl heute (es steht noch, das weiß ich) – könnte ich es überhaupt noch anders als zufällig finden?). Die Hälfte der Zimmer unbenutzt, eingemummt. Nur unter dieser Bedingung hatte meine Stiefmutter, ohnehin nicht sehr erbaut über diesen Entscheid meines Vaters, eingewilligt, in dieses Haus, auch sein Elternhaus, einzuziehen. Diese eingemummten Zimmer und der Dachboden voll alter Möbel und Gerümpel boten uns Kindern Spielraum und Versteck, so etwas wie Freiheit. Nicht so die klinische Sauberkeit im bewohnten Teil des Hauses, die Gebete vor Tisch, die Sonntagsschule, die Pflichtspaziergänge danach. Da war Ordnung, galt Regel. Im Leben wie in den Räumen. Alles hatte seinen festen Platz oder wurde wieder dorthin zurückgerückt, wenn Widerwille es doch einmal verschob. Veränderungen geschahen mit solcher Umsicht, dass sie kaum als solche wahrgenommen wurden. Die ordnende Hand der Stiefmutter war überall. Diese ordnende Hand war dermaßen überall, dass es schien, die Ordnung geschehe auch ohne sie. Das war das Gespenstische an ihr. Nie sah man die Stiefmutter wirklich aufräumen, Ordnung schaffen. Es war einfach immer Ordnung. Die Griffe dazu geschahen behände und völlig nebenbei.

Zum Glück kam einmal die Woche die Putzfrau, eine Frau mit Umschwung, entsprechenden Bewegungen und nicht minder passender Geräuschkulisse. Da flogen die Fenster auf, die sonst nur für die tägliche Lüftung zwei-, dreimal kurz geöffnet wurden! (Das Vogelgezwitscher von den alten Ulmen und Platanen herunter, die unseren an sich schon nicht eben kleinen Garten locker angeordnet gleichzeitig beschatteten, mannigfach belebten und ebenso zur eigenen Welt weiteten wie abhoben, bescherte der Stiefmutter Kopfschmerzen, die sie uns gegenüber bisweilen, meistens zu Unrecht wohl, als Migräne deklarierte, und störte auch ohne ihren Mittagsschlaf.) Da krachte auch einmal eine Tür ins Schloss, erzitterten Wände und Böden! Sogar die Stiefmutter schien sich an dem Spektakel zu erfreuen, als ob es sie auf Zeit von etwas erlöste, worüber auch sie nie froh wurde. Gewiss hätte es in L. und Umgebung Frauen gegeben, die dezenter und nicht weniger gründlich reinegemacht hätten; aber sie behielt diese massige, dafür umso frischere Raumpflegerin, bis jene, schon etwas bucklig geworden, in ein Altersheim in den verdienten Ruhestand abwanderte.

Allerdings: Kaum war sie aus der Türe, zog sie ihr ganzes Spektakel mit sich. Das Zelt war abgebrochen, die Requisiten eingepackt, der Zirkus fuhr weiter. Die Mutter, auch für mich ja einfach meine (leibliche) Mutter, bis kurz vor meinem Austritt aus dem Gymnasium ein Zufall, der bald Christine hieß, mit Nachnamen vielleicht Fügung – ja, so oder ähnlich hätte man sich das vor gar nicht allzu langer Zeit noch zurechtgelegt – sie zur Stiefmutter machte – die Mutter also war wieder die von immer. Die Türen blieben wie auf Befehl wieder durch und durch ruhig, die Fenster geschlossen.

Auch unsere Spielsachen gerieten immer von selbst in Ordnung. Immer waren sie anderntags wieder regelrecht im Kasten, mochten wir sie abends zuvor auch noch so wild, mochten wir Häuser, Städte, Länder, ja Welten verlassen haben. Die Farbstifte lagen wieder dem Regenbogen nach in der Schachtel, das Malheft neben ihnen im Regal. Zusammengefaltet lagen unsere Kleider auf den Stühlen und die Schlafanzüge im Bett. Die Bettdecke war in ein sauberes, gleichmäßiges Dreieck zurückgeschlagen, wenn sie auf uns wartete. Unsere Zimmer waren nie unsere Zimmer – das heißt, erst kurz bevor wir erwachsen waren, wurden sie es. In den Pubertätsjahren bedeutete das oft Unstimmigkeiten, denn ich war nun mal nicht so ordentlich geraten, wie unsere Mutter sich das wohl gewünscht hätte – trotz ihrer ausgiebigen Bemühungen. Immerhin wuchsen sich diese Unstimmigkeiten vorerst nicht zum offenen Krach aus. Vielmehr blieb es für den Moment bei der gespenstischen Hand, die allem den vorgeschriebenen Platz zuwies. Aber mein anfängliches Schuldbewusstsein verwandelte sich allmählich in Argwohn, verhaltene Wut.

Und dann begannst du allmählich, der »unsichtbaren« Hand Prüfungen aufzuerlegen. Immer härtere Prüfungen. Doch fast alle bestand sie. Nur eine Strumpfhose, die dir mit viel Mühe unter den Schrank gefallen war, fand sie einmal nicht. Sonst ist ihr nichts entgangen: Röcke, Blusen, die schief, etwas zerknittert an ihren Bügeln hingen, das Nachthemd im Fußraum des Bettes oder das Tagebuch unter der Matratze! Des Tagebuchs wegen kam es allerdings doch einmal zum Eklat. Damals, nach jenem Vergewaltigungsversuch im Wald. Das war der erste große Streit mit der Mutter, aber nicht der fürchterlichste. Der sollte erst noch kommen – ach, die arme Stiefmutter! Was konnte sie dafür, dass sie, dass dein Vater vor allem – dass die beiden dir das alles so lange verschwiegen hatten!

Das Tagebuch nicht dort wiederzufinden, wo du es zurückgelassen hattest, sondern immer schön in der Pultschublade, daran hattest du dich gewöhnt mit der Zeit. Aber als du entdecktest, dass sie darin las ... Jawohl, sie muss darin gelesen haben (sie hat das zwar stets bestritten). Woher sonst ihre mit einem Mal immer häufigeren Aufforderungen, doch noch schnell an die frische Luft zu gehen, die Aufgaben doch nachher zu machen, denn die Sonne scheine jetzt und nicht in zwei Stunden, woher sonst ihre Theater- und Konzertabonnements als Geschenke zum Geburtstag oder zu Weihnachten? Sie, die zuvor nur Augen für deine schulischen Pflichten gehabt hatte: »Sicher hast du noch Schularbeiten zu erledigen, Marianne...«, »Schau, dass du zeitig ins Bett kommst, morgen wartet wieder ein strenger Tag auf dich...«. Und jetzt plötzlich: »Warum gehst du dir nicht dieses Konzert anhören ... das neue Theaterstück ansehen ... lade doch eine Freundin ein ...« Nun gut: Mir war das ja recht ... Dass ich nicht immer dort war, wo sie meinte, das brauchte ich ihr ja nicht extra zu sagen. Aber zu lesen hatte sie nicht drin, da drin nicht – das war *mein* Tagebuch!

Was mochte diese Frau wohl aus meinem Geschreibsel gezogen haben? Dinge vielleicht, die ohne Entsprechung in ihr waren? Die sie nicht verstand, die ihr also unheimlich blieben, deshalb gefährlich erschienen? Sehr oft waren sie ja wirr, diese Geheimnisse, die ich dem Tagebuch anvertraute, meinem »einzigen wirklichen Freund«. Oft setzte ich kein neues Datum, wenn ich fortfuhr, ganz zu schweigen von den Sätzen, die in der Mitte abbrachen ... Eines schien die Mutter freilich begriffen zu haben: dass das Tagebuch sehr viel Leben hatte für mich. Es war mein Du, bekam zuerst einen Frauen-, später einen Männernamen. Jedes Mal, wenn ich es erneut aufschlug, gab es sich anders. Wörter, Satzfetzen flogen mir entgegen, immer andere. Ich las nie konsequent von Abschnitt zu Abschnitt oder den Sätzen nach, sondern wild Textbrocken vom einen, vom andern Ort. Ich schrieb nicht Wohlüberlegtes, sorgfältig Aufgebautes hinein wie in einem Aufsatz; ich tobte mich aus. Worte, die mir in die Hand fielen. Sehr oft verstand ich später selbst nicht mehr, wie diese Worte, diese Bruchstücke so zusammengekommen waren. Die Mutter musste aber Abschnitt für Abschnitt, Zeile für Zeile gelesen und, ach Gott!, sich krampfhaft irgendwie zusammengereimt haben, was ich niemals so gedacht hatte.

Ihre »Spaziergänge«, ihre »frische Luft«, das kam dir allerdings gelegen. Wie gerne mochtest du den Wald – außer im Winter. Dann war er dir zu hell. Auch stießen mich die kahlen Bäume ab, die wie verwaiste Skelette nebeneinanderstanden, dürftig vom Schnee in weichere Formen gegossen. Dann herrschte eine Ruhe dort, die jedes Geräusch erstickte, keine lebendige, die jedem seinen Wert gab. Die Sonne warf nur das nackte Geäst wirr auf das mit allerhand Mürbem gesprenkelte fahle Weiß – kein schützendes Dach, keine Lichtflecken, die überraschten, wanderten, obwohl sie doch zum Boden zu gehören schienen. Nur selten ein Tier, ein Reh vielleicht beim Heu, das sie hingeworfen hatten, damit die Waldtiere nicht verhungerten. Nicht Laute irgendwo von Tieren, die man nicht sah. Nur das hässliche Krächzen einer Krähe, ein klopfender Specht vielleicht. Es ließ sich nicht im Halbdunkel liegen, umgeben, geschützt von Buschwerk, und in die üppigen Kronen schauen, die mehr verbargen als sie zeigten – also Raum ließen für die tollsten Vorstellungen und Tagträume. Die man nicht selten dem Tagebuch anvertraute, das man eben doch mitgeschmuggelt hatte. Ein Rascheln irgendwo, ein Rauschen, ein Knarren, das man nach Lust und Laune der einen oder andern Ursache zuschieben konnte. Das Reh, das, nun flink, sich viel zu weit weg vorbeistahl, als dass die Tritte im Unterholz zu ihm hätten gehören können. Die durcheinanderfließenden Vogelstimmen, die keine Fensterscheibe abschirmte – wie lange ist es her, seit du das letzte Mal in einem Wald gewesen bist!

Gibt es solche Wälder heute überhaupt noch? Oft schliefst du ein, kamst zu spät nach Hause, heimstest vorwurfsvolle Blicke, einen hingehauchten Tadel ein, weil das Essen kalt geworden war. Oder musstest dich hineinschleichen und schnell umziehen, weil trotz aller Vorsicht auf den Kleidern Spuren von der Kletterei zurückgeblieben waren. Ja, du klettertest manchmal. Wenn auch nie zu hoch, denn davor hattest du Angst. Auf einen größeren Strauch, einen jungen Baum. Du wolltest die Welt, von der aus du jene Kronen sahst, die so voll von nur Erratbarem waren, auch einmal von deren Warte her sehen. Immer stelltest du dir vor, du seiest wirklich in ihrer luftigen Höhe; im höchsten ihrer Wipfel würdest du sitzen, um dich herum großartiger Ausblick, dem Boden spotten mit seinen Unebenheiten und Ziselierungen. Der doch so unglaublich vielfältig ziseliert und modelliert war – für dich! Nur für dich, die du, frei und ohne jede

Verpflichtung, auf bequemer Astgabel genossest – in luftiger Höhe von kaum mehr als zwei Metern –

Von jenem Ereignis hingegen haben beide Eltern nie erfahren. Auch wenn du einmal drauf und dran warst, deinem Vater alles zu erzählen. Noch vor der Konfirmation war das gewesen. Etwa vierzehn, fünfzehn warst du. Auf einem jener Spaziergänge, das heißt -fahrten, denn du hattest kurz zuvor die Gewohnheit angenommen, mit dem Fahrrad zu spazieren. In einer Stunde zurück zu sein, hattest du zu Hause versprochen – und die Stunde war schon längst vorüber. Ein herrlich warmer Abend Mitte April. Das Blattwerk noch in zartem Grün, aber schon voll da. Du noch ein Kind, das aber langsam in den Körper einer Frau hineinwuchs. Die Blutungen, die dich zuerst erschreckt hatten, die schon gekeimten Brüste – aber was hat das hier zu schaffen? Sicher, Männer hatten dich ein wenig zu interessieren begonnen. Schon vorher. Bewundert hast du den einen oder andern, einen Lehrer vielleicht oder einen großen Schauspielerstar, ein Rock- oder Pop-Idol. Nicht die Jungen deines Alters, o nein! Die in deiner Klasse, die waren ja noch alle blöd und albern. Belästigten einen immer mit ihren dummen Sprüchen, ihren kindischen Streichen. Nichts Gescheites konnte man mit ihnen reden, immer hatten sie nur ihre ausgeleierten Spiele im Kopf, ihre Cowboy- und Abenteuergeschichten, bestenfalls noch Sportresultate oder den einen oder andern Rockstar, für den man dann wenigstens gemeinsam schwärmen konnte. Vielleicht schaffte man es, bei einem drittklassigen Fußballspiel mitzuspielen, wenn eine Gelegenheitsmannschaft wirklich nicht anders zu füllen war. Nein, nein, erwachsene Männer, meist ferne, unerreichbare waren dein Ding. Ein Foto, ein Poster vielleicht auf dem Dachboden. Auf dem Dachboden, weil du im Zimmer die Tapeten nicht mit Reißnägeln und Klebebändern angreifen durftest. Besonders ein Mann hatte es dir angetan. So fern war der nun allerdings auch wieder nicht. Irgendwo in der Nachbarschaft musste er wohnen. Ein Mann in mittleren Jahren. Nicht einmal seinen Namen kanntest du. Dunkles, dichtes Haar, Vollbart, tiefe, kräftige Stimme, große, imposante Statur. Ein paarmal gegrüßt hattest du ihn höchstens. Sonst kein Wort mit ihm gesprochen. Oft sahst du

ihn auf dem Schulweg, wie er in sein Auto stieg, wie er ebenfalls den Bürgersteig entlangging, mit Mappe und Hut. Nicht einmal seinen Beruf wusstest du, doch schien er wohlhabend zu sein. Er hatte ein Wohlwollen verheißendes, gütiges Gesicht. Aber er war ein Erwachsener, du warst ein Kind und die Erwachsenen waren immer noch »die Erwachsenen« damals. Eine andere Welt, eigenartig in vielem, im Zweifelsfalle aber die richtige, will sagen, gut. Eine Welt allerdings, zu der man noch nicht gehörte. Gehören wollte. Du eine Frau wie deine Mutter, die Sekretärin deines Vaters, die Putzfrau? Eine Frau, die heiraten konnte, Kinder kriegen, für eine Familie sorgen, eine Frau, der Männer nachschauen würden? Noch weit entfernt warst du davon! Ja sicher, das würde kommen, das alles, aber jetzt warst du noch ein Mädchen. Das mit den kleinen Brüdern, der Schwester in den eingemotteten Zimmern und auf dem Dachboden umherkroch, Mädchenbücher las, strickte, Geheimnisse mit Freundinnen hatte ...
   Nicht dieser Meinung musste allerdings der Mann gewesen sein, der mit einem Mal hinter dir war. Zuerst hattest du ihn gar nicht bemerkt. Warst auf den Waldwegen vor dich hin geradelt, hattest in die Stämme geschaut, ihnen zugesehen, wie sie sich gegeneinander verschoben, ohne groß auf die übrigen Spaziergänger zu achten. Was bedeutet, dass du unmöglich gemerkt haben kannst, wie alleine du warst. Alleine auf weiter Waldesflur. Alleine mit ihm. Hast du seine Schritte hinter dir überhaupt gehört? Oder stellst du sie dir nur vor jetzt, weil da Schritte gewesen sein mussten? Unmöglich hattest du dir jedenfalls vorstellen können, weshalb da jemand dir hätte nachlaufen sollen. Etwa weil du immer noch nicht zu Hause warst? Ein Mann – ja, irgendwie musstest du doch gespürt haben, dass es ein Mann war –, du hattest doch nichts verbrochen sonst ... Erst als er fast neben mir ging, ungefähr neben dem Hinterrad meines Fahrrades, muss ich begriffen haben ... Wieso er etwas von mir wollte und was, das hingegen muss unklar geblieben sein. Das dunkle Gefühl, mich ereile Strafe, gerechte Strafe. Aber man konnte ihr ja davonradeln. Es wenigstens versuchen.
   Obwohl der Weg, der, vorher eben, nun bergan ging, mir jede Hoffnung nahm. Umkehren hatte erst recht keinen Sinn, weil ich ihm ja so direkt in die Fänge gefahren wäre. Natürlich kam

ich voran, wie etwa im Traum, wenn man unbedingt weg muss ... und er bekam mich zu fassen. Da sah ich zum ersten Mal sein Gesicht. Ein im Grunde genommen biederes Gesicht, etwas käsig; struppige Backenbärte, kurzes Haar. Der Mann roch leicht nach Alkohol. Mit der einen Hand hielt er mein Fahrrad unter dem Sattel fest und mit der andern – griff er nach meinen Brüsten! Ich erschrak – ohne eigentlich Zeit dazu zu haben. In mir barst schmerzlich jene Haut, die mich noch geschützt hatte, barst für immer. Was nachher geschah, daran erinnere ich mich gleichzeitig wie im Traum und überklar. Unendlich nah. Sogar die Gerüche, die Mischung der Luft kann ich noch nachempfinden (er schwitzte giftig). Für Augenblicke wurde ich um Jahre älter.

Da er mich angehalten hatte, verlor ich das Gleichgewicht, wäre seitwärts der Länge nach hingefallen. Aber er fing mich auf und griff mir gleich zwischen die Beine (ich trug einen knielangen Rock). Ich wusste zu der Zeit noch nichts Rechtes über die Dinge, die zwischen Mann und Frau zwischen den Beinen vor sich gingen; in der Schule zirkulierten darüber allmählich die ersten Halbwahrheiten.

Er musste versucht haben, mich hinter eines der Gebüsche zu zerren, die den Weg säumten. Doch brachte er mich nicht vom Fahrrad los, das halb auf uns lag und an das ich mich krallte. Er versuchte jetzt trotzdem, mich an sich zu drücken, mir das Höschen beiseitezuschieben. Die zuckenden Bewegungen seines Unterleibs waren damals für mich Anzeichen von Krankheit, Verrücktheit. Er tat mir weh – doch es gelang ihm nicht, in mich einzudringen. Er fummelte mit der Hand an meinem Geschlecht herum, drückte eine meiner Brüste. Zischte etwas wie: »Du wirst jetzt schön lieb zu mir sein, mein Süßes, komm – auseinander mit den Beinen, los!« Ich krallte mich weiter mit aller Kraft ans Fahrrad, obwohl mein Griff auf Dauer nicht gegen seine Kraft aufgekommen wäre, und schrie. »Lass mich los, du Schwein!« Fluchte, strampelte. Nicht nur Angst war dabei, sondern auch Wut, unheimliche Wut. Ihm hatte ich doch nichts zuleide getan – ihm zuletzt! War der wirklich von sich aus so bodenlos garstig?!

Er versuchte, mir den Mund zu stopfen, doch dafür hatte er eine Hand zu wenig. Das muss meine Rettung gewesen sein. Jedenfalls radelte ich mit einem Male wieder, war schon aus dem Wald. Im Hellen – eine rote Abendsonne ging gerade unter – kam ich wieder ganz zu mir. Ich konnte mich nicht mehr erinnern, wie ich die Gegend gesehen hatte, als ich in den Wald hineingefahren war, doch wusste ich, dass ich sie nie mehr so würde sehen können. Ich wusste, dass meine Unbefangenheit gegenüber den Burschen, den Männern dahin war, ein für allemal. War es das, was eine Frau von Männern zu erwarten hatte? Mein Vater, mein Quartierschwarm – solche Männer?! Meine Brüder, mit denen ich umherkroch, später auch einmal? Ein Spürchen dieser beißenden Angst ist seither selbst bei größtem Zutrauen, größter Geborgenheit einerseits, bei kühlster Berechnung andererseits geblieben. Als ob den Männern etwas ganz Übelriechendes anhafte, sie alle einem Stinktier über den Weg gelaufen seien.

Zu Hause durfte ich selbstverständlich nichts erzählen, sonst wäre jede meiner Freiheiten in Frage gestellt worden. Keinen Spaziergang hätte ich mehr unbegleitet machen dürfen, nicht mehr abends ausgehen, auch nicht bis zehn.

Zudem: Wäre ich rechtzeitig nach Hause gefahren, wäre das Ganze ja nicht passiert. In den Wald bin ich nur zaghaft wieder gegangen. Wenn, dann am helllichten Tag und dorthin, wo viele Leute waren – genau an die Orte, die ich zuvor möglichst gemieden hatte! Mein ursprüngliches Gefühl für ihn war nicht wiederzuhaben.

Nachdem ich dem Mann entflohen war, wusch ich mir an einem Brunnen die Kleider ein wenig aus. Ich machte mich zurecht, so gut es eben ging. Im Wasserspiegel sah ich mein Gesicht, erschrak, als es immer noch das Jungmädchengesicht war, das ich kannte. Zum Glück trockneten an der lauen Luft die Kleider schnell. Vom Nachtessen, das man mir stehengelassen hatte, brachte ich kaum einen Bissen hinunter. Ich erlebte den üblichen schweigenden Tadel – doch schien mir trotzdem, mein Vater habe etwas gemerkt. Ich schwitzte. Ohne eine Miene zu verziehen trug die Mutter das Essen ab. Nach dem Essen verschwand ich sogleich. Zog mir etwas anderes über. Verschwand auf dem Dachboden – und begann zu weinen. An die Entschuldigung, die ich wohl vorgebracht habe, erinnere ich mich nicht mehr. Nicht die Spur. Jene Nacht auf dem Dachboden war wirklich dunkel. Lauthals weinte ich um meinen

Verlust. Ich weinte mich aus. Nicht mehr durfte ich sein, wonach ich mich noch fühlte. Meine körperliche Erscheinung duldete das nicht mehr. Man ließ mich nicht mehr; ich konnte nichts daran ändern. Hinausgeschleudert in eine Welt, die, fremd ohnehin, mir nichts als gefährlich und Unheil verheißend erschien. Ich würde ihr also nicht entrinnen können. Nicht mehr. Auf der Hut sein müssen würde ich, niemand würde mir helfen, verlässlich Schutz gewähren. Wenn ich versagte, blieb ich liegen. Ich, ich allein ... Das Weinen tat gut. Und mit der Zeit wuchs neben der Erschütterung ein gewisser Stolz in mir. Jetzt war ich also eine Frau. Aber wenn schon, dann wollte ich auch als solche ernst genommen werden! Ich würde der Mutter mehr Widerstand entgegensetzen von nun an. Sie würde mir nicht mehr andauernd dreinzureden haben in die Klamotten, in die Frisur, mir vorschreiben können, wie und wo ich die Ferien zu verbringen hatte. Mein Zimmer würde nun aufhören, ein Zimmer zu sein, in dem ich Gast bin. Ummöblieren würde ich es, Poster und Bilder aufhängen, wie es mir beliebte, mir und niemand sonst, nicht nur die vom Dachboden; den Zimmerschlüssel würde ich verlangen. Meinetwegen auch selbst saubermachen, jaja, geht sie nichts an, wie's da drin ausschaut. Meine Meinung war jetzt meine Meinung und nicht die blasse, unreife Flause eines naiven Kindchens. Schminkzeug würde ich mir nun kaufen, in die Kleidergeschäfte gehen, wenn ich etwas Pinke ... –

Und ich würde es der Mutter endlich sagen, das wegen dem Tagebuch ... Darüber schlief ich ein.

Und ich hab's dann auch tatsächlich getan. Ihr lauthals ins Gesicht geschrien hab ich's. Das wegen dem Tagebuch. Allerdings mit Anlauf ...

Eigentlich hattest du dieses Ereignis fast schon vergessen damals. Zwei, drei Jahre später (allerdings: In deinem Empfinden für Männer und deinem Verhältnis zu ihnen hat es, wie gesagt, für immer Spuren hinterlassen). Du warst in den besten Backfischjahren. Früher Nachbackfisch vielleicht schon. Ein kicherndes Mädchen wie viele. In der Schule erstaunlicherweise eher fleißig. Unschlüssig gleichzeitig, wofür du dich interessieren solltest. Da war zwar schon unser Deutschlehrer, der uns unglaublich zu fesseln verstand mit seinem Einfallsreichtum.

Er breitete die Werke, die wir gerade lasen, gleichsam aus vor uns, öffnete den Vorhang – und schon erwachten die Figuren, bewegten sich. Sodass sich die Struktur des Werkes über sie ganz selbstverständlich mitteilte. Niemals versteifte sie sich zum abstrakten Gerüst. Aber er fesselte uns alle, Knaben wie Mädchen, den Mathematikstar ebenso wie den Geschichts- oder Fußballversessenen. Und dabei stets die etwas beklemmende Frage, ob das Interesse wirklich vom Fach oder doch eher vom Lehrer herrührte. Oder führten gar schlicht gute Noten zu den Präferenzen – nicht etwa umgekehrt, oder schaukelte sich beides wechselseitig immer weiter hoch bis zu einem mehr oder weniger dramatischen und mehr oder weniger dauerhaften Wetterumschwung? Lebhaft interessierte ich mich ja schon lange für ferne Länder und Sitten, las Geografie- und Geschichtsbücher; das hieß aber nicht, dass ich mich sonderlich für die entsprechenden Schulfächer begeisterte. Vielleicht weil wir nie gute Geografie- und Geschichtslehrer hatten. Die Natur zog mich an, weniger aber die Kenntnis ihrer Gesetze. Kurz und gut: Die Befindlichkeit einer Schülerin, die aufs Ende der Mittelschule zugeht, ihm aber noch nicht nahe genug ist.

Mit der Zeit waren die Buben doch noch zu jungen Männern herangereift. Man konnte sich also wieder mit ihnen abgeben. Damit verschwanden ein wenig die Lehrer- und Erwachsenenidole und machten solchen Platz, die man als gleichaltrig akzeptieren konnte. Langhaarigen Typen. Schönen Exotengesichtern. Die Rockmusiker oder Fußballstars, für die wir alle schwärmten, Burschen wie Mädchen, blieben.

Wir gingen auf Konzerte, auch in große Sportstadien, absolvierten das gewisse Muss, ohne das man nicht dazugehörte, was dann auch Schulgespräch war, Klassenklatsch am Montagmorgen. Wir gingen auf Feste, Feze, wie wir sie nannten, wurden meistens eingeladen, wir Mädchen. Nicht dass wir unsere Klassenkollegen verschmähten, aber wir standen in der Regel eher auf Jungen, die ein, zwei Jahre älter waren als wir – und es galt denn auch als besondere Ehre, von einem Schüler der oberen Klassen, vielleicht sogar einem Maturanden, eingeladen worden zu sein. Manchmal luden gewisse Knabenklüngel ganze Mädchenklassen ein – natürlich sofort tagelang *das* Hauptthema unter uns Mädchen, wenn wir, ja wir, die Auserwählten waren. Auf wen stand wer? Favoriten? Eigene Chancen? Was zog man an – besonders die Konkurrentinnen? Großer Nervenkitzel am Festtag! Wie aus dem Häuschen warst du doch damals, als du tatsächlich zu einem solchen Fez der obersten Klasse eingeladen wurdest! Und nicht nur das: Er ging in diese Klasse! Diesen Abend würdest du bei den Eltern unbedingt durchbringen – notfalls wärst du wohl auch heimlich weggelaufen. Zwar wurdest du nicht von ihm eingeladen; vielmehr kam ein etwas untersetzter, dicklicher Junge in einer Pause auf dich zu, sichtlich etwas nervös auch er, und fragte, ob du Lust hättest, mit ihm zu ihrem Fez zu kommen. Fred hieß der Junge, du kanntest ihn vom Sehen her. Du – als Einzige aus deiner Klasse! Natürlich warst du sofort dabei, auch wenn du in ziemlich unbestimmten Formulierungen durchblicken ließest, es müsste eigentlich gehen; du hättest bis jetzt nichts vor an jenem Abend. Das gehörte sich so – es waren ja noch andere Mädchen in der Nähe. Was für andere Mädchen denn noch eingeladen seien ... Er nannte dir Namen und dir war egal, dass du keines dieser Mädchen kanntest. Hatte er gemerkt, wie sehr dir das Blut in den Kopf geschossen war? Du wüsstest noch nicht, ob du gehen würdest, hast du nachher deinen Klassenkameradinnen gesagt, die natürlich alle von der Einladung zu hören bekamen – und insgeheim bereits Verhandlungen über einen Minirock oder ein Minikleid angebahnt.

Wie hätte Fred verstehen sollen, dass ein Gutteil meiner Freude nicht ihm galt? Dass jener andere gemeint war? Jener andere, dem ich schon so oft nachgeschaut hatte? Von Weitem – hoffentlich unbemerkt. Peter hieß er, seinen Namen hatte ich kurz zuvor im Vorbeigehen aufgeschnappt. Mit ihm auf demselben Fest! Zwar hatten wir noch nie miteinander geredet, nicht ein Wort, aber aufgefallen war er mir schon lange. Dunkles, gewelltes langes Haar hatte er, überhaupt einen dunklen Teint. Schlank und hochgewachsen war er und mich dünkte an ihm alles vollkommener als an jedem anderen: seine Bewegungen, der Klang seiner Stimme, die Art seines Auftretens. Seine großen braunen Augen strahlten lauter und klar, wenigstens aus der Ferne, und er wirkte wohl bestimmt, aber zugleich sanft und gutmütig. Einzig sein Lachen hatte etwas Ekstatisches manchmal. Unverhofft konnte es aus seinen weichen Lachfalten hervorplatzen. Es hatte etwas von einer Eruption, einem Erdbeben oder einem Vulkanausbruch. Seine Kleidung verriet Geschmack, wenn sie sich auch innerhalb dessen bewegte, was wir Jungen damals für modisch hielten. Gerne trug er weite Kutten über den Hosen, die seiner schlanken Figur gut standen. Er galt schon zur Mittelschulzeit als guter Musiker, spielte Klavier, Gitarre, einige wollten ihn auch schon Saxofon blasen gehört haben. Traf man ihn auf einem der Rockkonzerte, auf die er häufig ging, so wusste man, dass man früher oder später auch ganz wie von selbst seiner Meinung über dieses Konzert sein würde, da diese wenig später in den oberen Klassen jeweils Allgemeingut war. Hingegen nahm er an vielen Spielen seiner Kollegen nicht teil; selten sah man ihn auf dem Fußballplatz oder beim Tischtennis – ohne dass er deshalb bei ihnen außen vor blieb. War er bei »den Frauen« begehrt? Zwar sah man ihn selten mit Mädchen, aber ich traute ihm sehr wohl zu, dass er von ihnen nicht links liegen gelassen wurde. Ich sah in ihm nichts von dem, was mir jener Mann im Wald hinterlassen hatte. Nichts von jenem Ekel, der den Männern gegenüber von diesem Erlebnis zurückgeblieben war. Fred rief etwas von jenem Ekel hervor – ohne freilich etwas von jenem Mann zu haben. Unsere Angst, unsere Unsicherheit, unsere Verlegenheit damals! Die wir, Buben wie Mädchen, in hingespielte Verachtung verpackten, wenn wir unter unseresgleichen waren. Als ob wir uns so je hinters Licht führen ließen – und führen konnten! Wenn wir sie derart verachteten, warum redeten wir dann andauernd über die Jungs – bestimmt nicht weniger als sie über uns –

Peter galten also meine ganzen Vorbereitungen, ihm, nicht Fred. Natürlich hätte man für jeden Fez eine Weile lang vor dem Spiegel gestanden – aber diesmal durfte wirklich nichts schiefgehen! Von dem Mini durften die zu Hause zudem nichts wissen. Mini war zwar gerade groß Mode, aber du durftest keinen Mini tragen. Du hattest zwar doch einmal einen gehabt, aber nach der ersten Wäsche war er verschwunden. Spurlos. Geld, dir ein tolles Kleid für das Fest zu kaufen, hattest du keines. Also, du musstest die Freundin rumbringen. War ja eine gute Freundin von dir.

Aber trotzdem kein leichtes Unterfangen, denn natürlich war sie eifersüchtig.

Sabrina hatte denn auch zuerst nicht viel Musikgehör. Wenn sie nun, unvorhergesehen, plötzlich auch fortmüsste an jenem Samstagabend? Das (überaus schicke) Kleid werde mir doch sicher nicht passen (sie war etwa gleich groß wie ich und von gleicher Statur). Zudem wisse sie nicht, ob sie so etwas überhaupt dürfe (sie hatte es aus eigenem Ersparten gekauft – damit hatte sie geprahlt). Wer sage ihr schließlich, dass sie den Fetzen wieder so zurückbekomme, wie sie ihn hergegeben habe – und was, wenn nicht ...
Ich bestürmte sie. Eine so gute Freundin wie mich könne sie doch unmöglich im Stich lassen usw. Schließlich hätte ich auch schon vieles für sie getan (zwar fiel mir kein Beispiel ein). Und beim nächsten Fez – bei diesem gehe das natürlich nicht mehr – würde ich schauen, dass sie mitkommen könne. Bestimmt! Alles in meiner Macht Stehende würde ich tun – ich hätte jetzt ja Beziehungen. Zum Glück bewunderte mich das etwas schüchterne Mädchen ein wenig. Wohl der Unbefangenheit wegen, die ich an den Tag legen konnte, wenn ich gerade in Laune war.

Sie werde sehen, was sich machen lasse, damit ich aufschneiden könne vor meinen Typen. Aber den Nachsatz habe sie gehört, sie werde mich daran erinnern ... Zwei, drei Tage später brachte sie den Fetzen in die Schule. Ein blütenweißes, tailliertes Trägerkleid, enganliegend, ich erinnere mich noch genau, als wär's gestern gewesen. Und es passte. Wie angegossen. Wie für mich zurechtgeschneidert! Das musste sie selbst zugeben: Toll sah ich drin aus! Dazu mein welliges kastanienbraunes Haar, das tief in den Rücken hinabfloss, endlich hatte ich es wachsen lassen dürfen ... – In der Toilette hatten wir es anprobiert; ich sah zwar in dem kleinen Spiegel oberhalb der Waschbecken nur knapp meinen Oberkörper, aber der Rest ließ sich mühelos erahnen. »Jetzt musst du dir dazu noch die richtigen Schuhe anziehen. Nicht allzu hohe Absätze, aber auch nicht ganz flach. die kann ich dir aber nicht auch noch leihen!« »Nicht nötig. Die Schuhe, die zu diesem Mini passen, passen nicht nur zu Minis, sogar eine weiße Umhängetasche habe ich, grobes Tuch zwar, aber was soll's, man tanzt und küsst sich ja ohne ...« Mit einem Mal war meine Sache auch ganz die ihre geworden. Wie eine Mutter, oder besser eine Managerin, behandelte sie mich. Beinahe hätten wir die Glocke überhört, die die Pause ausläutete. Wir kamen nur nicht zu spät in die Stunde, weil der Lehrer noch später kam: Mathe! Am darauffolgenden Samstag war der Fez. Ein schöner, blauer Samstag Anfang Juni. Fred würde mich abholen kommen. Ausgerechnet an jenem Morgen noch zwei Prüfungen: Latein und Physik! »Also, bis heute Abend!« Mit Fred hatte ich an einer nahen Straßenkreuzung abgemacht, nicht gleich bei mir zu Hause (ich wollte nicht, dass meine Eltern Fred sahen – auch sollte er unser Haus nicht sehen). War der Typ wirklich so ruhig, so fast gleichgültig, wie er schien?

Den halben Nachmittag verbrachte ich im Bad vor dem Spiegel, bastelte an meiner Frisur, an meinem Gesicht herum und erstaunlicherweise machte keiner der Stifte, keines der schon damals nicht eben wenigen Döschen und Flakons ob all der Korrekturen und nochmals verbesserten Verbesserungen schlapp. Als ob es der erste Fez gewesen wäre! Was, wenn das Ganze ein Reinfall wurde? – Ohrringe? Ach ja, die kleinen goldenen. Armreife ja, aber nicht zu viel Schmuck sonst, man würde tanzen. Von zu Hause her hätten die Vorzeichen nicht günstiger gesetzt sein können: Die Eltern waren schon vor dem Beginn des Abonnementskonzertes in die Stadt gefahren, weil sie dort noch etwas Kleines essen wollten, die Brüder waren auf einem Wochenende der Pfadfinder, die kleine Schwester hatte ich noch zu versorgen, bevor ich ging; und niemand wusste ja, wohin genau ich ging, nicht einmal ich selbst.

Auch Fred kam gut herausgeputzt, sah schlanker aus, größer. Gefiel mir nun immerhin auch ein wenig. »Hm – hübsch, sehr hübsch, sexy!« Diesen Ausruf konnte er sich nicht verkneifen. Etwas störte mich allerdings: seine etwas gesuchte Kleidung. Auf ausgeflippt und etwas heruntergebracht getrimmt. Aber neu. Das bunte Tuch um den Hals, die ab Fabrik mit Flicken benähte Hose, die Schuhe auf Hochglanz, sein wildes Hemd. »Eine geile Sache wird das heut Abend, das kann ich dir versichern, den halben Nachmittag haben wir eingerichtet. Dann nichts wie heim, baden, umziehen. Dass ich zur Zeit da bin, ist ein reines Wunder!« Er legte mir seine Linke auf die Schulter, nahm sie aber sogleich wieder weg: »Wir werden noch eine Strecke mit dem Bus fahren müssen.« Wir setzten uns in Trab.

Ich ging etwas beklommen neben ihm her. Ein Kloß saß mir im Hals. Was redete man mit einem Jungen, wenn man alleine mit ihm war? Auch ihm fiel nicht eben viel ein, doch seine Bewegungen, seine Schritte waren ruhig und sicher. Das schuf ein wenig Raum. »Anstrengende Woche gehabt?« Er war mir dennoch zuvorgekommen. »Geht, aber zwei Prüfungen gerade noch heute Morgen – und ihr?«

»Unsere Wochen sind immer anstrengend jetzt, so kurz vor der Matura, das kannst du dir ja vorstellen. Zudem habe ich noch einen Vortrag vorzubereiten. Englisch, ›Oscar Wilde – his Life and his Work‹. Kannst du dir einen blöderen Titel vorstellen? Der hat ja nicht grad wenig geschrieben, dann noch sein Leben ... ›There are two tragedies in a lifetime. The first is not getting what you want, the second is getting it ...‹ Guter Spruch, aber in einer Stunde das Ganze. In fünfundvierzig Minuten, was soll ich ihnen da erzählen, außer ein paar Daten mit ein paar Angaben dazu und ein paar deftigen Zitaten, ein paar Allgemeinplätzen ... Und heute Morgen hatten wir eine Matheklausur.«

»Mathe – ihr auch? Ihr habt doch nicht per Zufall auch den M.?«

»Natürlich!«

»Dem ist's, scheint's, langweilig übers Wochenende. So sind sie eben, die Mathematiker; an den schönsten Wochenenden sitzen sie drin und korrigieren Prüfungen.«

»Ist ja auch Junggeselle, der M.«

»Wirklich? So sieht er auch aus, mit seinen zerknitterten Anzügen – war sie denn schwer?«

»Integrieren, Differenzieren, träum nicht davon. Ist noch früh genug, wenn ihr in zwei Jahren in die Mangel genommen werdet – und eure?«

»Geht. Gleichungen mit zwei Unbekannten, etwas Trigonometrie ...«

»Kann ich schon bald nicht mehr. Immerhin: Für mich ist diese Übung ja in ein paar Monaten vorbei, zum Glück ...«

»Und nachher?«

»Ich weiß noch nicht genau. Vielleicht Jura. Aber ich habe die Nase so voll, ich mag noch gar nicht daran denken!«

»Was das betrifft, könnte auch ich gerade vor der Matura stehen.«

Dass uns ausgerechnet dieser schlichte, etwas spröde M. mit seiner Mathematik aus unserer ersten Verlegenheit geholfen hatte ... Wir stiegen in den Bus und waren alles andere als alleine, aber zwei Plätze nebeneinander waren frei. Ich setzte mich an das Fenster und Fred legte den Arm auf meine Rücklehne. Wir fuhren lange, in Wirklichkeit eine knappe halbe Stunde vielleicht, aber mir kam es länger vor. Die Gegend war mir ein Stück weit bekannt, wir streiften nämlich das Viertel, wo meine Großmutter, damals um die siebzig und eine lebhafte, gleichzeitig distinguierte wie bescheidene ältere Dame (ich mochte sie sehr), in einer Zweizimmerwohnung wohnte, seit sie nach ihrer Scheidung aus jenem Haus ausgezogen war, das wir jetzt bewohnten. Wir fuhren aber noch ein Stück weiter bergan, stiegen bei der Endstation aus. Trotz allem begann ich allmählich Zutrauen zu schöpfen zu diesem Fred; wir brachten es sogar fertig, während der Fahrt hin und wieder für mehr als einen knappen Augenblick zu schweigen, ohne dass sich diese Verlegenheit, diese Lähmung, dieses einander Ausgesetztsein zwischen uns schob, dem man fast nur durch erlösende Dritte entkommt. Der Bann war gebrochen.

»Hast du dein Badezeug mitgenommen?«, fragte er mich beim Aussteigen aus dem Bus.

»Nein, du hast nichts gesagt – werden wir denn heute Abend auch baden?«

»O je, ja, man kann baden dort. Sie haben ein großes Hallenschwimmbad mit Flutstromanlage. Sind sehr reiche Leute. Riesige neue Villa, wirst sehen und staunen. Für dich werden wir aber bestimmt was finden. Er hat, glaub ich, Schwestern, der Hans.«

Er nahm mich in den Arm und ich fand es völlig natürlich, dass er das tat.

»Das Haus werden wir übrigens ganz für uns haben. die Eltern sind ausgeflogen übers Wochenende. Haben ein Ferienhaus am See. Ganz in der Nähe meiner Eltern, mit denen sie befreundet sind. Meine Alten sind auch dort draußen.«

Das war nun aber wirklich ganz schön vielversprechend. Ich versuchte von Weitem zu erraten, welche der Villen »unsere« sein könnte. Wir gingen durch ein ausgesprochenes Wohlstandsviertel. Nur Einfamilienhäuser, viele neue, üppige unter ihnen, links und rechts der Straßen.
»O schau mal her, der Fred, wen er sich da geangelt hat – grüß dich, Marianne!«
Woher wusste Peter meinen Namen? Dass ausgerechnet er uns die Tür öffnen musste ...
Die Villa, wirklich kaum ein paar Jahre alt, stand in nichts meinen Vorstellungen nach; sie war neu, groß und fast übertrieben luxuriös. Offensichtlich teure, riesengroße Bilder zeigten schon im Flur, wer hier wohnte. Auch die Möbel, Nussbaum oder Tropenholz, deuteten auf nicht eben knapp bemessene Moneten hin. Vom Stil und der blanken Politur her hätten sie mindestens so gut in unserem Haus stehen können; ihre geschwungenen Beine und Schnörkel passten nicht zu den klaren Linien und Sichtbetonwänden der Villa. Allerdings: Ich werde wohl nie erfahren, wie sie aussah, wenn sie gewöhnlich bewohnt wurde, denn sie war umgestellt von Kopf bis Fuß. Nicht nur das riesige Wohnzimmer, das selbstverständlich zum Tanzen hergerichtet war. Und mit welchem Aufwand! Große Kissen, auf denen man sich leger hinlümmeln konnte, lagen haufenweise auf dem Spannteppich. Eine regelrechte Diskothek mit zwei Plattenspielern, Tonband, Kassettenrecorder und einer Unmenge von LPs in den Regalen nahm einen beachtlichen Teil der einen Breitseite des Zimmers ein. Ein Junge saß schon dahinter, Kopfhörer über den Ohren, und hantierte unablässig mit Scheiben und Reglern. Ganze Leuchtschnüre, Kabel mit einer farbigen Glühbirne nach der andern, Lampions in allen Formen und Mustern hingen an der Decke, umzogen alles mit farbigem Papier, Silbergirlanden und Fastnachtsschlangen. Im Moment brannte irgendwo noch weißes Licht. Berge von Erfrischungen, Backwerk, kleinen belegten Brötchen standen auf kleinen Tischchen. Einzig der Flügel schien geblieben, wo und was er war. Schwarz und glänzend stand er in einer Ecke. Er war aufgeschlagen, der Deckel über der Tastatur hochgeklappt. Es musste etwa die gleiche Größe Flügel sein wie derjenige meines Vaters. Nur glänzte er mehr,

denn unser Instrument war so ziemlich das einzige Stück, an das sich weder Mutter noch die Putzfrau heranwagten (ganz abgesehen davon, dass sich immer Berge von Noten auf ihm türmten). Natürlich waren die Rollläden bereits heruntergelassen, die Vorhänge zugezogen.

Die Verkleidungskünste gingen weiter in den oberen Geschossen. Wohl kein Zimmer in dem ganzen Haus war verschont geblieben. Keines hatte seine ursprüngliche Beleuchtung und Möblierung behalten. Zwar standen in den Schlafzimmern noch die Betten, aber kaum mehr eines so, wie es sonst stand. Und kein Möbelstück, das nicht mindestens durch Dekoration verändert worden wäre! Poster, wild durcheinander, überdeckten die Wände. Ein Zimmer war unterteilt durch einen Vorhang aus lauter Bierflaschendeckelschnüren. Wie hatten es die Jungen nur fertiggebracht, das Haus so zu dekorieren an einem einzigen Nachmittag?! So was war mir nun wirklich noch nie untergekommen! Unser Haus dagegen; nicht, dass es kleiner gewesen wäre als dieses hier – aber ... Freilich, ob diese Villa hier im Alltag angenehmer zu bewohnen war als unser zwar gepflegtes, aber altes Haus, das stand auf einem anderen Blatt. Fred führte mich durch alle Zimmer, zeigte mir ausgiebig und nicht ohne Stolz ihre Arbeit. Er wich keinen Schritt von mir. Für den Moment war mir das ja recht – wenn nur nicht zu viele uns so zusammen sahen ... Einige badeten sogar schon im Schwimmbad, andere spielten an den Tischen davor Tischtennis oder saßen im riesigen Garten, sicher mindestens doppelt so groß wie unserer war er, in Liegestühlen, die überall weit verstreut in Grüppchen herumstanden, in der Abendsonne.

Allmählich fanden sich alle wieder im Wohnzimmer ein. Grüppchen bildeten sich und gaben sich jeweils alle Mühe, ausgelassener, ungezwungener, gelöster zu wirken als alle anderen. Man knabberte an dem bereitgestellten Gebäck, nippte an irgendeinem Getränk; nur die Jungen kannten sich ja untereinander. Ich schien zu den Jüngeren unter den Mädchen zu gehören, wenn auch eine ganze Gruppe ungefähr in meinem Alter war. Also Mädchengekicher an allen Ecken und Enden. Ein paar »Verantwortliche« unter den Jungen besprachen sich dauernd untereinander, eilten geschäftig hin und her, ohne dass man erraten hätte, was sich aus dieser Geschäftigkeit ergeben sollte.

Fred stellte mich den Umstehenden vor, war dann aber mit einem Mal verschwunden.
Auch Peter war nicht allein gekommen. Das Mädchen, neben dem er ganz auf der gegenüberliegenden Seite des Raumes auf einigen Kissen lagerte, kannte er sicher nicht erst seit heute. Sie schienen ganz in sich vertieft, schauten kaum in die Runde, beide. Das war ja nicht die beste Musik! Aber der Abend war ja noch lang und die Würfel mussten noch nicht gefallen sein. Ich gab mir alle Mühe, die Sache noch nicht für verloren zu geben. Musste sie wirklich seine Freundin sein? Ich hatte ja auch Arm in Arm mit Fred unter der Türe gestanden, als Peter, ja ausgerechnet Peter öffnen kam ...
Man befragte mich ein wenig über die Schule, aus welcher Klasse ich sei, wer mich eingeladen habe, redete über den »Hausbesitzer«. Sein Vater war, wie könnte es anders sein, Direktor in einer großen Firma, jetzt fort übers Wochenende (wie mir Fred ja schon gesagt hatte), zwei Schwestern des Sohnes – die Blondinen dort in der Ecke – seien auch da (schienen nicht viel älter oder jünger zu sein als ihr Bruder). Ob einem die Musik gefalle, die gerade lief, vorerst noch in Hintergrundlautstärke (melodiöser Rock) ...
»Einen schönen guten Abend euch allen!« Das war er jetzt, der Hausbesitzer, durch das Mikrofon: »Großartig, dass ihr alle gekommen seid ..., ähm, wir sind uns alle noch ein bisschen fremd – das heißt, wir Jungs kennen uns natürlich. Die Mädchen – das werden wir auch gleich haben. Eure Namen wissen wir, aber wer ist wer. Wir haben deshalb ein paar Spiele organisiert zum Einstieg. Das erste geht so: Wir haben da zwei Körbe voll mit Papierschnipseln. Auf jedem Schnipsel steht ein Name. In dem da ...«, er hielt einen eckigen Korb in die Luft, stellte ihn rechts neben sich, »... sind alle Namen der Damen drin, im anderen runden logischerweise unsere. Jetzt, ähm ... machen wir einen Tanz. Ich ziehe ein Paar aus den Körben (Gekicher). Das fängt an. Nachher, immer wenn die Musik unterbricht, ziehen die Jungs aus dem Damenkorb einen Zettel, die Damen aus dem Herrenkorb (Getuschel). Ihr müsst einander dann finden – Ausrufen nicht nur gestattet, sondern erwünscht!« Er beginnt hinter seinem Pult hin und her zu fummeln, wir beginnen nervös mit-

einander, in Tat und Wahrheit aber mit uns selbst zu plappern.
»Wenn ich den erwische ... Hilfe! Wen zieht er wohl als Erste ... Alle meinetwegen, nur nicht mich!« »Also, fangen wir an, das erste Paar heißt Marianne und Peter!« Mit einem Mal waren wir nur noch zu dritt. »Marianne Schuler!«
Das war und blieb ich. Ich, niemand sonst.
Kaum haben wir uns gefunden, setzt auch schon die Musik ein (eine schnelle Rocknummer), das große Licht geht aus, nur noch die farbigen Lampen brennen. Ich versuche, Peter zu finden, ihm in die Augen zu schauen, aber er schüttelt sich nur hin und her, schlenkert vor sich hin, schaut in irgendeine verlorene Ecke – weicht er mir wirklich aus? Da geht das große Licht schon wieder an, wir müssen zu den Körben, Peter zieht eine Corinna, ich einen Bernhard. Zum Glück sind wir noch alleine, aber ich rede, rufe trotzdem zu leise, um das Getuschel zu übertönen. »Mut, Marianne«, befiehlt mir der Lautsprecher, »die anderen ein bisschen leiser!« Eine hochgeschossene Bohnenstange kommt auf mich zu.
Etwa vier, fünf Durchgänge, dann sind wir alle auf der Tanzfläche. Und mir bleibt – Fred! Hatte der die Schnipsel gezinkt? Die Zahl der Knaben und Mädchen ist – per Zufall vielleicht – ausgeglichen, niemand bleibt also sitzen. Nur der Hausbesitzer hockt hinter seiner Diskothek, legt uns eine heiße Scheibe nach der andern auf, alle ganz gehörig zum Strampeln. Bei dem offenen Tanz sind Paare kaum mehr Paare, aber Fred gibt sich alle Mühe, mich nicht aus den Augen zu verlieren.
Mit der Zeit müssen wir uns tatsächlich weniger Mühe geben voreinander. Unsere Verrenkungen werden zu Bewegungen. Wild schwingen und werfen wir uns durcheinander. Niemand will es sich leisten, jetzt schon müde zu sein. Wir bleiben also komplett auf den Beinen. Wir beginnen jetzt wirklich zu schwitzen, werfen unsere Haare aus der Stirn, weil sie wirklich stören.
Er jagt uns tüchtig, der Discjockey, stellt unsere Kondition auf die Probe. Deshalb muss er keinen Widerspruch fürchten. als er durchs Mikrofon eine Pause ankündigt. »Draußen auf der Terrasse findet ihr Food und Gesöff.« Haben sich doch ein paar flinke Geister fortgeschlichen? Von draußen riecht es nach Bratwurst und Bratkartoffeln. Erleichterung überall, Seufzer,

etwas gekünsteltes Stöhnen, Schweißperlen auf der Stirn, gezückte Taschentücher. Ein Gedränge vor dem Durchgang zur Terrasse. Fred neben mir, schon wieder den Arm um mich. Was fällt dem ein! »So, das ist eingefahren!« Ich nicke – und lasse ihn gewähren.

Draußen ein wunderbarer Frühsommerabend, noch hell. Auf der einen Breitseite der Terrasse zwei große Kugelgrills und lange Tische voller Esswaren. »Setz dich dort vorn an die Aussicht, ich hole Würste und etwas zu trinken – oder willst du zuerst in den Pool?« Ich verneine, also geht er zu den Grills und den Tischen. Ich hatte ja so oder so keine Badehose dabei und es blieb auch ruhig unten.

Die Terrasse bot wirklich eine wunderbare Aussicht auf die Stadt und in die Berge rundum. Sie schaute gegen Südwesten und die Abendsonne war knapp noch nicht verschwunden – gibt es solche Ausblicke heute noch? Im Garten standen einige Bäume, die dem Panorama Tiefe und Raum gaben, es geradezu inszenierten, ihm jede Aufdringlichkeit nahmen und es leicht und gefällig, wie hindrapiert erscheinen ließen. Die Altstadt hatte genau die richtige Größe, das Tal mit dem von hier aus fast zierlichen, fast wie nach Plan geradezu graziös-schwungvoll mitten in seinen Boden hineingefrästen Fluss die richtige Breite, um den Bergen, den Hügeln im Hintergrund ihren Raum zu lassen. Der nicht sehr hohe Stadthügel, der »Berg«, wie ihn die Städter schlicht und liebevoll nannten, hinter dessen nördlichem Ausläufer irgendwo unser Haus liegen musste, wirkte diesseits des Flusses fern von uns wie ein Wächter; wie ein Wahrzeichen, das hätte aufgeschüttet werden müssen, wenn Verwerfungen der Erdkruste das freundlicherweise nicht schon erledigt hätten, lange bevor L. Stadt, ja auch nur Dorf war. Das Excelsior an bester Lage zuoberst, dessen Schattenriss, offensichtlich immer noch einige Höhenmeter unter uns, man deutlich sah, der einstige Nachmittagstreff der gehobeneren Damen von L., das hatte allerdings nichts von Ausguck und Überwachung, viel eher von Protz; es war wie eine Nummer zu groß. Neulich war es renoviert und erweitert worden, hatte zwar rein technisch an Luxus und Exklusivität dazugewonnen – Prominenz oder wer sich dafür hielt übernachtete nach wie vor dort –, aber den einstigen Charme so gut wie vollständig verloren, wie Großmutter Barbara stets versicherte, die in den Dreißiger- und Vierzigerjahren zu diesen gehobeneren Damen gehört hatte (was ihr Sohn Ernst, mein Vater, der als Kleiner ab und zu mitdurfte, gerne bestätigte – beides). Aber heute seien halt andere Zeiten, ganz andere, meinte sie dann jeweils nur, lächelte und zuckte mit den Schultern ... Man konnte sich kaum vorstellen, dass die Geräusche, die sich zu uns hinaufstahlen, anderswo zu unerbittlichem Lärm anschwollen. Hier oben waren sie frisch, gehörten zur Choreografie, auch sie, und die Farben der Lichter und Leuchtschriften, die jetzt nach und nach angingen, schienen genau für diese Aussicht, für diesen Abend, dieses unser Fest ausgewählt worden zu sein.

Natürlich hatte auch auf der Terrasse der Eifer der Dekorateure nicht nachgelassen. Geschützt durch bauchige Gläser, standen auf jedem Tisch mehrere Kerzen, die bereits angezündet waren, als wir hinausströmten. Und auch hier die Lampions, die Leuchtketten, die Girlanden. Auf den Wiesen noch immer all die einladenden Liegestühle und Kissen, nur etwas neu gruppiert und noch unordentlicher.

»Da, für dich!« Fred drückt mir eine Bratwurst in die Hand, stellt Kartonteller und Becher auf den Tisch. Während er die Becher mit Sprudel, den er offenbar eben aus einer der Kühlboxen geholt hat, füllt, wirft er einen kurzen Blick zu mir herüber und schmunzelt: »Zuerst etwas für den Durst, dann etwas für den Gaumen!« Er zeigt mir die Flasche. Weißwein. Ich hatte nur selten Wein getrunken zuvor, vielleicht einmal bei einem Fest ein Glas. Hatte nicht verstanden, was die Erwachsenen so besonders fanden an dem bitteren Zeugs. Also gebe ich meiner freudigen Überraschung Ausdruck, frage, woher er den denn habe. »Es sind dort einige Flaschen bei den Grills in der Kühltruhe, sagt er, »aber für dich habe ich natürlich einen ganz besonders guten Tropfen ausgesucht. Chateauneuf-du-Pape.« Ich meinerseits blicke unruhig umher, suche nach Peter, kann ihn aber nirgendwo finden.

Also essen wir halt voreinander hin. Fred erzählt mir ein wenig von sich, seinen Eltern. Er kennt den »Hausbesitzer« – Hans – schon von Kind auf. Sie haben zusammen gespielt, durch dick und dünn zusammengehalten, auch wenn alle andern sie auslachten. Er wohne unweit von hier, ihre Eltern seien ja gute Freunde, ihre Väter hätten auch geschäftlich miteinander zu tun. Wasserski – ob ich Wasserski fahren möge? Was, ich sei noch nie Wasserski gefahren?! Dann müsse ich einmal mitkommen, unbedingt.»Wieso nicht nächstes Wochenende? Nächstes Wochenende fahre ich wieder mal mit, trotz Matura. Du bist herzlich eingeladen!« Er zwinkert mir zu. Ich bleibe zurückhaltend: Wasserskifahren, das würde mich zwar schon mal noch reizen, aber ... (Tatsächlich bin ich dann mitgegangen. Da seine Eltern dabei waren, ließen mich die meinen ziehen.) – Wäre Fred ohne solche Vorschläge auch nur zu etwas mehr als dem Fred dieser Nacht geworden?

Da sehe ich Peter. Mit einer andern. Ist der so ein Casanova? Nein, wirklich, es ist nicht dieselbe von vorhin im Wohnzimmer. Obwohl: Die Dämmerung ist schon heraufgestiegen, jedes Licht hat seine Umgebung bekommen und Peter steht im Schatten, im Off. Aber sie hat nicht die gleiche Frisur wie die Erste, hat Locken, die Erste hatte langes, dunkelblondes Haar. Peters Haar klebt an Kopf und Hals. Er muss gebadet haben, ist jetzt hungrig, wohl erst recht, auch er.

Ich also eine unter vielen, die ihn anhimmeln – eine vielleicht, die er nicht einmal beachtet (auch wenn er meinen Namen weiß)?! Ich kann nicht mitansehen, wie er sie anlacht, in den Arm nimmt. In dieser Dämmerung, die nur so dazu einlädt!

Ich wende mich deshalb ganz Fred zu. Beginne Fragen zu stellen. Unterbreche ihn, um mehr zu erfahren, bin ganz Ohr. Merkt er etwas? Ich habe die ganze Zeit ein etwas mulmiges Gefühl, aber er verzieht keine Miene. Er schenkt mir Wein ein, hat uns sogar zwei Kelche beschafft, will mit mir nicht nur anstoßen, sondern »Duzis« machen, wie er sagt, muss sich deshalb neben mich setzen, weil das über die breite Tischplatte hinweg nicht geht, schaut auf meine nackten Beine. Mit ineinander verschränkten Armen stoßen wir an, küssen uns, und soo schlecht schmeckt der Weißwein nun auch wieder nicht. Ich nehme gleich ein paar kräftige Schlucke. »Oh, einen guten Tropfen verschmäht sie nicht, das ist schön!« Fred schenkt nach. Er zieht mich zu sich heran und beginnt mich zu streicheln (wir sind wirklich allein zurückgeblieben an diesem Tisch). Ich beruhige mich, ja, ich beginne mich ein wenig wohl zu fühlen. Soll der dort drüben doch herumschieben mit seinen Weibern! Laute Musik aus dem Wohnzimmer ruft, ja zwingt uns wieder hinein. Fred weicht nun natürlich erst recht nicht mehr von meiner Seite. Er muss aber, denn das Mikrofon verlangt einen Lawinentanz. Ich tanze diese Runde deshalb vornehmlich mit anderen Jungen. Wie ich einmal bei Peter vorbeikomme, flüstert mir dieser hinter vorgehaltener Hand ins Ohr: »Du, Marianne, lass dich nicht mit diesem Fred ein. Er ist ein Schuft, glaub mir!« Schon ist das Paar wieder weg (trotz Lawinentanz immer noch die Lockige von vorhin). Was sollte nun *das* wieder! Zuerst behandelt er mich wie Luft und nun ist ihm plötzlich mein Schicksal so wichtig! Kurz darauf setzt er sich an den Flügel und spielt hinreißend. Wilde Gegentakte und gleichzeitig selbstvergessene, verträumte Tonperlen; sein ganzer Körper geht mit, sagt nochmals für das Auge, was ein jeder ohnehin schon hören muss. Mit mir hat er nachher den ganzen Abend lang kein Wort mehr gesprochen.

Wirklich außer Rand und Band geriet der Fez erst kurz vor Mitternacht, einen Pfifferling hatte ich mich darum geschert, dass ich schon um elf hätte zu Hause sein müssen. Einmal, als ein paar andere Mädchen gingen, spielte auch ich mit dem Gedanken ans Nachhausegehen, hatte dann aber doch keine Lust, die Sache so halbherzig fahren zu lassen – trotz allem. Ich blieb also und damit hatte ich über mehr entschieden, als ich damals ahnte.

Möglich, dass die Weinlaune das Ihrige dazu beigetragen hat. Ich wenigstens begann ihn schon ein wenig zu spüren, den Wein, denn natürlich war es nicht bei dem einen, etwas nachgeschenkten Glas geblieben. Ich wollte ja nicht das junge Täubchen sein, das nichts verträgt.

Plötzlich waren wir alle in der Schwimmhalle – wieso, weiß der Teufel. Was wollten wir da unten alle zusammen? Verschwitzt und in schon ziemlich mitgenommener Garderobe umstanden wir das Becken wie bestellt und nicht abgeholt. Hallendes Gelächter. Dann begannen die Ersten zu schubsen, einige unter uns Mädchen zu kreischen. Einmal wäre ich beinahe ins Wasser gefallen.

Doch den Anstoß gab gerade Peters Gelockte, Vreni hieß sie, glaub ich. Als ein »Herr« die »Dame« wieder mal ins Wasser stoßen wollte, rief sie mit einer Stimme, die sogar den Hall des Raumes übertönte: »Na gut, wenn du mich unbedingt da drin haben willst – bitte sehr!« Reißt sich die Kleider vom Leib und springt ins Wasser, splitternackt!

Das war das Zeichen; wie welkes Laub blättern auch uns anderen die Hüllen weg. Ich wäre beinahe noch in Sabrinas bestem Stück kopfüber ins Wasser gefallen, wenn nicht Fred, der gestoßen hat, mich im letzten Moment noch zurückgehalten hätte. Wer nicht verfolgt wird, bis er ins Wasser stolpert, springt selbst hinein. Ein infernalisches Durcheinander, bei dem man nicht mehr unterscheidet, ob man Dampf, Spritzer hört und Geschrei, kreischendes Gelächter sieht oder umgekehrt. Ein göttliches Vergnügen! Wir spritzen, werfen nacheinander mit was uns gerade in die Hände kommt, kämpfen gegen den Flutstrom, tauchen einander unter, kitzeln von unten. Das Wasser schwappt über; die Filteranlagen vermögen bei Weitem nicht mehr zu schlucken, was wir an Wellen produzieren. Einmal zieht mir jemand die Beine unten weg. Ich verliere das Gleichgewicht und eine Hand berührt meine Scham. Es ist Fred.

Sonst sind Einzelne kaum mehr zu unterscheiden, nur noch knapp Mann und Frau. Ein Kommen und Gehen und alles Gute kommt von oben – wenn wieder wer mitten in den Strudel springt. Mehr spüren wir unsere Leiber sich aneinander reiben als die Wellen dazwischen. Nicht selten verteilen oder bekommen wir einen Schlag verpasst, wenn der Arm, der als Armvoll Wasser gemeint war, ins Leere schlägt. Alle gehen wir auf im allgemeinen Taumel – wie hätte ich da noch an überhaupt etwas denken sollen?

Trotzdem hätte ich schwören können, dass es Peter gewesen ist, der mich untergetaucht hat. Zweimal. Gerade die Zeit, nach Luft zu schnappen, hat er mir gelassen. Doch wie ich endlich wieder etwas sehen kann, steht neben mir – Fred, wieder Fred. Er grinst über sein ganzes rundes Gesicht. Peter kann ich nicht ausmachen in meiner Nähe, aber das muss ja nichts heißen. Während ich so stehe und schaue, reißt mich der Flutstrom um, aber Fred hält mich. Kann der so starke und sichere Arme haben? Er beginnt zu schwimmen, hält mich in seinem linken Arm. Einige Züge strampeln wir so nebeneinander, mehr liegt nicht drin. Fred beginnt nun immer hemmungsloser meinen nackten Körper zu streicheln, zu liebkosen, auch alle anderen Körper streicheln, liebkosen sich. Die Laute sind nicht mehr schroff und schrill, nicht mehr giftig für die Ohren, vielmehr schwanger vor Wollust, in der man noch fast ausgiebiger baden kann als in der Gischt zwischen uns. In Wellen wogt sie. In immer weiteren Wellen. Wasser, reines, mildes Wasser, nichts mehr von Chlorgeruch. Wild durcheinander fallen wir; auf-, über-, untereinander. Die Wellen tragen uns hinaus, weit hinaus durch überall offene Türen, hinaus auf die Wiese, unter die Bäume, zwischen die Sträucher. All die Schemen von nackten Körpern im Dunkel (wo ich doch sonst nicht einmal nackt im Haus umherging!). Wir küssen, wir kämpfen, wir wehren ab, fordern heraus, geben nach, liegen – bleiben liegen. Freds Körper auf meinem, meiner auf Freds ...

»So, Schluss mit der Walpurgisnacht! Eine kleine Pause, sonst wird's ja noch ernst ... Es gibt etwas zu essen!« Die Stimme musste von der Terrasse heruntergedonnert haben. Durch einen Lautsprecher. Bedeppert stehen wir einander gegenüber. Versuchen zu verdecken. Zu allem Überfluss trifft uns nun auch noch ein Lichtstrahl von oben, leckt die ganze Wiese ab. Wir rennen zum Bad, suchen aus den Bündeln feuchter Lumpen die unsrigen heraus – das Kleid! Was wird die Sabrina sagen! Auch mein Höschen ist vollkommen durchnässt.

Droben im Wohnzimmer und auf der Terrasse ist es, als ob die Stimme jetzt ein schlechtes Gewissen habe. Kein Junge führt sich so auf, dass man sie ihm rechtens hätte zuordnen können. Und doch haben wir alle sie gekannt! Alle wollen sie wie im Nachhinein übertönen – Hans, der Hausbesitzer, nicht ausgenommen. Und das gelingt, so wie übertönen halt gelingen kann. Wieder ein Gedränge um die Tische, Früchte fliegen durch die Luft – die aber mit erstaunlicher Sicherheit aufgefangen werden. Ein süßlicher Duft verbreitet sich, der nicht von Speisen herrühren kann. Mir werden Zigaretten angeboten. »Setz dich doch auch auf einen Trip zu uns!« Ein paar konische Dinger, die an ihren breiteren Enden glühen, werden herumgereicht.

Das also sind Joints. In einem Kreis sitzen wir im Wohnzimmer im Schneidersitz, einen Becher in der Hand, einen Teller neben uns, ziemlich feucht betucht. An allen Ecken und Enden im Haus scheint Musik zu laufen. Ich begreife nicht ganz, was dieser süßliche Rauch soll, den ich nur kurz in den Mund nehme, gleich wieder ausblase. Bis mich jemand aufklärt: »Tief einatmen musst du, den Rauch hinunterziehen in die Lungen, sonst hast du keine Wirkung.« Ich versuche, tief einzuatmen, und muss fürchterlich husten. Einige lachen. Ich hatte noch nie geraucht, schon gar nicht Haschisch. Doch mit der Zeit lässt das Husten nach und das Zeugs beginnt auch bei mir zu wirken. Vielleicht auch nur, weil alle darüber zu reden beginnen, wie es bei ihnen einfährt.
    Unheimlich leicht zu fühlen glaube ich mich. Wie fast ohne Gewicht und Substanz. Aber unwahrscheinlich, da ganz und gar im Hier und Jetzt trotzdem. Die ersten beginnen sich zurückzuziehen, kuscheln auf Sofas, Kissen, Stühlen. Man sieht Zärtlichkeiten, hört Stöhnen.
    Da ließest du dich gehen. Peter hin oder her und seine albernen Mahnungen. Von ihm war ja doch nichts zu haben.
    Der Herr ist wieder mal nicht zugegen. Fred zieht dich hinaus.
    Draußen gehörst du ganz ihm, er ganz dir. Du wirfst dich an ihn, er hebt dich hoch. Wir albern herum, lachen, rollen auf der Wiese umher. Bleiben liegen – wieder liegen. Buschwerk irgendwo, Gestrüpp, ein Liegestuhl, den wir fortschieben. Alleine – sind wir wirklich alleine?
    Einmal nur kommt dir der Wald in den Sinn, blitzt auf. Nämlich als Fred dich fragt, ob du »geschützt« seist. Als du zuerst nicht begreifst, greift er dir zwischen die Beine und deutet auf seinen Kleinen. Angst, ein wenig Ekel befällt dich, verschwindet aber gleich wieder. Etwas wie ein gewaltiger Seufzer entfährt dir, ohne dass du es willst.
    Fred streichelt dich von Neuem, er liebkost den ganzen Körper.
    Die Unterbrechung nahm ich kaum wahr, als er sich das Kondom, das er irgendwie plötzlich zur Hand hatte, überzog. Am Anfang hat es wehgetan (ich war ja auch noch Jungfrau), dann war's aufregend und schön, sehr schön; mehr kann (und will) ich heute dazu nicht mehr sagen. –
    Die Sonne war schon aufgegangen, als ich mich zu Hause

einschlich. Und Sabrina habe ich ein neues Kleid kaufen müssen – und Fred ein halbes Jahr lang das geborgte Geld abstottern.

Der Schulaustritt – nein, daran war nicht er schuld. Von ihm habe ich mich bald wieder getrennt. Ein gutes halbes Jahr später (als ich entdeckte, dass er schon eine Weile auch mit einer anderen etwas hatte. Peter hatte doch recht behalten. Aber Schwamm drüber! Jene Zeit ist mir heute wirklich wie ein Traum. Wie habe ich ihn durchgesetzt? Den Schulaustritt natürlich – so kurz vor der Matura? Wider jede Vernunft! Obwohl diesen Schritt niemand begriff, auch meine Kolleginnen und Kollegen nicht – von den Eltern ganz zu schweigen. Und doch: Bereut habe ich ihn eigentlich nie, allen entsprechenden Unkenrufen zum Trotz.

Einzig sie vielleicht hat ihn verstanden. Dir nachfühlen können. Ich kann ja auch heute noch nicht erklären, wieso ich unbedingt aus dieser Schule raus wollte. Deinen Eltern hattest du kategorisch erklärt, dass, wenn sie dich nicht austreten ließen, du schon dafür sorgen würdest, dass du rausfällst. Aber *sie* hat dich nie getadelt deswegen, obwohl du ja eben keine Argumente hattest. Sie, deine Mutter. Deine leibliche Mutter. Die richtige war mit einem Mal die falsche und eine bis anhin fremde Frau die richtige. Zuerst habe ich sie als Freundin kennengelernt. Bis sie von der mütterlichen Freundin – quasi per Zufall – vollends zur Mutter wurde. Einige wenige Fragen hätten unterbleiben müssen und du hättest wohl nie erfahren, dass jene andere nicht deine leibliche Mutter war!

Auf der Straße getroffen hast du sie. Christine hieß sie. Wenigstens kannte man sie unter diesem Namen. Sie zeichnete Portraits auf der Gasse; eine Attraktion, die nicht lange zuvor zu uns in die Stadt gekommen war. Sie war eine der Ersten gewesen mit ihrer Staffelei, ihren Klappstühlen, einer zweiten Staffelei, auf der sie Proben ausgestellt hatte. In zehn Minuten konnte man sein Portrait dort haben. Riesentrauben Schaulustiger umstanden sie immer, diese Zeichner, und du gehörtest oft stundenlang zu diesen Trauben. Mir gefiel es, zuzusehen, wie aus zufällig scheinenden Strichen in kurzer Zeit die Züge des- oder derjenigen wuchsen, der oder die dem Künstler oder der Künstlerin schräg gegenübersaß. Einmal, nachdem ich wohl stundenlang zugeschaut hatte und allein zurückgeblieben war, hieß sie mich auf den Klappstuhl Platz nehmen. Ich erschrak, da ich ganz selbstvergessen dagestanden hatte. »Sie brauchen nicht zu bezahlen, junges Fräulein. Allerdings: Sie werden das Portrait morgen bei mir abholen. Ich werde es durchpausen. Ihr Gesicht gefällt mir sehr. An was das liegt, weiß ich nicht, aber Ihr Gesicht hat etwas ganz Besonderes für mich. Vielleicht sind es die Augen.« Sie kritzelte ihre Adresse auf ein Stück Zeichenpapier. Würdest du hingehen? Eine rhetorische Frage. Du branntest darauf, zu sehen, wie diese Frau wohnte. Du gehst anderntags nach der Schule wieder in die Altstadt, findest sie aber nicht dort. Pünktlich um acht stehst du vor ihrer Wohnungstür – obwohl die ganz und gar nicht auf Anhieb zu finden war. Du klingelst und schon tritt sie dir entgegen, in einem langen, bequemen Umhang. Sie raucht, aber durch ein schwarzes Mundstück, auf dem die Zigarette steckt.

Ihre Wohnung: ein großer Raum mit einer mehr angedeuteten Nische für die Kopfseite des Bettes. Bad und Küche, beide Türen stehen offen, schließen unmittelbar an diese Nische in der Rückwand an. Aber man kann das Zimmer gar nicht auf einmal erfassen, so voller Ecken, Winkel und Unterteilungen ist es. Überall ein Möbelchen, ein Kleinod. Die Sammlung setzt sich auf Regalen an den Wänden vor und neben Büchern fort, erst recht auf demjenigen, das neben dem Bett frei in den Raum herausragt. Bücher, Zeitschriften liegen auch auf dem Boden, aber nur auf den ersten Blick hin unordentlich. Der zweite sieht die klar gegliederten Häufchen, die Wege dazwischen, die überallhin Zugang gewähren, so zum Tisch an der breiten Fensterfront, die als Erker in die Gasse hinausragt, zum Bett, zu allen Regalen, dem Plattenspieler (sie hat französische Chansons aufgelegt). Fernseher ist keiner da. Überall hängt etwas, liegt etwas (die Zeichenutensilien, die Staffeleien kann ich allerdings nirgendwo sehen). Die unterschiedliche Staubschicht zeigt aber an, dass umgestellt, umgeschichtet wird. Möbel und Nippsachen sind ausgestellt, sie sind (auch) Kulisse.

Irgendein Räucherstäbchen verbreitet samtweiche Düfte. auf dem Tisch brennt eine Tropfkerze.

Alles ist so anders hier, so erfrischend anders, so anders als zu Hause! Hat etwas Putzfrauenhaftes, etwas jenes Zirkus, der

früher einmal die Woche zu uns kam. Ich fühle mich sofort wohl (habe auch einiges von ihr übernommen in meiner eigenen Wohnungseinrichtung). Sie hat schon Tee gekocht, Brote bereitgestellt. Sie bringt das gepauste Blatt. »Gefällt es dir? Ich bin Christine, du weißt ja.« »Marianne.« Ihr leichtes Zucken. »Ja, aber Sie haben – du hast mich schöner gemacht, als ich bin!« »Oder du glaubst mir nicht, wie hübsch du bist. Keine falsche Bescheidenheit!«
Die Frau ist mindestens zwanzig Jahre älter als ich. Wir trinken Tee und ich gewinne bald Zutrauen zu ihr. Sie hat eine etwas raue Stimme, die sich oft bei stark betonten Schwüngen überschlägt und beim Lachen bricht. Der Stimme stehen die Bewegungen nicht nach. Die Art, wie sie die Worte mit den Händen nachformt, aber auch, wie sie die Teetasse hält, wie sie umrührt, sich Zucker nimmt, ihr dichtes, dunkles, welliges Haar zurückstreift und zurückwirft. Doch bald merkt man, dass diese Rauheit nicht Grobheit bedeutet; eigentlich stehen die Bewegungen der großen, nicht eben schlanken, aber auch nicht wirklich korpulenten Frau gut. Ihre Altstimme hat etwas Belag, wohl vom Rauchen, ist aber sonst warm und beweglich, ihr tiefer Unterton verrät Temperament. Ihre Augen haben fast die gleiche Farbe wie meine (dunkelbraun). Aber das hat mir damals noch nichts gesagt.

Sie versucht sich in den ersten Brocken unseres Dialekts, muss also Ausländerin sein. Das gehört für mich zu ihr, denn für mich kam sie immer schon aus der Ferne. Sie ist aber durchaus nicht nur Zeichnerin, sondern unterrichtet Mädchen in der Arbeitsschule in Nähen. Sie erzählt mir von ihrer Jugend. Sie, Kind reicher Eltern, habe sich den Absichten ihres Vaters widersetzt, der sie, seine Jüngste und die einzige Tochter, vor allem möglichst gut verheiraten wollte, mit Hochschulabschluss frei Haus zuhanden des Zukünftigen zwar schon, denn höhere Bildung stand auch einer Frau gut an in den Kreisen des arrivierten Bildungsbürgertums, zu denen ihre Familie sich zählte. Vielleicht sei sie deshalb jetzt nicht verheiratet und das Hochschulstudium – Jura – habe sie abgebrochen (anders als ihre Brüder, die beide doktoriert hätten). Der Vater habe mittlerweile mit seiner Firma Konkurs gemacht und sei dadurch viel verständiger geworden. Schon die Ausbildung zur Arbeitsschullehrerin, die sie sofort begonnen habe, nachdem sie der Universität den Rücken gekehrt hatte, habe sie sich großenteils selbst verdient. Durch Zeichnen schon damals, aber auch durch Tippen, Babysitten. Einen Landsmann von mir habe sie gekannt, der in einem bekannten Restaurant ihrer Heimatstadt Klavier spielte. Ein Bankvolontariat habe er dort gemacht, aber sie denke, in Wirklichkeit hauptsächlich anderes, ganz anderes – eben Musik, mit allem Drum und Dran. Sie sei noch Studentin gewesen damals. Und heute werde der wohl nicht mehr in Restaurants Klavier spielen, obwohl er sich in jenem Lokal offensichtlich alles andere als fehl am Platz gefühlt habe ...

»Komm bald wieder!«, sagt sie, als du, spät abends schon, nach Hause gehst. »Deine frische, unkomplizierte Art gefällt mir.«

»Frische, unkomplizierte Art« – das erste Mal, dass mir jemand so etwas sagte!

So oft ich konnte bin ich wiedergekommen. Sie hat mir das eine oder andere Stück ihrer Ausstellung gezeigt, mir mehr erzählt von sich, von jenem Mann, den sie offenbar nicht nur einfach so nebenbei gekannt hatte. Das Bankvolontariat hatte er also arg vernachlässigt, durch Zufall – einen Kollegen, dem er einmal vorspielte – war er in jenes Restaurant gekommen, in dem sie oft verkehrte. Er hat wenig geredet, und wenn, stets sehr beherrscht. Seine Bewegungen, sein Spiel haben sie fasziniert: Sie musste diesen Mann kennenlernen. Öfters hat sie ihm etwas Scharfes zu trinken offeriert (das er, das hat er ihr einmal gestanden, als möglichst farbechten Tee, natürlich im Schnapsglas, serviert bekam; sonst wäre er ja am Ende des Dienstes stets stockbesoffen gewesen). An einem Abend, fürchterlich bleich sei er gewesen, aber gespielt habe er – sie schnalzt mit den Fingern –, hat sie ihn kurzerhand eingeladen auf das folgende Wochenende und er ist gekommen.

Da habe sie angefangen, ihre Liebesgeschichte. Eine eigenartige Liebesgeschichte. Aber sie könne sich keine schönere vorstellen. Immer nur kurz hätten sie sich gesehen, dann wieder lange nicht mehr. Immer brachten sie sozusagen Zufälle, die im Grunde beide herbeitricksten, wieder zusammen. Und nie hatten sie das Gefühl gehabt, sich lange nicht mehr gesehen zu haben. Ganz selbstverständlich seien sie jedes Mal wieder füreinander gewesen. Füreinander und miteinander. Selbstverständlich und doch neu, nichts von, na ja, du weißt schon.... Und nie, nie werde sie jenes Wochenende vergessen, jenes Wochenende, durch das sie zur Mutter geworden sei. Mutter eines Mädchens. Ein Goldding! Pausbackig, lebendig. Aber sie hat zu unstet gelebt, hat dieses unstete Leben dem Kind nicht zumuten wollen und so hat er es dann zu sich genommen. Seine Frau, die er etwa zwei Jahre nach dessen Geburt heiratete, habe es adoptiert. Ernst hieß er übrigens.

»Und wann hat er geheiratet?«
»Im Frühjahr 1959.«
»Und dein Kind, wann ist es geboren?«
»Am 15. August 1957.«
»Was für ein Zufall – das ist auch mein Geburtstag! – Und wie heißt es?«
»Marianne ..., Mari... – das darf doch nicht wahr sein. Und dein Vater heißt nicht etwa Ernst, Ernst Schuler?«
Ich kann nur noch nicken.

»Dann bist du ...« Sie umarmt mich, ihre Tränen tropfen mir auf die Haut. Lange lässt sie mich nicht mehr los. »Jetzt weiß ich, warum du mir aufgefallen bist von Anfang an. Mir war, als habe ich dieses Gesicht schon einmal gesehen, irgendwo. Ich konnte aber beim besten Willen nicht sagen, wo. Dein Vater – was macht er?« Ich kann nichts sagen. Sie begreift es. »Nie hätte ich geglaubt, dich je wiederzusehen. Zu Adoptivkindern haben die wirklichen Mütter ja keinen Kontakt mehr. Geh jetzt bitte zu deinem Vater und lass ihn grüßen. Lass ihn grüßen von – deiner Mutter. Und ich möcht ihn sehen. Wir müssen zusammenkommen – zu dritt.« Draußen beginnt sich alles um mich zu drehen. Gehe ich noch nach Hause, wenn ich heimgehe? Immer schneller dreht sich's. Mir wird schlecht und ich muss mich übergeben. Diese Frau hat mich getragen, geboren, mich gebadet, mir die Windeln gewechselt, an ihren üppigen Brüsten habe ich getrunken? Diese Frau – mit meinem Vater zusammen? Im Bett, nackt, in Liebesnächten ... – wie war, wie gab sich mein Vater in der Liebe – wie gab er sich hin? Die beiden aufeinander, sie liebkosen sich, schlafen miteinander ... Krampfhaft versuche ich sie zusammenzubringen, die beiden Körper, aber ich habe mir

meinen Vater noch nie so vorgestellt, als Verliebten, als Betörten oder gar Betörer – als Liebhaber. Unser halbbenutztes Haus mit den vielen Zimmern, dagegen Christines Zimmer voller Ecken und Winkel, mein Vater, die Raum füllende Abwesenheit, zusammen mit der lebensfrohen Frau ...
Warum haben sie mir das alles nicht gesagt?!
Ich komme heim und die Eltern sind nicht da. Ich lege meinem Vater einen Zettel aufs Pult: »Meine Mutter, Christine, lässt dich grüßen!«, und verdrücke mich in mein Zimmer. Schlafe ein, falle in etwas wie eine Ohnmacht.
Ein Klopfen weckt mich. Das erste Mal seit Langem, dass mein Vater zu mir in mein Zimmer heraufkommt. Ich glaube ihm, dass er nichts davon gewusst hat, dass seine frühere Geliebte hier in L. ist. Er ist bleich, verlegen. Wie ein armer hilfloser Junge sitzt er da in seiner ganzen Baumlänge auf dem Stuhl, völlig abgetakelt. Er findet keine Worte. Nur: »Bitte verzeih mir, Marianne, bitte!« Er wiederholt diesen Satz zwei-, dreimal. So habe ich ihn noch nie erlebt.
Sicher, er sagt immer wenig. Aber diesmal *findet* er sie nicht, die Worte! Sonst sind sie da, auch wenn er sie nicht sagt. Jetzt ist er völlig sprachlos, mein lieber Vater! Ich gehe zu ihm hin und lege meinen Arm um ihn, Tränen rollen ihm aus den Augen. Er lässt es sich gefallen, dass ich mich auf seinen Schoß setze. Von daher vielleicht dieses insgeheime Bündnis mit ihm, diese irgendwie spezielle Verbundenheit, die ich auch heute noch spüre.
»Sie will dich wiedersehen.«
»Wann?«
»So bald wie möglich!«
»Also morgen?«
»Morgen nach dem Nachtessen gehen wir hin.«
»Gut – gut, dass du mitkommst.«
Es ist lange her, dass er den letzten Kuss bekommen hat von seiner Tochter.
Er geht und anderntags ist alles in unserem Haus wie üblich, er hat wieder Farbe bekommen, die Mutter verzieht keine Miene. Hat er nichts gesagt? (In der Tat wird sie erst kurz vor Christines Besuch von deren Anwesenheit erfahren.)
Nach dem Nachtessen gehen wir hin. Mein Vater hat sich schön

angezogen, trägt ein Geschenk unter dem Arm, Blumen dazu. Er ist aufgeregt. Endlich bin ich wieder einmal mit ihm allein. Wir gehen den ganzen Weg zu Fuß. Ich genieße diesen Weg mit ihm, den ich doch im Grunde schon immer bewundert habe. Manchmal war ich geradezu ein wenig stolz auf ihn. Dies, obwohl mein Vater, leitender Angestellter bei einer Bank, sonst nichts auf den ersten Blick Aufregendes, Außergewöhnliches an sich hatte. Es war eben gerade seine elegante, wohlproportionierte Unauffälligkeit, durch die er wirkte. Er sagte ja nicht viel, aber er sagte mehr als genug dadurch und ich bin sicher, dass viele Entscheide an seinem Arbeitsplatz durch sein Schweigen zustande gekommen sind. Aber dieser ruhige Mann – wie er sich freuen, wie er traurig sein kann! Wenn man seine Freude, seine Trauer nur sehen kann, wenn man nur die nötigen Sinne hat dafür! Mir gefällt das Gefühl, dass er stets Geheimnisse mit sich herumträgt, sie – schützt. Schützt vor zu rauer Luft. Ich glaube allerdings nicht, dass er sie vor mir verbirgt. Noch immer vor mir verbergen will.

Einem solchen Geheimnis gingen wir nun entgegen. Einem, das mit einem Mal offenkundig geworden war.

Er läutet, sie schließen sich in die Arme, begrüßen sich aber wie gute Freunde. »Ein paar Haare gelassen hast du und den Gürtel um ein paar Löcher weiter gemacht, aber sonst ...« »Auch du bist noch die Alte geblieben – fast.« Christine raucht nervös. Jetzt ist auch sie einmal verlegen. Diese beiden Menschen einander gegenüber – zusammen sollen sie meine Eltern ergeben?

Sie sitzen beim Fenster, ich bleibe im Hintergrund. Vater hat die Blumen und das Geschenk auf den Tisch gelegt, Wein und feinduftendes Gebäck stehen schon dort. Christine nimmt das längliche Paket und packt es aus. »Was, du erinnerst dich noch?!« Eine Süßigkeit kommt zum Vorschein. Dann die üblichen Fragen: »Was hast du gemacht all die Zeit, wirst wohl Familie haben ...« Sie erzählen sich kurz, was ich schon weiß, erstaunlich sachlich. Dann schenkt Christine Wein ein. »Setz dich zu uns, Marianne – fast wie die Familie am Sonntagstisch!«

Mutter, Vater, Tochter, Familie am ...?

Weil sie nicht über sich reden wollen, reden sie über mich. Ich sei in jener S. (der Heimatstadt meiner Mutter) zur Welt gekommen. Gedacht hätten sie sich überhaupt nichts dabei – und mit einem Mal sei ich unterwegs gewesen. Da hätten sie sich riesig gefreut, »wirklich riesig, Marianne!«. Heiraten? Nein, daran hätten sie nie gedacht, »das wäre wohl nicht gut ausgegangen« Wie lange im Voraus abgesprochen kam dieser Satz aus beider Munde. Wegen des unsteten Lebens, das Christine geführt habe, sei ich, mit zweieinhalb etwa, in die Obhut meines damals schon verheirateten Vaters gekommen. »Wirklich, Marianne, deine Stiefmutter hat dich mit offenen Armen empfangen, dich von Anfang an geliebt und behandelt wie ihr eigenes Kind!« Der Vorwurf, den ich in meines Vaters Stimme zu hören glaube, macht mich leicht wütend.

Frucht sei ich eines stürmischen Sonntags. Ihre Offenheit kommt mir wie eine Entschuldigung vor, ich bin ihnen aber dankbar. Etwa zwei Jahre, nachdem sie sich kennengelernt hätten, sei das gewesen. Sie hätten einander schon lange nicht mehr gesehen gehabt, mein Vater habe schon seit einer Weile nicht mehr in S. gewohnt.

Ich selber erinnere mich aus meiner frühen Kindheit erst an unsere erste Wohnung. Möglich, dass sie nicht in derselben Stadt war, in der ich aufgewachsen bin. Wir zogen bald in eine andere, eindeutig bereits in L., irgendwo in L. Die erste Wohnung hatte vier, fünf Zimmer gehabt, die zweite war sogar noch ein wenig größer gewesen. Mein ältester Bruder – Halbbruder – war auch bald da. Und Großmutter Barbara war schon aus dem Haus, das bald mein Elternhaus werden sollte, ausgezogen und wohnte in ihrer Zweizimmerwohnung. (Die andere Großmutter, eine im Vergleich zu meiner Stiefmutter, ihrer Tochter, erstaunlich energische, dafür weniger pedantische Person von beachtlicher Körperfülle und -größe (ihre Tochter ist fast einen Kopf kleiner) und mit diesen auch in vorgerückten Jahren nach wie vor (oder wieder) makellos blonden, stets wild zerzausten und unbändig in alle Richtungen wirbelnden Locken (ihre Tochter hat wunderschönes kastanienbraunes Haar, das sie meist gut schulterlang trägt), die besuchte uns ja nur sporadisch und immer mit ihrem Mann, mit Großpapa, wie wir ihn nannten, einem, als müsste er dies kompensieren, eher schmächtigen, anders als mein Vater gemächlich ruhigen und sehr liebenswürdigen Menschen.

Sie starb vor ihrer Zeit tragisch durch einen Verkehrsunfall; ein Autolenker hatte die Kontrolle über sein Fahrzeug verloren und sie als Fußgängerin förmlich niedergemäht. Ihr Mann, ein paar Jahre älter als sie, zog in ein Altersheim und folgte ihr kaum drei Jahre später, weniger dramatisch, aber kaum weniger plötzlich: Hirnschlag. Zumindest ich hatte zu ihnen nicht ein derart herzliches, lebhaftes Verhältnis wie zu Barbara und ihren Mann habe ich nie gekannt. Ich muss also ohne Erinnerungen an einen echten Großvater auskommen ...)

Christine kommt lange nicht zu uns heim. Immer gehen wir zu ihr, mein Vater auch ohne mich. Irgendwie nimmt er Rücksicht auf meine Stiefm... – nein, eher auf seine Frau, seine Hanna, ihre im Gleichen wohl ganz andere Geschichte. Als sie doch einmal kommt, wird Christine meinen Geschwistern als Tante vorgestellt. Sie kommt ausnehmend sorgfältig herausgeputzt und frisiert, wirkt fast standesgemäß vornehm. Besonders meiner kleinen Schwester hat sie es sofort angetan. Ich fliehe bald in mein Zimmer.

Dann ist sie weg. Mit einem Mal ist sie weg. Mein Vater will nicht wissen, wohin sie gegangen ist.

In jene Zeit – etwa ein halbes Jahr vor ihrem Verschwinden – fällt jener furchtbare Streit mit meiner Stiefmutter und der Schulaustritt, den ich mit Christines Hilfe durchsetzte. Danach die kaufmännische Lehre, die letztendlich zu meiner Anstellung als Sekretärin, bald Schreibkraft und Vorzimmerdame eines der Firmenchefs hier in der Großstadt am See führte, wo ich mit gut zweiundzwanzig hinzog und seither lebe – eine Entscheidung, meine Entscheidung, für die ich noch immer geradestehe, mochte sie auch noch so sehr Impuls und nicht Überlegung, noch so »unreif« gewesen sein.

Christine habe ich seither nicht mehr gesehen. Zwei-, dreimal habe ich noch einen Brief erhalten von ihr, dann auch das nicht mehr.

Die andern, mein Vater, meine Brüder, meine Schwester, die Stiefmutter – leben sie noch? Was tun sie?

Ist in der heutigen Wirklichkeit, in dieser Gegenwart überhaupt noch etwas klar?

So, das reicht. So lange habe ich schon lange nicht mehr geschrieben. So lange an einem, an einem gegliederten Text. Schreiben bringt Ordnung. Vielleicht nicht Wirklichkeit zurück, aber immerhin die Wirklichkeit des Schreibens an sich, die sich so beruhigend absetzt von allem da draußen. Mag ja sein, dass man sich durch das Tippen von Worten und Sätzen und das Gliedern, Umformen und wieder Umformen von Text, fast immer mit dem Gefühl, jemand kucke einem über die Schulter, eine Art ungeduldig-neugieriges und gleichzeitig furchtbar kritisches besserwisserisches Alter Ego, nicht nur erinnert, sondern auch Erinnerung schafft – Erlebtes dehnt, verkürzt, gar neu hinzufügt. Mag ja sein, dass der Originalton anders lautete, anders klang, als ich ihn jetzt höre. Aber *diese* Vergangenheit lässt sich gegenwärtig lesen. Immer wieder. Auch ohne Alter Ego; ohne zu streichen und wieder und wieder neu zu formulieren, zusammenzufügen und zu ergänzen. Das verbiete ich mir von nun an – und wenn's mir noch so in den Fingern zuckt!

4

Wie geschliffen waren die Gänge; die Struktur ihrer Wände erinnerte in nichts an Beton oder Verputz. Aalglatt waren sie, sodass eigentlich kaum zu begreifen wäre, welche Form diese Gänge überhaupt hatten, würde man Gängen nicht von vornherein nur ein paar Varianten von Standardquerschnitten zuschreiben. Allerdings: Ihr Boden war eben, topfeben. Begriffen hätte man ja sehr wohl und sehr schnell, dass sie verschiedene Richtungen nahmen, aber nicht so recht, welche. Sie verzweigten sich, mündeten ineinander, liefen plötzlich aus in riesige Trommeln, Kuppeln, schienen mitunter auch Kreise oder Schleifen zu drehen.

Nicht lärmig und schmutzig wie eine Straße, immergrün wie Bürokorridore oder feucht wie eine Grotte waren sie. Keine nervösen Geräusche, aber auch keine Tropfen, die in der Ferne niederfielen, keine stehenden Wasser, die man nur vermutet, bis man in sie hineinfällt. Keine Vorsprünge, an denen man sich den Kopf hätte wundschlagen oder über die man hätte stolpern können. Keine Schächte, in die man für immer gefallen wäre – also keine Gefahr. Keine Tiere, keine Winkel, in denen sie sich hätten verbergen können. Überhaupt nichts Verborgenes: keine Kontraste – auch kein Dunkel.

Ganz im Gegenteil: Eine reiche Farbenpracht herrschte überall. Eine unscheinbare Farbenpracht aber, die nur Erinnerung als solche hätte entziffern können. Die Farben flossen nämlich allmählich ineinander, andauernd, sodass, wenn eine rein erschien, die vorherige schon fast nicht mehr wahr war – wer sieht schon im Erwachsenen noch das Kind, im Sonnenuntergang noch den Sonnenaufgang? Die Farben wuchsen wie auseinander heraus, die eine schien nicht möglich ohne die andere.

Abgesehen davon war unklar, woher das Licht kam. Es hätte nicht etwa Glühbirnen, Neonröhren, Sonnen oder Feuern, womöglich noch in regelmäßigem oder in regelmäßig immer größer werdendem Abstand, zugeschrieben werden können. Keine Fernsehkameras und SOS-Stationen, die Straßentunnels nahegelegt hätten. Das Licht war einfach da; unvorstellbar wäre gewesen, dass es im Belieben irgendeiner Macht gestanden hätte, es zu verscheuchen oder zu steuern – mochten auch alle Stromerzeuger der Welt auf einmal nicht mehr liefern oder sogar die Sonne aufhören zu scheinen. Es war einfach vorhanden wie Luft oder Stein; es war überall – kein Schatten war ihm abzuringen. Das gab den Gängen jene charakteristische Unbestimmtheit, derart, dass Wände und Decken eigentlich kaum optische Wirklichkeit besaßen, zu einem Pro-forma-Dasein schrumpften. Hätten wir uns darin bewegt, wäre uns wahrscheinlich nichts geblieben als ein verwirrend chaotisches Lichtmeer, sicher keine Klarheit über Art und Richtung unserer Bewegung.

War das Gebilde groß? Niemand hätte das feststellen können und Behauptungen darüber wären eigentlich auch uninteressant gewesen. Das Licht verhinderte ja jede Orientierung, und Übersicht über das Ganze zu gewinnen, war unmöglich; dagegen wehrten sich ein für allemal dann doch wieder die Wände.

Die Ruhe in diesem Ganzen war absolut, hätte den raffiniertesten Versuchen widerstanden, sie zu stören.

Als Neuankömmling hätte man sich gefragt, warum es einen, verflixt noch mal, eigentlich gerade hierhin verschlagen hatte. Man hätte sich gekniffen und festgestellt, dass man nicht träumt.

Die drin waren, schienen sich hingegen an nichts zu stoßen. Flach wie Unterweltschatten durch die ortsübliche Farbenpracht bewegten sie sich lautlos unablässig durch die Lichtadern. Sie schienen sich absoluter Gleichmäßigkeit zu befleißigen und entsprachen dieser auch prompt in ihrem Aussehen, denn sie glichen sich mehr als ein Ei dem anderen. Nicht einmal Geschlechter schienen sie zu kennen und man fragte sich, ob sie sich vermehrten, ja überhaupt zu vermehren brauchten. Ihre Bewegungen waren zwar die von lebendigen Wesen, aber so, als ob in allen ein Herz schlüge und alle von einem Hirn befohlen würden. Redeten sie miteinander? Wenn ja (für uns ja unhörbar), wohl alle mit einer Stimme und den nämlichen Satzgefügen; doch war nicht klar, was sie sich zu sagen gehabt hätten. Der Strom dieser Wesen brach nie ab, wurde nie dünner noch dichter. Nie stießen sie aneinander oder an eine Wand, nie blieben sie stehen, verstört vielleicht oder verwundert. Schliefen sie?

Wenn ja, im Gehen. Nie sah man einen sitzen oder liegen und es gab keine Gelegenheiten, auf denen man bequem hätte sitzen oder liegen können. Auch Einrichtungen zur Versorgung mit Nahrung sowie Erfrischungs- und Erholungsmöglichkeiten fehlten; dass sie urinierten oder Kot absonderten, war ebenso unwahrscheinlich. Sauberkeit und Dreck sind Kategorien, die sich für unseren Fall kaum eignen; kommt man nicht ohne sie aus, so war es hier sauber. Waren sie religiös? Dazu fehlte ihnen die Andacht. Für Gleichmut sowohl Format wie Herausforderung.
Und in der Tat schienen sie sich weder abzumühen noch zu enthalten. Kein Geruch war aufzuspüren, also auch kein Schweiß- oder Parfumgeruch, keine Alkoholfahne – wohl auch für die feinste Hundenase nicht. Hätten sie Mienen verzogen, so hätte man sie schon des Lichtes wegen nicht wahrgenommen. Sahen sie überhaupt? Sie bewegten sich mit einer Selbstverständlichkeit und Leichtigkeit, die den Gesichtssinn nicht unumgänglich erscheinen ließ; alles konnte Übung sein oder sich von selbst ergeben. Dass sie sich Blicke zuwarfen, hätte man weder für wahrscheinlich noch für notwendig gehalten. Wurden sie überhaupt geboren und starben sie? Man hätte nicht erraten, wo und wann. Auch sah man keine Gebrechen noch sonstige Hinweise auf Leiden, keine verschiedenen Zustände unter ihnen, nicht Alter oder Jugend, zudem schienen alle genau die gleiche Größe zu haben. Liebten, hassten sie sich oder die Nächsten? Umarmungen waren ebenso wenig zu sehen wie Fausthiebe – aber wer hätte gewagt, auf Biegen und Brechen das eine oder das andere zu behaupten oder zu bestreiten?
Strahlten sie selbst jenes Licht aus? Wäre der Organismus ohne sie begreifbar, erforschbar, auszumessen, vielleicht gar verletzlich – und vor allem dunkel? Allerdings müssten sie chamäleonhafte Fähigkeiten haben, da das Licht nicht mit ihnen wanderte, sie aber immer in vollkommenem Einklang mit ihm standen. Sie auszurotten, nur um das zu wissen, lohnte sich wohl nicht, abgesehen davon, dass unklar war, ob bekannte Ausrottungsmethoden überhaupt gefruchtet hätten.
Hatten sie Gedanken, waren sie fähig zu Sünden oder guten Taten? Woher holten sie die Moral, falls sie denn doch eine hat-

ten? Gab es Gescheite und Dumme, lernten sie und vergaßen, erinnerten sie sich und machten Pläne? Gab es Arme und Reiche, Gescheiterte und Arrivierte, vom Schicksal dauernd Geschlagene und solche, denen es nicht gut genug gehen konnte – gab es überhaupt Schicksal? Warum zum Teufel änderten sich die Farben, warum blieb das Licht nicht einfach überall weiß, einheitlich gleich weiß? Das Dumme war, dass ihre Proportionen stimmten. Der Hals zum Kopf, die Extremitäten zum Rumpf, die Hand zum Arm, der Fuß zum Bein entsprachen dem einem menschlichen Körper Möglichen. Also waren sie doch irgendwie vergleichbar? Uns vergleichbar? Etwas wie ein Hohngelächter ohne eindeutige Spitze?

Wie aus diesem Gebilde ein Einzelnes sich lösen und zum Menschen aus Fleisch und Blut werden konnte, ist nicht zu erklären. Das liegt sogar buchstäblich im Dunkeln. Doch es geschah – ein Mann, ein Junge noch fast. Wie er in den – dunklen, eben unvermittelt stockdunklen Stollen geraten war, auch das wird wohl immer ein Geheimnis bleiben.

Natürlich bewegte er sich; er ging. Ging zunächst weiter, stolperte aber bald, tastete sich trotzdem noch einige Schritte voran, fiel dann der Länge nach hin, blieb liegen. Da er sowohl das Liegen wie das Erschrecken nicht kannte, aber auch das Zweite erfuhr, müssen wir mit blitzartigen Veränderungen in seinem Wesen rechnen. Er hatte soeben begonnen zu erleben. Er saß in der Patsche, besser, er lag in der Patsche. Das erste Mal wäre ein Ausweg nötig gewesen. Doch war er ja nicht gewöhnt, dass Finden, erst recht Auswege-Finden, nötig war, also kam ihm auch nicht im Entferntesten in den Sinn, zu suchen. Deshalb wurde das Nichtvorhandensein des Auswegs bald zu *der* überwältigenden Wahrheit. So überwältigend, dass Peter lauthals zu weinen begann – und darüber erschrak er noch mehr, denn auch diesen Laut hatte er ja noch nicht gekannt. Er weinte in jenes undurchdringliche Dunkel hinein, das ihn zu zerschmettern schien. Dieses Dunkel gab Antwort in regelmäßigen Abständen – schlichtes Echo. Für ihn und zu ihm sprach die Wand und es dauerte eine Weile, bis er merkte, dass *er* sie zum Sprechen brachte. Als er das entdeckte, musste er lachen.

Alles war derart anders, dass wohl eine gewisse Schmerzgrenze überschritten worden war. Eigentlich wusste er nicht mehr, woher er gekommen war. Das Bewusstsein des »Hier« war aber jetzt eindeutig erwacht. Noch mehr: Wie überwach war es – war er. Ihn fror. Und jetzt das Tropfen, die Geräusche ohne Herkunft, als geschähen sie in der Luft oder in ihm. Peter spürte auch, wie ihn einige Unebenheiten des Bodens, einige Spitzen im Liegen schmerzten. Er drehte sich, ohne dass merkliche Besserung eintrat. Er begann. das von Tränen nasse Gesicht zu spüren, seine kalten Füße, dass er Kleider trug und ihn der linke Oberarm schmerzte.

Auch wir hätten den Raum, in dem er lag, nur erahnen können. Abgeschlossen musste er sein, das war klar; Höhle oder Grotte hätten wir wohl geschätzt, des Tropfens und des Halles wegen. Die Dunkelheit war, wie gesagt, umfassend. doch gerade deshalb erfuhr Peter, dass er sah, denn dieses Nichtlicht konnte nicht aus ihm hinausströmen. Sie war fast gegenständlich, diese Dunkelheit, doch er verspürte kein Bedürfnis nach Licht; kein Streichholz fehlte ihm, keine Taschenlampe. Er begann, Vertrauen zu ihr zu schöpfen – und schlief ein.

Er träumte nun tatsächlich. Allerdings war der Übergang von der Dunkelheit zum Traum fließend gewesen. Er sah Licht – und Schatten, Sonnenauf- und -untergänge, sah Berge, Täler, Seen, Meere, Wüsten, Urwälder, sah eine Fülle von Pflanzen, die blühten oder verwelkten, Tiere von der Geburt bis hin zu Tod und Verwesung. Er bekam Wärme, ja Hitze, Frost, Kälte, Wind und Wetter zu spüren. Er unterschied steife Brisen von lauen Lüften, Gestank von Geruch, die eine und andere Gattung von Lebewesen. Er begriff, dass es Weibchen gab und Männchen, Frauen und Männer, dass diese Junge, Kinder zeugten; er entdeckte das Geschlecht. Er merkte, dass man eilen konnte oder schlendern, dass man krank sein, sich Gliedmaßen verstümmeln konnte. Er erkannte Gefahr, Mut und Feigheit, dass man in eine Gestalt hineinwuchs, die man durch das Älterwerden schon wieder verlor, noch ehe man sich recht mit ihr bekannt gemacht hatte. Er hatte Hunger und Durst, Lust nach der anderen. Ihm wurde klar, dass er selber jung war.

Ihm konnte nicht entgehen, dass der eine dem andern befahl, dass manche gehorchten, andere bestraft wurden; dass es Richtlinien gab und Gesetze, von denen man viele nicht sah und ebenso wenig ihre Vollstrecker. Er sah ein, dass man handeln konnte, tun und unterlassen, dass man glücklich sein konnte oder traurig, erfolgreich und von allen guten Geistern verlassen. Stimmen näherten sich ihm. Die Sonne brannte; eine Mittagssommersonne. Eine Stimme schälte sich heraus aus dem Rest, eine hohe Stimme.

»Du bist frei.«
»Muss ich darunter leiden?«
»Würde dich das stören?«
»Ja.«
»Dir bleibt nichts anderes übrig. Nimm dein Schicksal in die Hand. Du bist der Meister deines Glücks – aber das Glück wird dir wohl nicht immer lachen.«
»Ich will sie nicht, diese Freiheit! Lass mich damit in Frieden! Ich habe nach nichts verlangt.«
»Du hast sie. Weder hast du darüber zu befinden, noch habe ich sie dir gegeben. Nutze sie, sie lässt nicht mit sich spaßen!«
»Aber du hilfst mir ...«
»Ich würde gerne, aber ich darf nicht, ich – kann nicht ...« Die Stimme zerfloss in Weinen. Und Peter bemitleidete nicht sich, sondern dieses Weinen.

Ohne Weiteres begriff er sich nun in seinem Zimmer. Die Einrichtungsgegenstände waren ihm vertraut. Ein Buch lag offen auf seinem Nachttisch. Er wusste, dass die Wohnung vier Zimmer hatte, dass seine Mutter noch arbeitete, dass noch etwas Schinken im Kühlschrank lag und eine zerschlagene Tasse in der Spüle. Der Spülkasten in der Toilette musste repariert und der Nachbarin der Korkenzieher zurückgebracht werden. Einige Schularbeiten waren immer noch unerledigt und dringend zwei Prüfungen vorzubereiten.

Gleichzeitig blieben aber die Gänge. Nicht als furchterregender Grundton, sondern einfach als Wirklichkeit. Sie blieben als schlichte, ja sanfte Unter- und Nebenwelt oder genauso schlichte, ja sanfte Götterdämmerung. Nicht immer gelang es allerdings, ihnen bestimmte Grenzen zu setzen.

Das Phänomen ist bekannt. Wer verstünde sie nicht, wenn sie es ihrem Irrtum zuschreiben würden?
Sie gehen also aus von Bekanntem, von vertrauter Umgebung. Fahren los – oder gehen halt zu Fuß. Mit klaren Vorstellungen über das Ziel, wenn auch nicht immer über den Weg. Zuversichtlich tun sie die ersten Schritte.
Aber dann: Irgendwo geht etwas schief. Sie haben falschen Wegweisern geglaubt, Wegweisern falsch geglaubt. Oder irgendein unvorhergesehenes Hindernis – eine Baustelle vielleicht, eine Einbahnstraße – bringt sie ab von der Richtung, die sie sich vorgenommen hatten. Sie geraten also entweder von der Spur ab oder müssen vertraute Bahnen verlassen.
Nun haben sie ja deshalb noch keinerlei Anlass, unschlüssig zu werden oder gar zu verzweifeln. Schließlich gibt es immerhin noch die nächste große Kreuzung, die Sonne oder sie können ja auch jemanden nach dem Weg fragen.
Sie fahren also oder gehen weiter, korrigieren gelinde die Abweichungen vom Kurs. Klammern sich vielleicht beruhigt an einen neuen, verheißungsvollen Wegweiser. Biegungen folgen, Kurven, denen sie zu folgen haben. Sie bringen sie allerdings ein wenig durcheinander, denn es fällt immer schwerer, die Linie zwischen Ausgangsort und Ziel einzuhalten. Sie beginnen der Willkür der Straßen auf Gedeih und Verderb zu folgen, vertrauen sich ihr an, blind – ach, wie viele Male vorher haben sie das ebenso getan!
Sie merken dabei kaum, wie sie ihr Orientierungsgefühl zu betrügen beginnt. Mit ihren Umwegen verschiebt sich sein Raster, aber hinterrücks. Sie wissen zwar, dass sie im Moment »falsch« fahren oder gehen, aber wenn sie nach ihrem Gefühl richtig fahren würden, führen sie dennoch falsch. Schließlich kündigt ja auch die Sonne nicht vorher an, dass sie gleich wieder anders stehen wird am Himmel – oder sie ist vielleicht sogar verdeckt. Wolken vielleicht oder dichter Nebel. Der Betrug hat dann noch leichteres Spiel.
Mit der Zeit sind sie wirklich verwirrt. Wie konnte das passieren – ihnen, gerade ihnen? Sie biegen ab, wenden, wechseln von links nach rechts wie wedelnde Skifahrer – bis ihnen die Gegend mit einem Mal vertraut wird. Das Ziel? – Endlich! Aber bald wird sie ihnen zu vertraut. Sie kennen jeden Baum, jeden Hausvorsprung, jeden Riss im abblätternden Verputz. Da erkennen sie plötzlich das Tor, aus dem

sie vielleicht eine halbe Stunde zuvor hinausgefahren sind. Ja, sie sind nicht anders als im Kreis herumgefahren! Die Ungeduldigeren und Strengeren ärgern sich, die Humorvolleren und Lebenslustigeren lachen. Allemal beruhigen sich aber die einen wie die anderen nach einer Zeit, schauen vielleicht noch einmal genauer im Stadtplan nach oder auf der Landkarte – und erreichen auch prompt, was sie schon von allem Anfang an suchten. Ein alltägliches Ereignis, nicht?

Sonderbarer schon das folgende, dünkt mich. Nehmen wir zum Beispiel Ferienreisende. Solche, die fortfliegen mit dem Flugzeug: mehrstündiger Flug. Kein Zufall. Destination bekannt, Abflugzeit, Ankunft auf die Minute genau. Auch allfällige Verspätungen werden auf die Minute genau angegeben. Die Route eindeutig, bestimmt durch zuverlässige Instrumente; versagen sie, tritt in der Regel nicht nur Verwirrung, sondern Unfall ein, Absturz. Folge: Tod der meisten Betroffenen.

Sie sitzen also im Stahlvogel, mehrere Hundert von ihnen zusammen. Zusammengepfercht vielleicht. Fliegen über Meere, Berge, ganze Kontinente. Meinetwegen in mehrfachem Überschall. Sie schauen zuerst hinunter, wundern sich mitunter über die Schemenhaftigkeit des Untergrunds, lesen dann, schlafen. Fühlen sich schlimmstenfalls unbequem in den zu engen Sitzen oder ihnen ist schlecht. Ein Film wird gezeigt und die Flugzeugkabine deswegen verdunkelt, dann wird ihnen Essen und Trinken gereicht, der Verkaufsrolli für Zollfreies schiebt sich vorbei.

Sie landen also. Fremdes Land, fremde Sprache, fremde Sitten. Letztere allerdings kaum schon am Flughafen. Sie haben sich der Zollkontrolle zu unterziehen, die Koffer zu öffnen. Allerhand Dienstleistungen werden ihnen angeboten: Stadtpläne und Landkarten wirft man ihnen nach, Prospekte für Ausflüge und andere touristische Unternehmungen. Hotellivrierte wollen ihre Betten als die besten verkaufen, möglichst als die besten der Welt. Taxifahrer bücken sich schon nach ihren Koffern und auch der Mietwagen stünde an sich bereit, wenn die Koffer eben nicht schon im Gepäckraum des Taxis lägen. Geldmakler versuchen ihnen noch schnell die (vielleicht echte) Landeswährung zu einem »einmalig günstigen« Kurs anzudrehen. Oder sie werden abgeholt vom Resident Manager des Reisebüros, verfrachtet in große Busse. Jedenfalls finden sie sich bald schon in ihren Hotelzimmern wieder mit ihren Reiseführern, Karten und Prospekten.

Vorbereitet und neugierig gehen sie bald nachher aus, Blick ebenso auf der Wirklichkeit, die ihnen der Führer zeichnet, wie auf dem, was sie tatsächlich um sich sehen. Sie schauen die neue Umgebung an, als ob wirklich alles restlos neu und ungewohnt sei. Unversehens sind sie müßig, haben Zeit. Sind großzügig und gemütlich. Verfressen – vielleicht auch frech. Sie schlafen aus, bummeln, flanieren, träumen, bräunen sich vielleicht oder toben sich aus im Wasser oder im Bett.

Dann aber – dann geschieht es. Die Gegend, darüber täuscht auch der reich illustrierte Führer nicht mehr hinweg, ist mit einem Mal so fremd nicht mehr. Vertraut wird sie allmählich, verdammt vertraut. Man muss sich das vorstellen: Sie sind also weit weg von zu Hause, fremde Länder, ab und zu nach wie vor fremde Sitten, fremde Sprache, ganz anderes Klima vielleicht und ganz andere Vegetation. Und dennoch bestehen immer weniger Zweifel: Sie kennen sich aus in den Straßen und Plätzen. Sie schauen sich um nach topografischen Merkmalen und auch die sind ihnen je länger sie dort sind, desto weniger so fremd und neu, wie sie zu sein hätten. Immerhin, da bliebe noch die Sprache, aber auch dieser Schutzengel versagt, denn kaum tut jemand in ihrer Nähe die Lippen voneinander, tut er es in der Sprache, die ihr Land, ihre Stadt, die Region, in der sie leben, spricht. Das kann zwar immer noch ein Tourist sein, ein Landsmann; aber spätestens, wenn sie ihn ansprechen und nach den Eindrücken von der fremden Stadt, dem Land fragen, merken sie, wie entgeistert er (oder sie natürlich) sie anschaut. Wenig hilft ihnen, wenn sie sich befehlen, erst mal ruhig zu bleiben, oder wenn sie niemanden treffen oder ansprechen, denn unweigerlich müssen sie stutzig werden ob der Aufschriften in den Schaufenstern oder auf den Straßentafeln. Natürlich lesen sie auch da ihre Landessprache.

Und dann stehen sie tatsächlich vor ihr. Ihrer Wohnung, ihrem Haus. Ungläubig lesen sie die Namensschilder. Sie finden ihren Namen und auch der Schlüssel passt. Sie treten ein, steigen die Stiegen hoch oder nehmen den Aufzug – und finden sich in ihrer Wohnung wieder. Lange Stunden Flug in einer guten halben Stunde Fußmarsch wettgemacht? Ohne Zoll oder aufwendige Technik? Sie finden alles, wie sie es zurückgelassen haben. Bei der ersten Uhr, die ihnen unter die Augen kommt, merken sie, dass die Zeitdifferenz zur Armbanduhr genau den Zeitzonen entspricht, die sie durchflogen haben. Wenigstens ihre Uhren lassen sie nicht im Stich – sie sind also wirklich geflogen!

Pech haben sie, wenn sie von Norden nach Süden oder von Süden nach Norden geflogen sind, die Zeit also vielleicht gar nicht differiert. Sicher fehlt aber auf jeden Fall das Gepäck. Es liegt ja im Hotel. Sie rufen also dort an (müssen interkontinental oder mindestens ins Ausland vorwählen), schreiben vielleicht einen Brief. Das Gepäck kommt einige Tage oder Wochen später zurück, womöglich per Luftfracht.

Nicht ganz unmittelbar nach ihrem verblüffenden und doch recht aufwendigen Am-Ort-Reisen melden sie sich zurück bei ihren Nachbarn, die ihnen vielleicht die Pflanzen gegossen haben, ihren Freunden, ihren Bekannten. Einige freuen sich vielleicht, andere nehmen die Tatsache einfach mehr oder weniger gelassen hin. Begründungen für ihre ja ziemlich verfrühte Rückkehr geben sie kaum an – und werden auch nicht danach gefragt. Sie sind einfach wieder da, nehmen ihren gewohnten Lebenswandel wieder auf; nur, sie haben ja wohl noch einige Tage Ferien übrig, vergnügen sie sich etwas mehr, schlafen etwas länger.

Natürlich trifft das nicht nur – zum Beispiel – Ferienreisende. Fast alle denkbaren Varianten sind schon geschehen: zum Beispiel der Wagen des Geschäftsmannes auf Reisen, der plötzlich in die heimatliche Garage einfährt, der Delegierte in Übersee, der plötzlich auf dem Weg zum Flughafen am Hauptsitz vorbeifährt. Oder umgekehrt: die Heimkehrerin oder sich zu Hause Wähnende, die mit einem Male nur mit einer Fremdsprache – die sie hoffentlich beherrscht – weiterkommt, die selbst ausgiebigste Umwege nicht zurück zu ihrer Wohnung oder dem vertrauten Geschäftssitz bringen, die dann nicht ums Flugzeug, den Zug oder weite Autofahrten herumkommt.

Was mich daran wundert? Dass sie solch wundersame Vorkommnisse viel zu wenig wundern, das Stutzen im Moment ausgenommen. Sie lassen sich nichts anmerken, wirklich gar nichts. Sie scheinen weniger verwirrt, als sie früher waren, wenn sie aus eigenen Kräften unerwünscht im Kreise herumfuhren. Jetzt sind sie »im Kreise herumgefahren«, aber ohne ihr Zutun, ohne dass sie auch nur etwas daran hätten ändern können. In einem viel größeren Kreis herum. Und sie nehmen das einfach hin; es scheint das Normalste von der Welt zu sein, nicht der Rede wert. Das Leben geht weiter. Weiter wie immer, kein Stein fällt vom anderen.

Wie soll ich mir das erklären?

Vergleiche bieten sich zwar an, aber sie führen zu nichts weiter als Vermutungen, die selbst kleine bis größere Notlügen nicht retten. Die – wirkliche – Wirklichkeit widerlegt sie fast immer schon im Ansatz.
Wozu also überhaupt diese Vermutungen?
Wieso will ich dieses ihr Verhalten, sie selbst mir erklären? Welchem Teufel oder Gott habe ich zu verdanken, dass ich's trotzdem nicht lassen kann?!

5

Gegen vier Uhr nachmittags. Teezeit. Was anderswo als Tassengeklirr zu hören war, wurde hier fast restlos von Plüsch und Samt geschluckt. Beinahe voll besetzt mit hauptsächlich Damen war der Salon. Um kleine, runde Tischchen saßen sie auf Stühlen, die schon fast Fauteuils waren, mit rotem Plüsch ausgelegt auch sie. In teuren Kleidern und nach guter Sitte hatten alle die Hüte aufbehalten. Einige rauchten, wenige brachten ihre sorgfältig bemalten Münder direkt mit dem Zigarettenpapier in Berührung; die Zigaretten steckten vielmehr auf langen, schwarzen Mundstücken. Gewichtige Kronleuchter, die nicht nur sie erdrückt hätten, wenn sie heruntergefallen wären, bestrahlten die Hüte. Kellner in schwarzem Anzug und Fliege taten unauffällig ihren Dienst. Die Zeit schien hier stehengeblieben: Man fühlte sich um Jahre, ja Jahrzehnte zurückversetzt, nicht wie in den unruhigen Dreißigerjahren; der große Krieg und die Verwerfungen und Wirren danach – die doch alle Anwesenden zumindest als Kinder miterlebt hatten – und die bestehenden und heraufziehenden massentauglichen Diktaturen, das neuerliche Säbelrasseln in Spanien und anderswo, die nahezu weltweit ausstrahlende schwerste Wirtschaftskrise seit Menschengedenken in den Vereinigten Staaten, die ja nach wie vor direkt und indirekt an den Folgen des Börsensturzes vor fast sechs Jahren herumwerkelten und litten, schienen auf einem anderen Planeten stattgefunden zu haben und stattzufinden. Verdrängung? Angst vor Zwist oder gar vor (zu) heißen Eisen? Fehlende direkte Betroffenheit, weil die Geschäfte ja noch immer gut liefen und die Stadt als Ganze in tiefem Frieden dahinlebte und sich Streitigkeiten nur zwischen Einzelnen oder einzelnen Gruppen leistete? Niemand hätte das zu entscheiden gewusst und noch weniger hätte jemand Lust gehabt, sich solche Fragen auch nur zu stellen.

Eigentlich wäre der Saal eine Halle gewesen, hätte ihn nicht seine Einrichtung zu dem gemacht, was er all denen vorstellte, deren Besuch hier längst schon Gewohnheit war; zum luxuriös-gediegenen Salon des Hotels Excelsior, des besten und teuersten Hotels der – allerdings nur mäßig großen – Stadt L., der Hauptstadt der Region. Der Raum war eigentlich zu hoch, aber die Kristallleuchter waren eben eigentlich auch zu füllig und die Möbel an den Wänden eigentlich auch zu massig, sodass das so geschaffene Zimmer die kleinen runden Tischchen wieder gut ertrug. Selbstverständlich lagen schwere Teppiche, Perser wohl, auf dem Parkett, hingen einige Stiche an den sonst weiß tapezierten Wänden. Eine stark zergliederte, winkelreiche, sonst aber breite Fensterfront gab Ausblick auf das Weichbild von L., den leicht geschwungenen, nicht eben gewaltig breiten und gewaltig tiefen Fluss, die vier Brücken, wovon zwei von hier oben aus zu schmal, fast nur Stege zu sein schienen. Da das Hotel auf dem Stadthügel, dem »Berg«, also erhöht lag, saß man auf gleicher Höhe mit Kirchturmspitzen und über Hausdächern; soliden, gut unterhaltenen Ziegeldächern. Die vielen satten Plüschvorhänge füllten die Winkel, die die einzelnen Fenster freiließen. Die gegenüberliegende Wand war ganz Vorhang und Bühne. Ab und zu spielte ein kleines Orchester dort, in selteneren Fällen ging ein Schwank über diese Bretter, die ja weltweit die Welt bedeuten.

Eigenartig bescheiden war der Eingang, der direkt vom Freien in den Salon führte (der natürlich auch direkt vom Hotelinnern aus zugänglich war); eine schlichte Türe gleich um die Ecke neben der Fensterfront – sie hätte ebenso gut in einen Lebensmittelladen führen können –, die völlig in der verspielten Fassade des Prunkbaus unterging und zu allem Überfluss noch vom ausladenden Hoteleingang gleich daneben in den Schatten gestellt wurde. Im Winter stand immerhin ein rechteckiger Kasten als Schleuse zwischen Wärme drinnen und Kälte draußen davor, grobschlächtig und schlicht genug allerdings auch der. Wieso diese Zurückhaltung ausgerechnet hier? – Nur zu oft kam es vor, dass noch uneingeweihte Eintrittswillige vergebens nach »dem Salon« suchten und einen der Livrierten vor dem Hoteleingang um Auskunft fragen mussten. Diese Umstände waren durchaus willkommen und wahrscheinlich der Grund, weshalb ein geschickter Baumeister nicht längst schon Abhilfe geschaffen hatte; denn derart blieb jenen Livrierten genügend Zeit, den Anwärter zu beobachten und ihm bereitwillig jede Hilfe zu gewähren oder ebenso bestimmt die kalte Schulter zu zeigen. Entging dieser Kontrollinstanz doch einmal ein Unwürdiger, so waren da immer noch diese sauberen Zettel, die von den Kellnern auf silbernem Tellerchen in vollendet respektvoller Geste hingereicht wurden und in etwa besagten, dass die Geschäftsleitung den verehrten Gast um Verständnis bitte, wenn sie ihn ersuchen müsse, von den Diensten des Betriebes keinen Gebrauch machen zu wollen. Verdattert erhob sich dann jeweils die oder der Nicht-Konforme, kam nicht selten umgezogen wieder zurück – und wurde dann auch prompt nicht wieder bloß mit Papier bedient.

Und wie man hier bedient wurde! Nie sah man einen der unauffällig schwarz Gekleideten rennen, auch nur einen Anflug von Eile zeigen, mochten noch so große Lawinen von Besuchern den Saal auf einmal heimsuchen – und dennoch machte man einem und vor allem einer jeden ohne Verzug seine Aufwartung. Mit unendlicher Aufmerksamkeit und Geduld lauschten die Kellner jeder Bestellung, jedem Extrawunsch, obwohl sie der Dame oder dem Herrn oft schon von weit her angesehen hatten, was sie bestellen würden, bei Stammgästen meist sogar längst auch schon wussten, wie diese die immergleiche Bestellung vortrugen. Aber ungefragt das Richtige zu erhalten, hätte wohl die meisten beleidigt und zu plötzlichen Ausreißern verleitet, womit beiden Seiten nicht gedient gewesen wäre; das doch so eindeutige Gesicht trinkt und isst, was es eigentlich überhaupt nicht mag, und die Bedienung läuft umsonst und bringt sich in Unruhe. Einige der Vier-Uhr-Damen hatten selbstverständlich ihre Lieblingskellner, Vertrauenspersonen, die manchmal mehr wussten als der Ehemann. Das bedeutete für jene, dass diese auch Zeit haben mussten für ein wenig Konversation, obwohl wenige Tische weiter die Nächste bereits wartete.

Weniger Eindruck allerdings machte der Umfang der Bestellungen, der da auf den Silbertabletts einherschwebte: dünnwandiges Geschirr natürlich und zierliche Gläschen, aber auch die Kuchenstücke auf den goldumrandeten Tellern waren alles andere als üppig, die Patisserie eine Nummer kleiner als sonst wo (aber wohl gut). Bier, Wein und kalte Getränke gab es so oder so nur in kleinen Fläschchen; eingeweihte Herren, falls sie doch einmal länger verweilten, etwa abends, löschten vorher den

Durst in der nahen Kneipe – die, das wussten freilich nur wenige, ebenfalls dem Excelsior-Besitzer gehörte. Einzig die bauchigen Teekannen waren groß; und die Vier-Uhr-Damen tranken ja hauptsächlich Tee.

Eigentlich kam man ja auf Verabredung hierher. Selten nur schneite eine Dame »einfach so herein« oder »schaute eben mal vorbei«. Zu diesen Mitteln griffen die Damen nur, wenn durch irgendein Missgeschick die Verabredung einmal ausgeblieben war. Natürlich wechselten die Adressatinnen der Verabredungen, damit auch die Zusammensetzungen der Tischgemeinschaften ständig; ganz abgesehen davon, dass immer einige gleich mit mehreren verabredet waren. Nur ein paar ganz Treue organisierten sich immer untereinander und die kannte jedermann. Misstraute man immer noch dem »Zufall«, dass man sich so oder so allesamt hier treffen würde gegen vier Uhr? Dass all ihre Stelldicheins seit eh und je stets auf diese Zeit lauteten?

Manchmal nahmen die Damen auch ihre Kinder mit – für die Kinder eine Attraktion, wenn auch eine nicht allzu häufige. Man bekam dann eine leckere Süßigkeit, dazu eine heiße Schokolade mit Schlagsahne und vor allem wurde man von überallher umhegt und gehätschelt. Denn über den Kindern vergaßen die Damen für Momente ihre Distinguiertheit, ihre beherrschten, langjährig herbeigetrimmten Bewegungen, und wurden zu dem, was sie ja alle auch waren: zu Müttern. Ja, es kam sogar vor, dass die eine oder andere völlig aus der Rolle fiel und in ihrem teuren Rock auf den Boden kniete. Die Kinder nutzten diese zusätzliche Gunst der Stunde nach Kräften aus und trieben mit Vorliebe Schabernack, den ihnen ihre Mütter sonst verboten hätten, verlangten an kellnerischer Gleichgewichtsakrobatik einiges ab, doch das Personal bestand die Prüfung fast immer mit Bravour.

Dass Barbara häufig Teilnehmerin dieser Vier-Uhr-Treffen war, versteht sich. In Kleidung und Benehmen stand sie, jetzt Direktorgattin, einst aber Bauerntochter, den anderen in nichts nach. Im Gegenteil, man kannte sie als markante Persönlichkeit, nicht als Mitläuferin. Die damals gut Dreißigjährige war aber auch vom Körperbau her eine stattliche Frau. Eine ausgewogene Figur, straffe, makellose Haut, sportlich gelenkige Fesseln, die sich zeigen ließen, markante, fast südlich anmutende Gesichtszüge, ausdrucksstarke, lebendige grünbraune Augen, deren Funkeln, Aufblitzen oft schon im Voraus ankündigte, was nachher in Worten über die vollen Lippen kam, kräftiges brünettes Haar, auf dem der Hut immer so gewählt war, dass ihn die üppigen Locken zu tragen schienen. Ihren warmen, kräftigen Alt kannten alle Stammgäste, auch jene, die sie nur dem Namen nach (die Frau des Herrn Direktor Schuler) kannten. Doch eine ganze Reihe kannte sie durchaus nicht nur dem Namen nach. In ihrer Gesellschaft zu sein, musste manchen als begehrenswert erschienen sein; wenn sie eintrat, wurde Barbara, ganz unabhängig von ihrer aktuellen Verabredung, im besten Falle wechselseitig, meist aber gleichzeitig an manchen Tisch gebeten und Ehefrauen von Kunden ihres Mannes oder solchen, die es werden könnten, durfte man nicht beleidigen, immerhin gehörte er der Direktion des größten Unternehmens der Stadt, eines international renommierten Produzenten von Stoffen und Kleidern, an. Aber ihre gesellschaftlichen Obliegenheiten allein hätten ihr im Teekränzchen nicht zu der Beachtung verholfen, die ihr wie selbstverständlich zuteilwurde und die sie auch sichtlich genoss.

Wer hätte dieser distinguierten, aber auch stets frischen, direkt knackigen Schönen zugetraut, dass sie vier Kinder, die ersten beiden gleich Zwillinge, getragen und unter Schmerzen und Stöhnen geboren hatte? Hatte man doch schon Mühe, sich vorzustellen, dass auch sie ihre Tage hatte. Doch dass sie wirklich vier Kinder hatte, daran gab es keinen Zweifel, schließlich brachte auch sie das eine oder andere hin und wieder mit. Hatte sie Leid erfahren? – Ja, das hatte sie. Vielleicht war es gerade dieser Anstrich von Überstandenem, der ihrer Aura mehr hinzufügte als nur gerade das gewisse Etwas der Dame der gehobenen Gesellschaft und der Frau Direktor, die sich im ihrem Status entsprechenden gesellschaftlichen Umgang sichtlich wohlfühlte. Allerdings: Die sie näher kannten, hatten den Eindruck, dass sie ihr Leid durchaus nicht nur bloß *ertragen*, vielmehr erstaunlich mutig *ge*tragen hatte. Und ihre Kindheit, ihre Jugend? Wenige wussten Einzelheiten und die sie wussten, waren Teil einer fast traumfernen, auch traumleichten, aber kontrastreichen Erzählung. Wem war sie nicht geläufig unter den ihr nahestehenden

Damen, diese ihre suggestive Haltung! Das schwarze, lange Mundstück mit aufgesteckter Zigarette – nur selten nahm sie wirklich einen Zug davon – in der rechten, leicht erhobenen Hand, während der Arm auf dem roten Plüschpölsterchen der Armlehne lag; leicht gestützt der Rücken, den Kopf, wie auf eine Höhe festgeschrieben, ruhig hin und her nach den anderen drehend – so erzählte sie. So sparsam sie auch den Kopf als Ganzes bewegte, so lebendig war ihr Mienenspiel, das die linke Hand unterstützte, wenn sie nicht gerade die Teetasse oder Feingebäck hielt. Die Rechte machte nur mit, wenn die Linke allein wirklich nicht mehr fertig wurde mit dem, was die Worte forderten. Ihre obertonreiche, melodiöse Stimme war oft keck und unorthodox laut. Tat man sie zusammen mit dem sie freisetzenden ruhigen Kopf, von dem natürlich auch Barbara den Hut nicht genommen hatte, so schien es manchmal, als höre die Erzählerin sich selber zu. Natürlich war ihre Jungmädchenzeit nur eines ihrer Themen und noch nicht einmal das häufigste. Untaugliche Gegenstände schien es keine zu geben. Sehr oft merkten ihre Zuhörerinnen gar nicht, wie sie von plaudernden Teekränzchengenossinnen zu Zuhörerinnen, nichts als Zuhörerinnen wurden.

Hat Barbara überhaupt um ihr Talent als Erzählerin gewusst? Wenn ja, galt es ihr keineswegs als Auszeichnung, sondern schlicht als selbstverständliche, keineswegs einzigartige Gabe, die weder übers gewöhnliche Parlieren hinausgehende Anstrengung im Moment noch besondere Übung erforderte.

Folge davon war natürlich, dass kaum jemand nicht um ihre »bescheidene« Herkunft wusste, damit ebenfalls, dass sie »hineingeheiratet« hatte. Was, wie könnte es anders sein, zu allerhand bösem Blut geführt hatte – und hin und wieder noch immer zu einigem Gemunkel Anlass gab, um das sie sich jedoch wenig kümmerte. Immerhin: Ein kleiner, erbärmlicher Bauernhof war es ja nicht gewesen, auf dem sie aufgewachsen war, aber trotzdem: Sie verteidigte sich nie und niemand verlangte danach in ihrer Gegenwart. Vom frühen tragischen Tod ihrer Mutter wussten allerdings nur wenige Eingeweihte. Über seine Umstände, ihre lange, schwere Krankheit breitete Barbara sich im Salon nie aus. Dass der Vater kurze Zeit später die Dienstmagd geheiratet hatte, die vorher schon bei ihm geschlafen hatte, das hatte sie immerhin preisgegeben. Einige kannten ihre Schilderungen des kleinen Mädchens Barbara, wie es dem Vater und den Knechten im großen Korb das Frühstück aufs Feld brachte, beim Melken helfen musste, beim Heuen – aber die glatten, schmalen Hände versiegelten alles, packten alles gleich wieder weg (dass sie auch Kraft hatten, bekamen allenfalls die Kinder zu spüren) –, eine Erzählung, eine Geschichte immerhin, ob nun wahr oder erfunden, das war einerlei; ein angenehm vertaner Nachmittag.

Und vertan ist er, der Nachmittag. Die große Uhr am nahen Kirchturm hat Barbara vor einer geraumen Weile schon gemahnt. Längst hätte sie aufbrechen sollen; Franz, der Fahrer, wartet bestimmt schon draußen, bestimmt ... Wieder einmal überzogen haben sie, allen guten Vorsätzen zum Trotz! Und die Verpflichtungen zu Hause?

Regelmäßig, wie auf Befehl, werden die Damen zwischen fünf und sechs zusehends unruhiger. Und irgendwann, immerhin nicht ganz wie auf Befehl, erheben sich die teuren, dafür aber umso stärker rauschenden Röcke und innerhalb einer Viertelstunde leert sich der Saal und nicht minder elegant gekleidete Herren oder Paare, die hier ihre Aperitifs nehmen, beginnen ihre Schicht.

Draußen stehen selbstverständlich Taxis und Chauffeure mit ihren Herrschaftswagen in der Abenddämmerung. Die Motoren der Wagen sind längst angeworfen und surren einigermaßen dezent auf Betriebstemperatur. Der bläuliche Dunst hat sich über den Vorplatz gelegt, obwohl die Fahrer bemüht sind, sie im gerade noch stabilen Leerlauf zu halten, um die Ordnung der herrschaftlichen Garderobe nicht zu stören. Nicht vergessen hat man jenen Zwischenfall, als, peinlich genug, eine Dame für Momente bis fast zur Hüfte hinauf entblößt wurde, weil sie in den Auspuffstrahl eines plötzlich angriffslustigen Triebwerks geriet. Zu erschrocken, um wütend zu werden, war sie, und als sie es nicht mehr war, wurde eine womöglich doch noch aufkeimende Wut bereits durch eine Flut von Entschuldigungen erstickt (der fehlbare Fahrer hat dann allerdings doch den Dienst, vielleicht gar den Beruf wechseln müssen). Den meisten Damen gelang es zwar, das Lachen zu unterdrücken; aber einigen, zumindest scheinbar unwillkürlichen Blicken der

Bediensteten waren die schönen Beine der jungen Frau nicht entgangen.

Die Damen zücken also ihre Taschentücher, halten sie vor Nase und Mund; husten sich mit einem etwas verzerrten Lächeln letzte Abschiedsgrüße entgegen, als sehe man sich für Ewigkeiten nicht mehr – und verschwinden in den Schlünden ihrer Wagenfonds.

Freilich: Weder ihren Mann noch den Blumenstrauß hätte Barbara Schuler geb. Müller erwartet, als sie an jenem Spätnachmittag, nach eben einem solchen Treffen, in den Wagen stieg. So etwas war noch nie vorgekommen: Ihr Gemahl saß bereits darin, ganz in Schwarz, selbst schwarze Handschuhe und einen schwarzen Hut trug er. Der große Blumenstrauß lag neben ihm in den Polstern sorgfältigst hindrapiert, aber so, als dürfe er nicht sein; der Herr Direktor verdeckte ihn fast mit seinem massigen Körper.

Sein Gesicht allerdings passte nicht recht zur Kleidung.

»Eine – traurige Nachricht«, antwortete ihr Gatte ihrem überraschten Blick. »Der Stocker, unser Herr Generaldirektor, ist unerwartet gestorben. Ein tüchtiger Mann, ein guter Kopf. Und gearbeitet hat er für zwei; du erinnerst dich, wie früh er sich jeweils von unseren Einladungen zurückgezogen hat, um noch ›etwas im Büro zu erledigen‹. Und liebenswürdig war er immer, äußerst liebenswürdig. Wir werden jetzt alle Hände voll zu tun haben!«
»Mein Beileid. Aber die Blumen?« Er schaute sie nur an, doch der wuchtige Schnurrbart verbarg sein Lächeln kaum. »Du wirst also befördert?!« Er nickte: »Der Chauffeur machte gerade den Wagen bereit, als ich mit meinem Wagen zu Hause ankam. Da habe ich gedacht, ich fahre gleich mit ...« »Ach Karl!« Der Kuss gelang aber nicht so, wie er hätte gelingen sollen, und ihr suchender Blick war ihm nicht entgangen. »Ist dir das etwa nicht recht?« Natürlich war die Frage rein rhetorisch, denn man hatte ihn gebeten, das Heft sofort in die Hand zu nehmen, da niemand sonst das Geschäft und die Pläne des Chefs, ja ihn selber so gut kenne wir er. Barbara schmiegte sich reichlich umständlich in die Lederpolster, rückte sich den Hut zurecht, ergriff dann seine schwarze Hand und antwortete: »Doch!« Damit war die Sache abgetan.

Weiße Hände hielten nun den Blumenstrauß und der Noch-nicht-ganz-Herr-Generaldirektor gab dem Fahrer das Zeichen zum Aufbruch.

Doch Zeit zur Vorfreude blieb nicht viel; das standesgemäße Begräbnis wollte vorbereitet sein. Dies, obwohl man ja nicht Angehöriger, sondern »nur« Mitarbeiter war, wenn auch nicht irgendeiner. Der für alle Fälle bereits vor Monaten vorbereitete Nachruf erschien also in der Zeitung. Und selbstverständlich würdigte er die Verdienste des nun Verstorbenen gebührend; schließlich war das Unternehmen unter seiner Ägide zu einem der führenden in der Textilbranche geworden; man hob natürlich die große Lücke hervor, die er hinterlasse, und damit die schwere Aufgabe für die Zurückbleibenden, in seine Fußstapfen zu treten. Halbseitige Todesanzeigen wurden von der Firma ebenso wie vom Hause Schuler geschaltet – wogegen sich die viertelseitige der eigentlichen Trauerfamilie und ihrer Anverwandten fast schäbig ausnahm. Die Abdankungsfeier sollte in der großen Stadtkirche stattfinden und die Pünktlichkeit und Präzision der Vorbereitungen hätte den Eindruck aufkommen lassen können, der Tod sei so unerwartet doch wieder nicht gekommen.

Und tatsächlich war es ja nicht die erste Herzkrise gewesen, die den Herrn Generaldirektor niedergestreckt hatte, und ebenso wenig Zufall, dass jetzt, nach dem tragischen Ereignis sich niemand anders fand, der sowohl fähig als auch willens gewesen wäre, den vakanten Posten einzunehmen – niemand sonst außer gerade Herr Schuler! Gesagt werden muss freilich, dass die entsprechenden Weichen mit stillschweigendem Einverständnis des nun Verstorbenen gestellt worden waren. Wie dem auch sei: Die Bestätigung durch den Verwaltungsrat war nur noch Formsache.

Die Feier in der Kirche mit Fahnen, Kränzen, Blumenbouquets und -arrangements, die kaum unterzubringen waren – der Sarg war nur durch deren buckelige Aufhäufung und seine prominente Platzierung vorn in der Mitte kenntlich –, ging regelkonform vonstatten. Ein Geiger und ein Flötist spielten zur Orgel, ein extra angereister bekannter Sänger sang, der Präsident des Verwaltungsrates richtete als Freund des Verstorbenen ein paar Worte an die Trauergemeinde. Wie kam der Pfarrer nur dazu, ausgerechnet die Tempelaustreibungsszene seiner Predigt zugrunde zu legen?! Aber er brachte das Fuder doch noch in die Tenne, indem er erklärte, der Heimgegangene habe stets gewusst, wie die Grenzen zu ziehen seien, wo es innezuhalten gelte, wo jeder weitere Schritt nur in Demut und Ergebenheit getan werden dürfe. Für ihn, wiewohl mit Hingabe Produzent und Händler, hätte Jesus die Geißel bestimmt nicht gebraucht, weder im Tempel noch sonst wo. Dann überschüttete er die Person des Generaldirektors erst recht aus voller Kehle mit noblem Glanz, stellte ihm die Schlechtigkeit der Welt gegenüber – es mochte fast scheinen, als sei einer der letzten überhaupt möglichen großen und großartigen Menschen von dannen gezogen. Gewaltige Orgelklänge bestimmten den gemessenen Schritt aus der Kirche in eine warme Frühherbstsonne hinaus.

Am reichhaltigen Leichenschmaus, von dessen Kosten den Löwenanteil zu tragen sich die Firma nicht hatte nehmen lassen, durchmischten sich dann aber die Beileidsbekundungen schon kräftig mit Gratulationen an den designierten Nachfolger, mit Kontaktnahmen und erstem Ausstrecken von Fühlern. Tatsächlich stand Herr Schuler mehr im Mittelpunkt des Interesses als die Trauerfamilie. Insgeheim waren auch Pressevertreter zugegen und Teile der Rede, die Herr Schuler während des Essens an die Trauergemeinde richtete, erschienen nachher gedruckt (der Presse war selbstverständlich bereits vorgängig der vollständige Text zugespielt worden).

Natürlich brachte die neue Stellung nicht nur noch mehr Ansehen und noch höheres Einkommen, sondern auch noch größere Arbeitsbelastung und noch mehr Neid und Intrigen, allerdings etwas holprige, mit sich. Trotz – oder vielleicht sogar wegen – einiger Bewegung in Europa liefen die Geschäfte ausgezeichnet, da die Firma und namhaft der eben Verstorbene weltweit für zuverlässige Bezugsquellen gesorgt hatten und deshalb und dank sorgfältig bewirtschafteten Lagern pünktlich und in großen Mengen liefern konnte. Ein noch feineres Ohr war nötig – allerdings weniger für Herrn Schuler, der sich um dieses »Geschwätz«, wie er sagte, wenigstens nach außen hin wenig kümmerte, als für die Frau Generaldirektor. Bereits vor der Beerdigung hatte Barbara noch zu den Schneidern müssen. Eines der wenigen Male war das gewesen, dass ihr Mann sie dazu gedrängt hatte; doch er hatte offene Türen eingerannt. Ja, mehrere Schneider aufs Mal mussten zu Präzision und gleichzeitig Eile gemahnt werden. Kaum eine Stunde vor Beginn der Feierlichkeiten wurde das Kleid fertig, saß zum Glück auf Anhieb. Natürlich war auch das Haus umzukrempeln, auch wenn es ja ohnehin schon glänzte. Die Bediensteten leisteten Überstunden in Serie. Die Kinder waren ruhigzuhalten und zu schniegeln und wenigstens für dieses eine Mal hatte man ihnen wirklich gute Manieren abzuverlangen.

Abgesehen vor ihren neuen gesellschaftlichen Pflichten bedeutete der Karrieresprung ihres Gatten für Barbara vor allem, dass sie ihn noch weniger sah. Dafür durfte sie sich an die Anrede »Frau Generaldirektor« gewöhnen – auf die sie manchmal ganz gern verzichtet hätte. Zwar fand sie durchaus Gefallen an elegantem Leben, an groß angelegtem Stil, aber aus den Titeln ihres Mannes, der Stellung, die er im Geschäft wie in der Gesellschaft einnahm, machte sie sich eigentlich herzlich wenig. Er hatte sie hier aufgenommen, sie hatte ihn sogar geliebt, aber das hieß weder, dass sie seine Stellung geheiratet hatte, noch, dass sie nun mit dieser Stellung auf Gedeih und Verderb verheiratet war. Wenn auch – obwohl sie das nicht einmal sich selbst je eingestanden hätte – wahr war, dass nicht nur Liebe allein sie dazu gebracht hatte, sich ihm zu versprechen, so hätten all seine Reichtümer nichts vermocht, hätte sie ihn nicht doch zumindest ein wenig gerngehabt. Eher wäre sie mit jenem »Bauernlump«, wie ihre Schwiegereltern jenen Jungen aus dem Dorf ab und zu verächtlich genannt hatten, gegangen, der sie glühend verehrt, aber nicht den Mut gehabt hatte, einer »Gestudierten«, obwohl aus dem eigenen Heimatdorf und sozusagen Seite an Seite mit ihm aufgewachsen, offen den Hof zu machen. Insgeheim schon; eine Handreichung, ein Botengang, ein kleines Geschenk – aber trotz seiner Zurückhaltung, ja Schüchternheit hatte sie ja Bescheid gewusst. Einmal dann doch ein Brief – als die Würfel bereits gefallen waren, sie sich schon ihrem Karl versprochen hatte, an jenem Abend auf der Terrasse des großen Waldgasthofes wenige Tage zuvor. Schriftlich. Ein kleines Kärtchen in einem Umschlag hatte sie ihm zugeschoben und ihn damit vom Freund zum Verlobten gemacht, und er hatte ein leichtes Lächeln über sein Gesicht geworfen, nachdem er es gelesen hatte, war dann aufgestanden und hatte sie auf den Mund geküsst. Aber dennoch: Der Schmerz war wohl echt gewesen, den sie dem Bauern gegenüber zeigte, als sie ihn abwies. Die Patenschaft für ihr erstes Kind, ihm angetragen bestimmt auch, weil Barbara die Optik der Schwiegereltern hinsichtlich dieses »Burschen vom Lande« nicht ausstehen konnte, nahm der mittlerweile selbst auch – erst noch mit einer Fremden aus dem Distriktshauptstädchen G. – Verheiratete gerne an.

Und Barbara hatte ja die von allen so fleißig herbeigetuschelte »gute Partie« alles andere als einfach blindlings und auf Anhieb angenommen, o nein! Ihr Zukünftiger konnte seiner Sache lange nicht sicher sein; dabei trieb er doch, fand zumindest seine Familie, einen recht erheblichen Aufwand für eine aus solch einem verschlafenen Bauernkaff! Nur ungern, allerdings zusehends sozusagen pflichtgemäß ungern, sahen seine Eltern diese Verbindung heranreifen, sahen auch nicht immer nur zu; an suggestiv-zufälligen Bekanntschaften mit jungen Damen aus der richtigen Gesellschaft, auch als diese nichts ausrichten konnten, an offenen Worten hatte es nicht gefehlt. Doch an den Absichten des Sohnes war nicht zu rütteln. Dass ihr Widerstand nicht der einzige war und den Sohn nur noch mehr anspornte, denjenigen seines temperamentvollen und gewitzigten Mädchens zu überwinden, haben sie wohl kaum gewusst.

Immerhin: Ungebildet war es ja nicht, das Mädchen vom Lande; die Mittelschule hier in L. besucht hatte sie, als eines der wenigen Mädchen überhaupt, und erfolgreich mit der Matura abgeschlossen. Sogar auf die Universität in B., der Landeshauptstadt, gegangen war sie. Dort hatte sie, um sich das nötige Kleingeld zu verdienen, in der Freizeit in einem mittelgroßen Betrieb Sekretärinnenarbeit verrichtet – just in demjenigen, in dem auch Karl Schuler, der gelernte Kaufmann, zu jener Zeit arbeitete, bevor er die Stelle in seiner Heimatstadt L. annahm. Das Rechtsstudium brach die gut Zweiundzwanzigjährige seinetwegen nach dem fünften Semester ab.

Und immerhin: Diese junge Frau verstand sich zu geben. Und sie machte Figur, stellte etwas vor – man konnte ja schon begreifen, dass der Sohn ein Auge auf sie geworfen hatte, und auch die feinste Nase hätte ja beim ersten oder zweiten Blick nicht riechen können, aus was für Verhältnissen sie stammte. Und zurück in diese groben Verhältnisse sollte man sie nun wieder werfen? Aufs Land hinaus, an die Seite eines vierschrötigen Burschen, eine Schar lärmiger, ungezogener Gören um sich, ihr schöner Körper in schäbigen Lumpen, ihre grazilen Fesseln in hohen, groben Stiefeln? Zulassen, dass sich ihre schlanken Arme, ihre vorbildlich ebenmäßigen Hände verunstaltete durch Heuwenden und -laden, Wäschezubertragen, an den Eutern der Kühe ziehen (dass sie tatsächlich melken konnte, wussten die Schwiegereltern), zulassen, dass diese Arme dick und schwulstig wurden, die Hände Schwielen und harte Haut bekamen, dass sich das Gesicht, die feine Mimik durch Wind und Wetter gerbte? Wollte man da nicht für einmal ein Auge zudrücken, mochte es auch noch so sehr um den einzigen Sohn gehen? Und die Schwiegereltern in spe lehnten sich zurück und schauten zu, jetzt wirklich einfach zu.

Die Hochzeit, Barbara hätte sie gerne in ihrem Heimatdorf gefeiert. Karl wäre auch einverstanden gewesen – aber das wäre nun doch zu viel gewesen für seine Familie. Man einigte sich deshalb auf einen Ausflug seiner nächsten Verwandten dorthin einige Tage vor dem Fest. In vier Limousinen fuhr man also hin. Es schien, als habe sich das halbe Dorf herausgeputzt für diesen Anlass – nun gut, war ja auch Sonntag. Ein nicht minder ordentlich zurechtgemachtes Haus empfing sie und auch dort sauber gekleidete Leute. Barbara erkannte sie kaum wieder; ihren Vater, Anna, ihre Stiefmutter, ihre Brüder, deren Frauen und Kinder – Knecht war ohnehin ein neuer da –, so sauber und sorgfältig frisiert und gekleidet wie noch nie! Das Essen – Anna hatte selbst gekocht – war bodenständig, aber lecker. Und wo hatte der Vater diesen auserlesenen Wein her – und nicht nur gerade eine Flasche?! Der Tropfen half ein wenig über die Unsicherheiten hinweg, die beide Seiten anfangs an den Tag legten; die eine, weil sich ihre Gepflogenheiten nicht ganz ohne vorsichtige Übersetzung in die bäuerliche Umgebung übertragen ließen, die andere, weil sie sich nur schon in diesen Kleidern und dann noch gegenüber dieser Gesellschaft kaum Spontaneität leisten zu können glaubten, da diese zu sehr verraten würde, was ja an sich keineswegs unbekannt war. Immerhin, man redete von der Ernte, den Preisen dieser oder jener Landwirtschaftsgüter, darüber, wie groß der Anteil war, den die Bauern davon lösten, von den letzten Wahlen, dem Parlament und der Regierung, die daraus hervorgegangen waren, über irgendeinen fernen Krieg, der kurz zuvor die Zeitungen durchgeistert hatte, von den letzten Frösten. Eine leichte Wehmut schlich sich bei Barbara ein, als sie wahrnahm, dass dies ja derselbe Tisch, dieselbe Stube war, in der man an jenem Morgen gesessen hatte, nachdem ihre Mutter gestorben war. Auch damals war ein vornehmer Gast – der Arzt – da gewesen, sie, das kleine Mädchen, und die anderen allerdings lange nicht so gut gekleidet. War sie jetzt eigentlich glücklich, wirklich glücklich? Aber sie würde diesem Mann folgen; entschieden war entschieden. Doch das Elternhaus, das Dorf, alles vorbei – und sie nur noch, wenn überhaupt, als Gast da?

Das Hochzeitsfest zogen ihre Schwiegereltern in der Stadt noch größer auf, als sie erwartet hatte. Geladen waren nahezu 200 Gäste. Man wollte niemanden vergessen haben, dessen Argwohn zu befürchten gewesen wäre. Die Gesellschaft erschien hier erst recht hochelegant. Gebucht und aufwendig, aber dezent dekoriert war der Saal des Hotel Excelsior. Barbaras Verwandtschaft, auch zahlenmäßig vollkommen in der Minderheit, verschwand fast in der Stadtluft und den hier noch unausweichlicher geforderten Sitten. War ihnen die Feier in der Kirche, trotz der Dimensionen des Gotteshauses, noch einigermaßen vertraut gewesen, so suchten sie sich jetzt im Saal etwas verloren zurecht, fanden ihre Plätze nur mit Barbaras Hilfe. Immerhin hatte man sie als Gruppe zusammengesetzt. Insgeheim hatte Barbara dem Vater bei den paar Worten, die er, als Brautvater, an die Hochzeitsgesellschaft zur richten hatte, behutsam, aber ausgiebig geholfen. Er brachte sich dann mit erstaunlichem Charme über die Runden und die ganze Gesellschaft sogar ein paarmal zu offenem, herzlichem Lachen. Natürlich hatte er dafür als zweiter Redner auch leichteres Spiel. Mit Gabel und Messer standen die Leute vom Lande daraufhin schon eher auf – diesmal gar nicht fernem – Kriegsfuß, etwas ungelenker Kriegshand besser; dies umso mehr, als jeweils eine ganze Batterie von einer Sorte Besteck neben dem Teller lag, deren einzelne Stücke sich durchaus nicht alle in Form und Größe unterschieden, zumindest nicht auf den ersten Blick. Womit also beginnen? Aber kurzsichtig war ja niemand ... Und Barbara hatte beim Menü darauf geachtet, dass seine Handhabung nicht allzu sublimer Technik bedurfte. Und schließlich war auch hier der Wein gut, erst recht aus diesen (noch) feineren Kelchen. Spätestens nach den ersten Produktionen strafte die Stimmung im Saal alle Unterschiede von Herkunft und Gewerbe, gesellschaftlicher Geltung, nur knapp nicht die des Alters, Lügen.

Nach dem Fest allerdings erstanden all die versunkenen Grenzen wieder auf. Für die neugekürte Frau Schuler bedeutete dies, dass sie im Haus der Schwiegereltern, in dem auch das junge Paar bereits wohnte, jetzt erst recht alles andere als einen leichten Stand hatte. Nicht dass man sie offen bloßgestellt hätte, nein, das war ja nach der Heirat nicht tunlich, aber man schnüffelte bisweilen nach Fehlern und Unregelmäßigkeiten, wo sie nur, trotz aufrichtigem persönlichen Wohlwollen, die noch nicht ganz verwundene anfängliche Missgunst oder noch nicht ganz verdaute Vorbehalte finden konnten. Doch Barbara nahm einfach nicht wahr, was nicht zur Sache gehörte oder nicht ihre Sache war, ignorierte das heimliche Beobachten und Richten. Bald bewegte sie sich so selbstverständlich, frei und sicher, dass man hätte meinen können, sie habe immer schon in diesem Haus gelebt. Auf Kritik oder Klagen antwortete sie mit entwaffnendem Verständnis und gelenkiger Hilfsbereitschaft (was ihr nicht immer leichtfiel, aber sie gab sich keine Blöße). Sie wusste immer genau, wann welche Wäsche fällig war, wann die Bügelfrau kam oder die Bediensteten gerade dieses oder jenes Zimmer zu reinigen hatten, wo die Vorhänge nichts mehr vorstellten, die Tapete ausgebleicht war ... Sachte schlug sie die Nörgler unter dürftiger Tarnkappe mit deren eigenen Waffen. Fast unmerklich und wohl auch ohne ernsthafte derartige Ambitionen wurde sie so allmählich immer mehr zur unbestrittenen Nummer eins im Hause, machte also beinahe gleichzeitig wie ihr Mann Karriere, wenn auch weitaus unauffälligere. *Sie* verwaltete den Alltagsbedarf anderer, leitete deren Angelegenheiten, organisierte deren Bequemlichkeit, deren Wohlbefinden – und das so vortrefflich, dass die Betroffenen es kaum merkten. Wie sollte man auch, wenn alles da, alles richtig, alles hergerichtet war! Damit ergab sich durch Ausführen schnell Abändern, Anpassen und Barbara verstand es, absolut unauffällig diese Grenze zu überschreiten. Im Ausführen änderte sie ab, im Abändern führte sie aus. Je größer das Vertrauen in sie und damit in ihre Pflichterfüllung wurde, umso mehr weitete sie diese zu Freiheit und gestaltete mit Maß die Erinnerung ihres Ehemannes und die ihrer Schwiegereltern nach ihrem Geschmack um. Sie ließ umstellen, hängte um, versah Sofas und Sessel mit anderen Kissen oder Bezügen, legte Teppiche anders oder in andere Zimmer. Eckte sie doch einmal an, buchstabierte sie geduldig wieder zurück – sie konnte warten. Langsam wurde das Haus so zu Barbaras Haus. An sich war man ja doch so froh, dass sie derart geschickt zu Werke ging; ihr gefiel ihre neue Aufgabe offensichtlich – womit die sprichwörtlichen Zwistigkeiten zwischen Schwiegertochter und Schwiegermutter, die ohnehin nie offen hatten lodern können, bald einmal weitgehend versiegten.

Ganz unvorbereitet war Barbara ja auch wieder nicht in diese Welt hineingestolpert. Ein Naturtalent, das gleichsam nur die richtige Luft zu schnuppern brauchte, damit die Nase es richtig führe, das vom kleinen Dorf in eine neue Welt hinüberspringt und sich in ihr bewegt, als sei diese neue Welt das kleine Dorf, war sie nicht. Schon in der Mittelschulzeit, ganz zu schweigen von nachher, hatte sie das Stadtleben kennen und schätzen gelernt. Vor jener Zeit allerdings war die Stadt immer nur ein fernes, ein wenig unheimliches Gespenst gewesen. Sie hatte bedeutet, dass der Vater die Sonntagskleider hervornahm, die kranke Mutter in viele Decken und auf den Wagen packte, frühmorgens fortfuhr und spätabends wieder heimkam. Gut, manchmal fuhr er auch alleine, hatte den Wagen voll bepackt mit Früchten und Getreide, verkaufte im Distrikthauptort G. seine Ware; aber das Städtchen G. war nicht die Stadt, die zwielichtige Stadt, von der man nicht wusste, was sie verhieß – er hätte ja ebenso gut ins Nachbardorf fahren können oder zum Müller Kellenberger am Rand des eigenen Dorfes. In jene andere, jene unheimliche, jene zwielichtige Stadt hatte die Mutter ins Krankenhaus zum Doktor gemusst, als sie drei Tage wegblieb, von jener anderen Stadt kam der Doktor, als sie im Sterben lag. Aber je älter Barbara wurde, je weiter der Tod der Mutter zurücklag, desto interessanter, desto aufregender wurde diese »andere Stadt« halt doch. Und diese hatte sie dann auch nicht enttäuscht, ganz im Gegenteil – obgleich sie natürlich alles andere als ihren Kinderträumen entsprach. Aber ihr gefiel dieses Irgendjemand-Sein, dieses als solche Irgendjemand zuschauen, Irgendjemand gleichsam über die Schulter blinzeln zu können (etwas, was sie mit fortschreitender Karriere ihres Mannes leider immer weniger tun konnte, ganz einfach, weil sie immer weniger bloß eine Irgendjemand war). Und sie vergnügte sich dabei, zu beobachten, wie langsam unter den Leuten einige zu Einzelnen wurden, mit bestimmten Gesichtszügen und Profilen, sich verfestigten, fast wie Gottes Schöpfung aus dem Chaos. Aber sie verpflichteten nicht – zumindest nicht unmittelbar. Im Gegensatz zum Dorf verpflichteten sie nicht. Sie waren nicht der Bauer Hefti, mit dem der Vater wegen eines Fuders Heu Krach hatte, oder der Müller Kellenberger, der immer falsch abwog und ohnehin zu wenig zahlte, waren nicht die Frau des Bauern Hefti, die mal für ein paar Tage mit dem damals noch jungen Kellenberger durchgebrannt war und wohl deswegen einen Vorzugspreis für das Korn ihres Mannes »erwirtschaftet« hatte, worauf dieser, anfangs außer Rand und Band, dass es schien, er müsse ins Irrenhaus eingeliefert werden, sich wieder beruhigte, ja sich mit der Zeit sogar freute, dass er ein so begehrtes Weibchen hatte, für das andere so viel Geld aufwarfen, und, und ... – Einfach so in der Gasse stehen und zuschauen, niemand brauchte einen etwas anzugehen und man selbst ging niemanden etwas an. Vielleicht freuten sich auch die anderen, wenn sie einen sahen, dachten vielleicht irgendeinen halb angerissenen Satz – oder vergaßen einen gleich wieder, waren ohnehin schon um die nächste Straßenecke gebogen. Barbara liebte die Mehrgleisigkeit der Stadt, deren eines Gleis wohl gleichsam die Vibrationen des anderen spüren konnte, ohne dass sie sich deshalb zu treffen brauchten; der eine brach ein, während der andere sich besoff oder in aller Herrgottsfrühe in der Backstube sein Brot buk, der Dritte gerade seine Braut oder einen Haufen Geld verloren hatte, während nebenan eine Frau ihr Kind gebar, das erste vielleicht gar, und der in seiner Liebe Enttäuschte möglicherweise mit Selbstmordgedanken nicht nur spielte. Während der Pfarrer in der Kirche von großen weiten Welten jenseits aller großen weiten Welten predigte und der Atheist, vielleicht sogar unmittelbar vor der Kirche, inbrünstig eine Menschenmenge zum Kampf gegen die Besserwisserei, mit der die altklugen Herren in den Gotteshäusern ihre Getreuen beträufelten, aufrief. Und hatten nicht auch die Gegner dieses lautstarken Redners alles unternommen, sein Vorhaben zu verhindern oder zu stören? Wieso denn? Um die Stadt und in ihrem Industrievierteln arbeiteten sie genau gleich weiter wie vorher und nachher. Barbara stand da oder schlenderte umher, beobachtete Merkmale, nicht Geschichten, erfand allenfalls welche dazu – Geschichten wie Merkmale. Weshalb hatte der Glatzkopf, dem der Stumpen nie aus dem Mund fiel, auch beim Sprechen nicht (nur Abstand war angebracht, denn mit der Zigarre fuchtelte er in allen Himmelsrichtungen umher) – wieso hatte der auch gleich noch eine so überbordende und überbordend rote Nase? Ja natürlich, Alkohol, aber warum? Auch mit seinen Bewegungen stimmte etwas nicht; sie waren so mechanisch, als müsse er sich jede einzelne zuerst überlegen. Dann die Frau mit dem kecken Hütchen, dem überfärbten Mund und dem in der Farbe ebenso schlecht gewähltem Rock, den zu hohen Absätzen, die aus dem Kleidergeschäft regelmäßig mit vollen Taschen herauskam – ohne dass sich deshalb ihr Geschmack besserte. Dann jene andere, die vor demselben Geschäft fast so regelmäßig stehen blieb, ohne je einzutreten. Dann der Krämer mit dem ausgemergelten Gesicht, dem etwas gefehlt hätte, wenn er nicht hätte keifen können, während er seine Auslagen bereitmachte. Er keifte ins Dunkel seines Ladenlochs hinein, aus dem selten genug eine Antwort kam, aber er schien auch keine Antwort zu erwarten. Wenig später bot er seine wirklich schönen Äpfel mit freundlichstem Lächeln den Kunden, oft Stammkunden an. Alte Leute, Leidende, Vergnügte – alles konnte einen betreffen oder auch nicht, ganz nach Belieben. Der Bettler, von dem man sich durch ein großzügig hingeworfenes Geldstück jenen typisch bettlerdankbaren Blick erkaufen konnte, jenen Blick von unten herauf, von dem man einerseits wusste, dass man ihn ja nicht wirklich verdient hatte, andererseits, dass die Dankbarkeit so tief auch wieder nicht war; der »Professor«, sicher in Wirklichkeit irgendein Hilfsarbeiter, der mit aufgebauschtem Gehabe und großem Aufwand vorbeiging, um sich am Kiosk vielleicht irgendein Schundblatt zu kaufen; die Prostituierten an den Hausmauern in ihrer Maske aus Schminke, die sie ein für allemal übergezogen zu haben schienen, den Blick verloren in völlig verstellte Weite gerichtet, als ginge sie die Gasse nichts an, die Weite aber auch nicht; der Büroangestellte mit stets demselben Gesichtsausdruck, als hätte er keine Nerven und Muskeln, den zu verändern – und so weiter …

Dass Barbara ausgerechnet bei solchen geschminkten Damen eingemietet gewesen war, hätte ihr Vater, der sich für das Zimmer wegen seiner Geräumigkeit, seines günstigen Preises und des Standorts in Gehdistanz zur Schule, die ebenfalls auf der Südseite des Flusses lag, entschieden hatte, wohl kaum geahnt. Sie hatte dort geraume Zeit gewohnt. Ihr großes Zimmer (das im Winter nicht immer allzu gut geheizt war) ging auf eine Gasse. Eine belebte Gasse; eine Gasse, die manchmal mehr zu bieten hatte als die Hausaufgaben. Und sie bereute ja mitnichten, gerade hier gelandet zu sein; gar nicht, denn die Frauen waren ja so lieb zu ihr, geradezu reizend, fast mütterlich manchmal. Wollten sie sie bewahren vor ihrem Schicksal? Flackerte ein Fünkchen Sendung in den Frauen auf, die sich jedem Mann zum Marktwert hergaben? Fragen wie die, ob sie die Schularbeiten auch ja alle gemacht habe, wirklich auch gut zu sich schaue und auch gut esse, stellten mit ihrer Schminke kaum noch zurechtkommende Gesichter, die vielleicht kurz zuvor ihrem Freund – ihrem Stenz – die Stirn hatten bieten müssen. Vergeblich wohl; den Stenzen gelang es ja doch fast immer, den Frauen das Geld abzuluchsen, das sie mit ihrem Körper verdient hatten. Oder diese Körper kamen gerade von der Arbeit (von der Barbara in ihrem Zimmer nur ab und zu ein Knarren der Decke hörte, sonst kaum etwas), der Kunde war vielleicht sogar noch dabei, nahm aber fast immer dem kaum flüggen Mädchen gegenüber ein Verhalten an, hinter dem niemals Geldscheine durchgeschimmert hätten – wenn er nicht gerade besoffen war und deshalb anzüglich wurde (aber spätabends ging Barbara ja selten aus). Allerlei Männer bekam sie dennoch zu sehen im engen düsteren Treppenhaus – und nicht selten die, die ihr schon auf der Gasse aufgefallen waren: den Mann mit der Glatze, den »gescheiten« Arbeiter, den Bettler, aber auch besser bis sehr gut Betuchte, gut betucht oft auch wirklich, denn sogar ihre Werktagskluft war besseres Schneiderwerk als der Sonntagsanzug des Arbeiters, ihre Duftnote dominierte nicht Schweiß, sondern fein gemischtes Wasser, das nur die Bierfahne störte – welche allerdings wiederum derjenigen des Arbeiters oder des Krämers aufs Haar glich. Aber wirklich tätlich angepöbelt wurde sie nie, obwohl die dunklen und engen Gänge genug Gelegenheit dazu geboten hätten, selbst dann nicht, wenn der Mann, dem sie begegnete, ohne Begleitung war. Der Respekt war selbstverständlich und blieb es auch, als Barbara gegen die zwanzig ging, also nicht mehr das Kind war, dem man ein wenig noch den Vater zeigen musste. Hatte ihr Mann auch in solchen Häusern verkehrt zu jenen Zeiten? Sie fragte nie danach – hätte ihm so etwas aber auch nachgesehen.

Von den Frauen hatte sich besonders eine ihrer angenommen. Eine große, solid gebaute Person, kerngesund. Aufrecht, hätte ein aufrechter Bürger, der ihre Umstände nicht gekannt hätte, leicht gesagt. Und wer sie kannte, hätte sich fragen können, wie die Frau zu gerade dem Gewerbe gekommen war. Sie war die Einzige, die Barbara zu sich ins Zimmer nahm. Dort, in ihrem erstaunlich lichten und sauberen Alkoven (Barbara hatte sich – von der Schminke der Frauen her – die Räume immer irgendwie schmuddelig vorgestellt), erzählte sie ihr oft Geschichten. Sie hatte eine Art des Erzählens, die in eigenartigem Kontrast zu ihrem sonst lebendigen Naturell stand. Aber durch die scheinbare Monotonie – in ihrem Ohrsessel schien die Frau manchmal fast einzuschlafen – entstand doch eine Art Spannung, eine wie lähmende Spannung. Sie erzählte oft Geschichten, für die man nicht hätte leichtes Mädchen sein müssen, um sie erzählen zu können. Etwa von ihrer Jugend – sie war nicht von L., das hörte man schon an ihrem Dialekt –, von ihren Freunden aus jener Zeit, den Eltern, Verwandten; sie erzählte Anekdoten, schien unerschöpfliche Mengen davon zu kennen. Nur ab und zu floss eine Geschichte aus dem Milieu mit hinein. Ein Freund etwa, der Liebe versprochen hatte und zum Stenz geworden war, und dergleichen. Erstaunlich war die Vielseitigkeit ihrer Bibliothek, die sie in einem großen Schrank vor den Freiern verschlossen hielt: vom Kriminalroman, dem Fortsetzungsroman, dessentwegen sie die entsprechenden Nummern alter Zeitschriften in lückenloser Folge aufbewahrte, über das Sachbuch verschiedenster Richtung bis hin zu Klassikern verschiedenster Epochen, auch aus der Moderne fand sich da allerhand. Barbara, die gern las, wenn auch selten lange, lieh sie freigiebig davon aus. Das führte dazu, dass die Borgerin dem Unterricht in den betreffenden Fächern oft voraus war. Die Frau schien auch, im Gegensatz zu den anderen, nicht derart unter dem Druck ihres »Freundes« zu stehen, obwohl auch sie sich einen Zuhälter hielt. – Hatte sie womöglich etwas von Barbaras Mutter? Barbara selbst wäre diese Ähnlichkeit jedenfalls nie aufgefallen.

Die Polizeieinsätze hingegen, die hatten ihr anfangs schon ein wenig zu schaffen gemacht. Der plötzliche Aufruhr im Haus, das Treppengetrampel, nervöse Stimmen, einige hektische Rufe, Hin- und Herrücken von Möbeln, Dinge, die zu Boden fielen, manchmal in Scherben gingen, Türen, die zuschlugen, barsche Befehle und oft erstaunlich ruhige Antworten darauf. Wie kam es, dass einige der leichten Mädchen die Polizisten mit Vornamen anredeten? Eine oder zwei der Damen mussten jeweils mit auf den Posten. Aber als Barbara dann merkte, dass jene Damen nach wenigen Stunden ganz mir nichts, dir nichts wieder auftauchten und ihrer Arbeit nachgingen, die Polizeirazzien also Routine waren, dass sie in beinahe regelmäßigen Abständen durchexerziert wurden, dass tatsächlich einige der Gesichter, die als Polizisten befahlen, als Freierköpfe schmeichelten, daher also die Vornamen, beruhigte sie sich schnell und nachhaltig. Sie nahm diese »Besuche«, wie sie ihre Freundin nannte, bald als normal hin, umso mehr, als man auch sie bald kannte und in Ruhe ließ.

Kurz vor der Matura wurde ihr diese Bude gekündigt und sie zog um in ein unbescholteneres Viertel weiter draußen in der Vorstadt. Auf eine Anzeige hin hatte sie ein Zimmer in der zwar baufälligen, aber geräumigen Wohnung einer Arbeiterfamilie gefunden. Die Familie, Eltern und fünf Kinder, war freundlich und lebendig, die Eltern oft nicht zu Hause, da beide arbeiteten. Barbara schaute ab und zu nach den Kindern, bekochte sie. Die Nähe der Fabriken spürte man, obwohl das Haus Vor- und Hintergarten hatte. Allerdings bedeutete der deutlich längere Weg zur Schule früheres Aufstehen. Dass jenes erste Haus damals ebenso zweifelhaft gewesen wie äußerlich für die Gegend erstaunlich gut erhalten und schön war, soll ihr Vater nicht nur nicht geahnt, sondern auch später nie erfahren haben, ihr Mann nicht, dass es *jenes* zweifelhaft schöne Haus gewesen war, in dem sie gewohnt hatte.

Als dann der eigene Kindersegen kam, war die Wiege durch die lebhaften Vorstadt-Fünf schon so gut wie bereitet. Die Schwiegermutter erlebte ohnehin nur noch deren drei. Wenige Monate nach Ernsts Geburt starb sie, der Schwiegervater, bescheiden plötzlich geworden und unauffällig, auch gesundheitlich nie mehr ganz auf dem Damm im letzten Lebensjahr, zwei Jahre später. Nur noch die Ältesten werden sich an die Großeltern dieser Seite erinnert haben. Die Kinder ließen sich nicht allzu lange bitten, umso mehr, als Ursula und Karl jr., ein gutes Jahr nach der Hochzeit geboren, Zwillinge waren. Knapp zwei Jahre später folgte Ernst, weitere drei Jahre später Hans, der Jüngste. Die Schwangerschaften hatte Barbara gut ertragen, alle Geburten, auch die Zwillingsgeburt, verliefen nahezu vorbildlich glatt und die Kleinen hatten nicht unter Milcharmut zu leiden, obwohl der mütterliche Busen nie nach derartigem Überfluss aussah. Und gesund waren sie alle, kerngesund – wenigstens körperlich. Eine Freude jeder Hebamme sowie beider Großväter und der Großmutter – bald selig.

Die Kinder sollten hier wie Kinder leben dürfen, dafür hatte Barbara gesorgt, nicht wie Gefangene des großen Hauses, des Reichtums, des Status ihres Vaters. Sie sollten nach und nach Freiheiten bekommen und im Haus Orte, wo sie diese ausleben konnten. »Ein Junge ist nur ein richtiger Junge, wenn er ein wenig ein Lausbub ist«, das war eine stehende Wendung, selbst ihres Mannes. Nur ließ Barbara auch für ihr Mädchen Gleiches gelten. Kaum waren die Kinder aus dem Ärgsten heraus, erhielten sie Zimmer im obersten Stockwerk, gleich neben denen der Bediensteten, ein Spielzimmer dazu sogar. Und das war ihre Welt. Eine gewisse Ordnung musste zwar auch hier sein, aber nur so weit, wie es Barbara für die Entwicklung eines allgemeinen Ordnungssinns und vor allem zum Wohle der Kinder selbst nötig schien. Hier hatten die Kinder Klötze, Stäbe, Kissen, Stofffetzen, Ursula hatte Barbaras Vater eigenhändig ein Puppenhaus gezimmert. Hier durften sie bauen, vom Luftschloss bis zum Lokschuppen, von der riesigen Fabrikhalle bis zum Bauernhof – ja, »Bäuerlis« war sogar eines ihrer beliebtesten Spiele und die nötige Ausrüstung, Kühe, Schweine und Hühner miteingeschlossen, hatte einst auf den Weihnachtswunschzettel aller vier gestanden. Hier oben, und erst recht auf dem Dachboden, auf dem sich zwischen dem abgestellten Gerümpel und den Möbeln, die Barbara dorthin hatte befördern lassen, herrlich Verstecken und Fangen spielen ließ, konnten sie sich auch kräftig austoben; alte Lumpen waren da, in die sie sich hüllen und so zu ganz anderen werden konnten. Nicht selten musste die Mutter oder die Magd Streit schlichten. Und anders als sonst wo brauchten sie hier abends nicht immer alles weg- und aufzuräumen. Natürlich wurden auch die Schuler-Kinder angewiesen, Sorge zu tragen für ihre Spielsachen, sie würden nicht so leicht wieder ersetzt, wenn einmal ... – Ermahnungen, die aber nach meist nicht allzu langer Bußfrist fast ausnahmslos zu leerer Drohung verkamen.

Allerdings: Diese Regeln galten, wie gesagt, nur für das oberste Geschoss und den Dachboden. In den unteren herrschten die Eltern und die Regeln und Ansprüche des Hauses. Hier war Gehorsam gefordert, unauffällig-artiges Benehmen. Hier wurde bestraft, wenn das Geforderte nicht erbracht wurde, und nicht immer gelang es den Kindern, sich mit der nötigen Promptheit und Gründlichkeit umzustellen, vor allem, wenn sie vom Fangenspielen oder Versteck auf dem Dachboden zurückkamen. Solche Unbotmäßigkeiten konnten dann ohne viel Federlesens von einer leichten Ohrfeige bis hin zu ohne Nachtessen ins Bett zur Folge haben. Besonders hart waren die Strafen, wenn man Kinder in der guten Stube, dem »Salon«, wie ihn die Mutter jeweils nannte, wenn sie Gäste dort hinüberbat, erwischte. In jenem Raum, der, gerade weil zugedeckt und gleichsam weggepackt für besondere Momente, so unbändig interessant war! Hier war das Versteckspiel, das Fangen besonders spannend, eben weil verboten. Zudem konnte man sich balgen in den Tüchern, die eigentlich die Möbel abschirmen sollten. Man schlich sich ja dort schon nur ein, wenn man die Luft für rein hielt – aber leider täuschte man sich nur zu oft. Und hier verstand die Mutter entschieden am allerwenigsten Spaß, noch weniger als im angrenzenden »gewöhnlichen« Salon, ganz zu schweigen vom Vater! Nach dessen Ernennung zum Generaldirektor blieb das Zimmer stets verschlossen, wenn es nicht zu seinem raren Zweck gebraucht oder zwecks Gebrauchs gereinigt wurde. Wenn aber Barbara in das oberste Geschoss kam, dann war sie niemals streng. Sie hatte Zeit, widmete sich den Kindern mit Hingabe.

Jedem begegnete sie mit der gleichen vorsichtigen Aufmerksamkeit oder sie versuchte das zumindest – und erntete manchmal Eifersucht. Jede formelle Höflichkeit und Contenance streifte sie ab wie ein Überkleid, das hier nur störte. Wenn niemand, auch kein Dienstbote sie sah, konnte sie sich mitten unter die Kinder in ihr Spielzimmer setzen und mit ihnen herumalbern, als sei sie eines von ihnen. Doch ließen ihr ihre Verpflichtungen oder diejenigen Angelegenheiten, die sie sich zusehends zur Pflicht machte, wenig Zeit dazu. Die Kinder hatten offensichtlich solides Zutrauen zu ihr, auch wenn sie sie fürchteten, hatten sie sich in ihren Augen ins Unrecht gesetzt. Der Einzige, der sich zunehmend der mütterlichen Zuwendung ebenso wie dem gemeinsamen Spiel mit den Geschwistern entzog, war Ernst. Früh begann er, eigene Wege zu gehen, sich eigene Bereiche zu schaffen, in die er sich zurückzog. Einer dieser Bereiche war das Musikzimmer mit dem großen schwarzen Flügel drin. Das Zimmer hatten die Schwiegereltern eigens um das Instrument, zu seinen Ehren fast, hergerichtet. Diesen Ehren entsprach auch die Politur des Gehäuses; immer glänzte es. An sich war es ja nicht so, dass die Familie Schuler eine besonders musikalische Ader gehabt hätte; aber eine gewisse Musikliebe gehörte nun mal in ihren Kreisen zum guten Ton und dem hatte das Zimmer bisher gedient – nicht mehr und nicht weniger. Es hatte deshalb immer schon eher in starrem, makellosem Glanz erstrahlt, als dass offene Notenhefte herumgelegen hätten oder es nach musikalischer Arbeit gerochen oder gar gestunken hätte. Zwar hatten die Eltern durchaus im Sinn gehabt, bereits Karl und Ursula dazu zu bringen, sich an den Tasten zu betätigen, eben weil alle Eltern ihres Standes ihre Kinder mit Instrumentalunterricht heimsuchten und schon ihre Eltern sie heimgesucht hatten. Aber beide schrien und trotzten, wenn man sie nur in die Nähe des Flügelzimmers brachte; mit diesem alten Kasten wollten sie nichts zu tun haben, erklärten sie fast unisono. Sie spielten dann später beide immerhin etwas Blockflöte. Das Zimmer blieb somit weiterhin Dekor – bis ihr kaum sechsjähriger jüngerer Bruder Ernst einmal den Deckel dieses »alten Kastens« öffnete. Natürlich gab das lange schon nicht mehr gestimmte Instrument zunächst nur klägliche, weinerlich jammernde Laute von sich; es klang eher nach unzufriedenen Hunden oder Katzen, und Ernst versuchte es fast vorwurfsvoll zu beschwichtigen. Er drückte eine andere Taste, ohne dass sich das Klavier eines Besseren besann. Da wurde die Beschwichtigung schnell zur Mahnung. Das Kind hatte ja keinerlei Einsicht in die Mechanik des langen Gefüges, in das, was er auslöste mit dem Druck auf die Taste, damit diese dann dem Instrument den Ton abrang; sie lockte ihn einfach irgendwie aus der Mitte des – hohlen? – Kastens heraus.

Dann kam endlich ein hellerer Ton, ein glanzvollerer und schönerer: Ernst lachte, schlug ihn nochmals an, probierte dann zu ihm eine zweite Taste – und hatte Glück. Auch der klang wunderschön! Er drückte sie mehrmals, die beiden Tasten, miteinander, nacheinander. Er versuchte, dazu zu singen. Er versuchte zwei andere, nein drei, und schon wollte der Flügel wieder nicht mehr. Er nahm noch mehr Tasten dazu, so viel seine kleinen, ungebildeten Finger zu drücken vermochten – und da musste er den schwarzen und weißen Dingern eine wischen. Das war ja scheußlich! Nachher taten ihm die Finger weh und der Kasten blieb völlig unbeeindruckt. Dadurch wurde der Noch-nicht-Dreikäsehoch natürlich noch wütender. Er schlug wild auf die Tastatur ein und die protestierte erst recht; die Töne waren ja nicht nur hoffnungslos verstimmt, sie stimmten auch in sich selber nicht, lallten, schlingerten. Nun gab Ernst den Beinen des Ungeheuers arge Fußtritte – und wäre beinahe rücklings hingefallen. Er rannte um das Biest herum, rüttelte daran, drohte, es zu töten und danach in Stücke zu hauen. Endlich versuchte er's noch mal, fand eine Terz, die sogar noch fast Terz war, und war schlagartig versöhnt, spielte sie immer wieder und merkte erst, dass die Mutter zu ihm ins Zimmer getreten war, als sie ihm die Hand auf die Schulter legte. Beinahe hätte er sich die Finger unter dem zufallenden Deckel eingeklemmt.

Aber »Spiel nur weiter« sagte die Mutter, »trägst mir aber Sorge zu dem Klavier, es ist das Klavier deines Großvaters. Jetzt musst du aber kommen; es gibt Essen. Im ganzen Haus haben ich, Ursula, Karl und Hans dich gesucht, auch mit dem Gong geläutet haben wir dir. Komm, das Essen wird kalt!« Das Kind fühlte sich wie begnadigt, denn nie hätte es erwarten können, dass die Mutter »hier unten« so etwas gelten lassen würde!

Barbara ließ unverzüglich das Klavier herrichten und in kurzen Abständen mehrmals stimmen, wartete aber noch mit Klavierstunden. Ihr Sohn sollte spielen dürfen, wirklich spielen. Damit setzte sie sich auch gegenüber ihrem Mann durch, der natürlich fand, entweder habe der Bub Stunden zu nehmen und zu üben, wie es sich gehöre, oder der Flügel bleibe, was er sei, nämlich ein Ausstellungsstück – mit zugeklapptem Deckel. Er gab sogar recht schnell klein bei, verlangte einfach, dass Ernst möglichst nicht spielen sollte, wenn er im Hause sei – doch das war er ja eh nur selten.

Ernst war nun oft stundenlang im Musikzimmer. Erstaunlich schnell erfand er Melodien, die nach etwas klangen, spielte einfache Kinderlieder nach, wobei er oft gern mehr zur Verfügung gehabt hätte als nur gerade seine beiden Hände. Manchmal drückte er Akkorde und probierte aus. Er drückte sie mehrmals, fand einen nächsten, wagte sich weiter, wobei, wie bei einem kunstvoll aus Klötzen aufgeschichteten Turm, dessen wackelig aufgesetztes oberstes Stück ihn vollständig in sich zusammenstürzen lässt, die ganze Folge sich mitunter durch einen Ton in nichts auflöste. Manchmal kamen seine Geschwister vorbei, hörten zunächst gerührt zu, wollten es aber ziemlich bald diesem »alten Kasten« nun doch auch zeigen. Das ließ Ernst sich nicht gern gefallen, wurde wütend – ganz abgesehen davon, dass sich die anderen untereinander in die Haare gerieten, weil natürlich alle gleichzeitig spielen – klimpern – wollten. Immerhin: Wenn einer davonrannte, rannten die anderen zum Glück meistens hinterher. Musste die Mutter kommen, nahm sie gewöhnlich Ernst in Schutz. Am Anfang verbannte sie alle vier dann kurzerhand ins oberste Stockwerk. Dort funkte der uneingeweihte Ernst aber oft in die Bauten und Spiele der anderen hinein, worauf es sofort wieder zu Streit kam, dem er am leichtesten dadurch entfloh, dass er sich wieder in »sein« Zimmer, hinter »seinen« Flügel zurückstahl. Obwohl es an sich wenig auf sie zukam, war die Mutter diesem Kind besonders zugetan. Wieso, das hätte nicht einmal sie sagen können. Eine Erinnerung – eine Anspielung? Wahrscheinlich hätte Barbara, hätte man sie auf diese Vorliebe angesprochen, sie aufs Energischste in Abrede gestellt. Bewusst oder gar absichtlich hätte sie wohl kaum das eine Kind über das andere stellen wollen, aber ihr ausgeprägtes Interesse an Ernsts Gebaren war nicht zu leugnen. Dass seine Zurückgezogenheit, seine Wortkargheit nicht Abneigung ihr gegenüber bedeutete, das wusste, das spürte sie.

Seine Zurückgezogenheit führte dazu, dass Ernst den Erwachsenen allgemein oft als reif, frühreif erschien – reifer, als er war. Und diese Einschätzung führte hin und wieder zu anderer Behandlung, die das Kind nicht immer verstand. Wieso sollte er nun plötzlich das »gute Beispiel« abgeben oder »vernünftig« sein? Er war ja nicht einmal der Älteste. Und die anderen waren ja auch dabei gewesen. Auch er durfte doch einmal jähzornig sein oder hinterhältig, ohne dass man ihm das weniger nachsah als den anderen. Aber die Erwachsenen behandelten ihn einfach nicht wie die anderen, sprachen anders mit ihm, er hörte das Wort »Musiker« auf sich angewandt und wusste noch nicht einmal genau, was das war. Karl war kein Musiker, das begriff er. Durfte er deshalb gleichzeitig weniger und mehr – oder besser: War man deshalb eher enttäuscht, wenn er tat, was er nicht durfte?

Ihren Vater erlebten die Kinder als gestrengen, aber gerechten Herrn. Sie sahen ihn ja ohnehin selten genug, bestenfalls am Frühstückstisch hinter einem riesigen Zeitungsblatt oder beim Abendessen – wenn er nicht gerade wegen einer seiner »Sitzungen« später heimkam. Vor allem als Herr Generaldirektor war er selten zum Mittagessen da. Immer Sorgen zu haben schien er, die Kinder konnten sich kaum vorstellen, weshalb und was für welche. Denn er hatte es ja schön: ein großes Haus, Bedienstete, Autos, alles Dinge, von denen manche Väter ihrer Klassenkameraden wohl nur träumen konnten, und ihre Mutter war lieb zu ihm. Manchmal schien es, er sei Gast hier und nicht Herr des Hauses, so zuvorkommend behandelte sie ihn, las ihm die Wünsche von den Lippen ab. Die Sorgen also – woher? Warum die Falten, die sich immer tiefer in seine hohe Stirn eingruben? Die Mutter sprach von der Fabrik und davon, dass der Vater einen aufreibenden und verantwortungsvollen Posten habe, und die Untergebenen machten es ihm nicht leicht. Da die Kinder weder eine Fabrik je von innen gesehen hatten, geschweige denn die ihres Vaters, noch recht begriffen, was »verantwortungsvoll« hieß, hängten sie die ganze Schuld der Fabrik und vor allem der »Verantwortung« an. Sie hatte aber auch etwas Erhabenes, diese Verantwortung, und so schauten die Kinder in das mit dem starken Schnurrbart bewehrte Gesicht, das mit den Falten und den borstigen Augenbrauen leicht hätte grimmig wirken können, mit einer gewissen Bewunderung.

Und es kam der Tag, ein paar Monate nach den Streiks, als sich kaum mehr Spuren davon zeigten, an dem sie endlich mitdurften in die Fabrik. Die ganze Familie ging mit, auch die Mutter. Karl (senior) war zwar grundsätzlich für eine strikte Trennung von Geschäft und Privatem, aber nach all dem Aufruhr, den Karl, Ursula und Ernst ja mitbekommen hatten, sollten die Kinder doch wenigstens einmal sehen, dass auch ihr Vater arbeitete und wie und wo. So verlud man denn an einem schulfreien Frühlingstag, wunderschönes Wetter war's, aber kalt, die ganze Familie in die große Limousine und fuhr hin. Man überquerte den Fluss, fuhr ein paar hundert Meter ihm entlang hoch, bog dann links zu den Hügeln hin ab und kam in eine Gegend in der westlichen Vorstadt, die die Kinder noch kaum gesehen hatten. Nicht weit von dort, wo ihre Mutter als junge Frau einmal ein Jahr lang gewohnt hatte, aber davon wussten sie nichts. Sie sahen die riesigen Häuser, die Hallen, die Schlote, rochen, in was sie die Gegend hüllten. Sie fuhren an einigen dieser Häuser und Werkstätten vorbei, emsige Arbeiter in staubigen Überkleidern eilten überall umher, Karren, Lastwagen passierten sie pausenlos, zu einigen Fabriken

waren Geleise gelegt, auf denen Güterwagen abgestellt waren, die gerade beladen oder entladen wurden. Sie sahen Frauen in dicken Kopftüchern und auch sonst geschützt, wo sie nur konnten, die offensichtlich auch hier arbeiteten.
»Haben diese Frauen keine Kinder?«, fragte da Ursula.
»Doch, natürlich«, antwortete ihr Vater.
»Und wo sind die?«
»Zu Hause oder in der Schule, wie ihr.«
»Aber ihre Mutter ist ja hier und muss arbeiten.«
»Ja, sicher.«
»Aber dann kann sie ja nicht zu Hause sein, wenn die Kinder heimkommen, und ihnen Essen geben, helfen bei den Schulaufgaben, schauen, dass sie immer schön saubere Kleider haben.«
»Diese Kinder haben den Schlüssel des Hauses und der Wohnung. Wenn sie heimkommen, finden sie auf dem Tisch das Essen, das ihnen ihre Mutter vorbereitet hat.«
»Aber das ist doch nicht schön, wenn sie so allein essen müssen und niemand ist da ...«
»Komm Ursula, schau, wir sind gleich da!« Das war die Mutter.
In der Tat bog die Limousine zu einem kleineren, aber sehr sorgfältig gebauten und herausgeputzten Nebengebäude ein. Der Vater ging kurz hinein, hieß die Familie im Auto auf ihn warten.
»Da arbeitet Papa«, sagte die Mutter.
Nachher fuhren sie hinüber zu den großen Gebäuden, in einen ihrer Höfe hinein. Dort hieß der Vater alle aussteigen, den Fahrer warten. Er führte sie durch die riesengroßen Tore, nahm zwei Kinder bei der Hand, Barbara die anderen zwei. Führte sie in die hohen, lärmigen Hallen, sie sollten ihm immer auf den Fersen folgen. Unzählige Menschen arbeiteten hier, rannten in fast regelmäßigen Rhythmen um die Maschinenblöcke herum; es hätte fast scheinen können, sie seien sie Verlängerungen der mächtigen Arme der gewaltigen mechanischen Einrichtungen. Und doch war die Ordnung – von Mensch und Maschine – kaum überschaubar, ja nicht zu fassen, so vieles bewegte und tat sich da gleichzeitig um einen und dazu noch in diesem ohrenbetäubenden Lärm. Der Vater wandte sich ihnen zu, wollte offensichtlich etwas erklären, aber sie sahen nur, wie sich seine Lippen beweg-

ten. Überhaupt, ihr Vater – gehörte der hierher? Er in seinem perfekt geschneiderten Anzug, seiner fein goldumrandeten Brille, der sauberen braunen Ledermappe, die er nicht vergessen hatte zwischen diesen Gestalten, diesen Armen und Räderwerken? Mehr noch: Diese Arme und Räderwerke sollten also ihm, seinem Wort, das man hier nicht einmal verstand, gehorchen? Dass die Menschen ihm mit einem gewissen Respekt, einer gewissen Unterwürfigkeit oft sogar begegneten, war den Kindern nicht entgangen. Dazu passten wieder die Unterschiede in Kleidung und Benehmen. Aber was diese Unterschiede kennzeichnen sollten, eine, schien den Kindern, fast naturgegebene Wesensverschiedenheit zwischen Herrschenden und Beherrschten, passte nicht zu den Rädern, Hebeln und Klötzen, dem Lärm, Staub und Gestank. Einmal ließ der Herr Generaldirektor die Kinder an den Platz eines Arbeiters treten, an eine Maschine, die gerade stillgelegt war. »Hier kommt der Stoff«, krähte er, »und wer dasteht, muss ihn zusammenfalten, so!« Er nahm sein weißes Taschentuch hervor, demonstrierte es. »Damit nachher von dieser Maschine hier ...« – er klopfte auf ein schweres Gehäuse – »... der Saum genäht werden kann.« Er mimte den Nähvorgang am Taschentuch, faltete es nachher zusammen. Jedes Kind durfte sich einmal in den Posten stellen, bevor sie weitergingen.

Sie gingen noch durch einige Hallen, größere, kleinere, höhere, niedrigere; in einer war es fürchterlich heiß. Nicht alle waren derart lärmig wie die erste. In der Färberei sahen sie riesige Becken, die selbst als Planschbecken für sie viel zu groß gewesen wären, angefüllt aber eben nicht mit Wasser, sondern mit verschiedenen Farben. Manche von ihnen sahen geradezu lecker aus, hätten lecker ausgesehen, wenn nicht der passende Geruch gefehlt hätte. »Und hier, das produzieren wir.« Sie waren in einem sehr breiten und langen, aber ziemlich niedrigen Raum angelangt, der angefüllt war mit riesigen Stoffballen. Weiter hinten in einem Nebenraum – endlich sah man wieder direkt Tageslicht, nicht dieses düstere Oberlicht oder Glühlampen – waren in langen Schaukästen Kleiderkollektionen – Anzüge, Röcke, Hemden, Frauensommerkleider, sogar Krawatten und Halstücher –, aber auch Stoffmuster ausgestellt. Dicke Bücher – Kataloge, sagte der Vater – lagen auf polierten Holztischen herum, um die bequem plüschgepolsterte Sessel standen. »Natürlich habe ich einen Satz auch drüben in der Direktion. Aber wenn die Kunden mehr sehen wollen, führe ich sie hierher – gehen wir, meine Sekretärin hat euch etwas zu essen und zu trinken vorbereitet. Und ich muss dringend zurück. Die Zeit für euch habe ich mir eigentlich ohnehin gestohlen!«

Man ging die kurze Strecke zu Fuß. Ein Bediensteter wurde angewiesen, den Fahrer herüberzubeordern. Wie man jetzt plötzlich dem Direktionsgebäude so nahe sein konnte, begriff nicht einmal Barbara.

In den ruhigeren Büroräumen fühlten sich die Kinder sofort wieder mehr zu Hause. Hier arbeitete also ihr Vater – und hier gehörte er auch hin. Und alle anderen, die hier arbeiteten, schienen seinesgleichen. Elegant gekleidete Frauen, fast wie ihre Mutter, nur etwas jünger noch, oder Männer, sorgenvoll offenbar auch einige unter ihnen, mit Anzügen wie direkt vom Schneider – nicht aus der Fabrik. Auch sein Büro glich demjenigen zu Hause, das den Kindern allerdings kaum weniger fremd war als dieses hier: ein schwerer Schreibtisch, Regale voll mit Lederrücken an zwei Wänden, Ahnenbilder an den anderen zwei. Beim Fenster stand einer jener feinpolierten Tische mit den Vorzeige-Plüschstühlen. Dieser Tisch war jetzt gedeckt; Gebäck stand darauf, Brötchen, eine Teekanne, ein Milchkrug, Kaffee und natürlich eine silberne Zuckerdose. Hier nahm der Vater wieder die Haltung ein, die die Kinder von ihm beim Essen kannten; wortkarg, knapp in Antworten auf Fragen. Nach kaum zehn Minuten stand er auf und setzte sich hinter den Schreibtisch, begann auch sogleich zu telefonieren. Sie forderte er aber auf, nur ungestört weiterzuessen. Wenn sie heimwollten, lasse er den Chauffeur rufen.

Sonst sahen die Kinder ihren Vater nur an den Wochenenden etwas ausgiebiger. Das heißt, eigentlich nur am Sonntag, denn samstags hatte er, wenn nicht in der Fabrik, dann zu Hause meist »bis über alle Ohren« zu tun.

Am siebenten Tage sollst du ruhn, heißt es in der Bibel, und so ging man sonntags zur Kirche, die Kinder in die Sonntagsschule. Ein junges Fräulein in einer Nebenstube der Kirche erzählte ihnen allerlei Wunderbares aus dem Land Kanaan. Einmal wurden sie sogar vertrieben, die Leute, die dort wohnten, mussten in der Fremde, in Ägypten, die Armen, Fronarbeit leisten, durften nach einer Weile zurück, mussten aber auf dem Rückweg ein großes Wasser überqueren und wussten nicht, wie. Aber siehe da, die Wasser teilten sich und ließen sie passieren. Sie rebellierten gegen ihre Führer, bis sie göttliche Winke zu besserer Einsicht brachten. Dann, einiges später sicher, wurde Jesus geboren; alles frohlockte, allerdings machten einige da nicht mehr mit, als er dann, erwachsen, den Pharisäern und Schriftgelehrten das Leben sauer machte. Doch vollbrachte dieser Jesus Wunder wie keiner vor ihm; er heilte Schwerkranke und Krüppel, machte Blinde wieder sehend, Taube wieder hörend, erweckte Tote wieder zum Leben – bis ihm das offenbar zu viel wurde. Er weigerte sich, weiterhin dergleichen zu tun; er sei nicht hergekommen, um die Leute staunen zu machen mit seinen Wundern, sondern um ihnen die Augen zu öffnen und das könnten Worte, Worte seines Vaters mindestens so gut wie unerhörte Taten. Er begann also zu predigen, zu erzählen, Geschichten zu erzählen auch er, und die Kinder hörten gleichsam aus dem Mund des Fräuleins den Erzähler in der römischen Provinz vor seiner Schar, sahen ihn inmitten seiner Gefolgsleute, seiner Jünger – das Fräulein organisierte ab und zu auch Szenerien und kleine Spiele –, sahen ihn, wie er Brot brach oder seinen Jüngern Lehren erteilte; sie hörten seine Lehren, hörten viel von Nächstenliebe, Treue und Gottergebenheit, von guten und bösen Menschen, hörten Beispiele, anschauliche Beispiele, sahen sie kaum, wenigstens nicht anschaulich – denn wer hätte nach dem Unterricht auch nur von Ihm geredet, geschweige denn ...

Anfänglich gefiel die Sonntagsschule den Schuler-Kindern, sie freuten sich jedes Mal auf die Stunden und hörten gespannt zu; aber bald verflachte sich die Pflicht zum mühsamen Muss. Man musste früher aufstehen, wurde noch gebadet, um sich nachher in die schon bereitliegenden schönen Kleider zu zwängen, und schon erschien die Mutter mit Bürste und Kamm und trimmte einen aufs Gründlichste. Bei jedem Schritt musste man peinlich achtgeben, glänzten doch auch die frisch gewichsten Schuhe makellos. Man wurde ins Auto gepackt, zur großen Stadtkirche gefahren (der Fahrer kam eigenartigerweise nie mit hinein in die Kirche), wurde bei der Sonntagschultante abgegeben – deren Geschichten doch mittlerweile stets die gleichen waren, in Ewigkeit, Amen; nachher musste man meistens fast genauso himmlisch ewig auf die Eltern warten, die noch vor dem Gotteshaus ganz irdisch mit Bekannten schwatzten. Nicht einmal Fangen oder Versteck spielen konnte man – in den schönen Kleidern. Ein schwacher Trost war immerhin das ausgiebige leckere Frühstück nachher zu Hause. Deshalb bedeutete es ein Fest, wenn man einmal nicht zur Kirche ging. So geschehen an einem wunderschönen Sonntag Anfang September. Früh aufstehen mussten sie zwar auch dann, aber hervorgeholt wurde nichts Schönes, sondern – die Wanderkleidung!»Wir gehen heute in den Wald – es ist so schönes, mildes Wetter!« Die Mutter war erstaunlich bequem angezogen: ein weiter, mausgrauer Rock, eine um ein paar Grade hellere Bluse, fast kein Schmuck, nur eine dünne Halskette, von der Blusenausschnitt ein klein wenig zeigte. Sie trug leichte Wanderschuhe und da die keine hohen Absätze hatten, wirkte sie kleiner als gewöhnlich. Auch der Vater hatte sich diesmal keine Krawatte umgebunden und war in bequeme Knickerbockers geschlüpft statt in die fein gebügelte Hose – aus welchem Schrank hatte er denn die hervorgeklaubt?! In der Küche war die Magd schon dabei, die Picknick-Pakete zu schnüren. Am liebsten wären die Kinder ja daheim geblieben und hätten den freien Sonntag in vollen Zügen ausgekostet. Aber das ging nicht, das wussten sie und daher war ein Wandersonntag immer noch viel, viel besser als die Kirche. Man frühstückte also, fuhr danach gleich los, bepackt mit einem kleinen Rucksack und einem großen Korb. Nach guten zwanzig Minuten gemächlicher Fahrt flussabwärts zunächst, dann durch ein Dorf, einen Weiler fast nur, zu guter Letzt hin zu bewaldeten Ausläufern der Rücken des dem Süden zugewandten Hügelzugs ließ der Vater den Fahrer anhalten, machte mit ihm den Punkt aus, wo er die Familie am Abend wieder einsammeln sollte, und entließ ihn. Der Herr Generaldirektor trug sowohl Rucksack wie Korb und man zog los. Gutgelaunt. Wirklich gutgelaunt alle – auch er. Das mochte damit zu tun haben, dass die Streiks weniger Einbußen beschert hatten als befürchtet, da nur wenige Kunden abgesprungen waren, und dass jetzt zuverlässig alles wieder rund lief; dadurch war auch für ihn der allenthalben überall in der Welt gefährlich aufflammende Krieg irgendwie weit weg, eigenartig entrückt – doch üblicherweise verriet sein Verhalten zu Hause nichts über das Auf und Ab im Geschäft und schon gar nichts über innen- oder geopolitische Sorgen. Deshalb die Überraschung: So hatten ihn die Kinder noch kaum erlebt. Er war richtig fröhlich, brach Zweige, die ihm im Weg waren, rannte den Kindern nach, soweit dies möglich war mit seiner Bürde, machte Späße, stellte Scherzfragen. Er schien um ein paar Jahre jünger. Die Mutter stand ihm nicht nach, nur fiel das bei ihr weitaus weniger auf. Fast ein wenig noch ein Mädchen schien sie allerdings, wenn sie so umherrannte, sich beim Vater einhängte, ihm auf die Schulter klopfte, wenn er sich scherzhaft über die Last beklagte, die sie ihm schon wieder mit einem Blumenstrauß aufbürde, den sie ihm in den Korb legte. Sie pflückte den Kindern allerhand Beeren, die sie ja von ihrer Kindheit her nicht anders konnte als gut kennen. Ihre Bewegungen waren flink und behände. Es schien, dass auch sie mit der vornehmen Kleidung nicht nur ein paar Jahre, sondern gleich noch ein Stück vornehme Frau abgelegt hatte – mehr noch, als wenn sie ins oberste Stockwerk kam. Sie kniete nieder, kauerte sich hin und mitunter sah man sie gar nicht mehr. »Was machen wir jetzt ohne Mutter! Sie ist uns durchgebrannt. Der gefällt es nicht mehr bei uns!« Der Vater schickte jeweils ein Kind aus, ihr nachzuspüren. Einmal kletterte sie sogar auf einen Strauch, um eine Frucht zu pflücken. Der milde Tag, fast Sommer noch, zog sie wirklich alle in seinen Bann. Die Welt konnte nichts anders sein als schön, frisch und neu. Dies trotz des satten Grüns im Blattwerk, der reifen Frucht auf dem Feld und in den Bäumen und der nicht eben rosigen Weltlage. Nichts und niemand schien in diesem Moment, an diesem Tag traurig sein zu können!

Als der Vater auf eine Lichtung zusteuerte, waren alle redlich hungrig und, ehrlich gesagt, auch ein wenig müde. Hohes Gras, viel Pfefferminze und Farne wuchsen auf dem recht großen, baumfreien Platz. Nahe dem Waldrand auf der Sonnenseite der Lichtung stellte der Vater den Korb ab, riss ein paar Grasbüschel aus, trat ein paar andere nieder. Die Mutter wickelte die Brote, das kalte Fleisch, die Tomaten und Früchte aus – auch eine kleine

Süßigkeit für jeden war dabei. Sogleich legte sich die Ruhe wieder über die Wipfel und das hohe Gras, die schon geherrscht hatte, als die Familie da angekommen war. Das heißt, man hörte die Vögel zwitschern, nein singen, das Unterholz rascheln, irgendein Tier davonhuschen. Nachdem der erste Hunger gestillt war, zündete der Vater ein Feuer an mit Holz, das ihm seine Frau und die Kinder gesammelt hatten, und man briet Würste. Allerdings nur zwei, denn wirklich Appetit hatte niemand mehr, doch es ging ja ums Braten, darum, dass die Kinder die Stecken mit den Würsten, die immer stärker ihre Mäuler aufsperrten, abwechslungsweise in die Flammen halten durften. Danach legte man sich faul hin, doch bei den Kindern dauerte die Faulheit nur kurz, sehr kurz sogar. Schnell trollten sie sich davon in den Wald, die Mutter schickte ihnen noch nach, sie sollten nicht zu weit weg, doch strafte der Ton in ihrer Stimme die Strenge der Ermahnung gleich wieder Lügen.

Die Kinder spielten tatsächlich eine Zeitlang Verstecken und Fangen; sie fanden eine Höhle, einen Fuchsbau vielleicht, doch nach einer guten halben Stunde näherten sie sich schon wieder der Lichtung. Da ließ sie plötzlich die Stimme ihrer Mutter innehalten. Sie war eigenartig. Jauchzte sie? Stöhnte sie? War sie hingefallen, hatte sie sich vielleicht gar verletzt? Aber eigentlich klang in der Stimme mindestens so viel Freude oder etwas den Kindern zugleich Fremdes und Bekanntes mit ... Sie näherten sich der Sonnenseite der Lichtung und mussten überrascht erkennen, dass sie den Eltern schon viel näher waren, als sie eigentlich geglaubt hatten; eigentlich standen sie fast hinter ihnen im Unterholz. Und was taten die beiden denn da? Alle vier waren mit einem Mal mucksmäuschenstill. Die Mutter lag auf dem Vater, ihr weiter Rock deckte seine Beine bis zu den Waden hin zu. Seine breiten, haarigen Hände streichelten ihren Leib, dann auch ihre Haare, drückten leicht ihre Brüste. Weh konnte er ihr also nicht tun. Aber sie stöhnte trotzdem weiter, erstickt nur durch seinen Mund, der den ihren küsste. Mit der einen Hand griff er nun auch nach ihren Beinen, zog ihr den Rock hoch bis zu den Lenden. Da sahen sie, dass sowohl Mutter wie Vater unten nackt waren. Es war das erste Mal, dass sie diese Körperteile ihrer Eltern so entblößt, so ganz und gar entblößt sahen. Wieso hatten sie Haare zwischen den Beinen, die Mutter vor allem? Und das Glied des Vaters, kerzengrad, riesig war es – riesig ragte es zwischen den Schenkeln der Mutter gegen den Himmel. Es hatte etwas von einer Puppe, die, nicht eben bescheiden, ihr Wörtchen mitzureden hatte. Die Mutter griff nach unten, nach hinten, tastete nach dieser »Puppe« und streichelte sie. Und was suchte des Vaters Linke zwischen ihren Beinen?

Sie sahen das Gesicht der Mutter, als sie kurz aufschaute, offensichtlich ohne sie zu sehen; es leuchtete, war ganz und gar nicht streng und sehr schön. Die Augen waren fast ganz geschlossen, der Mund nur einen Spaltbreit offen, einen Spaltbreit, der sich ein wenig weitete, wenn sie jene zunächst gurgelnden, abgehackten und dann doch fließenden Laute von sich gab. Ihre Stimme war irgendwie höher als sonst. Und den Vater kannten sie überhaupt fast nicht mehr. Allerdings schien er ein wenig angestrengt. Sogleich fielen die Köpfe jedoch wieder übereinander und die Kinder sahen nur noch die braune, aufgelöste Haarpracht ihrer Mutter.

Da warf der Vater die Mutter mit einem kräftigen Stoß von sich, sie fiel sanft in das zusammengetretene Gras, und wälzte sich auf sie. Beider Hände fummelten in der Lendengegend herum. Dann begann der Vater mit einem Mal sich zu bewegen. In ein Zwischending von stoßen und wippen verfiel er, als ob er gegen die Hüften der Mutter etwas im Schilde führte. Sein nackter Unterleib hopste zwischen ihren Beinen und stieß so immer wieder gegen den ihren – tat er ihr jetzt wirklich nicht weh? Ihr Rock war bis zur Taille hinaufgefahren; auch ihre Bluse war aufgeknöpft und der Büstenhalter hing lose herunter. Ihre Brüste – nackt auch sie! Nun stöhnte auch der Vater und die beiden schienen einander im Rhythmus der Bewegungen gegenseitig anzufeuern. Der wurde jetzt schneller und damit auch das Stöhnen. Es wuchs sich aus zu schönen, vollen Lauten, nun wirklich Jauchzern – die unverhofft vom kleinen Hans unterbrochen wurden. Er, die anderen hatten das gar nicht bemerkt, war aus dem Gebüsch gerannt und genau auf die nackten Lenden der beiden gehüpft. Die halten natürlich jäh inne. Die Mutter springt sofort auf, ordnet ihre Kleider in der Eile, so gut es geht, heißt in einem Reflex die Kinder aufräumen auf dem Platz. Der

Vater hat sich mit den Kleidern hinter einen Busch gestohlen. Er erscheint fünf Minuten später vollständig angezogen wieder, während die Mutter um die verwirrten Kinder herum die Abfälle und die Reste einsammelt und in den großen Korb packt.
Dass nur drei, nicht vier Kinder aus dem Gebüsch hervorgekommen sind, Ernst also fehlt, merkt man erst, als man die Lichtung schon hinter sich gelassen hat. Der Vater kehrt zurück rennt und ruft in alle Richtungen, hängt zu guter Letzt den Korb gut sichtbar an einen niederen Ast, vielleicht hat sich ja Ernst verirrt und kommt zufällig doch wieder hier ..., Barbara bleibt bei den anderen drei Kindern, damit nicht etwa Ursula und Karl auch noch auf die Idee kommen auszureißen. Doch allen Bemühungen zum Trotz: Die eigene wie später die Suche der Polizei bleiben fruchtlos. Und zwei Tage später kommt der Ausreißer aus freien Stücken wieder heim – als ob nichts gewesen wäre.

Streik, das musste etwas Schlimmes sein, nicht ganz so schlimm wie Revolution oder Krieg – aber was denn dann, zum Teufel? Der Vater redete mit der Mutter darüber und sie zog ihre Stirn in Falten, wenn er es tat. Mit dem Streik war also nicht gut Kirschen essen, wenigstens schien der Herr Generaldirektor ihn nicht besonders zu mögen. Als der gut neunjährige Karl einmal fragte, wer denn dieser Streik sei, schnitt der Herr Generaldirektor der Mutter, die erklären wollte, das Wort ab und belehrte ihn, dass das nichts sei für so kleine Kinder wie ihn. Damit war ein für allemal klar: Man hatte mit dem unbekannten ungebetenen Gast zu leben.
Greifbar, wenn auch noch nicht begreifbar wurde er für Ursula, Karl und Ernst erst – der kleine Hans bekam kaum etwas davon mit –, als Streikende durch die Straßen zogen, mit roten Fahnen und Pamphleten. Rufe skandierten wie: »Nieder mit der Gewaltherrschaft der Fabrikherren – auch wir wollen leben! Nieder mit den Kapitalisten! Mehr Lohn und kürzere Arbeitszeit den Werktätigen!« Ähnliches stand auf Spruchbändern, die oft fast über die ganze Straßenbreite reichten. Hymnen sangen sie in riesigen Chören. Immer wieder die gleiche Melodie, in die sie sich richtig hineinlebten. Die Kinder kamen nicht umhin, solche Proteste mitzuerleben, da sie auf dem Schulweg unweigerlich

Straßen passieren mussten, durch die die Umzüge strömten. Sie gehörten dann zu dem dichten Band Schaulustiger, die an den Mauern klebten und die »Werktätigen« entweder beschimpften oder anfeuerten, wobei eigentlich nicht klar war, wieso die, die anfeuerten, nicht selbst mitliefen. Zudem waren alle Kinder auch mit Kindern derjenigen in der Klasse, die bei Streiks und Umzügen mitmachten, da Barbara darauf geachtet, ja gedrängt hatte, dass sie ausnahmslos in eine öffentliche Schule gingen. Bis anhin war es für sie gang und gäbe gewesen, dass der Vater der- oder desjenigen, die oder der neben oder hinter ihnen saß, vielleicht Fabrikarbeiter war oder Maurer, Krämer, Mechaniker. Nie wäre es ihnen eingefallen, mit diesen Kindern etwa nicht zu spielen oder sie nicht als Freunde zu haben. Sogar nach Hause bringen hatten sie den einen oder anderen dürfen, waren auch ihrerseits beim einen oder anderen daheim gewesen. Erstaunt waren sie höchstens gewesen, wie wenig Platz und Sachen zum Spielen die anderen hatten. Doch auch die Sachen der anderen waren schön und ihre Mütter nett, wenn auch oft nicht zu Hause, weil bei der Arbeit auch sie. Sie hatten mit ihnen Fußball gespielt, waren mit ihnen in den Wald oder sonst wohin ins Freie gegangen an freien Nachmittagen. Streitigkeiten, Klassenhass und Einzelbann waren solcher Anlässe wegen nie ausgebrochen. Das änderte sich jetzt abrupt: Die Klasse spaltete sich in zwei Lager. Ein Arbeiterkind, das neben einem Fabrikantenkind oder sonst einem Sprössling von »Mehrbessern«, »Studierten« saß, rümpfte jetzt die Nase, versuchte diesem etwas zuleide zu tun, was und wo es nur konnte – und umgekehrt. Freundschaften brachen ebenso entzwei wie des Lehrers Rohrstock, welcher das plötzliche Anschwellen der Intensität seiner Beanspruchung nicht mehr aushielt. Schmährufe wie »Arbeiterhund«, »Kapitalistensau« gehörten zur Tagesordnung und die Arbeiterkinder skandierten nicht weniger eifrig Kampflieder und -parolen als ihre Eltern – obwohl, ehrlich gesagt, die wenigsten genau wussten, was diese Lieder und Parolen bedeuteten, und ebenso wenig, wer alles die »Reichen« waren, die ihre Eltern anprangerten. Sie waren sich einfach gegenseitig je die Bösen. Die Schlachtrufe selbst wurden zwar schon regelrecht herausgedonnert und waren ja auch nicht eben schwer zu verstehen – aber sie verwandelten sich sofort in Losungen gemeinsam fantasierender und untereinander wetteifernder Kinder und ihrer selbsternannten Führer. In jeder Gruppe hatte sich schnell ein solcher Führer herausgebildet, der in den erbitterten Gefechten nach der Schule den Ton angab. Derjenige der Arbeiter war bald unantastbarer Allmächtiger, da die »Arbeiter« die zahlenmäßig natürlich weit unterlegenen »Reichen« fast immer in die Flucht schlugen. Die zogen allerdings nicht ab ohne die zwischen fletschenden Zähnen hervorgezischte Drohung, sie würden es denen schon noch zeigen, wer zuletzt lache, lache am besten. Als die Belegschaft sämtlicher Fabriken und auch einiger Dienstleistungsbetriebe wie Versicherungen und Banken in der Stadt und in weitem Umkreis darum herum die Arbeit niederlegte, es also zum Generalstreik kam, musste die Schule für einige Tage, ja Wochen sogar schließen, obgleich die Lehrer ja nicht streikten. Nun hatten auch die Schulers Straßenverbot – aber sie stahlen sich in alten Kleidern dennoch hinaus. Und sie sahen Menschenmassen, die sie so nicht kannten. Wo kamen diese Unmengen von Leuten nur her? Aber sauber gekleidet waren sie alle, manche sogar fast so, als begingen sie ein Fest. Und wieso diese vielen behelmten Polizisten, einige sogar zu Pferd oder auf knatternden Motorrädern? Die Menschenmassen waren ja friedlich, außer dass sie halt riefen und sangen, außer dass sie den Autoverkehr nicht mehr passieren ließen. Allerdings fehlte es unter den Automobilisten nicht an ein paar Unverbesserlichen, die dennoch die Durchfahrt erzwingen wollten, und gegen ihr Hupen waren die Leute allergisch. Da konnten sie auch handgreiflich werden. Sie versetzten den Reifen und dem Blech Fußtritte, schlugen mit den Fäusten auf die Scheiben ein und hin und wieder ging eine auch in Brüche, worauf der Autofahrer oder der Fahrgast im Fond wütend herausschrie, den hut- oder uniformmützenbewehrten Kopf aber gleich wieder zurückzog, wenn die Umstehenden über ihn herfielen. Höchstens ließ er noch den Motor aufheulen oder hielt seinen Fahrer dazu an und versuchte dann blind in die Menge hineinzufahren. Diese jedoch umringte das Gefährt, schlitzte ihm womöglich sogar die Reifen auf. Einmal hob ein solcher Ring das Auto kurzerhand in die Höhe und drehte es, Schnauze voran, dicht vor eine Hausmauer. Auch die Polizei vermochte den Insassen – dem Fahrer, dem Besitzer und seiner Frau – nicht freies Geleit zu verschaffen. Damit blieb ihnen halt nichts anderes übrig, als stundenlang in dem verkorkten Gefährt auszuharren. Dies umso mehr, als nicht nur die Menge – der »Mob« sondern auch massive kegelförmige Steinsperren die Flucht im Rückwärtsgang verunmöglichten.

Die Demonstrationen und Protestmärsche überfluteten die ganze Innenstadt; vor allem die Altstadt. Und hier gab es Händel zwischen »uneinsichtigen« Ladeninhabern und Streikenden. Die einsichtigen – und erst recht die Wirte – machten Geschäfte wie noch nie. Dies, obwohl ihnen unter der Hand harte Konsequenzen angedroht worden waren, wenn sie mit »den Linken« gemeinsame Sache machen würden. Taten sie ja nicht, sie bewirteten sie ja nur und schließlich mussten auch die Oberen irgendwo ihr Bier saufen, wenn die Straßen nicht gerade von »dem Pack da« wimmelten, und waren sie während eines Protestmarsches gerade in einer Kneipe, blieben sie erst noch länger und tranken – und aßen – mehr.

Die drei schulpflichtigen Schuler-Kinder streiften durch die Straßen und waren wie viele andere auch alles andere als darüber unglücklich, dass ihnen diese Menschenmassen Schulfreiheit bescherten. Wäre es nach ihnen gegangen, hätte der Generalstreik noch lange dauern können. Und nicht nur hatten sie schulfrei, nein, so viel zu sehen, zu erleben hatte es bislang noch kaum, ja noch nie gegeben. Ganz besonders fesselten sie die leidenschaftlichen, manchmal fast inbrünstigen Kampfredner und -rednerinnen, die, ihre vibrierende, ja mitunter tremolierende Stimme und das stürmisch klatschende, stampfende und rufende Publikum bewies es, nicht anders als recht haben konnten. Die Kinder hörten ja nicht auf die Worte, noch weniger versuchten sie daraus mehr als die oberflächlichen Zusammenhänge zu erschließen, die ihnen auch ohne die flammende Rede klar waren (mehr Lohn, kürzere Arbeitszeiten, Ferien), nein, das Pathos in der Stimme, die wilden, zornigen Gesten, die brodelnde Menge auf dem Platz, all das zog sie in seinen Bann. Trotz der Stirnfalten und der Seufzer ihres Vaters konnten sie sich nicht wirklich vorstellen, dass das Recht, das die Rednerinnen und Redner durch diese Trichter, Sprachrohre oder Megafone, wie sie die Trichter nannten, lautstark und mit erhobenen Fäusten forderten oder verteidigten, dem Recht (und der Pflicht) ihres Vaters zuwiderlaufen könnte. Mit Streik war nicht gut Kirschen essen, das wussten sie, aber sonst ... Sie hätten sich den Papa ganz gut ebenfalls heftig fuchtelnd neben all diesen geballten Fäusten vorstellen können. Wer war denn eigentlich sein so gefährlicher »Gegner«? Der Herr Generaldirektor, der in dieser Zeit mehr zu Hause war als sonst, wenn auch meist in seinem Büro, antwortete, wie wir wissen, auf solche Fragen nur unwirsch, das sei nichts für sie, sie sollten spielen gehen oder Schularbeiten erledigen, die »Ferien« könnten von einem Tag auf den anderen vorüber sein. Höchstens warf er noch dazu, dass »die« ihm noch die ganze Bude kaputtmachen würden mit ihren Fäusten und ihren Forderungen. Wer nicht arbeite, der könne auch nicht verdienen. Nur so weitermachen müssten sie, dann hätten sie bald gar keinen Lohn mehr. Die Kinder schrieben diese Nörgeleien mindestens so sehr seiner schlechten Laune wie wirklichem Missstand zu – denn zu Hause lief ja sonst alles wie immer. Ja, die Mutter ließ sich sogar nach wie vor, wenn auch auf Umwegen ins Excelsior fahren; jetzt sogar erst recht, denn sie musste doch wissen, was die anderen Damen über die Entwicklung der Streiks und über ihre Kinder zu berichten hatten. Zu Hause redete sie dann auf ihrem Mann ein. Dieser hörte mit stets gleich mürrischer Miene einigermaßen geduldig zu und sagte noch weniger als sonst.

Nachdem die Kinder einmal von der Straße hatten fliehen müssen, weil sie als »die jungen Schulers« erkannt und verfolgt worden waren, blieben sie wirklich daheim. »Spionieren wohl wieder für den Vater – wie?! Würden ihm besser raten, seinen Säckel endlich rauszurücken. Geht zu eurem Papa und sagt ihm, er solle endlich zahlen, sonst fliegen seine Fabriken in die Luft!« Zwar kamen alle drei ungeschoren davon und die Fabrik flog nicht in die Luft, obwohl sie ihrem Vater die Botschaft nicht überbrachten, aber sie hatten begriffen, dass die Lage ernst war, jetzt wirklich.

Zwar dauerten die Streiks recht lange an, aber mit der Zeit ging den Streikkassen der Schnauf aus. Diesen Moment hatten die Fabrikherren abgewartet, um mit Aussperrungen zu antworten.

Natürlich machte Herr Generaldirektor Karl Schuler dabei keine Ausnahme. Da sich der Streik längst über das ganze Land ausgebreitet hatte und überhaupt einem Zeitzeichen entsprach, denn auch im Ausland wüteten Streiks, hatte sich die Landesregierung endlich doch noch bereitgefunden, das Militär zu Hilfe zu schicken, um, wie sie sagte, einem drohenden Zusammenbruch der gesamten Wirtschaft vorzubeugen. Auszurichten vermochte es zwar nicht viel, auf einen solchen Einsatz im Innern war es ja nicht vorbereitet, aber der psychologische Effekt war enorm. Der vollständige Ruin stand nun vor allem kinderreichen Familien greifbar nah vor Augen. Langsam begannen wieder Arbeitswillige gegen die geschlossenen Tore der Fabriken und Bürogebäude zu drücken und zu poltern. Doch, siegessicher, öffneten die Unternehmer sie noch einige Tage nicht. Dieser Einsatz lohnte sich. Nur wenige Zugeständnisse mussten denen gemacht werden, die, froh um neuerliche Arbeit und Einkunft, wieder ihre volle Arbeitskraft zur Verfügung stellten. Die Produktivität war in ganzem Umfang wieder intakt. Der Streik stand mit soundso vielen verlorenen Arbeitsstunden, einigen Bemerkungen in den Berichten der Verwaltungsräte zuhanden der Aktionäre und in den Reden ihrer Präsidenten vor der Generalversammlung zu Buche; doch hatte man in früheren Jahren genügend stille Reserven angelegt, sodass die Bilanzen und Erfolgsrechnungen weitgehend unversehrt daherkamen, ja, da und dort sogar noch einen Gewinn auswiesen. Zudem stand eine Landesausstellung an, die zu einem nicht unwesentlichen Teil auch in »ihrer« Stadt abgewickelt werden sollte. Man hatte also andere »Sorgen« und war froh, sich wieder von einer besseren Seite zeigen zu können – ganz abgesehen vom wirtschaftlichen Ertrag.

Das Leben bei Schulers ging weiter wie zuvor. Franz, der Chauffeur, und die zwei Mägde blieben. Sie hatten schon während des Streiks Lohnaufbesserungen erhalten. Ja, sogar ein neues Auto wurde angeschafft, ein noch größeres, noch breiteres Vehikel. Die Schule nahm den Unterricht wieder auf und die Wellen in den Schulklassen glätteten sich. Sogar alte Freundschaften auferstanden wieder. Man redete ab und zu noch vom Streik und spielte Streik. Die Plakate und Aufrufe verschwanden von den Wänden und die Stadt nahm wieder fast ausnahmslos ihr altes

Gesicht an, veränderte sich nur in immer schnellerem, mit aller Gewalt nicht beachtetem Rhythmus. Das Stadtblatt erschien wieder regelmäßig. Herr Schuler machte deswegen zwar keinen sorgenfreieren Eindruck, aber sein Geschäft wuchs. Auch der Krieg, der zwei Jahre später losbrach – etwa zur Zeit jenes so überraschend pflicht- und weltfernen Waldspaziergangs der Familie Schuler, der für Ernst zwei Tage länger dauerte –, änderte daran wenig. Das Land nahm am Waffengang ja nicht teil und machte deshalb noch fast bessere Geschäfte. Und das Ausland lieferte als Gegenleistung, was der eigene Boden oder die eigene Produktion nicht hergab. Für die Kinder – der einst Streikenden wie der Bestreikten – war der Krieg, bald Weltkrieg, fern, auch wenn die Erwachsenen darüber redeten und bisweilen einander entgegenseufzten. Und die Väter waren manchmal in den »grünen« Ferien, wie es hieß, weil sie das Land (in ihren kakifarbenen Uniformen) verteidigen mussten – was für ihre Sprösslinge so schlimm auch wieder nicht war; schließlich kehrte kaum einer nicht mehr heim (und Herr Generaldirektor Schuler konnte ohnehin überzeugend darlegen, dass er dem Land als Chef seines Unternehmens besser dienen könne als an der Front oder in irgendeinem Bunker unter der Erde oder in einem Felsmassiv).

Dass ihr Mann ausgerechnet in der Autosache aktiv aufseiten der Initianten stand, das hätte Barbara nie gebilligt. Gewusst hatte sie lange nichts davon. Es ging um Folgendes: In der Altstadt, deren Gassen oft reichlich eng waren, lebte damals noch eine stattliche Anzahl Händler mit kleineren bis mittelgroßen Geschäften. Die pflegten an schönen Tagen ihre Auslagen, die Wirte die Tische auf die Gasse zu stellen; ja manchmal stand der halbe Laden draußen und die Türen zum eigentlichen Geschäft waren sperrangelweit offen; kaum ein Kunde ging in das dunkle Loch hinein, in dessen Tiefe ein Geselle flickte oder die Frau neue Ware zurechtmachte. In bunter Abfolge lagen da Schuhe neben frischem Obst, fast darüber hingen Frauenkleider, daneben vielleicht Werkzeuge oder Beschläge, auf die geflochtene Stühle und sonstige Tischlerarbeiten folgten. Dazwischen schnitzte mitunter ein Bettler den Kindern Stöcke oder ritzte Ornamente oder kleine Bilder auf billige Holzplatten oder ein Trödler verkaufte seine Ware oder ein Scherenschleifer saß hinter seinem Rad, ja sogar Brillen konnte man zum Flicken herbringen zu einem Mann, der sie, wenn nötig, buchstäblich zusammennähte mit ganz feinem, aber zähem Draht. Das Ganze glich eigentlich dem, was auf den Plätzen wirklich Markt hieß, nur dass man hier bei schönem Wetter nicht nur an den eigentlichen Markttagen Markt hielt, und das, wenn immer möglich, auch im Winter. Natürlich war dann immer reger Betrieb auf den Gassen, über die Mittagszeit geradezu ein Gewimmel. Die Tische, an denen Arbeiter, Handwerker und Büroangestellte saßen – Sekretärinnen waren gefragte Hennen im Korb –, waren dann stets voll, ja übervoll besetzt und ein freier Platz war nur die paar kaum wahrnehmbaren Momente frei, bis die oder der Nächste sich hingesetzt hatte. Geschirrklappern mischte sich so ohne Weiteres mit Holzgeächze, mit lauten Stimmen, schallendem Gelächter und Ledergeruch durchzog vielleicht jenen von Zwiebelsuppe oder Bier. Vor rund einem Vierteljahrhundert hatte man die Beleuchtung aller Gassen – endlich – elektrifiziert, in einigen aber, völlig willkürlich, zwar neue Träger montiert oder die Laternen in die Drähte gehängt, die alten Gaslaternen jedoch an den Mauern hängen und vor sich hinrosten lassen; man munkelte von einem Streit zwischen den Eigentümern der Häuser und der öffentlichen Hand wegen der Kosten der Demontage und von Instandsetzungsarbeiten an den Fassaden. In diesen Laternen sammelte sich immer wieder Wasser, das häufig die Regentage überdauerte und so, weil noch sonnenbeschienen, während die Gasse schon im Schatten lag, seine Lichtaugen, die jedes Windchen völlig unberechenbar bewegte, noch lange in sie hinunterwarf. Hingen die alten Leuchter etwa gar deshalb nach all den Jahren immer noch oben? Einigen darunter residierenden Händlern trieben diese hüpfenden Lichtaugen es allerdings manchmal zu bunt und sie bewarfen die ausgefransten Gläser mit irgendetwas, was auch nur halbwegs dazu taugte, trafen auch hin und wieder und bereiteten so mitunter gerade ihren eigenen Kunden Duschen höchst unterschiedlicher Härtegrade. Natürlich stoben nicht nur die auseinander und die Zielgenauen hatten nun erst recht Zeit, ihrer Wut freien Lauf zu lassen oder sich eine neue zuzulegen, denn der Lichtaugen waren ja kaum weniger geworden. Eine solche Kundin war auch einmal Barbara gewesen; nass war sie schon geworden, aber sonst wurde ihr kein Haar gekrümmt. Und der Händler hatte sich ja des Langen und des Breiten entschuldigt, so höflich es im Moment eben ging. Auch abgesehen davon, dass an ihr so manche Jugenderinnerung hing, mochte sie diese Altstadt. Sie liebte es, von den einzelnen Krämern bedient, beraten, auch überredet zu werden; sie kaufte auch offensichtlichen Nichtswert und freute sich, wenn ihr Gegenüber den Verkauf dem eigenen Geschick, den eigenen Überredungskünsten zuschrieb. Sie liebte es, vorbeizugehen an all den andern, sie vorbeiziehen zu lassen und aufzuschnappen, was ihr gerade gefiel; einmal diesen Gesprächsfetzen von den Tischen, einmal jene Bewegung, jenen Handel oder Händel – wie sie es schon als Mittelschülerin so oft getan hatte. Sie liebte diese Gestalten, die nur von diesen Mauern herkommen zu können schienen. Sie war großzügig mit dem Clochard, obwohl die Flasche, die ohne Hals aus der Manteltasche ragte, nicht von der allerschlechtesten Sorte war, und mit dem Bettler, obwohl weder Bauch noch Gesicht von Hunger zeugten. In letzter Zeit war es nicht selten vorgekommen, dass sie für den Weg ins Excelsior oder von dort heim nicht das Auto bestellt hatte, sondern sich auf eine Weile noch hier in der Altstadt verlor. Es kam in warmen Sommern auch vor, dass sie nur knapp aufs Mittag- oder Abendessen zu Hause eintraf, sodass die Magd jeweils schon nach dem Frühstück fragte, was es denn heute zu essen geben sollte.

Diese Auslagen sollten nun weg. Und zwar sollten sie den Autos weichen. Es versteht sich von selbst, dass derart belebte und eingerichtete Gassen für diese noch schlechter passierbar waren, als sie es leer schon gewesen wären. Ein Auto, wagte es sich einmal hinein, konnte nur schrittweise und eigentlich langsamer als selbst gemütliche Spaziergänger vordringen. Es musste ja warten, bis die Leute sich an die Mauern gedrückt hatten und Auslagen und Tische zur Seite geschoben waren. Das sollte nun nicht mehr sein. Mindestens die ganze Enge der Gasse sollte den Vehikeln zur Verfügung stehen. »Man« gelangte deshalb an die Stadtverwaltung – die »man« ja ohnehin großenteils stellte – und regte ein Verbot solcher Auslagen und Tische im Freien an beziehungsweise den Entzug entsprechender Bewilligungen. Trotz dringenderer Geschäfte schuf man umgehend die entsprechenden Rechtsgrundlagen und kurze Zeit nach dem Vorstoß traten das weitgehende Verbot und die »restriktive Bewilligungspraxis« in Kraft, allerdings mit buchstäblich unerwartetem Erfolg. Denn: Tatsächlich verschwanden Auslagen und Tische von den Gassen – aber sie wurden umgehend ersetzt. Durch Säcke, Kisten, Schachteln, verrottete Möbel und Polster und weiteres, überaus vielfältiges Sperrgut. Mit einem Mal hatten die Ladenbesitzer unendlich viel Vorrat an Dingen, die ihnen nicht mehr dienten, und das entsprechend umfassende Gefühl, sie dienten der Gasse. Regelrechte Lager schienen sie davon angelegt zu haben. Die Kehrichtabfuhr war in Bereitschaft, leistete Überstunden, kam mit ihren rossgezogenen Wägelchen (für ihre neuen Laster waren die Winkel der Gässchen zu eng). Sie lud auf, schaffte weg – nur um anderntags ebensolche Berge wiederzufinden. Man hatte doch auch die Altstadt regelmäßig bedient und dennoch schien sich unerschöpflicher Abfall in all den Jahren angehäuft zu haben. Das Bild der Gassen änderte sich mit der Zeit nur insofern, als nicht nur die Häuser, sondern auch die Gegenstände, die sie wegschafften, den außerordentlichen Müllabführern langsam vertraut wurden. – Benutzten die Bewohner etwa gar die gleichen Wägelchen, um wiederzuholen, was bei Tag auf den städtischen Müllberg landete …? Als dann die bestechlichen Nachtwächter – man ließ die Müllhalde nun auch des Nachts bewachen – durch gut bezahlte auswärtige ersetzt wurden und die Tagesschicht das Feuer, obgleich fürchterlich stinkend, schärfer schürte, änderten sich zwar die Gegenstände wieder, das Bild der Gassen aber noch immer nicht. Wo zum Teufel hatten diese Stiere all die Ware noch her – etwa auch von auswärts?! Was auch immer man tat, die so Betitelten hatten Ware – und Ausdauer. Bis das Verbot wieder aufgehoben wurde, die Fahrzeugbesitzer ihre Karren also wieder etwas früher parkten. Immerhin: Etwas verstohlen ließen sich wenige Jahre später die ersten Krämer von Autos beliefern …

Dass ihr Mann bei dieser Autosache die Finger tatsächlich im Spiel gehabt hatte, das kam Barbara bei einem Vier-Uhr-Tee erst zu Ohren, als der Erfolg der Ladenbesitzer schon so gut wie feststand. Zwar war er stets noch wortkarger geworden, wenn sie davon angefangen hatte, doch war es ja, wie wir wissen, lange schon seine Art gewesen, ohnehin wortkarg zu sein, erst recht in politischen und geschäftlichen Belangen. Auf seine Beteiligung hin angesprochen, gab er sie sofort zu, doch, fügte er bei, er hätte fast nicht umhin können sich zu beteiligen, um, auch geschäftlich gesehen, nicht alleine dazustehen. Dass er nicht nur mitgelaufen, mitgefahren, sondern durchaus selbst Schritte in die Wege geleitet hatte, überraschte Barbara schon nicht mehr, denn der Herr Generaldirektor war nicht einer, der, wenn schon irgendwo, dann nur als Fuß- oder Motorenvolk eines anderen im Hintergrund mitmachte. Allerdings wurde ihr ihr Mann auch sonst verdächtig, irgendwie ungemütlich. Gewiss, er war arbeitsam, zuverlässig, ehrlich in den Grenzen geschäftlicher Tugend, in Gesellschaft umgänglich, zuvorkommend selbst gegenüber dem, dem er zuvor durch sein kaufmännisches Gebaren vernichtende Hiebe beigebracht hatte – unnachgiebig zwar und streng gegenüber den eigenen Untergebenen, das schon. Seinen Pflichten kam er nach, besonders ihr gegenüber. Aber eben: Bestand die Welt denn nur aus Pflichten? Sie fragte sich, ob es noch etwas gab in ihm, das sich nicht sogleich dazu verfestigte. Freute er sich wenigstens über seine Stellung, über das, was sie nach seinem Dafürhalten von ihm abverlangte? Erteilte er gerne Befehle, war er gerne umgeben von Leuten, deren Aufgabe es war, ihm zu gehorchen, von Untergebenen, die diese Aufgabe mit einigem Gleichmut und mit ziemlich viel persönlicher Zurückhaltung erfüllten? Oder war er so alleine, so unglücklich alleine, wie sie ihn manchmal gerne gesehen hätte? Er war loyal – aber gegenüber wem? Der Firma, ihr, der Familie – oder »ihnen«, seinen »Kreisen«? Er kam ihr je länger, je mehr bloß noch als einer von ihnen vor, mehr noch als sein Vater einer von denen da oben gewesen war, gegen den er sich doch so hartnäckig aufgelehnt hatte – nicht zuletzt dadurch, dass er *sie* geheiratet hatte. Er teilte die Ansichten derer, die er für seinesgleichen oder für ihm übergeordnet hielt, oft womöglich noch unter dem Vorwand, sie zu formen, beteiligte sich an ihren Aktionen und politischen Ränkespielen, war in allen einschlägigen Verbänden und Vereinen, in einer Handvoll sogar im Vorstand – einzig um »nicht alleine« zu sein, um »nicht abseits« zu stehen?!

An der Autosache hatte er sich beteiligt, obwohl er vorher und nachher kaum mit dem Auto durch die Altstadt fuhr; er hätte ja einen Umweg fahren müssen. Gab es so etwas wie persönliche Interessen überhaupt noch? Obwohl er durch sein überaus fähiges geschäftliches Taktieren nicht nur den Reichtum seines Geschäfts, sondern auch seinen privaten ständig mehrte, schien ihn das kaum zu interessieren, schon gar nicht glücklicher oder auch nur zufriedener zu machen. Hatte er sich schlicht und einfach daran gewöhnt? Hatte er sich an alles gewöhnt? Gut, Reichtum war ihm schon von Kindsbeinen an selbstverständlich gewesen. Selbstverständlich schon – aber nicht gleichgültig. Irgendwie hatte er seine Herkunft, den gesellschaftlichen Status seiner Familie gehasst ... Aber im Grunde ging es ja gar nicht um Reichtum oder Armut, sondern vielmehr um diese lähmende allgemeine Gleichgültigkeit, dieses die Tage-vor-sich-Herschieben ohne Hand und Fuß. War am Ende auch sie – eine Pflicht? Liebte er irgendwen noch, konnte er überhaupt noch lieben? So etwas wie in der Waldlichtung damals war jedenfalls schon seit Jahren nicht mehr vorgekommen. Das war wirklich ganz einzigartig gewesen ... Ganz frühe Zeiten waren auferstanden, sie waren nicht mehr Herr und Frau Direktor auf Sonntagsausflug gewesen. Einfach zwei Liebende, verblüfft von dem, was sie verband, und zutiefst gerührt. Lüstern und gierig, innig und selbstvergessen. Bis dann der kleine Hans dazwischengesprungen war und ihnen mit einem Schlag wieder ihre Plätze zugewiesen hatte. Man war also Vater und Mutter, man war die reifen Erwachsenen, die den Kindern Beispiel, Schutz und Führung geben sollten. Noch sprachlos, hatte man sich verhalten müssen, als entspräche man dem, was man vorstellte. Irgendwie hatte sie sich gefreut, dass Ernst das Weite gesucht hatte, wenn auch, das musste sie zugeben, erst hinterher, als er wieder dastand. Gesorgt hatte sie sich ja weiß Gott genug um den Buben, nicht geschlafen hatte sie, fast Blut geschwitzt. In der zweiten Nacht war sie sogar allein zurückgegangen in den Wald, regelrecht aus dem Haus gestohlen hatte sie sich, ihr Mann sollte nichts merken. Ein Hauch von kleinem Bauernmädchen hatte sie dabei überkommen. Aber Ernst war nach den zwei Tagen gar nicht heimgekommen wie nach großen Strapazen und Ängsten, nein, eher, als ob er nur mal eben fünf

Minuten weg gewesen wäre. Einzig Hunger hatte er gehabt. Den stürmischen Empfang hatte er ziemlich unbeteiligt über sich ergehen lassen und auf ihre vielen Fragen mit wenigen Worten geantwortet. Sie hatte ihn sogleich in ein Bad gesteckt, nach dem Essen aber in Ruhe gelassen. Dieses Stück Erleben war dem Kind offenbar auf keinen Fall zu entreißen, mochte es vielleicht später auch mehr, mochte es noch so viel sprechen. An Bestrafung hatte sie natürlich nie gedacht; ihr Mann war nur ein wenig wütend gewesen, dass »du Schlingel uns so viel Sorgen gemacht hast!« Dabei ließ aber auch er es bewenden. Der letzte Ausläufer jenes Sonntags war so vertan. Alltag kam nach.

Was sollte sie tun? War noch etwas zu ändern? Fliehen? Zurück? Weg von hier, alles hinter sich lassen? Aber zurück – wohin? Das Dorf, aus dem sie stammte, war längst nicht mehr das Dorf ihrer Kindheit, nicht einmal das Haus war noch ihr Elternhaus. Ihr Bruder, der den Hof jetzt führte, hatte es um-, ja fast neu gebaut. Wohin also dort – und die Kinder? Die würde sie nie ... Allerdings, lange würde sie nicht mehr für ihre Kinder sorgen müssen, denn sie gingen alle schon in höhere Schulen, die Zwillinge standen kurz vor dem Abschluss. Also hinter sich lassen, vergessen, wenigstens für ein paar ohnehin tote, schwache Minuten? Warum konnte sie nicht mit einer ihrer Mägde tauschen – auf Zeit?

Einige Jahre später, kurz bevor ihr Mann, in seinen Sechzigern erst, sterben sollte, setzte Barbara Schuler, geb. Müller die Scheidung durch. Dies gelang ihr, obwohl sie sie angestrengt hatte, ohne dass ihr Mann dafür nennenswerte Gründe geliefert hätte. Doch er widersetzte sich nicht, machte also von der Möglichkeit, die er als unschuldiger Ehegatte gehabt hätte, keinen Gebrauch. Ihr Anwalt wirtschaftete genug heraus, um ihr ein sorgenfreies Auskommen zu sichern. Natürlich war sie schon während des Prozesses aus dem Haus ausgezogen, in eine Umwelt, eine Moderne, von der es zu ihren guten Zeiten erst erste, allerdings nicht ganz zaghafte Anzeichen gegeben hatte. Wohl hatte es früher auch schon Wohnungen in mehrgeschossigen Häusern gegeben, auch kleine, fast zierliche Häuschen für die Arbeiter. Aber jene schroffen Blöcke waren neu. Dass ihr Noch-Mann in solchen Überbauungen, die jetzt wie Pilze aus dem Boden schossen, sein Geld hatte – also vielleicht auch in dieser –, hielt Barbara für wahrscheinlich. Sie prüfte jedoch nichts nach, denn ihr war einerlei, wessen Finanzen die Mauern bezahlt hatten, in denen sie nun wohnte, auch, dass ihre Miete womöglich wieder zu Kapital ihres Mannes wurde; sie war ja nicht verkracht mit ihm. Sie nahm sich eine Zweizimmerwohnung, immerhin mit großen Zimmern und Terrasse. Um einige Möbel aus dem Haus bat sie, andere kaufte sie sich eigens für ihr neue Bleibe. Nach dem Tode ihres Mannes traten ihr ihre Kinder noch einige Bilder ab; das Haus sollte ohnehin vorerst vermietet werden.

Und die Blöcke schossen ungehemmt in die Höhe. Es war, als ob die Stadt ein paar Jahre nach dem großen Krieg mit einem Male von einer Krankheit befallen worden wäre. Ein Gewitter hatte lange schon über ihr gedräut und war nun losgedonnert. Ein Gewitter, das, man wusste es, andernorts schon früher, allerdings »nur« als Regen niederzugehen begonnen hatte. Aus irgendwelchen Launen heraus hatten die schweren Wolken über L. vorerst nur gelagert, sich gleichsam heimisch gemacht. Jetzt aber war kein Halten mehr: Neue Maschinen rollten über breitere Straßen, die man vorher selbst in Landschaft und städtisches Weichbild gemäht hatte (die Altstadt verschone man auch jetzt), erfüllten ganze Straßenzüge mit neuen Geräuschen, die schon Lärm waren, bevor sie so richtig zu erklingen begonnen hatten. Ein Rattern und Rasseln allseits, ein Rutschen groben Materials. Die uniformierten Chauffeure verschwanden zusehends mit ihren behäbigen, breiten Karossen; dafür füllten zwar kleinere, aber immer mehr Autos die für sie zurechtgefrästen Straßen. Die Stadt änderte sich mehr, als sie wahrhaben wollte; sogar Schrittmaß und Schrittfrequenz der Leute passten sich dem neuen Tempo an. Die Arrangements in den immer größeren Schaufenstern wechselten, fast noch ehe man die früheren richtig angeschaut hatte; aber auch an dieses Nur-mal-eben-schnell-ein-Aug-voll-Nehmen, falls man nicht doch wie bis anhin vor den Scheiben stehen blieb, gewöhnte man sich und damit daran, dass einige Damen alle halben Jahre in neuem Schnitt einhergingen. Als Gegengewicht dazu wurde der Orchesterverein, in dem hauptsächlich engagierte Amateure mitgetan hatten, zur

Konzertgesellschaft, die ein ständiges Berufsorchester unterhielt, das sich mit der Zeit immerhin landesweit, wenn auch, trotz sporadischer Auslandauftritte, nicht international einen Namen machte, und das Stadttheater lud berühmte Ensembles ein, hin und wieder gastierten sogar Opern, und leistete sich sogar zwei bis drei Eigenproduktionen pro Saison. Das Stadtmuseum hieß jetzt Kunsthaus, wurde deutlich erweitert und mit einem gut dotierten Fonds mit dem Ziel ausgestattet, den Aufbau einer ständigen Sammlung voranzutreiben; und in der Tat hing bald der eine oder andere Klimt oder gar Max Ernst oder Paul Klee oder Kirchner an den Wänden. Die Hauptkirche und mehrere kleinere alte Gotteshäuser wurden hergerichtet und oft auf ihre ursprüngliche Gestalt zurückgeführt und mit neuen Orgeln, oft mechanischen Instrumenten, ausgestattet. Das Radionetz wuchs, immer weiter verfeinerte Empfänger erschienen auf dem Markt, das Fernsehen wurde eingeführt, mit geringem Erfolg zunächst, aber bald entwickelte es sich zu einem wichtigen Medium, ja bald dem wichtigsten Lieferanten von Information und Unterhaltung und zu einem beliebten Ort für politische und andere Debatten, besonders, aber nicht nur vor Wahlen und Referenden. Ein immer weiter verzweigtes Netz von Busverbindungen überzog die Stadt; und obwohl sie sich nicht als Metropole, nicht als Großstadt verstand, dachten die Verkehrsbetriebe sogar eine U-Bahn an, wenn auch nur eine kleine, um die Peripherie und die Agglomeration auf beiden Seiten, insbesondere das Industriegebiet mit seinen vielen Arbeitsplätzen im Westen, besser mit dem Zentrum zu verbinden. Zwei Linien, sich nur gegen ihre Enden hin auffächernd, unter dem Zentrum und unter dem Fluss hindurch, jedoch im selben Tunnel verkehrend. Lange blieb es beim ständigen Andenken, man scheute die Kosten und fürchtete die Folgen für die Stadtentwicklung, bevor die Pläne auf unbestimmte Zeit eingemottet wurden. Dafür wurde ein Autotunnel gebaut, der das Weichbild auf beiden Seiten des Flusses entlastete, wo einige Gebiete, vor allem die Altstadt, zu attraktiven Fußgängerzonen umgestaltet wurden – Karl Schulers Einsatz für die Autogeschichte mutierte durch diesen recht aktiven Zahn der Zeit erst recht zum Kuriosum, bestenfalls zur Anekdote. Waren- und Parkhäuser schossen aus dem Boden, verschoben das Geschäftszentrum allmählich von der Altstadt weg flussabwärts, also gegen Osten. Mit der Zeit fraßen es und weitere Wohnzonen den einen oder andern Weiler, auch den, durch den die Schulers vor jenem etwas besonderen Waldspaziergang gefahren waren; der in den Sechzigerjahren und Anfang der Siebzigerjahre entstandene Villensatellit, wo Ernsts Tochter Marianne an jenem für sie bestimmt nicht minder denkwürdigen Fez entjungfert werden würde, lag übrigens unweit jenes Waldstücks (das noch immer fast so Wald und Lichtung war wie damals), wenn auch einige Höhenmeter weiter oben. Ampeln hingen über den Straßen oder klebten an neu glänzenden Masten, ein Wald von Verkehrszeichen stand am Straßenrand oder war auf die Straßen aufgemalt; Zebrastreifen sollten den Fußgänger zwar schützen, aber man war gleichwohl besser auch dort auf der Hut.

In der Tat wäre die gut siebzigjährige, nach wie vor stets sorgfältig gekleidete Frau mit Hut einmal beinahe angefahren worden; ein abzweigender Automobilist hatte die dem Grün Gehorchende nicht beachtet und nur noch mit schroffem Bremsen und quietschenden Reifen Schlimmstes verhüten können. An ihrer Vorsicht hatte es ganz bestimmt nicht gefehlt. Sie ging ohnehin nur mehr selten aus, vielleicht mal an ein Konzert oder ins Theater – die Teegesellschaft im Excelsior war ja längst schon in alle Winde verweht worden, als das Hotel umgebaut wurde; wenn, dann traf man sich alle paar Wochen zu zweit oder zu tritt bei irgendjemandem zu Hause.

Sonst lebte Barbara allein, zurückgezogen, bescheiden. Abgesehen von den Treffen mit Seniorinnen der einstigen guten Gesellschaft machte sie selten Besuche und sie wurde selten besucht. Nur ihre Kinder kamen regelmäßig. Eigentlich hatte niemand das Gefühl, dass die Frau litt, obwohl nur wenige begriffen, wie sie sich auch nur dazu hatte entschließen können, diesen krassen Schritt zu tun; aus dem großen Haus in diese, zwar geräumige, Zweizimmerwohnung ... War da wirklich kein Druck irgendwelcher gieriger Erben im Spiel gewesen? Aber wer äußeren Druck, ja Druck überhaupt unterstellte, hatte Unrecht, eindeutig und entschieden Unrecht. Der Wechsel war brüsk und abrupt gewesen, gewiss, aber wer unter ihrer Handvoll Besuchern das Auge dafür hatte, sah, dass sie ihre Räume mit demselben Geschmack eingerichtet hatte wie früher das Haus, dass sie sich auch nicht minder sorgfältig kleidete und zurechtmachte. Aber wieso ausgerechnet dieser Block, dieses unförmige, gesichtslose Ding? *Sie* hatte dorthin gewollt, keine Notlage oder Wohnungsknappheit hatten sie gezwungen. Wollte sie eine x-Beliebige sein – endlich einfach eine unter vielen? Als Ernst dann das zuvor ein paar Jahre vermietete väterliche Haus bewohnte, bot er ihr mehrmals an, doch zu ihnen zu ziehen; selbst eine Wohnung mit separatem Eingang könne er für sie ohne großen Aufwand einrichten, da seine Familie das Haus bei Weitem nicht ausfülle. Und seiner Frau würde sie als Schwiegermutter nicht die Quere kommen, bestimmt nicht, ganz im Gegenteil, sie würde sich sehr freuen, was auch jene nicht müde wurde zu bestätigen. Barbara jedoch weigerte sich stets. Sie sei wohl hier, sehr wohl. Wohl und zufrieden.

6

Irena hält so was für Unsinn. Wenigstens sagt sie das geradeheraus. Immerhin: Sie lässt sich Zeit und hört mich an, hört mir zu. Sie hat Geduld – will sie mich retten, schützen, vielleicht vor mir selber? Ich wage diesen Verdacht nicht auszusprechen ihr gegenüber, denn ich weiß ja, er ist unbegründet. Sie versucht mich doch nur zu verstehen; wenigstens schaut sie nicht einfach daran vorbei. »Es hat keinen Sinn, verwirrt zu sein, Marianne. Dir bringt es nichts und den anderen erst recht nicht. Du musst das selber meistern.« »Wenn ich nicht kann – ich kann nicht, ohne so zu tun, als ob ...« »Dann tue eben so, als ob«, sie schmunzelt, »meine Arbeit ist fast immer tun, als ob, und es macht Spaß.« »Und in der Freizeit zeigst du dann auf einmal – Knopfdruck – dein wahres Gesicht?« »Wer weiß – zum Arbeiten jedenfalls male ich es an.« Wie dem auch sei, ich habe Vertrauen in das Gesicht, das sie mir zeigt; das andere habe ich noch nie gesehen, auch ihren Alkoven nicht. Nicht einmal, wo sie wohnt, weiß ich. Wird wohl als aufgetakelter, schillernder Engel in der üblichen Position und Aufmachung – kurzer Rock mit Schlitz bis zur Hüfte, vielleicht hochhackige Schuhe – herumstehen irgendwo. Dass sie in einer Hafengegend arbeitet, weiß ich von ihren Schilderungen.

Das Gesicht, das ich kenne, ist lang und schmal, ist fein, würde fast etwas zerbrechlich wirken – wenn da nicht diese wachen rehbraunen Augen wären. Dieser Mund; zwei Striche zwar nur, aber von einer Lebendigkeit und Ausdruckskraft – er könnte alles sagen, ohne auch nur ein einziges Wort zu verlieren. Ihr Lachen, das keines ist; sie gehört zu den Leuten, die mit den Augen lachen können, ganz mucksmäuschenstill vor sich hin. Plötzlich, erst nachher, merkt man, dass man ihnen in die Falle gegangen ist. Man fühlt sich ertappt, ein ganz klein wenig auf den Arm genommen – aber vielleicht haben sie über etwas ganz anderes gelacht oder nichts als herzlich, gutmütig gelacht, einfach so. Das wirkliche Lachen folgt dann erst später und nur, wenn es sicher ist, dass es nicht fehlgehen kann. Es ist schleichend, der Mund verzieht sich zu fast keinen Lachfalten. Allzu oft lacht sie jedoch nicht ausdrücklich und der Mund sagt schon wieder etwas, als ob sie nicht eben geschmunzelt hätte – mit den Augen. Sie strahlt eine Kraft aus in jede Ecke, wo auch immer sie ist, obwohl – oder vielleicht gerade weil – sie schleppend und mit fremdem, wohl slawischem Akzent spricht. Ich kann ihr ihre Resignation, Abgeklärtheit vielleicht eher, nicht glauben, weiß aber gleichzeitig, dass sie *mir* nichts vormacht. Sie sitzt einfach da und lässt sich nicht aus der Ruhe bringen – womit verführt sie eigentlich ihre Männer? Nicht ihre Freier, ihre Männer? Was für Männer können sich überhaupt für eine so wenig gefügige Frau interessieren? Ich meine nicht für ihre Reize – scharf darauf sind ja viele –, ich meine für den Menschen mit allem Drum und Dran, ihren Charakter, ihr Wesen? Sie erlaubt ihnen keine Herrscherallüren, der Macho ist bei ihr fehl am Platz, und sie scheint auf nichts von ihnen angewiesen zu sein. Eigentlich scheint sie wie geschaffen für einen Herrn Professor, mit dem sie reden könnte, diskutieren, der ihr etwas entgegenhielte und nicht gelten ließe, was Vernunft, Einsicht oder Kenntnis verböten. Der aber keine Ansprüche stellen würde in Sachen eigenes Handeln und dem es selbstredend nichts ausmachen würde, die entsprechenden Entscheide nicht selbst gefällt zu haben. Sie wäre dann seine zuverlässige, aber eigenständige und selbstsichere Gattin, das Heim des Paares wäre die Welt, ja, auch diese verquere Welt, wieso nicht, in deren bekannten wie entlegenen Zipfeln sie sich gleich selbstverständlich treffen würden, termingerecht, vorbestellt schon das Hotel für die vereinbarte Zeit, irgendwo eine Wohnung als offizieller Wohnsitz, nach der oft treue – und treu bezahlte – Nachbarn oder irgendein Home-Service schauen würden. Und sonst gingen Frau und Herr Professor eigene Wege, würden einander anrufen und schreiben, über eben diese eigenen Wege, würden von Ferne einander stützen und weitertragen. Weltbürger wären sie, ausgestattet mit klarem Urteil und gemeinsamem Scharfblick, basierend auf selbstverständlichen, höchstens gemeinsam bezweifelten und so bald wie möglich ersetzten Axiomen; Texte würden entstehen, die mehrere Bände füllen, nach Veröffentlichung schreien würden und schließlich ein beeindruckendes wechselseitig sich ergänzendes gemeinsames Lebenswerk ergäben.

Aber sie hat keine Professoren als Liebhaber, zumindest nicht als zahlende. Sie hat Machos, Bullen, feine, etwas süßliche Romantiker. Stülpt sie sich etwa um vor ihnen? Wird sie mit ihnen zu einer Frau, die ich nicht kenne? Anschmiegsam, schutzbedürftig, ja unterwürfig? Dann würde sie mir eine Farce vorspielen, eine mehr oder weniger einstudierte Rolle; sie gäbe eine Figur, einen Charaktertyp, den sie vielleicht irgendwie bewundert, oder sie zerrte Eigenschaften mit einigem Aufwand ans Licht, die sie bisweilen irgendwo im Halbverborgenen in sich spürt. Nicht genug unterschwellig, dass sie nur in Träumen auftauchen. Ich vermute Letzteres. Sie ist ja nicht im Arbeitsmodus, und vor mir braucht sie sich doch nicht zu verstecken. Tut sie auch nicht, und gerade dadurch tut sie's. Sie gibt sich scheinbar offen, erzählt viel. Von ihren Erlebnissen, von ihren Typen. Aber vor allem hört sie meinen Geschichten zu, lockt mich hinter dem Busch hervor. Mit der Zigarette, die sie nicht raucht, im Mund oder zwischen Zeig- und Mittelfinger der Rechten, zurückgelehnt (wenn sie wirklich raucht, pafft eher, raucht sie lange, schmale Zigärrchen). Sie ist so gar nicht mütterlich – soweit ich weiß, hat sie auch keine Kinder – und mir doch so etwas wie eine Mutter. Ich könnte sie manchmal umarmen, sie an mich drücken, habe derlei bisher aber noch nie gewagt. Sie ist noch einer der letzten halbwegs fixen Sterne in dieser Welt, einer, der immer dann am hellsten scheint, wenn ich es am wenigsten erwarte. Eigentlich ersehne ich ihr Auftauchen jedes Mal und gleichzeitig fürchte ich es. Es ist diese Spannung, die ich sonst so oft vermisse, diese Spannung, die ich brauche – Trost vielleicht auch. Besonders jetzt, wo mein Vater verschwunden ist, spurlos verschwunden, einfach nicht mehr zurückgekehrt. »Das kommt öfters vor«, meint Irena, »in einem gewissen Alter reizt die Männer die Freiheit – besonders die verlorene.« »Du kennst meinen Vater nicht!« »Das kommt durchaus auch bei Männern vor, denen du alles andere zutrauen würdest als das. Die Perplexität, die Überraschung hat eher mit der Sicht ihrer Umgebung auf sie, mit der Rolle oder den Rollen, in denen sie sie wahrnimmt, zu tun als mit ihren inneren Strömungen und Momenten, ihren Motiven. Oft wissen sie selber nicht, warum und warum jetzt – oder wollen sich ihre Beweggründe nicht eingestehen. Auf einmal sind sie einfach weg, zumindest zu Beginn ohne Spur, Karte oder Brief...«»... und kommen dann zu dir?" »Ja, Ich habe auch schon welche von der Sorte gehabt. Sind keine schlechteren Kunden als andere.« Sie verzieht keine Miene dazu. Für sie fällt kein Stein vom anderen. Selbst dann fiele für sie kein Stein vom anderen, wenn das Fundament eines Hauses in den Wolken verschwinden würde oder das Haus obendrauf in Form einer maßlosen Teetasse herumstünde. Wird sie überhaupt älter? Ja, das wird sie, aber nicht bröckelig. Nun, Teetassen stehen ja noch nicht herum, noch ragen die Häuser nicht aus den Wolken, aber ich kann mir leicht vorstellen, dass das noch kommt, denn nicht nur die Häuser führen sich ja alles andere als so auf, wie sie sollten.

Zurückziehen möchte man sich, wie man sich seinerzeit zurückgezogen hat. Geflohen ist – auf den Dachboden, zum Tagebuch (wie lange ist es her, dass du das letzte Mal Tagebuch geschrieben hast?). Schutz gesucht in jenem halbdunklen Labyrinth von Abgestelltem, zum Teil schon seit Generationen Vergessenem. Bei der kleinen Lampe, batteriebetrieben, die man hinaufgeschmuggelt hatte. Meine Mutter kommt mir in den Sinn – meine wirkliche. Irena hat etwas von ihr. Wenn es sie irgendwo noch gibt, ist sie sicher ebenso ruhig wie Irena, gelassen gegenüber dem Unwahrscheinlichsten. Ihre Wohnung mit den vielen Winkeln – irgendwie glich sie dem Dachboden, nur nicht so düster war sie. Doch einen Anflug von jenem Labyrinth hatte sie – etwas mehr als einen Anflug, wenn auch, eben, einen lichten.

Einiges von jenem Labyrinth, das ich heute bekämpfe und doch wieder schaffe – in meiner eigenen Wohnung. Das eine Zimmer wild, die große Reproduktion eines berühmten alten italienischen Gemäldes an der Wand, zerklüftete Möbelkonturen, Kleinodien auf ihnen und in den Regalen, das andere, das Schlafzimmer, kahl, nur Weiß und Orangerot, außer dem Bett und dem Nachttisch gibt's da nur noch einen modernen, eigentlich nichtssagenden Schrank für die Kleider, nullachtfünfzehn, weiß auch er, dafür liegt ein dicker, etwas dunklerer Spannteppich am Boden, der all die netten Schlafzimmergeräusche schluckt. Hierhin, in dieses Schneckenhäuschen, versucht man sich jetzt zu verkriechen vor all dem Unsinn. Man verspinnt sich. Man sieht die immer dickeren Staubschichten. Man nimmt den Lappen nicht und regt sich darüber auf, dass man ihn nicht genommen hat. Dann beginnt man in das feine weiße Pulver zu zeichnen, aber man freut sich nicht über die Figuren, die da erscheinen. Man legt sich schlafen, erwacht, und alles scheint anders anders, als es anders sein sollte. In Tat und Wahrheit ist nur das Licht anders, als es sein darf, die Sonne zieht ihre Bahn tiefer und flacher, als sie sie begonnen hat; vielleicht ist es früher Wintermorgen, obwohl man sich doch am späten Sommernachmittag hingelegt hat. Man rückt sich sein Zuhause zurecht, will seine vertrauten Winkel und Konturen wiederherstellen, alles zurück ins Vertraute biegen, merkt, dass man durchs Verschieben mehr Vertrautes zerstört als geschaffen hat. Man verschiebt alles wieder und wieder, auch Möbel, krampfhaft, und sucht nachher vergebens den Ort, wo sie vorher gestanden haben. Stöhnend vor Anstrengung und Verwirrung kommt man zurück in die eigenen vier Wände, die jeglichem Wunsch nach ihnen spotten, und doch sind sie noch das Beste, was man hat. Die Verwirrung außerhalb, ein wenig wird sie durch sie noch immer gelindert; nur andere Möblierung, Kleinigkeiten, die sich anders gebärden, nicht gerade ganze neue Landschaften. Der Häuserprofile, Straßenzüge, ja sogar der Sprache, die man hier als Kind gelernt hat, darf man sich ja nicht mehr sicher sein. Da erwartet man dann halt eben leicht etwas zu viel von den Bildern, Regalen, den zerklüfteten Winkeln in der Wohnung. Man verlangt von ihnen, dass sie sich aufführen, als seien sie einfach da, einfach vorhanden, schon immer da und schon immer vorhanden gewesen – und für immer. Gern vergisst man, dass das, was sie hinstellte – und verschob –, was die Winkel schuf, ja auch zu einem gut Teil Laune, momentane Stimmung, der Einfall eines Moments war. Sie sollen geben, was man nicht mehr imstande ist, in sich selbst zu finden: Halt. Doch sie gehorchen nicht und man ist enttäuscht. Aber eben: Ein ganz klein wenig helfen sie doch. Immerhin gibt es sie noch, diese Mauern, gibt es sie noch, diese Regale und Winkel; es gibt noch einen Punkt, von dem aus man alles sehen, mustern kann!

Ich sage »man«, meine mich. Denn den anderen scheint nichts aufzufallen. Oder sind sie alle wie Irena, bodenlos gelassen, in allen Lebenslagen überlegen? Das nehme ich ihnen nicht ab. So leicht nicht. *Wollen* sie nicht sehen oder sehen sie wirklich nicht? Ihnen fällt schlicht nichts auf – rein gar nichts. Nichts hat sich verändert oder alles so, wie Veränderungen in unserer hektischen Zeit nun mal üblich, ja alltäglich sind. Überhaupt scheint es nur noch Gewohnheit zu geben, gespenstische Gewohnheit. Gewohnheit ohne Gewöhnung. Eine Gewohnheit, die einfach vorhanden ist, von einer Sekunde auf die andere. Sprichst du im Geschäft die eigenartigen Vorkommnisse an, erzählst, dass du zum Beispiel auf dem Hinweg an einen Park oder ein Haus geraten bist, der oder das um Himmels willen nicht so, vielleicht überhaupt nicht hätte sein dürfen, antworten sie bestenfalls gelangweilt, dass die Stadtverwaltung langsam daran denken müsse, den Nulltarif bei den Taxis einzuführen, wenn sie schon nicht fähig sei, genügend schnell genug leistungsfähige öffentliche Verkehrsmittel zur Verfügung zu stellen. Dass sie das nicht sei, zeige sie von Stunde zu Stunde. Man werde wohl demnächst halt doch streiken müssen ... Ein Streik, ja genau, das wird es sein, eine Arbeitsniederlegung und die Welt ist wieder in Ordnung ... In einem gewissen Sinn ja schon: Man hat sowohl einen geduldigen Sündenbock wie klare Verantwortlichkeiten. Keine Weichbilder verschiedenster Städte mehr, die ineinander zerfließen wie schlecht gemixte Schokoladencreme, kein Jahreszeiten- und bald Tag- und Nachtcocktail jeden Monat – nichts! Der Sündenbock wird gehörig gegeißelt, zwecks Unterhaltung, versteht sich, und schnell wieder vergessen. Er selbst macht sich vielleicht sogar tatsächlich an die Behebung seiner »Verfehlungen«, aber nicht als Büßer, denn er hat sich ja die Geißelungen nie zu Herzen genommen – sondern als Bürokrat, der nicht anders kann, als seinen Pflichten halt doch irgendwie nachkommen.

Wenn sie so viel sagen, ist das allerdings schon fast eine Sensation. Meist geben deine lieben Kolleginnen und Kollegen ja nur einen glasigen Blick zurück und fragen, was man weiter noch wünsche. Man wünscht ja nichts mehr, höchstens noch vielleicht die neuartige Zahnbürste, die den Schmelz härtet und Plomben selbsttätig ersetzt. Der perfekte Zahnarzt in einem einzigen Gerät – und das erst noch schmerzfrei.

Sehen die glasigen Augen denn gar nichts mehr? Und wenn die Sonne, feurig rot wie immer natürlich, mit einem Mal im Westen aufginge? Nicht ausgeschlossen, gar nicht. Aber nein! Alles läuft ja wie immer. Gelassenheit; nichts von den unbeschreiblich schillernden Schatten, die Unheimliches um sich werfen. Eingeladen, etwa zu Rendezvous, wird man gleich wie immer, mit den gleichen Umschweifen (siehe dazu die einfallsreichen Formulierungen in den Kontaktinseraten), Waren und Dienste werden gleich angepriesen wie immer, selbst die Straßenkehrer fegen ihre Straßen wie immer mit ihren Maschinen mit ihren rotierenden Bürsten, Wassersprinklern und Saugstutzen, vor denen man auch auf dem Gehsteig nicht sicher ist. Die Schreibautomaten und Ticker rattern wie immer – außer sie sind gerade technisch neu konstruiert worden. Überhaupt wird jede Veränderung auf die Handvoll menschlicher Aktivitäten zurückbuchstabiert, an die man sich längst schon gewöhnt hat, auch wenn man sogar die ja längst nicht mehr überblickt: andere Autokarosserien, auch Motoren vielleicht, andere Materialien, andere Mode, neue Fernmeldetechnik. Eben auch andere Schreibgeräte manchmal. Aber die Gesichter hinter ihnen sind die von immer: die Sekretärin, die neidisch ist auf die andere oder darauf, dass jene eindeutig mehr Punkte hat beim Chef – der vielleicht nicht nur gerne flirtet, sondern sogar noch ledig ist; der Aufsteiger: der an die nächste Sprosse denkt und daran, wie sie am sichersten zu erreichen sei, und von seinem eigenen Haus träumt, dem teuren, schnellen Auto, der die Aktienkurse beobachtet; der Arbeiter dort, wo die Maschine ihn noch nicht vertrieben hat, der den Aufsteiger und den schon wieder aufgestiegenen Aufsteiger beneidet oder sich irgendeinem mehr oder weniger politischen Guru verschreibt – und auch heute noch bisweilen streikt, wenn er genügend Grund dazu und etwas Saft hat. Alle hören, lesen und sehen dieselben News, finden dasselbe toll, dasselbe im Argen, streiten sich darüber wie immer. Wie immer!

Bedrohung grundlegender seelischer wie körperlicher Bedürfnisse, um Himmels willen – wie kannst du nur darauf kommen! Du hast dich nun mal daran zu gewöhnen. Die Einzige, die das Nachsehen hat, wenn du es nicht tust, bist du. Was du gesehen hast, hast du nie gesehen, oder besser: nie anders als andere gesehen, sonst siehst du Gespenster oder bist vielleicht schizophren. Außer es ließe sich halbwegs einleuchtend erklären oder wenigstens kreativ zusammenreimen, weshalb nicht mehr ist, was war, oder nicht mehr so. Ist da ein anderes Gebäude, dann war da vorher eine Baustelle, obwohl seit Jahren nichts dergleichen da war oder auch nur vorbeischaute. Ein Park, der ohne Vorwarnung ganze Heerscharen von Häusern von einem Tag auf den andern wegrasiert hat, ist doch »schon vor Jahrzehnten geplant und jetzt endlich realisiert worden«. Sogar dass Bauten oder Kunstdenkmäler, die eigentlich sehr weit weg stehen, sich einem plötzlich vor die Nase stellen, ist selbstverständlich. Gehe ich doch letzthin an einem offensichtlich antiken Bau vorbei, sehe Säulen, ganze Säulen am Boden liegen. Denke, aha, einleuchtende Erklärung oder wenigstens nicht allzu arg zerzauster Reim: Den Tempel oder was das ist haben sie gekauft irgendwo. Abgebaut Stück für Stück und bauen ihn jetzt wieder hier auf. Solche Dinge kommen ja vor heutzutage. Einer soll vor einigen Jahren eine Brücke gekauft und Stein für Stein wieder aufgestellt haben auf seinem Anwesen in den Vereinigten Staaten. Musste allerdings noch den Fluss suchen, den er untendurch führen konnte.

Ich frage also, woher das alles und so. Man schaut mich entgeistert an, versteht mich nicht. Ein Arbeiter in verschwitztem Kittel; ein dunkles Gesicht. Ich versuch's also mit Englisch, Französisch, den paar Brocken Italienisch, die ich kann. Hilft nichts. Also Afrikaner oder Asiat. Ein Umstehender, der mein Englisch verstanden hat, fragt mich schließlich, weshalb mich die Reparatur dieses Gebäudes derart interessiere. Es sei doch nichts als in Ordnung, dass man für solche Werke, Zeugen großer Vergangenheit, Sorge trage. Aha; Reparatur also. Der Zeuge großer Vergangenheit also da gewesen – schon immer! Nur gestern noch nicht. Die Säulen vielleicht sogar vorfabriziert. Gestern ist nicht mehr. Gestern war nie. Nur noch die Druckerschwärze, die sich anschmiegt ans Heute. Gerade kurz bevor es aufhört, Heute zu sein. Sie muss sich manchmal beeilen, scheint's – die Druckerschwärze. Geschichte als Kochrezept in Radio und Fernsehen ab und zu, hoffentlich bekömmlich; ohne Weiteres ersetzbar durch Reklame oder eine Soap. Dafür Zeugen großer Vergangenheit.

Augenblick, verweile doch ... Aber nicht, weil du so schön bist, o nein, nur damit du noch bist! Oder der Flug neulich. Ich bin nachher wirklich fast zum Psychiater. Fliegst du acht Stunden oder mehr. Zu einem fremden Kontinent, nicht nur in ein fremdes Land. Eine andere Zeitzone, fremde Sprache, nicht ganz fremde Sitten, schaust dich um, ganz Tourist – und stehst plötzlich wieder vor deinem Haus, deiner Wohnung. Kein Zweifel: Dein Name steht dort, der Briefkasten ist voll von Zeitungen und Drucksachen, in denen die paar an dich adressierten Briefe fast verschwinden. Ohne auch nur ein größeres Wasser zu überqueren, höchstens ein Flüsschen vielleicht, stehst du wieder vor deiner Tür. Und bist doch stundenlang über ein Meer geflogen. Aber: Nichts weiter. Du bist zurück. Machst halt Ferien zu Hause. Niemand ist überrascht, der Chef immer noch gleich fleißig, gleich verhalten lüstern, die Bilanz deiner Auszeit zynisch solide.

Da die anderen, weil Norm, nicht spinnen können, auch wenn sie spinnen, habe ich mir Unrecht zu geben. Aber den Psychiatern traue ich doch nicht, auch einer Psychiaterin nicht ... Also: Selbst ist die Frau! Doktern wir an ihr herum! Ich lasse mich in irgendeine Geschäftsstraße fahren, glotze in die Schaufensterauslagen, lese die sauber angehefteten Preise (in irgendeiner Währung), sehe die Leute, die eifrig die ausgestellten Waren von den Ständern herunterschauen, höre das Gewäsch, Hauptgegenstand Preise, allenfalls Streitpunkt Preis, höre das Becher- und Plastiktellerklappern in den Selbstbedienungsecken. Serviererinnen wedeln um herausgestellte Tische, quengelnde Kinder bekommen am Schluss doch noch, was ihre Mütter ihnen unbedingt vorenthalten wollten. Ich gehorche. Gehorche ihr also. Ihr – Irena. Ist ja so, wie sie sagt. Nichts spricht dafür, dass deine Entrüstung über den Lauf der Dinge sie auch nur im Geringsten ändert. So nimm halt an, alles sei normal oder nur im normalen Rahmen abnormal. Alles normal schlimm oder normal schön. Nimm halt an, der Mensch könne nur durch sich selbst untergehen oder bestehen, bestenfalls noch durch Fügung oder Wille irgendeines Gottes oder Dämons. Komm zu dir, Marianne! Geh in die Kaufhäuser, probier Kleider an, kaufe sie (in irgendeiner Währung), schau im Spiegel nach dem Faltenwurf und keimenden Falten auf deinem Gesicht, kontrolliere die Schminke, die Frisur. Aber wie früher, bitte, nicht als Therapie. Vollbepackt mit vollbepackten Tüten steigst du dann in ein Taxi ein, aber bitte ohne das Gefühl noch auf der Fahrt, du könntest die Tüten eigentlich ebenso gut im Taxi liegenlassen!

Doch ich sehe wirklich niemanden mehr. Man trifft sich nicht mehr. Außer einen Mann vielleicht ab und zu. Große Geschichten, aber am Schluss schält sich immer dasselbe heraus: Der geile Bock, der immer nur das Eine will, vielleicht mit etwas nettem Dekor. Man kennt mit der Zeit die Regeln des Spiels. Man weiß die Herrschaften zu nehmen und nimmt sie, bedient sich an ihnen wie sie an einem, nichts weiter. Ab ins Schlafzimmer, ins große, rote Bett, ach, welch reizende, welch sinnliche Farbe, morgen wird er wieder weg sein – für immer. Für immer bis zum nächsten Mal, wenn man sich zufällig trifft. Wieso nur kann ich mir meine Lust auf einen Mann, der mich für einmal nicht nur so will, auf einen Freund, mit dem ich auch reden könnte und einfach zusammen sein, nichts als zusammen sein –, warum kann ich mir dieses verwegene Bedürfnis nicht abgewöhnen? – Aber sonst, mit wem sonst habe ich noch Kontakt? Mit meinem verschwundenen Vater, mit der Stiefmutter, den Geschwistern, den Freundinnen? – Von der wirklichen Mutter ganz zu schweigen ... Ein, zwei Briefe noch nach ihrem Weggang, eine Karte (immer ohne Absender), dann nichts mehr. Ich bin allein, das lässt sich nicht leugnen, mit allen Kleidern und Tüten nicht, nicht mit der Normalität am Arbeitsplatz!

Wäre alleine in diesem absurden Theater, in das ich nie gewollt habe, das ich nicht fliehen kann, außer durch noch absurderes Beginnen, das nur vollkommenes Nichts bringt, nichts ändert – Selbstmord nämlich. Eine Absurdität wäscht die andere aber nicht; ich bin also verbannt. Durch niemanden, aber verbannt. Und ich wäre in all dieser ausweglos absurden Verbannung alleine – wenn nicht sie wäre. Sie, eben sie, Irena. Auch sie kommt zwar immer überraschend, verfehlt mich aber nie (wenigsten wüsste ich nicht davon). Und wenn sie da ist, ist sie wirklich da, ganz da. Und wenn sie mir Unrecht gibt, überfällt mich Lachen und Weinen gleichzeitig. Ich könnte ihr um den Hals fallen und ganz lang so bleiben dafür!

»Wirklich, warum wechselst nicht auch du den Job?«, sie ist hartnäckig, »die Schultern dazu hättest du«. »Meinen Körper einfach so verkaufen – nein!« »Was tust denn du anderes – nur umsonst?« »Männer, irgendwelche, besoffene vielleicht oder Wänste aus nichts als Fett, dreckig auch noch und verschwitzt, krank, aus aller Herren Länder ... Männer, die da auf dir herumkriechen, ächzen stöhnen, an dir herumknutschen, -zwicken, wie es ihnen gerade beliebt, sie haben ja bezahlt, ihre steifen, hässlichen Furunkel – nein und nochmals nein!« »Du scheinst ja Riesenerfahrung zu haben – renne ich da etwa offenere Türen ein, als dir lieb ist? Sind die Männer, mit denen du in die Federn steigst, vielleicht doch nicht so viel gesünder, so viel appetitlicher? Aber natürlich: Du gehst zuerst zum Arzt mit ihnen. Und kümmern sie sich vielleicht doch nicht so sehr um ihre Marianne, sind sie doch nicht so besorgt, wenn es ihr schlecht geht, und freuen sich, wenn sie sich freut – nachdem sie mit ihr geschlafen haben? Zählt der Mensch Marianne vielleicht doch zu sehr nur als Aperitif, als angenehme Begleiterscheinung? Mens sana in corpore ...« (Sogar Latein kann sie, wenn's unbedingt sein muss.) »Und natürlich gibt es in meinem Alkoven keine Dusche, vielleicht sogar eine saubere, die die Kunden – vorher – immer benützen müssen, und natürlich lassen sie ihren Rotz ungefiltert in mich hinein ...« – »Hör auf!« »Also, soll ich dich einführen – keine scheinheiligen, lüsternen Chefs und Kollegen mehr, nur Leistung und Gegenleistung; du machst das Geschäft mit der Lust ...« Ich schüttle den Kopf, dass die Locken fliegen, lache laut, sie umarmt mich. »Schön zurechtgemachtes Haar hast du heut, Marianne – sag mal, wer kommt nach mir?« »Der Briefträger natürlich, das heißt, er war vor dir da – ich kann mir doch die Haare auch waschen, einfach damit ich mir im Spiegel gefalle. Aber sag mal, Irena – kannst du einen Mann noch wirklich lieben?« – »Dasselbe könnte ich dich fragen ...« »Wieso nicht? Wenigstens würde ich gern.« »Siehst du, auch bei mir gibt es kaum einen Moment, in dem ich nicht den einen oder andern Mann liebe« »Aber wie trennst du sie von deinen Arbeitsstücken, für die du eine Dienstleistung erbringst, wie der Busfahrer seinem Fahrgast?« »Hast du noch nie mit einem Mann geschlafen, den du nicht liebtest? Ich bin ihnen eine Weile zu Diensten – und sie sollen sich vor Verwechslungen hüten. Es gibt zwar solche, die immer wieder kommen, wir freuen uns, wenn wir uns sehen – aber nur sehr selten springt dabei ein privater Liebhaber heraus. Wer sich Liebe kauft, erhält nicht die Liebe einer Frau, sondern die sexuelle Routine einer Prostituierten. Wer anderes sucht, soll die Geldscheine nicht so offen hinlegen, nicht?« »Aber deine Liebhaber, sind sie nicht fast immer auch nur Männer, scheinheilig, geschleckt, geil?« »Ja, oft leider schon. Aber in dem Moment, in dem ich sie liebe, sind sie niemals dieselben. Vielleicht nur, weil ich gerade vorhabe, mir vielleicht auch nur einbilde, mit aller Kraft einbilden will, sie zu lieben, mag durchaus sein ...« »Manchmal«, ich lehne mich ins Sofa hinein, »manchmal wünschte ich mir einen Mann, der neben mir sitzt, wie du jetzt. Mir zuhört, wie du jetzt, auch wenn ich nichts Besonderes oder gar nichts zu sagen habe; der ohne Weiteres Vertrauen hat, vielleicht sogar meinen Rat sucht, aber ohne Absicht, der dabei nicht auf meine Brüste starrt oder auf meinen Schoß, der nicht die Geduld verliert, wenn ich nicht gleich schöne Augen mache ..., einfach einen Freund – aber doch einen Mann, der mich umfängt, wenn wir uns wirklich finden.« »Marianne, die verhinderte Ehefrau und Familienmutter! Beschützt von einem treuen, zuverlässigen, aber auf Dauer wohl etwas langweiligen Gatten. Einem Gatten, der jede Rücksicht nimmt und die Wellen glättet. Von einem Freund und Gefährten, dem sie im Grunde überlegen wäre, dem sie folglich immer schön weiterhelfen könnte, wenn etwas nicht stimmen würde in seinem kleinen Leben, einem Pantoffelhelden, den sie im Grunde führen würde, bei dem sie die Hosen anhätte, auch wenn sie gegen außen hin das Gegenteil mimte ... – Marianne, warum heiratest du eigentlich nicht? Du hast mir mit einer eigenartigen Mischung von Ablehnung und Bewunderung oder zumindest Wertschätzung von deiner Stiefmutter erzählt ... Lass doch den Männern ihre kleinen Freuden! Im Allgemeinen sind sie nicht besonders böse, wären es vielleicht gerne ab und zu, aber Talent zu abgrundtiefer, hinterhältiger Boshaftigkeit haben zum Glück lange nicht alle, die das glauben – zumindest nicht das Talent, diese Boshaftigkeit an uns so auszuleben, dass sie bei uns finden, was sie suchen. Nicht selten suchen gerade die sonst Befehlenden bei uns nicht

Gehorsam; sie wollen unserem Befehl gehorchen. Manchmal sind sie halt etwas impulsiv, cholerisch, und manchmal sucht sie dieses animalische Reißen und Jucken in der Lendengegend heim, das nur fortmuss, nirgendwohin will, schon gar nicht zu einer bestimmten Frau. Was soll's, wenn ein Mann dir unendlich geduldig zuhört, nur weil ihm deine Brüste gefallen? Vielleicht versteht er dich trotzdem, weiß Rat, sucht Rat, spendet Trost – auch wenn ihm im Moment an nichts weniger gelegen ist, als zu beraten oder beraten zu werden oder zu trösten. Man kann ja immer noch nein sagen und wie ich dich kenne, brauchst du nicht erst zu lernen, wie man das gefahrlos tun kann. Gegen Gewalt gibt es ja einige ziemlich wirksame Mittelchen, nicht nur Pfefferspray. Lass doch den Männern ihre Mätzchen! Ohne uns Frauen, mit Leib und Seele Frauen, kommen sie nicht zu einer Frau, auch für eine halbe Stunde nicht, nur zu einer Puppe.«»Ich ertrage ihre lüsternen Blicke nicht mehr.«»Dann schau eben weg.«»Nützt nichts, ich spüre sie, wie sie mich ablichten, begutachten.«»Und doch gehst du ins Bett mit ihnen – warum sehnst du dich denn so sehr nach dem Einen, wenn dich belagernde, prüfende Männerblicke stören?«»Ich weiß auch nicht – ich ertrage die Männer nicht und kann sie nicht lassen.«»Ich sage dir ja schon lange, Marianne, steig ins Geschäft ein. Übles, fantasieloses Gehabe, dumme, aufgesetzte Storys, um zu nichts als den zehn schnellen Minuten im Bett zu kommen – oder eben Geld. Ich ziehe das Zweite vor. Das bleibt wenigstens liegen, wenn die Herren das Geschäft erledigt haben, von dem sie meinen, es ginge nun mal nicht ohne deinen Körper. Du bietest genau das, wofür sie bezahlt haben, für genau die Zeit, für die sie bezahlt haben. Ein- und aufgestiegen die Herrschaften, wohl bekomm's! Aber zuerst wird bezahlt, bitte sehr. Sonst wird's unangenehm, ich habe kräftige und zuverlässige Freunde ... Und doch betrügst du sie. Insgeheim. Du gibst ihnen ja nicht die Befriedigung, die sie nur zu oft auch noch suchen – die knallharten Realisten oder die harten Burschen sind ja mitunter die sentimentalsten Romantiker und die größten Luftschlösserbauer. Sie wissen um den Betrug, aber sie nehmen ihn in Kauf. Liebe lässt sich nicht mieten, aber man kann ja versuchen, für ein paar Minuten zu vergessen, dass man nur gemietet hat. Also: Wer ›Liebe‹ verkauft, verkauft nicht sich, vermietet nur seinen Körper, möglichst ohne Schäden am Objekt, ohne bleibende Folgen, versteht sich. Bei mir jedenfalls geht ohne Gummi gar nichts. Keiner dieser Matrosen oder gescheiterten Ehemänner kommt ohne Hülle in mich hinein; da müssen sie eine andere suchen. Das Geschäft ist hart – aber klar.« »Und unterscheidet sich von anderen ja einzig dadurch, dass du, anstatt meinetwegen Autos zu reparieren oder Briefe auszutragen, geile Männer auf dir herumturnen lässt, dabei nebenbei auch noch einiges mehr verdienst als der Automechaniker oder der Postbote – du Mechanikerin des Geschlechts. Sind das überhaupt noch Menschen, sind das nicht einfach Apparate, deren Triebstau du abführst, deren Penisse du durch deine ›Arbeit‹ ihrer Steife und ihres Samens entledigst? Apparate, die besser oder schlechter funktionieren. Und wenn ein solcher Apparat wirklich verzweifelt ist, traurig, hoffnungslos, nicht nur sentimental? Wenn seine Verzweiflung nur größer wird durch dich und du ihn obendrein noch um sein letztes Geld bringst ... Lass den Männern ihre Mätzchen, sie sind auch nur Menschen ... Wenn so einer Trost sucht, Linderung, ist dir das dann egal?! Gehst du dann auch einfach hin und bescherst ihm einen Orgasmus mit etwas Beilage?« »Repariert der Zahnarzt den Zahn eines Patienten, dessen rechte Hand nur mehr vier Finger hat, anders als den eines andern mit allen fünf dran? Und übrigens: Wenn sie Rat wollen, so ist der gratis, wenn's kurz und bündig geht.... Den nächsten, der mir so unterkommt, den schicke ich aber vielleicht doch besser zu dir. Vielleicht ist ja er derjenige, den du so lange schon suchst ... Marianne, du hast ja deine Möbel wieder umgestellt. Schön. Schön die kleine Kommode dort hinten. Warum bist du nicht Innenarchitektin geworden?«

Ihre tiefe Stimme ist sicherer geworden, der Akzent hat sich abgeschwächt und sie redet geläufiger.

Wir sitzen da, trinken aus großen Gläsern. Ich mache uns Brötchen und sie saugt alles, auch das Feste, wie in sich auf. Verschlingt es, bevor sie trinkt und isst. Ihre Augen danken. Sie lobt dies und das, fragt um des Fragens willen. Dann beginnt sie einmal mehr, von ihren Liebhabern, jenen, die sie nicht mieten, zu reden und erzählt ein paar ihrer wunderschönen, wirklich wunderschönen Liebesgeschichten. Wie kann diese Frau so lieben? Ich beneide sie. Meine Männergeschichten fallen mager und monoton aus dagegen. Oder kann sie einfach besser erzählen? Sie lacht mich liebenswürdig aus, weil ich meinerseits immer wieder auf die gleichen Tricks und Ticks hereinfalle, immer wieder ähnlichen »Geschichten« auf den Leim krieche. Aber ich brauche sie, diese Geschichten; diese immer fast gleichen Geschichten. Sie schmecken doch für kurze Momente ein wenig nach Hoffnung, mag ich – wie Irenas Kunden – auch noch so sehr um den Betrug wissen, dem ich erliege – dem sie erliegen, um den üblen Nachgeschmack, der meistens das Einzige ist, was letztendlich zurückbleibt. Ich brauche die Hand, sei es auch die raueste, die, vorsichtig, ja zaghaft zuerst, mich streichelt, mich liebkost, brauche das Essen, den Abend vorher, zu dem ich eingeladen werde. Nicht des Geldes wegen, das für mich ausgegeben wird; ich kann es einfach nicht direkt, Zug um Zug für Geld – ein- und aufgestiegen die Herrschaften, aber zuerst wird bezahlt, bitte sehr, sonst (sie verschließt es immer sogleich in einem kleinen eingemauerten Tresörchen mit Zahlenschloss) – ich, ich kann das nicht! Und ich mag nicht überall solche »Freunde« haben – oder vorgeben zu haben –, die mich »schützen« ... – Und wenn Liebe für Geld doch hin und wieder Liebe fürs Herz verspräche, wirkliche Liebe, oder sie zumindest tatsächlich so wenig störte, wie Irena behauptet? Wie auch immer: Ich kann nicht – und beneide sie ... Meine Mütter, was würden die wohl von Irena denken? Die eine, meine leibliche Mutter, könnte durchaus neben ihr sitzen und bei der anderen bin ich mir nicht mehr so sicher, ob sie nicht doch auch eine gute Figur machen würde. Mich würde es reizen, die beiden – Irena und die Stiefmutter – einmal zusammenzubringen. Oder alle drei. Ich glaube nicht, dass die sich nichts zu sagen hätten. Die Stiefmutter habe ich zwar schon Jahre nicht mehr gesehen, nur ein paarmal am Telefon gesprochen, als mein Vater verschwand. Ein paar Briefe geschrieben hat sie mir auch. Sie ist mir nicht mehr böse, nein, sie ist mir wirklich nicht mehr böse. Nach meinem rabiaten Ausbruch, nachdem ich sie »Lügnerin«, »Verräterin« gescholten hatte, war das Verhältnis, obwohl es äußerlich perfekt wiederhergestellt zu sein schien, äußerst frostig gewesen. Mein Vater kam nach dem Eklat zu mir und bat mich, meine Mutter zu schonen. Schließlich sei das nicht ihr Fehler. Er habe sie geradezu angefleht, nicht zu früh mit der Wahrheit herauszurücken. Wenn schon, sei er an allem schuld, er habe gefürchtet, ein kleines Kind könne so etwas nicht ... Und meine Stiefmutter habe sich ja in bewundernswerter Weise um mich gekümmert, mich behandelt und lieb gehabt wie ihre eigenen Kinder. Dabei sei es für sie nicht einfach gewesen, einen Mann zu heiraten, der schon ein Kind hatte, und dann dazu noch ein uneheliches. Und es zu adoptieren. »Was hast du gegen deine – Mutter? Wo hat sie dir wehgetan? Darum geht es nämlich. Wirfst du ihr etwa vor, dass sie mit dir nicht so umgesprungen ist, wie Stiefmütter ihre Stiefkinder oft zu behandeln pflegen? Überleg dir das mal!« Damit stand er auf und schlug die Türe hinter sich zu. Diese lauten Töne waren für mich vollkommen neu von meinem Vater. Und ihn wollte ich nicht verlieren, nein, um keinen Preis! Und recht hatte er ja, das wusste ich. Jedenfalls konnte ich nicht anders, als ihm recht geben. Und natürlich war ja weder Überlegung noch diese »Sache« der Grund gewesen, weshalb ich Mutter gegenüber so frech und aufmüpfig gewesen war. Natürlich. Aber er ertrug ihn nicht, meinen ebenso grundlosen wie abgründigen Hass gegen diese Frau. Er musste ihn lange schon gespürt haben. Er musste ein schlechtes Gewissen gehabt haben. Ihr und mir gegenüber. Ihr gegenüber, weil er sie in diese vertrackte Lage gebracht hatte, derentwegen er ihr ja nichts als zu danken hatte, denn sie hatte sich in dieser Hinsicht weiß Gott nichts zuschulden kommen lassen. Mir gegenüber, da ich – ohne zu wollen – aufgedeckt hatte, was mir zu eröffnen eigentlich seine Aufgabe gewesen wäre. Und in einer Lage, die für ihn sonst peinlich, ja unerträglich gewesen wäre, bot ihm seine Tochter erst noch Schutz und Hilfe. Wie er dasaß bei seiner ehemaligen Geliebten – wie aus der Zeit gefallen. Die Blicke auf mich gerichtet, dem lebenden Beweis dafür, dass nicht alles bloß ein Traum gewesen war, ein süßer, fast zu schöner Jugendtraum. Und ich verzieh ihm ja – bedingungslos. Also blieb ihm nichts anderes übrig als Dankbarkeit – Dankbarkeit auch hier. Diese stieß aber an Pflicht seiner Frau gegenüber und an Gefühl für sie. Keine bequeme, keine angenehme Lage, wirklich nicht. Ich habe durch meinen

Wutausbruch geradezu herausgefordert, was ihm auch so, unter Zugzwang, noch schwer genug gefallen sein muss. Und ich, die ich meinen Vater so sehr liebte, erst recht nach den Erlebnissen mit meiner wirklichen Mutter, konnte nicht anders, als ihm recht geben – hätte ihm wohl auch recht gegeben, wenn er nicht ohnehin schon recht gehabt hätte. Aber die Wut auf meine Stiefmutter brodelte weiter. Wo war ich überhaupt? Wer war wer? Die Stiefmutter – ich bin bei ihr aufgewachsen, ich kann mich an niemanden sonst als Mutter erinnern als an sie; sie hat mich gepflegt, wenn ich krank war, getröstet, wenn ich traurig war oder betrübt, hat mir Geschichten erzählt vor dem Schlafengehen, gebetet mit mir. Mich belagert später zwar auch, aber – sie ist meine Mutter. Und nach achtzehn Jahren – fünfzehn Jahren Erinnerung – lerne ich, dass eine Frau, eine bewundernswerte Freundin, in Tat und Wahrheit ist, was ich für eine andere fühle. Die Tatsachen sind nicht aus der Welt zu schaffen. Sie sind auch gut nachvollziehbar – aber soll ich wirklich am üppigen Busen dieser Frau gesogen haben, hat sie mich in Windeln gewickelt, verköstigt, gepflegt? Hat mein Schreien sie aus dem Schlaf geweckt, mein Fieber ihr Sorgen bereitet? Ich begreife meinen Vater, dass er diese Frau geliebt hat. So sehr, dass sie mich – aus Unvorsichtigkeit vielleicht – gezeugt haben. Aber sie ist nicht meine Mutter, wird sie nie sein – und sie ist es doch! Warum schreibt sie mir nicht, nie mehr? Ohne sie, meine Freundin aber, nicht meine Mutter, wäre ich wohl nie aus der Schule ausgestiegen. Sie hat ihn mir vorgemacht, diesen Schritt, irgendwie. Nur eine Stufe höher (aus der Universität). Auf jeden Fall hat sie etwas ganz anderes gemacht, als wozu sie ihre schulische Laufbahn bestimmt hatte. Sie ist ausgebrochen. das hat mich fasziniert. Ich war mir aber zu jenem Zeitpunkt überhaupt nicht bewusst, dass ich sie imitierte, dass die Kraft und der Mut, meinen Eltern, die ich doch beide wenig zuvor tief verletzt hatte, so gegenüberzutreten, von ihr kamen. Ich hatte nicht zu überlegen damals, nur zu handeln. Ich handelte sofort und bin eigentlich erstaunt, mit wie wenig Widerstand meine Eltern sich in mein Handeln schickten. Dachte mein Vater damals, was ich jetzt? Liebäugelte er selbst mit der Selbstständigkeit jener Frau, die mich geboren hat? Hat er jahrelang von diesem Traum gelebt? Gewusst gleichzeitig, dass es der Traum war, von dem er lebte, nicht die Hoffnung auf seine Verwirklichung. Die er wohl nicht ertragen hätte. Mein Entscheid für die kaufmännische Lehre wird ihm wohl nicht gefallen haben. Er hätte wohl etwas Wildes, Ausgefallenes, Verrücktes erwartet, vor dem er mich dann als Vater trotz insgeheimer Freude hätte warnen müssen. Schauspielerin – wieso nicht? Oder Zirkusartistin. Aber mein Entscheid war letztlich doch eine Art Zuflucht, eine Art Befreiung für ihn. Das hat er wohl nie begriffen. Und bereut habe ich ihn eigentlich bis heute nicht. Meine Stiefmutter war erleichtert. Meine richtige Mutter hat sich nie dazu geäußert. Sie ist sowieso kurz darauf verschwunden – hat etwa mein Vater, mit einem Sicherheitspolster von mehreren Jahren, ihre Flucht nachgeahmt, ist ihr gar in diesem großen Abstand gefolgt – damit er sie auch recht tüchtig suchen kann?

All diese Leute, wo gehören sie hin? Die Brüder, die Schwester? Verheiratet die Ersteren, die Schwester lebt immerhin zusammen mit ihrem Freund, den sie sicher auch heiraten wird. Sie schreiben mir ab und zu höfliche Grüße, irgendwelche lustig gemeinten Koseworte. Ich erwidere ebensolche und einige Facts liegen meist auch bei. Geht es ihnen gut, sind sie glücklich? Regelmäßig schlagen wir uns gegenseitig vor, uns bald wiederzusehen, und regelmäßig sehen wir uns nicht bald wieder. Wo steht eigentlich unser Elternhaus jetzt? Stehen muss es ja noch, denn meine Stiefmutter lebt darin. Die leibliche Mutter – falls sie überhaupt noch lebt – schwirrt irgendwo in dieser haltlosen Welt herum.

Und dann fliegt einem dieser Vogel ins Haus, der ohne Weiteres jeden Tag aufs Neue seinen Körper feilhält. Einfach getroffen habe ich sie in einem Café – außer Dienst, versteht sich. Wir haben uns wiedergetroffen, ich habe sie zu mir gebeten, sie eingeladen, wiederzukommen – und seither kommt sie ... Und gerade in diesem Moment läutet es. Ich frage gar nicht erst durch den Gegensprecher, wer unten ist. Ich habe mich nicht getäuscht. Kurz darauf steht sie vor mir, mit zerzaustem Haar, aufgelöstem Gesicht. Und sie weint lauthals, weint fürchterlich –

7

Endlich waren sie angekommen. Todmüde. Den älteren Matrosen waren sie einfach nachgetrottet. Jetzt waren sie froh um ihre Peiniger. Noch waren alle Tanks voll, aber ihr Entleeren war ja nicht Sache der Schiffsmannschaft. Ein Kutter, lächerlich klein im Vergleich zu dem dicken und langen Tankerbauch, hatte sie an Land gebracht, während der recht tiefgängige Tanker weiter außen angedockt blieb. Das kleine Schiff hatte vom Deck aus kaum den Eindruck gemacht, dass es mit den, obwohl ja kleinen, Wellen fertigwerden könne; doch jetzt, als sie drinsaßen, wurde ihnen erst die Größe des Ölriesen bewusst, der Kutter war keineswegs die Nussschale, als die er sich von oben gab, er übertraf vor allem an Länge die Rettungsboote um einiges. Spielend schluckte er die gesamte Schiffsmannschaft. Die Fahrt hatte länger als erwartet gedauert, obwohl man doch die Umrisse des Hafens, der Stadt schon bei der Anfahrt auf dem großen Schiff gesehen hatte. Gesehen, soweit Rauch und Dunst um sie herum so etwas wie Sicht, klare Sicht freigegeben hatten, und das war lange nicht eben viel gewesen.

Beim Aussteigen aus dem Boot stolperte einer der Jungen, ein hochgewachsener, schlanker Schwarzer, auf dem schmalen, geländerlosen Brett und wäre beinahe in den trüben, stinkenden Schleim von Wasser gefallen, der im Weichbild des Hafens festlag. Einer der Älteren konnte ihn gerade noch an der Schulter packen. Auch die ersten Schritte wieder auf festem Boden wollten nicht recht gelingen; der Stein schien nachzugeben, weiterzuschwanken. Schlimmer als ein Besoffener torkelte er umher, schlingerte, dass der Kai beinahe zu schmal war. Die Umstellung vom sichernden breiten Seemannsgang auf den Tritt der Landratten, von schierer, aber immer zumindest leicht pulsierender Bewegung auf die sich den fortdauernden rhythmischen Impulsen zuverlässig widersetzende festgefügte Stabilität des Untergrunds fiel immerhin nicht nur ihm schwer. Nur mit vereinten Kräften vermochten die Erstlinge, sich zu stabilisieren. Sie gaben sich trotzdem alle Mühe, den Älteren hart auf den Sohlen zu bleiben, mochten die sie auch hinführen, wo sie wollten.

Jenen Älteren, die ihnen klar zu spüren gegeben hatten, wer wer war auf dem Schiff. Wer schon durch Wind und Wetter gegangen war und was und wie viel die Kleinen, die Grünen zu wünschen hatten. Wie die anderen einst mir, so ich jetzt dir, nach diesem Motto hatten sie gehandelt – und vor allem befohlen. Natürlich waren ihnen das Deck, die Verbindungskorridore und -stege, der Kabinentrakt nie rein genug gewesen. Man sehe halt schon, wo die Burschen den Kopf hätten. Und von Tuten und Blasen noch keine Ahnung. Vorab vom Saufen. Geeicht seien die ja noch nicht einmal hinter den Ohren. Eine halbe Flasche Schnaps und schon hängen die über der Reling und anderntags schleichen sie herum wie welkes Gemüse. Das Meer brauche Männer, nicht Waschlappen; es sei keine leichte Heimat – aber eine schöne. Doch nicht jeder sei aus dem Holz geschnitzt, das hart und wetterfest genug sei für sie, denn da geschähen Dinge, von denen die Landratten, erst recht die Bürogummis, die das Öl wärme, das man hier transportiere, nicht einmal träumten. Nach solchen Belehrungen hieß es dann jeweils Türgriffe, Türen und Gänge, die man doch eben gefegt und geschrubbt hatte, noch einmal reinigen oder neuen Schnaps holen. Vereinzelt nur ließ der eine oder andere durchblicken, dass es ihm ja ebenso ergangen war zu Beginn.

Natürlich waren sie gleich hinter dem Wirrwarr der Hafenanlagen ziemlich schnurstracks in einem großen dunklen Schlund von Hafenkneipe gelandet

Der hochgewachsene, schlanke Schwarze, einer von drei Neulingen auf dem Tanker, hatte dem Meer schon als Kind mit viel Hingabe zugeschaut: Er war auch sozusagen am Meer aufgewachsen. Allerdings nicht gerade im Hafenstädtchen, sondern in einem kleinen Dorf in der Nähe. Ein paar Hütten, nichts weiter. Seine Eltern hatten Getreide und ein wenig Gemüse angepflanzt, das sie dann in der Hafenstadt verkauften. Deshalb durfte der Junge, der sonst zu Hause mithalf oder an reiche Gutsbesitzer verdingt wurde, ab und zu mit der Mutter auf den Markt. Musste eher, denn es gab einiges zu schleppen und er musste noch früher aus den Federn. Immerhin gelang es ihm, sich hin und wieder zu den Wellen zu stehlen. Von ihrem Rauschen ließ er sich fürs Leben gern in Trance bringen, und die salzige Luft tat noch das Ihrige dazu. Ihm gefiel es, sich im Auf und Ab dieser Kämme und Täler zu verlieren, den Bewegungen zu folgen, in die sie den Untergrund kneteten, den Tieren und wunderlichen Früchten zuzuschauen, die sich in dieser unruhigen, nicht immer eben appetitlichen Masse tummelten. Stets von Neuem faszinierend war, wie die Schiffe allmählich aus dem weichen Horizont, aus dem Zwischending zwischen Wasser und Himmel auftauchten. Zuerst die Masten, dann der Schornstein – und mit einem Mal war das ganze Schiff da. Wie aus der Versenkung, mitten aus der Erde herausgeholt. Aber sie fuhren in aller Ruhe weiter, ruhig, leicht schaukelnd. Die Männer auf diesen Gefährten seien ein eigenartiger Schlag, hatte die Mutter immer gemahnt und ihn geheißen, nicht zu ihnen zu gehen. Natürlich hing er dadurch erst recht an ihren Lippen, auch wenn er von ihren Geschichten jeweils kaum die Hälfte verstand. Und ebenso natürlich schalt ihn die Mutter regelmäßig, wenn sie ihn am Meer oder irgendwo in der Hafengegend aufgriff oder erfuhr, dass andere ihn dort gesehen hatten.

Er war deshalb nicht schlecht erstaunt gewesen, als ausgerechnet seine Mutter ihm auftrug, er solle schauen, ob man ihn im Hafen brauchen könne. Sein Vater wolle es so und schließlich sei er ja kein Kind mehr.

Trotz des Meeres war er nicht sonderlich begeistert gewesen von der väterlichen Verfügung. Das hieß noch früher aufstehen, als wenn Mutter und er zu Markte fuhren, hieß, den ganzen Tag von zu Hause wegbleiben, hieß, fremden Menschen gehorchen, nur gehorchen. Der Hafen war ja nicht groß, aber er kannte die schweißtriefenden Körper, die verzerrten Gesichter. Die Händler und die Reeder behandelten diese Körper wie Tiere, wie die Sklaven, die Leibeigenen, die es früher gegeben haben soll.

Ein wenig protestiert hatte er ja schon, aber gegen väterliche Gebote war nie viel auszurichten gewesen. So ging er denn und anerbot sich. Die Tränen der Mutter entgingen ihm nicht, doch würde sie ihren Ältesten wohl bald vergessen, da sie ohnehin genug zu tun hatte mit dem Rudel seiner kleinen Geschwister.

Als er dann angeheuert wurde von einer großen Kompanie,

kam sogar der Vater an den Kai. Er sah Vater und Mutter, umgeben von einigen schön herausgeputzten Kleinen, viele Hände in der Höhe, doch entging ihm nicht, dass sie sich möglichst bald umwandten, um wenig Arbeitszeit zu verlieren. Der Vater ging vielleicht trotz allem, was im Garten und auf den Feldern wartete, noch in die Bar.

Der hochgewachsene, schlanke Schwarze hatte nun für sich selbst zu schauen, auf Biegen und Brechen, er wusste es.

So viel Meer auf einmal hatte er noch nie gesehen wie vom Boot aus, das sie zum Tanker brachte. Rundum Meer, nur Wasser, nur Wellen. Zu spielen miteinander schienen sie. Zu kämpfen; mitunter warfen sich jene Schaumkronen auf, die er vom Land her schon kannte, spritzte Gischt, die der Wind vor sich hertrieb. Im Hintergrund das kleine Städtchen und die Hügel hintendran – jene Hügel, vor denen irgendwo das bisschen Grund und Boden der Eltern lag.

Dann der Umstieg auf dieses große Schiff – ein riesiges, langes, fettes, graues Ungetüm. Man stellte den drei ungelernten Neulingen die direkten Vorgesetzten vor, die Mechaniker, den Navigator, auch den Kapitän. So sahen also diese Weitgereisten hier aus, hier, wo sie hingehörten – diese Geschöpfe aus einer anderen Welt mit den gegerbten Gesichtern, mit ihren mit ausländischem Akzent herausgepressten holprigen Satzbrocken, denen ausladende, oft zu ausladende Gesten weiterhelfen sollten, mit so viel unwahrscheinlichen Geschichten in den Köpfen, durch die während des Erzählens und in allen Pausen dazwischen und danach fassweise Bier floss.

Der Tanker schien selbst fast ein Stück Land, so groß war er. Eine Insel voller Rohre, Maschinen und Gerät. Ein riesiger mehrstöckiger Aufbau im Heck, höher als jedes Haus selbst im Hafenstädtchen, von den einstöckigen Hütten im Dorf ganz zu schweigen. Ein Gewirr von Leitungen, Passagen, Stegen, Treppen, Plattformen, Maschinenarmen. Und das war ja erst, was man sah. Was unter dem Deck in dem riesigen Bauch noch auf sie zukam, das wagte der frischgebackene Noch-nicht-ganz-Matrose nicht einmal zu ahnen.

Allerdings, die »Insel« schwankte ein wenig. Ganz leicht. Er hatte den sachten Puls, ein leichtes Schieben und Zurückschlingern, zunächst gar nicht bemerkt. Aber jetzt wurde ihm übel davon. Gerade dieses Fast-nicht-Schwanken setzte ihm zu. Kräftiges Schaukeln in alle Richtungen, harte Stöße, selbst Gischt, die ins Boot schlug, hatte er während der Herfahrt schon erlebt. Aber diese träge Unstetigkeit, die ertrug er nicht. Auch war ihm das ganze Gerät unheimlich, in dem man sich fast nur verirren konnte. Die Beschriftungen hätte er zwar schon mühsam zu entziffern vermocht – aber die Sprache verstand er nicht. Stimmen durch Lautsprecher konnten einen unverhofft heimsuchen; Stimmen, von denen man weder wusste, woher sie kamen, noch genau, an wen sie sich richteten. Dass der ganze Koloss von Videokameras überwacht wurde, deren Bilder in einem Kontrollraum über ganze Batterien von Bildschirmen flimmerten, erfuhr er erst viel später. Gänge über Gänge, Stufen, Stockwerke, wieder Gänge. Dumpfe Luft. Unbekannte Geräusche, die irgendwoher kamen, manchmal einfach rundherum da waren, wie mitten in ihm drin. Am Ende des Auf und Ab in diesem Wirrwarr aus eckigem und rundem Stahl führte man die Neuen endlich zu ihren Kojen in einer Handvoll Kabinen, erklärte ihnen den Weg zurück auf Deck und zum Ort, wo sie sich zur ersten Schicht zu melden hätten. Zur Frühschicht.

Zur Arbeit musste man auf jeden Fall erscheinen. Trotz Übelkeit. Und es fehlte auch nicht an Willen, geschlafen hatte man ja eh kaum, nur – den Weg sollte man finden zu jenem … – wie hieß das noch mal? Es hatte doch so einfach geklungen, als der Herr Offizier Per…, seinem Gehabe nach wohl ein Höherer … Sie stolperten also umher in den Gängen des Schiffshecks, in den Gedärmen des Rumpfs, vorbei wohl an Öltanks; einmal mussten sie in die Nähe der Maschinen gekommen sein. Ein Stampfen und Dröhnen und starke Vibrationen erdrückten alles. Eiserne Treppen hoch. Sackgasse (eine verschlossene Tür), Eisentreppe runter, rechts, links, nochmals runter – aber man sollte doch hinauf … Endlich, Tageslicht! Ein Bullauge seitlich. Knapp über Wasser. Also in die Höhe, nur in die Höhe! Die gewundene Treppe, war man die am Vortag nicht auch schon gestiegen – hinuntergestiegen? Warum nur war nirgends einer, den man fragen konnte!? Endlich eine Uniform. Aber sie zweigte zu früh ab in irgendein Loch. Doch da – wieder Tageslicht! Und diesmal kamen sie tatsächlich ins Freie – aber zu einem schmalen Ausguck etwa im dritten Stockwerk des Heckaufbaus. Sie waren also im Kreis herumgelaufen ... Der junge Matrose war wohl noch nie so hoch oben in einem Haus gewesen. Und jetzt befand er sich in einem Stahlpalast, der sein Heimatdorf leicht zweimal hätte fassen können ...

Die drei Neuen kamen alle zu spät zur Arbeit, immerhin alle gleichzeitig – und erhielten auch schon die erste Schelte.

Dem jungen Matrosen wollte nicht in den Kopf, dass wirklich Menschen die ganzen Verzweigungen und Verbindungen, das ganze Innenleben dieses Schiffes geplant und gebaut haben sollten, mithin alles überblicken konnten und genau wussten, was wie wo und warum. Vielleicht sogar ein einziger Wahnsinniger – dem musste ja der Kopf geborsten sein oder er hatte ewig an einem Modell gebaut oder an mehreren Modellen! Wie konnte am Ende alles so haargenau zusammenstimmen, bis auf jede einzelne Niete! Die überwältigenden Abmessungen und das schier unvorstellbare Fassungsvermögen des Tankers, das mochte ja noch angehen, der Matrose hatte auch auf Abbildungen schon gigantische Häuser und Maschinen gesehen – aber diese Rohre, diese Gänge ... – und schon hatte er einen Eimer in der Hand. Ein Matrose in mittleren Jahren, offenbar auch mittleren, wenn nicht sogar unteren Ranges, ein Weißer, führte ihn in die Mitte der einen Längsseite des Decks.

Dass man losgefahren war, hatte die Noch-Landratte erst nach der ersten Tour durch diese Röhren, diese Gänge bemerkt – als weit und breit keine Kutter und andere Schiffe mehr zu sehen waren und keine aufgeregten kleineren Motoren mehr tuckerten. Und das Land war weg. Nicht im Dunst verschwunden, ganz weg, wohl genauso weg wie die Schiffe, die in See stachen, noch wenige Tage zuvor in den weiten Fluten »versunken« waren. Man hörte nur noch das Stampfen des eigenen Kolosses, das Klatschen der Wassermassen an den gewaltigen Rumpf und sah die wie hingepinselten Bugwellen weit unten.

Das Meer – tage-, wochenlang nur das Meer. Der Novize konnte sich je länger, je weniger vorstellen, dass man es nur befuhr um des Landes willen. Um des bisschen festen Bodens willen, wo all die Menschen und Güter waren. Oder wo die Menschen herstellten oder aus dem Boden zogen, was man nachher übers Meer transportierte. Konnte es Leute geben, die das Meer ihr Leben lang nie gesehen hatten? Aber sicher – sogar unweit seines Dorfes gab es noch ein paar Ältere, er kannte sogar zwei, drei. Und jetzt schien es, als sei das Festland nur einige zufällige Zipfel und Aufschüttungen, die jederzeit von ihm weggespült werden könnten. Ihm, dem mächtigen, allgegenwärtigen Meer, ihnen, den namenlosen, gewaltigen, launischen Fluten. Und doch waren sie ja nur Wasser, etwas gesalzen zwar, aber nur Wasser. Ungeheuer viel Wasser zwar. Ungeheurer viel mehr noch, als das Schiff groß war. Und was für Wasser musste das sein, das dieses Schiff trug! Dieses Schiff, dessen mächtige Doppelwände seine Wellen so gleichgültig abwehrte, als wollte es sagen, lasst mich doch in Ruhe, ich habe anderes zu tun, als mich mit euch Schwächlingen abzugeben! Doch die Wellen wagten unermüdlich neue Angriffe.

Immer wieder wechselte das Meer seine Farben. Kein sicht- oder zumindest ahnbarer Grund mehr ahmte den Wellengang nach. Fremdartige Tiere kamen zum Vorschein, sprangen gar ab und zu in die Luft. Und woher konnten all die Vögel kommen, die sie immer wieder begleiteten. Fraßen die etwa Fische oder ihre Essensreste?

Das Erste, was der junge Matrose dann von der Hafenstadt gesehen hatte, war eben jene breite, düstere Rauchwand. Zunächst schien das Meer einfach eine unnatürliche Wölbung und Farbe angenommen zu haben; aber bald hatte er gemerkt, wie unerbittlich die Wand in den Himmel stieg. Erst nachher sah er einige Umrisse. Die ihn erstaunten, denn es schien hier Häuser zu geben wie Zigarren, so lang und schmal. Und die Maschinerie im Vordergrund schien bei Weitem das zu übertreffen, was sie auf dem Schiff hatten. Es gelang ihm nicht, all die Kähne zu zählen, die in Größe und Form dem ihren glichen, und die Docks mit ihren Rohren und Kränen, die sie umgaben.

Erst als er im Kutter saß, der sie ans Festland brachte – die Rauchwand verdeckte schon die Sonne – wurde ihm wieder bewusst, dass er sich nun in einem Schiff befand, wie er sie als Kind aus dem Meer hatte auftauchen sehen. Und natürlich fuhren sie weiter. Ohne Knick in der Bahn, ohne bergauf oder bergab fahren zu müssen – genau so, wie der Tanker ganz und gar ohne Knick von zu Hause losgefahren war – von dem Zuhause, das jetzt wohl von ihm aus gesehen schief oder auf dem Kopf stehen musste, so viel Erd- oder besser Meereskrümmung hatten sie befahren – und auch das alles ohne Auf und Ab in ihrer Bahn, nur mit weiten Kurven auf der unruhig-ebenen See.

Die Stadt, in deren Hafen sie einliefen, musste riesig sein. Soweit das Auge reichte, war sie bestückt mit Häusern und Geschäftigkeit. Das Meer war mit einem Mal wieder weit weg – obwohl man ja noch drauf herumschwamm. Dass die Stadt irgendwo aufhören könnte, dass irgendwo Land sein könnte, wie um die paar Hütten seines Heimatdorfes, das konnte sich der junge Matrose nicht vorstellen – trotz des Rauches, der herausfordernd den Horizont begrenzte. Woher der kam, war nicht auszumachen. Er war einfach da. Noch nie hatte der Bauernjunge, der bis vor gut zwei Wochen nichts als das Heimatdorf und das nahe Städtchen gekannt hatte, so viele Häuser auf einmal gesehen. Und es stank auf eine Art hier, die ihm völlig fremd war.

Allmählich waren die einzelnen Geräusche des Hafens und der Stadt herübergedrungen, hatten das Tuckern des Kutters zu übertönen begonnen; mitunter unterschied man sogar einzelne Stimmen. Kleinere Lastkähne waren neben ihnen in den Hafen hineingefahren, andere lagen an Docks von immerhin noch imposanter Länge. Die kleinen Boote wirkten wie Insekten, sowohl wegen der Größe wie wegen der Art, wie sie sich bewegten.

Das Weichbild dieses Hafens bot einen überraschenden Anblick für ihn. Dass Ordnung herrschte, war schon zu erkennen, vielmehr Ordnungen – nur welche? Alles war so weitläufig. Er sah die Docks, die Kräne in Linie, die Kais, die das völlig verfärbte Wasser in Felder einteilten. Er sah Hallen, die offensichtlich nicht ohne Überlegung dorthin gestellt worden waren, wo sie standen. Er sah die Kähne, einer nach dem anderen, solide vertäut, sauber ausgerichtet, als gehörten sie zu den Docks und den Kais. Er sah Ladebrücken, Arbeiter, ja sogar die Eisenbahn fuhr in den Hafen hinein. Lastwagen rollten zielstrebig umher, Menschen wussten, wohin sie gehörten. Aber ihn verwirrte, dass er diese so offensichtliche Ordnung nicht begriff. Wussten die, die das gebaut hatten, noch, was sie gebaut hatten? Ein Gefühl wie das, als sie durch diese richtungslosen Gänge des Tankers geirrt waren, überfiel ihn.

Immer mehr ließ die Rauchwand nur ein trübes Dämmerlicht durch. Es war später Vormittag, aber es hätte ebenso gut Abend sein können. Dieses Licht, es war wenigstens kein Schlechtwetterlicht; kein Nebel gab dem ohnehin schon müden Ankömmling den Rest. Das erste Mal sehnte er sich nach zu Hause, gab diese Sehnsucht aber gleich wieder auf; es würde ja doch bei ihr sein Bewenden haben – jetzt und immer. Eine unbekannte Angst machte sich in ihm breit, die nur die Müdigkeit notdürftig abdämpfte.

In der Kneipe hatte der junge Matrose sich erschöpft auf einen Hocker im Hintergrund des eigentlich großen Raumes an der dem Bartresen gegenüberliegenden Wand geworfen und erst nachher gemerkt, dass sein Sitz gar kein Hocker, sondern eine Bank war, die an der Wand entlanglief. Den Weg quer durch den Hafen zurück bis zu der Rampe, wo sie ausgestiegen waren, würde er alleine nicht mehr finden, er musste also ein Auge auf »seine« Leute haben, das war ihm nur zu klar. Die Älteren hatten sich sofort am langen Tresen in der gegenüberliegenden Ecke hinter den paar Fenstern neben der Eingangstür, dem Eingangsloch eher, zu ihresgleichen gesellt, die meisten unter ihnen wohl alte Bekannte und auch in dieser nicht erst gestern eröffneten Schenke alles andere als unbekannt. Jedenfalls stellte ihnen die Barkeeperin, ein Fetzen von Frau, unaufgefordert je eine große Maß hin und kleine Gläschen mit sicher etwas Scharfem daneben. Der junge Matrose verstand die Sprache nicht, die sie sprachen oder radebrechten. Überhaupt verstand er viele Leute nicht im Raum. Sie schienen sich aber untereinander zu verstehen, alle, ob schwarz, weiß oder farbig – wobei sie mit jeweils ihren Landsleuten in ihrer Muttersprache redeten, wie es schien. Und Menschen konnte man hier sehen – Typen, von denen er sich nicht hätte vorstellen können, dass er sie irgendwo treffen würde, ja, dass diese bunte Schar sich sonst irgendwo zusammengefunden hätte. Dem jungen Matrosen war zuvor gar nicht bewusst gewesen, dass es nicht nur viele verschiedene Menschen, sondern auch derart viele verschiedene Arten von

Menschen gab. Einen Weißen hatte er schon ab und zu im Hafenstädtchen seiner Heimat gesehen, aber – diese Vielfalt von Farben und Staturen! Wäre ein violetter Mensch hereingekommen, er hätte sich nicht gewundert. Die Seeleute begrüßten einander mit Püffen, die für andere bereits Fausthiebe oder Rippenstöße gewesen wären. Ihre würzigen, rauen Lacher, ihre kräftigen Stimmen zogen ihn in ihren Bann – zumindest in den ersten paar Minuten. Ach, wie wünschte er sich doch, auch so zu sein wie sie!

Trotz seiner Größe wirkte das Lokal wie eine kleine Spelunke, da man seine Ausmaße nur ahnte, kaum sah; die Wände mussten irgendwie dunkel gestrichen oder durch die ständigen Rauchschwaden eingeschwärzt sein. Nur die Bar war einigermaßen ausreichend beleuchtet, im Rest des Raumes schienen die düsteren Glühbirnen ziemlich zufällig verteilt. Weil es sonst sehr dunkel war – die Fensterfront war im Verhältnis zu seinen Dimensionen lächerlich klein –, hatte doch jede einen klaren, wenn auch düsteren Leuchtkreis, wie einen Herrschaftsbereich, in dem sie ohne Rücksicht auf deren Zusammenhänge Konturen zeichnete. So erschienen manchmal nur Teile von Formen; ein Arm, die Hälfte eines Gesichts, ein Humpen, ein Glas, ausnahmsweise ein Stück Wand vielleicht. Der junge Matrose konnte diese Bruchstücke erst nach einiger Zeit verbinden, als sich seine Augen ein wenig an die Düsternis gewöhnt hatten. Die Grenzen des Schlundes vollständig zu ermessen, vermochte er auch dann noch nicht. Die Stammgäste bewegten sich jedoch hier drin von Anfang an wie im Taghell. Konturen von Neulingen waren also leicht zu unterscheiden – und auch hier war er ja nicht der Einzige!

Die Spelunke war recht voll. Beim Eingang stetes Kommen und Gehen (er ging weit offen auf die belebte Straße hinaus). Die rauen Stimmen, die an das Ohr des eben wieder auf festem Boden stehenden, besser gesagt sitzenden Neulings klatschten, verloren bald ihren Reiz, waren nur noch laut, wurden immer mehr zur Überdosis ...

Unter diesen lauten Stimmen gab es welche, die die anderen offensichtlich um jeden Preis übertönen wollten. Diejenigen, die sich derlei vorgenommen hatten, unterstrichen ihr markiges, oft feuchtes Röhren sofort mit wilden, ausladenden Gesten, mit denen sie sich, mitunter etwas ungelenk, gleichzeitig Umraum und Publikum zu verschaffen suchten. War beides geglückt, so war's kein einfach Ding, das Publikum auch zu halten; hatten sich nämlich die paar willigen und einigermaßen geduldigen Zuhörer und Anfeurer gefunden, so störten immer wieder Neue den einmal geschaffenen Kreis

Einem einzigen Redner gelang es kaum, die Herrschaft über das ganze Lokal zu gewinnen – dafür war das hier gesprochene Kauderwelsch dann doch etwas gar zu vielsprachig. Deshalb bildeten sich meistens mehrere solcher Kreise – und ganz erhebliche Staus zwischen ihnen. Man drückte sich, quetschte sich, wechselte hin und her, schrie dazwischen und sei es auch nur, weil man Durst hatte und den schmächtigen, aber erstaunlich behänden Gehilfen der Barkeeperin für die nächste Bestellung brauchte. Doch diese Angriffe auf ihr Revier forderten die wohl zumeist sehr geübten Wortführer erst recht heraus; ihre eifrig nachgeschmierten Kehlen erbrachten Höchstleistungen. Zwischen den Kreisen, in deren Mitte meist eines der stets vollgestellten, viel zu kleinen, hohen, runden Bartischchen stand, von denen in lockerer und immer wieder neuer Anordnung unzählige herumstanden, musste es zahlreiche Zonen geben, in denen man wie von der Bank aus, wo der junge Matrose mehr lag als saß, alles und nichts verstand, da eine Sprache die andere, ein Wort das andere erschlug – vom unablässigen Rülpsen, Humpenschlagen und Gläserklirren, das sich überall dazwischenschob, ganz abgesehen. Und kurz bevor er einschlief, geschah das kaum Mögliche eben doch: Eines der raren raumfüllenden Naturtalente tauchte auf. Ganz unscheinbar trottete der untersetzte ältere Seemann, ein Weißer mit gewaltigem Haarschopf, welcher sich unter den Barlampen als fast reflektierend silbergrau erwies, herein, verlor zunächst kein Wort. Sofort sank der Geräuschpegel, die Vorsänger in ihren Kreisen verstummten und alle warfen verstohlene Blicke Richtung Eingang. Die ganze bunte Gesellschaft verhielt sich so, als ob sie sein Kommen vorweggespürt hätte. Wie war das möglich – Seeleute mochten sich ja schon hier verabreden, aber doch nicht mit allen – mit diesen allen, die einander mitunter zum ersten Mal im Leben sahen oder erst nach Wochen oder Monaten wiedersahen! Der eben Eingetretene setzte sich zuerst mal auf einen Hocker an der Bar und goss einen gehörigen Schoppen oder zwei in sich hinein. Dann, den linken Unterarm auf die Theke gestützt, begann er. Möglich durchaus, dass die Geschichte, die er erzählte, gar nicht neu und an sich auch nicht besonders interessant oder gar spannend war. Möglich sogar, dass er immer mit dem gleichen Kram aufwartete, den die Alteingesessenen längst als erfunden kannten. Aber alle hörten zu, der eine oder andere Kumpel warf vielleicht den einen oder anderen Anreißer dazwischen. Und *dieser* Erzähler brauchte nichts und niemanden zu übertönen, Ruhe wartete schon auf ihn; die Humpen waren plötzlich leiser. Und ja, auch Matrosen konnten flüstern!

Sein Auftritt begann völlig unscheinbar, als Gespräch mit einem Gegenüber. Bald fand der nun nicht mehr akut Durstige Gelegenheit, seine Stimme, eine erstaunlich helle, klare Stimme ohne Nebengeräusche, der ja ohnehin schon nahezu alle lauschten, nur ein ganz klein wenig anzuheben und lebendiger zu modulieren. Die Gestik hatte nichts zu verteidigen, nur zu dramatisieren. Die einzigen, die zumindest scheinbar unbeeindruckt weiterhantierten, waren die dicke Barkeeperin und ihr schmächtiger Gehilfe. »Die Wirbel, erstens sieht man sie ja schon von Weitem und zweitens können die unseren Booten doch gar nichts mehr anhaben!«, rief man ihm jetzt gerade zu.

»Als wir drinlagen in dem Trichter, da hat dir die Mutter noch nicht einmal die Windeln gewaschen, mein lieber Freund – dich hätte ich gerade sehen wollen in dieser Lage! Auf jenem Kahn. Du bist doch nur die elektronischen Dinger von heute gewöhnt, Radar, Funk, Fernsehen, Video, elektronisches Lot und so weiter. Du hättest wohl nicht einmal mehr den Himmel vom Meer unterscheiden können – denn beides sah etwa gleich aus. Der Himmel, nichts als fauchendes Gewölk, Blitze. Dann noch der Schlund, dunkel, Schaum, Gischt – sonst nichts. Einfach nichts. Du kriechst aufs Deck – weh dir, wenn du ausrutschst –, zwei von unseren Kollegen, tüchtige, brave Kerle, hat der Strudel so verschlungen. Für immer. Weggespült wie zwei kleine, wehrlose Kiesel. Der Kapitän hat wie wild umhergeschrien. Er konnte ja nichts mehr ändern. Auch der lebt ja nicht mehr, der alte Bär. Musstest halt selber schauen, wie du weiterkamst. Jeder. Und das alles Hunderte von Meilen weg von der Küste! Vorn ärgsten Seegang, haben wir wie von Ferien geträumt!«

»Und dann – habt ihr dann nicht die Ladung über Bord gekippt? – Und das Steuerruder rumgeworfen. Mindestens drei Mann hingen doch am Rad ...«

»Ja, denkste – wenn ans Steuerruder noch zu kommen gewesen wäre! Der Steuermann war längst nicht mehr auf seinem Posten – einer der beiden, die jetzt nicht mehr unter uns sind – und von uns kam keiner hin. Unserer zwei, drei versuchten rüberzuhangeln, aber das Boot schlug's wild herum wie eine Nussschale. Und mir – ich weiß nicht mehr, wo ich hing – schoss es plötzlich durch den Kopf: Wenn wir jetzt über einer Untiefe kreisen, in immer rasender Fahrt und sang- und klanglos zerschellen an irgendeinem scharfen Riff ...«

»Dann würden wir hier ruhiger saufen ...«

»... Marta, eine Runde ... und unsere Ladung – die durfte auf keinen Fall verloren gehen: Sie musste sehr wertvoll gewesen sein. Man hatte uns eingeschärft, sie auf jeden Fall heil in den Hafen zu bringen – oder gleich mit ihr zu verschwinden. Was an ihr so wertvoll war, das hatte man uns nicht gesagt. Ja, wir wussten nicht, was wir geladen hatten! Nur, dass es wertvoll war. Große, grobe Kisten ... Nicht einmal unsere wirklichen Auftraggeber kannten wir. Nur Mittelsmänner ... Auch am Zielhafen hatte man uns einen Mittelsmann angegeben. Schiefe Geschäfte? – Möglich. Aber was willst, wir hatten alle Weib und Kind – und Arbeit war schwerer zu finden damals als der Dreck auf den Straßen hier!«

»Sie haben neue Besen bekommen, noch nicht gemerkt? Und Schaufeln – feuerverzinkt ...« Der Erzähler ließ das Gelächter ruhig auslaufen, hatte selbst mitgelacht. »Feuerverzinkte Schaufeln hatten wir jedenfalls nicht geladen. Und dunkel war's um uns. Wo oben war und wo unten, das hätte niemand mehr auch nur zu schätzen gewagt. Da drang auf einmal ein Sonnenstrahl durch. Er zeigte uns erst recht die Tiefe des Schlundes, brachte uns das kalte Grausen bei. Im letzten Moment gelang es mir, einen stämmigen Burschen noch am Arm festzuhalten. Er hätte sonst unweigerlich den beiden anderen Gesellschaft geleistet. Ich spürte meinen Arm schon nicht mehr, da, ich weiß nicht, wie ...« »Lag das Schiff auf einmal wieder im Lot ...« – »Und du bald nicht mehr, scheint's. Gib dem noch den Rest, Marta ...« – »Plötzlich die ruhigen Wellen. Der Schlund wie nie da gewesen. Wir durchstöberten das ganze Schiff, trafen auf den Kapitän ...« Der junge Matrose hatte nur Bruchstücke der immer wieder neue Knospen und Blüten bildenden Kneipen-Neusprache nicht nur, aber vor allem des Erzählers verstanden, die wie Wellen um ihn herumfloss – wir tun ja hier nur so, als ergäben Fetzen eins, als sei sie ein einziges Idiom – und war bald eingeschlafen. Und er schlief tief.

Die vier, fünf riesengroßen Bäume schienen ihre windige, lottrige Hütte beinahe in den Boden zu drücken. Windig? Lottrig? Irgendwie war sie größer und solider, als er sie in Erinnerung hatte. Gab es Mauern, gar Beton? Aber wieso denn dieses viele grüne Flechtwerk, das schon wieder den Pfad zu dem »neuen« Haus überwuchert hatte? Er glaubte es beinahe sprießen zu sehen. Dieses lautlose Wachstum, es schien ihm unheimlich, es machte ihm Angst. Natürlich war das Gehen im Traum sehr mühselig. Die Sonne brannte, die Luft war feucht. Er wusste eigentlich nicht, woher – und weshalb er heimkam. Er kam aber von weit her – und wurde erwartet. Weshalb sonst hätte die Mutter in der Türöffnung gestanden. Der Weg war vertraut, aber er würde noch unabsehbar viel Arbeit leisten müssen bis zur Hütte. Rund um ihn schien alles zu leben, die Kronen der Bäume schienen gehalten von unzählig vielen Armen, nicht von Ästen, und auch auf diesen Armen kroch wieder Leben. Immer schon hatten die Kronen ausgesehen wie von streitenden Winden oder einer wilden Bestie zerzaust; jetzt aber schienen sie sich immer wieder neu zu winden und zu biegen – ohne dass Wind ging. Auch die wilden, unregelmäßigen Pflanzen der Böschungen überdeckten zwar dicht, aber nicht zuverlässig zahlloses Getier, das aber alles irgendwie kroch, ja sogar unter seinen Füßen schien es zu krabbeln. Allerdings war nichts zu hören; kein Summen in der Luft – eigentlich tummelten sich da auch keine Insekten –, kein Rascheln oder Knistern im Blattwerk, nichts. Eine gespenstische Stille lag über allem. Auch seine Mutter schien ihm nichts entgegenzurufen und er konnte noch nicht ausmachen, ob sie ihm zuwinkte.

Er freute sich ja schon, wieder nach Hause zu kommen, aber er wusste nicht, ob er seine Freude ausdehnen durfte auf das, was nach dem Wiedersehen kam. Plötzlich der Gedanke, dass sie ja gar keinen Platz hatten für ihn. Seine Schlafstelle war bestimmt schon wieder besetzt – die veränderten Maße und die erhöhte Stabilität der Behausung hatte er schon wieder vergessen. Ohnehin erschöpft, blieb er stehen, schaute nach links, schaute nach rechts. Weit in der Ferne sah er irgendwelche Gestalten, gebückt schienen sie. Wohl seine Nachbarn, die auf den Feldern arbeiteten. Ihm wurde mit einem Mal bewusst, dass er noch fast nie um diese Tageszeit diesen Weg hinaufgegangen war. Als er wieder zum Haus blickte, standen auch einige seiner kleinen Geschwister im Eingang; mit beiden Armen hielt die sonst unbeweglich verharrende Mutter sie zu einem Grüppchen zusammen. Trotzdem mussten es recht viele sein – waren noch mehr dazugekommen? Es gelang ihm nicht, sie zu zählen. Er begann wieder zu gehen, versuchte sogar zu laufen, aber er kam ihnen nicht näher, im Gegenteil; je mehr er rannte, desto weiter wurde der Weg. Der überwachsene Pfad begann sich nun auch zu verändern; er bekam Biegungen, an die er sich nicht erinnerte. Der Matrose schwitzte, gab Zeichen, versuchte Faxen, ein Lächeln vielleicht. Da wollten seine Geschwister auf ihn zurennen, ja sie wurden ganz wild und zappelten mit den Beinen – die Mutter hielt sie aber noch immer zurück. Immerhin winkten sie, ja, jetzt winkten sie. Doch dieses Winken war nicht eitel Freude, da stimmte etwas nicht. Umso mehr wollte er zu ihnen. Er gab sich alle Mühe, rannte trotz Zentnerklötzen an den Füßen, strauchelte, fiel hin, kroch auf allen vieren weiter, stand jetzt wieder halbwegs, schaute hinüber zur Mutter. Die bedeutete ihm innezuhalten, zeigte nach unten. Er schaute auf den Pfad und sah, dass dieser unterbrochen war. Den Graben fühlte er, bevor er ihn sah. Er war tief, anfänglich aber noch nicht übermäßig breit, ja, die geringe Breite des Risses verführte geradezu zum Sprung. Sie mussten seine Anstalten bemerkt haben, denn sie winkten nun heftiger. Alle standen in der Tür, auch der Vater, versuchten ihn von diesem Vorhaben abzuhalten. Sie sorgten sich also um ihn, versuchten zu verhindern, dass ihm Unheil zustoße. Sie liebten ihn also, liebten ihn also noch! Der Graben war wirklich breiter, als er zuerst geahnt hatte – und kein Steg führte über ihn. Immer breiter schien er zu werden und unverändert tief blieb er. Der Matrose fühlte sich bei den Seinen wie schon lange nicht mehr. Aber gab es denn wirklich keine Möglichkeit, auch ganz zu ihnen zu kommen, sie in die Arme zu schließen? Er rief ihnen etwas zu, steigerte seine Stimme, bis sie sich überschlug. Doch dann merkte er, dass sie nicht trug. Er begann zu weinen, fiel auf die Knie, sank vornüber, spürte, wie ihn die ihn überwuchernden Pflanzen kitzelten.

Das Kitzeln wurde plötzlich anders, als eine Pflanze oder irgendwelches Gewürm kitzeln kann. Irgendetwas bewegte sich neben ihn. Etwas – jemand fasste ihn an. Auf einmal waren da auch wieder Geräusche, aber Geräusche, die unmöglich zum Traum passen konnten. Der Übergang zur Wirklichkeit vollzog sich allmählich, ja fast behutsam. Die dicke Barkeeperin war das Erste, was er wieder ganz bewusst wahrnahm. Das Zweite waren Hände, die sein Gesicht streichelten. Ein Tuch trocknete seine Stirn, die Hände waren Frauenhände. Die Frau hatte offensichtlich noch nicht bemerkt, dass er wach war. Sie wischte ihm jetzt die Wangen – er hatte also wirklich geweint. Er ließ sich noch eine Weile in der fast liegenden Stellung hängen, in der ihn die Seitenwand des Lokals gerade knapp noch hielt. Aber nein: Sein Kopf lag ja weich – er lag auf dem Schoß der Frau, die ihn streichelte. Ihm war wohl. Er blieb liegen, bis er bis zu den Zehenspitzen wach war.

Dann hob er den Kopf. Geschminkte Augen, angemalte Augenlider, lange Wimpern blickten ihm entgegen. Ein nicht minder beschichteter Mund lächelte, sagte etwas, er verstand nicht. Sie probierte drei, vier Sprachen aus, in denen sie offenbar mindestens zu radebrechen verstand, erwischte auch jene, die sie zu Hause in der Schule gelernt hatten, die er deshalb leidlich verstand.

»Du bist traurig?«
»Nein.«
»Allein?«

»Ja.«

»Und du bist zum ersten Mal hier, Fremdling, du bist ja noch so jung!«

»Du kannst mir den Namen der Stadt hier sagen. Er sagt mir nichts. Ich habe noch nie einen so großen Hafen, eine so große Stadt gesehen.«

»Ein dreckiger Hafen, eine dreckige Stadt – du hast keine Bleibe?«

»Eben hat man uns vom Tanker geholt ... bin dann einfach den anderen nachgetrottet.«

»Ich weiß – komm!«

Die schnippischen Einwürfe, die offensichtlich auf ihn gemünzt waren, nahm er nicht wahr, als er dem Arm willig folgte, der ihn mit sich zog, aus dem Lokal hinaus.

Dunkel war die Wohnung schon, aber daran war weniger ihre Lage als die zu kleinen Fenster schuld. Die Aussicht, die man durch diese Fenster genoss, erwies sich hingegen bereits beim zweiten kurzen Blick als reichhaltig und bewegt. Sogar einen Zipfel Meer erriet man noch, allerdings nichts vom Hafen. Eingerichtet war die Wohnung, die in einem Altbau lag, mit erstaunlicher Sorgfalt und sauber war sie auch. Jedes Stück schien hingestellt, bewusst hingestellt und im Verhältnis zum anderen gesehen. Einige klar gezeichnete und warm kolorierte Bilder hingen an den Wänden, eine leise tickende Wanduhr, rundum verglast, im größten Zimmer. Etwas dünn schlug diese jeweils die Stunde. Schwere Teppiche lagen auf dem gepflegten Parkett, nur der Gang war mit – nicht mehr ganz neuen – Klinkern belegt und kahl.

Das Bett, in dem der Matrose lag, war groß und weich, hatte schwungvoll auskragende Latten an Kopf- und Fußende. Das wahrscheinlich teure Holz war nicht gestrichen, nur matt glänzend lackiert, die frisch duftenden Tücher und Decken waren reinlich weiß, offensichtlich frisch eingebettet extra für ihn.

Für den Matrosen war alles ungewohnt. Ein wenig fühlte er sich wie eingesperrt in einen Käfig – der ihm aber gefiel. Sein Zutrauen zu diesem Käfig weckte in ihm bald Neugierde, behutsame, tastende Neugierde allerdings.

In der Küche stehe etwas bereit für ihn, hatte er noch ins Ohr geflüstert bekommen. Dann war sie gegangen. Vor dem Abend werde sie kaum zurück sein, dann aber sicher. Mit einem Abschiedskuss auf die Lippen war sie verschwunden. Gleich war er wieder eingeschlafen.

Es war das erste Mal gewesen, dass er, nicht mehr Kind, einem Frauenkörper so nahe gewesen war (als Kind freilich hatte er, zusammen mit anderen Jungen, mit den Mädchen gewisse Spiele getrieben, neugierige, wache Spiele). Tüchtig Essen gekocht hatte sie ihm am Abend zuvor. Die meisten Speisen hatte er nicht gekannt, aber gut zubereitet waren sie gewesen. Immerhin war es ja nicht schwierig gewesen, einen von Schiffskost ausgemergelten Gaumen gierig zu machen.

Erst nachdem sie sich gehörig gewaschen und abgeschminkt hatte, bemerkte er, welch schönes Gesicht sie wirklich hatte. Mit einem Mal sah sie viel jünger, frischer aus. Er hatte noch nie weiße Haut so nahe gesehen – von anderem ganz zu schweigen. Sie war aber nicht fremd, nicht abstoßend. Sie war vielmehr sehr fein und roch gut.

Eigenartige Musik hatte sie ihm vorgespielt auf einem Gerät, das er zuvor nur bei Reichen von Weitem gesehen hatte. Seine Familie hatte nur ein kleines Kofferradio gehabt, das der Vater einem Händler im Hafen abgekauft hatte. Schon seit Jahren ging es nicht mehr. Musik dieser Art hatte er zu Hause ab und zu von einem Gutshof herüberklingen gehört. Eine Menge Instrumente mussten da gleichzeitig spielen. Er hatte irgendwie sehr schnell den Eindruck gewonnen, seine Gastgeberin habe ihn nicht eitel aus Mitleid mitgenommen. Wieso gerade ihn – etwa, weil er, nur er, geweint hatte? Die anderen Neuen waren doch nicht weniger verloren und fremd als er … Spätestens in der Wohnung hatte sie ihn umsorgt, als sei er, als sei an ihm etwas Besonderes, etwas ganz Kostbares – was ihn maßlos erstaunte und in eine Verlegenheit kleidete, die, weil so völlig natürlich, so völlig ohne Zierrat, ihm sehr gut stand (was sie klug genug war, ihm nicht zu sagen; nur zu leicht hätte das gute Kleid in Befangenheit oder gar Erstarrung kippen können).

Dann hatte sie zu fragen begonnen und er hatte ihr erzählt, viel, sehr viel. So viel, wie er noch nie jemandem auf einmal erzählt hatte. Sie sprach seine Fast-Muttersprache nicht nur radebrechend, sondern fließend, wenn auch mit leichtem Akzent. Im großen Raum, dem Wohnzimmer, wie sie sagte, hatten sie gesessen, auf einem weich gepolsterten Möbel, das sie Sofa nannte.

Sie war auch nicht von hier. Das hätte sie ihm nicht zu sagen brauchen. Schon auf dem Weg zu ihrer Wohnung hatte er das gemerkt. An ihrem Verhalten vielleicht, ihrem Auftreten, er hätte es nicht zu sagen gewusst. Nach der Hautfarbe konnte man ja weiß Gott nicht gehen in diesem Viertel.

Nach einiger Zeit war sie zu ihm gerückt, immer näher, hatte ihren Arm um ihn gelegt und seine Hand auf ihre Brust. Er hatte gespürt, wie sie sich sanft auf und ab bewegte – und gehorcht. So hatten sie noch eine Weile auf dem Sofa mehr gelegen als gesessen. Dann waren sie ins Bett gefallen. Geschlafen hatten sie noch eine Weile nicht. Und jetzt lag er also alleine in dem großen Bett. So schön hatte er lange schon nicht mehr gelegen, wenn überhaupt je. Er blieb noch eine rechte Weile liegen.

Sie hatte es offensichtlich eilig gehabt; der Kleiderschrank stand noch offen. Er sah hier zum ersten Mal, wie viel verschiedene Kleider Frauen haben können. Gewiss: Auch im heimatlichen Hafen hatte er ab und zu elegante Frauen gesehen, sie mit einem gewissen Respekt von Weitem beobachtet, aber nie war ihm bewusst gewesen, wie viel Stoff, Röcke, Blusen, Bändel, Gehänge, Unterkleider, Schuhe, Strümpfe zu dieser Eleganz gehörten. Nie hätte er sich vorgestellt, wie viele ihrer Kleider die eleganten Damen jeweils nicht anhatten, dass sie die Armringe, die sie trugen, aus einer Unzahl in irgendeiner Schachtel oder Schublade ausgelesen hatten und so fort. Er sah den großen Schrank und traute ihr zu, dass der nicht der einzige war. Zudem standen da ja noch kleinere Kästchen, Kommoden in den Zimmern – mit insgesamt so viel Platz, wie sie für die ganze große Familie nicht brauchten zu Hause. Zudem gab es Unmengen Bücher und Hefte. Hohe Stapel davon lagen im Schlafzimmer herum und er wusste, dass im Wohnzimmer fast eine ganze Wand vollgestellt war damit. Allerdings konnte er sich nicht vorstellen, wo die junge Frau die Zeit hernahm, all die Bücher zu lesen. Eines lag sogar aufgeschlagen auf dem Tischchen neben ihrem Bett. Jedenfalls musste ihr an ihnen gelegen sein. Fast so viel wie an den Kleidern.

Mit der Zeit konnte aber auch die auserlesene Bequemlichkeit ebendieses Bettes die Leere seines Magens immer weniger überdecken. Er stand also auf, um in jene Küche zu gehen, in der ja »etwas für ihn bereitstand«. Er wollte sich zuerst noch ein wenig waschen, fand ein Bad, das im Vergleich zum Schiffskämmerchen das einer Königin hätte sein können. Beim Waschbecken musste er allerdings um die unzählig vielen Döschen und Fläschchen aller Größen und Formen herumzirkeln, die fast wie eine schaulustige bunte Menschenmenge das eigentliche Becken umstanden. Das frische Tuch hingegen schien für ihn hingelegt. Auch frische Unterwäsche und Socken lagen da. In seine Kleider, die staubige, ölige Matrosenuniform, mochte er nicht steigen. In schneeweißer Unterwäsche verzehrte er also das für ihn Bereitgestellte. Es war ausgiebig und wieder mit Geschmack zusammengestellt. Auch noch immer heißer Kaffee in einem Krug fehlte nicht und ihm begann langsam zu dämmern, was gewisse seiner Kollegen mit Ferien meinten.

Als Irena abends nach Hause kam, geschminkt wie am Abend zuvor, fand sie ihn in seiner schneeweißen Unterwäsche in einem Sessel in der Stube sitzen, ein wenig selbstvergessen – schlief er nicht gar? Sie musste lachen, warf ihm ein paar Küsse über, streichelte seine Locken. Dass sie eigentlich sehr müde war, schien vergessen. »Ich habe einen Anzug gefunden für dich, mit Krawatte und allem, was dazugehört. Schlüpf mal rein!« Sie legte das Bündel Kleider vor ihn auf den Wohnzimmertisch. »Schau, die Schuhe sind sogar frisch gewichst!« Sie half ihm beim Anprobieren: »Übrigens – wir gehen heut Abend noch aus!« Er schien sich daran gar nicht zu stören.

Auch sie zog sich um und wieder schminkte sie sich ab für ihn, will sagen, sie wendete ihre Stifte und Pinsel so raffiniert an, dass der junge, in diesen Dingen so gut wie sicher völlig unerfahrene Mann bestimmt nicht merkte, wie sie der Schönheit für einmal auf die Beine halfen, statt sie zuzudecken. Die zwei Gesichter, die sie hatte! Es sah fast so aus, als entledige sie sich mit den Kleidern auch ihres Arbeitsgesichts, einer Art Maske, unter die sich, mehr schlecht als recht, ihre jungen, lebendigen Züge den lieben langen Tag gezwängt hatten. Und er hatte richtig vermutet – der offene Kleiderschrank war nicht der einzige!

Ein wenig fremd waren sie ihm schon, seine neuen Kleider – aber sie passten. Die Krawatte (sie band sie ihm um) schnürte ihm die Kehle zu, die Hemdärmel standen an den Handgelenken auf – goldene Knöpfe schlossen die Manschetten – und man musste schauen, dass man nicht irgendwo hängen blieb. Der holprige Seemannsgang, den er noch immer nicht abgelegt hatte, wollte nicht recht in die feinen Bügelfalten passen. Etwas verwirrt schaute er sich im Spiegel an. Ein Gesicht starrte ihm entgegen, sein Gesicht, das doch irgendwie seines nicht war. Eigenartig, befremdend – aber irgendwie machte diese Verkleidung, die beim Halszäpfchen nicht aufhörte, Spaß, irgendwie gefiel er sich als dieser neue Mensch aus seinem Fleisch und Blut. Und schon stand sie hinter ihm, verdeckte ihm mit den Händen die Augen. Er stolperte ein wenig rückwärts. Sie küssten sich, lachten. »Komm, gehen wir – vergiss aber die Schuhe nicht!« Sie drückte ihn auf einen Stuhl.

Unten auf der Straße war reges Treiben. Auch hier schien es viele Kneipen zu geben. Und diese entließen schon jetzt ganz gewaltig verladene Männer und Frauen. Der Matrose hatte noch kaum betrunkene Frauen gesehen und fand abscheulich, dass auch sie hier so gewaltig in sich hineinkippten. Die Läden hatten noch geöffnet und sogar einzelne Stände standen noch auf dem arg mitgenommenen Pflaster, das ab und zu zwischen dem Unrat und den Papierfetzen zum Vorschein kam. Die recht breite Gasse war nur spärlich von unregelmäßig, wie die Glühbirnen in der Hafenkneipe wie zufällig hingehängten Straßenlaternen beleuchtet. Sie wäre dunkel gewesen, hätten nicht die zahllosen Kneipen und Läden geholfen. Auch die Luft stand dem Pflaster nicht nach und stank vor sich hin, allerdings mehr nach Schwefel und Chemie als nach Vermodertem; zudem hatte der oder die eine oder andere Betrunkene seine oder ihre Spuren hinterlassen. Das alte Mauerwerk links und rechts war zerklüftet, Verputz fehlte oder blätterte ab und niemand hätte hinter den ausgefransten Ecken und Winkeln eine so bequem und geschickt eingerichtete Bleibe vermutet wie die von Frau Irena K. (der Matrose hatte ihren Nachnamen mitbekommen, als sie sich am Telefon gemeldet hatte).

Die Leute hier schienen Irena zu kennen; aber sie begegneten ihr mit ausgemachter Höflichkeit. Ob sie das gegenüber ihrem Arbeitsgesicht auch taten, fragte sich der Matrose unwillkürlich. So fein herausgeputzt wie sie beide war hier sonst niemand und man hätte meinen können, da hätten sich zwei gewaltig im Viertel vertan, zu ungünstiger Zeit erst noch, oder der hochgewachsene Schwarze hätte mit seiner neuen Freundin, einer Weißen erst noch, renommieren wollen. Dabei stakste er noch reichlich ungelenk in seinen blitzblanken, sauberen und erst noch etwas steifen Schuhen einher und das entging doch selbst den Leuten hier nicht. Diese wichen ihnen denn auch fast reflexhaft aus, außer den Torkelnden, die sie, die Arm in Arm gingen, manchmal zu schwierigen und ziemlich abrupten Manövern zwangen. Irena zog ihn durch einige solche Gassen, dann bogen sie in eine breitere Straße ein, in der mehr Autoverkehr floss. Die Motoren erstickten beinahe alle übrigen Geräusche, zudem schienen in der Nähe andere Motoren dauernd gleichmäßig zu arbeiten. Ein Himmel war kaum mehr auszumachen. Ein schwerer Ruß, der sich einem auch jetzt sofort auf Haut und Kleidung legte, hatte Mauern und alles, was einigermaßen niet- und nagelfest war, offenbar schon seit Jahren heimgesucht und kräftig eingeschwärzt. Vielleicht deshalb wirkten jene Konturen, die sich nicht im Nichts verloren, noch gespenstischer. Dem Matrosen kam unvermittelt die Rauchwand in den Sinn, die sie vom Meer aus gesehen hatten, und er erschrak bei dem Gedanken, dass Irena ihn mitten in sie hineingeführt haben könnte. Mitten in etwas wie eine Hölle, mitten in Feuersglut, mitten in Zerstörung und Verderbnis. Hier gebe es sehr viel Industrie, Schwerindustrie – Fabriken, in denen viele Menschen mit heißem Eisen und anderen Stoffen arbeiteten. Hier würden etwa Rumpfteile für Schiffe hergestellt. »Oder vielleicht der Motor, wer weiß«, sagte sie, der nichts zu entgehen schien An einer Ecke winkte sie ein Taxi herbei und schob ihn hinein. Es war ein großer Wagen, in dem es trotz der stickigen Hitze draußen angenehm kühl war. Der Matrose lehnte sich zurück in die üppigen Polster. Dabei erinnerte er sich an seinen Anzug und daran, dass von ihm wohl kaum angenommen wurde, er sitze das erste Mal auf solchen Polstern ... Sie fuhren eine geraume Weile, folgten immer neuen Biegungen und Schlenkern, rollten durch eine Unmenge an Straßenschluchten; Leuchtschriften wechselten mit grell beleuchteten riesigen Reklametafeln. Einmal wölbte sich über ihnen plötzlich und wie eigens für sie aufgespannt nichts als ein klarer Abendhimmel, eine riesige Kuppel mit grün-orangen Rändern. Noch immer war also nicht stockfinstere Nacht. Der Matrose kam sich wie ein verlorenes Körnchen in einem riesigen Getriebe vor, einem Gewebe ohne Anfang und Ende, absolut maßlos und irgendwie grausam. Ihm schien, hier könne man sich viel leichter verirren als auf den Wellen, die doch bestimmt viel weitläufiger waren als diese Stadt. Er erinnerte sich an die ersten Stunden im Tankerbauch. Wieder die Frage: Wie konnten Menschen, wiewohl mit Maschinen, das hier alles gebaut haben?! Und doch schien alles viel geordneter und in Regeln gepackt als zu Hause: Die Straßen waren gepflastert oder geteert, führten über weit gespannte Brücken – jetzt fuhren sie gerade durch einen hell erleuchteten Tunnel –, auf ihrem Belag waren Verhaltenshinweise für den Fahrer in recht üppiger Dosierung aufgemalt. Im heimatlichen Hafenstädtchen gab es gerade mal eine Ampel, die ohnehin von keinem der ratternden Vehikel beachtet wurde. Hier kam der Matrose gar nicht mehr nach vor lauter Rot und Grün, Pfeilen, den Wäldern von Hinweistafeln. Ihr Fahrer schien all das gar nicht zur Kenntnis zu nehmen – und befolgte die Zeichen trotzdem. Locker saß er in seinem Sessel, eine Hand auf dem Lenkrad und das Radio war eingeschaltet. Soweit man sah, waren die Eingänge der Häuser hier sauber und gepflegt, bei den Drähten über der Straße regierte nicht Willkür oder der Zufall und bis ins oberste der manchmal zahlreichen Stockwerke hinauf gab es wohl in jedem Zimmer und in jedem Flur Strom. Sein Traum kam dem Matrosen in den Sinn – doch diesmal hatte er ja den Weg nicht zu finden und kein Graben tat sich auf – noch nicht. Und irgendwie war er halt doch stolz, hier Dinge zu sehen und zu erleben, von denen seine Eltern, seine Geschwister nicht einmal träumten. Und das noch an der Seite einer jungen hübschen weißen Frau! Er schmiegte sich an sie, legte seinen Arm um sie. Mit ihr wäre er wohl ans andere Ende der Welt gefahren. Aber heim zu den Eltern und Geschwistern, nein, das nicht – lieber nicht.

Von wegen Welt: Nur schon, dass das Viertel, in dem sie das

Taxi nun auslud, zu derselben Stadt gehörte, hätte er nicht geglaubt, wäre er nicht durch all diesen Wirrwarr hergefahren. Hier gab es breite Boulevards (das Wort kannte er von Bildlegenden in Schulbüchern), geschmückte Straßen – und eine Menge Leute, die so sauber und fein angezogen waren wie sie. Hierhin gehörten sie also – den Kleidern nach ... Und hier gelangen dem Matrosen, kaum waren sie aus dem Taxi ausgestiegen, die Schritte in den neuen Schuhen mühelos. Ganz selbstverständlich flanierte er neben der eleganten Dame neben ihm. Hier hatten die Straßenkehrer wohl wirklich neue Besen und feuerverzinkte Schaufeln, vielleicht sogar irgendwelche Reinigungsmaschinen. Hier waren die Straßen nicht nur regelmäßig, sondern auch reichlich beleuchtet. Die Laternen, Scheinwerfer und Bodenleuchten schienen eingerichtet, um das ganze Viertel in ein Theater zu verwandeln, ein Theater des Vergnügens, der Lustbarkeiten, in ein Theater der Handreichungen anderer. Dem Matrosen kam es vor, als ob die, die hier arbeiteten, ihre Arbeit aus purer Freude verrichteten. Immer hatten sie ein Lächeln für den, dem sie galt, auf den Lippen, immer waren sie zur Stelle, auf Schritt und Tritt. Elegant gekleidet waren auch sie, kein Arbeitskittel weit und breit, niemand schwitzte oder war müde. In den großen, eleganten Vitrinen sah er, was alles noch in Irenas Kleiderschränke hätte hineingehängt werden können, und er hatte genug Zeit zum Schauen, denn oft genug hielt sie ihn zurück, um genauer hinzusehen. Sie lästerte über die Höhe der Preise; dennoch traten sie in ein Geschäft ein und er schenkte ihr aus einem erheblichen Teil des Soldes, den er in der Landeswährung noch auf dem Schiff erhalten hatte, einen eleganten, knapp knielangen Rock; sie ließ sich das gefallen.

Ob der Ausstattung der Straßen wunderte er sich nicht weniger. Grün war da gepflanzt, ganze Kunstwerke aus Grün, dazwischen auch einmal ein sauber kurz gemähter Rasen, wie ein Teppich, so einheitlich grün, zumindest im Halbdunkel. Es blühte auch in vielen Farben, das Grün, aber in Form und Anordnung schien es wie eingerichtet, einem noch genaueren Plan zu gehorchen als all die Schiffe, die Häfen, die Fabriken; er konnte sich kaum vorstellen, dass die Pflanzen wuchsen oder verrotteten, dass Blüten welkten oder Blätter fielen. Einige der breiten

Straßen waren für den Autoverkehr gesperrt, »Fußgängerzonen«, wie Irena sagte. Hier spazierten ganze Heerscharen fein, wie zum Fest herausgeputzter Menschen allen Alters hin und her und ihn erstaunte noch immer, dass nicht das hinterste und letzte Stück aus den großen Geschäften bereits den Körper gefunden hatte, den es gut kleidete. Aber nein, eben war er doch eines Besseren belehrt worden: Die Schaufenster – und damit die Geschäfte – schienen beinahe aus den Fugen zu platzen vor Ware, die all die doch schon jetzt fast zu gut Betuchten noch besser betuchen sollte, oder die ihnen Dinge anboten, die sie doch längst schon hatten. Über Plastikpuppen waren die Stoffe manchmal gezogen, um den Herrschaften zu zeigen, wie schön sie über ihrem Körper fallen würden. Stühle und kleine Tischchen standen vor den Häusern und auf den Plätzen, schick gekleidete Männer und Frauen bedienten – nicht immer war klar, woher sie kamen, denn vom Rand her leuchteten verschiedene Schriften herüber, die entsprechende Dienste anboten –, die Gäste tranken aus feinen Gläsern, Kelchen wie Blumen manchmal fast, und aßen von zierlichen Tellern. Nichts von Humpen und Flaschen auf überfüllten Tischen wie in der Hafenkneipe, nichts von Schlagen und Schmettern! Hier zirpte alles fein und sanft und klang fast wie Musik neben dem Rauschen der zum Teil erleuchteten, manchmal in immer wechselnde Farbenspiele getauchten Springbrunnen. Und nichts roch nach Meersalz, dumpfem Wasser oder Schwefel, nach Abgasen, Ruß oder Dreck – war man hier gar jenseits der Rauchmauer? Gerade weil es so weit weg schien, musste der Matrose ans Meer denken, an seine unendliche tage-, ja wochenlange Weite, an den Tanker, der irgendwo wie in einem anderen Leben vor der Stadt angedockt war.

    Irena drückte ihm einen Kuss auf die Wange. Sie war wunderschön. Hatte er je vorher eine so schöne Frau gesehen? Sie war der schönste von all den schönen Menschen hier. Sie schlenderten unter ausladenden, wohl sehr alten Bäumen gemächlich dahin; wieder bremste sie ihn, wollte nochmals in ein Schaufenster schauen, aber er zog sie mit sich fort. Gerade all die schönen Sachen hatten sie ihm jetzt am allerwenigsten zu rauben. Sie begriff, ließ es geschehen, zog ihn heftiger an sich, bestimmte aber sogleich wieder Richtung und Ziel. Die Straße mündete in einen großen Platz, rundum von hohen Bäumen mit satten, breiten Kronen umgeben, auch darauf Tischchen und Stühle, die meisten besetzt. In der Ferne war eine riesige, prunkvolle Kirche zu sehen, die, von kräftigen Scheinwerfern angestrahlt, wie ein majestätisch erhabener, aber gütiger Fürst den Untertanen Sicherheit und Recht gewährte.

»Komm, wir setzen uns zu ihnen«, sie deutete mit dem Kopf auf ein leeres Tischchen, ihre Locken flogen. »Du wirst mich dann zu einem Glas Champagner einladen. Keine Angst – mit meinem Geld.«

Nachdem er nochmals nachgefragt hatte, wie man das Wort »Champagner« denn ausspreche, winkten sie einen Kellner herbei und er bestellte den Wein. Ja, mit zwei Gläsern, bitte.

»Nein, mit drei – Marianne, komm doch her – Marianne!«

»Du hier? Nicht an der Arbeit?«

»Tagestour. Den Abend habe ich freigehalten für ihn. Sind mal eben schnell rübergekommen. Darf ich vorstellen – Marianne Schuler.«

»Schnell mal eben rübergekommen – du wohnst doch am Meer ...«

»Sei doch nicht so dämlich, eine halbe Stunde Taxifahrt – sag mal, was tust denn du hier so allein in der Nacht? ... Komm, setz dich schon – ich habe Grund zum Feiern!«

»Dann feiert ihr besser allein. Mir ist gar nicht zum Feiern. Habe es zu Hause nicht mehr ausgehalten. Musste einfach raus. Aber es ist schon spät!«

Mit hastigen Schritten trat sie vollends zum Tisch, nahm aber das mittlerweile bereits gefüllte Champagnerglas nicht an, sondern schüttelte nur beider Hände – und war schon wieder weg.

»Was ist das für eine Frau – hat sie Angst?«, fragte der junge Matrose.

»Nein, nur Kummer. Ihr Glas werden wir uns teilen – stoßen wir auf sie an!«

Sie gab ihm sein Glas in die Hand, berührte es dann mit dem ihren, sodass beide klangen. Dieser Wein. So süß. Und doch prickelte er verführerisch in der Gurgel ...

Die Gläser waren schnell leer. Sie füllte nach. Als auch diese Flasche leer war und er mit dem Geld bezahlt hatte, das sie ihm in die Hand gedrückt hatte, fielen sie ineinander. Ihre tausend Küsse waren ein einziger langer, großer. Beinahe hätten sie die Tüte mit dem neuen Kleidungsstück vergessen. »So bin ich noch nie beschenkt worden«, sagte sie, als sie sie aufhob.

»Du, ich will dich heiraten. Ich will dich heimführen. Meine Eltern, meine Familie, die müssen dich aufnehmen – trotzdem«, sagte der junge Matrose, als sie schon beinahe wieder bei der Haustür standen. »Darüber wollen wir jetzt erst noch mal schlafen", gab Irena zurück, lächelte und schloss die Tür auf.

Natürlich steht mir nicht an, zu beobachten. Aber ich wundere mich gleichwohl. Niemand wringt auch nur vorwurfsvoll die Hände und erst recht steht niemand am Pranger deswegen. Ich weiß, ich sollte das lassen – ich kann ja doch nichts ändern. Selbst wenn sie mich beschuldigten, ja gerade mich, müsste mich nicht einmal ihr Irrtum kümmern. Aber sie beschuldigen mich ja nicht, kennen mich ja nicht einmal. Nicht, dass sie mich ignorierten – sie kennen mich wirklich nicht. Deshalb erst recht nicht meine Machtlosigkeit, noch weniger mein Erstaunen – vielleicht mein Gewissen? Irgendein großes Auge brennt, brennt unverwandt auf mich gerichtet. Und es ist nicht die Summe ihrer Augen, ich weiß. Ich kann nicht anders, als gleichzeitig begreifen, oft sogar entschuldigen wollen und wissen, dass ich nichts zu begreifen habe, dass es da nichts zu entschuldigen gibt.

Sind sie es überhaupt wert, dass man danach fragt, was sie störe? Wäre ihr Verschwinden, ihr vollständiges Verschwinden schlimm? Oder wäre es gar sinnvoll – ist es ihr Fortbestehen? Das sind wohl kaum Fragen, die sie selbst sich stellen – bestimmt nicht. Es will sie ja niemand zerstören. Vor Untergang schützen allerdings auch nicht. Ja, und ich bin ja nicht einmal befugt, solche Fragen zu stellen, ich weiß. Aber ich stelle sie trotzdem, stelle sie mir trotzdem – ist schon das eine Frechheit?

Da sind zum Beispiel die Veränderungen der Landschaft. Ganze Städte fließen zusammen, vermischen sich, gehen ineinander auf, teilen sich wieder, aber in der Regel nicht in die ursprünglichen Komponenten. Berge, ganze Bergzüge wechseln ihre Standorte, wachsen in die Höhe, sinken in sich zusammen, Gewässer verhalten sich wider jedes Naturgesetz. Nehmen sie das wahr, versuchen sie, dem zu wehren, sich zu wehren, all ihre enormen Mittel dagegen einzusetzen, es auch nur zu erkennen? – Nein! Sie richten sich ein. Ohne Weiteres. Fast. Wie sie sich schon seit Jahrhunderten einrichteten, nur so schnell wie noch nie. Landkarten, Stadtpläne, ja sogar Fotos, Plakate, Prospekte sind immer einwandfrei nachgeführt – als wären sie schon seit Jahren unverändert geblieben. Als ob eine Veränderung, ja Entwicklung nie stattgefunden hätte. An sich ist das nicht so ganz neu, aber diese Blitzartigkeit; dieses im Nicht-Geschehen Geschehen. Gab es Früheres überhaupt je oder Künftiges noch nicht? Erleben sie noch? Erleben sie noch Momente? Immerhin: Sterben, das Zeitliche und Räumliche, das irgendwie nicht mehr ist, nichts mehr gilt, segnen, das tun sie noch, tun sie nach wie vor, auch werden sie nach wie vor geboren. Sie werden gefoppt, täglich, stündlich, doch sie lassen sich nicht foppen. Aber nicht etwa, weil sie den Trick längst schon durchschaut hätten, wie hin und wieder bei ihren Spielen früher. Sie durchschauen nicht und kümmern sich mit mehr oder weniger Geschick um ihre Geschäfte. Ich hätte Lust, ihnen das vorzuwerfen und ihnen diesen Vorwurf um alle Ohren zu schlagen – wenn ich doch nur könnte!

Oder Wind und Wetter: Beides wird vollkommen unberechenbar. Die Winde können von Minute zu Minute, ja fast von Sekunde zu Sekunde drehen, wie auf Knopfdruck oder wie an ihren Effektenbörsen. Das Wetter hält sich an keine Jahreszeiten mehr. Steifer Frost kann folgen, wenn eine Stunde zuvor noch Bruthitze alles versengte. Ohne Vorwarnung. Schnee folgt auf warmen Sommerregen, auf einen tropischen Wolkenbruch vielleicht, Herbstwirbelwind auf schwüle Sommerluft, Nebel auf die ersten Frühlingsblumen und so weiter. Und die Vegetation? Unabdingbare biologische Notwendigkeiten? Ihre Nahrung, ohne die sie ja nicht sein können, trotz all ihrer Maschinen und Erfindungen? – Die Lebensmittelgeschäfte sind voll, andauernd voll, voller den je von frischem oder zumindest auf frisch getrimmtem Gemüse und Obst, zum Bersten angefüllt mit Brot, Fleisch, Milchprodukten, lange haltbarer Tiefgefrierware, Süßigkeiten. Sie könnten in Saus und Braus leben. Mehr als vorher. Sie leben aber nicht in Saus und Braus – nicht mehr in Saus und Braus als vorher. Eben, sie leben einfach weiter. Oder funktionieren sie einfach weiter? – Idiotie, entgegnest du, Anmaßung. Aber ich vermag nun mal nichts auszurichten gegen meinen Drang nach klaren Aussagen. Die Vegetation, was macht sie? Sie schmiegt sich einfach an und um, macht jedes Mätzchen, jede Laune dieses Planeten mit. Blätter und Blumen sprießen und verwelken, fallen ab wie auf Befehl, das Getreide kann in Stundenschnelle reifen, Gras wachsen, die Kühe geben unbeirrt Milch in ihren mechanisierten Ställen, Schweine grunzen und geraten in die mechanisierten Schlächtereien, Hühner legen Eier unter Infrarot in handliche kleine Kistchen, wenn sie nicht als Küken und Hühnchen gezüchtet und gegessen werden. Menschen eilen in die Einkaufszentren, werden nach wie vor eingelullt von einer Traumwelt aus Bild und Ton, die in nichts wahr, in nichts falsch ist, füllen Einkaufsrollis, erwachen bei den Kassenbatterien, die die Kassiererinnen und Kassierer völlig als Teil ihrer Maschinerie verschlucken, füllen nachher wie eh und je Tüten, deren Böden nicht selten – Berechnung? – zu schwach sind und ihren Inhalt noch im Geschäft nach unten entlassen. Haben sie gegen dieses Malheur vorgesorgt, das nächste Mal vielleicht zwei Tüten übereinandergestülpt, stopfen sie draußen ihre Autos voll, fahren nach Hause – verfehlen dabei kaum den Weg, verirren sich höchstens, wie einst auch schon. – Erstaunen? Erstaunen über die Regelmäßigkeit – die eingeübte Regel trotz allem? – Wieso sollten sie über etwas staunen, das peinlich, ja fast allzu peinlich genauso ist, wie es immer schon war. – Erstaunen über die Spannung zwischen dieser Regel und der Willkür rundherum? Rechnen sie sich ihre Überwindung, ihre scheinbar mühelose Nonchalance gar als Verdienst zu? Sind sie etwa stolz, noch immer stolz? Das würde mich freuen.

Oder die Breitengrade. Auch sie führen immer mehr ein bloßes Kartendasein. Fein säuberlich sind die Kreise auf den schönen kleinen, oft von innen beleuchteten Globen eingezeichnet, die sie einander schenken. Aber die Sonne hält sich nicht mehr daran. Oder es schütteln vielmehr neue Kräfte die Erde hin und her, sodass deren Neigung zu ihrer Umlaufbahn nur mehr zufällig für Momente die angestammte ist? Beschleunigen und verzögern diese auch noch gleich die Umlaufgeschwindigkeit um die Sonne wie die Eigendrehung der Erde? Der vierundzwanzigstündige Tag verkommt immer mehr zur bloßen Norm, ebenso die 365 oder alle vier Jahre 366 Tage des Jahres, die doch Papst Gregor eingeführt hatte, um die Norm der beobachteten Wirklichkeit anzupassen, oder die zwölf Monate im Jahr. Die Sonne geht auf und unter, wann es ihr gerade passt, und in dem Winkel zur Erdoberfläche, in dem es ihr gerade passt. Sie scheint sich sogar teilen zu können, denn sie soll zwei – oder mehrere – gleiche Winkel in zwei – oder mehreren – Breitengraden gleichzeitig zustande bringen. Stört die so unstet Beschienenen das offensichtliche Aussetzen, Versagen jeder Erklärung für nicht zu Leugnendes? Orientierungslosigkeit? – Nichts deutet darauf hin. Leugnen sie es auf Biegen und Brechen? Eher scheinen sie es nicht zur Kenntnis zu nehmen – zur Kenntnis nehmen zu wollen. Aber wie wählen sie aus, was sie zur Kenntnis nehmen dürfen und was nicht? Oder wen? Glauben sie? Woran?

Sie bewegen sich sicher, stetig. Oder nicht weniger sicher, nicht weniger stetig als zuvor. Zu Fuß, in ihren Vehikeln – überhaupt. Keine Versuche, auszubrechen, zu fliehen, auch jetzt nicht. Sogar weniger Streiks gibt es, weniger Verspätungen, weniger Unregelmäßigkeiten *als früher.* Keine Verwirrung, besser, nicht mehr Verwirrung als zuvor auf den Straßen oder sonst wo – oder waren sie zuvor schon so verwirrt, dass ein Mehr gar nicht mehr auffällt? Manchmal will sich in mir das Gefühl breitmachen, sie zwängen sich zu Klarheit und Regel, um sich zu schützen, als Schirm vor ungewissen Stimmungen und Entwicklungen, die sie führen, verführen könnten, ich weiß nicht, wohin. Sie selber wüssten das sicher noch viel weniger – und du lachst nur. Aber warum lachst denn du, was willst denn ausgerechnet du vom Lachen, von deinem Lachen haben?! Manchmal scheint es, sie hätten alle jetzt endlich erreicht – vielleicht ja völlig unabhängig von irgendwelchen neuen äußeren Launen, mag ja sein –, wozu früher jeder den anderen gemahnt hatte; sie seien zur Vernunft gekommen. Der Eindruck kann aber leicht täuschen. Denn Vernunft verlangt Leben. Bei ihnen. Und ich frage halt doch nochmals: Leben sie noch? Gewiss, sie zeugen und gebären, sie sterben; aber lieben sie, trauern sie, haben sie Freude, Kummer oder gar Verdruss? Immerhin, allzu viel Vernunft wäre ohnehin nicht günstig jetzt, allzu viel Einsicht, Verantwortung, Entscheidung. Allzu viel geschaffene, gesetzte Regel, gibt es doch längst schon genug Chronometrisches, genug Humorlosigkeit und je länger, je weniger Sinn fürs Lächerliche, für die Farce wie fürs Schöne. Chronometer anstelle von Gewissen bringt sie wohl leichter über die Runden. Vielleicht ist gar alledem zu verdanken, dass sie schon seit einiger Zeit kaum mehr Kriege führen. Kriegsmaterial hingegen stellen sie noch immer her, womöglich all der Arbeitsplätze wegen, die sonst verlorengingen.

Überhaupt stellen sie her. In dieser Hinsicht sind sie geschäftig. Regelmäßig geschäftig. Autos, Windeln, Häuser, Stereoanlagen, Fernseher, Computer, Inneneinrichtungen, Stoffe, Kleider, Papier, Zeitungen, Bücher. Und die Institutionen haben fast solider Bestand als zuvor. Stellen her wofür? Tatsächlich für Wohlstand, Bequemlichkeit, Fortschritt? Für eine bessere Zukunft oder zumindest eine nicht schlechtere? Für den nicht immer ganz flachen Bauch – oder dafür, dass er wieder flach wird? Dient all das einer Weltanschauung oder Religion? Gotteshäuser und Andachtsstätten gibt es ja noch immer und Predigten verschiedenster Bekenntnisse. Auf Wunsch beides auch frei Haus, via Radio und Fernsehen. Zeitgeist? Ideale? Beides würde schlecht passen, aber wer weiß, was da im Untergrund noch immer weiterflackert. Vielleicht auch nur meine eigene Hoffnung – jaja, du hast recht! Sinnlos auch sie, ich höre dich schon. Doch du hast einen Fehler, einen kleinen nur: Du hältst dich für zu weise.

Unterhaltung, Kino, Theater, Museen, Kunsthäuser, Restaurants, Diskotheken, Konzerte, hin und her flitzende Künstler, Literatur? Wie gesagt, die Institutionen bestehen. Bestehen weiter. Gehören sie zur sorgsam, vielleicht ängstlich gehüteten Regel? Zum technisch immer makelloseren gigantischen Chronometer? Mit welchem Gewicht? Sind sie lediglich Bei-, lediglich Zuckerwerk, was ja nichts sonderlich Neues wäre? Zuckerwerk zu einem Organismus, einem großen Ganzen, den schon vorher kein Einzelner mehr weder über- noch durchschaut hatte? An Undurchschaubares waren sie ja an sich schon seit Menschengedenken gewöhnt. Auch an jene Annahme. Jene Annahme der Durchschaubarkeit aller Geheimnisse, wenn man sich nur genug Zeit lässt. Und diese Annahme lässt sich offenbar leicht fortschreiben und übertragen – auf alles.«

»Du sorgst dich – woher nimmst du nur so viel Sentimentalität?«

»Oder vielleicht Fantasie, Einfühlungsvermögen, Mitleid?«

»Ach, Fantasie, mein Lieber! Nichts hast du zu erfinden oder zu erschaffen – in Wirklichkeit bist du offener und vielfältiger gebettet als je zuvor. Mitleid? – Eben sentimental. Hat Mitleid alleine je jemandem geholfen? Außer vielleicht demjenigen, der es empfindet. Wen willst du über die Runden bringen, sie – oder dich? Du machst dich lächerlich, nichts als lächerlich. Mein Mitleid jedenfalls bleibt dir erspart. Für immerdar!«

»Ihre Erkenntnis ist groß und reich, edler Meister. Großartig verdrehen Sie die Augen, weit, noch weiter weg von aller treulosen Wirklichkeit, die Sie umgibt, bis sie sich drin wieder treffen – in Ihnen. Immer noch schielend. Und was finden sie dort, o Wunder? Sie finden das Wort, Ihr Wort. Gleich zweimal, weil sie ja schielen – und glauben daran ... Natürlich. Aber doppelt genäht hält ja besser. Wenn ich diese nur leicht verschobene Doppelsicht Einbildung nennen würde, wären Sie dann nicht beleidigt oder gar wütend – kein bisschen?«

»Nein, aber traurig.«

»Gut, dann können wir weitersehen – und -schauen.«

8

Sie hätte ihn nicht wiedererkannt. Er sie wohl auch nicht. Nicht einmal hinter seinen Instrumenten auf der Bühne wäre gerade er ihr in den Sinn gekommen. Wenn nicht per Zufall irgendwo sein Name gestanden hätte. Wie oft hatte Marianne ihn wohl schon gesehen, ohne zu wissen, dass er ihr gegenüberstand – nahe, vielleicht nur ein paar Meter entfernt. Musiker reisen viel und man trifft sie mitunter an Orten, wo man sie am wenigsten erwartet hätte, erst recht, wenn sie jazzen und rocken. Mal wechseln sie die Gruppe, mal sind sie mit diesem oder jenem auf Tournee oder auf Platte. Plakate, Poster zeigen sie zwar nicht nur in Action, aber immer irgendwie hergerichtet und inszeniert; selbst für Interviews im Fernsehen werden sie ja von der Maske geschminkt und das Gespräch wird zurechtgeschnitten – und dann taucht da völlig unverhofft ein ganz anderer Mensch auf. Ein Mensch, von dem man glaubte, dass es ihn so gar nicht mehr gebe, vielleicht nie gegeben habe, und wenn doch, dann höchstens in der eigenen Fantasie.

Dass Peter erfolgreich war, das wusste sie ja, und auch in ihrer Erinnerung war er noch irgendwo da. Aber jener Peter der Mittelschule, nicht derjenige, der einem in der Zeitung ab und zu entgegenschaute, der – wer hätte ihm das zugetraut – in Diskotheken, Klubs, Jazzkellern, Konzertsälen zu Hause war. Nicht der Peter der großen weiten Welt, um den sie sich, ehrlich gesagt, wenig gekümmert hatte, dem sie wahrscheinlich sogar einen Korb gegeben hätte, wenn er sie als Tänzer aufgefordert hätte. Zu viel war geschehen. Jene Welt war irgendwie und irgendwo vertan. Vertan schon – aber nicht endgültig. Fein vertäut in einem anderen Winkel, auslaufbereit jedoch, wenn sich nur der richtige Auslöser, die richtige Zahlenkombination fand.

Und der fand sich – dieser Auslöser. Nicht der Musiker trat ihr nämlich entgegen, nicht der Mann, der all die Interviews gab, der abgeknipst wurde mit dem Whiskyglas oder der Zigarette in der Hand, leger im Sessel, in fancy clothes, der auferstand aus einer Garbe von Feuerwerk und Luftballons oder aus Schwaden von kaltem Rauch und in gleißendes Licht oder in einen Scheinwerferkegel trat, der ihn verfolgte. Nicht der Star, der wichtig genommen wurde zwecks Unterhaltung, zwecks Überbrückung von Sendezeitresten, dessen Haarschnitt und Privatleben in immer wieder neuen Versionen geschildert wurden, vielleicht auch unter Zuhilfenahme von Fotomontagen, wer weiß, kein Knäuel in zerfetztem Schwung auf der Bühne oder der Videokassette – nein, er war es, Peter. Einfach er, seine lockeren, fließenden Bewegungen, seine dunkle Haut, sein markantes Profil, das wie von flüchtiger, aber meisterhafter Hand modellierte Gesicht mit dem südlichen Anstrich, die dunklen Augen, der etwas verlorene Blick.

Wieder einmal war sie geflohen von zu Hause, um etwas Zerstreuung zu suchen. Geflohen von den unruhig und giftig stechenden Geistern, die nach Fragen verlangten, ohne dass klar gewesen wäre, nach welchen. Hatte sich von einem Taxi irgendwohin bringen lassen. Irgendwohin, wirklich irgendwohin. Nur ein bisschen belebt hatte der Ort zu sein. Leute, Betrieb, Leben. Etwas musste los sein. Sie wusste nicht, wo sie war, aber nicht zu wissen, wo sie war, daran hatte sie sich längst gewöhnt, ja, es beruhigte sie sogar, wenn sie es getrost nicht zu wissen brauchte.

Umhergebummelt war sie. Ziellos wie immer. Da hatte sie mit einem Mal neben ihm gestanden. Beider Überraschung konnte nicht anders, als sich in einem herzhaften Lachen entladen.

»Bist du es wirklich, du, du, Marianne, du, Peter ... Jahre sind es her, dass wir ... Seit der Schule überhaupt je wieder ... Bist du nicht vorzeitig ausgetreten, kurz vor der Matura? ... man hat davon gehört, ich war ja bereits nicht mehr in der Schule damals ... keine Konzerte ... Bodyguards –? ...«

Natürlich waren sie zusammen weitergeschlendert; sie hatte die Schaufenster vergessen und auch die Kinoprogramme, das Konzert mit dem berühmten Dirigenten. Die Bar, in die sie sich setzten, war eine gewöhnliche Straßenbar, die Straße eine eher stark befahrene Verkehrsader. Er bestellte gleich etwas Scharfes für beide. Er rauchte. Filterlose Zigaretten. Die Angaben über den Raum der Vergangenheit, der beide trennte, fielen kurz aus. Ein gutes Zeichen. Jener Fez wurde nur angetippt, jene berühmt-berüchtigte Party, wo Marianne ihre Unschuld ... – aber nicht mit ihm. Ein vielsagendes Lächeln beiderseits. Keine Verlegenheit. Schweigen. Auch längere Pausen waren möglich, ohne dass das Gefühl lähmenden Belagertseins, schutzlosen Ausgestelltseins sich zwischen die beiden geschoben hätte. Einige Leute drehten sich nach Peter um, doch nahm dieser kaum Notiz von ihnen.

»Warum gehen wir nicht zusammen essen? Ein schönes, ausgiebiges Abendessen, ich habe Hunger.« Sie war es, die das vorschlug, und er rief sofort zur Theke hin nach einem Taxi.

Er gab eine ihr unbekannte Adresse an.

Das Letzte, woran sie gedacht hatte, war, mit einem Mann ins Café und nachher essen zu gehen. Und jetzt war ihr, als hätte sie nie etwas anderes vorgehabt. Sie spürte irgendwo ihre Pflicht zu vernünftigen Überlegungen, unterließ die aber und die Pflicht schluckte sie hinunter. Mehrmals. Sie war wieder ganz, ganz jung. Jung und unerfahren. – Irena? Das unerfahrene Mädchen lachte. Aber wieso konnte jene eigenartige, in einem gewissen Sinn garstige Frau sich gerade jetzt in ihre Gedanken schleichen? Peter saß ruhig neben ihr, schien im Moment allerdings nicht auf sie zu achten. Er schaute zwar durchs Fenster, aber nicht hinaus. Gelangweilt schien er jedoch nicht.

Wie hergezaubert ist sie plötzlich da, die Landschaft. Eine leicht gewellte Landschaft. Etwas höhere Hügel im Hintergrund. Die Häuserreihen beidseits der Straße sind niedriger geworden, die Häuser älter, teilweise müssen sie jahrhundertealt sein. Wie der Übergang geschehen ist, hätte niemand weder sich zu erinnern noch zu erklären vermocht. Doch ist das noch erstaunlich? Jedenfalls sicher nicht, dass der Taxifahrer sich trotzdem auskennt. Die Häuserreihen lichten sich jetzt. Freies Land erscheint, bewirtschaftetes, Wälder, die ihre Zungen ins Blickfeld schieben wie als Vorhut. Jenseits der Kämme scheinen sie sich auszudehnen in weite Dünen. Üppige Bäume und Sträucher beidseits der Straße. Zypressenalleen, Pinien mitten im offenen Gelände oder bei, mehr fast über den Häusern. Olivenhaine, die ihr herbes Grün als klaren Kontrast in die Palette geben. Darüber ein weit geschwungener Sommerhimmel. Früher Abend. Die Frucht auf den Feldern reif, kurz vor der Ernte. Ende Juli vielleicht oder Anfang August – stimmen hier Monate und Jahreszeiten noch? Getreide, Mais, Gemüse, Kartoffeln, Obstgärten. Freundliche

Häusergruppen aus Bruchsteinmauern, zu denen offensichtlich das Land und die reife Frucht gehören, Leute, die noch in den Feldern oder um die Häuser herum arbeiten.

Obwohl die Klimaanlage läuft, sind die Scheiben heruntergekurbelt, sie tuckern ja gemächlich dahin; auch der Fahrer scheint nicht mehr ans Geschäft zu denken, sogar den Funk hat er ausgeschaltet. Es ist noch fast heiß draußen. Den gefächelten Büschen nach geht eine leise Brise. Trotz des Motorensurrens dringen eine Menge Tierlaute ins Wageninnere; Schafe, die blöken, Kühe, die muhen, nicht zu überhören natürlich das aufgeregte Grunzen von Schweinen, die wohl eben gefüttert werden. Vogelgezwitscher; Schwalben fliegen tief, aber munter – also kein schlechtes Wetter –, sitzen auf den Hochspannungsdrähten, sprenkeln weite Strecken dieser Stromhighways. Schwalben und Spatzen. Sogar das Zirpen der Grillen hört man.

Die Schatten um die Bäume werden länger. Immer abwechslungsreicher wird die Zeichnung, über die man fährt, bis die Straße ganz im Dunkel der Böschung verschwindet, aber gleich wieder auftaucht. Ein zartes Orange liegt über dem Grün der Hügel, das Blau des Himmels mischt sich in die Schatten ein. Erste frische Luftstöße dringen durch die Fenster, sie saugen die Wärme auf, die gegen sie auf Dauer nichts mehr auszurichten vermag. Langsam entschwindet das direkte Licht ins Nichts und die erquickende Dämmerung beginnt.

Plötzlich bremst der Fahrer und zweigt in eine zwar noch immer geteerte, aber schmale und kurvenreiche Straße ein. Schon die große Straße hatte sich einem Hügelzug genähert. Die kleine bezwingt nun mit ihren Windungen und Kehren den Abhang eines dieser Hügel. Links und rechts sind Reben zwischen vorfabrizierten, übermannshohen Betonpfählen auf Drähte aufgezogen. Die älteren winden sich noch um Holz. Wegen der vielen Kurven muss der Fahrer noch langsamer fahren. Das gibt vollends Zeit zur Beobachtung und Peter und Marianne merken erst nach einer Weile, dass sie in nahezu perfekter Harmonie Ausschau halten. Sie brauchen einander kaum je auf etwas aufmerksam zu machen. Gelöst sitzen sie nebeneinander, lehnen sich ein wenig je am anderen an. Hühnergegacker, beinahe hätte der Fahrer einen Truthahn überfahren, der es doch ein wenig gar zu gemütlich genommen hat mit dem Wegschlurfen – ja, Truthähne und -hühner haben eine Art des Schlurfens, die ohne Weiteres zu Jähzorn verleiten kann. Endlich schaltet der Fahrer die Scheinwerfer ein. Die ersten Leuchtkäfer blinken zwischen den Halmen.

Unerwartet scheinen da zwischen Baumkonturen mehrere Lichter durch. Durch sie erkennt man erst das Haus, das dort stehen muss. Hüttenartig, offen, aber recht groß. In der Tat zweigt der Fahrer in einen Feldweg rechterhand ein, den man nicht ahnt, wenn man sich hier nicht auskennt. Ein großzügiger Parkplatz tut sich auf. Eine stattliche Anzahl Wagen sind dort bereits geparkt. Der Fahrer hält. Marianne besteht darauf, das Taxi zu bezahlen. Unvermittelt brechen das Gelächter, die vielen Stimmen, das Geschirr- und Gläsergeklapper aus dem Ristorante über den Wagen herein, als der Fahrer den Motor abstellt. Er öffnet Marianne die Tür. »Ja, in der Tat, hier lassen sich solch laue Sommerabende schon aushalten. Viel Vergnügen und – viel Glück!« Er lächelt, steigt ein, die Schlusslichter des Wagens verschwinden in der Dämmerung – die Sonne ist ja schon vor einiger Zeit untergegangen. Wie – und wohin – man zurückkommen werde, fragt niemand. Peter nimmt Marianne in den Arm und führt sie zum Eingang, den ein längliches flaches Vordach, abgestützt auf zwei Stahlstützen, schützt.

Die festliche Stimmung, die sich bereits angekündigt hat, umfängt beide. Ein weiter Raum, der in einen länglichen Giebel ausläuft, hell erleuchtet tatsächlich. An zwei Seiten, die dritte angeschnitten, lauter Fenster. Alle offen jetzt natürlich, ja ausgehängt. Die Längsfront schaut talseitig also auf die Hügellandschaft, durch die sie hergefahren sind. Die Dämmerung hat die Konturen noch nicht ganz verschluckt. Dunst macht sie weicher und überzieht die Täler, deren Formen er ausfüllt, weshalb die Hügel klarer, prägnanter hervortreten, als sie es am helllichten Tag getan hätten. An der einen Schmalwand des Raumes brennt ein Kamin, auf dem Fleisch gebraten wird. Theke und offensichtlich auch Küche dahinter liegen gleich nebenan rechtwinklig dazu auf der Bergseite, von der aus keine Fenster in den Gaststättenraum gehen. Die Tische sind sauber weiß gedeckt, Schichten von Tellern stehen darauf. Die Holzstühle sind einfach, ihre Sitzflächen aus Stroh geflochten. Behände junge Kellnerinnen und Kellner tragen üppig gefüllte Platten, Schüsseln und Flaschen auf und meist leere ab. Die Düfte sind mehr als verlockend.

Die beiden werden an die vordere Fensterfront gebeten. Ein kleinerer Tisch ist noch frei. Links und rechts tafeln bereits Leute, der Laune nach zu schließen schon eine ganze Weile. Gegen das Rauminnere hin wird an einer langen Tafel offensichtlich ein besonderer Anlass gefeiert. Ab und zu steht einer auf und wirft auf Italienisch einen Toast in die Runde, der dann regelmäßig beklatscht und lauthals gefeiert wird.

Peter geht voran, weist Marianne den schöneren Platz zu, beobachtet sie, wie sie sich setzt. Ihr Gewand, Alltagsgewand in der Bar noch, könnte festlicher jetzt nicht sein. Ein schlichtes himmelblaues, leicht gemustertes ärmelloses Sommerkleid, nicht ganz knielang, hinten geschlitzt, leicht geschürzt in der Taille nur von einem ebenfalls himmelblauen Stoffband, dessen Enden, vorne verknüpft, lose herunterhängen; die kamelfarbene dicke Jacke, die sie seit geraumer Zeit vorsichtshalber immer dabeihat, hängt bereits über der Stuhllehne. Hat sie das Haar wirklich frisch gewaschen? Es könnte nicht schöner fallen; sie trägt es schlicht, gut schulterlang, vorne Fransen, unten einwärtsgedreht. Es könnte nicht schöner glänzen; ein matter, luftiger Schimmer auf dem Kastanienbraun, nichts von klebrigem Haarlackschillern. Make-up? Wenn, dann die Ausstrahlung, das ebenso natürliche wie verblüffend vielfältige Mienenspiel, die raffinierten Reize dieses Gesichts unterstützend, belebend, nicht einengend oder gar tötend – wie von Geisterhand genau für dieses Hier und Jetzt aufgetragen. Und ihre Bewegungen sind mindestens ebenso selbstverständlich wie die der Kellner. Keine Interferenz; sie könnte in dieser Gegend, in diesem Lokal geboren sein.

Auch Peters Kleidung ist schlicht, wenn auch von der Stange; Jeans, ein T-Shirt, aber auch sie könnte passender nicht sein. Er ist ja auch nicht der Einzige, der nicht in Krawatte dasitzt. Nichts würde der Raum schlechter ertragen als lauter Fräcke. Außerdem würde die Temperatur, so angenehm, bei allzu festlicher Robe schnell dafür sorgen, dass zumindest alle Männer schwitzten. Nie hatte Marianne wohl einen Mann treffender angezogen gesehen als ihn jetzt. Ihr Chef zum Beispiel, gewiss kein Ausbund an gutem Geschmack, aber standesbewusst, hatte bestimmt mehr Maßgeschneidertes im Kleiderschrank als Peter und hätte doch mit Sicherheit vollkommen fehl am Platz gewirkt hier – auch an einem entfernten Tisch.

Das erste Mal schauen sie sich wirklich ruhig in die Augen. Dann hinaus. Ist die Nacht wirklich nur per Zufall so herrlich und so herrlich lau?

Der Kellner kommt und will die Bestellung aufnehmen
»Prende l'antipasto?«
»Si, volentieri.«
»Melone e prosciutto va bene? Vuole anche i crostini?«
»Si, al pomodoro e al fegato, se ci sono.«
Peter spricht akzentfrei Italienisch, will sagen, im Akzent des Kellners.
»E da bere?«
»Del vino rosso e l'acqua minerale gasata.«
»Va bene, grazie, porto subito le bevande.«
Der rote Wein löst und reizt. Sie prosten sich zu, sagen fast nichts. Der Kellner kommt mit der Platte voll Melonenschnitzen und Schinkentranchen. Die Crostini folgen auf einem Teller. Er bedient zuerst Marianne, macht vor ihr fast einen Knicks, füllt die Gläser nach. »Desidera altro, signora?« Sie schüttelt den Kopf. Auch der Kellner trägt weder weißen Kittel noch Schlips. Er ist leicht gekleidet und noch unerlaubt jung.

»E di primo, cosa desidera? Spaghetti alle vongole ... al sugo, al pomodoro, tagliatelle fatte in casa, alla panna e al prosciutto ..., le penne arrabbiate, piccanti, piccanti ...«

»Penne arrabbiate per me ...«, Marianne lacht und nickt dem Kellner zu. »Allora due volte!«, lächelt der Kellner zurück und geht.

Wieder prosten sie sich zu. Man sieht sie näher an den Tisch rücken. Die Stühle wollen und können nicht ganz so, wie die beiden wollen. Sie rücken sie zurecht. Mariannes zwei Halsketten schütteln sich übereinander, ihre Armringe klimpern. In letzter Minute hat sie sich diese Ringe und diese Ketten noch übergestreift – sie hätte nicht einmal sich selbst erklären können, weshalb. Weshalb nicht, wird sie sich wohl gedacht haben, es gibt ja eh immer weniger Feste zu feiern und sie trägt gerne hin und wieder etwas Schmuck, einfach so, fast immer auch zu Hause sogar meist ihre goldglänzenden leichten Ohrhänger, und die sonderbarste Welt fühlt sich ein ganz klein wenig anders, ein klein wenig besser an mit einer Spur vom Spiegel autorisiertem Dekor. Sie beginnen zu essen. Auch jetzt sprechen sie nicht viel. Nie aber isst jeder nur vor sich hin. Sie dinieren mit etwas fast wie Dankbarkeit, fast wie Bewunderung. Die ganze Welt zieht sich immer mehr in den Punkt zusammen, der sie sind. – Gibt es denn so etwas noch? Ungläubig sitzen sie da, fast wie Frischgeborene. Jene Frischgeburt mit Bewusstsein. Mit bewusstem Gefühl, dem nichts gerecht wird als es selbst, kein Name, kein Begriff, kein Anflug von Silbe oder Wort.

Alles beginnt sich nur auf sie zu beziehen. Kann nur für sie da sein. Der Himmelsdom draußen, die Hügel, die sie jetzt gerade noch erraten, die Leuchtkäferchen, die Grillen, die von weit her getragenen Laute, die wie widerhallen, erwidert von der zart gespannten Luft, das Knistern, Rascheln von Verborgenem. Der Saal und die ganzen Tische, die Leute darum herum, die Gläser, der Wein, die vollen Schüsseln. Fruchtschwere Ähren müssen die Halme tragen dieses Jahr und es kann nicht anders als ein gutes Weinjahr werden. Die Keller, die Scheunen und Vorratskammern – die Tiefkühltruhen – werden voll sein. Wenn man ihnen gesagt hätte, dass jemand krank sei, im Sterben liege vielleicht sogar, auch nur, dass jemandem übel sei, vielleicht gerade von diesem Essen, sie hätten nicht einmal dem Sinn der Wörter, dem sie sich ja nicht hätten entziehen können, verstanden.

Noch nie haben sie so gute Melonen gegessen. Die knusprigen gerösteten Brotscheiben halten alles, was sie an Schärfe versprochen haben.

Die Schüssel mit den Penne steht auf dem Tisch. Sie haben beide nicht bemerkt, dass der Kellner sie hingestellt hat.

Er schöpft ihr, eine seiner Locken fällt ihm dabei in die Stirn; sie streicht sie ihm zurück, obwohl ihr Locke wie Stirn so gefallen haben. Er formt die Lippen zum Kuss, hat aber die Hände nicht frei, um ihre Hand festzuhalten. Sie hat aber schon begriffen und streicht ihm nochmals über die Wange.

Sonst berühren sie sich nicht. Aber jeder hätte die kleinste Veränderung der Entfernung der Gliedmaßen des anderen Körpers wahrgenommen.

Der Wein steigt schon wohlig in den Kopf und belebt die Glieder. Heute könnte man unendlich viel davon trinken, ohne betrunken zu werden. Er schenkt nach.

Ein Gefühl angenehmer Sattheit macht sich allerdings jetzt schon breit in ihr. Aber sie weiß: Sie haben Zeit. Und sie wird auch nicht ein bisschen müde.

Er sieht ihre Bewegungen, ihr Gesicht, die Augen. Er weiß, dass er sich in ihm finden kann, ihm, dem Ausdruck, ihr, der Ausstrahlung dieser Frau. Beides wird ihm sagen, was und wie zu fühlen, was zu tun ist. Er hat nichts zu verbergen, nicht vor ihr, und hätte er etwas zu verbergen, bliebe nichts davon verborgen. Für ihn ist sie wie ein großes Heimkommen. Er errät die kleinsten und die gewöhnlichsten Dinge. Nie hätte er ihr zu viel auf den Teller gegeben, nie ihr etwas bestellt, was sie nicht gemocht hätte.

»Ein wunderbares Essen!« Sie beginnen sich zu erzählen. Erinnerungen auszutauschen oder aufzufrischen. Die Abenddämmerung bringt sie nochmals auf jenes Fest, auf den Fez zurück. Aber sie verlassen das Thema gleich wieder. Sie wollen keine Rechtfertigungen, keine nachträgliche Überlegenheit. Sie wollen nicht lügen.

- Bistecca alla fiorentina – Riesenstücke. Ai ferri. Vom Kamin.
- Patate fritte, pomodori, insalata mista. Ein Körbchen Brot hat schon immer auf dem Tisch gestanden.
- Frutta, no, la macedonia. Al liquore. Il dolce, un gelato, pistache.

So hat sie noch nie gegessen. Weder italienisch noch sonst.

Woher hat er den absolut sicheren Umgang mit Speisen, Kellnern und der Umgebung? Er ist nicht von hier und nicht fremd hier. Caffè, Vin Santo. Der ölige, süße Saft fließt durch alles hindurch. Erst nachher merkt man im Gaumen, wie stark er sein muss an Graden. Aus gelagerten Trauben gepresst sei er. Bis Weihnachten. Deshalb Santo. Sie muss lachen: Heiligkeit und Wein, das geht offenbar gut zusammen. Sogar süßer – und starker.

- Gelato, dolce.

Dolce far niente.

Dolcissimo, amore, solo una notte ... una notte solo, da soli ...

Das Gefühl, man könnte sich verflüchtigen, beide. Einfach nicht mehr da sein. Und die Liebe würde bleiben. Sei immer schon da gewesen. Würde immer bleiben, durch Jahrhunderte, Jahrtausende, alle konzentriert in einem Moment, in diesem Moment. Ein ungeheures, ein maßloses Verlangen nacheinander. Ein Verlangen, in dem alles aufgeht, eingeschlossen man selbst. Keine Körper mehr – und nur Körper. Keine Organe mehr, die nicht funktionieren könnten, kein Fuß oder Bauch mehr, der schmerzen oder zu stark beladen sein könnte ... Noch muss es sich ein wenig fristen, das Verlangen, noch ein wenig stärker werden. Sein steifes Glied, steif wie noch nie, will nicht gleich in sie hinein und sie will es noch nicht empfangen. Jetzt noch nicht.

»Ich liebe dich so, dass ich nicht einmal deinen Namen wissen müsste, um dich zu lieben.« Wahrscheinlich hat das keiner von beiden gesagt.

Erst als das Licht für einen Moment ausgeht, nachher aber gleich wieder an, merken sie, dass außer ihnen alle Gäste gegangen sind. Die Kellnerinnen und Kellner halten sich im Hintergrund, haben nur abgeräumt; die Stühle stehen noch alle am Boden.

Nein, nein, sie sollten nur bleiben. Kein Wink mit dem Zaunpfahl sei das gewesen. Ein Stromunterbruch vom Werk her. Das komme halt ab und zu vor hierzulande. Ein Mädchen stellt noch ein Fläschchen Vin Santo hin und gießt die Gläser voll. Während sie anstoßen, halten sie sich die freien, auf dem Tisch liegenden Hände fest.

Erst als das Licht nicht mehr angeht, merken sie, dass es wieder ausgegangen ist. Jetzt haben die anderen aber wirklich hochgestuhlt.

»Wir werden die Eingangstür offenlassen. Es gibt keine Einbrecher hier. Was sollten sie auch holen wollen? Sie ziehen sie einfach hinter sich zu, wenn Sie gehen. Gute Nacht!«

Langsam beginnen die Umrisse der Fensteröffnungen wieder klar zu werden für sie. Sie bleiben noch eine Weile am Tisch sitzen in dieser noblen Hütte, dem großen Zelt, das nun wirklich ihnen gehört. Dann steht sie auf, kommt an seine Seite, beugt sich über ihn, umarmt, küsst ihn mit ihrer ganzen Leidenschaft, hört nicht mehr auf, kann nicht aufhören. Ihre Haare fallen ihm ins Gesicht und bedecken es. Sie arbeitet sich wie in ihn hinein, ihr Körper räkelt sich, seine Hände streicheln ihn.

Er ist mit einem Mal auch auf den Beinen, ohne dass sie ihre Liebkosungen unterbrochen hätten. Wohl haben beide nichts von dem gemerkt. Sie müssen hinaus, um sie muss es weit sein.

Draußen sind sie nackt und eins. Sie spüren Gras, sie spüren die ganze Wirklichkeit durch dieses Nichts und Eins, das sie sind. Sie jauchzen und der ganze Himmel mit ihnen. Ihr Fühlen füllt alles an und macht sie frei. Keine Erinnerung mehr, kein Plan ...

Der Übergang zum Schlaf geschieht unbemerkt. Haben sie überhaupt geschlafen? Jedenfalls haben sie, durch ihr Tuch bedeckt, ineinander verschlungen am anderen Morgen dort gelegen, dort, in jenem toskanischen Hain.

Wozu das alles? Dank immerhin für Trost und Anerbieten. Meine tiefe Demut bleibt dir sicher. Also, was soll ich tun?«
»Handeln – oder mich handeln lehren. Ich könnt es dann leichter ohne Mitleid machen.«
»Aha. Bietest du den kleinen Finger, nimmt er gleich die ganze Hand. Du verlangst viel, zu viel, mein Lieber, aber ...«
»Jetzt klagst du!«
»Aber geschieht denn noch nicht genug? Die kunterbunt zusammengeworfenen Städte und Dörfer, immer wieder neu und unerwartet. Die Berge, die Meere, die Sprachen und Hautfarben, Wind und Wetter ...«
»Schon, aber ich will Sinn Ziel, Richtung ...«
»Und ich soll dir all das geben. – Einbildung.«
»Es ist unsere Pflicht. Es wird unsere Schuld«
»Du schuld, wir schuld – Hochnäsiger!«
»Du kennst die Geschichte des Sohnes eines ihrer Götter. Des einzigen Gottes aller Himmel und Welten für diejenigen, die an ihn glauben. Er wurde verraten, gekreuzigt. Das Kreuz, eine damals gängige Methode, um Menschen, die Unrecht getan oder in Ungnade gefallen waren, um ihr Leben zu bringen, du weißt ja. Sie nagelten sie auf längliche Kreuze auf, stellten sie dann an einen Straßenrand oder auf ein Feld und ließen sie darben, bis sie Geist und Leben aufgaben. Dann verbrannten sie sie, gruben sie ein oder warfen sie in Höhlen. Jenem Gottessohn geschah das Letztere. Er wurde verraten von einem aus seinem engsten Kreise, einem seiner Jünger, der sich nachher an einem Baum erhängte ob seiner Schuld, so unausweichlich sie auch nach all den Vorhersagen des Verratenen sein mochte. Kam, glaub ich, gleichwohl in das, was sie später Hölle nannten. Zu jenem Anti-Gott, der halbwegs notwendig, halbwegs zu überwinden war, der halbwegs als gefallener Engel in den göttlichen Plan passte, halbwegs sich göttlichem Gebot und Willen entzog – was aber ihrem Gott wiederum gar nicht immer ungelegen kam. Denn jener ›Teufel‹, wie sie ihn nannten, jagte leidenschaftlich gern nach Seelen, die eigentlich dem auf jeden Fall – wie und wozu auch immer er gewillt war – Gutgewillten gehörten. Diese Jagd erlegte den Menschen eine Aufgabe auf, die der Gute ihnen kraft seiner Allmacht eigentlich leicht hätte abnehmen können, nämlich sich gegen das Böse zu verteidigen, wenn sie denn nicht zu schwach oder zu gleichgültig waren und seiner Verführung durch schnelles Vergnügen verfielen. Verfielen sie nicht, so optier-

ten sie umso entschiedener für den Guten, was ihm bestimmt nicht missfiel. Etwas ungeschickt war nur, dass er seiner Macht nicht nur gegenüber seinen Geschöpfen, sondern auch gegenüber dem Gehörnten – er soll unablässig Hörner auf dem Kopf getragen haben – ein Stück weit entraten musste, sollte dieser seine Pflicht tun und deren Seelen nach Kräften locken. Hätte er ihr nicht und niemals entraten, hätte es weder Verführung noch Widerstand gegeben und damit keine Moral, also weder Himmel noch Hölle, nur ein Jenseits – und das ging nun wirklich nicht. Wie hätte Judas am gleichen Ort aufgenommen und für immerdar bleiben können wie der Gottessohn, den er verraten hatte? Das wäre doch zu dick aufgetragen gewesen, eindeutig. Er musste nun mal in die Hölle. Jener andere aber, der den Gottessohn verurteilte, erhängte sich nicht. Er wusch seine Hände in Unschuld – in Wasser, klarem Wasser, das dann offenbar an seiner Stelle zu Lasten des schuldlosen Angeklagten entschied und Schuldige begnadigte. Pontius Pilatus, der Statthalter eines großen Reiches, des Imperium Romanum, nach damaligem Dafürhalten eines Weltreiches, verantwortlich für eine Außenprovinz, ein Verwaltungsmann mittleren Grades, der seine Pfründe genoss und sich wohl daran auch kräftig selbst bereicherte. Er wäscht also seine Hände in Unschuld. Er, dem als Einzigem die Blutgerichtsbarkeit in der Region zustand, weshalb sein Urteil für die Durchsetzung der Absichten gewisser Kirchenfürsten unumgänglich war – und er kommt mit einem blauen Auge davon. Oder sogar ohne blaues Auge. – Aber wir, können wir einfach unsere ›Hände‹ in Unschuld waschen?«

»An Wasser fehlt es ja nicht, das uns umspült. Dazu erst noch an salzigem, wenn wir wollen. Sonst das sicher nicht immer und überall kristallklare Wasser der Bäche, Seen und Flüsse. Aber wozu dieses Gleichnis? Wir verurteilen ja keine Unschuldigen. Wir verurteilen niemanden! Wir sind kein Richtstuhl, schon gar nicht sind wir Richter; wir wollen nichts – und wir können nichts. Wieso sollen wir also böse sein oder gut? Willst du Verantwortung, für die uns beim besten Willen niemand dankbar sein könnte – wie sollten sie uns auch nur ansprechen? Glaubst du, deine Erkenntnis, dein Urteil seien, was unsere Lage, unser Wesen leider sein muss, nämlich absolut abgehoben, ja erhaben? Überhaupt nicht eingebildet, gnädiger Eiferer!

Was ihre Geschichte angeht, so mögen sie hören, sie! Was hatte Judas Ischariot, was hatte Pilatus für eine Wahl? Das Schicksal des Ersten ist, wie du selber antönst, tragisch. Der Zweite nimmt Zuflucht zum Theater, zum Effekt, zum Drama, um zu zeigen, einmal mehr zu zeigen, was er immer schon gewesen war: ein hundsgewöhnlicher Mensch, ein vielleicht etwas gefräßiger, etwas wollüstiger Römer. Aber ich frage dich: Was, wenn er mutig gewesen wäre, ein Held wider das Volk, ein Revolutionär – wie jener durch im Wasser gewaschene Administratorenhände gerichtete Jesus von Nazareth in seinen guten Jahren? Weißt du, was da auf dem Spiel gestanden hätte? Du selbst hast die Vorhersagen erwähnt – göttliche Vorhersagen. It happened tomorrow. Hätte Judas ihn also nicht verraten, wäre er zu früh reumütig – oder einsichtig – geworden, was hätte er da angerichtet! God wouldn't have happened tomorrow! Jesus, und damit sein Vater, hätten falsch prophezeit. Jesus, zwar noch am Leben, wäre dann wirklich zu dem geworden, wozu man ihn nachher gemacht hat: zum lächerlichen ›König‹ mit Dornenkrone. Was also, wenn Judas sich erdreistet hätte, nicht mit Jesu Gnaden in die Hölle zu fahren? Zu einem gespenstischen Übergott geworden wäre er, einer Art christlichem Herkules, der, wenn er nicht gar göttliche Fügung oder den Willen Gottes außer Kraft setzen, mindestens mit beidem kokettieren würde. Er hätte sich gegen Jesu Autorität vergriffen. Ihm blieb also keine andere Wahl als die Tragik seines Schicksals. – Schuld? Ihre heilige Schrift teilt sie dem zu solch glanzloser Tragik Verurteilten aus dem Munde Jesu zu; die Rede ist von ›großer Sünde‹. Glaubst du ihm? Wirst du zum Ketzer, wenn du es nicht tust?

Und Pilatus? Er ist, wie gesagt, theatralischer. Muss es ja auch sein, des Amtes wegen. Die Hände wäscht er sich zwar aus Bequemlichkeit metaphorisch rein, weil dies der Weg des geringsten Widerstandes ist und damit ›die Kirche im Dorf bleibt‹, jaja, er, der Römer, ist einer der ihren! Aber ohne zu wissen demonstriert er mit dieser Show, mit seiner publikumswirksamen Geste seine Stellung innerhalb der Leidensgeschichte Jesu: Er ist bloßes ausführendes Organ, Marionette. In dieser himmlischen Optik würde auch er sich erdreisten, gäbe er Jesus frei. In der seinen allerdings kaum, denn er ist ja nicht Jude. Mut bräuchte aber so oder so ein gewisses Sendungsbewusstsein im Dienste der Gerechtigkeit. Er hätte somit zum sehr zweifelhaften Helden des Christentums werden können. Was für Judas gilt, gilt ja auch für ihn – freilich ohne dessen Tragik. Pilatus, Verwalter in der augusteischen Zeit, ist aber zum Glück nicht übermäßig mutig, von Heroismus ganz zu schweigen. Ihm hätte es wahrscheinlich auch nicht eben viel ausgemacht, nicht in der Bibel zu erscheinen. Umgekehrt macht es ihm aber nichts aus, das Wissen eines Gottes, an den er nicht glaubt, über die Zukunft oder gar jenseits aller Zeit nicht zu enttäuschen. Zur Tragödie fehlt ihm somit entschieden das Format des unglücklichen Jüngers.

Und dieses Gleichnis soll mir Schuld illustrieren, aufladen – Schuld dadurch, dass wir Unmögliches unterlassen? Auch wir haben ja keine Wahl und erst noch, wie gesagt, niemanden zu verurteilen!«

»Aber zusehen, kannst du einfach zusehen? Was werden auch sie von uns denken?!«

»Denken? Sie – von uns? Du machst dir und mir Sorgen!«

»Vielen Dank und gleichfalls. Geht ja gleich in einem, wenn wir uns gegenseitig ... Aber tun wir uns mit unserer wechselseitigen Sorge um uns selbst etwas zuliebe? Können wir uns damit helfen? Du erklärst mir von Pontius zu Pilatus, dass wir noch viel weniger als jene selbst schon schuldlosen Strohmänner schuldig sein können, da wir ja erst recht keine Wahl haben. Aber bleibt man einfach deshalb unschuldig, weil man glaubt, sich vielleicht gar nur vormacht, man habe keine Wahl? Auch sie versuchen ja dauernd, es sich so einzurichten, dass sie nicht anders können, dass sie ›Sachzwänge‹ knebeln, sie also keine Verantwortung, damit auch keine Schuld trifft. Und wir sollen unschuldig sein, bloß weil wir ihnen das nachmachen müssen? Hat Judas Ischariot sich erhängt, weil er sich seine Unschuld überlegt hat? Vorgerechnet und gemerkt, dass mit ihm unter dem Strich ein übles Spiel getrieben wurde? Er hätte ja einfach die dreißig Silberlinge den Hohepriestern zurückgeben können – und damit basta! ... Ich habe mir eurer Schweinerei nichts zu schaffen – und mit der Vorsehung erst recht nicht, etwa so ... Aber nein! Er geht und erhängt sich. Weil ihm die gefühlte Schuld im Nacken sitzt wie ein schwerer Stein. Wie ein klebriger Saft, den er nie mehr loswerden wird. Er ist machtlos ihr gegenüber, empfindet aber jene andere Machtlosigkeit, die ihn ins Verhängnis trieb, als sein Handeln, seinen Willen, sein Fehlen. Er hat gefehlt – auch wenn jeder das Gegenteil ihm schlüssig bewiese. Wie der Autofahrer, der an sich irre wurde, weil er ein Kind überfahren hat, obwohl er sich sagen musste, dass nur Fügung oder Glück, nicht aber er den Unfall hätte vermeiden können; das Kind rannte ihm aus einem Hinterhalt direkt vor die Motorhaube. Bald vergangene Zeiten, sicher, aber trotzdem kein schlechtes Beispiel, eines von vielen ... Ich

habe durchaus keinen tiefsitzenden Helferinstinkt; ich will sie nicht retten. Nicht unbedingt. Wenn ihnen nicht gegeben ist, zu bleiben, dann halt weg mit ihnen – aber ohne Wenn und Aber! Mein Zustand ist schuldig sein, ohne etwas tun oder unterlassen zu können. Weder um es zu werden, noch um Schuld zu mindern ...«
»Wir haben ja keinerlei Absichten, also auch keine bösen ...«
»Woher wissen sie das? Vieles, die ganze Welt scheint sich gegen sie zu verschwören. Und sie vermögen dagegen ja nichts mehr auszurichten. Die Welt macht mit ihnen, was sie will. Wir machen mit ihnen, was wir wollen. So muss ihnen das doch vorkommen, nicht?

Ihr Heim ist nicht mehr ihr Heim. Auf keine Landschaft, ja kein Klima ist mehr Verlass. Reichen ihnen denn ihre vier Wände? Können sie an sie noch glauben, wenn sie sie zum Beispiel plötzlich am Meer sehen und sie haben doch bisher in einem Binnenland gewohnt? Nein, es ist kein Traum: Das Haus, das gestern noch Tausende von Kilometern weit weg davon stand, steht jetzt am Meer. Wo? An welchem? Wie und wohin verläuft die Küste? Sie müssen sich doch fragen, wo sie sind. Sie können doch unmöglich vollkommen fremd, ein Körnchen irgendwo sein. Wer sind die Nachbarn, wo ist der nächste Lebensmittelladen, wo die nächste Kneipe? Wohin muss ich zur Arbeit oder in die Ferien, wohin müssen die Kinder in die Schule? Verwandte, Freunde? Gegner, Feinde? Wenn sie früher an einen fremden Ort fuhren oder flogen, was taten sie als Erstes? Sie nahmen einen Stadtplan oder eine Landkarte hervor, um zu wissen, wo sie waren. Wenn nicht, hatten sie doch immerhin eine Idee, wo ungefähr auf dem Globus sie sich aufhielten. Können sie das heute noch? Können sie sich noch auf die Form ihres Planeten verlassen? Oder erfinden sie wenigstens eine neue? Von der schon da gewesenen Scheibe mit Himmel darüber bis zu – weiß nicht was? Ihre Astronomen, was sagen sie zum Verlauf der Bahnen von Sonne, Mond und Gestirnen? Oder blüht wenigstens die Astrologie – der für ihre Deutungen und Horoskope noch nie so viel Anreize geboten wurden wie heute? Noch nie ließ sich so viel am Himmel als Zeichen und günstiges oder ungünstiges Zusammentreffen von Zeichen verstehen. Sind sie nicht verurteilt – oder dauernd vor dem Richter? Oder in dem Moment, in dem Pilatus sich die Hände in Unschuld wäscht, vor ihm? Oder noch vorher: Es wird gegen sie ermittelt, aber niemand weiß eindeutig, weswegen – und durch wen. Kein klarer Mord, kein Totschlag, keine Unterschlagung oder ungetreue

Geschäftsbesorgung, keine Gotteslästerei oder was immer sie alles noch als strafbar ansehen. Sie sind der Koketterie und Willkür einer vollkommen brüchigen Erdoberfläche ausgeliefert – auch wenn sie gerade nicht bebt und kein Vulkan Lava speit. Ein Geschwür. Sucht sie selbst etwas Derartiges heim, nennen sie es wohl Krebs. Krebs, dieses selbstzerstörerische, sinn- und zügellose Zellwachstum in ihrem Leib, das sie – meist furchtbar – leiden macht und oft genug tötet. Und gleichwohl können sie auf Wachstum nicht verzichten, wenn sie erwachsen, ja überhaupt werden wollen. Als Krebs wird es zu ihrem Mörder, als Natur zu Körper und Seele.«

»Halt! So weit sind wir noch nicht! Gehen sie denn schon unter? Wer sagt dir, dass sie das je – deswegen – tun werden? Als ob sie nicht längst selbst dafür gesorgt hätten, sich aus eigenen Kräften wegschaffen zu können. Wenn sie ihre Eliminierung, natürlich immer die Eliminierung der anderen, im Dienste höherer Ziele für notwendig oder nützlich hielten. Als ob sie nicht längst gelernt hätten, Unvereinbares – nicht Gegensätze, sondern absolut Unvereinbares – in ein und denselben Gedanken zu packen. In ein und demselbem Atemzug auszusprechen. Ihre Kriege, waren sie nicht grausam? In wie vielen Fällen sinnlos – für den Einzelnen wie für die betroffenen Völker – und oft sogar für die Regierenden? Aber der Krieg musste geführt werden, in wessen Namen auch immer – manchmal führten ihn ja zwei verfeindete Länder im Namen ein und desselben Gottes. Friede wurde geschlossen, ab und zu; aber die stehenden untätigen Heere bedeuteten eine Gefahr für Land und Leute. Sie brandschatzten, raubten, vergewaltigten Frauen. Löste man sie hingegen auf, ergaben sich soziale Probleme: wohin mit den Leuten und was gab man ihnen? Später entwickelten sie eine immer gewichtigere und raffiniertere Rüstungsindustrie, die einen Haufen Arbeitslose ausgespuckt und vielleicht ganze Landstriche entvölkert oder zu modernen Räubern und Brandschatzern ›erzogen‹ hätte, wäre sie mit einem Mal nutzlos geworden. Wahrscheinlich wäre es zu Unruhen gekommen – und vielleicht gerade deshalb zu Krieg. Doch Krieg, einen großen Krieg, den konnten sie sich längst schon nicht mehr leisten, ohne alle Eigenen – vom Regierenden über den Mitarbeiter im Rüstungsbetrieb bis zum Bettler – dem fast sicheren Untergang zu weihen, das wussten sie. Also mehrfach tödliches Kriegsgerät für einen Krieg, den man nicht führen konnte, weil man sonst selbst mehrfach starb – und gegen einen Krieg oder zumindest brutalen Ver-

teilkampf, der angesichts der auch anderswo nicht eben notleidenden Produktionskapazität entstanden wäre, hätte man seine Fertigung und Entwicklung mir nichts, dir nichts eingestellt ... – Sind sie aus diesem Dilemma, aus dieser aussichtslosen Lage entwischt, haben sie auch nur versucht zu fliehen? Sind sie an ihr zugrunde gegangen? Manche mögen sich in einem vagen Prozess ohne Richter und Anklage gewähnt haben, manche in Träume versunken sein oder Illusionen gehegt und gepflegt haben wie ein Vorgärtchen. Aber ist das nicht eine Lage, die sie geschaffen haben; eine Lage, von der wir ohne Weiteres annehmen dürften, sie, die Macher, hätten sie gewollt. Zynismus unsererseits wäre das bestimmt nicht – trotz besseren Wissens. Und gab es überhaupt eine andere Lösung als die ihre – nämlich keine? Keine, und ein paar Runden weiterdrehen ...
Und schau auch ihre Wirtschaft allgemein an. Leidet die nicht schon lange an Krebs? Bräuchte die nicht längst schon nicht nur einen Arzt, sondern einen Jesus, der sie heilte – durch eines seiner Wunder? Sie hatten Zeiten, da waren ihre Volkswirtschaften einigermaßen ausgeglichen. Handel blühte, anderer welkte, Handwerk ebenso. Dann kamen die großen Entdeckungen, die technische Revolution walzte vieles nieder, was vorher wahr war. (Übrigens gab es ja kaum Revolutionen, die so wenig als Revolution gedacht oder gewollt und so sehr welche waren wie die technische, das nur nebenbei.) Sie hat den Weltanschauungen weit herum den Rang abgelaufen und vieles stärker von Grund auf geändert als die verwinkeltsten von ihnen. So schuf sie den Industriearbeiter, die Arbeitermassen in den Städten, ja eigentlich die Menschenmasse überhaupt. Und natürlich brachte sie die Industrie. Die Technik ermöglichte große, immer größere, mit der Zeit weltweite Unternehmen. Laufend neue Produkte wurden erfunden (und, fehlten sie oder schlummerten sie noch, Bedürfnisse dafür geschaffen). Wachstum ungeahnten Ausmaßes wurde möglich. Ihre Betriebe richteten sich darauf ein – und sie ebenfalls. Das Wachstum wurde schnell zur Institution. Es versprach materiellen Wohlstand – hielt sein Versprechen aber nicht immer und vor allem nicht gegenüber allen. Es schuf mindestens so viel Armut und Ungleichheit wie Reichtum und Gelegenheit zu persönlicher Entfaltung. Aber ihre neue Wirtschaft – Weltanschauungen hin oder her, wie gesagt – konnte nicht mehr sein ohne dieses Wachstum ihres Umsatzes. Sonst liefen Anlagen leer, Mitarbeiter und Kader verloren ihre Funktion und Stelle.

Eine Droge? Sucht? Niemand unter ihnen hätte all das so genannt. Die meisten nannten es Vernunft.

Nun aber die Kleinkinderfrage – ja, die kleinen Kinder stellten ihren Eltern diese Frage öfters: Kann man denn immer mehr Autos bauen, mehr Flugzeuge? Einmal gibt es doch genug davon. Die Eltern antworteten dann vielleicht: Die Autos werden einmal alt, auch die Flugzeuge ... Die Kinder daraufhin: Aber es gibt ja immer mehr Autos, mehr Flugzeuge ... Die Eltern daraufhin: Ja, irgendwann einmal wird es schon genug geben, aber jetzt noch nicht. Im Klartext: Sie wussten keine Antwort. Schon lange nicht mehr. Niemand weiß Antwort. Das Volumen ihrer Produktion, von Gütern und Diensten, ihres Handels, ihres Marktes muss wachsen. Tut sie das nicht, so werfen nicht nur ihre Rüstungsfabriken Arbeitslose ab wie ein reifer Baum Früchte. Die Arbeitslosen kosten. Kosten ihre Staaten, ihre Gesellschaften, sollen sie nicht verhungern. Die Mittel, mit denen sie diese Untätigen unterhalten, muss irgendwer spenden. Die Unternehmen vielleicht, die sie haben entlassen mussten, weil sie keine Arbeit mehr hatten für sie? Wer denn sonst? Unternehmen oder Einzelne, die Arbeit und Geschäfte zuhauf haben und damit auch Verdienst? Die hätten sie eingestellt. Wer also? Der Staat, der somit wieder aufwachsende Steuer- und Sozialversicherungserträge und damit Profite angewiesen ist. Du siehst den Teufelskreis schon hier.

Ließe man die vom Baum Gefallenen aber verhungern, hörten sie auf, als Konsumenten zur Verfügung zu stehen. Der Markt schrumpfte gerade deswegen weiter und würfe weitere Heerscharen gleicher trauriger Lose aus. Nichts mehr wüchse, außer der Misere – und die vielleicht bald ins Uferlose.

Nun war aber ihr Planet schon immer endlich. Er ist nicht mitgewachsen. Hoffen sie vielleicht jetzt aufgrund der Veränderungen, dass er sich – endlich – angepasst hat? Dem ist nicht so, wie du weißt. Wie wir wissen. So viel wissen wir. Also muss ein Ende sein mit dem ›gesunden‹ Wachstum. Sie wissen das, auch sie. Aber sie können nicht ausbrechen, ohne sich selbst aufs Spiel zu setzen. Denn zu viel Hunger bringt nicht nur noch mehr Hunger, sondern Aufruhr, vielleicht Krieg. Und zu viel Krieg bringt ihr Ende. Die Wirtschaft wuchert also weiter, eigenmächtig unkontrolliert, wütet wie ein garstiges Tier, wie eines ihrer früheren Fabelwesen, ein Drache vielleicht, der Feuer speiend alles mit ins Verderben zieht. Wie Krebs. Gesunder Krebs also? Stört

sie dieser Widerspruch? Haben sie in dieser Einsicht – oder umgeben von dieser Unheimlichkeit – nachgelassen in ihren Geschäften, auch nur übertriebenen Wünschen den Garaus gemacht? Oder aufgehört, neue Menschenleben zu zeugen, denen sie Rede und Antwort stehen mussten oder gar ihre Verantwortung für all die Wucherungen ebenso wie ihre Ohnmacht erklären? Hat eine Veränderung, die sie nicht als von ihnen verursacht annehmen können, geschehen müssen, um sie trotz Widersprüchen und Teufelskreisen dieses Kalibers weiterexistieren, vielleicht sogar weiterleben zu lassen? Sind sie an der fehlenden Erklärbarkeit der neuen Umschichtungen zugrunde gegangen?
    Ihre Städte, wie sind sie vorher gewachsen? Ihre Landschaften, wie haben sie sich vorher überzogen? War für den Einzelnen noch durchschaubar, was geschah? Ahnte er in dem, was er nicht durchschaute, eine fehlende Antwort? Erblasste er, wenn er doch einmal ihr Fehlen mehr als nur ahnte? Hoffen sie auf Jesus? Oder sonst auf Erlösung?
    Haben sie sich eigentlich nicht ganz gut vorbereitet? Die Kriege, die immerhin schon ganze Nationen beinahe ausgerottet hatten, die Rüstung als unabdingbarer Wirtschaftsfaktor und -motor, die Wirtschaft, die, um gesund zu sein, Krebs haben muss, ihre Städte, die sich deshalb aufblähten, als hätten sie dem harten Überdruck eines mächtigen Gasstrahls nachgeben müssen – all das war ihr Werk. Gut, mindestens ebenso das Werk ihrer Ahnen und Urahnen. Nützte es ihrem Bewusstsein etwas, wenn es die Wirklichkeit, die es umgab, schon damals, schon vor all der Eigenmächtigkeit der Welt, auf menschliches Wollen, Planen und Tun hätte zurückführen können? Oder zumindest auf nachvollziehbare menschliche Sachzwänge? Unter einen Hut zu bringen war schon jene Wirklichkeit nicht mehr. Ändert es da so viel, wenn nun auch die Jahreszeiten nicht mehr ganz stimmen? In manchem Kaufhaus, Büro oder Restaurant herrschte ja ohnehin schon zuvor Einheitsjahreszeit. Wenn die Sonne etwas kapriziös wird, wenn Landstriche, Dörfer, Städte, Lebensweisen, Sprachen, Kulturen sich durchmischen – haben sie sich an etwas so unerhört Neues zu gewöhnen?«
    »Sieh mal einer an, er hat es fertiggebracht. Er weiß viel. Er hat viel in sich aufgenommen, aufgesogen und präsentiert es jetzt als seine Erkenntnis, als seine Überlegenheit. Was willst du verbergen? Oder gewinnen? Meine Aufmerksamkeit jedenfalls nicht, scheint's, sonst hättest du mehr auf ihre Leistungsfähigkeit Rücksicht genommen. Du sprichst ja auch abstrakt, sprichst vor dich hin, könntest ebenso

gut schreiben. Was heuchelst du jetzt, deine Sorge (um mich) oder dein Wissen? Oder beides? Oder glaubst du allen Ernstes, beides in dich hineinzuschlucken? Nein, beides geschluckt zu haben. Längst. Wieso schluckst du nicht auch noch gleich mich? Dann hätten wir beide Ruhe. Da du das aber offensichtlich nicht getan hast, noch nicht, so fordere ich jetzt erst recht: Handle! Stelle dich unter Beweis. Wie kann jemand oder etwas, das so viel als Wissen vorgibt, nicht auch wollen und bewirken können? Mindestens als Jesus müsstest du dich fühlen – wenn nicht als sein Vater. Oder umgekehrt: Wieso weiß ein Jemand oder Etwas, ein macht- und willenloses Ding, ausgeliefert ebenso ihnen früher wie jetzt zusätzlich noch Dingen, die weiß ich woher kommen – wieso weiß das so viel? Wozu? Lösungen? Die Lösung? Weg mit ihnen und so weiter ...

Du scheinst alle ihre Bewusstseine zu umarmen. Leihst du sie dir etwa aus ab und zu? Ihr Wissen, ihre Gefühle, ihre Bestrebungen, alles hast du gesichtet, durchschaut, katalogisiert, wohl gar auf einen Nenner gebracht. Und mehr noch: Was sie nicht können und wissen, das weißt du – und auch gleich noch, warum sie unwissend und unfähig sind. Und wäschst dir nachher die Hände in Unschuld ...«

»Da waschen wir aber fein munter zusammen, nicht?«

»Du bist aber nicht Statthalter und hast keinen Pöbel, der dich zum Unrecht drängt. Du sagst, sie hätten sich ohnehin schon an alles gewöhnt, weil schließlich Morast Morast bleibe, egal, ob er nun von ihnen stammt oder weiß der Kuckuck woher; egal, ob er nun noch etwas brauner geworden ist oder etwas grüner, als er ohnehin schon war. Aber kannst du dir nicht vorstellen, dass zum Beispiel ein Direktor das Unheil spürt, das er anrichtet, aber nicht anders kann, als es weiter anrichten, will er Direktor bleiben? Oder ein Präsident, ein Chef irgendeiner Regierung oder Behörde? Geht er, tut ein anderer, was er aus Verantwortung, vielleicht zum Schaden des jeweiligen Betriebes oder Staates, unterlassen hat. Oder – du Spitzfindiger! – ein anderer unterlässt, was der Gewissenhafte zu tun sich verpflichtet gefühlt hat. Sein Weggang hat nur seinen Kopf gekostet, nichts weiter. Nichts ist besser geworden oder schlechter. Glaubst du nicht mehr an wahrhaft Tragisches? Und das soll sie nicht ...«

»Dieser Tragödien sind sie ja nun glücklich enthoben, denn es kommt so oder so anders, als sie denken, wollen oder tun.«

»Wer weiß, vielleicht – ja, vielleicht kitzelt den einen oder anderen von ihnen die ganze Sache halt doch in der Nase. Vielleicht haben sie das Niesen noch nicht ganz verlernt – zu ihrem Schaden? Sie sind dagegen machtlos – zu ihrem Glück? Ja, richtig, die meisten waren es früher schon, aber das tut nichts zur Sache. Und auch dass das, was für die einen stinkt, für andere Parfüm ist, tut nichts zur Sache ... Ganze Nationen ausrotten, sagst du – bloß der sonst noch gefährlicheren stehenden Heere wegen? Die reine, glasklare, makellose Vernunft? So hört sich das an! Ganze Nationen ausrotten, die Möglichkeit schaffen, diesen Erdball für alle höheren Lebewesen ungenießbar zu machen – bloß damit die Rüstungsindustrie nicht arbeitslos herumlungert? Zerstörte Nationen – damit sie nicht untergehen? Wenn du sie in diese paradoxe, in diese ausweglose Lage hineingelotst hättest, glaubte ich vielleicht an dein Genie. Aber du behauptest, du wüsstest lediglich: Es stört sie nichts.

Operation an zweifelsfrei unheilbarem Krebs, nur damit der tatsächliche Sieger nicht als solcher wirkt. Den Fahnenmast knicken, damit man daran keine Fahne hissen und wehen lassen kann. Zeit schinden. Einsicht, dass nur noch Zeit zu schinden ist – zynische Einsicht? Kriege im Dienst von Weltanschauungen, Glaubensbekenntnissen, Vaterländern, multinationalen Konzernen – alles Erfindungen von ein paar zynischen Pragmatikern? Von Halbgöttern oder Dämonen, die vorziehen, das Rad anzutreiben, als vom Rad getrieben zu werden? Zwei Heere, die, wie du sagtest, sich im Namen ein und desselben himmlischen Vaters gegenüberstanden, ihn von hüben und drüben um verdienten Sieg anflehten – in den Tag hinein gesetzte Gespenster? Aber warum haben diese Gespenster denn so viel Eindruck gemacht, wenn die Damen und Herren doch so sind, wie du sie siehst? Und die Sekten, die jetzt noch blühen – wie kaum je zuvor? Der Computer, der den ganzen Erdball in sich trägt, ihn und manchmal auch sich im Griff hat mit seinen zahllosen engmaschigen Kontakten? Haben die Rechner, die die Sprengkraft ihrer Overkill-Bomben berechnen, die glühenden Gefühle derer ausgelöscht, die sie zu rechnen hießen? Kämpften sie – und kämpfen einzelne immer noch – ihretwegen gegen Kapitalismus, Kommunismus, predigen die Wiederkunft des einen oder anderen Erlösers? Wo doch alles in der Wirklichkeit, die sie umgibt, nichts, aber auch wirklich nichts abträgt. Haben nicht gerade die, die die elektronischen Gehirne entwickelt haben, geglaubt, mit ihnen ein Mittel zu klar und deutlich bestimmbarem Zweck zu schaffen, und nicht, sich,

wie du meinst, damit als Mittel zu verurteilen für einen Zweck, den sie nicht einmal erahnen, geschweige denn erkennen können? Wollten sie nicht ursprünglich Gültigkeit, das Licht? Aber stattdessen haben sie sich willentlich, ja, als hätten sie im Voraus um all die Heimsuchungen gewusst, durch ihre eigenen Errungenschaften an die Vorgänge gewöhnt, die jetzt ablaufen – einfach ablaufen.
Neid, Hass – begraben! Liebe, Glück, Unglück ebenso. Keine Trauer, kein Streit, keine Freude, keine Schicksalsschläge – weil ja auch keine Schicksale mehr. Kein Gemütszustand, weil ja auch kein Gemüt mehr. Ist es so, mein Freund? Wenigstens vegetieren, Sex – noch beben ja die Körper, werden Kinder geboren. Mütter beugen sich über sie, achten auf jedes Zeichen, jede neue Regung, das erste Lächeln. Hoffen sie nicht mehr – für sich und die Kleinen? Und die Väter? Arbeiten sie nicht mehr um eines größeren oder kleineren Zieles willen? Und sei es auch nur ein neues Auto (das sie dann womöglich nicht fahren dürfen) oder ein Fernsehapparat mit 3D-Bild und -ton. Oder Essen für sich und die ihren (für sich vielleicht noch etwas zu saufen dazu). Die Frauen, die Morgen für Morgen (oder zu der Zeit, die früher einmal Morgen war) zu Fabrikhallen oder Büros fahren – tun sie es aus Ergebenheit?
Gut – gesetzt, sie haben sich an ihr Unheil gewöhnt. Durch ihr eigenes Werk. Durch Erlangen von Gleichmut. Oder Gleichgültigkeit. Nicht einmal mehr Gleichgültigkeit vielleicht sogar ... – Und ihre Streiks, Aussperrungen damals, als sie sich all das antrainierten, ihre Protestmärsche, Demonstrationen, Fabrik- und Hausbesetzungen, ja -zerstörungen, ihre Anschläge, Bomben auf Geschäftsbetriebe, Bomben in Autos, wahllos in die Menge, mitten auf Plätzen, in Bahnhöfen, in Parks, Flughafenhallen, ja in Flugzeugen? Entführungen, Attentate auf mehr oder weniger bekannte Persönlichkeiten, nichts als Ausrutscher, nichts als peinliche Zwischenfälle? Kamen sie schon damals ›nur noch knapp über die Runden‹? Haben die Heerscharen von Lohnabhängigen, denen in Krisenzeiten gekündigt wurde, ihr Los einfach hingenommen, wenn die Unternehmer die Entlassungen nur mit einer einigermaßen glaubhaften Begründung als unausweichlich darstellten? Und bekamen sie Arbeitslosenunterstützung genug, um weiterzuleben, fast als ob sie weiterverdienten? Angst, ganz konkrete Angst – ein Hirngespinst? – Wut, Unzufriedenheit? Sei es beim einen oder anderen auch nur, weil er nicht so schnell so reich wurde, wie er sich das vorgestellt hatte ... Und der Reiche, fühlte er sich nicht auch

während des Indifferenztrainings oft genug betrogen von seiner reichen Wirklichkeit, in der er kaum Spuren seiner Träume wiederfand? Hatte also nicht auch manch hartgesottener Erfolgreiche Träume gehabt, vielleicht romantisch-süße, fast märchenhafte, vielleicht auch kitschige? Bedeutete seine Gleichgültigkeit wirklich Überlegenheit, Abgebrühtheit, sein Gleichmut nicht oft genug auch Resignation, Kapitulation vor einer Wirklichkeit, die er doch so niemals gewollt hat, dabei hat er ja eben noch alles darangesetzt, sie zu schaffen?

Und die, die sich betäubten, süchtig wurden, an ihrer Sucht starben ... Die Drogensüchtigen, die Alkoholiker, die Kettenraucher – hat ihnen irgendein Wirtschafts- oder technisches Wunder ihre Sucht weggewöhnt? Aus Weggewöhnung in den Traum, traumhaft in den Tod – oder mindestens in die Verstümmelung ihres Körpers bis zur Unkenntlichkeit? Alles einfach Langeweile, Überdruss? Du magst ja recht haben, wenigstens zum Teil – und ich geb sogar noch einen drauf: Überdruss und Langeweile, ohne zu wissen, weshalb und wie sie zu beseitigen wäre. Denn es gab so viel, das geschäftsmäßig vorgab, sie zu zerstreuen, und nicht hielt, was es versprach. Langeweile ohne Ausweg, ohne Anfang und Ende, Langeweile, die nach immer härteren, ausweglosen Drogen rief, Langeweile bis über den Tod hinaus – nein, das nicht gerade, aber bis dorthin. Ist es das, was du ›funktionieren‹ nennst oder ‚über die Runden kommen'? Wäre dieser Jesus von Nazareth nicht bald froh um Sünder vom Schlage eines Judas? Um Sünder, die in aufrichtig böser Absicht verraten und ebenso aufrichtig nachher bereuen? Wären all die Getäuschten nicht froh, solche Sünder noch sein zu können? Oder Erlöste? Nicht in eine Sucht Erlöste oder für einen Moment, nein, auf Dauer, wenn auch vielleicht nicht alle und immer und in alle Ewigkeit und Herrlichkeit ... klares Wasser. Ein tiefer Atemzug?«

»Durch Erlöser Erlöste, die hinter einem ihrer Fernseher verkümmern würden, höchstens verlacht worden wären, wären sie unter ihre Türen getreten? Der im günstigsten seiner Fälle einer ihrer Superstars geworden wäre, neben dem Boxweltmeister vielleicht oder einem Popstar. Sekten gab und gibt es auch heute noch genug. Vergisst du deine eigenen Beobachtungen und Mutmaßungen – oder vergisst du dich jetzt selbst?«

»Das ist so, weil sie nicht mehr an ihn glaubten, nicht mehr, dass sein Kommen möglich ist!«

»Also doch gleichgültig?!«

»Nein, resigniert, abgestumpft!«
»Warum fahren wir nicht noch ein wenig fort in diesem ach so wohlklingenden Tenor, er gefällt dir ja so ...«
»... Du bist mir ins Wort gefallen ...«
»Beleidige ich dich etwa, wenn ich so daherrede? Aber bitte! – Also Originalton: Jene Geschäfte, jene Verhältnisse, die sie in jene unlösbaren Widersprüche treiben. Können nicht gerade sie unmöglich auskommen ohne Gefühle, Erregtheit, Träume, Wünsche, Hoffnungen, Ziele oder zumindest Illusionen? Muss nicht all das geschaffen werden, wenn es sich nicht von selber einstellt? Ihre Werbung, das Erregen von Kauflust – welchen Sinn hätte das sonst? Ich könnte allerdings dagegenhalten, dass sie aus Gewöhnung – Sucht, warum nicht – kaufen. Treffen wir uns bei der Sucht? Aber das muss nicht sein. Was tut die Werbung denn sonst, wenn sie nicht gerade süchtig macht oder Gewohnheitstiere zu Gewohnheitstieren? Sie erweckt Träume. Sie macht ihnen ein Leben vor, von dem sie nachher glauben, es sei tatsächlich Leben. Dem sie, wenn gut geworben wird, kräftig nacheifern und nachhelfen. Ohne sich dessen bewusst zu sein. Hat doch das Plakat, das Inserat, der Fernseh- oder Radiospot in ihnen Gefühle und Dränge wachgerufen, die sie so nicht gekannt haben und auch nie ganz kennenlernen sollten. So begleiten sie etwa ihre Qualmerei mit jenen Gesten, die ihnen die Reklame vormacht, nehmen das Glas oder das Lenkrad so in die Hand wie die Schönen in Pose. Die Reklame, allgewaltig fast wie jene Götter und Erlöser, zimmert ihnen aus Versatzstücken des Hergebrachten, etwas Tiefenpsychologie und ein paar Tricks und Kniffen eine Welt, die es gibt und niemals geben wird; eine unbeschwerte, schöne oder zumindest reizvolle neue Welt. So verquickt man etwa Zigarettenmarken mit frischer Luft in Strand-, Wildnis- oder Bergstimmung. Wirklich, greifbar und schon seit Menschengedenken wahr ist das Bedürfnis nach frischer, würziger Luft, wohl kaum, dass die Zigarette dieses Bedürfnis stillt, und so weiter und so fort ... – Ein Mensch, der nur noch funktioniert, sich reibungslos über die Runden bringt, kann der noch für Bedürfnisse empfänglich sein, die ihm nicht sein Funktionieren-Können oder gar Funktionieren-Müssen diktiert? Oder andersherum: Wenn er noch empfänglich ist – wo bleibt das dazugehörige Bedürfnis? Sie betreiben ja auch weniger großflächige Werbung als früher, viel weniger ...«

»Aber kaufen tun sie nach wie vor – und wie! Und die Schaufenster schmücken ...«

»Spricht das gegen mich? Aber wart! Ich bin noch nicht fertig. Warum hast du nicht als Erstes die Slumunruhen erwähnt, die Unruhen der ganz Armen? Sie sind geschehen, als sich alles schon ganz schön durcheinandergeschüttelt hatte. Die Elendsviertelbewohner protestierten, verstopften Straßen. Weil die nicht mehr nur Hunger hatten, sondern ihnen nun auch kalt war. Sie waren Kälte, Schnee nicht gewöhnt, manche ihrer Hütten waren windig, eigentlich längst schon abbruchreif ...«

»Ja, wieso zum Teufel haben sie, die etwas solideren, eigentlich gewartet, bis die fletschend und jammernd auf die Straße gingen? Radau war ja wirklich das Letzte, was sie brauchen konnten ... «

»Die auf der Straße waren eben schwach, erst als sie die blanke Not ...«

»Dann aber unzählige, so viele, dass man nicht einfach über sie hinwegschauen konnte. Oder sie niederwalzte ...«

»Als man dann endlich eingriff, ging's fix. Schwindelerregend schnell; man isolierte ihnen die Häuser, baute neue, siedelte sie um ...«

»Worauf sie wieder Ruhe gaben. Sofort. Bald waren sie kaum mehr von den Wohlständigeren zu unterscheiden.«

»Aber wer hatte ihnen eigentlich die Häuser hingestellt, so schnell?«

»Schau her, welch neue Töne! – Interessiert dich das?«

»Diese Blitzartigkeit, diese Reibungslosigkeit. Die Slumunruhen gehörten zu den wenigen Krawallen, die's noch gegeben hat. Und nicht zu vergleichen mit der Unmenge jener anderen, die sie vorher hatten. Als die Hilfe anrollte, war alles fast schon da, ehe es gebraucht wurde. Aber sie konnten doch unmöglich all das voraussehen! Ihre Wissenschaftler jedenfalls forschten den Phänomenen nicht nach. Wirklich nicht – oder war mir das entgangen? Das musste sie doch wundernehmen! Sonst nimmt sie doch wunder was wunder – oder nahm sie wenigstens früher!«

»Wieso sollte sie etwas, woran sie sich längst schon selbst gewöhnt hatten, wundernehmen? War doch längst keine Sensation mehr. Du sagst's ja selber! Als ob die Neuerungen für den Einzelnen etwas so Bahnbrechendes gewesen wären! Heimatlosigkeit, Kulturwirrwarr. Oder Eintopf, wie du willst, daran waren sie sich doch längst schon gewöhnt. Wieso nicht auch an das perfekte Funktionieren ihrer Umgebung?«

»Aber irgendwer muss das doch bewerkstelligt haben! Die blitzartigen Anpassungen, die Regulierungen. Und um sie zu bewerkstelligen, muss er, sie oder es doch gewusst haben, was zu bewerkstelligen ist und wie! Und um zu wissen, was und wie, muss er doch zu begreifen gesucht haben, was geschehen ist! Niemand sucht aber zu begreifen. Du bist es gewesen, der sich darüber wunderte. Und immer klappt alles. Ich kann mir ja vorstellen, wie sie sich gewöhnt haben daran – sofort –, dass immer alles klappt. War ja vorher wirklich vielerorts schon fast so. Lange nicht überall, aber bei uns, in unseren Breitengraden. Damals, als wir noch für uns und für sie einigermaßen klare Grenzen, eine von ihnen geschaffene Ausdehnung hatten. Aber wie sie das jetzt bewerkstelligen – das ist mir ein Rätsel. Früher konnte auch bei uns einmal etwas nicht stimmen – eine Straßenbahnleitung, die heruntergerissen wurde, vielleicht von einem Baum, den grober Sturm zu Boden gerissen hatte, oder auch nur Frostschäden am Straßenbelag – und der Schaden wurde behoben. Ohne dass deswegen die Leute vergebens auf die Straßenbahn warteten – allenfalls mussten sie in einen Bus umsteigen – oder die Autos nicht fahren konnten; sie wurden umgeleitet auf eine andere Fahrbahn oder Straße. Aber heute wird kaum je repariert und es funktioniert alles. Nur schon die Stadtpläne – Landkarten sagt man jetzt besser –, die Druckmaschinen scheinen schon im Voraus zu wissen, wie sie sie neu zu drucken haben, ihre elektronischen Navigationssysteme reagieren noch blitzschneller. Gibt wer oder ein riesiges allwissendes Elektronengehirn die Änderungen laufend ein? Jedenfalls stimmen sie immer. Immer neu. Sogar mit Sehenswürdigkeiten, Fotos dazu, bei Bedarf. Ihnen zufolge scheint sich weniger zu verändern als je zuvor – ja gar nichts! Oder stelle dir einen Stromausfall vor. Du weißt, dass in anderen Regionen, die jetzt ja mitunter zu uns gehören, solche Stromausfälle häufig vorkamen. Du kennst die Folgen, wenn er etwas dauerte: Chaos in den Städten, auf den Straßen überhaupt. Keine Eisenbahn, keine Untergrundbahn fuhr ja mehr, keine Lampe brannte, keine Pumpe versah ihren Dienst, keine Klimaanlage, nichts. Die Leute froren, wo's kalt, und schwitzten, wo's heiß war; Patienten in Spitälern starben, weil sie entweder nicht mehr richtig gepflegt oder nicht operiert werden konnten, und dieselben Spitäler hatten neun Monate nach dem Unterbruch viel zu tun, weil natürlich auch Fernsehapparate und alle anderen Zerstreuungen ausgefallen waren ... Die Zeitungen waren voll von dem Ereignis,

sobald wieder genügend Strom floss, dass sie getippt und gedruckt werden konnten.
Und erst die Naturkatastrophen? Lawinenniedergänge, Überschwemmungen, Erdbeben, Vulkanausbrüche. Tote gab es zuhauf, Verletzte, Darbende, Kranke, Seuchen brachen aus früher und rafften noch hinweg, wen die Katastrophe selbst verschont hatte. Die Zeitungen, allen voran die Regenbogenpresse, und die Fernsehstationen überboten sich mit Bildern von dem ›tragischen‹ Ereignis, wie sie es nannten. Manchmal schien es fast, sie hätten vorher Lunte gerochen, so prompt waren sie mit Beiträgen zur Stelle, du erinnerst dich ... Wochen dauerten die Räumungsarbeiten und oft sah man Jahre danach noch Spuren von dem Unglück. Auch war es dann oft ein Politikum, das als Mittel zu ganz anderem Zweck diente.
Und heute? Naturkatastrophen gibt es so gut wie keine mehr, obwohl ja jetzt viel mehr im Fluss ist; die Erde bebt kaum mehr – mancher Überschallknall ihrer schnellen Vögel schüttelt sie stärker durch –, die Vulkane sind verstummt, wohl für immer, ja, selbst Geysire sprudeln mittlerweile geradezu ziemlich, man könnte meinen, nur noch auf Geheiß. Geschieht doch einmal ein Rülpser oder Aufstoßer aus dem glühenden Inneren, so werden seine Folgen ohne jedes Drama oder mediales Fortissimo blitzartig behoben. Und der direkt Betroffene lebt weiter, als ob nichts geschehen wäre – wenn er noch lebt. Keine Bilder, keine Riesenlettern in den Zeitungen, nichts. Stromausfälle gibt es so gut wie gar keine mehr, obwohl die Leitungen jeden Tag anderswo durchführen.«
»Dass niemand weiß, woher der Strom aus der Steckdose kommt, ist allerdings nun wirklich nichts Neues.«
»Du nimmst mir das Wort aus dem Mund. Kommt das vor? Vielleicht funktioniert alles so gut, weil ohnehin vorher schon viele Kraftwerke und Solaranlagen untereinander im Verbund standen. Aber auch dieses Verbundsystem konnte nicht jeden Stromausfall vermeiden. Heute, wandernd, kann es das fast vollständig, sogar die doch auf seismische Stabilität angewiesenen Atomkraftwerke kollabieren nicht, es gibt keine Risse in ihren Panzern und somit auch keine strahlenden Pannen. Und ich sehe sie auch nie emsig für unerwarteten Bedarf neue Kraftwerke, welcher Art auch immer, hinpflastern ...
Planen sie überhaupt noch? Organisieren sie? Kurzfristig, mittelfristig, langfristig? Ihre Geschäfte, die wohl schon – aber sonst? Nichts

deutet darauf hin, dass Planung noch möglich ist – gerade weil sie so planlos vollendet funktioniert, dass niemand sie vermisst oder ihr Fehlen vermutet, ja auch nur wahrnimmt. Zukunftsvisionen? Bewusst zu Hoffnungen geschürte Illusionen?«

»Jetzt fragst du so. Kräftig umgepolt haben sich deine Sorgen! Siehst du nicht die große Befriedung? Niemand mehr denkt ernsthaft an Kriege. Auch nicht an heilige. Die unterschiedlichsten Gesellschafts- und Staatsordnungen werden durcheinandergeworfen – und scheinen sich zu ergänzen. Diktatur neben Demokratie, Gottesstaat neben dialektischem Materialismus oder nationalistischem Rechtspopulismus. Sie geben sich die Hände. Der eine geht ins Wahllokal, der andere ins Gotteshaus, der dritte in die Parteizentrale. Alle gleichmäßigen Schrittes und ohne geballte Faust in der Hosentasche Ach Quatsch, ›gleichmäßigen Schrittes‹ – natürlich fahren sie; wie sonst würden sie finden, was sie suchen? Literatur, Kunst, Musik, Kino, Theater bestehen weiter; zumindest als Institution. Die übertragen wird, hauptsächlich durch allgegenwärtiges Fernsehen (ob es tatsächlich noch Theater, Kinos, Konzertsäle und so weiter, aber auch Fußballstadions, Diskotheken, Nightclubs gibt, ist unklar). Also doch ein Segen, diese Verwirrung? Sind sie etwa doch reif geworden? Reif – nicht resigniert, nur noch Mumien? Haben sie also das erreicht, was sie früher vom anderen immer dann forderten, wenn sie es selbst nicht leisteten? Ist die totale Apokalypse ihre Genesung – nur weil sie nicht von ihnen kommt? Haben am Ende diejenigen recht, die, teils schon seit Jahrtausenden, das Reich des einen oder anderen Gottes auf Erden prognostizieren? Beginnt das Leben erst jetzt? Erst jetzt so richtig? Wachsen aus Krebsgeschwüren Rosen? Blühende Rosen? Verwelken nur einzelne? Machen anderen, noch schöneren Platz und sie bleibt – die Pracht, die Kraft? Kein Prunk, nur gelöste, bescheidene Schönheit. Schönheit, die keine Augen verlangt, um sie zu sehen. Natürliche Regel, keine Gleichmacherei oder Gleichförmigkeit, erst recht keine Langeweile oder Sinnesleere ...«

»Ach, du unverbesserlicher Schwärmer! Hat nicht auch der Pilz, den der Rauch ihrer Atombomben produziert hat und wieder produzieren könnte, eine ungemein schöne, ja majestätisch-erhabene Form? Und seit Jahrzehnten wäre diese Schönheit in der Lage gewesen, nicht nur Hiroshima oder Nagasaki dem Erdboden gleichzumachen, nein, die Erde restlos von ihren Leben – und damit ihren Problemen und unseren Fragen – zu reinigen.«

9

Dieser Brief, er würde Unheil bringen, ich habe es gewusst. Zuerst wollte ich ihn gar nicht öffnen, als ich seine Handschrift auf dem Umschlag sah. Warum hat er es mir nicht sagen können, offen, direkt ins Gesicht?

»... keine andere Frau, wirklich, glaube mir! Ich liebe dich immer noch, Marianne, versuche, mich zu verstehen. Du hast doch Vertrauen in mich, nicht? Aber ich kann die Liebe nicht vergraben in Häuslichkeit. Ich liebe *dich* – und nicht die Entscheidung für eine bestimmte Lebensart, für eine bestimmte Zukunft. Vielleicht ist das meine Schwäche – aber ich kann mir eine solche Entscheidung nicht vorstellen, ohne dass wir beide davon abfallen würden wie welke Blätter und nur noch sie zurückbleiben würde – eine kalte, unerbittliche Entscheidung. Glaube mir, ich könnte nicht mehr komponieren, nicht mehr spielen. Oder nur mehr Altes, Ausgeleiertes. Mir fällt schon jetzt kaum mehr etwas Brauchbares ein.

Du trägst keine Schuld, nein, gewiss nicht – wie könntest du auch?! Deine Wünsche – du hast sie nie ausgesprochen, nur angedeutet – sie sind nichts als natürlich und ich würde von keiner Frau erwarten, dass sie sie nicht hege. Erst recht nicht von einer Frau wie dir. Aber schau, ich kann sie nicht erfüllen. Ich kann nicht! Ich bin und bleibe rastlos, muss auf und davon – innerlich und äußerlich. Immer wieder. Vielleicht kann ich einfach nicht älter, nicht einmal erwachsen werden, verzeihe mir!«

Er kommt also nicht mehr. Er kommt nicht mehr zurück zu mir. Er hofft, mich wiederzusehen, »aber verlange nicht von mir, dass ich dir sage wann«. Er ist irgendwo. Aber dieses Irgendwo könnte ja heutzutage plötzlich in meiner Nachbarschaft sein. Ich könnte ihm über den Weg laufen, ohne dass er es wollte. Einfach vor ihm stehen – wie damals. Aber ich kann nicht hinaus. Nicht auf die Straße – nein, jetzt nicht! Trotzdem starre ich immer wieder aus dem Fenster und es ist doch im Moment stockdunkel. Nicht einmal die Straßenbeleuchtung ist eingeschaltet. Den Schnaps gieße ich nicht einmal mehr ins Glas. Ich trinke aber nur in kleinen Schlucken. Ich will mich ja nicht betrinken, aber es tut gut, das scharfe Getränk. Schon stundenlang sitze ich an meinem Schreibtisch. Eine Ewigkeit. Ich kann mich nicht erinnern, je so lange an einem Tisch gesessen und vor mich hingestarrt zu haben. Den Brief habe ich zerrissen, die beiden Hälften aber sorgfältig wieder aneinandergelegt, bis die Schrift wieder stimmte. Das Blatt – zwei Seiten nur – liegt seither unverändert vor mir. Ab und zu entziffere ich ein paar Worte, Satzfetzen: »... keine Schuld – verzeihe mir! – es fällt mir nicht leicht, diesen Brief zu ... aber ich kann nicht mehr länger warten ... bestimmt, du wirst es schaffen ... wie geht es dir? ... ich muss ...«

Er hinterlässt keine Adresse.

Er ist ja nicht der erste Mann, der mich verlässt. Auch ich habe schon Männern den Laufpass gegeben. Ja, und es ist schon vorgekommen, dass sie geweint haben. Wie hasse ich Männer, die weinen! Meist bin ich wütend geworden. Nicht selten dieselben, die sich vorher so weltüberlegen gegeben hatten, heulten später und krochen vor mir, weil sie nicht alles bekamen, was sie sich erhofft hatten. Plötzlich brauchte der überlegene Bär eine Fee, ja eine Märchentante, die das kleine, schutzlose Kind in den Schlaf wiegte. Es konnte schon auch mal vorkommen, dass ich mich im Unrecht fühlte, aber dass ich echt betroffen gewesen wäre oder gar Mitleid gehabt hätte – selten. Der eine oder andere hätte mich wohl sogar unter seinen Freunden verlacht, wenn ich seinem Theater geglaubt hätte.

Taten die anderen, die Treulosen, es, wenn ich sie bat, vielleicht meinerseits unter Tränen bat, nicht zu gehen? Hat es je etwas genützt, einem nachzutrauern, wenn er mich sitzengelassen hatte? Hat mich je jemand getröstet? Ich bin es also gewohnt. Peter einer von ihnen? Das übliche Spiel? – Nein!

Mit einem Mal ist meine Umgebung verwandelt. Die Wohnung – sie ist nicht mehr meine Wohnung. Wo bin ich? Wohin gehöre ich? Weg, nur weg von hier! Alles erdrückt mich. Ich bekomme keine Luft mehr, mir wird übel. Ich hätte Lust, alles kaputtzuschlagen, das Haus niederzureißen, alles darunter zu begraben und mich damit. Alles hinter mir lassen. Davonrennen – aber wohin? Auf die finstere Straße? In welche bessere Welt?

Ein Traum? Alles ist nicht wahr? Ein solcher Brief ist nie bei mir angekommen? Nur eine Angst, eine Obsession. Ich werde aufwachen und er liegt neben mir. Er, Peter. Atmet ruhig, regelmäßig – gar nichts ist geschehen. Ich kuschle mich an ihn und schlafe wieder ein. Werde ihm meinen Traum und damit meine Angst erzählen. Ihm Versprechen abringen, dass diese Angst unbegründet sei. Wir werden uns umarmen, küssen, lieben, lachen. Erlöst. Der Traum bleibt Albtraum.

Ich kneife mich, aber es tut weh. Nichts mehr ist zu leugnen. Eher versetzen sich ganze Städte, als dass diese Wirklichkeit zu verscheuchen ist. Die Wirklichkeit ist und bleibt. Bleibt Albtraum. Das Klavier steht noch offen. Auch eine Gitarre lehnt noch daneben an der Wand. Einen kleinen Verstärker hast du dagelassen. Jederzeit könntest du zu spielen beginnen. Alles ist so liegen geblieben, wie du es gelassen hast. Wie immer. Alles ruft nach dir. Keine Ecke, in der du nicht Spuren hinterlassen hättest. Meine ganze Wohnung ist um dich gewachsen. Sie ist wie größer geworden. Wie hätte ich mir vorher vorstellen können, dass auch noch ein Klavier hineinpasst? Erst recht all deine anderen Musikinstrumente? Wie manchmal habe ich mich an ihnen versucht, wenn du fort warst, auf Tournee! Meine ersten wilden Ausbrüche auf dem Klavier kamen mir in den Sinn. Als Kind. Als ziemlich kleines Mädchen. Aber dir hätte ich nie vorgespielt ... Bei dir schien alles so leicht zu gehen. Alles bekam sofort Klang und Form. Ein paar eben noch bedeutungslose Töne wurden zur Melodie, unverwechselbar, zum Ohrwurm. Ich möchte nur noch Melodien von dir im Kopf haben. Alle anderen vergessen. Immer schrecke ich auf, ein heißkalter Schauer überläuft mich, wenn ich einen Titel von dir im Radio höre. Das Gefühl, nichts im Arrangement, kein Instrument, keine Note, keine Klangnuance könnte anders sein, als so, wie du die Nummer eingespielt hast. Dabei gibt's doch oft verschiedene Versionen, ich weiß ... Deine Stimme – warum singst du nicht mehr? Du hast eine wunderschöne Stimme! Wie eine Liebkosung jeder weit schwebende Ton ihrer kräftigen Baritonlage.

Ich setze mich also hin, will es dir gleichtun. Mühselig suche ich die Akkorde zusammen, die du mich gelehrt hast. Ich spiele, freue mich über jede geglückte Zusammensetzung. Ich versuche meine Stimme dazuzusetzen. Aber sie krächzt. Irgendwie klingt sie falsch, trocken, auch wenn ich unzweifelhaft einen Ton singe, der zu der Harmonie, die ich unterlege, passt. Woher hast du diesen Schmelz? Kann man das lernen? Ich gebe nicht auf, drücke immer dieselbe Harmonie oder dieselben zwei. Summe, lalle dazu – du müsstest lachen, wenn du das hören würdest! Manchmal schreie ich wirklich. Ich steigere mich in etwas hinein und hämmere, hämmere ein auf das Klavier. Es soll hergeben, was ich will. Was du kannst. Aber es gehorcht nicht! Ich versuche, die Worte so zu formen, wie du sie formst. Oft singe – singe? – ich ein und dasselbe Wort unzählige Male. Es soll zur Liebeserklärung werden. Endlich. Wie schön wäre es, mit dir auf Reisen zu gehen. Dabei zu sein auf dem Podium, im Fernseh- oder Plattenstudio, auf Empfängen! Mitzuspielen, mitzusingen, immer an deiner Seite. Nie würde ich dich aus den Augen verlieren. Alles würde unser beider Werk – das Werk unserer Liebe. Aber das wolltest du ja nicht. Du wolltest mich nicht in diese Welt hineinziehen. Ich gehörte da nicht hin – und das stimmt wohl. Leider. Schon bis du mich auf ein Konzert mitgenommen hast, hat es gedauert. Erst wiederholtes Drängen führte zum Ziel. Und dann – Gott, warst du aufgeregt! ... Die anderen haben wohl gar nichts gemerkt. Bist du immer so nervös? Wie hältst du das aus? Nein – das kann ich mir nicht vorstellen!

Ich singe, krähe, summe, lalle mich halb heiser. Werde müde, verliere die Geduld. Beginne zu klimpern. Eben jene wilden, chaotischen kindlichen Ausbrüche. Aber das bringt mich auch nicht weiter – im Gegenteil. Erschöpft werfe ich mich in den großen Sessel – deinen Lieblingssessel – und höre mir eine Platte von dir an. Es ist aussichtslos, und jedes Mal nehme ich mir vor, dir nicht mehr nacheifern zu wollen. Aber ich kann es nicht lassen. Ich kann es nicht lassen!

Deine Platten, deine CDs – was hast du dagegen, wenn ich sie mir anhöre?! Wenn ich sie nicht versteckte, waren sie jedes Mal nicht mehr da, wenn du da warst. Nicht, dass du sie mir explizit verboten hättest, das nicht. Du hast mich auch nie gestoppt, wenn ich eine aufgelegt oder eingeschoben habe. Aber dein bedeutungsvolles Aus-dem-Zimmer-Schleichen, es ist mir nicht entgangen. Nie sagtest du etwas. Warst du wütend? Ein zerstreutes Nein immer auf solche Fragen. Oder beschwichtigend ein Kuss auf die Lippen. Wieso ließest du denn dann die Platten und CDs verschwinden? Hattest du Angst vor meinem Urteil? du weißt doch: Ich bewundere dich. Wenn mir etwas nicht gefällt, dann sollst du es wissen, weil ich dich liebe, nicht weil ich dich damit abkanzeln will. Du bist verletzlich, ich weiß. Aber ich will dich doch nicht verletzen. Das kannst du mir doch nicht unterstellen! Diese deine Verletzlichkeit verletzt mich. Peter – was willst du vor mir verbergen? Können wir das noch voreinander? Du weißt, Frauen sind nun mal neugierig – auch wenn sie nicht verliebt sind.

Oder bist du gar eifersüchtig? – Um Himmels willen!

Ich hörte ja zu, wie manches Lied entstand, das nachher so ausarrangiert und sauber gespielt auf Tonträgern erschien. Verbissen warst du, hartnäckig. Durch nichts von der Musik abzulenken warst du. Und Fragen mussten sofort beantwortet werden, wenn du denn mal welche stelltest. Für dich war ich einfach da, ohne Weiteres und ganz selbstverständlich gleich konzentriert wie du. Obwohl du nie hinsahst. Nie. Ich hätte in den Keller flüchten können und du hättest es nicht gemerkt. Oder erst, wenn du eine Frage gestellt hättest. Eine Textzeile, die dir nicht recht floss oder so. Das Wort fiel dir vielleicht nicht ein, das gleichzeitig das Richtige bedeutete und sich reimte. Dieses Wort musste gefunden werden, und für dich war klar, dass ich es bereits gefunden hatte. Ohne zu suchen, auf Abruf, hergeholt aus einer Art Vorratskammer. Dein Gesicht in solchen Fällen – ganz besonders, wenn die Vorratskammer nicht gleich lieferte –, ich werde es nie vergessen! Wie ein ganz scheues, gehetztes, aber auch ein wildes, wütendes Tier. Du schautest auch nie mich an, selbst wenn du mir direkt in die Augen sahst. Du schautest durch mich hindurch, nirgendwohin. Ich hätte dir die Zunge rausstrecken können oder vor dir tot umfallen, du hättest es nicht gemerkt. – Trance? Ekstase? Angestrengt, ungeheuer angestrengt warst du. Als ob du zweimal so viel Energie haben müsstest, als dir deine Kräfte erlauben. Aber wozu diese Anstrengung, die über deine Kräfte geht? Mir kommt manchmal vor, du erwartest von deinen Zuhörern die gleiche Hingabe mit doppelter Kraft, mit doppelter Präsenz jeder Faser ihres Ichs, auch wenn du natürlich weißt, dass deine Titel bestenfalls zum Ohrwurm, zum lockeren Hinhörer werden, meistens aber untergehen. Untergehen in den Wellen des Gerieselns, das die von uns Menschen geschaffene Welt zusehends umfassender durchdringt. Überall; im Restaurant, im Warenhaus, zu Hause, ja selbst auf den Straßen und Plätzen: Jeder trägt ja heute Kopfhörer. Du nimmst als Berufung, als Lebensaufgabe, was für andere – auch deine Vertragspartner – kaum mehr ist als Fütterung einer gigantischen undurchschaubaren Maschinerie von Geschäft. Wenn du es nicht tust, tun es andere. Natürlich, Peter, nicht so gut, nicht so gründlich wie du, aber die Zeit ist angefüllt, überfüllt und die Leute merken nichts mehr. Sie stumpfen ab oder verkriechen sich. Lohnt sich dieser Einsatz, Peter? Solche Fragen haben dich immer geärgert. Du hast abgewinkt, allerhöchstens »Ich kann nicht anders!« zwischen den Zähnen hervorgefaucht. Meine Umarmungen hast du dann oft mit einem »Lass mich!« abgewehrt. Du hast wohl gespürt, was bei mir erst jetzt zu Gedanken werden kann: Ich hätte gern jene doppelte Kraft, die du auf deine Musik verwendest, vielleicht durch dich – und manchmal floss sie ja. Deine schöpferische Wut wurde zu Begierde und wir hoben ab. Alles um uns erstarb und füllte sich an. Mit Lust, mit Vergessen, was du willst – mit *unserer* Kraft. Die alles verbrannte und vereint wiederauferstehen ließ. Liebend, zeugend. Ach, Peter, warum haben wir nicht doch ein gemeinsames Kind?! Ich begreife, wenn du sagst, dass wir nicht dürfen, und ich gebe dir recht, wenn ich vom Kind her denke: Es ist nicht gut, es einer solchen Verwirrung auszusetzen. Wird sie sich lösen oder auch nur mildern, bis es erwachsen ist, wird es wieder Licht sehen? Aber – ich wäre halt doch fürs Leben gern schwanger von dir! Und Peter: Ist nicht ein ganz klein wenig Egoismus dabei, bei deinem Entscheid? Du willst deinen Beruf nicht einem Kind opfern und das hättest du tun müssen, wenn du wirklich der Vater deines leiblichen Kindes hättest werden wollen. Du hättest nicht mehr so rastlos sein können. Ja, ein ganz klein wenig Haus und Heim … Aber das willst du ja eben nicht! Das hättest du auch nicht gewollt, wenn die ganze Welt in Ordnung und nichts als Gutes zu »befürchten« gewesen wäre. Oder doch, an sich schon – aber du kannst nicht? Musstest du mich und dein Kind opfern – diesem deinem Drang, deinem

Zwang, Musik zu schaffen? Und ich habe dir – ihm – ja nachgegeben ... Die Fernsehauftritte, die Plattenaufnahmen, wem dient das?! Spiel sie mir vor, deine Lieder, dann hast du wenigstens eine, die dir zuhört – mit doppelter Aufmerksamkeit. Bring nur heraus, was nötig ist, damit du verdienst und wir ein Auskommen haben! So fütterst du nur ein Räderwerk, das mir nichts, dir nichts ohne dich auskommt, mit deinem Blut und Leben ... Ein Räderwerk oder besser irgendwelche Computer – die ohne euch alle auskommen. Sag mal, strengen sich alle so an wie du? Das kann ich mir nicht vorstellen. Du kannst nicht anders – aber du *musst* anders können! Du musst! Ich will, dass du lebst! Wer weiß, wie viele das heute noch können. Und niemand kann es so wie du! ... Jene Nacht draußen auf dem Lande – wo zum Teufel hast du eigentlich diese Landschaft hergezaubert? Das italienische Nachtessen vorher ... Ja, es war eindeutig italienisch. Mit einem Mann, der schon im Gymnasium mein Schwarm gewesen war, den ich nie mehr gehofft hätte, irgendwo wiederzutreffen. Von dem ich nichts mehr gewusst hatte, außer was das Fernsehen an einen heranträgt. Und da er unter einem Künstlernamen auftritt, habe ich ihn erst nach und nach als meinen ehemaligen Schulkollegen wahrgenommen. Ehrlich gesagt: Ich hatte ihn zeitweise fast ganz vergessen ... Jenen Fez übrigens, die Party bei deinem Klassenkollegen, an dem ich meine Unschuld ... – den haben wir ja nur kurz angesprochen, um gemeinsame Erinnerung aufzufrischen, nicht im Zusammenhang mit uns. Nachher haben wir dieses Thema gemieden, fast so, als hätten wir Angst davor gehabt – beide.

Nie habe ich so gut gegessen wie damals. Nichts von der Stimmung, die leicht aufkommt, wenn man sonst von Männern zum Nachtessen ausgeführt wird. Nichts von Erobern, von Verführen, nichts vom Versuch, den in diesen Dingen gewieften Techniker zu geben. Kein Mann, der das zu zeigen sucht, was er für seine Sonnenseiten hält. Pomadig genug oft. Ach Peter, du hast mir ja nichts vormachen müssen, das hast du gewusst. Es hat sich gleich vor uns ausgebreitet, fast ohne unser Zutun – das große, schöne Reich der gemeinsamen Bodenlosigkeit. Wir waren unvorbereitet und das war unser Glück. Ich hatte nicht mehr an so etwas geglaubt, ein solches Glück einfach nicht mehr für

möglich gehalten. In Alltagskleidern, die uns allen Raum ließen, nichts von uns verlangten. Passender hätten sie nicht sein können für das Fest. Für unser Fest. Ein Fehler, ein kleiner Fehltritt des einen oder der andern – und der ganze selbstverständliche Zauber hätte in die Binsen gehen können. Aber solche Fehltritte konnten unmöglich geschehen. Sie waren für immer und ewig ausgeschlossen – das war das Unerhörte.
Dann ging mit einem Mal das Licht aus. Und dann war nur noch Traum. Wie wir am anderen Morgen in meine – ja, in meine – Wohnung gekommen sind, weiß ich nicht mehr. Du bist ja sogleich zu mir gezogen. Das heißt, sofern du da warst – und das warst du ja selten genug. Aber immer, wenn du heimkamst, gehörten die ersten zwei, drei Tage mir. Nur mir. Du ließest nicht einmal zu, dass ich kochte – und du kochtest hervorragend! Erst nachher begann wieder der Ernst des Lebens ...

Und jetzt sollen diese schönen Tage ein für allemal vorbei sein?! Tage, die wirklich noch Tage waren, obwohl ja auch damals längst nur mehr die Uhr, nicht mehr das Tageslicht den Tag und die Nacht maß – aber hatte der Sonnenstand für Verliebte je eine Bedeutung?

Die Ruhe ist tief und beeindruckend. Wie schon lange nicht mehr. Eine lebendige Ruhe, das Fenster weit geöffnet. Es ist Nacht draußen, wirklich Nacht. Sommernacht. Spät, aber noch nicht so, dass sich die Stadt restlos beruhigt hätte. Noch hat sie der Schlaf nicht zur Mumie gemacht: Geräusche von Mensch und Tier klatschen an die Mauern und hallen in der Gasse aus. Miauen von Katzen, Bellen von Hunden, Heimkehrer, die auf der nahen Straße vorbeiziehen, vereinzeltes Stühlerücken, Geschirrklappern, die Geräusche einer Stadt, die noch nicht überall müde genug ist, um für ein paar kurze Stunden nicht mehr Stadt zu sein.

Das Zimmer, in dem ich mehr auf als in einem dieser einfachen Betten aus dünnem Metallrohr mit Drahtgeflecht und auch nicht eben üppiger Matratze liege – oder sitze ich irgendwo – ist, soweit ich das in der Dunkelheit ausmachen kann, kahl und nicht sehr hoch. Zwei starke, eingekleidete Balken tragen die Decke. Dadurch wirkt es größer und länger, als es wohl ist. Die Abmessungen sind aber auf jeden Fall großzügig. Außer den Betten scheinen nur wenige Möbel drinzustehen. Am Boden errate ich Fliesen. Das Fenster links, schräg gegenüber von mir, ist nicht übertrieben breit, reicht aber bis fast zum Boden. Eine schmiedeeiserne Brüstung unterteilt es.

Ich muss allein sein. Rund um mich die Häuser schlafen schon. Biedere Leute, die die rauschenden Vergnügungen des Sommers nicht mitmachen. Die vielleicht noch ein wenig fernsehen. Sie stehen früh auf, schon bei Morgengrauen. Ihre Geschäfte müssen bereit sein, wenn die Stadt erwacht.

Erst durch das leichte Aufklatschen an den Mauern merke ich, dass in der Gasse zwischen den Häusern Wasser steht. Ich bin etwa im ersten Stockwerk, aber bei diesen jahrhundertealten Häusern sind die Stockwerke niedrig. Das Wasser scheint nicht sehr tief zu sein. Allerdings sieht man keinen Grund, obwohl es sehr klar ist. Lichter, Gräser, irgendwelches Gebüsch spiegelt sich darin. Leichte Wellen bewegen alle Konturen. Das Haus gegenüber, natürlich Bruchsteinbau, jahrhundertealt auch es, wird so unruhig, die Eisenstäbe vor den Fenstern bauchen sich aus, der über die Gasse zu meinem Haus geschlagene mehrstöckige Hausteil will fort, schwappt aber gleich wieder zurück. Diese geräuschlose Bewegung bringt alles unter einen Nenner – Zufriedenheit, Gelassenheit.

Schwimmen Fische in dem Wasser? Das ist nicht auszumachen. Eine leichte Flussrichtung hat es, obwohl die Gasse – der Kanal – ja sozusagen eben ist.

Ich habe mich lange schon nicht mehr so wach, so gegenwärtig gefühlt wie jetzt. Tief atme ich die kühle, würzige Luft ein. Sie ist ruhig oder ebenso ruhig bewegt wie das Wasser. Ein leichter Luftzug vielleicht, der die Blätter schüttelt.

Ich muss in die Nähe des Fensters geraten sein. Ich bin eindeutig nur im Nachthemd, barfuß, aber ich friere nicht. Ich gehe umher und merke, dass eine Treppe unmittelbar an die Tür des Zimmers anschließt. Sie führt entlang seiner Wand in die Tiefe. Unten wendet sie sich nach links. Auf der Höhe ihrer Wendung erkenne ich ein weiteres Fenster. Es muss schräg unter jenem des Zimmers liegen. Das Licht der Nacht dringt herein und das Wasser glitzert. Die Wellen sind etwas spitzer geworden und tragen leuchtende Punkte. Eine Lampe irgendwo jenseits muss sie ihnen bescheren. Sind Schiffe in der Nähe vertäut? Ich bin neugierig und gehe hinunter. Das geht erstaunlich leicht. Der Korridor unten ist schmal, mit den gleichen Fliesen belegt wie der Boden des Zimmers oben. Zwei Türen öffnen sich auf ihn. Die erste ist nur angelehnt und ich stoße sie auf. Das Zimmer ist dunkler als das obere, aber auch so ist zu erkennen, dass es eine Küche ist. Ein Tisch steht da, die eine Schmalseite bündig mit der gegenüberliegenden Wand, überzogen mit einem Plastiktischtuch, einige zusammenklappbare Holzstühle an beiden Breitseiten. Geschirrtücher hängen an zwei, drei Haken, der kleine Gasherd neben dem Schüttstein ist aufgeklappt; ob etwas auf den zwei Feuern steht, vermag ich nicht zu erkennen.

Auch hier zünde ich das Licht nicht an. Ich öffne das Fenster und seine Scheiben scheppern. In die ganze, mittlerweile beruhigte Stadt, in die ruhige weite Nacht scheint sich dieses Scheppern fortzupflanzen. Fast möchte ich mich entschuldigen dafür. Aber das Wasser tut das für mich; seine Wellen sind ungestört, sie nehmen mich nicht wahr. Nichts im Haus gegenüber reagiert; alles schlummert sorgenlos und tief dem neuen Tag entgegen. Der ein schöner Tag sein wird, heiß wohl, lediglich ein etwas unterkühltes Morgengrauen, ein paar Nebelschleier vielleicht. Ich lehne mich aus dem Fenster und schaue in den Wasserspiegel, der mir nun gleich unter dem Fensterbrett gemächlich entgegenschwappt. Wo ist denn eigentlich der Eingang dieser Wohnung? Eine weitere Treppe führt vom Korridor weiter hinunter – aber die Türe läge ja unter Wasser, zumindest teilweise ... Und doch dringt eindeutig kein Wasser ein.

Meine sich im Wasser spiegelnden Züge sind die vertrauten, nur etwas verlängert und verkürzt von den Wellen. Das Wasser ist warm, es ist Süßwasser. Ich tauche Hände und Arme ein, werfe ein paar Spritzer über den ganzen Körper. Dann setze ich mich auf die Brüstung, die auch hier das Fenster sichert, und plansche mit den Beinen. Das Wasser ist leicht und offensichtlich sauber. Kleine Blasen kitzeln meine Knöchel. Oder sind es Tiere, Kaulquappen? Ich knete sie mit den Zehen. Nein, es sind Blasen. Ein kleines Mädchen, das, des Nachts ausgerissen, hier am Wasser sitzt, unschuldig und froh. Oder eines, das, kurz nach der Pubertät, entdeckt, dass es eine Frau zu werden beginnt. Ja, eigentlich schon ist. Eine junge Frau, die in ihrer ersten Blüte steht.

In der Nähe ist tatsächlich ein Boot vertäut. Ich sehe seine Spitze rechterhand um die Ecke meines Hauses schielen. Ich will zu dem Boot hin. Ich will damit fahren in diesem nächtlichen Nass. Aber es gibt keinen Weg, keinen Mauervorsprung, auf dem ich hinüberturnen könnte. Doch ich kann ja waten. Das Wasser ist nicht tief und sonst schwimme ich halt. Ich lasse mich also von der Brüstung gleiten und in der Tat: Bald stoße ich auf Grund, etwas wie große Steinplatten; nur ein wenig schürzen muss ich das Nachthemd.

Das Boot ist ein kleines, altes Ruderboot. Womöglich wird es zum Fischen gebraucht. Die Vertäuung lässt sich leicht lösen, locker ist die Kette um einen Haken gelegt. Erstaunlich leicht gelingt es mir, mich hoch- und hineinzuhieven.

Sofort beginne ich zu gleiten. Ich erkenne noch einmal die Konturen der Fenster des Hauses, aus dem ich ausgestiegen bin, unterfahre die Gewölbe des angrenzenden Hauswinkels. Ich spüre das Echo und damit auch, dass das Boot gegen keine Mauern treibt. Dann plötzlich wird es heller und breiter. Bewachsene Böschungen, wohl Straßen oder Wege jenseits ihrer Kuppen und prunkvollere, größere, aber auch sehr alte Häuser, Villen fast, Paläste.

Aber sie kümmern mich nicht. Mich kümmert der Kanal, der Strom, auf dem ich ganz sanft schaukle, und die laue Nacht, die mich schützt. Ich bin allein weit und breit und nirgendwo kann ein Hinterhalt lauern.

Ich nehme die Ruder gar nicht erst hervor, lege mich auf den Bootsboden. Schaue in den Himmel. Ganz klar sind die Sternbilder. Der Mond scheint nicht.

Das Wasser liebkost das Boot und die Luft liebkost mich. Wasser und Luft sind eins, streicheln, schmeicheln. Vollkommen gelöst überlasse ich mich ihrem Rhythmus ...

Wie kann man sitzend so tief und so labend schlafen? Es ist hell um mich. Die Sonne scheint nicht. Ein gleißendes Winterlicht. Hat es geschn...? Kleine Partikel trommeln gegen die Fensterscheibe – Hagel? Es windet, stürmt. Das ist nicht Hagel. Zu klein. Zu fein. Auch nicht ganz so weiß. Die zwei, drei Bäume, die ich in der Ferne sehe – kahl, ganz kahl, wie Skelette ragen sie in den trüben Himmel. Das Knirschen im Mund; raue Luft – Sand? Sand in den Kleidern – die Wüste! Treibt es uns der Wüste entgegen oder treibt sie auf uns zu?

Der Traum klingt noch nach – klingt aus. Die Szenerie überrascht nicht. Nach meinem Lehrabschluss war ich für einen dreimonatigen Italienischkurs an der Università per Stranieri in Perugia, von meinen Eltern großzügig spendiert, vielleicht auch, weil sie froh waren, dass mein furioser Ausbruch, nachdem meine leibliche Mutter wie vom Himmel herunter in unserer Stadt aufgetaucht war so kurz vor der Matura, nicht ins Chaos, sondern schlicht in eine andere Ordnung gemündet hatte (ja ganz ähnlich wie der meines Vaters während seines Volontariats im Ausland). Erste Brocken und elementare Strukturen der Sprache, der Musik und des Dolce Vita hatte ich mir schon im Freifach an der Berufsmaturitätsschule während der Lehre angeeignet. Zunächst wohnte ich für drei Wochen in einer Pensione Tosti (oder so ähnlich), nur zwei-, dreihundert Meter entfernt vom nicht ganz uralten Palazzo (wenn ich mich recht erinnere, stammte er aus dem Settecento, dem achtzehnten Jahrhundert), der die Ausländeruniversität beherbergte, im gleich anschließenden »Spinnenbein«, einer der Erweiterungen des ursprünglichen Kerns des alten, auf den Hügeln gelegenen Perugia, wo ich das Zimmer mit einer Bayerin, einer gewissen Christine – ja, ausgerechnet einer Christine! – teilte. Doch nach wenigen Tagen lernte ich in der Mensa der nahen Università statale, wo man sehr günstig und für eine Massenküche erstaunlich gut essen konnte, den Medizinstudenten Paolo kennen, einen großen, schlanken Piemontesen mit starkem, fast pechschwarzem Haar, einem, erst recht für einen Nordwestitaliener, erstaunlich dunklem Teint und sehr gepflegtem, ebenfalls schwarzem, kurzem Bart. Ein sehr gut aussehender Mann, etwas kleiner als mein Vater (vielleicht mag ich seinetwegen großgewachsene Männer besonders). Nordwestitalienische Riservatezza hin – ich merkte damals gar nicht viel davon, weil das, was bei ihm davon übrig blieb, wunderbar zu seinem Naturell passte –, Freddezza umbra her – das Centro storico der Hauptstadt der verhältnismäßig kleinen Region ist (oder besser war) in der Tat deutlich schroffer und nüchterner als etwa jenes von Siena in der Toskana, obwohl die Kirche (auch) hier jahrhundertelang regiert hatte –, bald lud mich Paolo ein, doch zu ihm in seine Wohnung an der Via del Deposito auf der anderen Seite des Altstadtkerns überzusiedeln, wo ich vorher schon zu Besuch gewesen war, sogar einmal übernachtet hatte. Und da sind wir doch schon fast beim Traum; die Via del Deposito war doch genau dieses teilweise überbaute Traum-Gässchen! An sich sind solche Gässchen in den Centri storici besonders der kleinen und mittleren italienischen Städte zwar keine Seltenheit; für mich junge Mitteleuropäerin waren sie damals dennoch immer wieder überraschend. Diese Galerien, diese Passagen! Die Via del Deposito war erst recht nichts Besonderes, aber doch besonders genug, um mir auch nach Jahren einzeln in Erinnerung zu bleiben. Und sei's auch nur wegen – na ja, ich ging ja dort ein und aus. Sie war nur eine kurze Ausbuchtung, eine nordöstliche Parallele entlang des Corso Cavour – einer der Hunderten von Corsi, die in ganz Italien nach dem (ebenfalls piemontesischen) Staatsgründer benannt worden sind – in Form eines U mit breiter Basis und kurzen Seitenästen, die beidseits vom Corso abgingen, somit auch der Zubringer durch einen Torbogen schräg gegenüber der Wohnung zum wenig mehr als »unser« erstes Haus langen offenen Teilstück der Gasse. Der Corso selbst war eine keineswegs pompöse, nicht sehr breite Straße mitten durch das südöstliche Spinnenbein der erweiterten Altstadt, durch die sich Autos und Fußgänger durchschlängelten, oft noch an geparkten Autos vorbei (wer weiß, was seither mit Perugia oder Teilen davon geschehen ist). Seiner Lage wegen war auch dieses Spinnenbein vor Überschwemmungen vollkommen sicher; Regenwasser konnte ohne Weiteres abfließen und auf dem, wenn auch breiten, Hügelkamm, wo es zumindest damals lag, gab es nirgendwo Bäche oder Flüsse, die über die Ufer treten konnten. Doch die »richtige« Wohnung hatte tatsächlich Außenzugang und im ersten Stockwerk befand sich die Küche des Traums und das Bad, im zweiten das Zimmer, von dem aus ich auf den Canale, zu dem das schmale Gässchen geworden war, hinabblickte. Und Paolo? Erst jetzt kommt mir alles wieder in den

Sinn; vor meinem Nickerchen hatte ich schon lange nicht mehr an ihn gedacht. Eigentlich schade. Nicht, weil eine große Liebe so schnell – zu schnell – in nichts als eine ferne, zarte Melancholie oder Missgunst verweht wäre, sondern weil die Episode als Episode schön war. Einfach schön. Heiter, würzig. Heiter und würzig, gerade weil wir beide wussten, dass sie kurz sein würde. Kurz und sehr endlich. Paolo verschwieg mir nicht, dass er eine Fidanzata hatte, auch eine Medizinerin aus der Toskana, die für ein halbes Jahr als Austauschstudentin und -praktikantin in Großbritannien oder Amerika war, und er machte auch keinen Hehl daraus, dass er sie meinetwegen nicht verlassen würde (Fotos von ihr habe ich allerdings nie gesehen; die hatte er doch weggeräumt). Straniere in Perugia eigneten sich sehr gut für Episoden (Stranieri wohl auch), da sie nach ein paar Monaten wieder weg waren, fast immer für immer. Und nicht wenige dieser Ausländerinnen (und Ausländer) waren ja ihrerseits zu Hause liiert (ich, wenn ich mich richtig erinnere, allerdings nicht oder nicht ernsthaft) und suchten oder fanden, ohne zu suchen – Episoden. Ich für meinen Teil war froh um diese Begrenztheit, um dieses Carpe-Diem, wie die alten Römer sagten – ganz egal, was oder wen ich irgendwo zurückgelassen hatte. Man konnte sich den gemeinsamen Stunden hingeben, einfach als den gemeinsamen Stunden, die sie gerade waren, nicht als Vorhut zu irgendetwas, zu Alltag etwa, zu Irrungen und Wirrungen von Monaten, Jahren, vielleicht des ganzen Lebens. Auch die Jahreszeit, Frühjahr bis Hochsommer, bot eine Kulisse, die besser nicht hätte sein können; wir waren oft im Freien. Besonders abends aßen wir häufig draußen; durchaus nicht immer in Restaurants; manchmal verzehrten wir auch Mitgebrachtes irgendwo außerhalb der Stadt; Paolo hatte einen alten Fiat 127, immerhin mit Liegesitzen, der sich auch für Zärtlichkeiten irgendwo parken ließ. Zudem zeigte er mir an Wochenenden oder an den wenigen freien Tagen unter der Woche nicht nur Sehenswürdigkeiten in Umbrien, wie etwa Gubbio, Spoleto, Orvieto oder natürlich Assisi, sondern auch toskanische Städte wie Arezzo, Volterra oder eben Siena. Erstaunlich ist, dass, was als Episode begann und gewollt war – von beiden, darf ich wohl sagen, ohne vermessen zu sein –, auch Episode blieb, lichte, wonnevolle (ja, hier passt das blumige

Wort), also eben wonnevolle Episode, dass daraus nicht doch anderes erwuchs und sich verselbstständigte. Wir haben uns herzlich voneinander verabschiedet, als mein Kurs zu Ende war, und die Adressen zwar ausgetauscht, aber schon nach wenigen Monaten und wenigen Zeilen, nicht viel mehr als netten Grüßen, endete unser »Briefwechsel«. Einfach so, ohne Wehmut, ohne Überdruss. Ob Paolo seine – Valeria oder Veronica oder so ähnlich hieß sie, wenn ich nicht irre – auch wirklich geheiratet hat, ob die beiden Kinder haben und wo sie wohnen und praktizieren, das alles weiß ich nicht. Keine Ahnung ... – Damit ergibt sich über das Ristorante, wo Peter und ich vor »unserer« Nacht gegessen haben, doch ohne allzu arges Murksen eine Brücke zu Mittelitalien, zu Umbrien, zum Traum.

So weit, so gut – aber was soll dieser Traum, dieser intensive Traum in meiner Lage? In meiner Verwirrung, meiner Orientierungslosigkeit, in meiner Verzweiflung, Niedergeschlagenheit? Ich bin keine große Traumdeuterin – will es nicht sein, zu sehr fürchte ich, die Verwirrung um der Verwirrung willen könnte noch größer sein als die Verwirrung selbst. Aber was will mein innerer Kosmos mit mir? Will er mich besänftigen, trösten, mir eine Art inneres Zuhause schenken, wo das äußere bröckelt und sich verwischt? Jedenfalls scheint er es gut zu meinen mit mir und dafür bin ich ihm dankbar, einstweilen ...

Und immerhin, die Wohnung ist unversehrt. Mein Schreibtisch, meine Möbel, das Klavier, die Gitarre, ja – ich bin zu Hause, wenigstens per modo di dire. Mein Blick kann nicht anders als auf den Schreibtisch fallen. Und da liegt er noch, der Brief. Fein säuberlich zusammengesetzt, der Riss ist kaum sichtbar, ein paar wenige Sandkörner nur drauf. »... Ich kann nicht mehr länger warten ... ich muss ...«

Ich bin allein – möge der Sandsturm doch alles wegdonnern!
Und übrigens und trotzdem: Peter, warum – warum nur hast du deine Sachen hiergelassen? Kommst du noch einmal vorbei, wenigstens einmal noch, um sie abzuholen?!

Dann stünde sie also da, jawohl, richtig, die Schönheit, die kein Auge sähe. Abstrakt. Grau stünde sie im Himmel. Gewaltig, sicher. Für einige Minuten, vielleicht höchstens Stunden. Dann gäbe sie frei, was niemand mehr als Verderben brandmarken würde. Rosen? Erlösung? Niemand mehr hätte die Last, zu leben – aber auch nicht das Glück. Freude, Liebe, Hoffnung, Ziel ...«
»Können sie das heute noch erwarten? Traust du dem Dämon oder dem, der da sonst am Werk ist, nicht zu viel zu? Wird nicht jede Hoffnung schon als Illusion geboren? Woher nehmen sie die Blindheit, dies nicht zu sehen? Etwa von ihrer eigenen Werbung, also Einbildungskraft? Sie fallen rein – und du gleich mit. Hat der Herr das Schielen gelernt? Erblickt er nicht Worte, sondern Rosen? Merkst du nicht mehr, auch du, dass du träumst?«
»Ja, träumen, glauben. Kein schlechter Ausweg, nicht? An Atompilze kann man nicht glauben. An Dämonen aber schon. Jene wären diesen mit ihrer strahlend reinigenden Schönheit allerdings etwas zu umfassend zuvorgekommen, nicht? Sofern nuklearstrahlungsresistent, hätten sie nachher nach einer solchen tief- und weitgreifenden Totalreinigung von Neuem ans Werk gehen können, aber restlos ohne Sinn verpufft wäre ihre Sendung oder ihr Unwesen. Trümmer sind Trümmer, wo immer sie auch liegen. Ob sie nun überwuchert werden oder mit einer Eiskruste überdeckt. So, ohne Schönheit, die kein Auge sieht, ohne Knall, dem weder Ohr noch Schädel standhält, ergibt sich wenigstens so etwas wie – wie Erleben, wie Wirkung über einen klitzekleinen explosiven Sekundenbruchteil hinaus – und wieso nicht auch gute? Sie könnten ja glauben, sich hingeben an irgendein Prinzip oder wofür immer sie den Gegenstand ihrer Hingabe auch halten würden. Gerade auch glauben daran, dass ... – aber wieso kommst du mit einem Dämon? Wieso zum Teufel – ja, zum Teufel passt jetzt gut – nicht schon lange mit Erkenntnis, der Erkenntnis? Du könntest ja forschen, anstatt dich wundern, wieso sie es nicht tun. Obendrein hast du ganz andere Möglichkeiten als sie. Du, der du zu wissen, den totalen Überblick zu haben zumindest vorgibst! Du könntest ihnen deine Erkenntnis, die, wenn einmal gefunden, doch nicht anders als vollkommen gültig sein kann, auf dem einen oder anderen Weg kundtun und sie, wenn nicht sogar handlungsfähig machen, wenigstens zu Klarheit, also ins Heil führen.«

»Du weißt, dass es solche Wege nicht gibt. Wir können ihnen nichts sagen, selbst wenn es die Wahrheit schlechthin wäre.«
»Dafür, dass sie nicht forschen, hast du ja selbst die Begründung schon geliefert. Gewöhnung, Gewöhnung, Gewöhnung! Sie haben sich ja so gut vorbereitet, als hätten sie, was sie nicht wissen, zumindest sehr deutlich vorausgeahnt. Sie haben sich längst daran gewöhnt, der Wirklichkeit, selbst der nächstliegenden, die sich ihnen gleichsam vor alle Sinne wirft, leichthin zu entfliehen, um dann, vollgepfropft mit Wünschen und Träumen, erst noch vorzugeben, in ihrem Dienst zu handeln ... Warum sollte ein Wissenschaftler etwas nachspüren, nachfahnden, das weder ihn interessiert noch seiner und ihrer Existenz, ihrem Funktionieren dient? Mediziner forschen nach wie vor, auch arbeiten Juristen, Ökonomen, selbst Literaturwissenschaftler, Kunsthistoriker und Kunstkritiker; Letztere tragen ja schließlich zur Versorgung ihrer Medien und damit zu ihrer Unterhaltung bei. Warum also sich wundern? Warum, noch einmal zum Teufel, sie nicht glauben oder mindestens träumen lassen? Glauben und träumen, das können sie ja. Dein Dämon war an sich keine schlechte Idee. Man muss ihn nur in einen Engel verwandeln, eine Fee oder gar – eben – einen ihrer Götter oder Heilslehrer. Und wieso sollten sie nicht an diesen Dämon glauben, an seine Güte? Du kannst ja nicht einmal mir nachweisen, dass sie Unrecht hätten. Ich behaupte, du hast Unrecht. Widerlege mir diese Behauptung – schaffst du das nicht, so verspreche ich dir immerhin, dass ich deinen Standpunkt achte, aber als Überzeugung und nicht als Wahrheit. War nicht ich es, der nach Klarheit fragte? Du hast vorgegeben, sie mir zu verschaffen, oder wenn nicht sie, so wenigstens die Gründe, weshalb sie nicht opportun sei. Du hast ja Erfolg gehabt, schneller als du denkst. Ich will nichts mehr wissen, frage nicht einmal mehr nach unserer Schuld. Dämliche Fragen, wirklich dämliche Fragen – Pilatus hin oder her! Du hast mich überzeugt, aber gleichwohl enttäuschst du mich. Du hast dich als etwas verkauft, was du nicht bist. Du hast als Wissen vorgegeben, was lediglich Anschauung war. Weltanschauung. Selbst über ihre Götter bist du informiert, verbirgst aber hinter der Frage nach ihrem Desinteresse deine Neugierde. Ein Kranker, der, obwohl er weiß, dass seine Krankheit todbringend ist, wissen möchte, woran er stirbt, um in deinen Worten zu sprechen. Hinter deiner Überlegenheit verbirgst du Zynismus, Selbstverachtung, nichts weiter. Jetzt komme ich und stelle ein gutes Ende

in Aussicht – und das erträgst du nicht! Kannst du nicht wenigstens mit ihnen hoffen – oder gar glauben –, wenn du unsere Genesung nicht erträgst? Sorgst du dich, weil nicht sein kann, was nicht sein darf? Wie viel Glück hat ihnen ihr Glauben früher gebracht, erinnerst du dich nicht? Und schöne Gotteshäuser noch obendrein. Keine Atompilze, keine übermäßigen selbstgebastelten Strahlungen. Dürreperioden, Hunger, Pest, das schon, aber auch fette Jahre, gute Geschäfte, Kriegsglück – all das Lohn und Strafe Gottes oder gleich von mehreren Göttern, nicht selten beides in einem, da ja auch der Gegner Gott oder die Götter, oft den- oder dieselben, auf seiner Seite hatte. Und was dem Menschen als ärgste Strafe im Moment erscheint, kann ihm später zu Segen werden. Er dankt dann dem Göttlichen und bittet es um Verzeihung für seine Uneinsichtigkeit. Wer sagt, dass er das in ein paar Jahren nicht ebenso tun kann in unserem Fall? Wir werden nicht mitdanken, aber wir werden uns auch nicht selbst zu Göttern krönen – erinnerst du dich an den Kirchturmbau? Den Turm des großen Domes im Zentrum dessen, was wir einst als Stadt waren?«

»Da gibt es nichts zu erinnern ... hatten ja nachher einen schöneren, größeren ...«

»Eben ja, aber du kneifst. Jahrzehntelang hatten sie an der Kirche, dann am Turm gebaut, Heere von Maurern, Steinmetzen, Malern, Zimmerleuten, immenser Aufwand an Planung und Erfindung. Ein unvergleichliches Meisterwerk für Jahrhunderte, ja Jahrtausende sollte es werden. Allerdings, zugegeben, nicht nur zu Seiner, Gottvaters Güte Ehren, sondern ebenso, weil die Nachbarstadt F. vor wenigen Jahren einen Dom eingeweiht hatte, den man übertreffen wollte. Keine Ausgabe hatte man gescheut, fleißig Kollekte um Kollekte gesammelt, eilig neue Sünden erfunden, damit beim Ablass und der Beichte noch mehr herausschaue. Künstler aus der halben damals bekannten Welt waren am Werk. Wie ein Gürtel hatte sich um die Stadt eine zweite aus Buden gelegt, in der wohnte, wer hier nur Arbeit und nicht viel mehr gefunden hatte, wer seinen Körper bot, damit innerhalb der Mauern – die es damals ja noch gab, und wie! – Verdienst wieder zu klingender Münze für die immer zahlreicheren Münder werde, die auch fuori le mura zu stopfen waren (wir hatten einen enormen Bevölkerungszuwachs zu bewältigen in den Jahrzehnten). Innerhalb und außerhalb der Mauern richtete sich die Stadt ganz aus auf die Kirche – und hoffte insgeheim, dass es Gott gefallen möge, wenn sie nicht gar zu schnell vollendet sei.

Dann der erste Turm, er war schon fast oben, das Tännlein schon zugeschnitten, das seine Aufrichte feiern sollte, da barst er. Fiel auseinander wie ein schlechter Witz oder eine windig geschichteter Scheiterstapel. Er stürzte in sich zusammen und begrub Mensch und Tier unter sich, die an ihm arbeiteten oder in seiner Nähe waren. Ein riesiger Schutthaufen. Tausende Tote, die Krankenhäuser voller Verletzter. Kinder ohne ihre Väter, Familien ohne ihre Ernährer.

So hatten sie's nicht gemeint, das mit der langen Bauzeit. Die noch lebten, trauten ihren Augen nicht – wenn die noch sahen. War da Missgunst? Aber niemand hatte eine Detonation oder Ähnliches gehört, das auf eine Sprengung hätte hindeuten können. Also Hexenwerk, Verwünschung. Irgendein Beben, welches eine dunkle Macht über die Stadt gebracht hatte. Was, wenn unsere lieben Pappenheimer dahin zurückfänden? Wäre doch gar nicht übel, wie? Alles, was sie nicht erklären können, ist entweder Magie, dämonisch, wenn nicht gar teuflisch oder göttlich. Das ist, was ich sage: Wer sagt, dass sie sich nicht so geholfen haben? Wäre doch besser, als ganz einfach nicht zu sehen, was nicht sein kann, oder? Und eben: Vielleicht haben sie ja sogar recht. Hexenverbrennungen oder Geisterbeschwörungen sind allerdings nicht wieder aufgekommen – immerhin ein kleiner Fortschritt, nicht? Denn anders als der Turm barsten die Scheiterhaufen damals nicht, bevor sie angezündet waren und lichterloh brannten, die schreiende ›Hexe‹, meistens unschuldige Frauen, obendrauf. Volksaufläufe auf den Plätzen, die beruhigt von dannen zogen, nachdem das Böse gebannt war. Vielleicht in die Kirchen, die noch standen – oder jene, die trotz des Unglücks größtenteils stehen geblieben war. Gebetet, gebeichtet musste sein, jetzt erst recht.

Zu allem Überfluss überschwemmte uns wenig später trotz allen Betens und Brennens eine Pestwelle und raffte gut zwei Drittel der Stadtbewohner weg. Ein furchtbares Sterben und erst recht Leben. Mit einem Mal waren wir wieder innerhalb des Gürtels zu groß – von den Buden außerhalb waren nichts als ein paar kümmerliche, verrottende Überreste geblieben –, aber das änderte sich bald wieder.

Die Kirche blieb einige Zeit stehen, drei viertel fertig, wie sie war. Nachdem die Stadt aber wieder zu Kräften gekommen war, trug sie sich erneut mit ihrer Vollendung. Sie gingen wieder an die schon ein wenig angewitterten Mauern, prüften sie genau – und was entdeckten sie? Risse, die unmöglich neuerdings hatten hinzukommen können.

Moos lag darin. Ein Glück, dass nicht mehr zusammengestürzt war damals. Was, hätte man Kirche und Türme fertig gebaut und bei einem Fest, womöglich bei ihrer Einweihung, hätte sie alles und alle unter sich begraben? Viel schlimmer wäre das Unheil gewesen. Und nicht nur ein Turm, sondern der ganze doppeltürmige Prachtdom! Vergessen die Verwünschungen, vergessen die Magier und Hexen – deren Asche immerhin schon in alle Winde verstreut lag –, sie gingen alle hin, demütig wirklich die meisten, und dankten Gott. Was, wenn jetzt unser Pilz, oder was uns befallen hat, nichts anderes ist als der Turm einer brüchigen Kirche, der einstürzt, um Schlimmeres zu verhindern? Vielleicht den Atompilz, ihre Ausrottung durch sich selbst?«

»Für mich ist er immer noch eingestürzt, weil sie beim Bauen nicht aufgepasst haben. Und wenn das, was mit uns geschieht, nur der Turm sein soll – wo und was ist denn die Kirche? Aber deine Magie gefällt mir, gefällt mir trotzdem, noch mehr dein Gottvertrauen. Wie neu es auch ist, denn früher hörte ich andere Töne – wer hat zu fragen begonnen, sich um sie gesorgt, war unsicher, wenn nicht sogar verzweifelt über ihr Verhalten? Ohne dich wäre ich zu keinem einzigen Wort gekommen, geschweige denn dazu, es auszusprechen. Wirklich, dein Gottvertrauen erheitert mich Es verletzt mich nicht – darin irrst du. Aber es betrifft mich auch nicht. Es steht mir nicht zu, zu glauben. Am ehesten stelle ich mir noch das Wasser vor, immer noch, das Wasser, das mir ›meine Hände‹ in Unschuld wäscht. Deine Einbildung kann ja dann die Rolle des Judas übernehmen, der sich ob seiner Tragödie erhängt. Nach der Fantasterei kehren wir aber zurück und bleiben immer noch, was wir sind. Werden, was wir werden. Was kümmern uns ihre Schicksale? Jahrhundertlang dem unterworfen, was sie selbst wohl Werk ihres Willens nennen – was soll's, wenn sie jetzt scheinbar durch uns Dingen unterworfen werden, die wir ja weder verursachen noch hemmen können. Bei uns würden sie die Ursache – und damit die Schuld – auch im gegenteiligen Fall bestimmt niemals suchen. Und wenn doch, trüge ich ihre Schuldzuweisung vollkommen gelassen, denn ich kann ja nichts ändern, noch kann ich mich ihrer erbarmen. Höchstens zu Mitleid bin ich fähig – zu sinn- und hilflosem Mitleid. Hör zu, wir reden im Kreis. Nutzlos. Und erst noch schweben wir in Hypothesen. Abwechslungsweise untermauern wir sie mit Logik, Vermutungen, Glauben. Wir sollten schweigen, wir werden schw... – seine Stimme ist ja bereits erloschen, wohl auch all das Klare und Wirre, das

Wahnsinnige und Luzide, was er in sie hineinlegte, all das Mitgefühl, die Ängste und Freuden ... Ich werde Ihm folgen, sogleich. ... Ich höre Laute ... Sie erlauben mir nichts mehr ... Schluss – endlich Schluss!«

10

Weiter als die beiden ersten Doppelseiten kam er selten. Das wusste Hanna, seine Frau, die manchmal verstohlen nachschauen ging – er hatte einen guten Schlaf. Damit war er über die internationale Lage meistens gut informiert. Dann wuchsen die Lücken. Aber zum Ausgleich legte sich, was Information hergeben sollte, als schützendes Dach über ihn. Meist ließ ihn Hanna so, Zeitung über dem Kopf, auf dem breiten Sofa des Wohnzimmers liegen. Seit die Kinder kaum mehr nach Hause kamen, konnte man ja zuwarten mit dem Nachtessen. Abends kochte sie so oder so nur mehr selten.

Ruhe war eingekehrt in das Haus, noch größere Ruhe. Vier Kinder machen halt ihren Radau. Auch in einem Haushalt, der schon immer auf Ruhe eingestimmt war, merkt man, wenn sie nicht mehr da sind. Ihre Zimmer standen immer noch bereit für ihren Besuch, aber die Rollläden waren heruntergelassen und alles war zugedeckt, sodass sie sich nur wenig von den eingemotteten unterschieden. Das Haus war somit beängstigend zu groß. Eine Drei- oder Vierzimmerwohnung hätte längst genügt für die Bedürfnisse von Hanna und Ernst. Allerdings: Klavierspielen hätte man in einem Mehrfamilienhaus nicht so freizügig können wie hier. Ernst hatte deshalb auch nie wirklich daran gedacht, hier auszuziehen. Auch Hanna war diesmal sofort einverstanden. Sie hätte die Mühen des Umzugs gescheut. Erst recht in diesen Zeiten.

Fast mit gleicher Entschiedenheit hatte sie sich damals gesträubt, in dieses Haus einzuziehen. Allerdings nicht der »Mühen des Umzugs« wegen. Ein solch großes Haus mache Arbeit, viel Arbeit. Zu viel für sie. Und unpraktisch eingerichtet sei es zudem. Aber Ernst wollte auf keinen Fall zulassen, dass es verkauft würde, und seine Geschwister hatten es satt, nur ihre zwar regelmäßig ausbezahlten, aber nicht eben üppigen Anteile an den Ausschüttungen aus dem Mieterkonto einzustreichen. Also konnte man nicht fortfahren, das Elternhaus weiter ganz oder teilweise zu vermieten, wie man das in der ersten Zeit nach dem

Tod des Vaters getan hatte. Schweren Herzens hatte er sich nach ein paar ziemlich schlaflosen Nächten endlich entschlossen, seine Geschwister halt doch auszuzahlen – kein leichtes Unterfangen; das vorher schuldenfreie Haus war jetzt mit zwei Hypotheken belastet – und selbst einzuziehen. Hanna hatte aber nur eingewilligt, wenn er einiges umbauen lassen würde. So könne er das Haus keiner modernen Hausfrau zumuten. Seine Mutter habe schließlich noch Mägde und Dienstboten gehabt und das nicht zu knapp. Diese Zeiten seien vorbei. So musste etwa die Küche neben den Raum, in dem man zu essen gedachte, verlegt, schwierige Böden mit Spannteppichen oder pflegeleicht versiegeltem Parkett belegt werden. Ernst ließ nur ungern die nötigen Arbeiten ausführen – nicht nur, ja nicht in erster Linie der zusätzlichen Kosten wegen. Schließlich baute man aus seinem Elternhaus seine Heimat aus, seine Jugend. Man zimmerte in sein Haus ein anderes Haus; es hielt also innen nicht mehr, was es von außen für ihn versprach. Und dafür hatte er es eigentlich nicht übernommen. Aber er machte gute Miene zum bösen Spiel. Allerdings waren überhaupt böse Mienen seine Sache nicht und nicht auszuschließen ist, dass Bodensatz von andauernder Entbehrung war, was anderen als Ruhe und Gutmütigkeit galt. Wenige hatten ihn wirklich schon wütend gesehen und unter diesen wenigen war seine älteste Tochter Marianne absolute Spitzenreiterin – durchaus nicht, weil sie ihn hasste, ganz im Gegenteil.

Eines jedoch hatte Ernst sich ausbedungen: Das Zimmer, in dem der Flügel stand, musste bleiben, wie es war. Schon den Mietern war es auf seinen Wunsch hin nicht zur Verfügung gestellt worden; die Geschwister hatten sofort und wie es schien erleichtert eingelenkt. An diesem Zimmer sollte auch seine Frau nichts ändern dürfen. Lieber wollte er im Dreck ersticken, wenn es für sie zu umständlich war, es zu reinigen. Es war für sie zu umständlich, aber ein so von Staub heimgesuchtes Zimmer unter denjenigen, die als bewohnt galten, konnte sie auch wieder nicht dulden, und so bohnerte und saugte sie trotzdem. Ließ die Putzfrau bohnern und saugen und abstauben, die bald einmal angestellt wurde. Und der machten die paar kleinen Hindernisse auf dem Weg nichts aus, im Gegenteil: Sie bedeuteten ein Lied mehr. Sie sang zwar falsch, aber dafür umso inbrünstiger, sodass sich auch Ernst nicht an ihrem Belcanto störte, war er zufällig einmal zu Hause, wenn sie reinemachte. Ein paarmal hatte er sie sogar am Klavier begleitet und diese Stütze hatte ihre tiefe, kräftige Stimme in fast richtige Bahnen gelenkt.

Das Zimmer – ein Eckzimmer mit Tageslicht von zwei Seiten, ein sehr helles Zimmer also – war noch möbliert wie zu seinen Kinderzeiten. Nicht versiegeltes Parkett, helle Rhomben, von dunkleren Riemen eingefasst, ein schwerer Teppich, karminrot grundiert mit ebenfalls einem hellen, hauptsächlich cremefarbenen Rhombenmuster, eingelassene Schränke, Nussbaum, an der Schmalwand links von der Tür, ein großzügiges Regal mit Kästchen von der Hüfthöhe an abwärts an der Längswand. Ein runder Tisch und ein paar plüschbezogene Stühle mit geschwungenen Beinen in der Ecke zur jenseitigen Schmalwand. An dieser, neben dem Fenster, stand noch mal ein nicht eingelassener, etwas schmalerer doppeltüriger Nussbaumschrank. Der Flügel stand unweit der eingelassenen Schränke bei den Fenstern. Ein großes Instrument von Steinway & Sons, Hamburg, schwarz lackiert, wie es sich gehörte für das Musikzimmer einer Familie der besseren Gesellschaft. Selbst die Notenbände standen und lagen noch am selben Ort auf den Brettern, ebenso die anderen Bücher, die Ernst in seiner Jugendzeit gelesen hatte. Wie oft war er doch stundenlang in diesem Zimmer gewesen! Hier war für einmal er es, der die Kinder zur Sorgfalt mahnte und sie in die unbewohnten oberen Stockwerke schickte, wenn sie zu spielen anfingen.

Jene »oberen Stockwerke« waren die zweite Bedingung seiner Frau gewesen. Sie würde nie das ganze Haus unterhalten. So viel Platz würde ihre Familie nie brauchen. Man würde sich im Erdgeschoss und im ersten Stockwerk (in dem auch das Musikzimmer lag) einrichten, die anderen zwei aber nicht bewohnen. Vielleicht einmal ein Kinderzimmer noch oben. Einstweilen könne man sie ja vermieten. Da war aber Ernst dagegen, obwohl ihm dieser Luxus eine schöne Stange Geld vorenthielt. So mottete man diese Zimmer eben ein – worauf sie im Laufe der Zeit alle zu »Kinderzimmern« besonderer Art wurden. Vom Dachboden, der Patina von Generationen aufgenommen hatte, ganz zu schweigen –

So eingerichtet, hatte sich die Familie schneller eingelebt als erwartet und mit ihr die gegenseitigen Rücksichten, die allerdings manchmal durch ungünstige Laune zu mitunter nur mühsam kaschierter Missgunst anschwollen. Als man einzog, war man noch zu viert. Nachher kamen noch zwei Kinder dazu; zu Marianne und dem Halbbruder, mit dem sie eingezogen war, gesellten sich ein zweiter und eine Halbschwester. Dabei blieb es. War es Zufall, dass Ernsts Familie exakt gleich groß war wie die seiner Eltern?

Vergeblich hatte Ernst versucht, seine Mutter in sein Haus zurückzuholen. Er hätte ja Platz gehabt, mehr als genug. Auch Hanna wäre einverstanden gewesen, obwohl sie wusste, dass ihre Schwiegermutter nicht eitel Freude gehabt hatte über die Wahl ihres Sohnes. Die beiden Frauen hatten sich längst vertragen gelernt und Ernsts Angetraute ging Barbara fast häufiger besuchen als Ernst selbst. Was hinderte sie? Sie fühle sich wohl in ihrer kleinen Blockwohnung, beschied sie bei jedem Versuch. Oder war ihr etwa zuwider, in das Haus des Mannes wieder einzuziehen, von dem sie sich hatte scheiden lassen? Eine entsprechende Frage Ernsts verneinte sie. Sein Vater war ja ohnehin wenig nach der Scheidung gestorben. Und das Haus sei jetzt ja nicht mehr das Haus ihres Mannes selig, sondern dasjenige ihres Sohnes – aber trotzdem bleibe sie, wo sie sei.

Dieser Bestimmtheit war nichts entgegenzusetzen. Das hatte schon das Kind Ernst gewusst. Seine Mutter wusste, was sie wollte, auch wenn andere nicht immer wussten, warum. Und sie setzte es durch. Hatte sich auch gegenüber ihrem Angetrauten stets durchgesetzt. Gewaltentrennung: Er hatte in der Fabrik befohlen und sie im Haus. Ihm war das offenbar durchaus recht gewesen.

Aber wer war eigentlich sein Vater gewesen? Ja, natürlich, Fabrikdirektor, Geschäftsmann. Ein Mann, der auf seine Karriere, seinen Erfolg stolz sein konnte. Aber war er das wirklich? Wenn nicht, wieso hatte er sich für seine Arbeit so aufgeopfert? Selbst wenn er zu Hause war, war er kaum da. Immer in seinem Büro, anklopfen musste man, wenn man etwas von ihm wollte. War er wirklich so schroff gewesen, wie er sich gegeben hatte, so karg?

Das konnte nicht sein, sonst hätte die Mutter ihn nicht geheiratet. Waren so ungewollte Zufälle wie jener in der Waldlichtung an einem Septembersonntag nötig gewesen, dass man ihn von einer anderen Seite, ja ihn als einen anderen sah?

Ernst hatte immer ein wenig Angst gehabt vor ihm. Obwohl er eigentlich viel weniger befohlen und gestraft hatte als die Mutter. Aber die Mutter war immer um sie, immer gegenwärtig gewesen, auch wenn sie in der Stadt oder im Excelsior war; man kannte sie. Sie hatte mehr zum Haus gehört und das Haus zu ihr als der Vater, mochte es noch so sehr sein Elternhaus gewesen sein. Man hatte gewusst, wie sie schimpfte, wenn sie schimpfte, was zu erwarten war, wenn sie strafte, was ihr gefiel, was sie mochte, wie man zu ihr lieb sein konnte, auch wie man ihr ein Schnippchen schlagen konnte, über das sie lachte, wenn sie es entdeckte, oder wie ihr etwas zu verbergen war – und was. Zu ihr hatte Ernst Zutrauen gehabt. Sie mochte ihn auch, wenn sie strafte, das wusste er. Und der Vater? Wer war er? Hatte er Freude gehabt, wenn seine Kinder ihm entgegenrannten, abends, wenn er heimkam? Zwar hatte er schon dem einen oder anderen die Hand auf den Kopf gelegt, aber sehr oft, während er gleichzeitig dem Chauffeur oder der Magd eine Anweisung gegeben oder nach etwas gefragt hatte. Der Ton seiner tiefen Stimme hatte so wenig verraten. War er müde? Hatte er Ärger im Geschäft? Oder Erfolg? Alles, was er sagte, war knapp bemessen, präzise, sachlich. Verlangte nach eben der Sachlichkeit. Die er nicht immer erhielt, aber auch das schien ihn nicht zu stören. Während des Essens redete er wenig; nie hörte man ihn sagen: »Schaut, wie schönes Wetter heute!« oder »Diese herrlichen Frühlingsfarben draußen im Garten!«, und man wusste nicht, ob er so etwas je dachte. Kaum kamen Vorschläge von ihm wie: »Kommt, heute machen wir eine Fahrt ins Blaue!«, oder auch nur: »Wollen wir uns nicht noch ein wenig hinaussetzen? Der Abend ist so mild.« Solche Bemerkungen oder Vorschläge waren, wenn schon, Sache der Mutter. War er darüber froh? Froh, dass sie ihm das abnahm? Oder stahl man ihm mit derlei Muße und Beschaulichkeit die Zeit für »Wichtigeres«? Ernst wurde aus seinem Gesicht nicht klug. Konnte er lachen? Der große, buschige Schnurrbart verbarg so vieles. Der Blick unter den borstigen, dunklen Augenbrauen hervor war meist abwesend, irgendwo in der großen weiten Außen- oder Innenwelt. Er hätte ja leicht wütend sein können, dieser Blick. Oder stechend. Das Gesicht hätte ohne Weiteres die nötige Szenerie abgegeben. Ernst wusste das, denn zwei-, dreimal hatte er den Vater tatsächlich wütend gesehen. Das war furchtbar gewesen. Aber gerade in solchen Momenten hatte Ernst begriffen, wieso seine Mutter ihn liebte. Wieso sie dazu gekommen war, gerade diesen Mann zu heiraten. Und dass seine Eltern nicht gänzlich aus Fügung oder gar höherer Gewalt zusammengekommen oder schon immer zusammen gewesen waren, dass da etwas Besonderes gewesen sein musste, das Grund gewesen war für ihre, für genau diese Heirat – das hatte Ernst ja auf jenem Sonntagsspaziergang damals erfahren. Die Mutter hatte einen Waldspaziergang anberaumt, ja angemahnt.

Ernst war immer schon gern in den Wald gegangen. Der Wald hatte etwas Unbestimmtes, Unheimliches, aber gerade nicht so, dass er erschreckend wirkte. Im Gegenteil: Unheimlich anziehend war es, in seine Tiefen vorzudringen, mit dem leichten Gefühl von Wagnis im Nacken. In der Schule hatte ihnen der Lehrer erzählt, große Teile des Landes, das sie heute bewohnten, seien einst von Wäldern überzogen gewesen. Die wenigen Menschen, die hier lebten, jagten und fischten, wohnten in Höhlen, erst später in Hütten, die sie auf eingerammte Pfähle in den Schlämmen der Seen bauten. Kleideten sich in die Pelze der erlegten Tiere. Benutzten primitivstes Werkzeug und Jagdgerät, aus Steinen, aus Knochen, erst später verstanden sie aus Bronze und nachher aus Eisen zu gießen. Das Feuer war ein kostbares Gut; es musste dauernd unterhalten werden. Ging es aus, blieb ihnen nichts anderes, als auf die Güte eines Gottes oder Dämons zu hoffen, der ihnen durch Gewitter oder eine andere Regung der Natur neue Flammen brachte. Oder sie konnten solche zu erbeuten trachten. Gleichzeitig beraubten sie aber zu große Flächenbrände, die sie nicht einzudämmen wussten, ihrer Lebensgrundlagen. Der Gott oder Dämon musste also das richtige Maß treffen. Erst später lernten sie durch Reiben gewisser Steine aneinander Feuer selber zu entfachen. Wie rau mussten die Winter für diese Menschen gewesen sein! Allerdings seien die auch aus anderem Schrot und Korn gemacht gewesen als wir heute! Der Lehrer hatte ihnen Bilder gezeigt von Skeletten dieser Urmenschen und Zeichnungen, die man aufgrund dieser Funde angefertigt hatte: kleine, bärtige, stämmige Kerle, auch die Frauen nicht nur auf dem Kopf stark behaart, Affen ähnlicher als heutigen Menschen. Fliehende Stirnen, wilde Augen und Mäuler. Ernst hätte Angst gehabt, wäre er einem solchen Wesen plötzlich im Wald begegnet. Hätte er mit ihm sprechen können? Er hatte diese Frage einmal in der Schule gestellt, aber der Lehrer hatte nicht viel darauf zu sagen gewusst. Einzig: »Wir hätten wohl etliche Mühe, ihre Laute, ihre Sprache zu verstehen und sie die unsere«, meinte er lapidar. Ein paar Tage später hatte er ihnen ein Lesestück von vor etwa vierhundert Jahren mitgebracht, um ihnen zu zeigen, wie sich die Sprache wandelt. Das hatte Ernst tiefen Eindruck gemacht. Die Zeit der Höhlenbewohner und Pfahlbauer liege aber viel weiter zurück; vor dreitausend Jahren und mehr hätten sie in unseren Breitengraden gelebt. Da könne man sich leicht denken, wie weit sich unsere Sprache von ihrer Art, sich zu verständigen, entfernt habe! Und wer sage, dass wirklich sie unsere Urururgroßmütter und Ur-ur-Urgroßväter seien? Wie, wenn daraus jetzt Franzosen geworden wären, Italiener, Spanier oder gar Türken? Es habe nämlich eine Zeit gegeben – einiges später –, da seien ganze Völkerscharen ausgezogen aus ihrer Heimat und weit gewandert.

Ernst wusste ja, dass jenseits ihres Waldes wieder Leute wohnten, Dörfer lagen, Städte, und überdies war der Wald ja durch Spazierwege erschlossen und wurde laufend zurechtgemacht. Wirkliche Gefahr ging von ihm also nicht aus. Die Mutter hatte zwar vor bösen Männern gewarnt, die den Kindern manchmal auflauerten und sie dann mitnahmen oder ihnen etwas antaten. Aber Ernst glaubte kaum an solche Geschichten; er ging ja auch kaum nachts hin, erst recht nicht, wenn er alleine war.

Doch der Wald war nichtsdestotrotz Wald. Überraschend, spannend. Natürlich sah das Kind mindestens so viel eigene Fantasie in ihn hinein, wie er ihm an Wirklichkeit anbot. Die Dunkelheit, was war drin und was dahinter? Woher plötzlich das Licht? Die Geräusche der Stadt vergaß er. So steuerte er zum Beispiel auf eine jener dunklen Inseln zu, die sich durch dichter stehende Bäume oder durch dichteres Blätter- oder Nadeldach bilden, und erwartete, dass ihm etwas daraus entgegenspringen würde. Ein solcher Urmensch, wieso nicht? Der vielleicht versuchen würde, ihn davon abzuhalten, weiter einzudringen, denn das Dickicht verbarg den Eingang seiner Höhle, in die kein Fremder ungestraft seinen Fuß setzen durfte. Er sah schon den hölzernen Pfeilbogen mit der Darmsehne, den Pfeil mit der scharfen Knochenspitze im Anschlag, hörte sein drohendes Röhren, tief, fast wie ein Löwe; aber er ging unverzagt weiter. Schließlich war auch er bewaffnet – und natürlich besser als der andere. Er gedachte, den Vorteil der Jahrtausende voll gegen ihn auszuspielen. Ein Gewehr hatte er vielleicht oder einen Revolver. Aber er würde den anderen nicht einfach hinstrecken; nur kampfunfähig machen würde er ihn – denn der konnte ja auch nichts dafür, dass er um Jahrtausende zurücklag. Nachher würde er ihn pflegen und Freundschaft schließen mit der Familie. Ihr helfen, und sein Revolver wäre seinen neuen Freunden dann Schutz, nicht mehr Bedrohung. Da – ein Geräusch unweit vor ihm. Über ihm. Ein Schlagen. Ernst ging weiter, aber mit jeder Faser zur Abwehr bereit. War ja auch recht nahe schon dem tückischen Dunkel – und es war ein Specht, der an die Rinde eines nahen Baumes klopfte. Ernst war fast ein bisschen enttäuscht. Aber es gab ja noch genug Geräusche, die sich umdeuten ließen. Bei denen man leicht vorgeben konnte, nicht zu erraten, woher sie rührten. Und dann war man plötzlich auf einer Lichtung, einer schönen, sauberen Waldlichtung. Ein Weg führte vielleicht hindurch, Bänke standen an ihren Rändern mit an Wochentagen meist älteren Spaziergängern drauf, die beschaulich in die Wipfel schauten oder lasen.

Ernst hasste allzu grelles, gleißendes Licht.

Eine Schneefläche in der winterlichen Mittagssonne. Nicht nur, dass sie ihn blendete, er fühlte sich ausgesetzt, bedroht von dem vielen Licht, den Reflexen.

Er würde wohl nie unter starkem Scheinwerferlicht auftreten können. Er hatte auch schon von einer Kammer geträumt, in die von allen Seiten, von unten und oben Licht strömte. Kein Schatten – das wurde ihm plötzlich bewusst. Schweißgebadet und mit schmerzenden Augen war er erwacht.

Dennoch gefiel ihm auch der – ja selten gar zu helle – winterliche Wald genauso gut, wie wenn er sein Blätterdach trug. Die kahlen Stämme und Wipfel boten eine günstige Kulisse, Zwischenräume, die sich füllen ließen. Die Äste warfen an schönen Tagen wilde Netze von Knöpfen und Strängen auf dem Boden durcheinander, an die die Stämme wie Masten angeschlossen waren; Masten, die nicht wussten, was sie trugen. An nebligen Tagen schien es ihm, als ob sich die wenigen Geräusche, die der Nebel oder das Schneegestöber durchließ, gleichsam anschlichen; als entstünde jedes Einzelne von ihnen erst nach und nach. Der weiße Pelz oben und unten verbarg alles so sanft, dass es eine Lust war, sich in den unten hineinzuwerfen. Hütten zu bauen, Iglus.

Zur Zeit der Wanderung an jenem Septembersonntag war Ernst schon nicht mehr bei den Höhlenmenschen. Er hatte sie Richtung Süden desertiert. Ein Schulfreund hatte ihm Bücher über die Tropen und deren Bewohner gegeben, menschliche wie tierische. Nicht selten, wenn er sich vor den Geschwistern ins Musikzimmer zurückzog und nicht gerade Klavier spielte, studierte er die reich bebilderten, dicken, großformatigen Werke. Urwälder, Kopfjäger, Indianer, Löwen, Affen, Kokosnüsse, Krokodile, Alligatoren, Albatrosse, Geier, Schlangen. Die Bäume waren danach drei- bis viermal so hoch wie unsere Waldbäume – eine Zeichnung veranschaulichte den gewaltigen Unterschied –, das Grünzeug zwischen ihnen sei ohne Buschmesser undurchdringlich; lediglich die einen oder anderen Tiere hätten sich Pfade getrampelt und gleichsam Tunnels freigebissen. Besonders eine Schlangenart machte ihm Eindruck. Riesig war auch sie, lang und dick, wenn auch schön gezeichnet auf ihrem fetten Leib. Es gibt ja eigentlich keine hässlichen Schlangen – aber sehr viele Leute, die alle Schlangen hässlich finden. Diese Schlange nun hatte die Fähigkeit, Tiere von der Größe einer Ziege oder eines Schafes – dann wohl auch Menschen, zumindest nicht allzu kräftige oder fette – zu zermalmen. Einfach zu zermalmen und dann schlürfte sie ihr Opfer ein wie die Kinder den Grießbrei mit Himbeersaft, den die Mutter manchmal zum Nachtisch zubereiten ließ. Die Schlange schlich sich an das Opfer an und riss es zu Boden. Dann schlang sie sich um es, wie zum Schutz. Oder als hätte sie es besonders gern; eben zum Fressen gern. Dann umschlang sie es enger und immer enger. Das Tier stak in ihren

Windungen, brüllte vielleicht oder schrie Zetermordio, aber das half nichts; unerbittlich brachen die Windungen ihm Knochen um Knochen, kneteten es zu Brei. So lange, bis die Schlange es schlürfen konnte. Nach dem Verzehr war der vordere Teil ihres Leibes derart angeschwollen, dass sie sich kaum mehr rühren konnte, und sie verdaute erst einmal. Sie verfiel in einen mehrtägigen Schlaf, eine Art Dösen, etwas zwischen Halb- und Ganzschlaf, in dessen Verlauf sie wieder abnahm, zurückschrumpfte in jenes ebenmäßige Rohr, das sie vor dem Fang gewesen war. Hatte sie ihr tagelanges Verdauungsnickerchen zu Ende getan, ging sie erneut auf Beutefang. Sie tat also nichts als fangen, zermalmen, schlürfen und schlafen. Immerhin: Sie war nicht giftig – aber damit war der Ziege ja unglaublich viel geholfen!

Mit einem Mal wurde nun der zoologische Garten für Ernst interessant. Die Boa Constrictor, die musste er sehen. Sie jagte ihm mehr Respekt ein als die Krokodile, Alligatoren, Löwen, Panther, Tiger, Geparden, denn diesen sah man ja an, dass sie gefährlich waren: Die Raubtiere knurrten, stürzten sich gierig auf das Fleisch, das ihnen die Wärter vorwarfen, die Krokodile äugten aus dem Wasser und hatten die langen, spitz gezahnten Mäuler offen – aber vor allem: All diese Tiere, sie fraßen normaler. Der Löwe, der sein Zebra verzehrt, welches Kind kennt dieses Bild nicht? Der Löwenmann, der König der Tiere mit seiner Mähne und dem dadurch tatsächlich ein wenig menschenähnlichem Gesicht, konnte er sein Zebra anders als irgendwie edel verzehren? Jedenfalls tat er bestimmt nichts Böses, sondern lebte schlicht und einfach seiner Bestimmung als Raubtier nach. Aber diese Schlange, die nur zermalmte und verdaute, völlig überfressen den Großteil ihres Lebens dahindämmerte – konnte das Bestimmung sein? Konnte die Natur so etwas wollen? Das ging dem kleinen Ernst nicht in den Kopf.

Auch las er, dass es im Urwald keine Jahreszeiten gab. Oder alle gleichzeitig. Während beim einen Baum die Blätter keimten, fielen sie beim anderen oder sprossen in sommerlicher Fülle. Oder der Baum war überhaupt kahl. Ja, von Ast zu Ast konnte die Jahreszeit wechseln; unmittelbar neben sattgrünen gab es farbige oder nackte. Jedes Einzelteil hatte seinen eigenen Rhythmus und kümmerte sich nur so weit um den anderen, wie unbedingt nötig. Zudem gab es Bäume, die auf anderen Bäumen, eben den Urwaldriesen, wuchsen. Die Schlingpflanzen, das hatte ihn nicht so gewundert, das gab es bei ihnen auch: Efeu, das sich an irgendeinem Spalier emporrankte. Aber ganze Bäume? Mir nichts, dir nichts in der Astgabel eines Urwaldriesen?! Ernst fragte sich, ob der »kleine« Baum – klein, das hieß manchmal so groß wie ihre Waldbäume –, ob der kleine Baum überhaupt merkte, wenn der große abgestorben war oder vielleicht sogar geborsten; er brauchte ja nicht gleich umzukippen, konnte dies vielleicht gar nicht, weil ihn das Dickicht unten festzurrte oder die anderen Bäume ihn gleichsam festhielten. Er las auch von Luftwurzeln, die bei den tropischen Regengüssen – es musste da jeden Tag Bindfäden, ja regelrechte Seile vom Himmel heruntergießen – die Feuchtigkeit direkt aus der Luft absaugten. Sie kamen ihm immer ein wenig vor wie die Saugnäpfe und Tentakel eines Tintenfischs; Arme, die, scheinbar ruhig, plötzlich ausschlagen konnten. Auch ihre Formen, die manchmal an jene Riesenschlangen erinnerten, waren Ernst unheimlich – aber prickelnd unheimlich, spannend halt eben. Er hörte von dem ungeheuren Wachstum, der ungeheuren Verwesung, dem Wachstum auf Verwesung, der Verwesung auf Wachstum. Als ob es die Natur unerhört eilig hätte und gleichzeitig unerhört träge, zählebig sei dort. Denn es gab so viel, das kroch, krabbelte, hüpfte – und vor allem so viel, das sich kaum bewegte. Wie wollte man sich auch groß bewegen in dem Dickicht, bei der Hitze, in dem Moder, dem Morast?

Der Wald hatte sich also zu jener Spaziergangszeit Anfang September, zu Beginn des großen Krieges, gehörig geändert für Ernst: Aus den Höhlenbewohnern waren Kopfjäger, Indianer oder Affen geworden, die mit Kokosnüssen bewarfen, was ihnen nicht zupasskam, die lichten Büsche am Boden wurden zu dichtem, schleimigem Geflecht, modrigem Unterholz, Eichen, Buchen und Tannen waren jetzt ziemlich junge Urwaldriesen und so weiter. Irgendwie war aber Ernst doch froh, dass er sich das nur vorstellte.

Schon gleich an jenem Morgen hatte ihr Vater ihn überrascht. Richtig jung wirkte er. Als ob er mit den schönen, etwas steifen Kleidern auch den Geschäftsmann weggehängt hätte. Diesmal schien er sich zu freuen, auch er. Seine Mundwinkel lachten durch den Schnurrbart hindurch und die Augenbrauen schienen dünner, weil seine Augen alle und alles anschauten. Von der Mutter waren die Kinder solche Freude eher gewohnt. Sie fiel deshalb weniger auf.

Freute auch Ernst sich auf einen etwas anderen Sonntag – für einmal kein Kirchgang? Und damit auch keine Sonntagsschule ... Er hasste die Sonntagsschule. Immer dieselben Geschichten. Lieber, viel lieber hätte er daheim gelesen. Dann die schönen Kleider. Sie engten einen ein und auf alles aufpassen musste man; die Hosen durften nicht zerknittert, die Schuhe nicht schmutzig werden vom Straßendreck. Und früh aufstehen, baden, die Mutter schniegelte einen. Das Früh-Aufstehen fiel zwar diesmal nicht aus, auch nicht das Baden, aber der Rest. Nachdem Ernst die Eltern und ihre gute Laune gesehen hatte, vergaß er, dass er im Grunde viel lieber zu Hause geblieben wäre, als auf solche Sonntagstippel mitzugehen. Trotzdem – das war eine Überraschung! Eine echte Überraschung! Ernst konnte sich nicht erinnern, die Eltern je so fröhlich gesehen zu haben. Zusammen. Und vor allem: Es schien, dass der eine die andere fröhlich machte und umgekehrt. Sie schienen sich aneinander zu freuen, sich miteinander zu freuen, dass der Tag so schön, das Wetter so prächtig war. Sie waren füreinander da. Das erste Mal wurde Ernst bewusst, dass seine Eltern ohne einander vielleicht ärmer, ja wie verloren wären. Da, zugegen waren sie ja ohnehin immer oder wenigstens fast jeden Tag. Der Vater arbeitete, die Mutter kümmerte sich ums Haus. Es wäre nicht gut gewesen, wenn der eine oder die andere gefehlt hätte. Alle Kinder hatten schließlich Vater und Mutter. Oder fast alle. Das war nun mal so eingerichtet und sie hatten nun mal diesen Vater und diese Mutter, andere hatten andere. Nie hatte Ernst sich vorgestellt, dass seine Eltern anders hätten sein können, als sie waren. Jetzt hingegen begann er zu spüren, dass nicht alles immer so gewesen war. Etwas irgendwie Geheimnisvolles musste geschehen sein. Er wusste ja: Die Mutter kam vom Lande; hin und wieder waren sie hinausgefahren zu den Tanten, Onkeln, zum Großvater. Dort war die Mutter aufgewachsen, dort hatte sie gelebt, als *sie* Kind war. Sie wussten sogar, in welcher Kammer die Mutter der Mutter gestorben war; der Großvater hatte einmal eine Bemerkung fallenlassen. Die Kinder wussten ja, dass die jetzige Frau des Großvaters nicht ihre Großmutter war; ihre Mutter nannte sie denn auch mit Vornamen, redete sie nicht mit Mama oder ähnlich an. Sie wussten auch, dass ihr Vater seine Frau in B., der Landeshauptstadt, kennengelernt hatte, wo sie damals studierte und er arbeitete, dass sie ihr Studium seinetwegen aufgegeben hatte. Sie wussten Bescheid. Aber das gehörte wie in eine andere Welt, war nicht – nicht mehr – wirklich wirklich; ungefähr so wie eine Erzählung, ein Märchen, ein Buch, aus dem Mutter gerade vorlas. Vor allem Ursula und Karl jr., die Zwillinge, lockten die Mutter oft in frühere Zeiten und sie erzählte gern und natürlich. Und Ernst, der auch immer an ihren Lippen hing, wäre niemals in den Sinn gekommen, anzunehmen, dass etwas an diesen Geschichten, so spannend sie sein mochten, ungewöhnlich sei.

Jetzt hingegen begann ihm zu dämmern, dass die Mutter, der Vater wirklich alles erlebt hatten, was er und seine Geschwister erzählt bekamen. Das war ihr Leben und er würde später auch einmal eine solche Geschichte haben. Diese beiden Menschen waren einmal weit weg voneinander gewesen; nicht die Spur gewusst hatten sie voneinander. Überhaupt, sie waren einmal Kinder gewesen, auch sie, so klein wie er – oder Ursula. Sie hatten Mütter gehabt und Väter, die für sie gesorgt, sie zurechtgewiesen hatten. Sie waren zur Schule gegangen wie sie, hatten Lehrer gehabt, die sie gelobt und getadelt, wohl auch bestraft hatten. Irgendwie waren sie erwachsen geworden – und dann, irgendwann, war der Moment gekommen, in dem ihr Vater der Mutter das erste Mal die Hand gereicht, sie sich das erste Mal in die Augen geschaut hatten. Vielleicht nicht dann, aber irgendwann nachher musste etwas Entscheidendes geschehen sein. Ernst spürte, dass die beiden etwas durchlebt, ja wegen einander erlebt hatten. Etwas Aufregendes. Etwas aufregend Einzigartiges. Ohne dieses Aufregende wäre die Mutter niemals die Frau ihres Vaters geworden – und sie auch nicht die Kinder dieser Eltern. Wären sie überhaupt sie gewesen – oder gar nichts und niemand? Oder wäre er auf einmal Ursula oder eher noch jemand ganz anderer – schließlich war ja auch Ursula Kind dieser, genau *dieser* Eltern ... Ernst wurde ganz irre an diesen Gedankenspielereien.

Aber die Freude sprang über, auf die ganze Familie. Ausgelassen und fröhlich neckten die Eltern einander, spielten mit sich und den Kindern, rannten ihnen nach um alle Ecken und Winkel. Seine Onkel, die Brüder seiner Mutter, kamen Ernst in den Sinn und ihm schien, dass der Vater, der Vater dieses Sonntags, gut zu ihnen aufs Land gepasst hätte. Oder ebenso gut hätten seine Eltern die Bediensteten sein können, denen sie befahlen; der Chauffeur und die Magd etwa, die hin und wieder mit den Kindern spielten. Meist Fangen oder Verstecken, und mit ihnen gefielen diese Spiele auch Ernst; sonst stahl er sich gern aus dem Garten oder dem Dachboden davon, wenn seine Geschwister sie spielen wollten.

Der Vater brach Zweige und flocht ihnen Kränze. Lorbeerkränze, wie er sagte. Ernst wollte natürlich wissen, was das sei und was sie bedeuteten. Der Lorbeer sei eine Pflanze, die im Süden wachse. Man brauche sie als Gewürz und vor allem: Die alten Römer und Griechen, die Leute, die vor zweitausend Jahren in Italien und Griechenland gelebt hatten, hätten aus Lorbeer Kränze denjenigen Leuten geflochten, die sie besonders auszeichnen wollten: Feldherren, die den Feind besiegt, Wettkämpfer, die gewonnen, Dichter, die ein großes Werk geschrieben hatten. Ob er, Ernst, denn wisse, was »sich auf seinen Lorbeeren ausruhen« bedeute. Ernst nickte. »Aber das tust *du* ja nicht«, lachte ihm der Vater entgegen und drückte ihm den Kranz auf den Kopf.

Die Lichtung hatte Ernst erst bemerkt, kurz bevor sie auf sie hinaustraten; sie hatten gerade mit der Mutter gespielt und waren wie von selbst auf sie gestoßen. Allerdings hatte niemand etwas dagegen, dass der Vater den großen Korb hier abstellte. Die paar Beeren, die ihnen die Mutter auf dem Weg gepflückt hatte, hatten nicht satt gemacht und mit Heißhunger stürzten sich die Kinder auf das Mittagsbrot.

Als sie nach dem Essen ziemlich bald wieder von ihrem Spiel zurückkehrten – die vollen Bäuche machten sich bemerkbar –, fanden sie die Eltern in recht schwungvollem Mittagsschlaf. Sie streichelten, liebkosten einander und der Vater turnte auf der

Mutter herum. Ernst hatte sofort begriffen, dass ihr sonderbares Benehmen mit dieser ihrer Fröhlichkeit zu tun hatte. Liebe? Der gut neunjährige Ernst hatte sicher nicht dieses Wort auf den Lippen; aber klar war, dass die Eltern nicht gegeneinander ankämpften, obwohl die Mutter stöhnte und der Vater immer wieder gegen sie vorstieß. Das Stöhnen bedeutete nicht Schmerz, obwohl etwas von Schmerz darin mitklang, aber von einem irgendwie angenehmen Schmerz. Auf eine Art angenehm, die Ernst bisher nur zu ahnen gewohnt war. Er wusste sofort, dass das, was seine Eltern hier trieben, mit jener Ahnung zu tun hatte. Erschüttert und andächtig, wie erstarrt schaute er zu. Vor allem hörte er zu. Plötzlich dachte er, das müssten nicht sein Vater und seine Mutter – irgendwer könnte das sein, irgendein Mann und irgendeine Frau. Er hatte das Gefühl, durch die Selbstvergessenheit der beiden gleichsam hinterrücks in etwas eingeweiht worden zu sein. In etwas Heiliges, Großes, aber auch etwas Sonderbares. In ein Geheimnis, das ihnen ihre Eltern noch eine Weile hatten vorenthalten wollen. Bestimmt war das nicht das erste Mal, dass sie so etwas taten, beileibe nicht! Schön musste es jedenfalls sein, für beide, sehr schön. Vor allem für Mutter, aber auch für Vater, obwohl man von ihm weit weniger hörte. Beide sagten sie wirr durcheinander Koseworte, beide hauchten sie; manchmal nur Fetzen davon.

Ernst wusste noch nichts Genaues über die Fortpflanzung. Etwas Weniges hatte er über Pflanzen und Tiere schon gehört – über den Menschen noch gar nichts (Barbara würde das nachholen, bald nach jenem Tag). Die Mütter bekamen einfach Kinder, das heißt, einen dicken Bauch, in dem die Kinder so groß wurden, dass sie zur Welt kommen konnten – klein genug waren sie ohnehin noch. Ernst hatte bei den Müttern von Freunden schon solch dicke Bäuche gesehen, unerhört große. Wie in einem Rucksack, vorne rum, trug die Mutter ihr Kind (an den Rucksack seiner Mutter mit seinen Bruder Hans drin erinnerte er sich kaum mehr). Wie sie zu diesem »Rucksack« gekommen war, das hatte er sich nie gefragt. Aber jetzt spürte er, dass sich vor ihm etwas abspielte, das damit zu tun hatte. »Die Eltern haben Kinder, weil sie einander sehr gern haben.« Ernst erinnerte sich, wie ihm das seine Mutter einmal gesagt hatte. Und jetzt hatten sich Vater und Mutter offensichtlich sehr gern.

Als der kleine Hans dazwischensprang, hätte er ihn ohrfeigen mögen. Der kleine Idiot! Immer seine Nase zuvorderst haben musste er! Merkte er denn nicht, was er den Eltern – ja, was er auch ihnen – antat, wie er alle erschreckte? Und musste er dazu noch so blödsinnig schreien! (Ein bisschen Hass gegen Hans, der seit einigen Jahren in irgendeiner bekannten Kanzlei als Partner rechtsanwaltet, ist bis heute zurückgeblieben.)

Wie die Eltern jäh auseinanderfuhren und aufsprangen, das hatte er noch gesehen. Wie die Mutter den Rock, die Bluse zurechtzerrte; ihren wilden Befehl: »Macht Ordnung um das Feuer!«, hat er noch gehört (es war Ordnung um das Feuer). Er schämte sich. Er schämte sich in den Boden hinein, ja durch alle Böden hindurch, auch wenn er nicht wusste, wofür; sicher nicht für den kleinen Hans, wenigstens nicht nur. Er konnte seinen Eltern nicht unter die Augen treten. Er wollte nicht. Er rannte auf und davon.

Wohl musste in der allgemeinen Verwirrung nicht aufgefallen sein, dass Ernst fehlte. Nachher mussten sie ihn in genau der falschen Richtung gesucht haben. Jedenfalls hörte er keine Laute, die von seinen Eltern oder seinen Geschwistern hätten herrühren können. Ihm war das recht so. Er wollte allein sein, ganz allein. Auch vor fremden Leuten wäre er davongerannt. Er lief in den Wald, immer tiefer in den Wald. Heim hätten ihn keine zehn Pferde gebracht. Er konnte der Mutter nicht unter die Augen treten. Dem Vater schon, aber der Mutter – nein! Irgendwie musste er ganz neu lernen, ihr »Guten Tag« zu sagen. Ihm schien, er sei stundenlang gerannt. Allerdings war es noch hell, die Sonne musste noch hoch am Himmel stehen, als er sich hinter ein wenig Unterholz auf ein Stück Moos warf. Er legte sich auf den Rücken, eine Wurzel diente ihm als Kopfstütze. Verschnaufte erst einmal. Dann merkte er, dass er recht bequem lag. Das Moos, irgendwelches Laubgeflecht lag noch drüber, war weich, weder zu feucht noch zu kühl. Der Wald stand recht dicht hier und erst mit der Zeit unterschied er die einzelnen Wipfel. Erst mit der Zeit merkte er, dass dennoch Sonne durchdrang. Kleine Flecken aller Formen, die wie auf den Waldboden hingepinselt oder aus einer Papierschnipseltüte ausgeschüttet schienen. Ein solcher Schnipsel traf gerade seinen Fuß und unwillkürlich zog er ihn zurück. Er schaute diesen Flecken nach und hörte mehr und mehr das leiseste Knistern im Unterholz. Suchten sie ihn nicht? Wirklich nicht? Das war doch nicht möglich! Er stellte sich seine Mutter vor, wie sie ihm hier im Wald gegenüberstand und ihn in die Arme nahm. Hätte er sich gefreut? Er mochte zwar sonst nicht mehr gern allzu oft in die Arme genommen werden, aber jetzt...? Die Sorge der Mutter, die sich auflöst, wenn sie ihr Kind wieder bei sich weiß ... Schelte würde er wohl kaum bekommen oder gar Schläge, im Gegenteil, besondere Aufmerksamkeit und Zuneigung würde ihm zuteilwerden. Beschwichtigende Worte, Trost.

Natürlich, es kommt keine Mutter; überhaupt kein Mensch. Nur Spechte klopfen, Singvögel singen. Ernst bleibt liegen. Sollen sie ihm! Andere können auch leben im Wald, nicht einmal ein Haus haben sie, höchstens dürftig gezimmerte Hütten. Allerdings: Die Negerhütten, die haben ihm sogleich gefallen. Fast wie ein Zelt. Ein Zimmer, ebenso rund, wie wäre das – sein Zimmer? Keine Ecke, in die man den Schrank hätte stellen können oder das Bett. Haben die Schwarzen auch runde Möbel, runde Betten? Keine Möbel haben sie, eine Feuerstelle vielleicht, ein Lager aus Stroh oder Blättern, auf dem sie schlafen. Decken? Aber es ist ja warm. Einfach so auf dem Boden – ist das nicht hart? – Er schläft auf seinem weichen Mooslager ein.

Er schläft tief, erwacht ein paar Stunden später. Natürlich ist es Nacht. Dunkel, aber nicht kalt. Langsam vermag er den nächtlichen Himmel durch die schwarzen Blätter hindurch zu erkennen. Kleine Tupfer, Andeutungen fast nur; grau-rosa. Ein bisschen Licht ist da; der Mond scheint wohl irgendwo, aber verdeckt durch eine Wolke, einen Dunstschleier. Erst allmählich erinnert er sich, so bequem liegt er. Er will die Decke zurückschlagen und ein wenig Wasser trinken gehen oder sonst etwas tun. Einfach etwas umhergehen, im Zimmer auf und ab, wie er das manchmal tut des Nachts, bis er wieder vollends bettschwer wird und zurückfällt in die Kissen. Er hat von einem warmen Ort geträumt mit viel Sonne – das Meer? Er ist noch nie am Meer gewesen. Doch der Traum hat sich zerlaufen in wirre, aber nicht hässliche Fetzen. Wie er den Waldboden gespürt hat, ist er jedoch liegengeblieben. Trotz allem. Hat durch die Löcher gestarrt, durch die der Nachthimmel in den Wald hereindringt, jetzt erst recht. Hat geglaubt, Sterne zu sehen. – Angst? Die Blätter bilden ja ein Dach. Wie unter einer großen Kuppel fühlt er sich – und fühlt sich geborgen. Es ist ruhig. Alles scheint zu schlafen; selbst ein noch so leiser Wind, der die Blätter bewegen könnte, scheint unmöglich. Er glaubt, seinen Atem zu hören, rührt sich nicht. Er will nichts wecken.

Wie in einem Iglu? Einer Negerhütte? Einem Zelt? Einige Leiber – viele? Die um ihn liegen und sich nicht rühren. Fremde? Seine Freunde – seine Feinde?

Was werden sie tun? Er ist eingedrungen. Er gehört nicht hierher. Haben sie begriffen, dass er nur Gutes will? Haben sie ihn aufgenommen, obwohl sie nicht wissen, woher er kommt? Schützen ihn jetzt vor Unbill und den Gefahren der Nacht? In der Hütte des Häuptlings extra ein Lager bereitet haben sie ihm. Die Kinder, was wollen sie von ihm? Er versteht sie nicht. Er hat geantwortet und sie haben sich hingelegt. Rund um ihn herum. Wie treue Hunde ...

Geheul, er kommt nicht vorwärts. Menschen? Tiere? Er arbeitet wie wild, aber die Pflanzen legen sich um ihn. Er löst die eine und schon greift die andere nach ihm. Er sieht nicht, wohin er tritt. Weich ist die Unterlage. Grüner Nebel vor, hinter, links, rechts von ihm. Blätter, Schlingen. Plötzlich eine riesige rote Blume. Sie könnte ihn einpacken mit den Blättern. Einfach in sich aufsaugen. Oder mit sich forttragen und ihn aussetzen irgendwo. Sie bleibt aber ruhig und er geht an ihr vorbei. Er kommt also doch vorwärts.

Das Geheul wird stärker. Eine ganze Meute Löwen? Kopfjäger? Was wollen sie mit den Köpfen, die sie den Leuten abhacken und nachher ausstellen. Warum heulen sie so? Das hört doch jeder. – Krieg? Zwei Stämme, die sich bekämpfen, mit Äxten, giftigen Pfeilen? Bemalte Gesichter, Kopfschmuck? Ernst kann nichts sehen. Ernst schwitzt. Irgendwo drückt die Sonne durch.

Plötzlich spürt er Nass. Er schreckt zurück. Ein Wasserlauf, stehend fast, ganz überwachsen von dem Grünzeug. Blasen auf dem schweren, dunklen Wasser. Ein Stück Holz schwimmt obenauf, schwarz. Da bewegt es sich und Ernst sieht zwei große Augen, den gezahnten Rachen, aber da ist das Tier schon weg. Er hat keine Zeit, zu erschrecken. Er springt über den Lauf hinweg, denn jenseits ist es hell.

Überhaupt gehen die Bewegungen jetzt leichter. Der Grund ist fester. Da steht er am Rand der Lichtung, die er vorher nur geahnt hat, und sieht das erste Mal wirklich, wie hoch die Bäume sind, wie dick die Stämme. Obwohl diese stark eingewachsen sind, kann er leicht erkennen, was das für Kaliber sein müssen. Die Kronen der Bäume sind stark zerzaust, wie von einer riesigen Hand, die wahllos gewütet hat. Auf der Lichtung wachsen fremdartige, großblättrige Pflanzen, Blumen in starken, aber giftigen, aufdringlichen Farben. Ein Vogel mit langem Schnabel und großen Schwingen erhebt sich träge aus dem Pflanzenmeer. Im Schnabel hält er etwas Langes.

Durch die Lichtung führt ein getretener Pfad. Spuren von Menschen? Ernst geht ihn entlang. Da sieht er plötzlich zwei Schwarze. Ein Mann und eine Frau. Der Mann liegt auf der Frau und macht regelmäßige, ruckhafte Bewegungen. Fast als schlüge er einen Rhythmus in sie hinein. Aber sie sind ja nicht allein, eine ganze Schar solcher Paare liegt auf dem freigestampften Platz und alle bewegen sich in fast dem gleichen Takt. Dirigiert sie einer? In der Tat schauen ein paar Alte zu, aber sie rühren sich nicht. Im Hintergrund, immer noch auf derselben Lichtung, die sich als größer erweist, als es am Anfang den Anschein hatte, erkennt Ernst das Dorf. Eine rechte Anzahl solch runder Hütten.

Doch das Dorf ist auf einmal verschwunden, die Bäume um die Lichtung sind vertraute Waldbäume, Buchen, Eichen, die Lichtung ist bekannt. Und vor ihm turnt der Vater auf der Mutter herum. Im gleichen Rhythmus. Dann hören sie auf, stehen fast gleichzeitig auf und gehen davon, nackt, wie sie sind. Sehen sie ihn denn nicht?! Zurück bleibt der Korb mit den Broten. Ernst hat Hunger. Es ist dunkel, kühl ...

Vor der Kühle des Morgengrauens schützt ihn auch die Jacke nicht mehr ganz. Zudem merkt er, dass sein Hosenboden nass ist. Und er hat Hunger. Einen Bärenhunger. Er steht auf, leert erst mal seine volle Blase, taumelt in den ersten Spuren von Licht schlaftrunken zwischen den Stämmen umher, strauchelt hie und da über eine Wurzel.

Aber tatsächlich findet er die Lichtung wieder, in der sie tags zuvor gerastet haben, sogar ohne zu suchen; er stolpert in sie hinein. Steht in der Morgenröte im taunassen Gras. Und – der Korb ist noch da, der große Korb! Doch er hängt an einem Ast etwa auf Ernsts Kopfhöhe – wer hat ihn denn dort hingehängt, er hatte doch beim Picknick und danach im Gras gestanden ... Doch diese Frage schwirrt nur flüchtig durch Ernst Kopf, wie sollte sie ihn jetzt ernsthaft kümmern? Mehr kümmert ihn – mehr freut ihn –, dass er den Korb ohne große Verrenkungen herunterholen kann. Der Inhalt ist unversehrt, kein Tier hat daran genascht. Drei, nein vier Brote sind noch da! Zudem ein paar Früchte und eine Flasche mit Tee. Das lässt sich Ernst gern gefallen; gierig macht er sich über die Brote her.

Nachher sieht die Welt im Walde wieder ganz anders aus. Als ob sie das gemerkt hätte, geht nun auch die Sonne vollends auf, wirft erste Schatten in die Lichtung. Ein Tag, so schön wie der gestrige, wenn nicht gar schöner. Keinerlei Nebel, nur etwas Dunst, der sich sogleich auflöst und Tauperlen zurücklässt auf den Gräsern. Noch ist es frisch, aber die Luft zeigt schon an, dass dem nicht so bleiben wird. Und es ist Montag, Schultag ...

Also bleibt Ernst jetzt erst recht noch auf der Lichtung, bis die Sonne richtig warm scheint, döst noch einmal ein. Nachher nimmt er den Korb und verschwindet wieder im Wald. Klettern würde er, sich vielleicht einen Unterschlupf bauen oder einen finden für die nächste Nacht. Hatten es nicht auch die Höhlenbewohner so gemacht? An die Schwarzen mag er jetzt nicht denken, zu stark sitzt ihm der Traum noch in den Knochen. Beeren suchen würde er. Und Bäche gibt es schließlich genug – oder Brunnen –, aus denen man trinken kann.

Der Tag vergeht für ihn im Nu. Er berührt kaum einen Weg und wenn, dann überquert er ihn nur. Er klettert, scheucht Eichhörnchen auf, Vögel. Einmal fällt er beinahe von einem Baum (das hat er aber seiner Mutter später nie erzählt). Nicht ohne Schadenfreude denkt er hin und wieder an seine Geschwister, seine Kollegen, die jetzt die Schulbank drücken.

Der Vorrat im Korb reicht noch gut für den Mittag. Abgesehen

davon hat er tatsächlich viele Beeren gesammelt und das nicht selbstverständliche Glück gehabt, keine giftigen aufzulesen.
Er kundschaftet den Wald aus. Er ist noch nicht sehr vertraut mit der Gegend hier, da sie ja zuerst eine Weile gefahren sind. Er findet einen kleinen Weiher. Ein kleiner Hügel, der auf einer Seite in einer steilen Felswand abfällt, ragt etwas über die Bäume hinaus. Er kann von dort aus L. sehen. So furchtbar weit weg ist die Stadt also auch wieder nicht.
Gegen Abend sammelt er Äste, Moos und baut sich eine kleine Hütte. Schlimmstenfalls würde er sogar Regen drin überstehen können – aber es wird ja nicht regnen.
Im Korb findet er auch noch Streichhölzer und er zündet sich vor seiner Hütte, die zwischen zwei Wurzeln eingebettet ist, ein Feuer an. Papier hat er ja ohnehin genug. Zum Braten bleibt zwar nichts, aber er ist überglücklich bei seinem Feuer und nach einem Tag, der ihm, nur ihm gehört hat. Diesmal erinnert er sich an keinen Traum, wie er am anderen Morgen nach tiefem, erfrischendem Schlaf auf seinem Moos- und Laublager erwacht.
Sofort ist klar gewesen, dass er heimgehen würde. Der Weg hat sich dann doch mehr gestreckt, als er es sich ausgerechnet hatte – zum Glück gab es unterwegs den einen oder anderen Brunnen, wo er den Durst stillen konnte. Aber er hat einwandfrei, ohne auch nur einmal zu fragen und damit Fragen heraufzubeschwören, was ein offensichtlich schulpflichtiger Dreikäsehoch mit einem großen, leeren Korb auf offener Straße zu dieser Zeit zu suchen hatte, heimgefunden.
Die Mutter war überglücklich, ihn wiederzuhaben. Die halbe Stadtpolizei hatten sie auf die Beine gehetzt. Sie war wieder die Altbekannte in ihrem Haus. Das Erlebnis in der Lichtung gehörte in eine andere Welt. Ernst fand daher sofort zum alten Zutrauen zurück.
Sie umarmte, küsste ihn. Auch der Vater war seinetwegen zu Hause geblieben. Und sogar er fuhr ihm ein-, zweimal übers Haar. Der Lehrer wusste wegen der Polizeiaktion zwar Bescheid, sagte aber nichts. Ernst war einfach wieder da.
Zum Glück fragte ihn niemand aus. Es blieb so unbemerkt, dass er weder verwirrt noch verängstigt zurückgekehrt war. Das

heißt, das Kind hatte wenigstens das Gefühl, dass ihm, was er verbergen musste, zu verbergen gelungen war. Auch gegenüber seinen Geschwistern, die mit der Zeit doch neugierig wurden, hielt er dicht. Ein ganz klein wenig schlechtes Gewissen allerdings hat er damals schon gehabt.

Wie Ursula und Karl, die Zwillinge, besuchte auch Ernst nach der Volksschule das Gymnasium. Wie die meisten Kinder in den gesellschaftlichen Kreisen der Schulers. Allerdings hatte auch da die Mutter darauf gedrängt, dass ihre Kinder entweder öffentliche Mittelschulen oder gar keine besuchten. Sie wolle keine privat hochgepäppelten Gören, die mit Ach und Krach die Matura eher über- als bestanden. Schließlich sei eine Lehre auch etwas Rechtes. Besser, die Kinder lernten, wofür sie Neigung und Befähigung mitbrachten, als dass sie sich auf Teufel komm raus in einer Mittelschule zuschanden büffelten.

Ernst war ein mäßig guter Schüler, allerdings auch mäßig fleißig. Lieber saß er hinter dem Flügel oder – immer noch – hinter Büchern, die nicht direkt mit der Schule zu tun hatten. Immerhin: Sehr oft hatte er so schon gelesen, was sie in Deutsch oder Geschichte behandelten (was ihm ganz nebenbei half, ungenügende Noten auszubügeln). Dass ihm wegen der nicht eben brillanten schulischen Leistungen die Klavierstunden nicht abgesetzt wurden, setzte seine Mutter durch.

In der Pubertät hätte er die Plackerei am liebsten aufgegeben. Was wollte er mit Mathematik und Latein?! Naturwissenschaften, das ging noch, aber auch Naturwissenschaftler würde er nie werden. Neue Sprachen, die lernte er gern, auch las er gern in den entsprechenden Literaturen, ja sehr oft las er die aufgegebenen Werke gleich zu Ende – und vergaß darüber andere Aufgaben, etwa die in Mathe. Allerdings redete man an diesen Werken hin und wieder einfach zu lang herum. Besonders der Englischlehrer huldigte der Unsitte, einzelne Aspekte gleichsam auszuquetschen, derart gründlich, dass am Schluss nur noch ein Sammelsurium von Aspekten blieb und im Grunde völlig unerheblich war, welchem Werk sie gerade zugeschrieben wurden. Auf die Zeichenstunden freute er sich – und erst recht auf die einzige Stunde Musik in der Woche. Sie war seit dem zweiten Jahr nicht mehr Pflichtfach und als sie es noch gewesen war, hatte die Klasse sie vor allem dazu genutzt, den Schabernack zu treiben, der in anderen Stunden ohne sehr unangenehme Folgen nicht möglich war. Seit diese eine Stunde nun aber nicht mehr besucht werden musste, war der Lehrer, vorher mehr gehetzter Hase als Fachmann, wie verwandelt. Plötzlich schien er sich zu freuen, ihnen Mozart oder Bach näherzubringen. Aber auch die moderne Unterhaltungsmusik und die verschiedenen Stile des Jazz ließ der junge Musiker nicht aus; viele der Nummern, die Ernst nachher selber spielte, hörte er hier in der Schulstube zum ersten Mal.

Selbstverständlich blieb er in der Schule – trotz allem. Er hätte ja nicht einmal gewagt, seinem Unmut auch wirklich vor dem Vater Luft zu machen. Was hätte er geantwortet, wenn dieser gefragt hätte, was sonst? Musiker, das durfte er nicht sagen, er wusste es. Auch die Mutter war anders geworden in neuerer Zeit und er wusste nicht, ob sein Ansinnen bei ihr auf fruchtbaren Boden gefallen wäre. Es bot sich auch nie Gelegenheit, nie ein Anknüpfungspunkt, um damit anzufangen. Also schloss Ernst die Schule mit der Matura ab.

Nachher wusste er nicht, was studieren, und studierte Ökonomie. Der Vater hatte ihn dazu gedrängt.

In diese Zeit fällt der Aufenthalt in S., jener fremden Stadt. Erst viel später hat er sein Studium abgeschlossen.

Ernst hatte eigentlich schon vorher zu Hause mitgeteilt, er werde sein Studium abbrechen. Etwa nach dem fünften Semester. Eventuell eine Sprache und deren Literatur studieren, er wisse aber noch nicht, welche. Der Vater war daraufhin mit dem Vorschlag gekommen, doch erst einmal in die Praxis zu gehen. Hatte ihm das Volontariat in S. über einen Freund organisiert. Und Ernst war in die Praxis gegangen. Am Abend. Immerhin auch sitzend. Die Tochter des väterlichen Freundes hatte ihm jene Stelle verschafft, nachdem er ihnen vorgespielt hatte; den Eltern zunächst klassisch, ihr nachher einige der gängigen Schlager. Sie hatte Beziehungen zum Wirt des renommierten Restaurants, von denen ihr Vater nicht unbedingt wissen sollte. Ernst konnte sofort vorspielen kommen und der Wirt war begeistert. Und Ernst froh, dass Praxis auch nicht unbedingt Bankvolontariatspraxis heißen musste. Etwas aufgeregt war er am Anfang schon; einfach so am Klavier zu sitzen und zu spielen für die schwatzenden, essenden und trinkenden Leute. Aber bald fühlte er sich wohl. Ihn freute, einmal sozusagen von Berufs wegen an einem Ort zugange zu sein, an dem sich Leute am Abend vergnügten oder wenigstens so taten. Wie anders sich die Leute doch gaben, wenn sie, und sei es nur nebenbei, auch auf anderes hofften als auf gewinnträchtige Beziehungen! So oder so: Ernst begriff, dass es schlicht unmöglich war, vollständig, vor allem vollständig glaubhaft zu tun, als ob. Etwas von dem, was sonst war, blieb gerade dadurch zurück, dass es sich verstecken wollte – zumindest für den unvoreingenommenen Beobachter. Zudem war nicht jeder, der zu spielen suchte, nur deshalb auch gleich ein guter Schauspieler ... Aber da war ja noch er, Ernst, den man mit einem Musikwunsch dazu anstellen konnte, spielend aus der Patsche zu helfen. Manchmal kam ihm vor, es gehöre recht eigentlich zu seinem Pflichtenheft, zum Komplizen für allerlei halb oder gar nicht Eingestandenes gemacht zu werden, allerdings mit sehr beschränkter Haftung. Das heißt, eigentlich handelte er eher im Interesse des Wirtes, wenn er die Gäste veranlasste, wiederzukommen – und das war ja nicht immer ein Zeichen von persönlichem Erfolg.

Die Stadt gefiel ihm eigentlich nicht. Zwar hatte die Anlage der Innenstadt durchaus ihren Reiz, aber ihn bedrückte die zeitliche und damit bauliche Nähe des Krieges. Selbst das Alte war neu. Zu blitzblank, zu sehr wie nachgegossen und hingestellt nach Plan; ein Modell seiner selbst. Und gleichzeitig schien alles um ihn zu vergessen – gewaltsam zu vergessen. Die Leute, die neuen Viertel, alles. Wie ein riesiges Gewissen, das nicht schweigt, aber totgeschwiegen wird. Er war deshalb maßlos überrascht, als er jene Ruine sah mit dem auf Dauer angelegten Holzhaus drin. Den ordentlichen Garten, dieses gewöhnliche Leben inmitten zurückgebliebener Fetzen von Katastrophen, inmitten sichtbar zunichtegerissener anderer ebenso gewöhnlicher Leben. Diese Selbstverständlichkeit inmitten dieser bizarr gegenwärtigen, selbstverständlichen Vergangenheit!

Wirklich enttäuscht wurde er erst dadurch, dass ihm jener Kerl die Polizei auf die Fersen hetzte. Er hätte abreisen mögen. Aber davon hielten ihn das Restaurant und – vor allem – Christine ab.

Er erinnert sich nicht mehr genau, wie er gerade auf sie aufmerksam wurde. Im Restaurant, ja, das schon. Sie hatte ihn ziemlich bald an einem freien Abend zu sich nach Hause – wie sich zeigen sollte, in ihr Elternhaus – eingeladen. Aber wieso war er dieser Einladung gefolgt? Gerade dieser? Es war ja beileibe nicht die erste gewesen. Ernst war es gewohnt, von Frauen beachtet zu werden. Sein feines Gesicht, seine gute Figur – er war groß, mit fast eins neunzig der Längste der Familie – seine unaufdringliche Art, ganz gegenwärtig zu sein, gefielen. Er hatte auch schon die eine oder andere Freundin gehabt, aber nie lange, weil er neben dem Studium, dem Klavierspiel und seinen anderen Interessen zu wenig Zeit für sie hatte. Auch Heiratsanträge waren ihm schon angedeutet worden, aber er war ihnen stets ausgewichen. Er hätte vor jenen Tagen und Wochen nicht ohne eine gehörige Prise Selbstbetrug sagen können, ob er schon einmal wirklich richtig mit Haut und Haar verliebt gewesen war.

Sie ist Kind reicher Eltern. Auf dem elterlichen Flügel spielt er ihr vor. Debussy und Bach, daran erinnert er sich noch genau. Ihre Eltern sind fort, sie sind also zu zweit alleine. Geschwister hat sie keine. Sie hat ihnen ein Essen gekocht, ein üppiges. Sie kann gut kochen, sehr gut. Und sie ist angezogen wie eine der »Damen« aus einem Nachtlokal. Ihre Augen sind zu stark geschminkt. Will sie ihm Eindruck machen mit dieser Garderobe, dieser Bemalung? Innerlich lacht er über sie – aber sie macht ihm halt doch Eindruck, auch damit. Ihre Bewegungen, ihre durch hohe Obertöne überlegte tiefe Stimme haben etwas Wildes. Etwas von einer gespannten Feder. Ihr schmetterndes Lachen überschlägt sich manchmal und unterlegt sich heiser. Die Heiserkeit greift über in die ersten nach dem Lachen gesprochenen Worte. Auch in den dunkeln Augen, im Busen, von dem Ernst fast alles sieht, läuft es sich erst nachher aus. Christine schenkt Ernst laufend guten, teuren Rotwein, Bordeaux, nach und er lässt sich gerne ein wenig verwöhnen und beschwipsen.

Sie bleiben lange sitzen. Eigentlich müsste sie studieren, sagt sie, aber es sei gewiss schon drei Monate her, seit sie die Universität das letzte Mal von innen gesehen habe. Sie habe nun mal keine Lust auf Hörsäle. Und auf die Absichten ihres Vaters erst recht nicht. Verheiraten wolle der sie nur. So vorteilhaft wie möglich. Das sei moderner Feudalismus. Sie lacht. Was er mache? Er erzählt.

Nach dem Essen heißt sie ihn, noch ein paar jener Stücke zu spielen, die er im Restaurant immer so schön spiele. »Mit so viel Gefühl«, sagt sie. Unterdessen werde sie Kaffee brauen, starken italienischen Kaffee. Sie höre ihn auch in der Küche. Er gehorcht ihr. Sie eilt davon.

Den Kaffee werde man in ihrem Zimmer oben trinken, sie wolle ihm ein paar Zeichnungen zeigen; sie sammelt ihn im Vorbeigehen ein, lacht und blinzelt ihm zu. »Könnte ich nicht als Serviertochter anheuern? Dann wäre ich immer bei dir!« Sie trägt das Tablett auf den Fingerkuppen der rechten Hand und nimmt ihn links in den Arm. Ein Kuss klatscht ihm auf die Wange. Unerwartet doch.

Will sie ihn also doch verführen, einfach so – ohne Umschweife direkt aufs Ziel los? Was will sie denn ausgerechnet von ihm – und warum? Oder holt sich diese wilde Frau jede Woche einen Mann ins Haus, mit dem sie sich dann über Nacht oder übers Wochenende vergnügt? Er hat sich da jedenfalls auf etwas eingelassen, das er nicht so schnell vergessen wird, das dämmert ihm schon jetzt.

Aber tatsächlich zeigt sie ihm Zeichnungen. Und sie sind von einer erstaunlichen Weiche, Feinheit. Gesichter, Körper. Zu zart zum Anfassen, aber so voll, dass man sich wundert, wie sie zugleich so zart, so fein sein können. Ein Strich, der, einmal angesetzt, nicht wieder abzureißen scheint. Aber das ist ein Irrtum, man sieht es, wenn man genauer hinschaut. Der Strich ist gefunden, musste also gesucht worden sein, und sie bestreitet auch nicht, dass Radiergummi und Kratzmesser genauso zu ihren Werkzeugen gehören wie Tuschfeder oder Bleistifte. Aber immer schält sich diese Sicherheit der Vorstellung heraus. Sie lässt nicht ab, bis sie getroffen hat. Nie hätte er in ihr eine derart kämpferische Natur vermutet.

Sie sitzen auf ihrem Bett. Sie holt Mappe um Mappe – sie hat viele Mappen –, lehnt sich dann an ihn und zeigt sie ihm. Fast ohne Kommentar. Nur kurz vielleicht Angaben über die Entstehungszeit und die Umstände. Er kann sich nicht sattsehen; sie merkt es und zeigt ihm auch Blätter nochmals, die er schon gesehen hat. Sie schauen Stunden um Stunden, bis in den frühen Morgen hinein. »Jetzt begreife ich, dass du weder gern in der Uni herumhockst, noch dich vornehm verheiraten lassen willst«, sagt Ernst. »Du bleibst doch sicher über Nacht hier?«, darauf sie. Er nickt und hat sich aber getäuscht. Sie steht auf in ihrem Ballkleid und weist ihm ein Zimmer zu. Legt ihm Tücher hin, zeigt ihm die Orte, die man kennen muss in einem fremden Haus. Wünscht ihm eine gute Nacht, lächelt, nickt ihm zu.

Natürlich haben sie nicht nur Kaffee, sondern auch Schnaps getrunken. Er für einmal nicht gleichfarbigen Tee im Schnapsglas serviert wie in der Bar. Er schläft königlich, erwacht erst spät am nächsten Morgen, wohl schon gegen Mittag. Hört Klavierspiel. Auch sie spielt also gut Klavier. Er ist noch zu bettschwer, bleibt liegen und tut gut daran. Denn wenig später schaut sie vorsichtig in sein Zimmer, merkt aber gleich, dass er nicht mehr schläft, tritt vollends ein. Nackt. Ungeschminkt. Und erst jetzt sieht er, dass sie wirklich sehr, sehr hübsch ist. Aber nicht mehr Mädchen, sondern schöne Frau. Sie ist wohl etwas älter als er.

Sogleich legt sie sich zu ihm. Er leistet keinen Widerstand – wie sollte er auch? Erst spät am Abend, als er längst hätte dort sein müssen, erinnert er sich, dass er an jenem Tag ja hätte spielen sollen. Aber sie hat ihn bereits abgemeldet. Wegen Unwohlseins. Ja, sie sei die Zimmervermieterin und er müsse sich unbedingt schonen, nur mit Mühe habe sie ihn ...

Sie stehen nur auf, um, nackt, wie sie sind, etwas zu essen oder auf die Toilette zu gehen, trollen durch Küche und Salon, spielen Arm in Arm Klavier, zwei, drei Takte vierhändig, nur um einander gleich wieder unterzufassen, landen nachher auf dem Sofa oder am Boden.

Sie treffen sich von nun an ab und zu. Sie kommt aber kaum mehr in »sein« Restaurant. Einmal zeichnet sie auch ihn. An sich möchte sie ihm die Zeichnung zwar gern schenken, kann sie aber nicht hergeben. Sie zeichnet ihn nochmals, kann aber die nächste erst recht nicht hergeben. Ernst hat so nur zwei, drei Bilder von Unbekannten.

Etwa ein Jahr später, Ernst ist seit Kurzem wieder zu Hause, vereinbaren sie jenes Wochenende, an dem Marianne gezeugt wird.

Ernst weiß von der Schwangerschaft erst, als sie schon bald wieder nicht mehr ist.

Zu Hause gibt es einigen Aufruhr. Ein uneheliches Kind! Und dann ausgerechnet noch von Ernst! Ein weiteres Mal sieht Ernst seinen Vater wütend – aber diesmal sieht er ihn mit anderen Augen. Er lässt den väterlichen Zorn unbeteiligt auslaufen, denn er freut sich über sein Kind, sein Mädchen. Mehr macht ihm seine Mutter zu schaffen, die ihm andauernd aufsitzt. Wer denn für das Kind sorgen werde? Er habe ja noch keinen rechten Beruf. Warum er denn dessen Mutter nicht heirate? So hätte alles Regel und Ordnung. Ernst winkt ab. Ob er sie denn etwa nicht liebe? Doch, doch, aber es ist wenig aus ihm herauszubringen. Einmal fährt er sie sogar an, sie solle ihn in Ruhe lassen. Schließlich sei das seine Sache und er sei erwachsen.

Immerhin nimmt er sein Studium wieder auf. Spielt zwar noch immer Klavier, aber zu Hause und nebenbei. Und er schließt bald ab. Der Vater, obwohl in Scheidung, ist ihm noch behilflich bei der Stellensuche.

In dieser Zeit heiratet er. Ein Mädchen aus einer Familie des Schulerschen Bekanntenkreises, vier Jahre jünger als er. Mit Christine vereinbart er, seiner Frau vorzuschlagen, die knapp zweijährige Marianne zu adoptieren. Hanna ist einverstanden. Ernst holt also das Kind. Hanna lernt Christine erst kennen, als Marianne sie wieder trifft und sie die Familie besuchen kommt. Nicht nur Marianne, auch Ernst verliert sie danach wieder aus den Augen.

Kurz danach muss Ernst dienstlich in für ein paar Wochen eine andere Stadt. In dieser Zeit zieht seine Mutter in die kleine Zweizimmerwohnung. Die Scheidung der Eltern wird vollzogen und der Vater stirbt kurz danach.

Das Begräbnis und die Nachrufe werden allen seinen wirklichen und vermeintlichen Verdiensten gerecht (die familiären Schwierigkeiten werden, wie es sich gehört, verschwiegen). Natürlich erinnert sich Ernst an das Begräbnis des einstigen Prinzipals des Vaters, das er als Kind miterlebt hatte. Allerdings hat er zu viel zu tun, um sich darüber Gedanken zu machen. Ist er traurig? Betroffen? Irgendwie schon – aber wie? Seine Geschwister? Sie zeigen Gefühl, aber wenig von ihren Gefühlen in jenen Tagen. Zu viel ist zu tun. Todesanzeigen, Danksagungen, Antwort auf Beileidsbekundungen, das Leichenmahl, sich bedanken für Spenden. Ernst sorgt sich um seine Mutter, denn sie empfindet ja neben Trauer auch Schuld – wenigstens deutet sie das wiederholt an.

Der Erbgang gibt zu tun. Das Vermögen ist ja nicht klein. Die geschiedene Mutter fällt als Erbin zwar weg, aber man ist immer noch zu viert. Das Haus soll zunächst in gemeinsamer Regie vermietet werden, darüber ist man sich bald einig. Aber sonst ziehen sich die Verfahren über anderthalb Jahre hin. Der Vater hat zwar wohl ein Testament errichtet, es aber kurz vor seinem Tode handschriftlich für ungültig erklärt. Wieso eigentlich nicht vernichtet? – Rache? Wollte er den Begünstigten noch einmal den Braten so richtig durch den Mund ziehen? Immerhin: Anderthalb Jahre sind nicht übermäßig viel angesichts der Erbmasse. Man einigt sich in den meisten Punkten gütlich. Streitigkeiten betreffen nur Nebenpunkte und erlöschen auch gleich wieder, sobald man Kompromisse gefunden hat, in denen alle einen Teil ihrer Vorschläge wiederfinden.

Als Ernst in das Haus einzieht, sind sie ebenfalls zu viert. Doch bald ist die Familie sechsköpfig.

Ernst war seit langen Jahren eingerichtet, als er Christine wiedersah. Alles hatte seine Regel bekommen: Er arbeitete regelmäßig, verdiente gut, hatte Familie und eine bestimmte Funktion in ihr, seine Frau sorgte für ein zuverlässiges Zuhause. Längst war er wieder der alte, der alte, ruhige Ernst geworden. Das meiste ertrug er mit viel Gleichmut, den andere allerdings hin und wieder auch für Gleichgültigkeit hielten, und das nicht immer ganz zu Unrecht. War er glücklich? Nicht einmal er selbst wusste es. Aber er lebte ganz angenehm und das reichte ihm für den Moment.

Denn eigentlich war viel für sein Leben Entscheidendes bereits Erinnerung. Er hatte seine Jugend gehabt. *Seine* Jugend. Und daran war S., jene fremde Stadt, und mit ihr natürlich Christine mit»schuldig«. Hatte er Christine geliebt, wirklich sie? Ja, er hatte sie geliebt. *Sie.* So hingebungsvoll, so selbstvergessen und eigennützig, ja eigenmächtig im anderen, wie sich solche Liebe nun mal gibt, ja, geben muss. Aber nie hätte er mit ihr, mit dieser Frau weder leben wollen noch können. Liebe für den Moment, für die Momente, für das Hier und Jetzt. Liebe in Punkten, die in eine Kraft verschmolzen. Nie hatte einer von beiden Pläne für eine gemeinsame Zukunft geschmiedet. Man hatte sich getroffen, hatte abgemacht, hatte sich wiedergetroffen, ganz egal, worin der eine oder die andere gerade steckte – bis nach jenem Wochenende. Das würde der Schlusspunkt sein, beide mussten das geahnt, ja gewusst haben. Ein krönender aber und kein trauriger Schlusspunkt.

Für Ernst war das eine Kraft, die zu übertroffen ihm nicht mehr möglich schien. Aus Liebe gingen sie auseinander. Von ihrer Schwangerschaft hat ihm Christine – aus welchem Grund auch immer – erst nach gut sieben Monaten geschrieben und er hat diese Neuigkeit als völlig selbstverständlich hingenommen. Nichts als dieses Kind hätte diese ekstatische Liebe segnen können. Er würde sich einrichten und es erziehen. Dass Christine zwar sehr wohl gern Mutter sein, nicht aber die Folgen, die Stetigkeit und Regelmäßigkeit tragen würde, das hat er sofort erraten. Er ergriff also einen Beruf und heiratete keineswegs beliebig, aber ziemlich bewusst im Hinblick auf weitere Kinder, auf eine Familie. Hanna hat er von Anfang an nichts verheimlicht und sie zeigte nicht einmal einen Anflug von Eifersucht oder Argwohn, ja sie schien nicht einmal sonderlich erstaunt. Ein Mann von Welt habe eben bereits in seinen Jahren eine Vergangenheit, meinte sie nur achselzuckend. Das hieß doch, dass sie ihm sehr zugetan war, komme (fast), was wolle. Er erlebte und gestaltete also jetzt getrost das Nachher – und gab sich alle Mühe, seine älteste Tochter nicht anders zu behandeln als die anderen drei Kinder. Vielleicht gab er sich hin und wieder zu viel Mühe.

Dass ausgerechnet sie ihm Christine zurückbringen würde, hatte er bestimmt nicht erwartet. Er selbst hatte sich überhaupt nie um ein Wiedersehen bemüht. Auch der Briefkontakt brach kurz nach der Adoption ab, wie abgemacht. Und diese fast heilige Abmachung musste dann ausgerechnet die durchbrechen, die sie – zum Glück nicht sehr heilig – verkörperte.

Trotz, ja wegen dieser fast romanhaften Dramaturgie war Ernst natürlich überrascht, ja überrumpelt – gerade weil er viel las. Erst recht unsicher und aufgeregt wie ein kleiner Junge war er, als ihn seine Tochter zu ihrer Mutter, seiner ehemaligen Geliebten, führte. Aber er war nicht enttäuscht, als er sie als eine andere kennenlernte. Eine Frau seines Alters – die vier Jahre Unterschied zählten jetzt ja nicht mehr –, die man in einem Lebensstil wiederfand, den man aus keiner Erinnerung heraus erahnt hätte. Irgendwo im Hinterkopf hatte er schon gewusst, dass nicht wahr sein konnte, was er erwartete. Ihr Leben war ja schon damals unstetig gewesen. Auch sie hatte sich eingerichtet auf ihre Art – allerdings auf eine sehr, sehr eigene Art –, aber sie wollte ja niemandem irgendetwas weismachen. Natürlich gerieten die beiden nun ins Erzählen, nach einiger Zeit sogar ins Diskutieren. Aus leidenschaftlicher Verliebtheit, vielleicht Liebe war gleichsam im Handumdrehen vielschichtige, neugierig-einfühlsame Freundschaft geworden. Oft besuchte Ernst Christine nachher ohne Marianne, aber auch dann kam es nie mehr zu Zärtlichkeiten. Sie saßen zusammen bei einer Flasche Wein oder schlicht bei einer Tasse Tee und Brötchen.

Ihre Wohnung machte Eindruck auf Ernst. Sie war eine Umgebung für diese Frau, die sich wie von selbst ergab. Er schwärmte ihr von seinem Musikzimmer vor, er werde es ihr unbedingt zeigen müssen. Aber auch jetzt konnte er sich in dieser Wohnung kein »Wir« vorstellen. Kompromisse zu schließen war Christines Sache nicht. Ein großes Haus – etwa eines wie das von Ernst oder das ihrer Eltern – derlei wäre nötig gewesen für sie und einen Mann. Ein großes Haus war ihr aber wieder aus anderen Gründen zuwider. Natürlich hatte sie andere Liebhaber gehabt, aber sie hatte alle Beziehungen abgeklemmt, wenn Gefahr bestand, dass sie zur Einrichtung verkommen könnten. Nicht zuletzt weil bei ihnen diese Gefahr weitgehend gebannt war, hatte es darunter, sie gestand das freimütig ein, auch zwei Ehemänner gegeben; allerdings eher Ehemänner pro forma beide, in Wirklichkeit zwar feinnervige, fantasievolle, aber flatterhafte Typen, die offensichtlich nichts gegen hin und wieder ein paar neue Horizonte und ein wenig Abwechslung hatten. Kinder allerdings hatte sie keine weiteren.

Hanna hatte begriffen, was in ihrem Mann vorging, oder glaubte es wenigstens und zeigte deshalb auch jetzt nicht den geringsten Anflug von Eifersucht. Die Besuche der einstigen Geliebten in Ernsts Familie, die endlich doch noch stattfanden, geschahen deshalb in zwar unverbindlicher, aber freundlicher Gelöstheit. Mariannes Ausfall gegen die Stiefmutter, der diese im Agitato furiosissimo zum Trottel, zum Arschloch, zur Verräterin und Lügnerin stempelte, ereignete sich kurz vor dem neuerlichen Verschwinden Christines. Diese bekam aber nichts davon zu spüren.

Der Briefwechsel ihrer leibliche Eltern dauerte diesmal länger, als Marianne wohl vermutet hätte. Aber auch diesmal ebbte er aus.

Wirklich geweint hat Ernst beim Tod seiner Mutter. Er war es, den sie nicht einließ, obwohl er zum Besuch angemeldet war. Alles noch so wilde Läuten blieb ergebnislos. Er versuchte die Tür mit seinem Schlüssel zu öffnen, doch steckte ihr Schlüssel von innen. Er ließ also die Tür aufbrechen und – fand sie reglos auf dem Sofa liegen; er brauchte ihr nicht die Stirn zu fühlen. Er war vollkommen durcheinander. Obwohl die Dame ja schon ein beträchtliches Alter erreicht hatte, hatte er nicht im Geringsten mit ihrem Tod gerechnet. Nachdem die Ärztin gegangen und das unmittelbar Nötige arrangiert war, setzte er sich neben den Körper, ergriff die kalte Hand und weinte bitterlich.

Doch der Körper, das Gesicht gab nichts her, schaute immer gleich zufrieden. Ja, zufrieden schaute es zurück. Ernst verzweifelte, wurde wütend. Es dauerte eine ganze Weile, bis er genug Herr seiner selbst war, um die Sinnlosigkeit dieser Wut einzusehen.

Diesmal fiel ihm das Organisatorische schwer. Immerhin hatte sich die Mutter, die ihre sterblichen Überreste verbrannt wissen wollte, lediglich eine bescheidene Abdankung im engsten Familienkreis gewünscht, und auch damit hatte sie ins Schwarze getroffen, sie geriet zu einem ergreifenden Erlebnis für alle. Schon lange nicht mehr und nie mehr danach hatte sich Ernst so verbunden gefühlt mit seinen Geschwistern, wie während der schlichten Feier und der Zeit unmittelbar nachher. Zu erben gab es ohnehin nicht mehr viel; die Mutter war so bescheiden gegangen, wie sie gekommen war. Zudem hatte sie ein rechtlich einwandfreies Testament errichtet – und nicht widerrufen! –, das neben ein paar kleineren Vermächtnissen (Zuwendungen an ihre Patentochter – die Tochter eines Bruders – und an gemeinnützige Einrichtungen) die Zuteilung der paar wertvollen Möbelstücke und Bilder, der Barschaft und der Wertschriften, die sie nach wie vor hielt, an ihre Kinder (die zu gleichen Teilen erbten) bis ins Detail regelte. Niemand fühlte sich übervorteilt.

Als die Wohnung nach Abtransport der Erbstücke kurz vor Ende der Kündigungsfrist leergeräumt wurde – man hatte auf den nächsten vertraglichen Termin gekündigt, nicht auf den früheren gesetzlichen, um alles in Ruhe regeln und ordnen zu können –, war Ernst wieder dabei. Was noch drin verblieben war, war so gut wie wertlos. Ein Räumungsunternehmen fuhr mit einem großen Kastenwagen vor, dessen Dach sich breiträumig öffnen ließ, und der Fahrer und sein Helfer warfen den Großteil des verbliebenen Gerümpels über den Balkon in diesen Schlund; die zwei, drei schwereren Stücke passten immerhin in den Aufzug. Die Wohnung würde jetzt frisch gestrichen und Küche und Bad renoviert werden, beschied man ihm. Man werde sofort nach Abnahme der Wohnung und der Schlüsselübergabe beginnen; der Vertrag mit der Nachmieterin, einer jungen kaufmännischen Angestellten, sei bereits abgeschlossen.

Die Zeitung über seinem Kopf hebt sich. Das bedeutet für Hanna, sie sollte in die Küche. Ernst gähnt noch ein paarmal, faltet die Zeitung zusammen, schlurft dann auch in Richtung Küche, obwohl er doch weiß, dass es nichts zu helfen gibt. Er schaut Hanna zu, wie sie alles herrichtet, erzählt ihr jene Neuigkeiten, die wichtiger gewesen waren als der Schlaf, obwohl sie ja Radio hört, also die Nachrichten bestimmt nicht verpasst hat. Sie fragt ihn dies und das vom Tag und er referiert über die wichtigsten Sorgen des Geschäfts. Hat ein Kind angerufen? Neuigkeiten sonst von ihnen? Marianne krank im Bett; Corinnas Mann sei daran, seine Stelle zu verlieren, und das gerade jetzt, wo sie schwanger sei. Immerhin, die Wohnung haben sie noch. Heute Abend komme ein Film im Fernsehen, den sie sich ansehen wolle, »und im Übrigen kann man essen«.

Hanna ist seit Neuem darauf verfallen, alle nur erdenklichen Mittel der Schönheitspflege auszuprobieren – will sie etwa plötzlich ihre Mutter nachahmen? Seit die Kinder ausgeflogen sind, verbringt sie einen gut Teil ihrer nun üppigen freien Zeit vor dem Spiegel. Aus Prospekten, die ihr regelmäßig zukommen, wählt sie sich die Döschen und Fläschchen aus und lässt sie sich von verschiedenen Versandhäusern zusenden. Ernst sieht deshalb immer neue Farben, Schönheitsbrillen, wie er sie manchmal schalkhaft bei sich nennt, auf dem Gesicht seiner Frau, das zwar noch nicht alt ist, aber im Grunde zu alt für solche Experimente: Augen, die ganz unnatürlich glänzen und plötzlich viel größer wirken als sie sind; Zähne, die aus einem feuerroten Mund strahlend weiß blinken, Einheitsbräune wie aus dem Farbtopf (aber keine Höhensonne, kein (ungesundes) Solarium, wie sie versichert), Lockenwickler manchmal noch beim Essen. Er führt das darauf zurück, dass sie Ablenkung braucht von den immer aufdringlicheren Wirren der Zeit. Früher hat sie gelesen. Vom Heftchen bis zum anspruchsvollen Roman. Aber seit kein Stein mehr auf dem anderen liegen bleibt, macht sie sich halt eben schön. Obwohl sie kaum ausgeht. Oder träumt sie von einer zweiten Jugend? Ernst spricht sie nicht darauf an. Er will sie nicht in Verlegenheit bringen. Manchmal macht er ihr Komplimente, obwohl er nicht annimmt, dass ihre Anstrengungen auf ihn gemünzt sind. Was hätte sie bei ihm damit erreichen wollen? Manchmal kann er nicht anders, als in sich hineinzulachen.

Während sie fernsieht, pflegt er sich jeweils ins Musikzimmer zurückzuziehen. Die Nachrichten schaut er noch mit. Obwohl sie sich immer mehr zu ähneln beginnen. Er fragt sich manchmal, ob sie sie nicht zu erfinden beginnen, um die Leute bei Laune zu halten. Wenn der Film anfängt, geht er.

Er spielt wieder häufiger Klavier. In letzter Zeit hat er vermehrt angefangen zu improvisieren. Einfach sich an den Flügel setzen und zusehen – zuhören –, was kommt. Auch früher hat er improvisiert, aber meistens über Stücke. Heute lässt er seinen Gedanken – oder seinen Händen – freien Lauf. Nachher liest er sich in einem Buch fest. Nicht selten in einem, das er schon das zweite oder dritte Mal liest. In der Regel nickt er hier nicht darüber ein, sondern geht rechtzeitig ins Bett, wo Hanna fast immer schon liegt und schläft. Allerdings kann er sie meist durch ein wenig Lärm wecken und sie nimmt ihm das nicht übel. Er ihr im Grunde schon eher, dass er sich durch Nachtcreme kämpfen muss, das heißt, aus diesem Grunde nicht in die Nähe gelassen wird. Er weckt sie deshalb immer seltener.

Seine Arbeit erledigt er wie immer; sie ist und bleibt unausweichlich, regelmäßig. Geordnet, aber gerade deswegen beängstigend. Man sucht die Ritze in ihren schalen, spiegelglatten Wänden. Die allergrößten Schwierigkeiten rundherum – und solche gibt es ja beileibe genug – reißen sie nicht ein. Es zieht sich, braut sich alles über den Köpfen zusammen, braut, wackelt unter den Füßen und dazwischen. Auf und ab, hin und her. Keinerlei Anzeichen bei Frau und Kindern, dass sie ebenso fühlen wie er, aber gerade das bestätigt Ernst. Er hat Angst.

Warum er trotzdem mit dem Auto losgefahren ist an jenem Tag, ist unverständlich. Wollte er wirklich zu seiner Tochter, zur noch immer schwangeren Corinna? Gesagt hat er es. Allerdings wohl ins Leere.

Natürlich gerät er in das längst undurchschaubar gewordene Gewirr der Straßen und Verbindungen. Das hat er ja gewusst – und er hat auch durchaus den neuesten der halbwöchentlich gelieferten Stadtpläne dabei und die Navigationshilfe eingeschaltet. Aber natürlich verirrt er sich trotzdem; er weiß ja um die Alibiübung dieser Pläne, erst recht für Nicht-Berufsfahrer. Er hat jeden Bezug verloren, könnte vorwärts, rückwärts, rechts, links fahren, es käme auf eins heraus. Dennoch ist ihm das durchaus nicht eitel unangenehm. Er folgt irgendwelchen Signalen, Hinweistafeln, Wegweisern, die ihm längst nichts mehr sagen. Da biegt er um eine Ecke und sieht eine Ruine. Er erkennt sie sogleich wieder. Nichts hat sich verändert; die Beete sind bepflanzt, die Schaukel hängt am korrosionsgeschützten Rohr, silbergrau, wie feuerverzinkt, der Spiel- und Sitzplatz steht bereit zum Gebrauch – selbst der Rauch aus dem blitzblanken Schornstein des Holzhauses in der Ruine fehlt nicht. Das ist zu viel! Er gibt Gas.

Ernst kommt selbstverständlich an jenem Tag nicht heim und auch nicht zu Corinna. Eine Vermisstmeldung (die ja sofort per Elektronik in alle Welt übermittelt wird) bleibt erfolglos. Ebenso alle folgenden. Immerhin weigern sich sowohl Hanna wie die Kinder, ihn als verschollen – mithin rechtlich tot – erklären zu lassen.

11

Ein Dorf in einem mittelbreiten Tal, in den Begriffen eines Städters ein kleines Dorf. Ein Bauerndorf. Äcker, Wiesen drum herum. Berge, etwas mehr als Hügel, auf beiden Seiten des recht ebenen Talbodens. Die Wiesen ziehen sich bis an ihre Rücken. Danach folgt Wald. Bis zu den Anhöhen hinauf.

Das Tal verläuft von Ost nach West, beschreibt einen weiten Bogen gegen sein Ende nach Süden hin. Ein nicht sehr breiter Fluss, ein Bach fast nur, fließt darin. Er ist nicht schiffbar. Bei Schneeschmelze oder sonst Hochwasser kann er recht reißend werden, obwohl das Tal kein sehr starkes Gefälle hat. Sein Wasser sammelt er in weiten Gebieten. Bei schönem Wetter sieht man die hohen Berge in der Ferne, von woher ein Geflecht von Wasseradern letztendlich in ihn mündet.

Eine ganze Reihe von Dörfern und Weilern liegt in diesem Tal. Das Dorf, das uns interessieren wird, ist eines der hinteren. Fast alles sind Bauerndörfer; wenig Gewerbe und Industrie hat sich hier angesiedelt. Das Tal gilt als sehr fruchtbar und die saftigen Wiesen und üppig bestellten Äcker, auch die wohlgenährten Kühe bestätigen das Offensichtliche zusätzlich.

Ein traditionsbewusster, solider Bauernstand lebt hier. Sein manchmal etwas linkischer Stolz führt nicht nur zu hin und wieder reichlich lächerlicher Überheblichkeit, sondern auch zu guter Butter und gutem Käse und gutem Brot. Der Menschenschlag hier ist gütig, wenn man ihm gut ist, er rechnet selten bis hinters Komma und gerade deshalb fast immer richtig und hat einen Humor, für den man ansässig sein muss, um ihn nicht erst zu verstehen, wenn schon die nächste Pointe gesetzt ist. Wer mit den Leuten umzugehen weiß, findet trotzdem schnell Warmherzigkeit und Hilfsbereitschaft, sofern er (oder sie) richtig spürt, wo jede weitere Frage zur Fußangel wird. Feriengäste, die dann und wann aus dem nächsten kleinen Städtchen, einem großen Dorf fast nur mit nicht einmal zehntausend Einwohnern, das in der Mündung des Tales zum fast parallel verlaufenden, weitaus breiteren Hauptal liegt und durch das deshalb der Fluss des großen Tales und die letzten paar Hundert Meter des Flüsschen vom Seitental her fließen, in den Sommermonaten hierherkommen, werden selbst dann freundlich aufgenommen, wenn man sonst ganz froh ist, dass sie weit, weit weg sind, am besten viel weiter noch als das Städtchen selbst.

G., dieses Städtchen, Hauptort des Distrikts, ist auch neben L., dem Hauptort der Region, der gut dreißig Kilometer flussabwärts im großen Tal liegt, Hauptgegenstand der Dorfgespräche. Es wird auseinandergezettelt und durch alle möglichen Mühlen gedreht, kommt fein pulverisiert wieder heraus. Die Männer lachen über die Klatschgeschichten der Frauen – über denjenigen, der gerade im Spital liegt oder vor Kurzem fremdgegangen ist, vielleicht zu allem Überfluss noch mit der Tochter des Bürgermeisters –, setzen sich dann ins Restaurant mit den Köpfen voll großer Politik und den Kehlen noch mehr voller Durst – und landen auch bei Klatschgeschichten, oft bei denselben, derentwegen sie der Frau eben über den Mund gefahren sind.

»... Streik. Haben aber auch recht, geben ihnen auch nichts zu fressen ... Sollen uns zuerst die Milch besser bezahlen und den Käse und den Weizen oder das Brot. Und *wir* können nicht streiken. Wo wären sie, wenn wir aufhören würden zu melken, zu mästen und zu dreschen? Und alles kaputt machen sie – noch eine Stange bitte, Grete, und einen Trester obendrein –, schlagen Scheiben ein, den Leuten die Geschäfte zusammen. Leuten wie du und ich, nicht den Herren da oben, die ihnen nicht geben, was ihnen gehört. Uns ja auch nicht. Kleine Händler, biedere Leute, nur weil sie halt grad an der Route liegen – haben aber auch Fabriken angezündet. Halb S. steht in Flammen. Landauf, landab müssen sie kein Licht mehr anzünden abends, weil ihnen die Flammen in die Fenster leuchten – hast du gehört, die Scheune vom Z. Er lag gerade im Bett mit einem Flittchen von G. Hat sie deshalb abbrennen lassen. Die Scheune natürlich, nicht das Flittchen. Aber ein paar schöne Augen und Beine aus G. zahlen ihm nicht den Schaden. Selbst wenn es die Tochter eines Notabeln ist, des Herrn Distriktgerichtspräsidenten M., sagt man ...« – etwa so.

Auch ihr Vater gehörte regelmäßig zu den Tischrunden im »Löwen«. Aber nur einmal in der Woche üblicherweise. Einzig besonders mächtiger Durst oder ganz besondere Ereignisse brachten ihn öfter dorthin. Er galt deshalb als aufrecht. Hatte auch Feinde, weil er sich nicht den gängigen Gepflogenheiten anpasste und überdies einen der drei größten Höfe eines Dorfes von immerhin fünfzig bis sechzig Bauern sein Eigen nannte. Im ganzen Tal kannte man ihn oder zumindest seinen Namen. Und Neid war ihm sicher, auch wenn ihn keiner offen zu zeigen wagte. Ein stattliches Haus bewohnte er, vor noch nicht drei Jahrzehnten von seinem Vater neu gebaut, daneben Stallungen für gut sechzig Stück Vieh – die auch voll bestoßen waren –, ganz abgesehen von einigen Schweinen und all den Hühnern, Enten und Gänsen. Zwei, in den Sommermonaten drei Knechte und eine Magd taten bei ihm Dienst. Vier gesunde, hübsche Kinder hatte er, außer seiner Jüngsten, Barbara, noch drei Söhne, von denen die zwei älteren schon kräftig mittaten. Er schien auch ein ausgesprochenes Gespür, eine Art siebten Sinn für die Natur, insbesondere die Fruchtfolge zu haben; jedenfalls gab es einige, die bei ihm Rat einholten, wann und was zu säen, wann zu dreschen oder wann spätestens das letzte Heu einzubringen sei. Und es war ja weiß Gott keine Kunst, das Gespräch aufs Richtige zu lenken. Man behauptete einfach etwas Plumpes, worauf er sich ereiferte, denn ereifern konnte er sich – um nachher die Ratschläge und Empfehlungen, die er in der Hitze seines Wortschwalls halb ungewollt ganz nebenbei ausstieß, postwendend so genau wie nur immer möglich zu befolgen. Er war zudem ein leidenschaftlicher Jasser und verlor sehr ungern. Allerdings jasste er nicht ganz so gut wie leidenschaftlich – hatte auch wegen seines üblicherweise einmaligen Termins pro Woche drei- oder viermal weniger Übung als gewisse andere Stammtischler – und verlor deshalb nicht selten. Natürlich waren immer seine Spielkollegen schuld, wenn er nicht alleine spielte, sonst die Karten. Er war besser im Begründen, im als unausweichlich Hinstellen als im Hinnehmen des Unausweichlichen. Er rief dann aus durch die halbe Stube und die anderen ließen ihn rufen, denn erstens freuten sie sich an seinen Argumenten – fast jedes Mal gab es etwas zu lachen – und zweitens wussten sie, dass nachher so wieder mit ihm gut Kirschen essen und noch viel besser Bier zu trinken war. Die Runde zahlte er zwar grollend, aber zuverlässig – immer er, nicht etwa der »schuldige« Mitspieler –, und es gab welche, für die die Woche einen Tag weniger hatte, wenigstens was die Wirtshauszeche betraf.

Aufsehen erregte er, als er als erster Privater im Dorf elektrisch einziehen ließ. Bisher hatten nur gerade das Wirtshaus, die Post und das Gemeindehaus Strom gehabt. Woher hatte der die Bewilligung? Und das Geld? Und wozu brauchte ein rechter Bauer Strom? Was tat der des Nachts, anstatt zu schlafen? Las sicher dicke Schmöker und verwendete nachher sein Wissen gegen die anderen. Hatte er nicht neulich sogar Land gekauft? Schon wieder? Seine Felder würden dann mehr abtragen, mehr Kühe mehr Milch geben, er würde reich, noch reicher werden und zu guter Letzt das ganze Dorf beherrschen. Und wer wusste schon, was der für Beziehungen zu G. oder sogar bis in die Regionshauptstadt L. hinein hatte, zu gewissen Herrschaften dort. Gar zu oft fuhr er hin, vor allem nach G. Dem musste man auf die Finger schauen! Der war wie sein Vater, fleißig für zwei und schlau für drei! Was der wohl noch alles anstellen würde mit seinem elektrischen Strom?! Plötzlich steht kein Knecht mehr im Stall und eine Fabrik an dessen Stelle! In der Kühe gemolken und Schweine gemästet, vielleicht sogar geschlachtet werden, alles in einem ... Er selbst sagte wenig dazu; er äußerte sich überhaupt selten über seine betriebstechnischen und betriebswirtschaftlichen Absichten. Ob nun Geheimnistuerei oder nicht, jedenfalls tat das den Gerüchten um ihn alles andere als Abbruch. Manche sahen ihn schon als großen Herrn, als Kapitalisten, vielleicht gar Politiker. Aber einer der Ihren blieb er doch, oder?

Barbara, ein kleines Mädchen noch, bekam von all den Mutmaßungen nichts mit. Für sie war der Vater ein strenger, aber gutmütiger Mann. Ihm hatte man zu gehorchen, aber wenn man das tat, dann war auf ihn Verlass. Er nahm sich auch immer wieder für sie Zeit und plauderte und spielte mit seinem kleinen Töchterchen. Spaßte mit ihr, etwa nach dem Melken auf der Bank vor dem Haus oder nach dem Essen in der Stube. Ob sie der Mutter auch recht schön helfe? Worauf sie ihre Puppe, ein Weihnachtsgeschenk von ihr, brachte und zeigte, wie sorgfältig sie mit ihr umging. Und der Vater pflegte sie dann über das Benehmen der Puppe und deren Schabernack auszufragen.

Manchmal hatte Barbara auch schon kleine Aufgaben: So musste sie hie und da den Korb mit dem zweiten Frühstück oder der Vesper dem Vater und den Knechten bringen, die auf den Feldern arbeiteten oder irgendwo heuten. Dieser Korb war zwar noch recht schwer für sie, aber sie war stolz, diese Aufgabe zugeteilt erhalten zu haben. Die Mutter, eine damals noch kräftige und tatkräftige Frau, hatte zu Hause genug zu tun. Auch wenn ihr die tüchtige Magd, ein junges Mädchen, das noch nicht allzu lange hier war, half, boten Schweine und anderes Getier, ganz abgesehen vom Haus, Arbeit genug. Das ganze Dorf kannte schon das kleine Mädchen mit dem großen Korb, groß genug, dass man es darin hätte forttragen können. Manche Frauen wetterten über die Mutter, die dem Kind derartiges zumutete, doch andere sahen sein zufriedenes, ja stolzes Gesicht. Hie und da rief ihm die eine oder andere zu: »So, schon wieder auf dem Weg! Willst nicht gleich auch meinen Leuten ein paar Brote und Äpfel mitbringen? Du hast ja noch so viel Platz in deinem Korb!«, oder: »Sieh nur zu, dass du nicht alles aufisst, bis du dort bist!« Das Mädchen nickte jeweils, lachte vielleicht und ging schleunig weiter.

Am Anfang hatte sie sich auch ein paarmal verlaufen; das richtige Feld oder die richtige Weide zu finden war nicht immer einfach. In die abgelegenen schickte sie die Mutter zwar nicht, aber verlaufen konnte man sich trotzdem. Überdies fand man die Leute dort nicht immer leicht. Einmal war sie an der richtigen Weide vorbeigegangen, weil der Vater, die Brüder und die Knechte gerade Sensen schliffen. Sie hatten sie dann gesehen und zurückgerufen. Das waren aber samt und sonders Anfangsschwierigkeiten; bald versah sie ihren Dienst zuverlässig und ließ auch ihr liebstes Spielzeug, die Puppe, liegen, wenn sie dazu gerufen wurde.

Die Brüder, auch der jüngste ja vier Jahre älter als sie, behandelten sie als das, was sie für sie war und blieb: als »die Kleine«. Ein niedliches Ding, mit dem man sich die Zeit vertreiben konnte oder sich belustigen an ihm. Das aber alles Entscheidende nichts anging. »Ja, da musst du noch ein wenig Geduld haben, dafür bist du noch zu klein!« – Diese Antwort bekam sie auch, wenn der Gefragte schlicht keine Antwort wusste. »Was würdest du Mutter antworten, wenn sie dich fragen würde?«, fragte die Kleine in einem solchen Moment einmal zurück.»Sie hat mich aber nicht gefragt!«, darauf der Bruder. »Aber, wenn sie dich fragen würde?« »Sie hat mich nicht gefragt.« »Mutter, frag den Franz mal, ob ...«, und sie bestürmte die Mutter so lange, bis diese den so ins Visier Genommenen fragte. Die ersten paar Male versuchte die Mutter die Antwort zuerst selbst zu geben, aber das ließ Barbara nicht gelten; der Bruder musste gefragt werden. Natürlich war der in der Zwischenzeit verschwunden und die Mutter versicherte ihr, sie werde ihn fragen, wenn er zurück sei und ihr die Antwort anderntags sagen. Aber mit der Zeit kam sie auch diesem Trick auf die Schliche. Sodass die Brüder endlich klein beigeben mussten: »Hör mal, Kleine, das weiß ich nicht. Geh den Vater fragen – oder die Mutter!« Das hieß für die Kleine ein neues Spiel erfinden, denn wollten die anderen sich amüsieren, so wollte sie doch nicht außen vor bleiben. Wenngleich sich die Älteren lustig über sie machten, so wurde sie doch beachtet, und ihr war es recht, wenn sie beachtet wurde; sie war gerne Mittelpunkt, ein wenig Hahn – Henne – im Korb.

Als sie dann höhere Schulen in L. besuchte, ja sogar an der Universität in B., der Hauptstadt, studierte, da wuchs im einen oder andern der »Großen« doch ein wenig Neid – obwohl sie sich eigentlich alle ganz wohl fühlten in ihrer Bauernhaut. Bei der lief ja alles wie am Schnürchen – und erst noch bei einer Frau, unserem Nesthäkchen, unserer kleinen Barbara! Mittlerweile sprach sie mehrere Sprachen fließend, sogar Latein und Griechisch lernte sie. Mathematikbücher mit unverständlichen Symbolen lagen manchmal herum, wenn sie übers Wochenende nach Hause kam (sie fand immer jemanden, der sie vom Bahnhof in G. mitnahm, vielleicht nicht ganz bis in ihr Dorf, aber das machte ja nichts; ihr Vater holte sie nur ab, wenn er ohnehin geschäftlich im Städtchen war, wobei er allerdings hin und wieder das Geschäftliche nach Barbara richtete). Und sie las anspruchsvolle Bücher, »schöne Literatur«, wie die Brüder und der Vater ihre Lektüre manchmal etwas abschätzig zu nennen pflegten, und falls ihre schönen Bücher nicht darunter litten, wenn sie von weniger schönen Händen gehalten würden, so könne sie vielleicht trotzdem ab und zu helfen kommen aufs Feld. »Dann werdet ihr ja zu früh fertig und habt nichts mehr zu tun, wenn ich wieder in L. bin, und ich muss euch die schönen Bücher noch dalassen, damit euch nicht langweilig wird. Dabei brauche ich sie doch dort so dringend, schließlich will ich doch die Matura bestehen!«, gab sie einmal auf solche Vorstöße hin zurück. Ist dann aber meistens mitgekommen, aufs Feld – und war dann alles andere zimperlich beim Handanlegen.

Nun war es an den Brüdern, Fragen zu erfinden, die die Schwester nicht beantworten können sollte. Und das war gar nicht so schwierig. Allerdings machte sie es sich zum Sport, die Antwort das nächste Mal mitzubringen, wenn sie von der Stadt kam. Und die Brüder bekamen jetzt zum Geburtstag oder zu Weihnachten immer Bände eines Lexikons geschenkt, bis es vollständig war.

Natürlich war der Aufenthalt in L. und vor allem in B., der gut siebzig Kilometer nordwestlich im Flachland am breiteren, nicht nur für Boote schiffbaren Fluss gelegenen Hauptstadt, in den der durch L. fließende Seitenarm mündete, für sie weit mehr und anderes als nur Aufenthalt zu Studienzwecken. Zwar war die Kapitale besonders in der Altstadt durchsetzt mit öffentlicher Verwaltung und politischen Einrichtungen, wobei hauptsächlich Letztere baulich markant, ja mitunter allzu üppig zu repräsentieren suchten, aber das städtische Leben pulsierte doch wesentlich stärker, spielte gleichzeitig auf ein paar Bühnen mehr als in L. – schließlich galt B. damals als Großstadt. Niemandem entging, dass sie Gefallen an dieser Großstadt fand. Ihr Gehabe nahm nach und nach etwas von jenem der Städter an, die zur Erholung aufs Land in die Ferien kamen. Sie war sich dessen durchaus bewusst und das bedrückte sie, kam sie doch hierher nach Hause. Und sie fühlte sich ja nach wie vor heimisch in dem Dorf; aber sie spürte erstaunt, wie schnell sie nicht mehr in es hineinzupassen begann – nicht der städtischen Kleidung, bald des Duftes, der Schminke wegen, womit sie ankam; sie zog sich ja jeweils sofort um, kaum war sie da. Nein, sie bewegte sich anders, brauchte andere Wörter, redete ganz selbstverständlich anders. Nicht unbedingt gewählter – einfach anders. Mit Entsetzen musste sie einmal feststellen, dass ihr Vater sie wirklich nicht verstand, nicht begriff, worauf sie hinauswollte. Und sie konnte es ihm beim besten Willen nicht besser erklären. War es Bewunderung, Bestürzung oder gar Ärger, womit der Vater reagierte? – Das hat sie nie herausgefunden. Sie hat sich sehr, sehr allein gefühlt damals. Umgekehrt war sie in der Stadt keine von ihnen; sie war keine Städterin – noch keine? Gerne wäre sie zu einem älteren Bruder gegangen – sie waren doch noch immer ihre älteren Brüder, oder nicht? – und hätte ihn um Rat und Hilfe gebeten. Wie oft hatte sie das früher getan! Zwar nicht immer erhalten, wonach sie fragte, aber immerhin – waren ja auch nur Menschen. Aber jetzt ging das nicht mehr. Die Bitte, das Verlangen nach dieser Bitte war ja eben gerade Ausdruck dessen, was trennte, was sich verlor ins unweigerlich Fremde, in ein gespenstisches Entfremden des Vertrauten, in ein konturloses Etwas hineinverlor.

Als sie noch in den ersten Schuljahren war, erkrankte ihre Mutter. Zuerst hatte Barbara gar nichts bemerkt. Die Mutter war einfach blasser gewesen als sonst und etwas später aufgestanden. Barbara hatte sich daran gewöhnt, dass nur die Magd in der Küche war, wenn sie frühstückte. Die Mutter war oft müde. »Strenge Zeiten«, sagte sie, wenn man sie darauf ansprach. Also gut, strenge Zeiten. Barbara musste ja ohnehin zur Schule. Im Haus fiel sonst nichts weiter auf.

Erst als der Vater die Mutter einmal auf den Wagen packte und mit ihr nach G. fuhr, »zum Arzt«, da wurde auch die Kleine stutzig – es gab doch auch bei ihnen im Tal einen Doktor, ein, zwei Dörfer weiter ... Er war doch auch schon zu ihnen nach Hause gekommen, wenn sie eine Grippe oder Ähnliches hatten. Wieso also nach G.? Die Mutter war ja nicht erkältet und sie lag ja nicht im Bett – wenigstens nicht den ganzen Tag. Sie schien auch kein Fieber zu haben, denn all die heißen und kalten Wickel, die man bei diesen Gelegenheiten den Kranken umzulegen pflegte, blieben aus. Jetzt also nach G.?! Die Mutter fuhr sonst höchst selten dorthin, vielleicht ein-, zweimal im Jahr, um sich Kleider und Hausgerät zu kaufen, das im Dorf nicht zu finden war. Und es war auch noch nicht sehr lange her, seit sie das letzte Mal dort gewesen war. Deshalb versuchte man nach der zweiten oder dritten Arztvisite gar nicht mehr erst, das Kind mit Vorwänden abzuspeisen, da sonst nur wieder und wieder dieselben bangen Fragen unglaubwürdig hätten weggewedelt werden müssen.

Trotz der nun direkteren neuen Wahrheiten dachte es zunächst nichts Böses, wollte vielleicht auch nichts Böses denken. Die Mutter müsse wohl besonders gründlich untersucht werden, mit Instrumenten und Apparaten, die sie nur in G., immerhin Distriktshauptort, hatten, und sie würde eine Arznei bekommen, die sie wieder gesund und munter machen würde wie früher. Sie, die Kleine, würde dafür sorgen, dass sie diese auch regelmäßig einnehme – schließlich kostet der Arzt auch Geld und die Mutter wird gebraucht; ungefähr so legte die Kleine sich das zurecht, zur Sicherheit noch und nöcher.

Wirklich musste Mutter ein Pulver schlucken. Ein weißes Pulver. Sicher fünfmal am Tag fragte die Kleine jetzt, ob sie es auch wirklich geschluckt habe und genug davon. Wann sie denn wieder gesund sein würde? In zwei Wochen? – Das wohl nicht. – Also in einem Monat? Vielleicht – aber es kann auch länger dauern – ach du liebes Kind! Die Mutter schloss sie in die Arme, immer und immer wieder. So gern Barbara das mochte – ein wenig unheimlich mutete bereits diese neue Art der Zuneigung an. Wohl hatte die Mutter sich auch früher oft mit ihr abgegeben – aber diese Überschwänglichkeit, ja Gier, wenn sie sie umarmte, an sich drückte, war neu.

Das Kind behielt zwar vorerst seine Fröhlichkeit, wurde aber zusehends fleißiger. Setzte sich, kaum aus der Schule zurück, an den Stubentisch und brütete über Heften und Büchern. Früher war sie kaum dorthin zu bringen gewesen und die Mutter musste immer ihre Hefte kontrollieren, wenn sie behauptete, mit den Aufgaben fertig zu sein. Barbara, obwohl schon immer recht lebhaft, war in den ersten Schuljahren geradezu explodiert. Die vielen Kinder! Eine ganze Gruppe Gleichaltriger! Das große Klassenzimmer! Natürlich unterrichtete der Lehrer die sechs Volksschulklassen gleichzeitig, sodass sie mit allen Kindern in dieser Altersspanne zusammenkam. Das war zuerst fast nicht fassbar: Kinder, viel größere, fast erwachsen schienen sie ihr manchmal schon, im selben Klassenzimmer, beim selben Lehrer! (Erst als sie in die vierte Klasse kam, stellte die Gemeinde eine Baracke neben das Schulhaus, wo eine Lehrerin – ja, eine Lehrerin! – die ersten drei Klassen unterrichtete; später streckte man das Schulhaus selbst; dadurch wurde es zwar nicht schöner, aber geräumiger.

Doch wen störte das; den unscheinbaren Holzbau mit einem schlichten Satteldach überragte die Kirche mit ihren hohen neugotischen Fenstern ohnehin bei Weitem, wodurch er schlicht Teil der Umgebung war und blieb.) Bestraft wurden die Großen wie die Kleinen, gehorchen mussten sie wie sie – auch wenn sie sie, kaum war die Schule fertig, auslachten und auf sie herabsahen. Aber schließlich waren auch sie einmal klein gewesen, hatten in den Bänken auf der Türseite gesessen, die sie jetzt drückten. Und sie hatten nicht mehr zu bestellen beim Lehrer, nur weil sie jetzt nicht mehr dort saßen, sondern in Reihen weiter gegen das Fenster zu. Es ließ die Kleine deshalb kalt, wenn die großen Jungen ihr Neckereien und Spott nachschickten. Sie war ja als Kleine nicht allein, ja sogar außerordentlich viele waren sie, über zehn, wovon sechs Mädchen. Und diese sechs Mädchen, zwei davon wohnten in ihrer unmittelbaren Nachbarschaft, hielten zusammen. Auf der Wiese vor der Schule in der Pause, im Klassenzimmer, auf dem Nachhauseweg, immer. Sie saßen auch neben- oder hintereinander, aber Knaben und Mädchen saßen so oder so getrennt, immer vorne die Mädchen, hinten die Knaben, und das bei den Kleinen wie bei den Großen. Oft unternahmen diese Kleinen auch nach der Schule etwas gemeinsam, spielten Fangen oder hatten ein Springseil dabei – vergaßen darüber hin und wieder, dass Mittagessenszeit war, und kamen viel zu spät nach Hause.

Von diesen sechs waren die drei, von denen jedes in der Nähe der anderen zwei wohnte, besonders eng untereinander verschworen. Sie hatten denselben Schulweg, trafen sich also schon auf dem Hinweg ins Dorf. Und unter diesen drei war Barbara, die bald vor Lebhaftigkeit und Unternehmungslust beinahe übersprudelte, die treibende Kraft und zeitweise unbestrittene Führerin. Da die restlichen drei Mädchen aus je einer anderen Richtung kamen und nicht ähnlich enge Fäden ziehen konnten, war das um sie gescharte Grüppchen und damit Barbara nicht selten Herrin über alle Mädchen ihres Klassenzugs. Ihre Mitschülerinnen scharten sich also immer wieder um sie, hörten auf sie. Abgesehen davon, dass der Apfel nicht allzu weit vom (väterlichen) Stamm gefallen war, tat ihr das auch gut, denn zu Hause war sie ja die Kleine neben drei älteren Brüdern. Die Jungen, auch jene desselben Jahrgangs, betitelten die sechs Mädchen manchmal als »blöde Weiber«, »Schwatzbasen« oder »Geheimniskrämerinnen«. Es gab auch Krach, so etwa, weil sie den Knaben den Platz auf der Spielwiese wegnahmen. Doch dieser Zwist zog sich meistens durch alle Klassen: Alle Buben – die Kleinen waren mit einem Mal für die Großen auch groß genug – vereinigten sich gegen alle Mädchen; die Mädchen waren in der Überzahl, aber die Buben stärker. Meistens rannten die Mädchen zuerst zum Lehrer, der kam schlichten, verteilte die eine oder andere Ohrfeige. Nachdem er wieder gegangen war, beschimpften sich beide Parteien aus der Ferne, bis die Schule wieder anging oder sich beide Gruppen langsam verflüchtigten.

Diese Rolle als Motor der Mädchen in ihrer Klasse büßte Barbara während der Krankheit der Mutter langsam ein. Ganz einfach, weil sie, je weiter die Krankheit fortschritt, desto weniger als Motor für irgendetwas taugte. Sie wurde ruhiger, war nicht mehr so erfinderisch bei Spielen und im Ertüfteln von Geheimnissen und Luftschlössern, zog sich zwar nicht zurück, redete aber zusehends seltener aus eigenem Antrieb und scherzte kaum mehr. Den Kameradinnen fielen diese Veränderungen ziemlich schnell auf; sie versuchten sie aufzumuntern, anzufeuern, gleichsam ins Vergnügen und in ihre alte Rolle hinein- und zurückzuschubsen. Niemand konnte oder wollte an ihre Stelle treten. Das gelang zwar zeitweise, aber nichts konnte darüber hinwegtäuschen, dass ihre Eigenart, eben gerade selber die Dinge vom Zaun zu brechen, immer mehr einfror. Mit der Zeit ließ man sie mehr und mehr links liegen.

Auch dem Lehrer fiel ihr zunehmender Fleiß auf. Sie war zwar schon immer eine recht gute Schülerin gewesen, aber jetzt wurde sie geradezu vorbildlich. Makellos rein die Hefte, immer gelesen die Lesestücke und gelernt die Gedichte, immer vorbereitet die anderen mündlichen Aufgaben. Wenn niemand sonst in der Klasse reagierte, konnte er sie aufrufen und sie wusste so gut wie immer Bescheid. Wie in aller Welt hätte er diese Zeichen nicht als gut werten sollen? Für den schon älteren Herrn waren Fleiß und Fügsamkeit ohnehin stets Zeichen persönlicher Reifung, ganz gleich, was da heranreifte.

Selbstverständlich pflichtete der Vater ihm ohne Wenn und Aber bei. Sein Kind war nun mal lernbegierig, war wissbegierig.

Ja, war er das denn nicht auch gewesen? War er es nicht jetzt noch? Früh zeigte sich also in seiner Kleinen die gute väterliche Anlage. Seine Barbara, obwohl Mädchen, würde es bestimmt noch weit bringen – wenn nur ihr Fleiß anhielt.

Natürlich galt sie nur zu bald als Musterschülerin. Und die Folgen ließen nicht lange auf sich warten: Verachtung, Herablassung ihr gegenüber. Und insgeheim gleichzeitig Neid und Bewunderung. Mithin entwickelte sie nach der Fähigkeit zu führen nun in der Klasse eine ähnliche Stellung, wie sie ihr Vater schon seit Jahren im Dorf innehatte. Nur dass der sich wenigstens im »Löwen« wohler fühlte in seiner Haut als sie in ihrer als Schülerin. Denn Talent, seelisches Talent zum Musterschülerinnen-Dasein, das hatte ihr niemand in die Wiege gelegt, weder Vater noch Mutter.

Mit der Zeit wurde die Mutter bettlägerig. Immer weniger stand sie auf und viele von diesen wenigen Malen nur, um vom Vater nach G. gefahren zu werden – eingehüllt in alle möglichen Arten von Decken, auch bei warmem Wetter. Das Bild des Gespanns, auf dem die Mutter regelrecht eingebettet auf einem großen weichen Kissen saß, durch all die Decken nahezu doppelt so dick, der Vater neben ihr mit Hut und feinem Anzug, des Gespanns, das, oft noch beladen mit Ware – der Vater machte ja in G. Geschäfte – frühmorgens vom Haus weg die Straße hinunterfuhr, es ist Barbara zeitlebens geblieben. Und wie sie dann spätabends zurückkamen, der Wagen fast leer, die Mutter noch bleicher und todmüde.

Von der Familie war vor allem die Kleine oft bei der bettlägerigen Mutter. Die anderen hatten alle Hände voll zu tun, erst recht jetzt, da sie ausfiel. Die Mutter erledigte zwar allerhand Arbeiten, die sich im Bett verrichten ließen. Sie flickte Kleider, änderte ab, strickte, rüstete auch Gemüse oder Kartoffeln; um Teig zu kneten, war sie bald zu schwach. Längst war sie in eine andere Kammer übergesiedelt, lag also nicht mehr im Ehebett, wo der Vater nach wie vor schlief (nicht immer ganz alleine, wie sich später herausstellen sollte).

Auch jene Kammer konnte Barbara nie vergessen; alle Befindlichkeiten ihrer jeweiligen Gegenwart der Vergangenheit veränderten sie nur, keine wischte sie weg.

Das Zimmer war durchaus geräumig. Es lag im ersten Stockwerk, damit, wer die Kranke bediente, nicht zu viele Treppen steigen musste. Es war überaus sonnig am Morgen, sommers wie winters. Auch bei steifem Frost war es recht warm, da es über der Stube lag, die geheizt wurde. Sein Grundriss war fast quadratisch. Das Bett stand mitten in der Kammer, parallel zur Fenster- und damit auch zur Türwand, sonst war es nicht eben reichlich möbliert; eine Kommode, auf der Waschbecken und Krug und sonst noch einiges Porzellan stand, der Nachttisch neben dem Bett, ein kleiner Schrank gegenüber, zwei, drei Stühle, damit hatte sich's. An den Wänden hingen die paar kolorierten Stiche, die die Mutter in die Ehe mitgebracht hatte. Einige Bücher lagen auf dem Nachttischchen, zuoberst die Bibel.

Die Stühle waren oft besetzt, denn die Mutter hatte viel Besuch. Zu einer gewissen Morgenstunde saßen oft gleich mehrere Frauen neben ihrem Bett. Sie hatte zwar nicht zu den größten Klatschbasen im Dorf gehört, aber ein Wort mit ihr zu wechseln war durchaus ein paar Minuten wert. Sie erfuhr somit immer mehr als alle Neuigkeiten, wurde, da sie jetzt ja Zeit hatte, auch selbst gesprächiger. Und da sie, wie sie sehr wohl begriff, nicht aus eitel Mitgefühl zusehends häufiger besucht wurde, entwickelte sie sich zu einer Art Nachrichten- und natürlich auch Gerüchtebörse; bald wurde nichts, was auch nur eine kleine Allgemeinheit interessieren konnte, herumgeboten, ohne dass sie es als eine der Ersten erfuhr. Der eigentliche, meist wohl nicht geheuchelte, zumindest nicht bewusst geheuchelte Grund des Besuchs verflüchtigte sich daher nach den ersten rituellen Fragen trotz der meist nicht eben ermutigenden Antworten schnell und das war ihr ganz recht; schließlich vergingen ihr die Stunden in dieser Damengesellschaft leichter, gleichviel, wie solide man nun untereinander und mit ihr gut Freund war. Selbst Neid und Feindeswogen glätteten sich so – zumindest auf Zeit. War es tunlich, einer so Schwerkranken noch übelzuwollen? Sie selbst vergaß und verzieh gerne und hieß alle gleich willkommen, und da sie es tat, drückten auch die anderen Hausgenossen ein Auge zu. Die Besucher brachten ja auch hie und da kleine Geschenke mit, sozusagen als Eintrittspreis. Manche mit einer Prise nur knapp unterschwelligen Grolls, da sie sie in ein Haus bringen mussten, das sie nach wie vor für (zu) reich hielten.

Diese Kurzweil kam der Kranken sehr zupass, ja, solange ihre Kräfte es zuließen, wurde sie geradezu zu ihrem Lebenselixier, zum Ersatz für jene Lebendigkeit, die ihr nicht mehr vergönnt war. In ihren einsamen Stunden bedrängten sie nur jene bitteren, dunklen, schweren Gedanken, jenes so unerbittliche Hin zum ... – sie brauchte das Wort oder irgendwelche Umschreibungen nicht zu denken, es sagte sich auch ohne Silben. Und all das half ihr ebenso wenig weiter, wenn sie sich ihm hingab, wie wenn sie sich dagegen wehrte. Ihr nicht und anderen nicht.

Unter diesen anderen am wenigsten der Kleinen. Wie wollte sie das Kind auf etwas vorbereiten können, wogegen sie selbst sich Tag und Nacht aufbäumte?

Und ihre Kleine war ja rührend. Sie erzählte der Mutter Geschichten, holte ihre Schulbücher oder die Bücher, aus denen die Mutter ihr früher vorgelesen hatte, und las nun ihr vor. Die Geschichten, die sie vorlas oder erzählte, versuchte sie auszuschmücken, so gut es eben ging. Nicht selten kam sie so vom Hundertsten ins Tausendste, auf neue Geschichten, die mit der Zeit auch ihre Figuren wechselten. Bis der Faden riss und sie, wie aus einem Traum erwacht, verblüfft verstummte, die Mutter, die vielleicht strickte, ganz entgeistert ansah mit ihren Kulleraugen. Und die konnte dann nicht anders als lachen. Aber das Lachen gefiel dem Kind so sehr, dass es nicht anders konnte, als sie nachahmen, übertönen. Nachher half ihm die Mutter wieder irgendwo dort auf die Spur, wo ihr die Geschichte besonders gut gefallen hatte.

Mit immer neuen Wendungen tröstete Barbara die Mutter: »Stell dir vor, jetzt ist Dresche, wie müsstest du rumrennen in dem Staub! Husten müsstest du, fürchterlich husten! Früh aufstehen, spät am Abend erst kämest du ins Bett. Alle Glieder täten dir weh, Schwielen an den Händen hättest du und Blasen an den Füßen. Und kochen müsstest du trotzdem oder sonst im Haus arbeiten. So liegst du im Bett in deinem Zimmer mit viel Sonne und guter Luft, kannst schlafen, so lange du willst, und dich in Ruhe erholen. Und ich muss in die Schule, muss Aufgaben machen, der Franz und der Kaspar, die müssen das auch, müssen obendrein noch helfen. ›Wenn nur alle Knechte so wären wie meine Söhne‹, sagt der Vater manchmal. Einen Knecht will er entlassen und einen neuen suchen.«

Und wenn sie erst wieder gesund sei! Was sie dann alles machen könnten! Zusammen. In den Wald gehen, Beeren pflücken. Oder eine große Reise machen, bis weiter als die Hauptstadt B., viel weiter. Viel wandern würden sie dann, »damit du wieder zu Kräften kommst!«. Das Gepäck werde sie tragen, alles. Auch das der Mutter. Wieder zu Hause, werde sie helfen, viel helfen. Im Haus. Putzen könne sie ja und kochen auch bald. Sie schaue der Magd schon jetzt fleißig über die Schulter und auf die Finger. Bald werde man die Anna nicht mehr brauchen, habe dann mehr Geld frei für – für sie, die Mutter.

Dass die Anna nicht mehr nur im Hause war, weil sie gebraucht wurde, konnte die Kleine ja nicht wissen. Zuerst hatte sich ein Knecht an sie herangepirscht; sie hatte aber die Rechnung durchaus mit dem Wirt gemacht, als sie den abwies.

Die Arbeit auf dem Feld, auf der Weide und im Haus ging weiter, als ob alles beim Alten geblieben wäre. Die Betreuung der Kranken ließ sich ohne Weiteres in den bisherigen Tagesablauf einbauen und Anna konnte nicht nur richtig rechnen, sie war ja wirklich auch tüchtig, zeitweise arbeitete sie für zwei. Und sie nahm in Haushalt und Gewerbe bald den Platz der Mutter ein, denn sie bewies auch Geschick in Planung und Organisation. Die übrigen Hausgenossen, außer dem abgewiesenen Knecht, akzeptierten ihre neue Rolle nicht ungern und fügten sich. Aber für die Kleine hatte dieser Tagesablauf seinen Schwung verloren. Keine Jahreszeit war mehr, was sie ihrem Sonnenstand nach sein sollte. Im Frühling schmolz der Schnee in lahmen, trägen Tropfen, müde und schlapp sprossen die Pflanzen, sogar die Schneeglöckchen. Die Schösslinge sahen mager aus, auch wenn beste Saat in bestem Boden lag. Die Bäume, vorher kahl, also grässlich, hüllten sich jetzt in widerwärtiges Giftgrün. Das Gras auf den Weiden gab sich schleimig und schlaff, nicht saftig, die Kühe waren schmutzig und sahen ungesund aus, schauten noch stumpfsinniger drein als sonst. Das einzig Gute war noch, dass sie Milch gaben. Aber auch die musste mühsam aus ihren Eutern herausgepumpt werden. So viel Aufwand für die paar

Liter Milch am Tag! Dann mussten die Tiere die ganze Zeit zum Stier zugelassen werden, damit sie Kälber kriegten, alles wiederum nur für die Milch – und das Fleisch; die armen Stierkälbchen! Auch der schöne Sommer war nicht mehr warm und weit, sondern drückend heiß und zäh. Die Frucht reifte, aber sie zu ernten bedeutete schweißtreibende Arbeit und vor der Hitze gab es kein Entrinnen, auch im Haus nicht. Der Herbst verlor seine Farbenpracht, übrig blieb einzig, dass die Natur welkte und versank, und der Winter war nur kalt und unfreundlich, die Nächte zu lang, der Schnee nicht gut, um Schneemänner zu bauen oder zu rodeln.

Einmal, die Mutter war schon über ein Jahr bettlägerig, fragte eine Klassenkameradin auf dem Heimweg: »Aber gelt, deine Mutter muss nicht sterben ...«

Barbara sofort: »Nein, sie wird gesund. Bis nächsten Sommer ist sie gesund. Sie hat es mir selber gesagt!«

»Meine Mutter hat mir aber gesagt, sie ist schwerkrank.«

»Sie ist nicht schwerkrank! Du bist gemein! Bis nächsten Sommer ist sie gesund. Ich komme mit ihr bei dir vorbei, damit du's glaubst!« Damit rannte sie davon, aber nicht nach Hause.

Kurz zuvor hatte die Mutter, als Barbara wieder einmal von der Zeit nach der Krankheit sprach, gesagt ... etwas von früher hatte sie ge...: »Ich gehe wohl früher«, das hatte sie gesagt. Wahrscheinlich mehr zu sich selbst als zu ihrer Tochter. Sie hatte Barbara auch gar nicht angeschaut dabei. Die Kleine war zutiefst erschrocken, geweint hatte sie aber erst in ihrem Zimmer. Mama, ihre Mama konnte doch nicht einfach gehen – und sie zurücklassen! Die ganze Familie, das Haus, den Hof! Aber sie ging, sie hatte es gesagt und *sie* musste es ja wissen. Sie wurde also nicht gesund. Sie musste im Bett bleiben, bis sie ... Aber das wusste Mutter doch nicht! Weshalb fuhr der Vater sie denn immer zum Arzt – jetzt sogar nach L., in die große Stadt, ins Krankenhaus?! Einmal waren sie drei Tage weggeblieben. Vielleicht fand ja der Spezialist dort doch noch ein Mittel, mit dem sie sich wieder stärker fühlen würde ... Böse Träume, nichts als böse Träume! Barbara würde dafür sorgen, dass diese bösen Träume böse Träume blieben!

Wenige Tage später dann eben die Frage der Klassenkameradin. Sie hatte das Gefühl, irgendetwas in der Welt, etwas neben oder über ihr, der Himmel vielleicht, habe sich gegen sie verschworen. Das konnte ja sein, den Dingen nach, die der Pfarrer einem in der Sonntagsschule erzählte. Aber was hatte Barbara denn getan? Was hatte die Mutter Böses getan?! Hatte sie anders gehandelt als andere Mütter und Frauen – etwa die Mutter jenes Mädchens –, die gesund waren?! Das war nicht gerecht! Der Pfarrer hatte gesagt, man solle glauben. Die Gerechtigkeit Gottes sei nicht immer leicht zu begreifen, aber Gott sei gerecht, in jedem Fall, immer und ewig. »Amen«, sagte er nach solchen Belehrungen jeweils. Immer Amen. Barbara nahm ihm das nicht ab. Trotz Amen. Nichtsdestotrotz würde sie fleißiger beten.

Sie war fortgerannt, wollte sich verstecken, alleine sein. Irgendwo, nur nicht zu Hause. Schon das Fenster der Kammer der Mutter hatte sie nicht sehen mögen. Auch später hatte sie auf die Straße geschaut, zu Boden, irgendwohin – nur nicht zurück zum Haus, nur nicht hinauf zu jenem mittleren Fenster im ersten Stock, jenem Punkt, der dadurch nur umso mehr brannte. Gleichwohl hätte sie jede Veränderung auch von außen sofort erahnt.

In den Wald war sie gerannt. Trotz Regen und Kälte – es war Vorfrühling – geblieben bis zur Abenddämmerung. War unter tropfenden Ästen umhergeirrt. Einen Schuh voll hatte sie aus dem matschigen Boden herausgezogen. Völlig durchnässt und schwitzend war sie heimgekommen. Kopfweh und hohes Fieber hatten sich nach dem Abendessen eingestellt und sie hatte selber einige Tage im Bett gelegen, mit Grippe, Arzneien geschluckt, geschwitzt. Doch von Grippe stirbt man ja nicht – oder nur selten. Und sie wollte ja gesund werden, jetzt erst recht!

Wenige Monate später, im Hochsommer, stand eines Tages, als sie mittags von der Schule kam, ein Wagen – ein Auto, schwarz und groß – vor dem Haus. Das war eindeutig. Sofort rannte sie hinauf zur Kammer der Mutter, wurde aber nicht hineingelassen. Der Vater stand vor der Tür. Der Arzt, der Spezialist aus L., untersuche die Mutter. Die Magd habe ihm telefonieren müssen.

Diesmal hatte es im Wirtshaus immerhin kein Werweißen darüber gegeben, weshalb der Müller, wieder als Erster, das Telefon bis ins Haus gelegt bekommen hatte.

Barbara horchte, aber durch die Tür drang wenig. Eine nicht sehr tiefe, aber ruhige Männerstimme gab Anweisungen. Der Herr Doktor war also nicht alleine gekommen.

»Muss Mutter leiden?«

»Nein, ich glaube nicht. Aber der Doktor müsste jeden Moment zu uns kommen und sagen, wie es ihr geht.« Der Vater legte ihr die Hand auf die Schulter.

Doch da erschien der Herr Doktor. Hinter ihm im weißen Kittel eine Schwester mittleren Alters.

»Im Moment schläft sie. Ruhig, soweit ich sehe – ach, ihr Töchterchen, grüß dich recht schön!« Er nahm Barbaras Hand, die sie ganz vergessen hatte, ihm zu bieten. Dass ihre Brüder mittlerweile hinter ihr standen, auch Anna, das merkte sie erst jetzt.

»Sie soll Ruhe haben, viel Ruhe. Ich habe ihr eine Spritze geben müssen, damit sich die Krämpfe legen. Sie wird Durst haben, wenn sie erwacht. Spät am Abend oder in tiefer Nacht dürfte das der Fall sein. Geben Sie ihr heißen Tee. Lindenblüten oder Kamillentee. Aber übergießen Sie ihn nur, lassen Sie ihn nicht kochen. Etwa eine Stunde, nachdem sie erwacht ist, geben Sie ihr diese Medizin.« Er hielt ein Pulver und zwei Tablettendosen in die Luft. Anna nahm sie ihm ab. »Auf dieser Liste sehen Sie die Mengen und die Abstände, in denen sie sie einnehmen muss; also zwei von der, eine von der gelben und einen gestrichenen Esslöffel Pulver. Sie soll wenig essen, bevor sie die Mittel zu sich nimmt. Leicht, einige bestrichene Schnitten Brot vielleicht. Wahrscheinlich wird sie nachher wieder einschlafen. Das ist in Ordnung so und auch das Beste für sie jetzt. Schauen Sie alle paar Stunden in ihrem Zimmer vorbei. Es sollte nichts passieren, aber wenn, dann sollten wir gleich handeln können. Sollten sich die Krämpfe wieder einstellen, so benachrichtigen Sie mich sofort. Unter der Rufadresse fürs Telefon, die Sie haben, bin ich auch privat erreichbar. In der Nacht sollten Sie einfach lange läuten lassen. Die Telefonistinnen in L. wissen Bescheid.«

»Wir danken Ihnen, Herr Doktor. Dieser weite Weg, den Sie für uns haben unter die Räder nehmen müssen. Da werden Sie uns doch sicher die Ehre erweisen und fürs Mittagbrot bei uns bleiben. Es ist gleich angerichtet.«

»Sie haben gut getan, mich zu rufen!« Der Arzt schlug die Einladung nicht aus.

Dem Töchterchen machte dieser stattliche Herr Eindruck. Sie war damals ja noch nie in L., der großen Stadt gewesen, aus der er kam und wo es sogar ein Haus eigens für die Kranken gab. Der Herr Doktor war grauhaarig, seine Schläfen, der kurze, gepflegte Bart fast schon weiß. Eine goldumrandete Brille lag mehr in dem breiten Gesicht, als dass sie auf der Nase saß. Sie gehörte so zu ihm, dass man sich nicht vorstellen konnte, dass er sie jemals abnahm. Ein wenig pausbackig war er schon, aber gerade nicht so sehr, dass seine vollen Wangen auf Anhieb aufgefallen wären. Das sauber links gescheitelte, gewellte dichte Haar war in die Stirn gestrichen, aber offensichtlich nicht, um deren Furchen, die im Übrigen alles andere als wild oder hässlich waren, zu verbergen. Sein massiger, aber nicht dicklicher Körper stak in einem dunkelblauen, fast schwarzen Anzug mit allem Drum und Dran. Zwei oder drei goldene Kettchen lagen über der Brust der Weste. Eine Fliege, in der gleichen Farbe wie der Anzug, aber leicht glänzend, verdeckte das Kragenknöpfchen seines weißen Hemdes – und nicht einmal am Sonntag für den Kirchgang trug der Vater so schöne goldene Manschettenknöpfe!

Sie beobachtete den Mann genau bei Tisch. Wie er aß, Gabel und Messer nahm, die Gabel zum Munde führte. Wie er sprach und seine Worte wählte. Schon sein Dialekt war ein wenig anders und manches Wort, das er sagte, verstand Barbara nicht, und bei einigen Ausdrücken hatte sie das Gefühl, auch niemand sonst verstünde sie wirklich. Doch verstanden der Vater oder ein Bruder immer zu antworten. Manchmal wollte ihr scheinen, die Stimme sei für den Mann etwas zu hoch, aber er veränderte die Tonhöhe sehr gelenkig. Hin und wieder ergab sich fast ein Singen, nur für kurze Momente zwar, aber diese Momente waren nicht zu überhören. Zwar hatte Barbara gleich Vertrauen in den Herrn Doktor, in sein Wissen, in seine Sorgfalt – aber sie wusste nicht, ob sie ihn auch für gütig halten sollte. Auch über Dinge, die er nicht von Berufs wegen wissen musste, sprach er sehr gewandt, so über Ernte, Ertrag, über die Saat, die sich empfahl, die geltenden Getreidepreise. Und er schien ein bisschen Stadt in die ganze Gesellschaft in der Stube mitgebracht zu haben – alle passten sich an, nahmen nicht einfach in die Hände, was sich Gabel und Messer nicht gleich fügte. Allerdings gab es Kalbschnitzel und Bratkartoffeln, ein Menü also, das nicht allzu schwer zu handhaben war. Der Vater hatte einen guten Wein heraufgeholt, doch der Doktor wollte nicht viel davon trinken, weil er nachmittags noch Hausbesuche machen müsse. Einen Schnaps zum Kaffee nahm er hingegen gern.

Bald nach dem Essen ließ der Arzt nach dem Wirtshaus schicken, wo sein Chauffeur sei. Auch die Kleine sah neugierig den Vorbereitungen zu, die zur Abfahrt des Autos getroffen wurden. Der Chauffeur öffnete zuerst die Motorhaube, sah sich dies und das an, dann betätigte er etwas wie eine Pumpe. Zu guter Letzt nahm er ein angewinkeltes Eisen aus dem Wageninnern, steckte es unter dem Kühlergrill in ein Loch und kurbelte. Das Kurbeln schien ziemlich anstrengend zu sein, aber er brauchte sich nicht lange abzumühen. Nach zwei, drei Umdrehungen legte das Ungetüm los, mit ohrenbetäubendem Lärm. Der ganze Wagen zitterte. Der Chauffeur schien aber nicht im Mindesten beunruhigt; zufrieden nahm er das Eisen wieder aus dem Loch, warf es in seinen Führerstand, setzte sich nachher selber hinter das Lenkrad. Jetzt sei der Motor angeworfen; der Motor, das sei ein Gerät vorne im Wagen, das ihn antreibe, bekam sie von einem Bruder erklärt. Der Herr Doktor und die Schwester stiegen nun in die hintere Kabine ein; der Arzt schlug die Tür hinter sich zu. Der Fahrer, der den Motor inzwischen etwas gedrosselt hatte, stieg noch einmal aus und kontrollierte, ob das Schloss auch gut verriegelt sei. Dann stieg er wieder in seinen Stand, betätigte mehrere mächtige Hebel, die seitwärts außerhalb des Bleches befestigt waren, und das Gefährt setzte sich in Bewegung. Zögernd zuerst. Der Vater lobte sich die Pferde, mit denen man wenigstens noch reden könne. Bei dem Lärm würden sich ja nicht einmal die Menschen im Innern mehr verstehen. Der Wagen drehte ab und gewann dann schnell an Fahrt. Rasend schnell fuhr er bald, mit Pferden wäre man ihm nie und nimmer nachgekommen, auch mit den besten nicht.

Erst nachher sah Barbara all die Leute, die an der Straße standen und dem Auto nachschauten. Dieser Arztbesuch blieb eine ganze Weile *das* Ereignis im Dorf. Einheitlich für Frau wie Mann.

Die Weile wurde noch gestreckt dadurch, dass bald ein zweiter Besuch des Arztes folgte. Die Mutter hatte sich zwar nicht schlecht erholt von dem Anfall. Der Verlauf hatte ziemlich genau dem entsprochen, was der Arzt vorausgesagt hatte. Nach langem, tiefem Schlaf war sie in den frühen Morgenstunden des Tags nach der ersten Visite erwacht und man hatte ihr gegeben, was der Arzt vorgeschrieben hatte. Allerdings hatte sie kaum Appetit, zwang sich aber, ein paar Bissen zu essen. Nachher schlief sie tatsächlich bald wieder ein und erwachte erst am späten Vormittag.

Ihre Tochter hatte sich schon am Nachmittag, nachdem der Doktor gegangen war, in ihr Zimmer eingeschlichen und – sie erkannte ihre Mutter kaum wieder! Ihr Gesicht war ja nicht mehr ihr Gesicht! War das überhaupt noch ein Gesicht? Viel älter sah sie aus, ihre Wangen waren eingefallen, der Mund dünn wie ein Faden. Wenigstens atmete die Mutter ruhig und regelmäßig, aber irgendwie dünn. Als ob sich gar keine Lungen mehr füllten mit ihren Atemzügen. Sie lag im Halbdunkel und das verstärkte noch den Eindruck ihres Leidens. Gerne hätte Barbara sie geweckt, einfach um zu wissen, dass sie noch Stimme hatte, um zu hören, dass die Stimme ihre Stimme war, dass ihre Mama noch Worte fand, Worte für sie, für ihr Kind, dass sie es ansah, erkannte, sich freute. Doch sie ließ es bleiben. Sie wusste: Die Mutter musste schlafen jetzt, viel, viel schlafen. Mit Tränen in den Augen stahl sie sich fort und ging an ihre Aufgaben.

Am anderen Tag, als sie von der Schule kam, fand sie die Kranke wieder etwas munterer vor. In ihr Gesicht war etwas Farbe zurückgekehrt und in ihre Wangen etwas Fleisch. Auf ihre Kissen gestützt saß sie halb, halb lag sie im Bett. Sie freute sich sehr, sie wiederzusehen, gab ihr die Hand und streichelte ihr mit der anderen übers Haar. Sie fühle sich wohl, erwiderte sie sofort auf die besorgte Frage des Kindes, das gespürt hatte, wie schlaff ihre Hände waren. Sie habe gut geschlafen, wirklich gut und sei jetzt vollkommen ausgeruht. Sie fühle sich frisch, fast wie neugeboren.

»Frisch, fast wie neugeboren«, das beruhigte Barbara jetzt, wo die Mutter doch so krank war, gar nicht. Das verhieß nichts Gutes.

Und sie hatte recht. Eine gute Woche später hatte die Mutter einen Rückfall. Wieder stand das Auto des Arztes vor dem Haus. Er war schon nicht mehr in der Kammer der Mutter, als Barbara ins Haus trat. Er und die Schwester würden hierbleiben, wenigstens für den Nachmittag, sagte der Vater. Natürlich wollte sie sogleich zur Mutter. »Sie braucht jetzt Ruhe«, sagte der Arzt, »in zwei, drei Stunden kannst du vielleicht einmal schnell hineinschauen.« Wieder saßen er und die Schwester bei ihnen zu Tisch, aber diesmal wurde wenig gesprochen. Auch wenig gegessen. Gleich nach dem Essen ging der Doktor nach oben. Wenig später erschien er nochmals und rief nach der Schwester. Dann blieben beide eine rechte Weile oben. Unten verharrte alles reglos, sogar das Essen auf dem Tisch schien nicht zu erkalten.

Als der Arzt wieder herunterkam, sagte er nur: »Die Krämpfe haben sich wieder ein wenig gelegt. Ich habe ihr nochmals eine Spritze geben müssen. Ich kann nicht sagen, wie lange sie Ruhe haben wird. Schlimmstenfalls werde ich mit einer weiteren Spritze nachhelfen. Wir haben keine Wahl. Wir können nur hoffen, dass sie so wenig wie möglich leidet. Aber sie nimmt, glaube ich, im Moment nicht alles wahr, was mit ihr geschieht. Das kann ihr Glück sein.«

Dann setzte er sich und las die Zeitung. Die Schwester nahm Strickzeug hervor und begann zu arbeiten.

Anna räumte ab, stellte allen Kaffee hin. Nachdem sie ihn getrunken hatten, verließen der Vater und Barbaras Brüder den Raum. Man werde sie ja schon rufen, wenn das nötig sei; einiges im Stall gehöre dringend erledigt. Barbara nahm ein Schulbuch hervor. Sie würde am Nachmittag nicht zur Schule gehen, das war abgemacht, aber sie versuchte wenigstens zu lernen.

Ab und zu ging die Schwester hinauf horchen. Die Lage schien ruhig.

Nach drei Stunden Ruhe dachte der Arzt ans Aufbrechen. Er wollte anderntags jedenfalls wieder da sein. Auf jeden Fall müsse er die Patientin noch einmal sehen.

Da kam die Kleine ins Zimmer gestürzt: »Herr Doktor, die Mutter stöhnt und krümmt sich, aber sie sieht mich nicht!«

»Gehe deinen Vater rufen und deine Brüder!« Damit war er schon fast oben, die Schwester folgte dichtauf.

Als alle in der Kammer bei der Kranken waren, war sie ruhiger. Sie stöhnte nur noch leicht, röchelte, atmete mühsam. Ihr Mann und ihre Kinder versuchten sie anzusprechen, aber sie antwortete nicht. Die Decke war zurückgeschlagen, der Arzt und die Schwester massierten sie. Dabei sah ihre Tochter zum ersten Mal so richtig, *wie* hinfällig und mager dieser einst so kräftige Körper geworden war. Der Eindruck, das wieder halbdunkle Zimmer, das Gesicht der Mutter, der Arzt in Hemdärmeln und die Schwester, die massierten, dieser Eindruck war zu überwältigend, als dass ihr das Schaudern oder die Tränen hätten kommen können. Sie blieb wie angenagelt sitzen, sagte kein Wort.

Als das Stöhnen der Mutter aufhörte, hörten auch die beiden mit Massieren auf und deckten sie wieder zu. »Sie schläft jetzt, ganz tief, sogar mehr als schlafen tut sie. Sie spürt nichts und wenn sie erwacht, wird sie sich nicht an das, was sie eben durchgemacht hat, erinnern.«

Der Vater zog den Doktor am Arm in den Korridor hinaus. Der Doktor kam bald wieder, aber der Vater nicht. Als auch er endlich wiederkam, begriff Barbara, dass er geweint hatte. Das war das erste Mal, dass sie ihn so sah.

Niemand in der Kammer verlor ein Wort. Anna schlich einmal hinaus und kam mit ein paar Gläsern, einer Karaffe Wein und einem Krug Wasser wieder.

Die Kleine blieb wie festgezurrt auf ihrem Stuhl sitzen, wollte nichts trinken.

Dass sie eingeschlafen war, trotzdem eingeschlafen, merkte sie erst, als sie aufwachte und nicht wusste, wo sie war. Mit der Zeit begriff sie immerhin, dass sie ja in ihrem Bett lag, gut zugedeckt. Morgen musste es sein, früher Morgen. Und sie war auch nicht von alleine wieder aufgewacht. Geweckt – ja, jemand hatte sie geweckt. Und dieser Jemand war Anna, die in ihrem Zimmer stand. Jetzt öffnete sie die Vorhänge.

»Es ist Zeit, deiner Mutter Lebewohl zu sagen«, sagte sie nur. Dann brachte sie ihr die Kleider.

Als das Kind in die Kammer kam, saßen alle noch da wie gestern, nur übernächtigt – der Arzt und die Schwester mit eingeschlossen. Wie aus einer Kehle wünschten sie guten Tag.

Die Mutter im Bett sah ein wenig frischer aus, das Gesicht wieder mehr nach einem, nach ihrem Gesicht. Die Augen hatte sie geschlossen.

Die Hände waren gefaltet über der Bettdecke.

Barbara geht an ihr Bett, legt ihre Hand auf die gekreuzten Hände; sie sind kalt, viel zu kalt.

Da erst merkt sie, dass die Mutter nicht mehr atmet. »Wo ist Mutter jetzt?«

»Das wissen wir nicht – aber sie hat uns verlassen.«

»Und der Herr Doktor und seine Geräte?«

»Manchmal ist die Krankheit stärker als wir«, sagt der Doktor.

»Er hat ihr viel geholfen, sehr viel, dank ihm hat sie viel weniger leiden müssen«, wirft der Vater ein.

Jetzt beginnt Barbara zu weinen. Aus vollem Hals. Die Magd und der Vater versuchen sie zu trösten, aber es gibt keine Worte, mit denen irgendwer sie trösten könnte.

Der Arzt ist auch ans Begräbnis gekommen. Das ist ihr geblieben. Sonst erinnert sie sich vor allem noch an den großen Sarg, an die Leute, die daran vorbeidefilierten und durch das Fensterchen schauten, dann an die große Grube, die die Totengräber geöffnet hatten und in die sie den Sarg nun mit Flaschenzügen hinunterließen. Und vor allem, wie sie, schwarz gekleidet – der Arzt hatte ein Kleidchen aus L. für sie mitgebracht –, in der Kirche in der ersten Bank hat sitzen müssen, gleich hinter den Kränzen. Auch bei der Grube stand sie hart am Rand. Und der Pfarrer redete immerfort sie an; sie, die Trauerfamilie. Von der Kanzel herab und am Grab – sie, sie, sie!

Ein gutes Jahr später saß sie wieder in der ersten Bank, aber nicht mehr in Schwarz. Eine Hochzeit stand ins Haus. Die des Vaters und der »Magd« Anna – die bereits schwanger war.

»Die kleine Müllerin, hoch hinaus will sie! Nicht nur ins Gymnasium nach L. geschickt haben sie sie und nachher an die Universität in B., nein, sie hat in der Hauptstadt auch noch gleich eine gute Partie gemacht! Einen reichen Sprössling aus L. Noch nicht verheiratet zwar, aber alles deutet darauf hin, dass es nicht mehr lange geht. Immer fein aufgemacht ist sie. Trägt jedes Mal, wenn sie kommt, andere Kleider und hat eine neue Frisur. Und kommt nicht etwa mit der Post, nein, Madame kommt im eigenen Auto.

Ihr Zukünftiger fährt sie herum und wenn es dem Herrn nicht genehm ist, selber zu fahren, nimmt er auch gleich noch den Fahrer mit. Sein Vater ist ein Industrieller, glaube ich.

Sind wir aus dem Dorf eigentlich nicht gut genug?! Haben wir nicht auch rechte Söhne? Ist ja hübsch, zugegeben, die Barbara, sehr hübsch. Man kann schon begreifen, dass sie dem da gefallen hat. Aber auch wir und unsere Jungen haben nichts gegen schöne Frauen! – Eine Runde noch, auf unsere Jungen und unsere schönen Frauen! Aber eben: Auch ihr Alter wollte hoch hinaus. Schon immer. Hat das halbe Dorf zusammengekauft. Und wenn er nicht so viel Geld für seine erste Frau selig hätte ausgeben müssen, hätte er sich wohl noch das ganze unter den Nagel gerissen ... In noblen, feinen Kreisen verkehrt sie also, in ein großes, vornehmes Haus zieht sie ein. Immerhin: Sie ist eine von uns, von *unserem* Dorf. Darauf dürfen wir auch ein wenig stolz sein, nicht? Müssen schon zu uns hinauskommen, die Städter, um eine so hübsche und so gescheite Frau zu finden – Babette, wo bleibt die Runde – auf unsere Kleine!«

»Soll dann aber auch einen springen lassen, wenn sie heiratet! Nur mit freundlich grüßen links und rechts ist's nicht getan!«

»Schweig, ihr Alter kommt. Fragen wir den Walter lieber über Ernte und Saat!«

Dass »diese Kleine« in einer zwar geräumigen, aber doch einer Zweizimmerwohnung in einem großen Block gestorben ist, das hat keiner dieser durstigen Herren auch nur im Entferntesten geahnt. Auch ihr Vater nicht. Und hätte eine im Dorf oder erst recht eine von auswärts ihnen die Karten so gelesen – wenn sie sich denn je lesen ließen, insgeheim –, sie hätten ihr wohl nicht geglaubt.

Ein Mosaik von Lichtern tief unter uns. Sonst ist die klare Nacht vollkommen, kein Mond scheint. Rechtecke oder Quadrate – soweit das Auge reicht. Als ob alles von einem ziemlich einfallslosen, aber sorgfältigen Technokraten eingerichtet worden wäre. Masse zwischen den Lichtadern. Lichte Überraschungen oder nur einzelne Punkte drin.

Ein endlos friedliches Bild.

Viel Stein in den dunkeln Quadern. Stein mit zahllosen Zwecken. Bestimmt wohnen Menschen drin. Massen von Menschen. Sie schlafen oder sehen vielleicht fern. Morgens gehen sie zur Arbeit, abends kommen sie heim. Die Form des Quaders sehen sie nicht mehr, seine Regelmäßigkeit ist nicht mehr regelmäßig, sondern Alltag.

Kommen sie gern in ihre Wohnungen und Zimmer? Erholen sie sich und gehen am anderen Morgen wieder gestärkt zur Arbeit?

Ist die Ruhe und Gelassenheit gerechtfertigt, die die Fläche für uns hier oben ausstrahlt? Wie hingemalt ist sie, mit sehr viel Gewissenhaftigkeit und einem bis zum Exzess genauem Pinsel. Nichts passt nicht aufeinander, keine Dunkelstelle ist dunkel, die nicht dunkel sein muss. Kein Gefühl, schon gar kein Verdacht, dass irgendwo ein Geheimnis verborgen liegt. Wozu auch? Niemandem könnte seine Bewahrung oder Offenbarung etwas schaden oder nützen.

Es scheint, als ob die Adern alle fast gleich hell erleuchtet sind, die Flächen alle fast gleich dunkel. Ausnahmen treten deshalb umso deutlicher in Erscheinung.

Empire State Building.
San Pietro.
Hagia Sophia.
Akropolis.
Scheinwerfer? Farben? Zauber? Zerstreuung? Vergnügen?
Plätze? Grünes? Bäume?

Langsam beginnen wir zu erraten und einzelnen Spuren zu folgen – und siehe da: Sie bringen zu unserer Überraschung Überraschungen. Die so selbstverständliche Symmetrie erleidet Einbußen. Es gibt Einzelheiten, Abweichungen; die auch beim genauen Hinsehen nicht gehorchen. Kurven in den Straßen, ja doch, Kurven, auch sinnlose, da sie sich wieder ausgleichen und kein Hindernis umgehen, das nicht geschaffen worden wäre. Es gibt Straßen, die sich verlieren oder plötzlich ins Dunkle verschwinden, und was sie eingrenzen, sind

nicht großzügig klare Flächen, sondern bewegter Unfug, wilde Unebenheiten, Hügel. Nur im Einzelnen sinnvolle Einheiten, durcheinandergewürfelt und ohne Ordnung, mittendrin vielleicht Wasser, eine Brücke, ein See, der sich nicht beugt, weder dem Raster, der Ursache und Überlegung gleichsam über die weite Fläche wirft, noch unserem Auge, das beeindruckt übergeht vor Ausgeglichenheit, Ruhe, Genauigkeit – vor Harmonie.
Harmonie?
Hagia Sofia.
Notre Dame.
Piazza Navona.
Champs-Élysées.
Statue of Liberty.
Kreml, Roter Platz.
Scheinwerfer – Flutlicht.
Lichtkatastrophen. Reißende Flüsse, Stämme, die darin schwimmen. Sie treten über die Ufer, reißen Häuser zusammen, Felder. Verwüstung, Schmutz, Not, Elend, Krankheit, Tod, Hilflosigkeit, Verzweiflung, Leid, Sensation, Anmaßung.
Pisten. Unerbittlicher Verkehr, pausenlos, es bleibt nur noch der Verkehr, nicht mehr die Richtung, woher die Autos, Busse und Laster kommen und wohin sie fahren, Ampeln, es knallt, Tote und Verletzte werden weggefahren, es fährt Aufregung Unruhe, Furcht und Hoffnung mit.
Alle Fahrten haben Anfang und Ende. Aber die Piste dröhnt weiter.
Risse in der Erde. Solid berechnete und gefertigte Bauten fallen wie Kartenhäuser in sich zusammen, begraben wahllos alles, Gedeih und Verderb, Wahrheit und Lüge, Gut und Böse gleichermaßen gründlich unter sich. Wer dennoch entweicht, entweicht in Not und die Erde bebt weiter, egal, ob sie mehr Schaden nicht mehr anrichten kann oder keinen angerichtet hat. Sie bebt oder ruht ohne Notwendigkeit oder Absicht, nimmt keine Rücksichten – zuletzt ästhetische, ihr Antlitz ist ihr einerlei.
Nicht einmal einerlei.
Glut, Asche, verkohlte Haus-, Kühlschrank-, Fernseh- und Menschenreste. Verwundete, die schreien und keine Hilfe bekommen können, Eingekreiste, die in den Tod springen.
Ein Mensch, der einen anderen ersticht.

Um sich ein Butterbrot kaufen zu können. Oder einen Cadillac. Hilton, Excelsior, Elite. V.I.P., Kaviar, Kristallkelche. Teure Weine und Mädchen. Zweimal geschlachtete Kälber, goldene Kälber.
Theater. Unausweichlich tragische Schicksale und Gelächter, Hiroshima, Nagasaki.
Nukleare Vielfachsprengköpfe.
Atomteppiche, nicht ganz von Hand gewoben, Atommüll, Halbwertszeit fünftausend Jahre.
Radioaktive Zellteilung, aktive Zellteilung.
Aufrüstung, Abrüstung, Verteidigung.
Verteidigung, Verteidigung, Verteidigung.
Ruhe und Ordnung, Aufruhr gegen und wegen Ruhe und Ordnung, geltende Regeln und Rechte, Revolution, Reaktion, umstürzlerisch, konservativ, wirtschaftsfeindlich, kapitalistenfreundlich, aufwieglerisch, Lobby, Establishment, bessere Gesellschaft, Geld, kein Geld, kein Geld mehr, zu viel, zu wenig Geld – genug Geld?
Schmutz, zu viel Schmutz, ach wo! Gar kein Schmutz, unvermeidbares Übel, nein, Folge von unvermeidbarem Übel – Ursache für unvermeidbare Übel?
Licht, zu viel Licht, zu wenig Licht, helle Punkte, dunkle Punkte.
Punkte, zu viele Punkte, zu wenig Punkte, Vernunft, Unvernunft. Regel, Maß ... Maß?
Wir schauen auf und sehen nach wie vor das Raster. Saubere Flächen. Makellose Adern, die ihnen klare Formen geben. Endlos, und würden sie enden, könnten wir uns ihre Fortsetzung leicht endlos denken. Darüber nach wie vor ein ruhiger, dunkler Himmel.
Haben wir uns zu weit vorgebeugt, haben wir zu gute Augen – oder haben wir geträumt?

12

Trifft sie doch ausgerechnet auf ihn, jawohl, auf ihn, Peter. Dass sie ihn weit weg gewähnt hat und er ist nicht weit weg, das kann sie ja nicht mehr wundern, aber dass sie, völlig ahnungslos, ihn getroffen hat, ausgerechnet ihn, diesen Menschen, von dem sie schon so lange nichts mehr gehört hat, ihn, ihren früheren Geliebten, das hat sie schon überrascht.

Erst recht jetzt, bei den leeren Straßen, wo doch jeder weiß, dass es leichtsinnig ist, zu Fuß aus dem Haus zu gehen – und dann erst noch alleine!

Eigentlich hat er ja verständlich reagiert, als er sie nicht erkannt hat. Aber das hätte sie zuletzt einsehen. Das durfte doch nicht wahr sein!

Das darf nicht wahr sein –!

Sie folgt ihm, obwohl er eigentlich gar keine Notiz von ihr nimmt. Wie Luft behandelt er sie – also gar nicht. Immerhin stammelt er ihren Namen, als sie ihn fast zu Boden rempelt, nachdem sie ihn unzählige Male vergeblich angesprochen hat, ändert aber in nichts seinen mühsamen, schleppenden Gang. Schon auf dem Weg nimmt er die erste Pille.

Peter, der Musiker, der berühmte Musiker, bekannt in der ganzen Welt! Der Peter des Fernsehens, des Radios, der Tonträger, der Filme, der Konzerte. Der Peter der Interviews, des scharfzüngigen Worts, der treffenden Pointen, die Sensation auf den ersten Seiten der Musikzeitschriften, Peter, der mit seiner Bekanntheit kokettiert, nie dort ist, wo man ihn erwartet, sich nachher vor der Kamera entschuldigt mit seinem schüchternen Lächeln, der Peter, auf den ausverkaufte Häuser warteten und er kam nicht. Er sollte doch eigentlich die Regeln des Geschäfts kennen, sie meistern und ... – er nimmt doch nicht etwa aus Verzweiflung Drogen?

Für einen Moment hält sie das Schlimmste für überstanden, als er sie dann doch bereitwillig in seine Wohnung einlässt.

Aber vielleicht ist die Tür nur aus Nachlässigkeit offengeblieben. Für jeden.

Ist das ihr Peter? Ihr Peter, dessen Freuden, Ängste und Sorgen sie geteilt hat, der mit ihr gelacht, geweint, geschlafen, gelebt hat. Der Peter ihrer Wünsche, Träume – und ihrer Verbitterung?

Er hat nichts mehr von all dem, gar nichts – und er ist doch Peter.

Sie kommt in einen kahlen Raum. Kein Instrument steht drin. Verstaubt liegen ein paar nackte Platten da, ihre Hüllen anderswo. Wenige Möbel, ein lottriger Tisch beim vorhanglosen Fenster, zwei Stühle, eine Matratze mit ein paar zerknitterten Decken drauf. Auf dem Tisch liegen Fixerutensilien.

Ist das die »Originalität« seiner Karriere, die Überlegenheit, mit der er sie handhabt? Ist Drogen nehmen nicht überheblich? Auch überheblich – und lächerlich zugleich? Wer kümmert sich um Scheitern oder Tod, selbst bei einem Weltstar? Andere haben längst schon seine Stelle übernommen, sie weiß es. Seit längerer Zeit hört man ja nichts mehr von ihm und nichts ist deswegen aufgefallen, zuletzt sein Fehlen. Niemand mehr ist hier wichtig, erst recht nicht die Seelen und Körper derjenigen Gesichter, die in den Medien erscheinen. Er hat das ja gewusst und danach gehandelt – meinte sie. Aber ist Entrinnen überhaupt möglich?

Oder nimmt er etwa Drogen aus purer Freude? Aus einer teuflischen Freude heraus? Diesen Eindruck macht er nicht – aber macht ihn irgendein Drogensüchtiger?

Immerhin hat Peter den Mantel abgestreift, bevor er sich auf die Matratze warf ...

»Abend, Mädchen!« –Wie hatte sie solche Säufer früher gehasst! Sie waren widerwärtig und das per definitionem! Für ihre Stiefmutter war alles, was mit Alkohol zu tun hatte, verdächtig, wenn nicht sogar verwerflich gewesen. Ihren Mann, Mariannes Vater, hatte sie jedoch gewähren lassen, wenn er sich ein Schnäpschen genehmigt hatte. Ein Säufer war er ja nicht gewesen, nein, das nicht. »Säufer« waren die dickbäuchigen Männer, die aus den Restaurants schwankten mit in alle Winde wehender Alkoholfahne, »Ruschlimannen«, vor denen sich kleine Mädchen zu hüten hatten, Männer, die nicht mehr wussten, was sie sagten, manchmal, was sie taten, die rülpsten, sich erbrachen. Anderntags würden sie mit Katzenjammer, einem »Kater«, aufwachen, hätten rote oder weiße Köpfe, fürchterliche Kopfschmerzen und es sei ihnen elend schlecht. Manchmal seien das ganz traurige Existenzen, verzweifelte, mit tragischen Schicksalen, das schon. Aber ihnen sei mit dem Alkohol auch nicht geholfen. Eine solch »traurige Existenz« war ihr Vater nun wirklich nicht gewesen. Nie. Sie hatte ihn auch nie mit solch einem Kater gesehen.

Und seine Gewohnheit hatte sie übernommen. Ab und zu ein Schnäpschen. Manchmal, zugegeben, auch aus irgendeiner Not heraus. Und dann manchmal auch eins zu viel. Schließlich bescherten Nöte ohne Weiteres mitunter Verdauungsschwierigkeiten und die beste Feder gehörte ab und zu geölt. Zu einer Gewohnheit war es aber nicht geworden, das »Schnäpschen«.

Jetzt hatte sie nichts gegen das Mausgesicht in Alkoholdünsten ihr dicht gegenüber, im Gegenteil; es zog sie an und bisher hätte sie sich nie vorstellen können, dass sie je Lust bekommen würde, ein solches Rauschgesicht zu küssen. Bis jetzt hatten Männer bei ihr so keine Chance gehabt; nie hatte sie ihnen verziehen, dass sie sich in eine solche Lage gebracht hatten. Aber jetzt war sie froh. Und erstaunt, dass sie froh war.

Diese Kneipe, wie konnte die Stadt, die Welt sie noch gleichsam ausgespart haben? Zufällig hineingeworfen hat es sie nach der Flucht aus Peters Wohnung, wie den Regen in die Traufe. Klein und unscheinbar schien das Lokal von außen, doch sein zwar dämmriges, aber warmes Licht war durch die Scheiben gedrungen, und obgleich sie nichts gehört hatte von ihnen, hatte sie die lebendigen Geräusche schon geahnt.

Erstaunt war sie jedoch ob der Größe des Raumes, als sie eintrat. Die hintere Wand war nicht auszumachen. Einzelne Lichtkegel beleuchteten Personengrüppchen, Einzelheiten vermochte Marianne im Halbdunkel rundherum jedoch noch nicht zu erkennen. Immerhin: Eine dicke Frau bediente hinter der Bar und das Mausgesicht hatte, an die Theke gelehnt, gleich neben dem Eingang gestanden. Eine untersetzte Figur, gewöhnt offensichtlich an schwere Arbeit. Ein mächtiger Schnurrbart, graumeliert auch er wie das Haupthaar hielt das fliehende Gesicht gerade noch knapp vom Fliehen zurück. Seine wässrigen, blutunterlaufenen Augen schauten sie unverwandt an – und sie erschrak. War doch die braungrüne Iris von Peters Augen fast das Einzige gewesen, was ihrer Erinnerung nicht wehgetan hatte. Aber war dieser blutunterlaufene, wässrige Blick nicht viel mehr ein Blick als das, was Peters leere, fast tote Pupillen noch übrig ließen? Sie wäre dem Mann am liebsten um den Hals gefallen, aber sie ließ es dann doch bleiben.

Der Mann reichte ihr einen Humpen Bier. »Komm, lass uns anstoßen!« Beinahe hätte er ihr Glas verfehlt. Sie trank – trank den ihr sonst widerwärtigen Saft sogar gern.

»So, geht's wieder besser. Sag mal, wo kommst du her heut Abend?« Ein dichter Dunstschwall, Hauptkomponente Alkohol, schien gleich wieder wegzuprusten, was er gesagt hatte; aber der Versuch einer freundschaftlichen Geste bestätigte die Worte und sie verzieh dem Mann, dass er ihre Schulter meinte und ihr Gesicht traf. Sie begriff auch, dass die Geste wirklich freundschaftlich gemeint war, nur freundschaftlich, dass er sie also als Kumpel verstand, mehr denn als Frau, die begehrenswert hätte sein können – und das tat ihr gut. Als er ihr das zerzauste Haar aus der Stirn streichen wollte, hatte er mehr Glück.

Nach der Aalglätte, der Kälte der Straßen und Mauern diese Kneipe. Eine quicklebendige Spelunke wie eh und je – unglaublich! Das erste Mal war sie der Stadt dankbar!

»Wer ist bei mir – ich will hier niemanden haben!« Die flapsig hervorgegurgelten Silben hätten wohl ein Brüllen sein sollen.
»Ich bin's, Peter, Marianne, deine ... – so brauchst du mir nun wirklich nicht zu kommen!«

Nach den ersten zaghaften Worten wurde seine Stimme schnell deutlich.

»Nein, du bist nicht Marianne.« Immerhin, er erinnerte sich.
»Jener Abend, jene Zeit, warme, rosarote Wolken, tiefroter Wein, eine Frau mir gegenüber, eine sehr, sehr schöne Frau. Wir fliegen, die Erde dreht unter uns vorbei. Wir werden miteinander gehen. Weiter, immer weiter, weiter ...«

»Peter!«

»... Sie schaut mich an, jetzt, ganz fest. Nur mich, unbeirrt nur mich. Sieht sie noch etwas anderes überhaupt, Tische, Stühle? Wieso nur mich? Wie sind wir überhaupt hierhergekommen? Aber es gefällt mir ja hier. Ich fühle mich behaglich, so behaglich wie noch nie. Es ist, als wüchse in mir ein anderes Ich mit Eigenschaften, von denen vorher nichts in mir gewesen ist. Es ist schön, sehr schön ...«

»Peter!« Sie will sich zu ihm legen.

»Wer bist du – lass mich!« Jetzt schreit er sie wirklich an. Irgendwie tonlos, aber er schreit sie an

»Peter, die sehr schöne Frau, die dich anschaut, mit dir die Erde hinter sich lässt, die Frau, die du liebst, mit der du ...«

»Willst du mich endlich lassen? Wovon sprichst du?!« Sein Gesicht bleibt wie gelähmt. Sie wundert sich, wie sich seine Lippen haben bewegen können. Sie steht wieder auf.

»Das rührst du mir nicht an, diese Geschichten! Du mischst dich nicht ein, hörst du! – Du bleibst? – Du sollst nicht bleiben! Es hilft dir nichts, wenn du dableibst ...«

Er hatte ja recht. Aber dieses »dir«, dieses »Es hilft dir nichts, wenn ...« war weniger tonlos. Sie konnte nicht gehen.

Das hat sie nachher bereut, denn hinterher war sie nicht mehr so sicher, wer da mehr geträumt, geflunkert hatte. Wem hing sie da nach – und was? Sie hatte ja gespürt: Peter hatte sie verlassen und zwar für immer. Warum kann man so etwas nicht annehmen? – Hoffnungen, geträumte Hoffnungen, die nichts anderes als eitel sein konnten. Ein makabres Nachspiel, in das hinein sie unverhofft, ganz und gar unverhofft geplatzt war. Das Mitschleppen eines Kadavers. Ein Erleben nach dem Tode. Und Peter mit seinen Visionen, seinen zwanghaften, erlösungslosen Vorstellungen, Peter, die lächerliche Verkörperung eines weder besonders notwendigen noch besonders vermeidbaren Niederganges – geht er sie noch etwas an? Geht irgendwer irgendwen noch etwas an? Das hat er ihr zu verstehen gegeben, genau das, und fehlte ihm auch jegliche Leidenschaft, auch nur die Absicht, darauf zu pochen, so hat er doch recht gehabt. Recht oder nicht – er blieb in seiner tonlosen Welt mit gleichzeitig zu dünner und zu dicker Wand zu allem Äußeren. Aber er lag da. Wenn auch eine Larve – es war die seine.

»Du wirst doch nicht etwa – lass die Spritze – sofort!«

Natürlich lässt sie die Spritze sogleich fallen. Sie hat sie eben gedankenlos ein paar wenige Male in den Händen herumgedreht. Vollkommen sprachlos macht sie nachher die Plötzlichkeit, mit der er aufspringt. Gleich ist er neben ihr, schiebt sie weg, sie hat nicht einmal Zeit, richtig zu erschrecken. »Diese Dinge rührst du nicht an, verstanden!« Er nimmt die Spritze – die ja leer ist – und beäugt sie wie ein Heiligtum. Sorgfältig legt er sie wieder hin.

»Ich – ich will doch nicht die Spritze. Die will ich zuletzt. Dich will ich, Peter. Hab sie doch nur angeschaut, nur so. Nichts für ungut. Wollte nur wissen, mit was du dir die Löcher machst – in den Arm? Muss weh tun, nicht wahr? Dann liegst du da wie die auf den Zeitungsbildern, wie fortgeworfen, hingestreckt durch Gewalt, den Riemen noch am nackten Arm? Hast du auch so viele Blasen, Schwielen? Deine schönen, zarten Glieder, deine feine Haut... Liegst dann herum, so trostlos. Ich – ich will keine Drogen, Spritzen, Tabletten! Ich will dich. Will dir ja helfen und du, nur du kannst *mir* helfen. Du musst mir helfen, hörst du! Ich, ich – ich kann nicht mehr. Ich bin am Verzweifeln!« Sie schluchzt beinahe.

»Wo willst denn du deine Verzweiflung hernehmen? Gerade dir soll diese Gunst beschieden sein!« Er redet wie der einstige Mittelschüler. »Die ganze Welt unter der Haube einer großen Funktion ohne Ziel und Gewicht und du, gerade du, Marianne, du hast dir Verzweiflung zurückbehalten. Ein gewöhnliches, lumpiges Geschöpf bist du und eine Heuchlerin obendrein! Du störst mich! Geh!«

Immerhin: Sie heißt also doch wieder Marianne.

Sie fällt ihm um den Hals.

Aber er macht sich los. Hat schon wieder die gelähmte Larve von Gesicht. Schaut noch einmal nach der Spritze – und schon liegt er wie zuvor. Schon im Stehen liegt er.

Diese Anhänglichkeit einem Plastikding und einer Nadel gegenüber – ein Statussymbol? Aber die Elastizität, mit der er aufsprang, um es zu retten, widerlegte es ja, widerlegte die Larve. Für einen Moment lang schien er sich auf ein Wesen zu besinnen, auf eine Art, sich zu geben, sich hinzugeben, die Marianne mehr als geläufig war: ein überklares Erfassen, das wie unter Umgehung seiner Sinne mehr wahrnahm, als Sinne, welche auch immer, wahrzunehmen imstande sind. Die Spritze, vielleicht hat er ebendiese Spritze eine Stunde später weggeworfen.

Erwachte er ihretwegen?

Spielt er sich auf? Sie ist zu wütend, um sich darüber zu freuen, dass er es nötig hat, sich aufzuspielen – und erst noch ihr gegenüber.

Aber die Farbe seiner Augen hat sie richtig erinnert: braungrün.

Peter beginnt von unten herauf zu – lachen.

Marianne lacht auch. Aber die Umstände machen ihr Lachen zu einem Meckern. Das Lachen prallt ab und Peter hört auf wie abgeschaltet.

»Peter, schau mich an!«

Das ist bestimmt, zu bestimmt. Er tut es nicht. Da hat sie genug. Nun gibt es kein Bitten mehr – sie streift ihre Pumps ab, wirft sich auf ihn.

Er liegt seitlich gekrümmt, das Gesicht gegen die Wand. Sie will ihm an die Gurgel. Die elegante Kleidung, die sie Wunder weiß wieso für diesen »Ausflug« gewählt hat – ein schokoladefarbenes tailliertes Kostüm mit nicht allzu weitem knielangem Rock, eine himmelblaue, sportlich geschnittene Bluse, dazu erst noch (wie damals im Ristorante) zwei Perlenketten um den Hals und Armreifen, darunter vielleicht ein Geschenk von ihm – die kommt ihr jetzt in den Weg. Wütend wirft sie die Jacke von sich, verheddert sich aber in den Halsketten – wer hätte ihr einen Kampf vorausgesagt, als sie ihre Wohnung verließ? Jetzt liegt sie auf ihm. Immerhin hat sie ihn jetzt auf den Rücken gezwungen. Tatsächlich hat sie die Hände an seiner Kehle – doch der Hals ist so schön warm. Wie können die Gliedmaßen dieses Körpers noch warm sein? Peter wehrt sich ja nicht. Sie versucht trotzdem zuzudrücken. Da lacht er gleich wie vorhin, aber sie weiß nicht, ob er wirklich ihres Druckes wegen lacht, sie auslacht. Sie überwindet sich deshalb, ein wenig mehr zu drücken. Da reißt er die Augen mit einem Mal weit auf und sie liest namenlose Angst darin. Wirklich namenlose – denn es ist nicht Peters Angst, es ist einfach irgendeine Angst, die Angst eines Irgendjemand oder eines Lammes, kurz bevor es zum Osterlamm wird, verstärkt, möglicherweise überhaupt erst hervorgerufen durch die Drogen.

An sich besteht ja keinerlei Grund zu derartig elementarem Fürchten. So viel Kraft hat Marianne nun auch wieder nicht. Jetzt wird ihr Drücken ohnehin null Komma plötzlich zu einem

Streicheln. Denn diese Angst hat ihr Angst gemacht. Sie muss ihrer Herr werden, unbedingt, ihrer zuerst, nicht Peters. Seine Augen ändern aber ihren Ausdruck nicht. Was also? Sie küsst Peters Wangen, dann den Mund, er bleibt reglos. Tränen rinnen ihr aus den Augen. Sie schluchzt, schluchzt jetzt wirklich, rüttelt aber an ihm. Sie liegt, sitzt halb rittlings auf ihm und ein Foto, im rechten Moment abgeblitzt, hätte ohne Weiteres auch als Augenblick eines Liebeskampfes durchgehen können.

Jetzt dreht sich Peters Körper und will sie abwerfen. Das hingegen lässt sie sich nicht gefallen und krallt sich fest, sodass sie seitlich aneinandergeklammert liegen. Sie lässt nicht los, als würde sie sonst fallen, beginnt zu beißen. Zuerst in Peters Gesicht und Wangen, als dieser nur leicht stöhnt, in seinen Hals. Dort »beißt« sie sich fest; in Wirklichkeit schürft sie ihn kaum. Trotzdem scheint sie an ihm befestigt wie ein Blutegel oder Tintenfisch. So bleiben sie eine Weile.

Dann Peters wilde Reaktion.

Durch einen schroffen Stoß vor allem der Hüfte wälzt er Marianne unter sich. Dann schlägt er auf sie ein und zwar ziellos. Als treffe er nur zufällig hauptsächlich Oberkörper und Kopf. Sie windet sich ab, so gut es geht, hat eigentlich ihre Hände immer noch nicht von Peters Körper gelöst. Sie schreit: »Hör auf, du, du!«, doch er scheint nichts davon wahrzunehmen. Er scheint auch nicht aus Wut, aus Groll zu schlagen; eher will er sich mit den Schlägen von einer starken Belastung befreien.

Marianne lässt ihn los, verschränkt aber die Beine um die seinen. Da ändert sich sein Verhalten nochmals. Fiebrig reißt er sich sein Hemd vom Leibe, Knöpfe fliegen, knöpft sich die Hose auf. Er sitzt zwischen ihren gespreizten Beinen. Sie liegt da mit tränennassem, von den Schlägen gerötetem Gesicht, bebend und in heftigen Zügen schluchzend, allerdings fast lautlos. Kein Weinen mehr, kein Schrei, nichts, nur dieses gewalttätige Schluchzen, das sie schüttelt, aus ihr hervorbricht, als täte es ihr wer an. Ihr Körper krümmt, zieht sich zusammen, ein Würgen folgt, als müsse sie sich erbrechen.

Zum Schrei kommt es allerdings schon, als Peter ohne irgendwelche Vorbereitung in sie eindringt.

Ist er überhaupt bei Bewusstsein? Natürlich ist ihre Scham

trocken und ganz und gar nicht auf derart Intimes vorbereitet – nicht in diesem Moment. Völlig trocken ist sie und es schmerzt fürchterlich. Dem Druck kann sie nicht gleich nachgeben; die Verkrampfung des ganzen Körpers überträgt sich natürlich erst recht auf seine delikatesten Stellen. Sein Glied teilt die ganze Marianne, reißt sie entzwei, von Kopf bis Fuß – nahezu. Der Schmerz schneidet unerbittlich weiter. Ein einziger Stich erfüllt sie ganz. Er ist einfach da, kommt nicht mehr von außen, ist nicht mehr verursacht. Sie schreit, was ihre Kehle hergibt. Dieses Schreien befreit sie, sie kann wieder atmen.

Sie hat nicht gemerkt, wann er aufgehört hat zu arbeiten. Der Schmerz dauert an, unvermindert. Hat er – hat er überhaupt ejakuliert? Sie sieht ihn einfach plötzlich neben sich liegen, auf dem Rücken, als habe er sich nie gerührt. Nur sein entblößter Oberkörper, sein aus den Hosen herausbaumelndes Mannswerkzeug erinnern noch an das, was eben ... Nebeneinander liegen nun also beide in dem öden Raum. Mariannes Schreien verebbt langsam zu einem Stöhnen, das bald jene Tonlage annimmt, die nicht mehr verrät, ob sie Schmerz oder Lust meint.

Mit aller Schärfe wird sie sich bewusst, wo sie ist. Ihr Blick folgt den Einzelteilen des kahlen Zimmers und auch sie scheint jetzt alles dreimal so scharf und genau aufzunehmen wie sonst. Der Schoß schmerzt zwar immer noch, aber eine bleierne Ruhe legt sich über sie; jene Art Überruhe, die Vorstufe zur Betäubung sein kann. Auch zur Trance oder Apathie. Sie hat das Gefühl, jeden Krümel, jedes Körnchen des Zimmers einzeln zu sehen. Ihr Blick fängt sich am Besenstiel, heftet sich an ihn.

Eigentlich ist der Verputz der Wände noch gar nicht so alt. Kann ja gar nicht sein bei dem neuen Haus, auch der Spannteppich ist recht frisch verlegt. Eine nackte Glühbirne hängt von der Decke. Ob die Wohnung groß oder klein ist, lässt sich anhand dieses einen Zimmers nicht ausmachen.

»Was haben sie nur mit dir gemacht, Mädchen?!« Erst hier in der Wärme der Kneipe merkte sie eigentlich, wie zugerichtet sie war. Die Kälte draußen war zu beißend gewesen, als dass sie sich darum hätte kümmern können. Nur weg, so schnell wie möglich aus dem beißenden Frost! Buchstäblich davongerannt war sie ihm.

In und über den Straßen hatte die Stimmung eines frühen klaren Wintermorgens gelauert. Oder -abends. Ein stählernes Blau in der Luft, die knisterte vor Kälte, aber immerhin ruhig war. Natürlich war sie allein gewesen, weit und breit keine Seele. Nur sporadisch ein Taxi. Das auch prompt anhielt, denn zu Fuß gehen konnte seit Jahren nur heißen, noch kein Taxi gefunden zu haben. Sie wies aber alle Angebote ab, sie sei ja nur auf ein paar Schritte draußen. Ohne Weiteres fuhren die Wagen weiter, allerdings langsam. Glätte? Eis? Schnee lag keiner. Natürlich war's angenehm warm gewesen, als sie, nicht ganz nüchtern, ihre Wohnung verlassen hatte. An den Mantel, allerdings einen leichten, hatte sie aber doch gedacht. Im Übrigen hatte sie mit Gewalt nicht daran zu denken versucht, dass sie sich mit Sicherheit verirren werde.

Sie ging lange in das blaue Dunkel hinein. Zuerst rannte sie, stöckelte heftig mit ihren Pumps, und auch als sie nicht mehr rannte, rannte sie noch. Die Straßen waren nicht beleuchtet (das war die Regel, denn die Wagen hatten ja Scheinwerfer). Geraume Zeit ging sie geradeaus, dann schwenkte sie rechts ein, folgte ein paar Biegungen. In einer solchen Biegung hätte sie beinahe eine Frau zu Boden geworfen. Ja eine Frau, eine alte, bucklige Gestalt. Sie stand dort reglos, wie festgegossen. Als Marianne vorbeikam, murmelte sie aber etwas vor sich hin und hielt die Hand hin. Marianne hatte aber weder genug Zeit, um zu erschrecken, noch, um etwas zu geben; sie umschiffte sie und ging weiter; die Frau machte keinerlei Anstalten, ihr zu folgen.

Erst in der Kneipe erschien ihr die Zeit wieder kurz, die sie draußen erduldet hatte. Zuerst tauten ihre Gliedmaßen, nachher ihr Empfinden wieder auf. Erst hier merkte sie, in welch klobigen und viel zu großen Schuhen ihre Füße steckten. Nichts von Pumps! Sie war also zu allem hin noch mühsam gegangen und sie begriff jetzt, weshalb ihr die Beine schwer wurden. Sie erinnerte sich: Ihre hochhackigen Schuhe hatte sie beim besten Willen nicht mehr gefunden, als sie bei Peter in aller Eile ihre Sachen zusammengerafft hatte. Nur in Strümpfen war sie aus der Wohnung gerannt, war auf der Treppe ausgeglitten und auf dem Hintern ein ganzes Segment hinuntergerutscht. Die Schuhe hatte sie vor der Tür auf einem Absatz gefunden. Wohl

Männerschuhe, immerhin, in ihren eleganten Schuhen wäre sie bei dem immer glitschigeren Untergrund bestimmt nicht leichter gelaufen.

Überhaupt merkte sie erst jetzt so recht, wie zugerichtet sie war, die Bluse war völlig zufällig und deshalb schräg nur mit wenigen Knöpfen zugeknöpft. Ihr weiter Ausschnitt gab einen Großteil des Busens frei und der Büstenhalter, der ihn hielt, war auch dünn genug. Ihre Strumpfhosen waren zerrissen und Bahnen von Nacktheit liefen ihr über die Beine. Peter hatte sich also um ihre Unterwäsche nicht gekümmert, als er sie nahm; einfach gezerrt hatte er, den Slip beiseitegeschoben. Immerhin: Der Rock hatte das Treppenrutschen einigermaßen unbeschadet überstanden, nur zerknittert war er und verdreht. Er gab also die Blößen, die sie spürte, nicht einfach preis. Die Ketten hingen ihr in Knoten um den Hals, ein, zwei Armreifen musste sie verloren haben und natürlich war sie zerzaust in alle Richtungen. Jacke und Mantel musste sie einfach über sich geworfen haben; beides war nur mit je einem Knopf notdürftig gegen Wind und Wetter gesichert. Sie wunderte sich, dass sie so die Kälte überhaupt ohne wie Espenlaub zu zittern überstanden hatte.

Diese Blöße, diese Unordnung, sie war ihr nicht peinlich. Was hätte sie auch verbergen sollen? Wieso sollte sie glauben, gerade jetzt etwas vorstellen zu müssen? Sie wehrte sich auch nicht, als sich ihr Bierkumpan jetzt fast mütterlich anschickte, ihr die Bluse zurechtzuziehen. Das Knöpfen allerdings übernahm sie selber und das Entnesteln der Halsketten. Den als Umhang zu engen Mantel hatte er ihr schon aufgeknöpft, wobei freilich der Knopf, der ihn zugespannt hatte, nun wirklich abgefallen war. Den dargebotenen groben Kamm nahm sie an und weder störte sie das Fehlen des Spiegels noch die Öffentlichkeit, in der sie sich kämmte. Dann nahm sie wieder ein paar Schluck Bier. Ihre Glieder schmerzten immer noch. Auch der Schmerz im Schoß war noch nicht ganz abgeklungen, aber schon fast angenehm. Und Peter hatte wirklich ejakuliert – trotz allem. Als sie etwas vergessen an sich hinunterschaute, klopfte ihr mütterlicher Betreuer ihr auf die Schulter – diesmal wirklich. »Ist schon gut; wir sind hier nicht am Hofe Karls des Großen. Hast Krach gehabt mit dem Alten, ja –? Auch der wird wieder mal nüchtern!«

Krach haben mit dem Alten. Krach haben können mit dem Alten. Lodernd wütend sein aufeinander. Die bösen, aber auch liebenden und erlösenden Blicke. Das Erste und Einzige, worin dieser Mann die Ursache ihres offensichtlichen Ungemachs sehen konnte, war – Lebendigkeit! Knallharte vielleicht, aber Lebendigkeit. Sie musste lächeln, schaute nach draußen; wo jetzt Wind pfiff. »Du brauchst dich nicht zu schämen. Soll in den besten Familien vorkommen ... Ich weiß schon, du bist nicht eine von hier. Ganz selten nur kommen solche Mädchen hierher. Du bist keine von denen, die sich zu uns setzen und nachher für unser Geld mit uns in die Pfanne steigen. Lass gut sein ... Komm, das wärmt dich!« Das war aber kein Bier mehr. Irgendetwas Scharfes, womöglich Whisky. Wie arglos doch ein Schwipschen war im Vergleich mit den Spritzen!

Eigentlich war das Lokal ja randvoll. Zwischen den Stühlen und Tischen standen Gruppen von Leuten, meistens Männer; Seeleute, Matrosen. Nicht weit von hier musste also ein Hafen, das Meer sein. Fast wie nach vorgegebenem Rhythmus schwoll das Gespräch an und ab. Dies, obwohl die einzelnen Grüppchen nur untereinander schwatzten und kaum aufeinander eingingen. Manchmal erhoben sich Ausrufe oder ein lautes Grölen über den restlichen Pegel. Viele Wörter ließen sich kaum auseinanderhalten, denn es herrschte ein Sprachengemisch; Menschen aller Hautfarben waren da. Dennoch schienen sich alle untereinander zu verstehen.

Alle Hautfarben – das war ja nichts Besonderes. Überall gab es jetzt ja Menschen aller Hautfarben. Aber hier waren die Unterschiede nicht einfach nur da, nicht einfach nur gewöhnliche, banale Tatsache, hier waren sie schön, so schön wie ehedem und weckten Neugierde, und dadurch immer neue Sichten auf Eigenarten wie Herkunft. Eine wahre Farbenpracht – eine Farbenpracht aus Zeiten, als Farbe noch galt!

Auch die Frauen hier gehörten verschiedenen Ethnien an. Aber bei ihnen sah man das weniger, denn sie waren zentimeterdick geschminkt und auch sonst aufgedonnert. Über ihr Gewerbe konnte kein Zweifel bestehen. Meist saßen sie an den Tischen – Verhandlungstischen? – oder auf der Bank, die den Wänden entlanglief, wenige nur an der Bar. Ab und zu erhob sich ein Pärchen unauffällig, verschwand, und wenig später kam die Dame alleine wieder. Auch der Freier war meistens nachher wieder unter den Gästen, kam aber so gut wie nie zusammen mit seiner Allerliebsten zurück.

Die Glühbirnen, die das Dämmerlicht im Raum verbreiteten, waren farbig; farbig auch sie. Die Mischung und die Temperatur ihrer Farben schienen zu vibrieren. Jeder ihrer Kegel hob einzelne Grüppchen hervor – die sich aber offensichtlich nicht bewusst waren, in einem gedämpften Rampenlicht zu stehen oder zu sitzen. Deshalb bewegten sie sich völlig frei, diskutierten, verhandelten oder taten nichts anderes als einfach saufen.

»Du – wie heißt du schon wieder? – Du wirst verlangt!« Das Mausgesicht hatte sich eine Weile vor allem seinem Glas gewidmet. Jetzt aber war ein Dritter dazugestoßen und sie begriff, weshalb er ihren Namen vergessen haben wollte, obwohl sie sich ihm noch gar nicht vorgestellt hatte.

»Marianne – mit wem habe ich die Ehre?«

»Wie die sich ausdrückt – Jack; Jack, einfach Jack«, antwortete der Dritte.

»Freut mich – die nächste Runde geht auf mich!« Sie will nach ihrer Tasche greifen, hat aber natürlich auch die bei Peter liegenlassen – der Wohnungsschlüssel! Für einmal hat sie wieder wirklich Angst, nicht heimzukönnen, wenn sie nicht in die Wohnung kann. Angst, kein Dach mehr über dem Kopf zu haben, hat sie nicht; sie hat ja eins über dem Kopf. Und den Wohnungsschlüssel findet sie in der Manteltasche. Dabei lässt sie die Wohnung ohnehin immer offen, wenn sie weggeht. Gestohlen wird ja kaum mehr.

»Ist schon erledigt.« Die Männer haben längst ihre Verlegenheit bemerkt.

Jack ist größer als der Mausige – dessen Namen sie übrigens immer noch nicht weiß. Einiges jünger auch. Sein Gesicht ist zwar länglich, scheint aber doch irgendwie platt. Seine Lippen liegen zu nahe unter einer nach unten gezogenen Nase. Struppiges, wohl schon eine Weile nicht mehr gewaschenes, dunkles Haar hat er. Wie der Mausige ist auch er ein Weißer.

Marianne gefällt der Mann nicht. Er hat etwas Grobschlächtiges. Sie ist froh, nicht mehr so zugerichtet zu sein, wie als sie hereinkam. Sein Blick vergreift sich an ihr.

Peter und was vor kurzer Zeit aufgehört hat, sich zuzutragen, rückt wieder näher.

Hat der Mausige ihr den nicht ersparen können?

Jack will sich jetzt annähern, formt den Mund zum Kuss. Sie will das nicht. Die Kahlheit von Peters Wohnung, die Kälte nachher darf nicht hier hereinbrechen. Sie will weggehen.

Da vertritt ihr eine Geschminkte den Weg: »Marianne!«

»Irena!« Nur an der Stimme erkennt sie sie. Sie hat Irena noch nie so – so in Arbeitstracht – gesehen. Sie fällt ihr um den Hals.

Irena lacht: »Du hier?«

»Wie ich hergekommen bin, das kann ich dir beim besten Willen nicht sagen!«

»Der Lange, neben dem du standest, ist ein Stammkunde von mir. Immer, wenn er da ist, kommt er vorbei. Ihn habe ich zuerst gesehen. Dann dich. Du magst ihn nicht? Ein so schlimmer Mensch ist er nun auch wieder nicht. Und an dich hat er auch gedacht. Da, nimm! Sie werden dir bestimmt passen!«

Marianne hat die Klötze an ihren Füßen schon vergessen. Aber die Damenschuhe, Pumps, Fünfzentimeterabsatz, die ihr Irena hingehalten hat, passen tatsächlich ausgezeichnet.

»Er hat mich zu sich gewinkt, auf deine Füße gedeutet, als ich in eurer Nähe war. Du hast mich nicht gesehen. Als ich zurückkam, liefst du mir zum Glück gerade in die Fänge – komm!«

Sie führt Marianne an einen Tisch. Ein junger Schwarzer sitzt dort, hält ihr die Hand hin. »Wir kennen uns – Marianne, nicht?«

»Kennen – woher?«

»Du hast den Champagner verschmäht, den wir, Jorge und ich, dir angeboten haben. Du warst ein wenig verwirrt – anders verwirrt als jetzt –, hast dich eilig entschuldigt, du hättest keine Zeit und sowieso noch viel zu tun – na ja, an jenem lauen Abend! Deinen Champagner haben wir uns nachher gegenseitig zu trinken gegeben!« Irenas Arbeitsgesicht gelingt es zu schmunzeln.

»Ach ja? Irena, ich – ich weiß wirklich von nichts!«

»Aber Marianne, von ihm habe ich dir doch so viel erzählt, nachher!«

»Ach, der junge Schwarze! In einer Kneipe getroffen hast du ihn ...« Irena klopft auf den Tisch: »Hier – dort drüben auf der

Bank. Geschlafen hat er. Ganz jung noch. Sicher auf der ersten Fahrt, das sah man ...«

»... Und du hast ihn zu dir genommen. Beinahe hättest du deine Arbeit aufgegeben seinetwegen. Wärst mit ihm herumgezogen. Aber er musste ja wieder aufs Schiff. Und auf dem Schiff war es nicht erlaubt, eine Frau wie dich dabei zu haben. Auch nicht zum Kochen. War das damals, als du zu mir kamst, ganz aufgelöst in Tränen?«

»Nun ja – aber reden wir lieber von etwas anderem –«

»Wenigstens höre ich das alles endlich auch mal.« Jorge lacht.

»Und wenn du wüsstest, was du alles noch nicht gehört hast – ich habe immer gemeint, ihr Männer seid nicht so schrecklich neugierig ...«

»Allzu schwer ist es nun auch wieder nicht, unsere Neugierde zu wecken, so tief schläft die nicht. Schließlich sind auch wir nicht nur Kinder von Vätern, sondern auch von Müttern ...«

Irena geht nicht weiter auf ihn ein. Und Marianne weiß jetzt ja, dass sie zu schweigen hat über all die Enttäuschungen um ihn. Ihr Geliebter scheint er trotzdem noch immer zu sein; sie behandelt ihn nicht wie einen Kunden.

Aber dieses ihr Arbeitsgesicht, strotzend vor Schminke – neben ihm! Oft hat sie sich die beiden vorgestellt. Und an jenes eilige Zusammentreffen hat sie Irena ja seither nicht nur einmal erinnert. Und an sie beide hatte Marianne ja auch wirklich gedacht, als sie Peter wiedertraf. Aber an jene andere Irena. Nicht an diese mehrfach beschichtete Arbeitstapete.

Irena, eine Nutte wie alle andern. Nie hatte sie sich das überlegt, wenn sie Nutten gesehen hat. Jetzt sieht man allerdings seit geraumer Zeit keine Prostituierten mehr auf den Straßen. Bordelle sollen, weil gesundheitsgefährdend, verboten sein, aber gleichwohl wird immer wieder das eine oder andere ausgehoben – wenigstens den Meldungen in den Medien zufolge.

Marianne ist gleichwohl froh, dass es noch Prostituierte gibt. Also gibt es auch noch Männer, die glauben, bei der Prostituierten die Befriedigung eines Bedürfnisses erkaufen zu können. Es gibt also noch unbefriedigte Bedürfnisse – und damit die Freude darüber, wenn eines scheinbar oder wirklich befriedigt worden ist. Zufriedene und unzufriedene Menschen, nicht nur einfach funktionstüchtige Existenzen – das ist, das wäre ja geradezu ein Lichtblick!

Und Peters Drogensucht wäre ein ganz klein wenig weniger lächerlich.

Jetzt hätte sie Lust, auch Nutte zu sein. Wenigstens genoss sie die Vorstellung. Früher hatte sie abgestoßen, dass ein Mann, auch das fetteste oder besoffenste Ekel, sich gegen Geld das Recht erwerben kann, in den Körper einer Frau einzudringen; dass diese ihm also ihre Intimität hinreicht wie der Bäcker dem Kunden das Brot oder der Apotheker die Arznei. Gleichzeitig hatte sie aber Irena bewundert. Dieser Frau, so voll und ganz, ja bedingungslos im Leben, gebührte Achtung und Respekt. Es war also möglich, in diesem Beruf sogar noch zu gewinnen ... Irgendwie hatte sie das alles nie richtig unter einen Hut bringen können.

Jetzt sind es andere Gefühle, die ihr den Zustand mehr als das Gewerbe erstrebenswert erscheinen lassen. Diese Spelunke, dieses Loch hier; etwas wie ein Rest Sinn und Heimat. Wieso kann es dann nicht Sinn machen, hier mit seinem Körper Geld zu verdienen? Wenigstens ist das etwas Handfestes. Man weiß, was man zu tun hat, und man hat mit Menschen zu tun, wirklichen Menschen. Man weiß, wohin man gehört, wenn auch nur in dieses verrauchte Loch. Reicht das etwa nicht? Hat Marianne es etwa weiter gebracht mit ihren mehr oder weniger hochfahrenden Plänen und Überlegungen, ihren verhätschelten Träumen? Hier empfindet sie Ruhe, nicht »Ruhe«, fühlt sich sicher, geborgen, nicht »sicher«. Hier scheint man vor dem Schrecklichen gefeit, das nicht schrecklich ist, sondern namenlos. Vielleicht trägt dieses namenlos Schreckliche jetzt ein bisschen den Namen Peter. So behandelt wie von ihm würde sie wohl von keinem Mann als Prostituierte. Und sich in die Lage einer Prostituierten versetzen heißt noch lange nicht, Prostituierte sein – erst recht nicht für immer. Auch Irena allerdings traut sie zu, dass sie ausbricht, wenn nötig, vielleicht auch, wenn erwünscht.

»Dein Peter – dunkles Haar, fast schwarze Locken, ein schmales Gesicht, lange Nase, ist er das?«

»Ja.«

»Dann kenne ich ihn ...« Ein Lächeln um Irenas Mundwinkel, das nicht weiß, ob es verschmitzt oder verlegen sein soll.

Jack, der Lange, der vorher beim Mausgesicht gestanden hat, klopft ihr von hinten auf die Schulter.
»Nein, jetzt nicht.«
Er insistiert.
»Du hast gehört, Betriebsferien. Wenn du's eilig hast, ist der ganze Laden hier voll von anderen reizenden Damen, die auf solche wie dich warten!« »Aber nicht voller Irenas!« Der Mann geht, Irena wendet sich wieder Marianne zu.
»Du kommst von Peter? – Jorge, geh, hol uns etwas zu essen!« Unglaublich folgsam steht der Schwarze auf. »Ja – und auch er ... also auch er ist dein Kunde –«
»Ja, das ist er. Jetzt kommt er allerdings schon lange nicht mehr ... er hat mir von dir erzählt; ich habe allerdings nicht durchblicken lassen, dass ich dich kenne, als ich merkte, wen er meinte. Muss nicht weit von hier wohnen, seit er nicht mehr auf Tournee geht ... Schau, Marianne, wie hätte ich mich ihm verweigern können, nur weil ich plötzlich Bescheid wusste? Geahnt hatte ich freilich schon früher etwas.«
»Lass gut sein. Du hast mir nichts angetan. Peter hat wohl auch ab und zu mit anderen Frauen geschlafen, als er noch bei mir wohnte ... Du hast ihn mir nicht gestohlen, du nicht!«
»Vielleicht ... – sein Beruf, er kam herum, sie beteten ihn an. Er hat sein Handwerk verstanden. Seine Musik höre ich gern. Aber – überschätzt du den Jungen nicht etwas? Na ja, du liebst ihn ja, teuflisch liebtest du ihn. Und Geliebte schätzt man nicht mehr ein!«
»Auch jetzt ist er nicht wie die andern. Er ist schlimmer. Sein Stöhnen, als ich floh ...«
»Siehst du, du liebst ihn noch. Er hat dich enttäuscht?«
»Nein, er – er ist nicht mehr er. Ich darf ihn nicht mehr lieben. Warum kann er mir nicht einerlei sein? Sein Blut ist wohl bald so klar wie Wasser bei all dem Zeugs, das er in sich hineinspritzt ...«
»Drogen, ich weiß, Heroin. Er hat schon gespritzt, als er noch zu mir kam. Manchmal sah er aus wie ein kleiner, ganz hilfloser Junge. Aber er hätte sich wohl nicht helfen lassen.«
»Er lässt sich nie helfen.«
»Ja, ja, *er*, der Künstler. Aber manchmal ist auch der größte

Künstler eher ein etwas zu groß geratenes Kind, das seine Mama sucht.«

»Irena, wir haben uns beinahe gegenseitig umbringen wollen, ich und er! Er hat mich ganz brutal vergewaltigt. Jetzt noch brennt es, schmerzt es. Meine Strumpfhose und alles ist zerrissen. Ich muss fürchterlich zugerichtet gewesen sein, als ich hier hereinkam. Der dort, die Spitzmaus, hat mir geholfen.« Sie beginnt zu weinen.

»Das werden wir gleich haben, Marianne!« Sie lässt sie aber weinen.

Jorge kommt zurück mit einem Tablett voll Teller. »Wieso weint sie?«

»Sie ist traurig, sehr traurig. Sie hat schon lange nicht mehr geweint. Das wird ihr guttun.« Nach einer Weile erst stellt Irena ihr das Essen und ein Glas Wein hin. »Du wirst sicher sehr hungrig sein!«

Und Marianne hat tatsächlich Appetit. Sie schlingt das gute Essen in sich hinein, als könnte es ihr sonst verloren gehen. Dass dieses Restaurant einen solch guten Wein hat –? Sie denkt nicht mehr an draußen. Nicht mehr an Peter, an nichts mehr. Sie sitzt da auf dem unbequemen Hocker und könnte sich nicht vorstellen, bequemer zu sitzen, sie sitzt da und isst. Die wohl beste Freundin ihr gegenüber (Jorge ist wieder aufgestanden). Irenas Arbeitstracht vergisst sie – oder hat sie sich wirklich abgeschminkt? Sie hat grenzenloses Vertrauen in Irena. Sie ist froh, mit ihr allein zu sitzen – und ist plötzlich müde; todmüde. Die Gesprächskringel lullen sie ein. Schwer sind ihre Glieder, aber gelöst. Aus der Scheide rinnt warm Samen. Peters Samen.

13

Einsam in der Dämmerung hatte sie gelegen. In einem Licht, als wäre die Sonne soeben untergegangen, aber rundherum – oder kurz vor dem Aufgehen. Ein Abend oder Morgen ohne Ursprung und niemand hätte sagen können, in welche Richtung sich die Erde hätte drehen müssen, damit vollends Tag geworden wäre oder Nacht. Was blieb, war die Dämmerung.
Erstaunlicherweise hob sie sich aber trotzdem deutlich ab von der Umgebung. Ja, ihre Umrisse waren klar, überscharf fast. Als sammelten sich zarte, fluoreszierende Lichtbänder an ihren Konturen.
Etwas Erhabenes hatte sie gehabt, so von Weitem.
War das Gestein, wirklich Gestein? Der Fels eine Kulisse aus Pappe?
Von Bewegung wäre nicht einmal zu träumen gewesen. Auf ihr nicht und um sie nicht. Sie ruhte gleichsam auf absolut ruhiger Fläche. Wie auf einem Teller. Wellen, wie festgezurrt, aber trotzdem rundherum. Allerdings spiegelte sie sich nicht in der Fläche. Wasser? Meer?
Einsamkeit auf jeden Fall. Viel, viel Einsamkeit. Sie hätte bestanden im Gefühl, selbst wenn man sich nicht umgesehen hätte. Auch so schroff, zackig, aber unanfechtbar.
Von irgendwie exemplarischer Form war sie.
Aber wozu die Gläser? Völlig überdimensioniert. Hingestellt wie aus irgendeinem Hohn.
Einem rechthaberischen, herablassenden, giftigen Hohn. Ein Hohn, den sein Untergrund weder hatte verhindern noch umstoßen können. Elegante, hohe Kelche eigentlich, mit kurzem Hals. Etwas Gelbes darin. Bier? Urin?
Als hätte man einer vollkommenen Statue einen Fastnachtshut aufgesetzt.
Auch der Wind trüge ihn nicht fort, diesen Hut. Aber es blies ja kein Wind. Nicht einmal ein Hauch war zu spüren. Dort konnte kein Wind blasen. Dort hatte wohl nie Wind geblasen, konnte

nie Wind blasen. Außer er hätte sie geschaffen – oder würde sie zerstören.

Sie lag da, unverrückbar, ragte hervor aus der Fläche, nahtlos und doch klar der Übergang zwischen Wellen, Himmel und ihr. Sie lag da, fast eine Abstraktion – die Insel.

Wie bist du dorthin gekommen? Auf ihr gelandet? Hart aufgeprallt – nein! Immer schon dort gewesen? Es ist sie, eindeutig. Es ist diese sonderbare, sonderbar angedämmerte Insel. Du weißt es sofort, auch wenn du kaum etwas siehst von ihr. Und du – ja, du bist allein. Weitab von irgendwelcher Begegnung, fern. Kein Robinson, nichts von Heldenmut, Pioniergeist. Wäre hier ohnehin fehl am Platz.

Das Bedürfnis, dich irgendwie zu halten. Dich an etwas zu klammern. Aber da ist nichts, woran man sich klammern könnte. Rund um dich geht es abwärts. Steil abwärts. Nur gerade der Raum für dich scheint ausgespart. Irgendwie kauern, sitzen musst du. Bequem ist das jedenfalls nicht. Ein wenig kühl, nicht aber kalt ist dir auch. Feindlich, wirklich feindlich scheint hingegen nichts.

Aber ebenso wenig freundlich.

Vor dir Zacken, etwas weiter weg die Gläser – ja wirklich, es sind zwei Kelche. Zwischen dir und den Kelchen der schmale, zackige Grat. Verlorenheit, aber nicht Panik, nicht einmal Angst.

Das Gefühl, dass man sich an allfälligen freien Fall gewöhnen könnte, würde er nur lange genug dauern, so lange, dass man den Aufprall vergessen könnte, der auf ihn unweigerlich folgt.

Zunächst willst du alles auf sich beruhen lassen. Dich abfinden damit. Auch wenig Raum ist immer noch Raum und niemand macht ihn dir ja streitig. Dann kommt die Lähmung, jene Lähmung, die fast nicht auszuhalten ist. Gegen die sich alles aufbäumt. Man denke an einen Hund, der mit eisernem Griff auf dem Rücken gehalten wird. Entweder siegt man über sie – oder sie über einen.

Du hast gesiegt. Obwohl vernünftige Überlegungen, die du tatsächlich angestellt hast, dir sagten, dass es keinen Ausweg mehr gab, dass kein Weg hinüberführte zu den Kelchen, wo mehr Platz zu sein schien, standest du auf, versuchtest mit den ersten Tritt den Boden abzutasten. Du hast nicht gleich Auflage gefunden und den Fuß eiligst wieder zurückgezogen. Es blieb aber nicht beim ersten Versuch und siehe da: Wider alles Erwarten gelang der erste Schritt. Kein bisschen unsicher ist dein Stand gewesen und leichte Sandalen sind doch wirklich nicht gerade Schuhe für Gratwanderungen. Du tatest dich recht leicht mit den weiteren Schritten. Erstaunlich leicht. Schmal war der Grat und links und rechts fielen die Wände schroff ab, ihre Linien ließen sich nicht weit verfolgen. Aber solcherlei Wahrnehmung hast du zur Kenntnis genommen, als ob sie dir von fern mitgeteilt worden wäre, durch irgendeine Nachrichtensendung im Fernsehen oder im Radio. Du gingst, als ob du dir zuschauen würdest. Ohne Augen, denn die waren und blieben ja in der, die ging.

Ruhe rundum, immer noch die gleiche vollkommene Ruhe. Nicht einmal die eigenen Schritte hörst du oder Geräusche, die dein Körper verursachen könnte oder die Kleider.

Du trägst noch Kleider.

Was willst du? Wohin? Zu den Gläsern natürlich – aber wozu? Ist dort tatsächlich mehr Platz? Du vermutest es, aber nichts kannst du erkennen, das dich dessen versicherte. Und was bringt mehr Platz, außer etwas mehr Bequemlichkeit? Zukunft, Hoffnung? Erholung mindestens? Lohnen sich die objektiv erkannten, wenn auch nicht gefühlten Gefahrenmomente? Aber was soll's. Zu weit weg bist du nun schon von den beiden Fixpunkten. Deine Beine tun ihr Werk, die Füße hast du vergessen. Kaum brauchst du die Arme auszubreiten zur Balance.

Damals warst du noch nicht schwanger. Oder hast wenigstens noch nichts davon gewusst.

Aber du solltest dringend ... – Harndrang? Ja, du solltest dringend aufs Klo. Erst durch dieses Gefühl entsteht ganz dezent Furcht. Eine fast höfliche Angst. Das Gefühl, in etwas begriffen zu sein, das Folgen haben kann. Der Urin und die Frage, wie ihn am besten loswerden, haben dich wieder ein Stück weit in dich zurückgebracht. Für ein paar Momente gingen die Schritte nicht mehr so selbstverständlich vonstatten. Zaudern? Dafür aber jetzt viel brennender der Wunsch, das Plateau zu erreichen bei den Kelchen. Ja, das Plateau hast du von dort aus erraten können.

Der Harndrang ist allerdings wieder verschwunden, ohne dass du laufengelassen hättest.
Doch jetzt wird der Gang beschwerlich, körperlich mühsam. Die Glieder, auch die Füße beginnen zu schmerzen. Die Muskeln sind immer eindeutiger nicht mehr lange bereit mitzumachen. Das Ziel rückt immer weiter weg. Ja, tatsächlich scheint auch die Distanz zu ihm nun wieder zu wachsen. Du wirst müde, durch und durch müde. Gleichgültigkeit macht sich breit, nicht mehr die frühere Leichtigkeit und Abwesenheit. Aber auch sie hat zur Folge, dass die kurz aufgeflackerte Angst wieder verschwindet. Du trottest weiter – trottest auf zackigem, schmalem Fels.
Auf jeden Fall könnte ich nicht sagen, wie ich doch noch auf das Plateau gekommen bin.

Das Licht hat gewechselt, kommt von einer klar ortbaren Quelle her jetzt. Aber die Kelche sind auch diesem Licht nicht gewichen. Das Plateau, topfeben, ist größer, als du erwartet hast. Sonst stimmen die Verhältnisse. Neu siehst du nun, dass in der gelben Flüssigkeit in den Gläsern kleine Bläschen aufsteigen. Wieso ist dir nicht aufgefallen, dass diese Bläschen das Erste sind, was hier geschieht? Außer dir selbst, natürlich.
Immerhin, du schaust den Bläschen zu. Fast scheinen sie miteinander zu spielen, sich zu jagen. manchmal gehen sie ineinander auf. Wachsen sich zu ganz ansehnlichen Größen aus. Lautlos zerplatzen sie an der Oberfläche der immer noch gelben Flüssigkeit. Ist diese angenehm? Trinkbar? Verwertbar in irgendeinem leckeren Geschäft? – Jedenfalls riecht sie nicht, noch stinkt sie.
Wer oder was hätte dir anzeigen können, dass deine Unbefangenheit, die Unbefangenheit derjenigen, die sich allein weiß, so jäh unterbrochen wird. Natürlich bist du gewaltig erschrocken.

»He du da, hilf mir!«
Wie aus der Stille herausgestochene Worte. Eine kräftige Altstimme.
Eine Frau, etwa so groß wie du. Gekleidet wie du, glockiger, knielanger Sommerrock aus bedrucktem, leichtem Tuch, hellblaue Bluse, brünettes, etwas mehr als schulterlanges Haar, ei-

nen dicken Bauch, dazu deine Bewegungen, deine Art, auch nur schon zu Bewegungen anzusetzen, den Kopf zu drehen.
»Los, komm schon, hilf mir!«
Endlich gehst du näher, aber die andere ist kein bloßes Spiegelbild; sie bleibt nämlich stehen, wartet, wartet herausfordernd.
»Die Gläser, los, Marianne, wir werden sie ersteigen. Sie kaputtzuschmeißen ist nicht ratsam.«
»Wozu – das Zeugs kannst du ja doch nicht trinken.«
»Gleichviel. Ich will dort hinauf. Und wenn ich drin versaufe. Das heißt, du steigst hinauf. Ich halte dir die Hände als Steigbügel. Du klemmst dich dann fest und siehst zu, dass du den Rand zu fassen bekommst.«
»Aber die Kelche sind doch schon unten viel zu breit. Und auch wenn du mich hinaufwirfst, werde ich den Rand nicht zu fassen bekommen!«
»Probieren geht über Studieren. Nichts ist unmöglich auf dieser Welt!« Sie hält schon ihre Hände hin, ineinander verschränkt.

Du gabst ihrem Blick nach, stiegst auf ihre – deine – Hand. Stütztest dich ab am Glas. Doch natürlich fandest du an der glatten Wand keinen Halt, rutschtest ab und stürztest. Irgendwie musst du aber schwungvoll und gekonnt gestürzt sein. Das Bewusstsein hast du allerdings gleichwohl verloren.

Ich liege also, das ist das Erste, was mir dämmert. Bewegungen haben keinen Sinn und ich habe Angst, jetzt wirklich Angst. Immerhin scheint jetzt eindeutig die Sonne, es ist nicht mehr bloß eine klar ortbare Quelle, die Licht liefert, und es geht ein Lüftchen. Erst nachher treten die Stimmen hinzu.

Ein unentflechtbares Gewirr, aber doch klar, transparent, wie nicht den Gesetzen der Akustik unterworfen. Myriaden von einzelnen Partikeln, die über mich hereinbrechen, wie das manchmal Scharen von Mücken tun können. Jene kleinen Mücken, die fast aus nichts zu bestehen scheinen und kaum totzuschlagen sind. Moskitos – Tropen? Schleimiges, ungezügelt wucherndes Gewächs und Getier, Schlangen – fast sehne ich mich danach.

Wie kommen nur all die Leute auf die Insel? So plötzlich? Vorher war sie doch noch leer – oder wenigstens fast. Jetzt auf

einmal juckt's, zuckt's, kuschelt's und tuschelt's fast schlimmer als an einem mediterranen Badestrand im Hochsommer. Wie schluckt die Insel nur so viele Leute? Nicht nur das Plateau scheinen sie in Besitz genommen zu haben – aber wo kann man denn sonst noch sein hier?
Ich liege auf dem Rücken. Am Rand des Plateaus. Kopf gegen den Abgrund, denn ich sehe – in ein Gebüsch, ein hohes, üppiges dazu noch. Überhaupt gibt es viel Grün um mich. Haben die Leute dieses Grün mitgebracht, hergezaubert? Nur die Gläser lassen sich davon nichts vormachen; sie überragen nach wie vor alles.
Erst jetzt merke ich, wie weich ich liege. Etwas feucht, wie sich halt saftiges, frisches Gras anfühlt. Und ich bin nackt. Ja, splitternackt. Wieso gerade ich? Die anderen tragen doch Kleider. Sind sehr locker gekleidet zwar. Die Oberkörper der Männer sind oft auch nackt, und Frauenhaut bedeckt und umflattert so wenig Luftig-Textiles wie möglich. Die Schar scheint zum Vergnügen hier zu sein: Geruch von Feuer, Würsten, Rauch steigt auf. – Aber sie haben sie mir doch nicht etwa gestohlen, meine Kleider ... Vorher hatte ich sie doch, bei meiner waghalsigen Überquerung, bei meiner Gratwanderung ... den Glockenrock, die Bluse, die Sandalen, ja, natürlich hatte ich das alles noch an, die Unterwäsche sowieso ... – aber war ja nicht von Wert. Was hätten sie mit den paar Lumpen anfangen sollen? Welche Freude hätten sie haben sollen, mich auszuziehen, welches Vergnügen?
Schließlich bin ich ja beileibe nicht die einzige Frau hier oben. Und bestimmt auch nicht die hübscheste, denn ich bin – bin jetzt kahl. Ja, auch das!
Und ich bin schwanger. Jetzt wirklich und unausweichlich. Hochschwanger sogar.
Habe ich noch alle Glieder, die Wimpern, die Brauen, das Schamhaar?
Doch, das alles ist noch da. Über meine Extremitäten straucheln sie ja beinahe. Aber sie scheinen mich nicht wahrzunehmen. Ist das nicht Picknickgeschirr, was da klimpert? Jetzt höre ich auch Lachen, Radios, den elektronisch produzierten Geräuschen nach müssen auch tragbare Fernseher da sein, die Kopfhörer und Kassettengeräte errate ich, ebenso Plastiktaschen und

-tüten, Vakuumverpackungen, Kühlelemente, Getränkedosen. Abfälle, achtlos geschaffene Verwüstung, um die man tänzelt, bevor man sie sich selbst überlässt.

Die Leute sind ja so weit weg von mir, obwohl sie fast über mich fallen. Ich sitze, ich liege fest, kann wohl den Kopf etwas heben, die Glieder etwas rücken, aber ich bin schwer. Ich mag – und kann – nicht aufstehen. Warum will ich eigentlich nicht zu ihnen? Allerdings sind sie mir auch nicht lästig. Mich scheint eine hauchdünne, aber zähe, unendlich elastische Hülle abzuschirmen. Das Gefühl, sie könnten auf mich fallen, mit Fäusten auf mich eindreschen – und das alles ginge mich gleichwohl nichts an. Es würde mich nicht berühren. Ich gehöre nicht zu ihnen. Unter keinen Umständen und niemals. Warum schaue ich überhaupt noch hin? Warum wende ich mich nicht ab, meinem dicken, schweren Bauch zu? Lange kann's nicht mehr dauern und ich bin Mutter.

Mutter – jetzt Mutter? Ein Kind, das mir im Arm liegt, an der Brust saugt. Ein kleines Ding, blass, hilflos. Das ohne Weiteres verhungert, wenn ich nicht für es sorge. Ohne Aufhebens, ohne Protest. Es schreit höchstens, aber es droht mir nicht. Es täte nichts, um sein Überleben zu versuchen, würde ich es auch im eisigsten Wind auf weiter Flur zurücklassen. Es ist mir ausgeliefert, meiner Willkür und meinem Gewissen. Ich trage Verantwortung, ob ich nun will oder nicht. Ich werde es lieben – liebe es schon –, ob ich nun will oder nicht. Nie habe ich solche Verantwortung gekannt – Verantwortung für einen anderen Menschen. Nie solche Liebe. Ich kann nicht sagen: »Blas mir in die Schuh«, werde nie »Blas mir in die Schuh« sagen. Nie es vor die Türe stellen, wie ich das mit dem einen oder anderen Mann getan habe. Nach mir wird es schreien, wenn es hungrig ist oder krank, nach mir, nur nach mir, wenn es Gesellschaft braucht, spielen oder mich, nur mich ein bisschen foppen will. Und ich werde gehen, es stillen, ihm zu essen geben, es pflegen, werde manchmal vielleicht auch wütend sein, wenn es schon wieder die Windeln vollgemacht hat oder mich zum x-ten Mal aus dem Schlaf holt. Es wird zu mir aufschauen – und ich bin seine Mama. Es ist durch mich, und niemand, es mit eingeschlossen, wird mir böse sein, wenn es nicht werden wird. Gewollt hat es so oder so nie-

mand – weder ich noch er. Wird es das nicht spüren, früher oder später? Ein Junge oder ein Mädchen? Ein Junge, ich wünsche mir einen Jungen. Aber das, nein, das darf es nicht spüren! ...
Er – wer?
Peter?
Ja, Peter, nur Peter kommt infrage.
Meine Mutter und ich. Bin ich nicht auch ein solches Kind? Getragen von einer Frau, die alleine war. Immerhin gezeugt in Liebe. Wahrscheinlich. So gut wie sicher. Nicht jene Umstände – nein, nicht jene Umstände, jene Trostlosigkeit, jene Furie, die *mich* fast zerreißt. Und wohl auch nicht ganz ungewollt. Sie haben sich ja gefreut über ihr Kind, wie oft haben sie mir das versichert. Werde ich das auch tun können – aus Distanz? Was werde ich ihm über seinen Vater sagen? Werde ich dann auch verheiratet sein und es wird mir per Zufall seinen richtigen Vater zuführen? Vater nicht der Vater und der Vater ein Fremder – alles wie bei mir, nur mit vertauschten Geschlechtern? Wohl kaum, bei den heutigen Zuständen ... Kann ich das Kind überhaupt gebären, ich meine, wo kann ich es hingebären? Wo sind die Räume, in denen seine Wiege steht, die Mauern, die es schützen, in denen seine Mutter ihm Zuhause ist und ihm Zuhause gibt? Hat es Zukunft, eigene Zukunft, über das hinaus, was – vielleicht – unsere gemeinsame Zukunft wird? Meine Mutter hat mich gepflegt zwei Jahre lang, dann fortgegeben in eine Familie und sicher zumindest aus Verlegenheit gehofft, es würde mir gut gehen, besser als bei ihr, denn es war die Familie ihres früheren Geliebten. Hat sie das leichten Herzens getan? Hat es sie geschmerzt, mich fortzugeben, oder hätte es sie mehr geschmerzt, ihren Lebenswandel aufzugeben meinetwegen? Oder hielt sie sich nicht für fähig, mir so Mutter zu sein, wie sie sich Mutter-, Elternsein vorstellte? Sie hatte nicht vor, mich wiederzusehen. Sie hätte mir so meine Verwirrung um mein allseitiges Nicht-verstoßen-Sein und Doch-nicht-Dazugehören, dieses Auseinanderklaffen zwischen gefühlter und gewusster Herkunft erspart. Mein Aufbäumen, meine Revolte gegen nichts, was sich durch irgendeine Revolte, durch irgendwessen Tod oder Geburt, sei es nun eines Menschen oder eines Ideals, hätte ändern können. Jener sinnlose Ausfall gegen Hanna, meine Stiefmutter, im Verlauf dessen ich sie Lügnerin gescholten,

ja ihr sogar »Arschloch« nachgeschrien hatte. Und doch bin ich froh, dass ich sie, meine leibliche Mutter, wiedergetroffen habe, und zwar nicht um des hehren Zieles der Wahrhaftigkeit willen. Wenn jemandem, so hätte ich eigentlich ihr böse sein müssen. Ihr und meinem Vater. Sie hat sich, ihr Ego mir vorgezogen und mein Vater ruhige, voraussehbare Verhältnisse ihr. Das alles entschuldigt mit einem Donnerkeil von Liebe, einem Vulkanausbruch, einem gewaltigen Blitz, der, einmal entladen, nur noch Spuren hinterlässt, nichts sonst – und eine solche Spur bin ich! Hätte diese Liebe nicht ohne solche »Spuren« und solche phantomhaften geregelten Verhältnisse enden können?! Hätte sie nicht besser geendet? Aber vielleicht ist es doch gerade sie, diese so unverfälscht vulkanische Liebe, für die ich sie ganz und gar neidlos bewundere, die es mir unmöglich machte, auf die beiden wirklich böse zu sein. Der gerechte Zorn ging dann fatal stellvertretend auf diejenige nieder, an der es nichts zu bewundern gab und bei der der Vorwurf wegen der Folgen des Vulkans am schlechtesten platziert war. Aber irgendwie und irgendwo *musste* er sich entladen, sich entladen können, dieser Zorn, eruptiv, blitzartig. Verdient hat ja Hanna weiß Gott nichts Derartiges – die Arme! Wenn sie mir auch heute noch böse wäre – irgendwie wäre mir leichter. Aber sie ist mir schon damals kaum böse gewesen. Nur geweint hat sie und sich zurückgezogen. Der Vater servierte mir dann die Suppe, die ich ihm eingebrockt hatte – und löffelte sie auch gleich noch selbst aus. Die Geplagte ist nachher wieder erschienen, als sei nichts gewesen. Nahtlos hatte sich die Wunde wieder geschlossen, die ich gerissen zu haben glaubte. Spurlos schien alles vorübergegangen zu sein; sie war wieder die, und ist seither die geblieben, die sie immer schon gewesen war. Vielleicht ist es das, was heute noch auf mir lastet. Mir, hochschwanger, irgendwo in weichem Gras liegend. Für den Zorn allerdings bin ich meiner leiblichen Mutter und meinem Vater insgeheim und mit nicht ganz gutem Gewissen dankbar. Er kam zur richtigen Zeit. Er hat mich befreit. Ohne ihn hätte ich nie die Schule verlassen – was ich auch heute noch nicht bereue. Und wenngleich mein Protest nachher darin bestand, einen Weg zu gehen, den ganze Heerscharen gingen – er war doch ein Protest, ein guter Protest – und *mein* Weg. Noch immer bin ich ein wenig stolz auf ihn.

Mittlerweile darf ich mich allerdings nicht mehr mit gutem Gewissen über jenen Zorn freuen. Auch über ihn nicht mehr, nicht mehr nur über seine Folgen, vor denen ich jetzt noch viel lieber fliehen würde als vor den eigenartigen Gegenwarten, die ich in letzter Zeit durchlebt habe. Jetzt liege ich aber da, unfähig zu irgendeiner wie auch immer gearteten Flucht vor wem oder was auch immer, liege auf irgendeiner Insel, weiß nicht recht, woher ich gekommen bin und wieso, liege inmitten von Leuten, die mich nicht behandeln, nicht einmal wie Luft. Habe nichts anzubieten für die Zeit, in der mein Kind leben und aufwachsen soll, als ein paar Träume und etwas Moral, an die ich selbst höchstens halbwegs glaube. Das Kind ist nicht ein Kind der Liebe, sondern des Leichtsinns, der selbstherrlichen Zuversicht, dass ich mit den Männern endgültig abgeschlossen habe und deshalb keine Empfängnis mehr zu verhüten brauche. Sein Vater ist ein drogensüchtiges Wrack, das niemals mehr auf dieser Erde zu geregelten Familienverhältnissen kommen wird, nicht einmal wohl mehr dazu, dem Kind zu sagen, möglicherweise vorzulügen, er habe sich auf es gefreut. Das Kind wird nie einen Vater haben, wohl auch keinen falschen. Es wäre ihm nicht zu verübeln, brächte es mich irgendwann um, nachdem es die Wahrheit erfahren hat. Und ich hätte keinen Anlass, sie ihm vorzuenthalten.

Ich *habe* keinen Anlass, noch weniger ein Recht, sie ihm vorzuenthalten.

Nur schon deshalb würde es sich lohnen, an eine Zukunft zu glauben.

Meine Besonderheit ist eine abscheuliche Besonderheit, eine abscheuliche Ausnahme.

Die Ausnahme meiner Eltern war eine schöne Ausnahme.

Marianne hat versagt, anfänglich mit beträchtlichem Elan zwar, aber sie hat versagt.

Sie kann nicht Mutter werden.

Sie wird aber Mutter werden, wenn nicht Mord (Abtreibung wäre das nicht mehr) oder ein Unglück geschieht.

Wer wird ihr bei der Entbindung helfen –?

Alleine wird sie sein, sehr, sehr alleine. Gerechtigkeit wäre vorhanden dadurch, aber kein Leben. Und Gerechtigkeit nur für sie, für die Mutter. Sie wird deshalb inständigst bitten, flehen, nicht allein bleiben zu müssen – ohne allerdings auch nur einen Hauch von Ahnung, wohin mit dieser flehentlichen Bitte, wenn die sie nicht einmal wie Luft behandeln.

»Ei, süßes Früchtchen, wer hat denn dich hierhergebracht!« Seine Stimme ist rau und grob, aber die erste, die ich in einzelnen Worten sprechen höre. Er, sehr nahe bei mir, kann nur mich angesprochen haben. Natürlich bin ich erschrocken.

Um mich nach wie vor Sonntagsfreuden. Feuerchen, die brennen, Würste darüber und Kinder, die sich den Rauch aus den Augen reiben, Väter, die endlich einmal Zeit haben für ihre kleinen Sprösslinge und mit ihnen Fangen spielen oder Verstecken. Sie haben keine Übung, man sieht's, und mit einem halben Ohr sind sie immer beim nächsten Radio oder Fernseher und haschen nach Sportresultaten oder anderen Neuigkeiten. Aber ihre Liebste hat sie all das geheißen, jetzt, wo sie endlich mal Zeit für die Kinder haben, bevor sie sich den Kopfhörer übergezogen hat, und für einmal können sie sich nicht entziehen. Bierlaune auch schon allenthalben. Einigen Leuten steigt Alkohol in den Kopf. Kinder schreien, verlangen nach ... – jetzt höre ich: Eis und Schleckzeug. Gibt es also hier solches Zeugs zu kaufen? Gibt es einen Kiosk, einen Laden, vielleicht sogar ein Restaurant oder mehrere? Ist eigentlich wahrscheinlich, wenn es so vielen Leuten hier gefällt.

Ich habe zugeschaut, weit, weit weg, nicht einmal Luft, und jetzt spricht der mich an.

Er bleibt aber fern von mir. Die Hülle ist noch da um mich, nur ... – sie schützt nicht mehr.

»He, schläfst du? Man wird doch wohl noch guten Tag sagen dürfen!«

»Was willst du von mir. Lass mich in Ruhe! Woher kommst du eigentlich?«

»Blöde Frage. Ich will dich. Woher ich komme? Von da unten, downtown, Baby, wie alle, woher denn sonst? Du etwa nicht?«

»Hergefahren über das weite Meer. Macht ihr eine Kreuzfahrt?«

»Meer? – Häuser, big town, Baby ... Aber wir verstehen uns schon. Ist mir auch schon passiert: prallhagelvoll. Tüchtig ausgeschlafen, tüchtig ausgekotzt, dann geht alles wieder besser ...

Oder etwa Stoff? Dann können wir noch ins Geschäft kommen, wir zwei. Aber streiten wir nicht, kommen wir zur Sache!«
»Lass mich in Ruhe!«
»Gleich.« Er legt sich neben mich. Ich will mich wehren, drehe mich aber auf die falsche Seite. Er macht sich an mich heran und dringt in mich ein. Von hinten. Dass ihn meine Schwangerschaft und Kahlheit nicht abhält? Ich versuche nichts mehr zu verhindern, hätte auch nichts mehr versuchen können. Ich habe immer noch nicht mehr Bewegungsspielraum als früher.
Er beginnt gleich zu arbeiten, knurrt bei jedem Schub. Ich stelle ihn mir bärtig vor. Das Ganze geschieht mit mir, mit meinem Körper, aber ich muss mir das immer wieder sagen. Es geht mit mir vor, als wäre ich lokal anästhesiert. Wiewohl sie keinen Schutz mehr gewährt, gelingt es ihm nicht, die Hülle um mich zu durchstechen. Ich glaube, er könnte mich entzweireißen und sie bliebe. Es täte auch nicht weh. *Er* ist nicht Peter!
Ein kräftiger Stoß bringt ihn zur Erlösung. Er zieht sich zurück und – ist weg. Ich hätte ihn nicht wiedererkannt, selbst wenn er mir sofort nachher die Hand geschüttelt hätte.
Als ob er alle mit sich gerissen hätte, sind sie schlagartig weg. Alle – und alles. Picknick, brennende Feuer, ja sogar das Grünzeug. Nur, wie kann es anders sein, die Gläser haben Bestand. Eines hat allerdings Sprünge. Seine Flüssigkeit tropft aber nach wie vor nicht weg, wenn das überhaupt Flüssigkeit ist.
Noch immer habe ich weder Hunger noch Durst ...
Niemand hat mich gerufen oder sich gewundert, dass ich alleine hier zurückbleibe, in diesem Zustand. Ich muss aber hierbleiben, ich komme nicht vom Fleck. Und wenn ich auch vom Fleck käme ...
Sofort ist die Ruhe wieder absolut. Die Luft steht still, das Licht abstrahiert sich und die Kahlheit des Plateaus stimmt wieder mit der meinen überein – oder habe ich meine schönen, vollen Haare wieder – wie zu Beginn?
Einzig die Wellen rauschen. Ja, sie rauschen unablässig und regelmäßig. Aber nein, sie werden wirklich lauter, immer lauter. Dröhnen. Machen Angst. Suchen mich heim. Meine Ohren, meinen Kopf – spülen sie mich mit sich fort?

Die Ausdehnung ist groß. Noch immer überzieht eine Art Raster alles, aber es lässt sich nicht feststellen, ob er Ordnung bedeutet, wenn ja, erst recht nicht, wozu. In der Vertikalen vermischen sich die Strukturen mit dem Grau und Blau des Himmels. Ist es Stein oder Stahl, Beton oder Glas, das vor uns liegt? Oder alles zusammen, heillos verwickelt ineinander? Unverrückbar steht es da, ruhig, und man weiß doch um seine Geschäftigkeit. Dauernd diffundiert sie heraus und hinein, diese Geschäftigkeit. Wir ahnen nur, wohin und woher, denn wir vermögen keine Ein- oder Ausgänge zu erkennen.

Man fragt sich, ob man richtig sieht. Man kneift sich ins Bein um sich zu versichern, dass einen kein Traum ins Bockshorn jagt. Das tut weh; man sieht also richtig, möchte aber jetzt am liebsten wegsehen, alles übersehen. Doch das kann man nicht. Selbst wenn man die Augen schließt, bleibt es gegenwärtig. Hat »Es« Grenzen? Wir trauen dem von uns Wahrgenommenen nicht. Wir, obwohl in der Höhe, können nicht über ihm stehen. Zwei Augen sind ja viel zu wenig, es zu erfassen, auch x-mal zwei. Und doch scheint das Gebilde nicht ohne Plan auszukommen, ohne geschaffenen, gezeichneten Plan. Es scheint gebaut.

Ein ununterbrochenes Schieben und Schalten, Stoßen, Ineinandergreifen, Verzahnen und Wegdrehen, ruhig noch für das Ohr, aber lärmig erfahrungsgemäß – gilt hier Erfahrung noch? Immerhin: Wir erwarten Regelmäßigkeit, und soweit wir sehen, bestätigen alle sichtbaren Vorgänge diese Erwartung.

Die Diffusion durch die Wand, Punkte, die wildesten geometrischen Förmchen, die sich bewegen, lassen auf Lebendiges schließen. Doch leicht straft uns jeder Schluss Lügen, schon bevor wir ihn so richtig wagen. Die Vernunft rät zur Distanz, zu wohlwollendem, aber im Grunde unbeteiligtem Interesse. Aber sie ist nicht möglich. Die Vernunft ebenso wenig wie die Distanz.

Gibt es ein Jenseits dieser Mauern, das überrascht? Obwohl wir eine ganze Reihe von Mauern schon hinter uns haben, die nur hielten, was sie versprachen, hoffen wir immer wieder darauf, auf Neues. Es kann nicht mehr anders als anders weitergehen.

Nur unserer Angst vor Langeweile wegen?

Wir haben nämlich große Angst vor Langeweile.

Ebenso große Angst, aus unserer Langeweile gerissen zu werden – oder aus unserer Langweiligkeit?

Welche Angst auch immer, ob solo, unisono, irgendwie gepaart oder irgendwie wechselnd, wir werden nervös.
Wir bewegen uns. Ja, wir bewegen uns, unzweifelhaft. Aber die Richtung steht nicht fest. Wir sind verwirrt deshalb – auch deshalb. Bewegen uns auf Mauern zu. Auf welche? Auf welchen Klotz? Die Orientierungslosigkeit ist trotz – vielleicht wegen – des Rasters vollkommen. Wir wissen nicht recht, ob wir selbst die Bewegung verursachen. Die Füße, selbst wenn sie sich bewegen, rollen nicht eindeutig auf Unterlagen ab. Auch wäre nicht klar, auf was für welchen, denn wir befinden uns ja irgendwo zwischen Himmel und Erde, sehen aber Fronten aus ebener Sicht, wie wir sie eigentlich nur vom Boden aus zu sehen gewohnt sind. Wir sehen die Gebäude, zu denen diese Fronten gehören, vielleicht als plattgedrückte Etwas auf einer Kruste, zu der nur unser Denken und Wissen, nicht aber unser Blick aus Hunderten, ja Tausenden von Metern Höhe eine Brücke schlägt. Vielleicht sind gar nicht die Wirklichkeiten um uns verwirrend, sondern nur unsere Lage in ihnen. Vielleicht sind wir ausgeliefert. Ihr, der Lage. Ihnen, den Wirklichkeiten – oder sonst einem Jemand oder einem Etwas?

Immerhin: Die Notwendigkeit der Strukturen um und unter uns ist nicht ersichtlich, ihre Nützlichkeit auch nicht, und doch können wir nicht anders, als davon ausgehen, dass sie erschaffen worden sind. Wir sind allerdings versucht, den Grundsatz, wonach was erschaffen wird, oder es zumindest danach aussieht, dass es erschaffen wurde, auch einem Zweck dienen müsse, einem vielleicht seltsamen, vielleicht gar unergründbaren, aber doch immerhin einem Zweck, als zu einfach, zu naiv über Bord zu werfen. Doch so ganz gelingt uns dieser Hinauswurf nicht. Immerhin kommen wir so weit, nicht mehr nach dem Zweck zu fragen.

Können sich diese Strukturen verändern? Wir wüssten nicht, wie, aber natürlich ebenso wenig, wie sie ohne Veränderung auskämen.

Rechte Winkel sind häufig. Sie durchkreuzende Geraden oder regelmäßige Kurven ebenfalls. Nichts ist erodiert, verwittert, trägt Zeichen eines zufälligen Moments. Zufälle können hier nur unscheinbar sein oder Katastrophen. Natürlich nagt auch nirgendwo Rost, obwohl die feuchte, schwere Luft doch Rost und Grünspan aller Arten vorantreiben könnte, ja müsste. Die hin und her wechselnden Luftbewegungen bringen wenigstens ein klein wenig Vertrautheit. Unwetter? Wenn, ist *dagegen vorgesorgt, restlos vorgesorgt. Erdbeben, Brüche der Kruste müssten wohl von erheblicher Wucht sein, um etwas auszurichten. Wieso beginnen wir zu laufen – sinnlos zu laufen? Wir schwitzen, und wie lächerlich ist es zu schwitzen! Natürlich ändert sich dadurch nichts, aber wir laufen und schwitzen trotzdem. Laufen wir nur, um wenigstens über uns selbst lachen zu können?*

Unter uns immer noch die Punkte und geometrischen Figürchen, Rechtecke, Quadrate. Menschen, wahrscheinlich auch Menschen. Die verschiedensten Mobile. Nicht nur die Vehikel scheinen zu rollen. Wohl werden die schnelleren unter den Punkten rennen, aber auch das geschieht vollkommen regelmäßig. Sie müssen sich das Rennen als Fortbewegungsform angewöhnt haben, falls die Distanz nicht trügt. Ihre Dichte steigert sich kaum, noch nimmt sie ab. Alles muss nahtlos geregelt sein, auch ihr Kommen und Gehen, Vorhandensein und Heranschaffen der Rohstoffe, Fertigstellung und Absatz des Produkts.

Warum sind wir nicht unter ihnen? Ist das Glück oder Versäumnis?

Immerhin ist es jetzt lärmig, wirklich. Himmel ist keiner mehr zu sehen, die Decke – einer riesigen Halle? – ist jedoch so hoch über uns, dass sie verschwindet im Dunst. Den Unterschied macht allerdings nicht vor allem der fehlende Himmel aus. – Maschinen? Ware ist zu sehen, aber nicht die Bahnen, auf denen sie sich bewegt und bewegt wird, noch weniger, was aus ihr werden soll.

Auch hier wieder der Plan, dem alles gehorcht. Keine Überlegung führt daran vorbei, aber auch keine durchschaut ihn. Wie gehabt. Er bleibt absolut vernünftig und absolut rätselhaft.

Hier hingegen nun Menschen. Unzweifelhaft Menschen. Wir sehen ihre Staturen. Sind wir nähergekommen, hinuntergestiegen? Sie scheinen sehr viel Respekt zu haben vor ihrer Pflicht, denn sie verhalten sich, als könnten sie nie an Schwäche oder an Gebrechen leiden oder sich grämen und sorgen – oder sind wir nur zu weit von ihnen weg? Die Rhythmen entsprechen nicht ihren Händen, Armen und Beinen, aber ihre Hände, Arme und Beine gehorchen, wie durch sie gesteuert, den Rhythmen. Das macht die Hände, Arme und Beine unangreifbar, aber auch ihrerseits zu keinerlei Angriff fähig. Kann die Arbeit hier jemals niedergelegt werden, jemals stillstehen – ein Streik? Ist das hier Arbeit? Wäre ihr Schwitzen nicht ebenso lächerlich wie das unsrige vorhin, als wir grundlos liefen? Falls es doch vorkommt – und das wird es wohl –, ist es nicht eine demütigende Niederlage des Schwitzenden? Kümmert sich der Organismus um seine Müdigkeit, seine Erschöpfung, seinen Einsatz? Er – oder sie – kann ja jederzeit ersetzt werden durch einen anderen oder eine andere und andere sind immer da. Ist das Arbeit, Anfang und Ende? Diese endlose Emsigkeit, dieses reibungslose Ineinandergreifen aller Komponenten. Zwischen Maschine und Mensch sticht kein qualitativer Unterschied ins Auge.

Wohlgerüche kitzeln uns die Nase. Lupenreine Wohlgerüche. Wir möchten gerne niesen, aber niesen ist nicht möglich, obwohl bestimmt erlaubt. Erlaubt ist überhaupt alles; Verbote sind kaum zu erkennen. Höchstens Hinweise: ›Damen‹ und ›Herren‹-Pfeil. Immerhin: Auch diese Körper müssen also gereinigt werden, entschlackt, auch sie produzieren Abfall. Mithin erfolgt also auch Speiseaufnahme. Etwas wenigstens haben wir mit ihnen gemeinsam. Und wieso sollte es dabei sein Bewenden haben?

Sind sie ansprechbar?

Wir haben keine Zeit, das nachzuprüfen, wie auch sie keine Zeit hätten, unserer Prüfung aufrichtig zu entsprechen. Dass wir in der Sache nichts zu fragen hätten, hat nichts zu bedeuten. Auch Fragen sind ja nicht unerlaubt – nur schon beantwortet. Immer schon beantwortet. Wir halten nämlich in farbigen Bildern präpariert die Blickwinkel vor uns, von denen aus dieser Innenraum gesehen wird. Eigentlich brauchten wir nicht hier zu sein, nicht hier herumzugehen. Aber wo wären wir sonst, wohin sonst würden wir gehen?

Also bleiben wir.

Und wir werden ja geführt.

Und hier gibt es dann doch gute Gründe, weshalb wir nicht ebenerdig gehen; wir gehen nämlich auf unruhigem, aber endlich festem Grund nicht ebenerdig. Wir gehen auf Stegen, engen Treppen aus Metall. Sauber gestrichenen. Auch hier nicht die geringsten Spuren von Abnützung auf Handläufen, Treppenstufen und Fußböden. Wir gehen auf ihnen, geschützt vor Schwindel durch hohe Geländer und Brüstungen. Wenigstens durchschauen wir den Teil des Verbindungssystems in unserer nächsten Nähe, doch natürlich kann dieser Teil nicht anders als ein verschwindend kleiner sein. Wir sehen nicht, worauf der Teil, den wir entziffern, steht und weshalb er in sich einigermaßen stabil ist. Wir ahnen etwas wie Schwanken. Doch das kann ebenso gut von uns selbst kommen wie vom Gestänge. Trotzdem gehen wir gleichmäßig weiter, unser Führer tut das ja auch. Er, selbstverständlich makellos gekleidet, kann ja nicht anders, als uns ebenso sicher durch das Netz von Gängen in der Luft führen, wie die Maschinen ihre Bewegungen tun. Wohin er uns führen wird – wer weiß, und wer weiß, wo und wie wir auf ihn gestoßen sind. Sein konstant bestimmtes Auftreten ist auf Zuversicht abonniert. Er könnte sich und uns in den Tod führen oder direkt in irgendeine Hölle, wir würden ihm folgen. Wir haben ja jetzt erst recht keine andere Wahl – zumindest keine, bei der Hoffnung nicht sogleich Illusion wäre – und bliebe. Für immerdar. Ein kurzes Immerdar wohl.

Ist der Raum künstlich beleuchtet? Es ist, als ob Helligkeit, Licht aus seiner Mitte käme; von der Decke kommt es nicht, denn sonst wären sie und ihr Gegenüber, der Boden, wenigstens einigermaßen auszumachen, zumindest als Licht und Schatten. Das sind sie aber nicht; die Schwerkraft alleine gibt Auskunft über unten und oben.

Farben allerdings gibt es in reichem Maße. Sie können von Dämpfen herrühren wie von Stoffen, von Bädern vielleicht. Die Farben wechseln auch, doch dieser Wechsel kann unserer Fortbewegung entsprechen. Sie fressen manchmal fast die Körper, die sich an oder zwischen den Maschinen bewegen. Zeigt der Führer uns etwas? Danach sieht gar nichts aus; er geht unbeirrt voran. Wir haben ja den Mattglanzprospekt, ja, so etwas haben wir irgendwann irgendwo von irgendwem in die Hand gedrückt bekommen. Wir sind eine Weile immer gesunken, hörten Flüssigkeiten in Rohren gurgeln, brausen, mitunter standen sie wohl unter recht hohem Druck. Die Rohre sind ganz schön massiv und dick dort unten. Was von Weitem nach Naht aussah, erweist sich später als Gangway, die unten ans Rohr geklebt ist. Wir gehen in solchen Gangways. Das Rohr wird zum Dach, seine Wölbung ist kaum mehr erkennbar – beängstigend nahe. Platzangst, obwohl der Korridor eigentlich recht hoch ist, auch ein Riese schlägt den Kopf nicht an am Rohr. Ein Ende des Korridors ist allerdings nicht abzusehen. Seine Gluckser scheint der Kanal selbst steuern zu können; er überträgt sie unregelmäßig, als wolle er mit uns ein Zwiegespräch führen oder uns mahnen.

Wer sagt uns, dass die dünnen Ästchen, die aus einem breiten Pfeiler weit auszweigen, tatsächlich dünner sind als das Rohr, unter dem wir eben hervorgekrochen sind? Wir sehen ja nur die einzelnen Proportionen, der allgemeine Maßstab fehlt. Welche Wendung des Korridors

uns wieder vom Rohrdach weggeführt hat, wissen wir nicht. Jetzt steigen wir jedenfalls wieder unablässig. Wir werden jedoch nicht müde, jetzt nicht mehr.
Die Treppe, die wir emporsteigen, ist rund, eine Wendeltreppe. Wir sehen nicht an der Spirale hoch, nur auf die Stufe vor uns, zwischen den Stufen hindurch, den Tritten des Vordermanns nach. Wir kreisen unentwegt durch einen Wirrwarr von Eindrücken, das bald ohne Weiteres selbstverständlich und damit zur Routine wird. Es ist nicht mehr wesentlich, auf welcher Seite des Runds wir uns befinden, und die Treppe hätte ebenso gut flach daliegen können. In einer Spirale waagrecht klettern – die Stufen lägen also rechtwinklig verdreht im Raum –, diese Vorstellung kann uns nicht mehr erschüttern.
Vor uns stürzt jemand in die Tiefe. Es ist einer der Besucher, der Zuschauer oder was wir sind, nicht der Führer; der nimmt kaum Notiz davon. Stürzt in irgendeinen Topf. Farbe, eine dickflüssige Masse, eine riesige Kelle rührt darin. Aber man hört nicht einmal mehr, wie er dort aufklatscht und für immer untergeht. Und wir können ja gar nicht anders als weitergehen. Wir zweifeln an der Wahrnehmung. Sie ist wirklich sehr unwahrscheinlich, zumindest sehr fremd. Oder vielleicht nur die Tatsache, dass sie niemand ernst nimmt. Könnte man also jede Wahrnehmung stoppen, indem man sie ganz einfach nicht gelten lässt? Sogleich erinnern wir uns aber an Eindrücke, deren Eindringen und Haftenbleiben wir nicht gewachsen sind und waren; wir müssten also auch gleich noch die Erinnerung stoppen – oder warten, bis das Alter sie uns raubt.
Doch das gilt nicht hier. Obwohl hier ja durchaus vorstellbar wäre, dass in einem Moment, ja einem Nicht-Moment Jahre, ja Jahrzehnte verfließen, dass sie also verfließen, ohne überhaupt zu fließen, ohne überhaupt bemerkt zu werden. Vorausgesetzt, dass der Übergang von Leben zu Tod momentlos geschähe, bemerkt weder von denen, die sterben, noch von denen, die sterben sehen, vielleicht hören oder riechen. Ein schlichtes Nicht-wahr-Sein, Nie-wahr-gewesen-Sein, ohne Unfall, ohne Stürze in Farbtöpfe.
Woher diese Wände plötzlich? Die Treppen haben aufgehört, einfach aufgehört und wir sind einen der uns mittlerweile im striktesten Wortsinn geläufigen Gänge entlanggegangen. Sind wir tatsächlich in Aufzüge gestiegen? Hat man uns irgendwohin gefahren? Der Führer ist jedenfalls noch immer da.

Sitzgelegenheiten, Leuchter, Winkel, Nischen. Spannteppich am Boden, dezent summende Ventilatoren, ebenso dezent heruntergedämpftes rauschendes Leben. Der Führer spricht vom vergnüglichen Teil des Anlasses. Musik säuselt bereits durch die Lautsprecher. Lange, schulterfreie Abendroben würden wir vermuten oder so wenig Textil wie möglich, schöne oder zumindest adrett hergerichtete Frauen, und da sind sie auch schon, ausnahmslos jung oder noch jung, jedoch in Spaghettiträger-Tops, dreiviertellangen Plisseeröcken und hochhackigen Sandalen, dezent rotbraun alles, und servieren lächelnd. Allerdings erstirbt ihr Lächeln nie und ihre Bewegungen passen makellos zum Raum. In dem wir uns eigentlich nicht umgesehen haben, auch nicht Zeit hatten, noch danach verlangten. Denn die Cocktails, die Gläser, das Gebäck, das uns sogleich entgegengeflogen kommt, hält uns genug in Atem. Wir wollen in Atem gehalten werden und der Führer ist nicht mehr da.

Kommt die gedämpft rauschende Festsaalstimmung von den Lautsprechern, die die Musik in einer Lautstärke verbreiten, die knapp nicht mehr Geräusch ist, oder tatsächlich von den Leuten um uns? Wir sind ja beileibe nicht allein. Alle scheinen irgendwie etwas sagen zu müssen oder zu wollen. Aber Gesten geschehen keine dazu. Nur die Bewegungen, die nötig sind, um Glas oder Gebäck zum Munde zu führen. Natürlich wissen wir, dass der Unterschied groß ist zu den Hallen, aber wir fühlen ihn nur hin und wieder und auch dann nur flüchtig. Wir wissen, dass die lederbezogenen Sofas einen fast aufsaugen. Ergo sitzen wir bequem.

Emsig, mit fliegendem Haar bedienen uns die nach Rosen duftenden Adrett-Hübschen, wedeln um uns herum, halten Tabletts hin. Sie könnten den Arbeitskittel nur gerade abgestreift haben und nach einer Dusche so wiederauferstanden sein. Schieben vielleicht Überstunden. Sind womöglich nur für kurz ausgespart aus den Greifarmen und Gangways. Geordert durch wen? Da sie nicht so aussehen, als läge ihnen an Antworten auf solche Fragen, ja auch nur an Fragen selbst, die nicht ihre sind und nach unseren Wünschen fragen, nehmen wir ihre freundlichen Dienste mindestens so freundlich zur Kenntnis und an.

Ein Rednerpult steht an einer Wand. Es ist bestückt. Erst nachdem wir die Figur entdeckt haben, merken wir, dass Scheinwerferlicht auf sie gerichtet ist, hören, dass eine Lautsprecherstimme spricht, die nur von der Person hinter dem Rednerpult stammen kann. Die Person steht da wie eine Puppe, rührt sich nicht, wir vermögen nicht einmal zu erkennen; dass sich ihre Lippen bewegen, knabbern also weiter an unserem salzigen Gebäck. Alle Köpfe drehen sich nach der Wand, an der das Pult steht, irgendein bunter Wimpel hängt darüber; wir tun ebenso. Die Rede dauert, das sie unterbrechende Geklatsche kann ebenso gut von oben wie von neben uns kommen, wir klatschen nicht. Wir wissen ja, das Programm läuft ab, Applaus mit eingeschlossen, ganz unabhängig davon, was wir tun. Wir halten uns deshalb lieber an die uns weitaus weniger fremde Tatsache, dass der Wein hier wirklich Wein und sogar wirklich gut ist. Zu unserer Überraschung werden wir etwas angeheitert davon. Wir haben nicht mehr damit gerechnet, dass es noch immer möglich ist, sich einen anzutrinken.

Und wenn der Redner jetzt vornüberfiele? Einfach vornüber. Wie vom Blitz getroffen, aber sang- und klanglos. Mehr sanglos wohl. In sich zusammensänke, kein Zweifel mehr, dass die Worte, die er eben gesagt hat, die letzten waren. Würden alle zu ihm eilen, ihm zu Hilfe? Bestürzung, Aufregung, Panik? Alle um ihn stehen, betroffen, aber machtlos? Doch wir erinnern uns, wie vorher jemand in die Tiefe gestürzt ist, ohne dass auch nur geringstes Aufhebens darum gemacht worden wäre. Wahrscheinlich würde ein weißbekitteltes Individuum herbeieilen oder zwei. Mit einer Bahre. Ein drittes, ein gutgekleideter Herr ebenfalls, der an seine Stelle treten und nach ein paar entschuldigen Worten fortfahren würde, wo dieser verstummt ist, vielleicht mitten im Satz. Es ergäbe sich nur geringe Verspätung auf die Marschtabelle.

Oder ist er vielleicht krank, todkrank oder süchtig, todsüchtig. Ein todkranker, todsüchtiger, emsiger, gesitteter Auftragsredner, der irgendeinen Text fließend und in makelloser Diktion herunterleiert? Das würde absolut keine Rolle spielen, denn außer dem emsigen gesitteten Redner, der noch viele solche Reden halten wird und lange noch so weiterrednert, ist er nichts, bleibt nichts von ihm übrig, rein gar nichts. Liegt es an unserem leichten Schwips, dass wir erstens überhaupt solche Gedanken haben und dass sie uns, zweitens, erst noch beunruhigen?

Und jetzt bleibt auch der Redner nicht mehr. Plötzlich ist er weg. Allerdings war dieser Abgang, dieses Verdunsten offensichtlich geplant; das länger anhaltende Klatschen signalisiert das Ende der Ansprache. Die Bühne hinter dem Pult hat sich schon aufgetan und das Pult ist verschwunden.

Unentwegt laufen die Kellnerinnen, bringen jetzt belegte Brötchen und leichte warme Bissen. Wir trinken noch mehr Wein, halten uns an unserem Schwips fest wie an einem Juwel, wir fühlen unser Herz pochen und ein aufregendes Prickeln in der Bauch- und Lendengegend. Da aber um uns nicht im Geringsten angewärmtere Stimmung herrscht, bleiben auch wir nach außen hin ruhig. Wir interessieren uns also nicht für die Leute an den nächsten Tischen.

Farbige Strahler lassen jetzt ihre Kegel auf der Bühne hin und her gleiten, mischen ein Konglomerat aller Schattierungen, aus denen einzelne Kegel immer wieder auftauchen. Leute stehen in diesem Lichtermeer, ruhig wie der Redner vorher hinter dem Rednerpult, aber so, als warteten sie auf etwas, das sie erlöse von dieser Ruhe. Ein Geräusch schwillt an, wird zum Ton, dann zum Lärm. Fast Fabrikhalle, aber irgendwie doch anders – und dann sind sie entfesselt. Maßlos entfesselt. Wie Gummibälle schnellen sie über die Bühne, prallen ab vom Boden, von den Wänden, jedoch nie voneinander, hechten durch die Lichtfetzen, tauchen in sie ein, werden von ihnen erhascht, schießen in plötzlich gleißend weißes Licht empor, bleiben stehen, wie alle vom gleichen Blitz getroffen, schnellen nach kaum vollendeter Starre wieder davon, als hätte derselbe Blitz sie diesmal in den Hintern gezwickt. Wenn sie stehen, sehen wir, dass sie Instrumente umgehängt haben, die wir eigentlich als Musikinstrumente kennen; sie selbst jagen uns also diese Schallstöße entgegen, durch wirkliche Blitze hindurch, in den kurzen Phasen etwas weniger aufgeregten Flackerns vermag man die Einrichtungen auf der Bühne zu erkennen. Elektrische, elektronische vor allem, mittendrin ein großer schwarzer Konzertflügel – ist er auch hier hochglanzpoliert? Wieder durch Blitze in Pappgesten aufgeteilte Bewegungen. Larven, Fratzen, sie schuften und rennen, als ginge es mindestens um einen Pokal oder gar um ihr Leben.

Der Lärm, der aber kein Krach ist, schiebt das Ganze fort, entrückt es. Es überspringt jede optische und akustische Verhältnismäßigkeit und nistet sich direkt ein in unser immer noch schwipsgelockertes Gehirn.

Der ganze Raum voll von Zwirbeln jetzt, von Gnomen und Wichten. Endlich wieder einmal ein Spuk, der seinen Namen verdient, der erste unseres Lebens, wenn wir ehrlich sind – aber wieso mühen die da vorn sich denn so ab? Das muss ganz schön harte Arbeit sein, im Beben der Blitzkanonen.

Diesmal wirklicher Dampf, Nebelschwaden, in dem die Musiker waten. Zwischen ihren Beinen schleicht er sich den Boden entlang. Die Oberkörper bewegen sich weiter, als wären ihnen die Beine abgeschnitten oder sie brauchten sie nicht. Sie gleiten auf einem Kissen weißen Rauchs, der auch die auffälligeren Teile der Instrumente schluckt, nur ihre Hälse ragen noch hervor. Der Lärm erscheint uns irgendwie donnernd, irgendwie frenetisch jetzt. Zählten wir falsch? Etwa vier, fünf waren's doch zuvor, aber jetzt sind da mehr, eindeutig mehr. Auch unterscheiden sich die zwei Hinzugekommenen. Sie schießen nicht herum wie losgelassene Tanzmäuse, haben auch keine Instrumente um den Körper geschnallt oder klimpern. Sie, auch sie müssen aus der Tiefe der Bühne gekommen sein, nähern sich jetzt immer mehr der Rampe. Weißes Licht, ein geräumiger Kegel, schwillt an im Vordergrund. Sie stehen genau in seiner Mitte. Die Gruppe verschwindet daraus, weicht zurück. Ein Paar; ein schmächtiger, großer Mann, eine mittelgroße brünette Frau. Sie gehören eindeutig nicht zum Programm. Der Lichtkegel ist ja erst im letzten Moment hingeworfen worden. Wir kennen die beiden Physiognomien. Was wollen denn die hier? Wieso gerade diese beiden? Das Licht scheint durch sie hindurchzustrahlen. Sie werfen keine Schatten. Sie sind auf nichts vorbereitet und sich wohl auch nicht bewusst, dass sie hier ausgestellt werden. Sie stehen einfach da, Seite an Seite, kaum angedeutet, nur Ausbauchungen der Luft fast, eine der Dampfschwaden, die jetzt verschwunden sind, hätte sie wegwischen können. Sie stehen da, reglos, in bald vollkommener Stille – und diese Stille erschreckt uns mindestens so wie all der Trubel vorher.

Wir schauen um uns, erraten aber wenig in dem dunklen Raum, also bleiben wir allein mit unserem Schrecken. Auch um uns regt sich nichts; die wattierten Wände erhöhen die Stille noch. Peter und Marianne, die uns hier heimsuchen; als Phantasmen, die für Leben bürgen sollen, für Gewissen – derartiges denken wir doch? Sie sind so dünn, so hingetupft, so schattenlose Schatten ihrer selbst – soll das ein Mahnmal sein? Jetzt wirft sich nur mehr der Lichtkegel, in dem sie stehen, auf die Bühne, sonst ist überall kompromissloses Dunkel. Und die beiden Erscheinungen können sich ja jederzeit auflösen. In nichts. Können sich deshalb ihre Gesichter zu nichts entschließen?

Da stürmen sie die Bühne. Sie, aus dem Dunkeln, weiß der Teufel, woher. Weiß der Teufel, wer. In Scharen steigen sie hinauf – aber so viele waren wir doch eben noch gar nicht. Tragen sie etwa Uniformen? Und wie auf Befehl werden die beiden Figuren größer, wachsen sofort über die Scharen hinaus. Wie ein Banner schweben sie über ihnen. Aber für Feierlichkeit bleibt nicht viel Zeit, Weihrauchduft kommt nicht auf, denn die Scharen beginnen sich gegeneinander bald so aufzuführen wie die Musiker zuvor – arrangiert. Sie schlagen aufeinander ein, doch die Wände schlucken jedes Geräusch. Es scheint nicht so, dass die Leute im Dunkeln deshalb verschwunden wären. Immer noch kursieren Tabletts. Wir trinken weiter und der Volksauflauf auf der Bühne bläut sich weiter gegenseitig durch, erstarrt aber, auch er, mit der Zeit zu einer wie gestanzten Choreografie. Sie scheinen sich anzuschreien, die auf der Bühne, wettern gegeneinander mit Gesten. Bald aber wirken auch diese Gesten wie in einer Oper. Das ändert sich kaum, als klar wird, dass alle Waffen haben, recht tüchtige Knarren, wahrscheinlich Maschinengewehre. Über all dem thronen längst schon weit überlebensgroß Peter und Marianne; auch der Lichtkegel hat sich vergrößert und ist mit ihnen in die Höhe gewandert. Die Gewehre geraten jetzt in Anschlag, offenbar wird gezielt, wir hören nur zirpendes Klicken, dann fallen die Ersten. Sie tun dies ganz selbstverständlich, kein Blut scheint zu fließen. Sie fallen geordnet, von der Mitte nach außen hin. Die zwei Letzten scheinen sich gegenseitig zu erschießen, denn am Schluss liegen alle. Die Bühne senkt sich und ist wieder sauber.

Der Redner ist wieder da. Diesmal ordnen wir aber die Stimme, die wir hören, nicht ihm zu. Wände gehen auf – wir sind entlassen. Wo sind wir? Was wird mit uns geschehen? Eigentlich müssten wir doch fallen, tief fallen, bestenfalls in einen der riesigen Töpfe mit der viskosen Masse. Aber wir fallen nicht. Frische Luft – riechen wir Nadelgeruch?

14

Ein Obelisk, um den auch der ovale Platz zum Rund wird. Irgendeine Figur thront drauf, vielleicht ein Reiter auf wild aufgebäumtem Ross. Alte Bauten, Kuppeln, Kirchtürme um das mit großzügigen Platten in geometrische Figuren mancherlei Art eingeteilte Rund: Quadrate, Rechtecke, Dreiecke, Diagonalen, die auf den Obelisken zulaufen.
Nichts ist auf dem denkwürdigen Platz. Kein überflüssiger Gegenstand. In den Zufahrtsstraßen ein paar geparkte Autos mit erloschenen, trotzdem aber irgendwie strahlenden, aus allem hervorstechenden Scheinwerfern. Es ist frühmorgens, kalt noch, still, aber ein klarer Tag wird anbrechen. Warm, vielleicht heiß, mit all seinen Begleiterscheinungen. Drei, vier Kuppeln stechen uns gegenüber schwarz aus den sich erst andeutenden Morgenfarben.
Die Bühne betreten zwei Personen von genau entgegengesetzten Seiten, von Norden die eine, von Süden die andere. Beide gehen etwas vornübergebeugt. Alte Menschen, weißes, fast schulterlanges Haar beide. Sie sind eingemummt in schwere, lange Mäntel. Es ist nicht zu erkennen, ob sie Frauen sind oder Männer. Beide gehen sie gemächlich, schleppenden Schrittes, in exaktem Gleichtakt. Wir glauben ihn zu hören, ihren Schritt, ahnen ausgelaufene Pantoffeln. Sie überqueren all die geometrischen Figuren auf genauer, geradliniger Bahn, belagert von den Scheinwerfern der Autos in den Eingangsstraßen. Sie ziehen ihre Bahn in Einklang mit den Monumenten, mit einem Ebenmaß, das deren Anordnung in nichts nachsteht. Wir begreifen, dass wir uns nicht nähern dürfen. Verstohlen schauen wir bald der einen, bald der anderen nach.
Sie überqueren den Platz ohne die leiseste Regung, ohne auch nur einmal aus dem Schritt zu fallen oder zu stolpern, geschweige denn von uns Notiz zu nehmen. Nur in der Mitte halten sie kurz inne, für den Zeitraum zweier Schritte vielleicht, gehen dann wie von einem einzigen Uhrwerk gesteuert weiter. Verschwinden je in einer der Straßenschluchten, biegen weg,

hinterlassen wieder den leeren Platz. Den Obelisken mit dem Reiter auf wild aufgebäumtem Ross, die denkwürdigen Kuppeln, Türme, Dächer und Fassaden. Und die weißen Punkte; die Scheinwerfer der stillgelegten Autos.